Die Verlage Aufbau und Suhrkamp widmen
diese gemeinsame Ausgabe Helene Brecht-Weigel.

Bertolt Brecht
Werke

Große kommentierte
Berliner und Frankfurter Ausgabe
Herausgegeben von
Werner Hecht
Jan Knopf
Werner Mittenzwei
Klaus-Detlef Müller
Band 17

Bertolt Brecht

Prosa 2

Romanfragmente und Romanentwürfe

Aufbau-Verlag Berlin und Weimar
Suhrkamp Verlag Frankfurt am Main

Bearbeitet von Wolfgang Jeske

Bertolt Brecht, Werke, Band 17
Suhrkamp Verlag. Erste Auflage 1989

Prosa 2

Der Tuiroman
Die Geschäfte des Herrn Julius Caesar

Das Buch Gasgarott
Die Rothaut
Flucht Karls des Kühnen nach der Schlacht bei Murten
Das Renommee. Ein Boxerroman
Tatsachenreihe

Romanfragmente

Der Tuiroman

[Um 1931]

DENKE UND DER DENKISMUS
(oder: die Grenzen der Verwertbarkeit des Proletariats)

Traktat

A 1
DENKE

Formel: Alle Proleten geschlachtet vermehren die Absatzkrise auf dem Fleischmarkt.

Chor:
Gerettet: Die Formel beweist, daß unser Tod nicht hilft!
Jubelnd
Dem Leben gerettet!

A 2

Die Einheiten $v_1, v_2, \ldots, v_n$ werden spezifisch kapitalistisch produktiv konsumiert (aufgefressen) im Betrieb durch Verbrauch der gekauften Ware Arbeitskraft.

Soweit $v_1, v_2, \ldots, v_n$ einzeln betrachtet für diese spezifisch kapitalistische Konsumption nicht Verwendung finden, können sie direkt (ohne Umweg über die Produktion) konsumptiv oder als Rohstoff wie Kohle (zur Erwärmung), Leder (für Hosenträger!), Korn (für Schnaps) produktiv konsumiert werden. (Ebenso wie Brot oder Fleisch oder Tabak usw.)

Denke hat aber übersehen, daß $v_1, v_2, \ldots, v_n$ außerdem noch Elemente der Menge V bilden, die in der kapitalistischen Produktion immer in ausreichendem Umfang zur Verfügung stehen muß (hinreichend groß sein muß), um die beiden Grundfunktionen R und A zu vollziehen. Wenn nämlich die Vergrößerungsfähigkeit von V unter ein gewisses Maß sinkt, kann sogar bei wachsendem V nicht einmal die Grundfunktion R erfüllt werden. Das heißt aber, daß die kapitalistische Welt zugrunde gehen müßte!!

Man sieht, es handelt sich bei Denke keineswegs darum, daß er v_1, v_2, ..., v_n (das Proletariat) falsch behandelt. Vielmehr hat er den Faktor V, ein *unentbehrliches* Element der Vollziehung der Grundfunktionen A und R der (kapitalistischen) Produktion gefährdet.

A 3
Denke

1 Über die Schulen – der Lehrer als Exemplar Mensch
2 Die Tragödie des *Fachmanns*
3 Vergleich mit Hitler – fällt zuungunsten Denkes aus. (Lies Macauley)
4 denken = rationalisieren
5 Devise der Bourgeoisie: Ich denke, ergo bin ich.
6 Wer nicht arbeitet, soll auch nicht gegessen werden.
7 Der Fehler: daß das, was hier gegessen wurde, seinerseits hinfort kein Essen mehr kaufen könnte.
8 Jugend: das Erlebnis.
9 Plagiat aus: Jünger (Materialschlacht)
10 ... aus diesem Holze waren die Kirchenväter geschnitzt!
11 »Dem Volk der Dichter und Denkes gewidmet«
12 Wagnerianer »Nie sollst du mich befragen«
13 gegen 218

B 1
Johann Gottlieb Denke und der Denkismus
Eine Ehrenrettung

Gewidmet dem Volk der Dichter und Denkes

Einleitung

Unsere *raschlebige Zeit* neigt nicht allzusehr zu gesammelter Betrachtung der großen Vergangenheit und zu dankbarer Wertung der hervorragenden Männer unseres Volkes. Es müssen Zeiten besonderen Aufschwungs der *Nation* kommen, damit unser Volk seiner wahrhaft nationalen Männer gedenkt. Nur in der Hoffnung auf eine größere Zukunft erinnert sich ein Volk seiner großen Vergangenheit.

Man hat gesagt, daß man die Vergangenheit am besten versteht, wenn man die Gegenwart versteht. Vielleicht ist es noch richtiger, wenn man sagt, daß man die Gegenwart besser versteht, wenn man die Vergangenheit kennt. Der Mann, dem wir unser Auge zuwenden wollen, gehört nicht zu den glanzvollen Persönlichkeiten im Scheinwerferlicht der Öffentlichkeit, deren Namen in aller Munde ist, deren Taten schon zu ihren Lebzeiten lauten Jubel weckt – was er vollbrachte, tat er eher im dunkeln, in der Abgeschiedenheit. Er *wollte* nicht hervortreten, er hielt nichts von dem Beifall der viel zu vielen, er versteckte sich geradezu vor ihnen. Aber vielleicht mehr als einen anderen Deutschen kann man ihn einen kühnen *Vorfahr* jener Männer bezeichnen, die heute unserm armen Volke wieder eine *Idee* gebracht haben!

Natürlich reicht er nicht an sie heran. Sowohl seine Taten als auch seine Gedanken sind von ihnen vielfach übertroffen worden. Seine Wirksamkeit war bescheiden, seine Mittel waren begrenzt. So blieb ihm der Erfolg versagt. Sein Leben war ein einziger Kampf gegen die Unehrlichkeit und Entschlußunfähigkeit seiner Mitbürger. An seiner Bahre triumphierte der Undank und das Unverständnis.

Diesem seltenen Manne zu einiger Anerkennung zu verhelfen, sein Bild dem Gedächtnis der *Jugend* einzuverleiben, ist der bescheidene Zweck dieses Büchleins.

In gleicher Ausstattung *»Krupp«*, *»Richard Wagner«* und *»Graf Zeppelin«*.

B 2

Johann Gottlieb Denke und der Denkismus

Einleitung

Wenn man die Bedeutung Johann Gottlieb Denkes für die Geschichte des Weltkriegs, seine Stellung unter den großen Deutschen richtig verstehen will, muß man von jeder moralischen Haltung ihm gegenüber zunächst geraume Zeit lang absehen. Zweifellos unterschied er sich durch seine Auffassungen in Fragen der Moral zunächst nicht unbeträchtlich von seinen Zeitgenossen. Aber bei genauerem Hinsehen kann man bemerken, daß diese zwar auf diese Unterschiede einen ungeheuren, fast krankhaften Wert legten, in Wirklichkeit aber keine rechten Argumente gegen ihn vorbringen konnten, das heißt, ihm Handlungsweisen vorzuwerfen vermochten, die sich von den ihren wesentlich unterschieden. So bleibt auch hier wieder die Vermutung bestehen, daß sie sich entweder über den Charakter ihrer eigenen oder den seiner Handlungsweise täuschten. Im Großen repräsentierte er durchaus den herrschenden Typus des damaligen deutschen Bürgers. Auch jenen merkwürdigen Zug der Divergenz zwischen Ansichten und Handlungsweisen, der ihnen allen eigen war, findet man bei ihm; dieses Phänomen, daß er mit dem, was er tat, oft gar nicht einverstanden war und das, was er für allein richtig hielt, so gar nicht tat, daß seine Anschauungen also gar nichts zu tun hatten mit seiner Handlungsweise, können wir gut an ihm studieren, allerdings nur in privaten Dingen und nicht da, wo er eben Fachmann war. Doch auch dies ist für ihn wie für sie charakteristisch. Als Fachmann auf seinem eigenen Gebiet war er durchaus konsequent, im Gegensatz zu ihnen ohne Vorurteil, ein Neuerer, dennoch auch hierin ganz wie sie, ganz und gar in ihrem Sinne tätig. Was er vollführte, waren ihre Aufträge, er vollführte es zum Nutzen des Ganzen, er gab ihnen, was ihnen fehlte, er übernahm die Verantwortung für das, was getan werden *mußte*. Noch die Art seines selbstgewählten Todes zeigte das hohe Verantwortungsgefühl, das die Deutschen an ihren Heroen so sehr lieben.

B 3
DENKE

Heute, wo bis zu einem gewissen Grade Denkesche Gedanken und Denkesches Fühlen unserm Volke in Fleisch und Blut gegangen sind, ist es nicht leicht, sich von der Größe seines Grundeinfalls ein Bild zu machen. Es war die alte Geschichte vom Ei des Kolumbus. Heute könnte man glauben, daß die Schlachtung von zwei Millionen Menschen natürlich zu dem vernünftigen Zweck der Nahrungsmittelfürsorge unternommen worden wäre. Denn welch einen anderen Zweck könnte man ihr unterschieben? Es war aber nicht so: wie so oft verstand die Menschheit nur zu siegen, aber den Sieg auszunützen verstand sie nicht ohne weiteres. Diese große und einzigartige Schlachtung scheint dem Historiker tatsächlich weniger aus Vernunft und mehr aus Instinkt erfolgt zu sein. Wie seltsam und befremdlich ist die aber! Ist der Schritt von der Pflege des Menschen, wie man sie in den Krankenhäusern beobachtet, zu seiner Schlachtung nicht ein unendlich weiterer als der von dieser Schlachtung zum Aufessen? Ganz abgesehen davon, daß der erste Schritt ohne den zweiten doch unter Umständen sogar unmoralisch genannt werden könnte. (Er ist es auch von Leuten, die den zweiten sicher stürmisch begrüßt hätten, in Zeitungen und Wahlversammlungen oft genug genannt worden!) Tatsache ist jedenfalls, daß der ungeheure Gedanke des Weltkriegs nur von einem einzigen Mann unter ungünstigsten Umständen in nur ganz kleinem Maßstabe zu Ende gedacht wurde: eben von Denke. Er erkannte den Sinn des Ganzen. Er baute auf, wo die anderen einrissen! Es bedurfte seines kindlichen und tapferen Sinnes. Und doch litten in dieser Zeit Tausende den bittersten Hunger dadurch, daß ihre Ernährer an den Grenzen kämpften und fielen, und doch lagen ebendiese Ernährer zu Tausenden gerade zu diesem Zeitpunkt ebendort bereit, sie zu ernähren – im eßbarsten Zustand! Denn es handelte sich ja nicht um krankes, sondern um völlig gesundes Fleisch, und die so notwendigen Gesetze über Hygiene in Schlachthäusern wurden wohl selten so genau befolgt wie hier: keine kranken, sondern nur geschlachtete Tiere! Wenn man einwendet, daß es bei der Verarbeitung dieses Fleisches nicht ohne Unreinlichkeit abgegangen wäre, so gilt das jenen nicht als Einwand, die ahnen, warum beinahe alle Metzger nach dem Zeugnis ihrer Ehefrauen Vegetarier sind. Selbst wenn wir einige Exemplare des »Faust« oder des »Zarathustra« (die jeder zweite deutsche Soldat im Tornister hatte), ja sogar einige unserer Liebesgaben, die sie im Magen hatten, mitgegessen hätten, was weiter? Wenn man auch zugäbe, daß die Liebesgaben gelesen weniger schaden als gegessen – die Bücher jedenfalls schaden mehr, wenn man sie liest, als wenn man sie ißt. Es berührt beinahe tragisch, daß man etwa von unseren Zeitungen, die man nach anfänglichem Zögern endlich doch zu Leichenhemden für unsere Soldaten verwendete, besser ausgenutzt hat als die Leichen selber.

B 4

Dies würde eine womöglich noch engere Zusammenarbeit von Industrie und Presse verlangen. Ohne die Presse wäre es überhaupt nicht durchzuführen, weil nur diese die ideologische Vorarbeit leisten könnte. Diese Aussicht auf so lohnende Zusammenarbeit würde natürlich die Presse von Anfang an für den Denkismus gewonnen haben. Wer aber gesehen hat, was die Presse im Weltkrieg geleistet hat, der wird überzeugt sein, daß sie auch dies schaffen würde.

B 5
Denke

Nach der Stadt gehend, erblickte er ein Kind, das auf einen dürren Baum kletterte, und geriet in großen Zorn durch diesen Anblick. Eine ganze Zeitlang stand der Greis wutbebend am Fuß des Baums und beschimpfte den Knaben, der ihm die Zunge herausstreckte; ja, er blickte sich sogar nach einem Schutzmann um, bevor er zögernd und tief verstimmt weiterging. –

Der Hosenträger hielt. Er war aus Menschenhaut verfertigt und zeigte eine bei diesem Material ungewöhnliche Zuverlässigkeit. –

Dieser Krieg entstand dadurch, daß die Menschheit mit ihren Erfindungen und Entdeckungen nicht mehr fertig wurde und eine kleine Anzahl von Leuten daraus Gewinn zog. Das Fleisch der Rinder war weit entfernt von seinen Essern, und es gehörte angestrengte Arbeit und die Erfahrung eines Lebens dazu, die Rinder in die Mägen zu bringen; d.h. Rinder für die vielen Mägen und Mägen für die vielen Rinder ausfindig zu machen. Ähnlich war es mit dem Eisen und der Kohle. Aber was immer es für Mängel und Verbrechen gab, es gab immer Leute, die daraus ihren Gewinn zogen. Die Wissenschaft hätte wohl in Erfahrung bringen können, daß die Erde von allen lebenswichtigen Dingen genug hatte, um alle Lebenden zu versorgen, aber den Herrschenden war es wichtiger, dies zu verheimlichen. –

Wie die meisten großen Männer dieses Zeitalters war Denke übrigens ein Dummkopf und nur in einer einzigen Sache klug. –

Aber auch unter diesen schrecklichen Entbehrungen lebten alle genauso weiter wie ehedem unter Ausschweifungen. Die Weiber gingen vom Gebrauch *eines* Mannes zu dem mehrerer über, ohne sich im geringsten zu verändern, und etliche verzichteten auf alle geschlechtlichen Vergnügungen, ohne sie zu vermissen.

B 6
Denke

Iß, sagte er, iß, du wirst nicht mehr oft zu essen kriegen.

Der Knabe lief ihm noch ein Stück nebenher und glotzte ihm blöd nach. Es dauerte ihn, daß er nicht bald wieder einen so guten Mann treffen würde.

A 4
Grosse Linie

Das Buch endet mit der Überwindung und Ausschaltung der Tuis. Ihre große Zeit ist unwiederbringlich vorüber, als die Demokratie vorüber ist. Auch Goger Gogh ist ein Tui, aber ein depravierter, der sich seines Intellekts entäußern mußte. Das »völlig Neue« der Faschisierung sind die nun stark und nackt hervortretenden Grundlinien der kapitalistischen Herrschaft, die immer vorhanden waren und von den Tuis des »großen« goldenen Zeitalters ja respektiert worden waren. Sie täuschen sich gründlich über die Möglichkeiten von Fortschritten und des freien Geistes unter dieser Herrschaft. Der »neue« Geist, der einzieht, ändert nicht nur nicht die Grundverhältnisse, sondern konserviert sie nur besser.

A 5
Grosse Linie 2

Der Kampf innerhalb der Regierung geht um die Frage: innerhalb oder außerhalb der Legalität. Gogher Gogh entscheidet sich für die Legalität. Jene Freiheit, die es bisher gab, kann man ohne weiteres beibehalten, es ist keine gewesen, das Gerede allerdings muß aufhören.

Die »Zusammenfassung« in Ständen ist in Wahrheit (in der Wirkung) ihre Trennung. Sich nur mit sich selber befassend, gehorchen sie der gleichen äußeren Instanz.

Die Selbständigkeit der Provinzen fällt, aber es war nur eine Selbständigkeit ohne Wirkung. Bestand die Möglichkeit der Niederknüpplung jeder ökonomischer Opposition von unten herauf, war die einzelgehende Polizeigewalt nur mehr störend.

Daß die erstmalige Anwendung der Demokratie ihre Aufhebung ergibt; daß das befreite Volk diktiert, es müsse beherrscht werden, ist der Hauptwitz des Buches.

A 6
Grosse Linie 3

Der Hauptgrund des nicht eingreifenden Denkens ist die falsche, nicht eingreifende Demokratie. Rechte, zu deren Wahrnehmung die Mittel fehlen; Parteien, die nach falschen Gesichtspunkten aufgebaut und voneinander unterschieden sind; Fürsorge für einen Volksteil, die Raubbau an einem andern bedeutet; Pazifismus ohne Ausmerzung der Kriegsgründe; Habsucht bei der Aufteilung der Produktion, statt Vermehrung derselben usw. usw. Immer ist der Geist den Tatsachen voraus, aber nicht wie ein Traktor, sondern wie ein Kapriolen treibender Hund. Folgenlosigkeit ist der Passepartout für den »Geist«. Politische Freiheit bei ökonomischer Unfreiheit, das ist der *Grund der Verwirrung*.

A 7
Grosse Linie 4

Ein großes Aufatmen geht durch den Sitzungssaal, als der Taschi Lama seinen *Grund der Verwirrung* bekanntgibt. (Die Unordnung der Wörter!)

Der große Einfall ist: die Befreiung des Volkes. Es wird von jenen Blutsaugern befreit, die nur halbe Arbeit gemacht haben, in der Befreiung steckengeblieben sind.

A 8
Das goldene Zeitalter der Tuis

Zug des Papstes. Der Urgrund der Verwirrung. Später wiederaufgenommen von Gogher Gogh in der großen Umbenennung

Geschichte der beiden Knaben.

Kampf gegen das Buch.

A 9

AUFBAU

1. Kapitel: Die drei Reisen
2. Kapitel: Die Befreiung der Kahnschlepper
3. Kapitel: Das Seminar

A 10

I.

1) Vier Reisen
2) Sturz der Dynastie
3) Die glücklichen Monate
   Die Tuis empfangen den geschlagenen Marschall (?)
   Tod des Hafners   Die Weimarer Verfassung
4) Eintreffen des Papstes
   Der Marschall wird Präsident
   und empfängt den Papst
5) Karriere des Gogher Gogh
   Der Marschall bekommt ein Geschenk
6) Der große Kongreß
7) Das große Beispiel
   Rettung des kaiserlichen Eigentums
   (Fürstenabfindung)

A 11

II.

DREI BERICHTE

a) In der Tuischule *von der Abdankung des Kaisers*
b) In den Kaffeehäusern *von der Präsidentenschaft des Hafners*
c) Im Zelt des Papstes *von dem Zustandekommen der neuen Einladung*

A 12
GESCHICHTE DER TUIREPUBLIK

1) Die chimesische Revolution
2) Die Tuiverfassung
unter unwürdigen Begleitumständen
3) Inflation und Tod des Hafners
die Begräbniskosten
4) Die Wahl des Marschalls
5) Auswärtige Politik
die Schulden
Aufbau der Industrie
6) Der Kampf des Hu-ih
auf verfassungsmäßiger Grundlage

Der Hui-ih studiert die freieste Verfassung der Welt und beschließt, nach ihr zu handeln

A 13
GESCHICHTE DER TUIREPUBLIK

1) Die chimesische Revolution
2) Die Tuiverfassung
3) Inflation und Tod des Hafners
4) Der Marschall wird gewählt
5) Die Teilung des Kuchens
6) Die Pazifisten bauen die Wirtschaft auf
7) Der Marschall rettet die Republik
8) Sieg des Hu-ih

A 14
DIE GESCHICHTE DER TUIREPUBLIK (SKIZZE)

Die Sozialdemokratie macht zuungunsten des Proletariats den imperialistischen Krieg mit. Die Revolution erfolgt als Meuterei, Zusammenbruch, spontan und richtungslos. Der Prolet ergreift nicht das Gewehr, sondern wirft es weg. Nun liquidiert die SPD den Krieg zuungunsten der Revolution. (Die Sozialisierung der Industrie würgt sie ab, »weil sonst die Industrie dem Feind gehört«, die Zerschlagung des Großgrundbesitzes, »weil sonst die Brotversorgung gefährdet ist«.) Der Militarismus wird abgebaut, die Industrie wird aufgebaut. Die innere Politik: Protektionismus gegenüber der Arbeiterschaft. Die äußere: Pazifismus. Der Pazifismus ruiniert den Protektionismus. Die Industrie ist eine imperialistische, da Profit erzeugende, auf Militarismus angewiesene. Die unerhörte Rationalisierung wirft das Proletariat auf die Straße. Von wo es die Militärs in die Kasernen – und in die Fabriken hereinholen. Der zweite Weltkrieg steht bevor.

A 15

I

Die Lage des Volkes lernt man in den Kaffeehäusern der Tuis kennen. Die Nöte und Irrtümer des kleinen Mannes.

Der Direktor der Tuischule, ein Mann der Toleranz (auch gegen die Intoleranz); er ist für freie Forschung. Meinungsfreiheit. Humanismus. Reformen. Geist. Er war Kanzler. Er wird es vielleicht wieder.

Das Liebesleben der Zöglinge. Korrektur der Realität an den Prinzipien. Die billigen Liebeskräfte. Die Prostitution im Erwerbsleben. Die Wette der Knaben. Das Weib bekommt den Brotlaib, da sie, vor Zeugen, keine Lust verspürte.

Reise des Kwan nach Hause. Der Onkel, der gern sein Anwesen anzünden möchte. Schwierigkeiten mit der Versicherung. Die Chemiker beschäftigt.

Faust, von Kwan und Hung gesehen. Der Denker und Erfinder, sein taedium vitae, sein Kontrakt mit dem Teufel, das Gold, das junge Weib, das ihm Frucht trägt, sein Benehmen ihr gegenüber, Heinrich, mir graust vor dir. Seine unhinderbare Aufwärtsentwicklung, Entfaltung, teures Wachstum des großen Tui.

Zwei Unglücksfälle haben China kürzlich betroffen. Einige neue Erfindungen zur Ersparnis der Arbeitskraft und einige Rekordernten. (Die Erfindungen neuer Maschinen zum Einsparen von den hochgetriebenen Löhnen, also nicht aus Übermut.)

Abdankung des Kaisers, von den Tuis erzwungen.

Die glücklichen Monate der Freiheit. Die Tuis führen, reden, schreiben. Ihr historischer Verrat.

Begrüßung des geschlagenen Feldherrn durch die Tuis.

Der Ratgeber trifft ein, wenn der Kaiser geflohen ist. (4)

A 16
TUI ROMAN

I. Der Verrat der Tuis (sie sabotieren die Revolution der Arbeiter und Bauern. Predigen Ordnung.)

Schluß von I: Nach dem großen Konzil: das Geben des Beispiels. Demokratie.

A 17

Umsonst wäscht so einer sich doch nicht die Füße!

Der Tui hält die Lastträger *auf*

Der große Tui Lo-ho präsentiert sich in Papierkleidern

I,1
Ich bin der letzte, der einen Skandal will

A 18
ZU I,2

Die Abgeordneten, zur Stärkung der Truppenmoral an die Front fahrend, setzen sich an die Spitze der meuternden Truppen.

3, die Generäle, die sich vor der Friedenskonferenz drücken. Einer hat Schnupfen, ein zweiter läuft weg durch den Abtritt

Die im Regen stehenden Abgeordneten, die ihre Schirme aus militärischem Geist daheim gelassen hatten, nehmen übel

A 19

Rechtspflege unter Wei-Wei

Rolle der Güte, überhaupt der geistigen Beeinflussung.
Der Mensch im Verbrecher

Die Sexualmoral und das Buch des Van-Eh-Weh

Die Glaswassertheorie
die (Natürlichkeitspädagogen)

A 20
I

Der Krieg war notwendig, weil die Wirtschaft ungeordnet war, als das alte Mittel für die alten Schwierigkeiten. Wenn er verlorenging, so war er unpopulär, aber dadurch nicht weniger notwendig, da die alte Wirtschaft ungeordnet und auf Krieg angewiesen geblieben war.

Für den Frieden arbeiten hieß, ebenso wie *für die Kultur arbeiten*, den Staat gefährden, und das tun die Tuis. Sie halten den Krieg für überwunden, weil die Menschen ihn kennengelernt haben und »dagegen« sind.

Der Krieg wird vorbereitet von den alten und zukünftigen Gegnern dadurch, daß sie ihr Kapital ins Land pumpen, um es hoch zu verzinsen. So bauen sie eine sehr potente Wirtschaft auf, die dann den Krieg braucht (und ermöglicht).

Der große Skandal, der vertuscht werden muß und nicht kann.

I,2
Der Zug des lebenden Buddha wird zu Beginn des zweiten Jahres beinahe abgestoppt durch die Nachricht vom Verlust des Krieges und der Verjagung des Kaisers. Die revolutionäre Regierung hält jedoch, nach einigem Schwanken, die Einladung auf-

recht. Allerdings steht, wenn der Zug eintrifft, auch diese Regierung schon vor ihrem Sturz.

A 21
II

Die Tuis machen sich lustig über den unwissenden Hu-ih. Sein Werdegang. Seine 53 000 Sprachschnitzer in seinem Buch »Wie ich es schaftete«.

Inzwischen siegt er draußen.

Die Tuis stellen die Kulturschätze bei den Niedrigen ein.

Morche

Die Kunst des Speichelleckens

Natürliche Anlage nötig?

II

Der Erzähler der Tui-Geschichten, der Arzt Ker-fi-er (Friedrich Kraus), ein geräuschvoller Siebziger. Skeptiker, Sokratiker, Vitaliker. Sein Freund Len hört ihm zu, die Hände gefaltet, das eine Auge zuzwickend, den Kopf bequem zurückgelehnt, oft lachend.

Len ist wirklich arm, im Gegensatz zu Taschi-lama.

Kwan lernt den berüchtigten, blutdürstigen Len kennen. Den Teiler, den Frauenaufteiler, den Klosterbrenner, den Leugner der siebzig Prinzipien. Er hört ihn beweisen, warum die früheren Aufstände nicht gegangen sind, er hört ihn die großen alten Tuis preisen.

Die Kaufleute der ersten Zeit loben.

Ist Len ein Tui?

II

Kwan geht mit Len fischen. Die Bedenken Kwans, des Vegetariers. Len lacht. Lens Geständnis: Er dürfte nicht fischen gehen, weil er die Gesetze einhalten muß, als Illegaler.

A 22
II, 1

Die Urlauber und ihr Empfang. Die Brotlaibe. Die neuen Bräute. Schilderungen der Bewillkommnung (der Brotlaibe) in den Zeitungen.

Die Schulfeier. Die Verlustlisten.

Die Volksvertreter reisen ab, um den Geist der Truppe zu heben. Sie stoßen auf den abgedankten Kaiser und werden von der Truppe als Führer bewillkommt. Die Erzählung des dicken Fu vom machtlosen Kaiser.

A 23
III

Der Skandal wegen der *Flüsse der Wasserfiskusleute* wird aufgedeckt, da das Militär wirklich Produktion braucht.

A 24

Der E-weh setzte sich an die Spitze der Revolution wie der Korken an die Spitze der Flasche.

A 25

Die Tuischule. Die Verkaufsstände (Hörsäle). Der Meisterverkäufer, der den Verkauf lehrt, zeigt, in welchen Schachteln die Artikel sind usw. Geschichtsstunde. Die alte Theorie über den Kriegsausbruch. Wird nicht mehr verkauft. Warum? Wie man den Geschmack des Publikums feststellt. Die neue Theorie. Beide aus dem Schubfach »Untiefen der menschlichen Natur«. Jetzt ist es der zu kurze Arm des Kaisers, die Ungeschicklichkeit der Diplomaten, die Panik usw.

Hauptlehre: Das Bewußtsein bestimmt das Sein.

Die Geschichte Chimas im Zeitalter der Tuis. Fortlaufend eingestreut in den eigentlichen Roman. In Versalien gedruckt. Die Tuis des Romans müssen dann nicht die eigentlichen Politiker sein, und der Roman kann die Erziehung Hungs und Kwans zu Tuis sein.

A 26
Tui-Roman

Der Schüler, der den Tuimeister so beneidet und, verzweifelt, daß er ihm nicht gleichkommt, Nützliches und Tapferes tut. Bewundernd das Alberne, verachtend und tuend das Rechte.

A 27

Kanonen, Tanks und Giftgas (in Flaschen) in kleinen Läden verkauft. Reden der Verkäufer.

(Eventuell Prüfungsaufgabe)

A 28
Turandot

Die Überlegungen, ob es nötig sei, das oberste Gericht zu bestechen. Durchnehmen der obersten Richter erweist, daß sie sich selber verteidigen. »Um sich selber freizusprechen, muß man nicht bestochen werden.«

Alles vom Standpunkt des Sekretärs aus, der das Formulieren lernen muß.

Die Berichte der zwei Sekretärschüler, die einander bekämpfen, des verfressen idealistischen und des verbissen materialistischen.

1. Bericht: Drei große Erfindungen (im Wasserbau, in der Atomtheorie und im Verkehrswesen) sind schuld an dem Zerfall des Reiches der Mitte. Bewiesen vom Dünnen.

2. Bericht: Die Zerrüttung Chimas kommt daher, daß die Wörter in Unordnung gekommen sind (Konfutse). Geschrieben vom Dicken.

Das Seminar der Tellek-tuell-ins bekommt Einquartierung: die Fürsorgeabteilung des Taschi Lama. Freundschaft der Sekretärschüler mit dem Vorkauer der sieben Hunde.

Die Fürsorgeabteilung umfaßt die Fürsorge für die Hunde, die Soldaten und die Tellek-tuell-ins des Taschi Lamas. Sie pflegt die Mildtätigkeit. Sie pflegt sie übrigens ausgezeichnet.

Die Ehe der Turandot: Vertrag über die zeitweilige gegenseitige Überlassung der Geschlechtsteile zu vorsichtiger Benutzung (Kant).

A 29

In den Mittelpunkt zu stellen: menschliche Menschen. Die kleinen Tuis und die niederen Schüler, die Lernenden, die Steine vorgesetzt bekommen zum Essen. Sie mögen weinen mit den kleinen Tuis zusammen, den ehrlichen, beschränkten, die sich über ihre schlechte Ware entsetzen würden, wenn sie Verstand genug hätten, sie zu beurteilen. Die ohnmächtigen, guten, verwirrten kleinen Tuis.

A 30

Der astrologische Tui
Bestimmt die Geburtsstunden der Rennpferde, um bei den Rennen setzen zu können. Eventuell fragt er dann den Astrologen nur nach Fräulein X, ohne zu verraten, daß das ein Pferd ist.

A 31

Der kleine Tui, der am Morgen, beinahe noch in der Nacht, seinen Wagen aus der Remise zieht und auf den Markt trottet. *Der Markt der Tuis lag neben dem Markt der Kohlhändler.*

A 32

Nicht nur durch das Schwert kann das Volk ausgebeutet werden, nötig ist auch die Moral: sie ist das Öl, mit dem das Schwert eingefettet wird, sonst setzt das Schwert selber Rost an.

Intellekt-uell-in
Die Kaste, die es dem Volke sagen, formulieren
Das goldene Zeitalter
Die drei Tage des Mong Ko
Das große Konzil endet mit Jojo
Diskussion der IUI mit nur 17 Wörtern
»Der ist ein toter Mann« usw.
Die Tochter will einen IUI heiraten
Der 80jährige, der ein 18. Wort vorschlug und von Mönchen versteckt wird
Der Dalai Lama kam deshalb zum Kaiser
Er zog durch vier Hungersnöte (vier Jahre)

Der Vorkauer
Ein junger Mönch, der für die Hunde zu sorgen hat
Der alte Weise stirbt, der Junge will noch seine Weisheit erfahren. Der Alte ist aber inzwischen gestorben, inzwischen stirbt auch der Hund.

Mong Ko: In einer Regierung müssen die Philosophen geehrt und angesehen werden. Am besten ist, sie regieren mit. Damit ist meistens das Volk einverstanden. Sind sie nicht angesehen und regieren sie nicht mit, machen sie Stunk.

(Ich habe den genauen Text nicht zur Hand, er stand in einer sehr genauen Übersetzung in der »Neuen Zeit«, die ja nun in A ist.)

A 33

Das schmutzige Trifolium besteht aus dem Armeespitzel Hu-ih, dem verkrachten Pfaffen Gogher Gogh und dem früheren Feldwebel Hu-ihs, dem furchtbaren Angerlan.

Drittes Buch. Die Tuis unter der Herrschaft des Hu-ih. Teils in der Verbannung, teils im Reich der Mitte. Die Verwirrung der Begriffe ist nunmehr durch den Hu-ih beseitigt. Die Tuis im Inland bauen auf. Die Tuis im Ausland halten immer noch krampfhaft an den alten Begriffen fest, schwören auf die Quelle der Übel und verfluchen die Übel.

Zweites Buch. Die Verjagung der Tuis durch den Hu-ih. Alles geht in einer Tuischule vor sich. Während draußen die Verfolgungen einsetzen, werden die Taten der Tuis im goldenen Zeitalter erzählt.

A 34

Nicht die Mörder hingen an den Galgen, sondern die Verhungerten.

Das große Begräbnis: Die Hüte ab! Er wird hinuntergelassen.
Den ihr haßt, er wird begraben. (Stille)
Jetzt ist er hin. Es ist besser.

T *Brot und Arbeit*

A 35

Zunehmendes Elend und Verfall der Staatsmacht veranlassen den Kaiser, seine Tuis zusammenzurufen. Auf einer großen Konkurrenz wird der Urgrund der Verwirrung entdeckt: die Wörter sind in Unordnung geraten. Der Mensch muß gebessert werden. Nunmehr wird der Mensch gebessert. Inzwischen geht die eigentliche Geschichte natürlich weiter. Sie besteht aus den Maßnahmen der Klassen, ihre Lage zu sichern oder zu verbessern.

[Randnotierungen:]
Tuistisch: Sein Gewissen (schlechte Träume)
Klassenkämpferische Ideologien

A 36
HUNG

Die Diplomaten
Der Tui Historiker entwickelt die Unfähigkeit der Diplomaten. Danach erzählt Hung von seiner Heimat. Der Sandboden der Barone. Seine Schönheit. Man unterstützt sie, weil man sie als Diplomaten braucht. Sie verteidigen den Osten, eben diesen Sandboden. Sie haben ihn erobert.

Religion
Die Barone haben den Ureinwohnern die Religion gebracht. Diese hatten Mühe, sie zu verstehen. Die Göttin hatte den Gott durch die Nase geboren. Vier unsichtbare Götter, die zugleich ein einziger waren. Das Glauben an mehr als einen Gott verboten. Wechselnde Bedeutung der vier Götter. Zuerst der Patriarch rachsüchtig und mit einem Lieblingsvolk. Dann der Junge, ein Leidender. Dann der Gasförmige, Durchdringende. Durch Feuer und Schwert waren die Urbewohner von der Existenz des leidenden Gottes überzeugt worden.

Der Tod des Hafners inmitten der medizinischen Tuis von Peking. Ker-fi-er geht Schach spielen, als er hört, der regierende Hafner sei erkrankt. Me-et bleibt zu Hause und muß behandeln. Er operiert nicht.

Zweimal schulfrei. Am Tag von Kaisers Geburtstag und am Tag seiner Abdankung. Als sie am Tag der Niederlage frei bekommen, sagt einer, besser an den Siegestagen, davon gibt es mehr.

A 37
TURANDOT

Das Kaiser-Jen-Forschungsinstitut: 22 Ärzte versuchen die Verdauungstrakte von 500 Reichen so zu verbessern, daß sie pro Person täglich fünf Rinder und einen Waggon Getreide verzehren können. Dies ist die Lösung der Krise! Die Biologen in Zusammenarbeit mit den Konjunkturforschern.

»Denke und der Denkismus«, die Doktorarbeit des Lehrers der beiden Sekretärschüler.

A 38

Eine Reihe von Selbstmorden hoher Tuis, einige Hochverrate

Der Kaiser, aufgeklärt und den Künsten zugewandt, hindert die Tuis, indem er aus ihnen seinen Schwiegersohn holt ...

Die freiheitliche Literatur – frei, soweit folgenlos

Das erste Zeitstück

Darstellung der Reformistik. Die Besserungsanstalten.

Tod des Unbestechlichen

Die Entdeckung der Memoiren

A 39
TUI

Die Liga der Kriegsverächter, deren Mitglieder sich verpflichten, jedem Soldaten im Vorbeigehen »einen vorwurfsvollen Blick zuzuwerfen«. Es muß das im Krieg und im Frieden, im Geschäft und in der Liebe geschehen.

A 40

Einführung einer neuen kleinsten Münze, doppelt so groß als die bisherige.

Die Bewegung der Kahnschlepper, die Sklaven werden wollen. Sie werden zu unregelmäßig beschäftigt.

Goger Gogs große Idee: das Gefühlsmäßige. Der Antitellektualismus.

x – die große asoziale Einführung
x bringt Kulis und Bauern auseinander. x ist scheinbar sozial, d.h. die Tuis behaupten und beweisen es.

Die Verhandlung der Revtuis mit den Kleinbürgern (*Großkulis*). Diese sind für Revolution, aber sie können es, wie die Revtuis beweisen, nicht sein. Die Großkulis schlagen sich, da die Kulis ihre Angelegenheiten nicht betreiben, auf die Seite der Kaufleute. Jetzt triumphieren die Revtuis und vernichten alle Revtuis, die ehedem für Zusammengehen waren.

A 41

TUI

Die Bewegung der Fe-esch

Ist ursprünglich gegen die Herrschaft der Tuis gerichtet. Sie macht ihr ein gewaltsames Ende. Die bestehende Demokratie hat nicht den Sieg des Volkes ermöglicht. Sie ermöglicht hingegen seine Niederlage. In einem historischen Moment erkennt Tifeh die Brauchbarkeit der Demokratie für die Aufrichtung der Diktatur. Am Ende stellt es sich heraus, daß die Fe-esch lauter Tuis sind. Es war einfach der Aufstand der unteren (untüchtigsten) Tuis gegen die oberen.

A 42

Unter dem Hi-jeh forderte der Propagandaminister die Künstler auf, Werke zu schaffen, welche die Sinnenfreudigkeit des Volkes erhöhten. Darin eiferte er den Musikern der Tuiperiode nach, die von den Familienvätern, aus denen die Musikorchester bestanden, Musizierfreudigkeit verlangten. Aber der Minister des Hu-ih hatte ernstere Gründe: er wandte sich gegen die Mucker im Interesse der Militärs.

A 43

Die sieben Wissenden, der kleine Orden, das kleine geschäftliche Unternehmen. Sie ziehen herum und rufen ihre Traktätchen aus: Der Urgrund der Verwirrung! Kauft das Buch über die Wurzel aller Übel!

Ihr siebenter Mann: der Abtrünnige der Fe-esch-Anhänger! (Oder der Hui?)

A 44

Die Vierhandaffäre
Einige Tuis kämpfen gegen ein Unrecht, das einem fremdrassigen Offizier der Armee getan wird. Die Armee wird unter die Zivilgewalt gebeugt. Einige Jahre später ist sie dadurch imstande, den imperialistischen Krieg erfolgreich zu führen.

Der Verein der Lügner für Menschenrechte
Die Protestklüngel gegen das Unrecht. Sie kommen Tag und Nacht nicht aus den Kleidern und lösen am Ende wahre Proteststürme aus, weil sie solchen Gestank verbreiten.

Lan-win hatte zum dritten Mal in vier Tagen versucht, auf ein Klosett zu gelangen, als ihn wieder ein Justizmord auf der andern Halbkugel zurückhielt. Er schrieb, im Stehen, von einem Fuß auf den andern tretend: Wer vermöchte seinen stürmischen Protest zurückzuhalten, wenn er hört, daß Leute nur ihrer Überzeugung wegen verfolgt werden? Er setzte in rasender Eile seinen Namen drunter und wollte eben um eine Ecke biegen, als ihn schon andere Leute mit frischen Berichten von Untaten verantwortungsloser Regierungen einholten.

Der Sekretär, der ihm, auf dem Bauche kriechend, die erste Unterschrift abgefordert hatte, gab ihm eine Ohrfeige, schlug ihm dann mit dem, was er einen Wisch nannte, um die Ohren und trat ihm in den Hintern. Sein Name stand anderntages unter denen der schlimmsten Verräter im Blatt.

Das Haus des Ja-oh-da
Der Polizeimeister Ja-oh-da läßt sich von Gefangenen ein Haus bauen, um sie dadurch seelisch zu heben. In die Wände mauert er Dossiers gegen die höchsten Männer des Staates ein; so sitzt er wie in einer Festung. Um zu den Dossiers zu kommen, läßt Ni-en das Haus niederreißen.

Das Haus des Ja-oh-da könnte eines der Wunderwerke des Ni-en genannt werden. Er läßt seinen Polizeiminister darin wohnen, damit er es bewache.

Pin Sche-r läßt sich in die Parteigeschichte hineinschreiben

Er hat das Bier geholt. Das wird so ausgedrückt: Er hat die Verbindung zur Brauereiindustrie hergestellt.

Zuerst muß er jede Formulierung bezahlen. Dazu reichen bald seine, durch Bestechungen sehr angeschwollenen, Einkünfte nicht mehr aus. (Um den Ruhm des Redlichen zu bezahlen, muß er drei Provinzen bis zum Ausbluten pressen und dann schlägt ihm der Tui vor, lieber den Ruhm des Unbeugsamen zu kaufen.) Schön der Tag, wo er die spezifizierten Rechnungen durchstreichen und als einzige Belohnung verfügen kann, der Tui könne auf freiem Fuß bleiben.

A 45

Die Wirtschaft des Reiches

Die Maispflanzungen der Barone liegen im Nordosten des Reiches, auf sandigem Boden. Sie müssen ständig subventioniert werden. Die Barone kämen billiger, wenn sie nicht viel Geld in den Sand steckten. Sie brennen auch Schnaps. Sie stellen die Offiziere und Diplomaten des Reichs, unentbehrlich durch ihr Kommandier- und Schleiftalent. Die Tuis in dieser Provinz sind verkümmert und verachtet.

Die Textilfabriken liegen auf fruchtbarerem Gelände, jedoch weit vom Meer und weit von den Baumwollgebieten. Durch eine unglückselige Familienfehde der Fürsten sind die Gebiete der Fabrikation auseinandergerissen worden. Die Fabriken leben vom Export, da die Einheimischen zu arm sind.

Der Plan der Verstaatlichung der Maisanpflanzungen scheitert daran, daß die Tuis fürchten, die Maisversorgung könne dann stocken, denn die Häfen werden vom Feind blockiert.

Die Verstaatlichung der Textilfabriken geht nicht, weil die Tuis sagen, sonst lege der Feind seine Hand darauf.

Die Kriegsentschädigung wird niemals bezahlt. Im Gegenteil pumpen die Fabrikanten Millionen von den Feinden, um die Wirtschaft auszubauen. Dadurch entsteht Arbeitslosigkeit und Expansionstrieb. Wenn die Kriegsentschädigung zurückbezahlt werden muß und die Kredite ausbleiben, entsteht die große innere Krise, die der Hu-ih löst, indem er den neuen Krieg vorbereitet.

A 46
Die zwei Hauptfehler sind

Der Kuchen soll gleich groß bleiben, die Schnitten sollen größer werden. Die Tuis ändern nichts an der Produktion, wollen aber den Konsum vergrößern. Die Arbeiter sollen mehr Löhne bekommen, aber sie sollen nicht mehr produzieren dürfen.

Die Wirtschaft produziert den Krieg, aber die Politik soll ihn vermeiden. Die Außenpolitik ist defensiv, die Wirtschaft offensiv.

A 47

Die Arbeitsbeschaffung. Es werden Meerbusen zur Bodengewinnung zugeschüttet. Zugleich wird Getreide ins Meer geschüttet. Dann wird der Meerbusen ausgebaggert, wegen der Schiffahrt. Aus dem Dreck werden Berge gebaut wegen des Fremdenverkehrs. Welche applaniert werden, damit Weizen gebaut werden kann. Den man ins Meer schütten kann, das aufgeschüttet wird usw. usw.

Johann Gottlieb Denke. Eine Verteidigung des großen Nationalisten. Seine Lehre, welche durch die Formel ausgedrückt wird: r = n (Esser = Essen). Sein praktisches Scheitern an der Humanitätsduselei, am Kleinbetrieb. Sein theoretischer Irrtum: Notwendigkeit der Reservearmee (Formel). Der Nachweis rettet das Proletariat.

Die Uniformen. Die Schmiedeherren mieten eine Privatarmee von Totschlägern. Diskussion der Tuis von Frud über Minderwertigkeitskomplexe, Fetischglauben, Urinstinkte. Verbot der Uniformen. Weiterbestehen der Mordbanden. Ta tse, der Abt von Frud, wird von einem Zivilisten angefallen. Auf dem Totenbette gibt er an, es sei ein Uniformierter gewesen, der Theorie wegen lügt er.

A 48
Das goldene Zeitalter der Tuis

Letzte Aufgabe der Tuis: Fesselung der Produktivkräfte. Am Ende die allerzerlumptesten Tuis, die denaturierte Intelligenz. Sie bringen selber den Tuismus so in Mißkredit bei allem Volk, daß einzelne Tuis in Käfige gesetzt und als Bestien ausgestellt werden in Unnaturschutzparks, wo sie rechnen, Gestirne betrachten usw. Natürlich setzen sich wieder Tuis an die Spitze auch dieser Bewegung, die Fe-esch.

Der letzte große Anschlag, der die Herrschaft der Tuis für tausend Jahre sichern soll, scheitert an Kleinigkeiten. Das Licht geht aus, die Tram fährt nicht usw. (Streik)

Der wirkliche Kampf wird von den Unternehmern und den Unternommenen geführt. Von ihm erfährt man wenig. Er geht von Anfang bis zum Schluß durch. Dazwischen, riesig aufgeblasen, ein Wasserkopf, eine Blutblase, die Tuis-Aktion, den Kleinbürger betrügend (ab und zu wird durch Spenden nachgeholfen).

Der Gefreite in der Hand seines Feldwebels. Polizeispitzel, schöner Feh. Der Feldwebel weiß, daß das Kreuz unecht ist. Die Zeitungsgründung. Was dafür alles notwendig ist. Eigentlich nur die Annoncenplantage.

Feh, ein gescheiterter Tui, Maler, Anstreicher, Schriftsteller.

Der Gobbelo, der Vorkäuer des sechsten Hundes.

Alle Faschismen. Der Klerikofaschismus (Dalai Lama) zusammen mit den Metaphysikern aller Richtungen, Atheisten, Positivisten, Neuheiden, Gewaltanbetern, Blubopriestern, Übermenschen.

A 49

Die Unstimmigkeiten. Die Maispflanzungen der Barone in der Wüste. Die Bauern, die winzige Flecken mit dem Taschenmesser pflügen, im Ohr ihrer Großmütter ansäen usw. Dann die Entdeckungen der Tuis Physiker. Unstimmigkeiten der allerfeinsten Art, die sehr verblüffen. Kausalitätszusammenbruch. Gleiche Ursachen führen zu verschiedenen Wirkungen. Wieder die soziale Umwelt.

Die Verwirrung der Begriffe versucht der Tui Logiker Bo-en-reich ähnlich zu lösen wie der Papst: durch Entwirrung der Begriffe.

A 50
WARUM INTERNATIONALITÄT DER ARBEITER?

1) Das Proletariat kann wegen des Nationalismus seine Angelegenheiten nicht ordnen.
2) Das Proletariat kann innerhalb der Nation die der andern Klassen und seine eigenen nicht ordnen. (Bauernfrage, Planwirtschaft, Friede usw.)

Die Tuis und ihre Demokratie usw.

Harmlos (verletzen den Besitz nicht) solange bis entweder
1) das Proletariat sich mit ihnen, stärker geworden, einigt oder
2) die Zeit da ist, durchzugreifen, da das Proletariat geschwächt ist, aber die Unlösbarkeit aller Fragen durch die herrschenden Klassen (und Schmarotzer) feststeht.

A 51

1) Osthilfe Die großen Pächter
2) Ruhrhilfe (bei der Ruhrbesetzung) Die großen Industriellen
3) Aufstand in der Provinz Setzuan
4) Inflation

A 52
Beschreibung

eines Kunstgegenstandes (Teppichs, Tisches, Holzschnittwerkes, Globus), der einem Menschen dazu dient, seine Gedanken zu ordnen, Maß oder Kühnheit in seine Gedanken bringt, je nachdem

einer Stadt, vom Standpunkt eines Gemüseverkäufers

einer Kriegslandschaft, die später nicht mehr erkannt wird

aller Urteile eines Richters. »Alle diese Urteile verhängte er im Namen des Rechtes und nicht in seinem eigenen. Sie begannen mit: Das Gericht erkennt, und stützten sich auf das Gesetzbuch. Von diesem Mann hätten seine Freunde, befragt, viel zu erzählen gewußt, was seinen Charakter bewies, aber nichts von dem obigen.«

der Mühe eines Novellisten mit einer Liebesgeschichte (Ottwaltseefilm).

des Rates eines ITI bei einer dunklen Eheirrung

A 53

Der bennoide Mensch im Hutladen
Kipling (Ki pling), der eine Mark pro Zeile verlangt
Die Konzentrationslager der T-t-is.

A 54

Die Tuis von Aka heben den Geschmack des Volkes und die Tuis von Mu-sin erklären für schön, was nützlich ist.

Der Arbeiter, der, wenn sein Sohn auszieht, Lear zitiert.

A 55

Turandot
Der General fand unter seinen Eingängen ein wissenschaftliches Buch, in dem von seiten der Physik gegen alles Philosophieren

Front gemacht wurde, bei dem Sätze aufgestellt wurden, für deren Richtigkeit oder Falschheit es keinerlei Nachprüfungsmöglichkeit gab. In seinem schönen alten Stuhl sitzend, las er, daß zur Entwirrung des grotesken Gestrüpps, Metaphysik genannt, nur noch die allerschärfsten Maßnahmen Aussicht auf einigen Erfolg hätten.

Revision der Grammatik und Syntax
Der General schnitt mit einem breiten Schlächtermesser sorgfältig die Bögen auf. Ab und zu sah er kühlen Blickes ohne Mienenspiel in die Luft. Er erkannte, daß die letzten Tage der Tellektuell-ins hereingebrochen waren.

A 56
TUI-ROMAN

Der Psychoanalytiker Futsack Hoder Pehn gewann eine lukrative Praxis im heiligen Walde durch seine ingeniöse Behandlung des Alma-Komplexes, den er selbst entdeckt hatte.

A 57

Der Philosoph Ko, der einige Wochen lang mit einem Paß, gefälschten, der ihn als Beamten auswies, Minister in einer kleinen Provinz war, erließ an seine Beamten Vorschriften, durch die eine Ablehnung von Bittschriften oder eine Verurteilung unvergleichlich mehr Arbeit verursachte als eine Bewilligung oder Freisprechung. Die Wohlfahrt der Provinz hob sich in diesen wenigen Wochen.

A 58

In Luf-beh (zu deutsch Heiligenschein) stand ein Kloster, wo die Verträge geheiligt wurden. Alljährlich wurden Wallfahrten veranstaltet und die wundertätigen Verträge erfreuten sich großer Popularität.

A 59
Tuiroman

Die Pfaffen von Chi, die ihren Brotgebern Nadelstiche versetzen wollen. Zuerst geben sie sich phantastische Mühe, zu stechen, dann, die Stiche unwirksam zu machen (da sie ihr Brot nicht verlieren wollen).

B 7
I,3
Neuerungen der Regierung Wei-wi

Die Regierung Wei-wi setzte ihren Ehrgeiz darein, dem Geist die Führung in allen öffentlichen Angelegenheiten zu verschaffen. Als Briefträger wurden Meister des Briefstils angestellt, welche das Doktorat der Philologie erworben hatten und außerdem über eine schöne Handschrift verfügten. Zu Lokomotivführern machte man Geographen. Es war der Regierung klar, daß solche Leute ganz anders als in der Geographie Unbewanderte imstande waren, die Züge an die richtigen Fahrziele zu bringen. Erst nach dieser eingreifenden und kühnen Maßnahme konnte man vom Beginn einer Kultur der Eisenbahnfahrten sprechen. Andrerseits erlebte die Geographie dadurch einen gewaltigen Aufschwung. Der Geist, aus seinen Fesseln befreit, durchdrang alles. Die Mathematik drang sogar in die Zirkusse ein. Einige bedeutende Mathematiker bildeten sich, um zu beweisen, daß die Mathematik eine reine Wissenschaft sei, die nicht nur die niedrigen Bedürfnisse des Alltags zu bedienen hatte, als Trapezkünstler aus. Sie berechneten die Kurven, welche sie von Trapez zu Trapez springend vollführten, auf dem Papier und erfanden völlig neue, bisher nicht gesehene Kurven, bisher nicht gesehen, weil sie mit tödlichen Abstürzen endeten. Selbst die Elendsviertel der Großstädte erhielten etwas von dem Abglanz des Geistes. Die Kunstfotografen beschäftigten sich mit ihnen. Es glückte ihnen, einige vollkommen schöne Fotografien von Elendsvierteln herzustellen. Ein gewöhnlicher Feuchtigkeitsfleck in einer Kellerwohnung, wie er zu Tausenden vorkommt, gab dem Fotografen Hi-ko Gelegenheit zu einem unvergänglichen Meisterwerk. Der zarte Perlmutterglanz des Flecks auf seinem berühmten Bild erfüllte Tausende mit einer neuen Ahnung von Schönheit. Die Beschwerden der ärmeren Bevölkerungsschichten im Parlament darüber, daß sie niemals Fleisch zu Gesicht bekämen, beantwortete die Regierung mit der Bestallung Hunderter von Zoologen, welche Abendkurse für das Volk abhielten. So war bald jedermann imstande, etwas über Ochsen und Kälber zu erfahren, und viele bereicherten ihr Wissen darüber hinaus, indem sie auch über die Tiere fremder Länder, ja die Fauna versunkener Zeitalter sich eingehende Kenntnis verschafften.

B 8

Was könnte es nützen, als Lokomotivführer Geographen anzustellen? Ich lenke jetzt den Zug mehr nach Süden, sagen diese neuen Lokomotivführer, damit Sie eine schöne Aussicht über das Flußtal haben.

B 9

I

Die chimesische Revolution

Als Chima, das Land der Mitte, das auf keiner Karte verzeichnet ist, vier Jahre lang mit 37 Völkern im Krieg verharrt hatte, zeigte es zum Schrecken seiner Regierung Zeichen von Entmutigung. Bevor die Armeen, die alle auf feindlichem Boden kämpften, zu weichen und die Bevölkerung sich in einem Aufruhr zu erheben begann, hatten die Überlebenden ihre Toten schon in Papier begraben und Gras gegessen. Das Volk war eines der geduldigsten, über das je eine Regierung verfügt hatte, und auch sein Aufruhr war noch sanftmütig. Er entstand aus Ordnungsliebe. Die Soldaten mußten zurückgebracht werden, und die Offiziere waren wohl fähig, d.h. in den Schulen geschult, sie in Feindesland, aber weder durch Bücher noch durch Übungen darauf vorbereitet, sie in die Heimat zu führen. Einige Soldaten liefen tagelang herum, um Armbinden aufzutreiben, die sie als Ordner und Revolutionäre kennzeichnen sollten und, gründlich, wie sie waren, fanden sie solche, obgleich man die letzte Zeit schon keine Verbandstoffe mehr gehabt hatte. Man muß annehmen, daß auch diese Binden bereits vor Beginn des Krieges, d. h., bevor Chima von den 37 Völkern überfallen worden war, zurechtgelegt worden waren. Während die Offiziere ihre Achselstücke in Zeitungspapier einwickelten, um kein Ärgernis zu erregen, saßen die Soldaten mit den Armbinden über den Fahrplänen und teilten die Eisenbahnzüge für den Rücktransport ein. Ebenso mußten im Hinterland, das eben anfing, wieder zu einem Land zu werden, die allerzufälligsten, mit einer solchen Aufgabe überhaupt nicht vertrauten Leute eine erste Zeit lang die Beamten vertreten, da diese beleidigt aus den Ämtern wegblieben und keine Lust zeigten, die Verantwortung für die Niederlage zu übernehmen, die sie herbeigeführt hatten. Nur ganz wenige ließen sich durch ihnen vorgehaltene Revolver, die man allerdings vorher entladen hatte, zwingen, weiterhin im Amt die Bevölkerung anzuschreien. Durch die sehr reinlichen Straßen der Städte (die Abfälle waren alle aufgegessen) zogen Tag und Nacht riesige Demonstrationen, in Viererreihen, welche für die Aufrechterhaltung der Ordnung demonstrierten. Diebe und Einbrecher hatten eine schlechte Zeit. Jedermann konnte während der chimesischen Revolution seine Besitztümer auf die Straße stellen. In allen Anlagen schrien sich schlechtgenährte Redner heiser und bedrohten mit schrecklichen Strafen jeden, der vorhätte, ein Chaos anzurichten. Auch zu diesen Versammlungen fanden sich viele ein in den winterlichen Anlagen, dabei war es schon recht kalt und sie hatten nur dünne Kleider aus den Fasern nicht eßbarer Pflanzen. Leichter verständlich war, daß sie in solchen Massen in die Säle strömten, denn das geschah abends, und da konnten sie Licht sparen.

Nicht als ob irgend jemand mit irgend jemandem einig gewesen wäre, es wurde allgemein gestritten, und zwar über jede nur mögliche Frage, aber die Chimesen streiten sich auf eine Weise, die die Ordnung nicht gefährdet. Die Ordnung festigte sich denn auch in diesen Wochen so, daß einige Militärs, die wieder unter ihren Ehebetten hervorkrochen, geradezu Aufläufe verursachten, bei denen Schüsse fielen. Denn es waren heimgekehrte Soldaten unter der Menge und Leute, die Waffenscheine besaßen.

Es war die allgemeine Meinung, daß man die Ordnung, die überall ausbrach, als die Regierenden ihren Krieg, den sie mit großem Gewinn, aber weniger äußerem Erfolg geführt hatten, aufgeben und verloren geben mußten, nur dem Bestehen einer revolutionären Partei verdankte, die sich sogleich an die Spitze der Bewegung des Volkes setzte. Diese Partei, die sich die Partei des gleichberechtigten Volkes nannte, da ihre Parole forderte, das Volk solle mit den Herrschenden gleichberechtigt sein, konnte in diesen allgemein als gefährlich angesehenen Tagen ihre historische Aufgabe nur deshalb erfüllen, weil sie schon seit langem bestand, ein hohes Alter erreicht hatte und aus dem politischen Leben schon gar nicht mehr wegzudenken war und weil sie sehr groß war. Ohne diese Eigenschaften hätte sie kaum verhindern können, daß etwas geschah. Als die Front ins Wanken geriet, setzten sich einige der Tuis der revolutionären Partei in den Zug und fuhren in das Quartier der Generäle, um durch Reden die sinkende Moral der Truppen wieder zu heben. Sie wurden zu einem großen Haus geführt, das in einem Park lag, und es wurde ihnen gesagt, die Generäle säßen eben beim Essen und würden sie nach dem Kaffee empfangen. Sie standen ein paar Stunden vor dem Haus, in Gespräche vertieft. Da es regnete und sie, um nicht einen unmilitärischen Eindruck zu machen, ihre Regenschirme daheimgelassen hatten, wurden sie ziemlich durchnäßt und froren. Sie befürchteten schon, man könne sie vergessen haben, als eine halbe Kompanie Soldaten, von denen einige rote Armbinden trugen, in den Hof kamen, ihnen mitteilten, die Revolution sei ausgebrochen, und sie auf die Schultern hoben und als Führer begrüßten.

Sie beruhigten sich schnell und es gelang ihnen, am Abend des übernächsten Tages doch noch bei einem Adjutanten eines der Generäle vorgelassen zu werden. Er versicherte ihnen, daß man den aufrührerischen Soldaten nichts in den Weg legen würde, wenn die Ordnung gewahrt bleibe.

Beinahe noch größeres Glück hatte die revolutionäre Partei in der Hauptstadt. Zu ihrer Überraschung fand sie, ohne lange suchen zu müssen, noch einen Prinzen, einen nahen Verwandten des Kaisers, der sich eben in jenen Tagen als Revolutionär entpuppte, den bisher nur seine hohe Stellung von der Äußerung seiner wahren Gefühle zurückgehalten hatte und der jetzt forderte, der Kaiser müsse abdanken. Die revolutionären Führer der Partei hatten zunächst einige Bedenken, da ein solcher Fall nicht vorgesehen war, aber der Prinz handelte. Die Umgebung des Kaisers hielt die Nachricht von der Forderung des revolutionären Prinzen vor dem hohen Herrn einige Tage zurück, aber dann bekam er doch Wind von der Sache, war sehr beleidigt und fuhr, bevor man ihn besänftigen konnte, über die Grenze zu fürstlichen Verwandten. Dort wandte er sich in der Folge dem Holzhacken zu und pflegte zu sagen, daß die Holzscheite sich dankbarer benähmen als die Menschen.

Nach allgemeiner Ansicht begann in diesen Tagen jenes Zeitalter in Chima, das die Zeit der Herrschaft des Geistes genannt wurde, nämlich die große Zeit der Tuis. Tuis wurden in Chima, mit einer Zusammenziehung der Anfangsbuchstaben, die Angehörigen der Kaste der Tellekt-uell-ins, der Kopfarbeiter, genannt. Sie waren in großer Anzahl über das Land verbreitet, und zwar als Beamte, Schriftsteller, Ärzte, Techniker und Gelehrte vieler Fächer, auch als Priester und Schauspieler. In den großen Tuischulen erzogen, verfügten sie über das gesamte Wissen ihrer Epoche. Sie hatten als Weißwäscher, Ausredner und Kopflanger des Kaisers an der seelischen Haltung des Volkes während des Krieges gearbeitet, und so war es natürlich, daß sie auch die Berufenen waren, den Frieden zu schließen. Den Friedensschluß betrachteten sie als ihr erstes großes Werk, und es gab niemanden, der ihnen diesen Ruhm absprach, kaum jemand, der sie darum beneidete. Besonders gönnten ihnen die Generäle und Staatsmänner diesen Ruf, die den Krieg geführt hatten; sie legten keinen Wert darauf, die Bedingungen der Feinde zu unterschreiben.

Als die Soldaten ihre Habseligkeiten in den Schützengräben packten, Zugbillette lösten und heimfuhren, rief der Prinz persönlich einige Generäle an, sie sollten mit dem vorrückenden Feind Frieden schließen. Aber die zwei ersten sagten, sie hätten Schnupfen, ein weiterer hatte Bauchweh und ein vierter war beschäftigt: ein Waggon mit zwei feindlichen Pianos, die er hatte nach Hause schaffen lassen wollen, war auf ein Nebengeleise geraten, und er mußte den Eisenbahnverkehr für drei Armeekorps umleiten, um ihn loszueisen.

Die Tuis hatten, obgleich immer beschäftigt und nicht selten gut bezahlt, nicht immer viel andere Achtung als die eigene genossen. Nur die hohe Achtung, die sie vor sich selber gegenseitig hatten, entschädigte sie über die kalte Gleichgültigkeit und oft niedere Spottlust des gemeinen, ungebildeten Volkes und der regierenden Schichten. Es war ihnen jetzt eine hohe Genugtuung, die Geschäfte des ganzen Volkes führen zu können.

Sie waren für den Krieg nur insoweit gewesen, als er den Opfersinn des Volkes entwickelt hatte, die hohen Tugenden der Selbstverleugnung, des nach keinem Gewinn fragenden Dienens, des heroischen Mutes, den die Pläne der Generäle verlangten. Sie waren für den Frieden aus nicht weniger edlen Antrieben. Die Niederlagen haben das Gute, daß sie eine gewisse Milde gegen den Feind hervorrufen, jene Tugend, welche die großen Philosophen – mit Ausnahme gegen ihre Feinde unter den Philosophen – immer gefordert haben. Der hohe kriegerische Sinn legt sich, wenn die Waffen übergeben werden müssen. Und auch der Friede entwickelt den Opfersinn des gemeinen Volkes.

Dies zeigte sich bald.

Einige Tuis, welche in eine der feindlichen Hauptstädte reisten, um die Friedensbedingungen der 37 Völker entgegenzunehmen, hatten Gelegenheit, den großen Unterschied wahrzunehmen, der in moralischer Hinsicht zwischen dem Geist der Chimesen und dem der 37 Völker bestand. Während die Chimesen den hohen Grundsatz verfochten, daß niemandem etwas genommen werden sollte, bestanden die 37 anderen Völker ausnahmslos auf Eroberungen. Die Chimesen verziehen ihren Feinden, die Feinde verziehen den Chimesen nicht.

Die Verhandlungen wurden für die Feinde von drei Greisen geführt, die ganz besonders heftige und wenig veredelte Triebe zeigten. Wenn sie ihre Forderungen diktierten, schlugen sie mit den weißen, blutlosen Fäusten so stark auf den Tisch, daß ihnen die Knochen aus den morschen Gelenken fielen. Sie sich ärgerlich wieder in die Gelenke steckend, beschuldigten sie die chimesischen Tuis, nicht zahlen zu wollen. Und doch waren auch sie Tuis, zwei ehemalige Rechtsanwälte und ein Zeitungsschreiber. Sie sprachen, selbst mit dem Schaum vor dem Mund, niemals von anderen Ursachen des Krieges als geistigen. Selbst dem Gegner warfen sie nicht vor, er habe nur Petroleum oder Erzlager oder Märkte stehlen wollen, kurz seine Geschäfte mit Waffengewalt betrieben, sondern sie redeten nur von seinem Eroberungswillen, seiner Barbarei, seiner Lust am Zerstören von Kirchen und schönen Baulichkeiten. Darin zeigten sie die Schule, die sie genossen hatten, und die Unterhaltung fiel niemals unter ein geistiges Niveau hinunter.

Aber die Verluste durch den Friedensvertrag waren doch recht bedeutend, und es war der Triumph der Tuis als Tuis, daß die Länderfetzen, die sie bekamen, sowie die Geldsummen auf so rein geistige Art gewonnen wurden und nur, damit die Gerechtigkeit siege. Die Verluste wären übrigens noch bedeutender gewesen, wenn sie untereinander nicht so uneinig gewesen wären und es vertragen hätten, andere im Besitz von Geld und Länderfetzen zu sehen.

Die Genugtuung über den Friedensschluß half den Tuis über eine kleine, unliebsame Entgleisung hinweg, die zu Hause passierte. Die Führer der revolutionären Partei hatten es dem Prinzen nicht verzeihen können, daß er den Kaiser beleidigt hatte, und in der begreiflichen Erregung hatten sie es ihn merken lassen. Der Prinz war sofort von der Leitung der Regierung zurückgetreten, und die Unglücklichen hatten die Leitung selber übernehmen müssen.

Es war ein Hafner namens Wei-wei, ein Drucker namens Schi-meh und ein Unteroffizier namens Nauk. Alle drei waren einfache Leute ohne besondere Schulbildung gewesen, hatten sich aber, in den Abendstunden nach der Arbeit, selbst zu Tuis ausgebildet. Sie saßen mit ihren Frauen in der Reichskanzlei und wunderten sich über die großen Menschenmassen, die von früh bis spät in unendlichen Kolonnen an dem Palast vorbeizogen, alle möglichen Wünsche heraufrufend, froh, daß nun Leute ihresgleichen in der Regierung saßen. Von den dreien war Schi-meh der schönste. Er stand mitunter auf und trat auf den Balkon hinaus, um sich den Massen zu zeigen. (Wei-wei war von zu kleiner Statur, er konnte nicht über die Brüstung hinaussehen.) Da er auch eine angenehme, weittragende Stimme besaß, hielt er kleine Reden über dies und das. Dabei passierte das Unglück.

Er begann eine Ansprache mit dem Satz »Auch ohne Kaiser werden wir Chimesen glücklich werden«. Dieser Satz, mitten in einer Rede vorgebracht, hätte keine schlimmen Folgen haben können, aber er leitete eine Rede ein. Das Volk unten war noch nicht ganz zur Ruhe gekommen, man reckte noch die Hälse, verwies sich gegenseitig zur Ruhe, schob sich erst die Mütze vom Ohr, und so kam es, daß das erste Wort in dem Lärm unterging. Man hörte also nur »ohne Kaiser werden wir Chimesen glücklich werden«. Ein ungeheurer Beifall erhob sich.

Schi-meh wußte nicht, was er angerichtet hatte, als schon von allen Seiten sich die Rufe: Hoch die Republik! Nieder mit dem Kaiser! Es lebe Schi-meh und Wei-wei! erhoben.

Man kann sagen, daß die Kunde von der Ausrufung der Republik die fernsten Vorstädte Pekings ereilt hatte, als Schi-meh, völlig verstört, in das Zimmer zurücktrat, wo Wei-wei und Nauk mit den Frauen saßen.

»Ich habe die Republik ausgerufen«, stammelte er totenbleich.

»Was?« schrie der Hafner.

»Es ist ein Mißverständnis passiert«, verteidigte sich Schi-meh, es vermeidend, dem Freund in die Augen zu sehen.

Seine Frau setzte die Kaffeetasse nieder, stand auf und verabreichte ihm eine Ohrfeige.

Auch als am Abend die Menge einen Fackelzug vor dem Palast veranstaltete, durfte Schi-meh nicht mit auf den Balkon hinaus. »Du setzt mir noch den lieben Gott selber ab«, sagte Wei-wei grollend. Er ließ sich eine Fußbank auf den Balkon stellen und zeigte sich, auf dieser stehend und so eine Handbreit über die Brüstung hinausragend, dem jubelnden Volke.

Nachdem die Republik ausgerufen worden war, nahm die Ordnung in Chima einen immer ausschweifenderen Charakter an. Das jahrhundertelange Wirken der Tuis trug Frucht.

Es gab jetzt beinahe schon kein Gras mehr zum Essen, aber die Weiber verteilten Nummern unter sich und standen in deren Reihenfolge vor den leeren Läden und sie gingen mit leeren Taschen in der Reihenfolge der Nummern weg. Die Fabriken schlossen, da die Heeresleitung nichts mehr abnahm. Die Arbeiter trugen die Präsenzapparate auf öffentliche Plätze und meldeten sich dort jeden Morgen, schlotternd in der Kälte des zunehmenden Winters. Und die an der Grippe Erkrankten starben genau in der Reihenfolge, in der ihre Spitalbetten standen.

Überall gab es die gefährlichsten Ausbrüche von Ordnungssinn, auf den leeren Speichern, in den geplünderten Sparkassen. Tausende von Beamten zählten die Kriegsgeräte, die nach dem Friedensvertrag vernichtet werden mußten, und Tausende überprüften die Zählung. Die Schlachtschiffe, die man auszuliefern und zu versenken hatte, wurden frisch angestrichen, die Metallteile blitzblank geputzt, die restlichen Putzmittel nach bestimmtem Schema verteilt und genau um zwölf Uhr mittag aufgegessen. In den Archiven sonderte man die Dokumente, welche bewiesen, daß Chima am Krieg schuld gewesen war, von jenen, die die Schuld der Feinde bewiesen. Die Kleinbürgerfamilien sammelten die kleinen Andenken an ihre gefallenen Söhne und Väter und hoben sie auf in den leeren Teebüchsen oder den leeren Mehlsäckchen oder den leeren Butterdosen. Die Arbeiterfrauen zählten die feuchten Flecke an den Wänden. Ganz Chima geriet in einen wahren Ordnungsrausch.

So begann, auf würdige Weise, die Herrschaft des Geistes, welche 14 Jahre dauern sollte.

B 10

2

Die Tuiverfassung

Um mit den 37 Völkern Frieden zu schließen, brauchten die Tuis nur alle Friedensbedingungen anzunehmen. Dies konnte geschehen, indem sie ihren Namenszug auf die letzte Seite eines dicken Schmökers voll von Paragraphen setzten. Schwieriger war es, jenen Zustand von Ordnung im Lande selber herbeizuführen, der ihnen vorschwebte. Denn die Ordnung war groß, aber nicht groß genug.

Die Schuld daran schienen den Tuis von der Partei des gleichberechtigten Volkes vor allem zwei Leute zu tragen, ein Mann mit Namen Li-keh und eine Frau mit Namen Ro. Li-keh hatte schon vor Jahren, zu Beginn des Krieges, unliebsames Aufsehen erregt, als er auf einem Platz der Hauptstadt »Nieder mit dem Krieg!« geschrieen hatte. Wäre es ihm gelungen, das Volk zum Aufnehmen seiner Forderung zu bewegen, dann hätte der Krieg nicht einmal anfangen können. Man hatte ihn ins Gefängnis gesteckt, aber er hatte sich dort nicht gebessert und jetzt, wieder in Freiheit, hielt er auf öffentlichen Plätzen, wo ihm jedermann zuhören konnte, Reden, in denen er forderte, daß die allerungebildetsten Leute, die außer ihrer Drehbank niemals etwas von der Welt gesehen hatten, die Leitung des Staates erhalten sollten. Er selber war in den besten Tuischulen erzogen worden und hatte sogar einen Doktorgrad erworben, ohne daß es ihm allerdings gelungen wäre, sich auch nur die Grundlagen des Tuismus anzueignen. Es war die allgemeine Meinung der Tuis, daß er eine Schande bedeutete. Die Frau, die ihn unterstützte und die womöglich noch mehr Unruhe anstiftete als er, war eine Ausländerin, eine unschöne Erscheinung, die sich bei dem Schreiben einiger Bücher über Wirtschaft und Politik die Augen verdorben hatte, so daß sie einen Zwicker tragen mußte. Ihre Freunde behaupteten, sie sei im Privatleben eine sanfte Person mit einer Liebe zu Blumen, jedoch wenn sie öffentlich redete, war sie wie der Teufel selber und hetzte die unwissende Menge auf, den Besitzenden alles wegzunehmen, selbst die größten Besitztümer. Außerdem trug sie schreckliche Hüte.

Li-keh und Ro gelang es, unter den Arbeitern, Soldaten und Matrosen Anhang zu gewinnen, denn die Armen sind ebenso auf Besitz aus, wie die Reichen, und wenn sie auch vielleicht nicht so schnell sind wie jene, so ist es ihnen doch eiliger: sie haben oft noch nicht einmal satt gegessen.

In der Reichshauptstadt kam es zu blutigen Kämpfen. Das Volk besetzte das Haus, in dem das »Volksblatt«, die Zeitung der Partei des gleichberechtigten Volkes, gedruckt wurde, mit der Begründung, es müsse verhindert werden, daß Lügen hineingedruckt würden. Das Blatt konnte ein paar Tage nicht erscheinen, und die Regierung mußte sich in tiefer Scham an das Militär wenden, damit dieses ihre Redaktion räume.

Um die Meinungsfreiheit der Tuis vom »Volksblatt« zu verteidigen, fuhr Artillerie auf, und der Donner der Kanonen brachte den Ruf »Für eine bessere Zukunft« auf den Lippen einiger hundert schlechtgekleideter Leute zum Schweigen.

Es bestand die Gefahr, daß die Besitzenden das Vertrauen in die Partei des gleichberechtigten Volkes verloren, sie sei imstande zu regieren, wenn sie die Unruhestifter nicht zum Schweigen bringen konnten. Versagten sie bei der ersten Gelegenheit, wo man sie regieren ließ, so würde man sich wohl nie mehr an sie wenden und wenn noch so viele Kriege verloren wurden.

Ein Unglücksfall kam ihnen zu Hilfe.

Einige Offiziere entführten Li-keh und Ro, erschossen den Mann in einem Gehölz und schrieen, die Frau niedertretend und ihr mit dem Bajonettkolben das Gesicht zerschmetternd: »Was, du dreckige Vettel, willst Unordnung stiften und die tausendjährige chimesische Kultur vernichten?« Sie trampelten sie zu Tode und warfen die Leiche in einen Kanal.

So beklagenswert es erscheint, so kann man doch erst von diesem Ereignis an die Herrschaft der Tuis datieren.

Denn nun gelang es dem Unteroffizier Nauk als Kriegsminister, das Volk vollständig zu entwaffnen. Unter der kaiserlichen Regierung hatte man seine kriegerische Befähigung, seiner geringen Herkunft wegen, brach liegen lassen; bei der blutigen Niederwerfung des Volkes konnte er sie endlich beweisen und zugleich auch das Vorurteil der Herrschenden beseitigen, die einen Mann oft nur deshalb nicht als Schlächter verwenden wollen, weil er aus dem Volk stammt.

Ungehindert konnten die Tuis nun dem Volk eine neue Verfassung geben. Es sollte die freieste der Welt werden.

Die Herstellung der Verfassung stellte sich als außerordentlich schwierig heraus.

Es war schon nicht leicht, einen Mann zu finden, der die Fähigkeit dazu besaß. Es gab Zahllose, die das Recht studiert hatten; sie hatten Schwierigkeiten über Schwierigkeiten gehabt, das Recht gerecht zu finden. Sie hatten diese Schwierigkeiten überwunden und Stellungen als Rechtslehrer bekommen, und sie waren jetzt natürlich nicht mehr in der Lage, irgendeine Verbesserung am Recht ausfindig machen zu können. Andrerseits hatten Leute mit Sinn für Gerechtigkeit sich immer geweigert, etwas mit dem Recht zu tun zu haben. Sie wußten überhaupt nicht, wie man Gesetze aufschreibt.

Unter den Tuis der Partei des gleichberechtigten Volkes fand sich kein geeigneter Mann. Aber auch die Tuis der religiösen Parteien interessierten sich vermutlich nicht für die Aufgabe.

Diese Tuis, ob in Zivilkleidern oder Priesterröcken, hatten genug zu tun, ihre Götter aus dem großen Krieg zurückzuführen, in den diese allesamt als Freiwillige eingerückt waren. Die Götter hatten sich in 38 Ländern in den Krieg gestürzt wie Amokläufer. Nichts konnte sie abhalten. Diejenigen von ihnen, die in ihrer Jugend Bücher verfaßt hatten, suchten sämtliche Stellen in ihnen heraus, die von Kriegen handelten, um zu beweisen, daß sie immer für Kriege gewesen waren. Von jeher hatten sie keine Waffen sehen können, ohne sie sofort zu segnen. Eine kleine Gebietserweiterung, ein paar Erzgruben – und sie konnten sich nicht mehr halten. Sie brachten ihre Kirchenglocken geschleppt, damit man daraus Kanonen gieße, sie zeigten mit dicken Daumen und aufmunterndem Blinzeln auf die Kreuze, damit man mit ihnen die Köpfe der Feinde einschlage. Nur seufzend entließen sie die Gefallenen aus dem Kampf.

Jetzt hatten ihre Tuis die größten Schwierigkeiten, sie aus dem zusammengebrochenen und übelriechenden Krieg mit halbwegs weißen Schweißtüchern wieder herauszuführen. Die Tuis wiesen ihnen zur Strafe, wenn sie sie zu Hause hatten, einen Platz ganz links an.

Bei den Friedenskonferenzen schlugen sich die religiösen Tuis auf die Brust und murmelten zerknirscht, es sei gesündigt worden.

Schließlich machte Wei-wei bei den demokratischen Tuis einen Mann ausfindig, mit dem einmal ein Glas Bier getrunken zu haben er sich erinnerte. Er war Rechtsgelehrter und hieß Sa-u-pröh. Man gab ihm den Auftrag.

Sa-u-pröh ermahnte seine Frau, sich mit ihrem Kind für einige Monate einzuschränken, und kaufte sich für die Hälfte seines Gehalts eine gewaltige Kiste billiger Zigarren. Er händigte sie einem Dienstmann aus und machte sich mit ihm auf den Weg in das Justizministerium. Dort begegneten sie jedoch großen Schwierigkeiten.

Der Portier hatte nichts davon gehört, daß eine Kommission zur Herstellung der freiesten Verfassung der Welt kommen sollte, und so war er nicht berechtigt, ihr einen Raum anzuweisen.

Sa-u-pröh war überrascht. Er bedeutete dem Dienstmann, zu warten, und ging über die Straße in einen Barbierladen. Von dort aus telefonierte er den Wei-wei in der Reichskanzlei an und berichtete ihm schnaufend, wie die Dinge standen. Wei-wei versprach ihm, sofort anzurufen.

Da ihn aber unaufschiebbare Staatsgeschäfte in Anspruch nahmen, kam er nicht zum Anrufen und trug seiner Frau auf, ins Justizministerium zu gehen, um Sa-u-pröh Einlaß zu verschaffen.

Der Dienstmann war froh, als er Sa-u-pröh wieder zurückkommen sah, da er schon gefürchtet hatte, der Herr könnte, um die Taxe zu vermeiden, weggegangen sein, und annehmen mußte, in der Kiste sei nur Papier. Während sie im Flur warteten, setzte Sa-u-pröh, dessen Geist schon mit der Verfassung beschäftigt war, dem Dienstmann seine leitenden Gedanken auseinander.

»Ich denke mir das so«, sagte er träumerisch, »das chimesische Volk, einig in seinen Stämmen und von dem Willen beseelt, sein Reich in Freiheit und Gerechtigkeit zu erneuern und zu festigen, dem innern und dem äußern Frieden zu dienen und den gesellschaftlichen Fortschritt zu fördern, gibt sich eine Verfassung. Ist das klar?«

»Warum nicht?« sagte der Dienstmann, einer Scheuerfrau zublinzelnd, die mit viel Wasserverbrauch um die Redenden herum den Flur aufwischte und ein wenig zuhörte, da der fremde Herr sie an eine Herrschaft erinnerte, die sie einmal gehabt hatte.

Sa-u-pröh fuhr fort, ein Bein lüpfend, da die Scheuerfrau dort aufwischen mußte: »Ich lege zugrunde, es herrscht Frieden. Wie macht man es, daß er nicht gestört wird? Ich denke an mindestens 200 Artikel.«

»Warum machen Sie nicht 300?« fragte die Scheuerfrau freundlich, der eine kleine Atempause guttat. »Da dauert Ihre Arbeit länger und sie müssen Ihnen länger Gehalt zahlen. Machen Sie ruhig 300 oder 400.«

In diesem Augenblick kam die dicke Frau Wei-weis herein und begrüßte den Gelehrten. »Das werden wir gleich haben«, sagte sie herzlich und ging auf den Portier zu. »Lieber Mann, ich bin die Reichspräsidentin, und das ist der Herr, der die neue Verfassung schreiben soll. Er muß ein Zimmerchen haben.«

Der Portier sah sie von oben bis unten an. Er ärgerte sich, weil die Scheuerfrau alles hören konnte. »Alles schön und gut«, sagte er, »aber wo ist die Genehmigung?«

»Wozu brauchen Sie da eine Genehmigung?« fragte die Frau Wei-weis, Sa-u-pröh entschuldigend anlächelnd. »Die lieben

Leute haben immer noch nicht bemerkt, daß eine Revolution ist, sie sind so zur Unselbständigkeit erzogen. Wissen Sie nicht, daß Revolution ist, lieber Mann?«

Der Portier ärgerte sich noch mehr und sagte barsch »Nein«. Und damit ging er steif in seine Portierklause zurück. Wei-weis Frau folgte ihm, ohne Sa-u-pröhs Blick zu begegnen, und fing an, durch das kleine Fenster dem Mann klarzumachen, was für ein historischer Umschwung eingetreten sei. Sie wußte von ihrem Mann, wie man zu einfachen Leuten sprach.

Während sie mit dem Rücken zu den Wartenden stand, eifrig redend, gab die Scheuerfrau dem Gelehrten einen Wink, ihr zu folgen, und Sa-u-pröh, von dem Dienstmann am Ärmel gepackt, ging auf Fußzehen hinter ihr her, den Korridor entlang, an dessen Ende ihnen die Frau eine Tür in ein schönes großes Zimmer mit Stuckdecke und großen Schreibtischen öffnete.

»Bleiben Sie mal für heute hier«, sagte sie mütterlich, »die Beamten kommen ja doch nicht mehr seit voriger Woche, und hier kann er Sie nicht finden, es sind zu viele Zimmer. Ich weiß, wie schwer man eine Arbeit bekommt, wissen Sie.« Sa-u-pröh wollte ihr eben danken und seine Kiste auf einen der Schreibtische stellen lassen, in der Tasche nach der Taxe des Dienstmanns suchend, als er eine kreischende Stimme vom Eingang her hörte. Besorgt, daß die Frau Wei-weis in Schwierigkeiten geraten sei, machte er sich von der Scheuerfrau und dem Dienstmann, die ihn zurückhalten wollten, frei und lief zum Eingang zurück. Mit Schrecken sah er, daß die Reichspräsidentin mit dem Portier in einen furchtbaren Kampf geraten war. Sie schlug aus vollen Kräften auf ihn mit ihrem Schirm ein.

»Mein Mann ist der Reichspräsident«, schrie sie, »und wenn Sie nicht sofort gehorchen, lasse ich Sie erschießen.«

Nur mit Mühe konnte der Gelehrte sie zum Abbruch des ungleichen Kampfes bewegen. Noch als sie auf den Platz vor dem Gebäude gingen, der Dienstmann mit der Kiste hinterdrein, stieß sie wilde Beschimpfungen gegen den Portier aus, so daß die Leute auf der Straße sich empört umschauten. Sa-u-pröh verabschiedete sich von ihr an der nächsten Ecke und ging mit seinem Dienstmann die lange Sche-ssi-Gasse hinunter, auf der Suche nach einem Kaffeehaus, wo er seine Gedanken ordnen konnte. Er fürchtete die Einleitung von der Erneuerung und Festigung wieder zu vergessen, wenn er sie nicht niederschrieb. In der Tat fanden sie einen Winkel in einem Kaffeehaus und der Gelehrte bat seinen Begleiter, noch bei ihm auszuharren, da er ihn zum Wegtransport der Kiste ja noch benötigte. Der Dienstmann willigte ein und sagte, er heiße Köh. Sie öffneten die Kiste, begannen zu rauchen und machten sich an die Arbeit. Als einen ersten Artikel, der aber natürlich nicht der erste der Verfassung werden sollte, notierte sich Sa-u-pröh den Satz: Die geistige Arbeit, das Recht der Urheber, der Erfinder und der Künstler genießt den Schutz und die Fürsorge des Reichs. Der Dienstmann war einverstanden, da er einsah, daß es eine Kunst war, eine Verfassung zu verfassen, wie der Vormittag gezeigt hatte. »Und Sie müssen auch eine Menge erfinden bei so was, wie?« sagte er nicht ohne Mitgefühl. »Meinen Sie übrigens, daß man Ihnen das Urheberrecht streitig machen wird?«

Sa-u-pröh schüttelte düster den Kopf. »Das nicht«, sagte er gedankenvoll.

»Muß es nicht ›genieß*en*‹ heißen?« fragte Köh mißtrauisch. »Wissen Sie, es ist ja eine ganze Menge, was da geschützt werden muß.«

Sa-u-pröh hätte dem sicher entsprochen, so daß *dieser* Fehler in der Verfassung vermieden worden wäre, wenn nicht der Kellner die beiden unterbrochen und darauf aufmerksam gemacht hätte, daß sich einige Gäste über den Geruch der billigen Zigarren beschwert hätten.

Seufzend packten sie wieder ein und verließen das Kaffeehaus.

»Der Mann hat recht«, sagte Sa-u-pröh verlegen, als sie weitergingen. »Wir haben kein Recht, diese Zigarren zu rauchen. Nicht nur wegen der andern, auch wegen unsrer eigenen Gesundheit. Kann ich auf Ihrem Rücken einen Paragraphen darüber in mein Notizbuch vermerken?«

Der Dienstmann trat vom Bürgersteig herunter, damit der kleinere Gelehrte, auf dem Rinnstein stehend, seinen Rücken benutzen konnte.

»Ich schreibe hier«, sagte der Gelehrte eifrig, »jeder Chimese hat, unbeschadet seiner persönlichen Freiheit, die sittliche Pflicht, seine geistigen und körperlichen Kräfte so zu betätigen, wie es das Wohl der Gesamtheit erfordert.«

Der Dienstmann beruhigte ihn, bemüht, ganz still zu halten:

»Solang Sie mir meine Zeit zahlen, können Sie meinen Rücken benutzen, wie Sie wollen.«

Sie verabschiedeten sich bald darauf, da die Sche-ssi-Gasse sich mit zu viel Volk füllte. Köh versprach, mit der Kiste am nächsten Morgen den Gelehrten von dessen Wohnung abzuholen. Dieser hatte seine Gründe, die Zigarren nicht nach Hause mitnehmen zu wollen. Eine letzte anpaffend, den Mantel offen, die kleinen dicken Hände auf dem Rücken, trabte er heim, in Gedanken noch bei seinem neuen Artikel, der später als Artikel 163 in der Verfassung erschien.

Nach diesem Artikel, überlegte Sa-u-pröh schmunzelnd, kann der Chimese seine Kräfte, so frei er sonst sein mochte, zum Beispiel nicht einfach verfallen lassen. Er hatte nicht das Recht, sich beispielsweise durch Hungern zu schwächen oder seine Gesundheit durch ständigen Aufenthalt in feuchten Kellerwohnungen zu untergraben. Es würde natürlich gegen diese Verpflichtung verstoßen werden, jedoch sollte man wissen, daß man dadurch die Verfassung verletzte!

Nach dem Abendessen suchte der Gelehrte noch seinen Schwager auf, einen im Augenblick stellungslosen Geometer. In einem Gartenrestaurant besprachen sie bei einem Glase Bier die Verfassung. Da Sa-u-pröh sein Notizbuch in der Zigarrenkiste gelassen hatte, notierte er auf einem Bierfilz den denkwürdigen ersten Satz der Verfassung: Das chimesische Reich ist eine Republik. Die Staatsgewalt geht vom Volke aus. Der Gelehrte dachte grimmig, daß sich das Leute wie dieser Portier gesagt sein lassen sollten.

Sein Schwager riet ihm vor allem eines: »Schütz den Besitz! Du weißt, was sie treiben, wenn man da keinen Riegel vorschiebt. Diese Aktiengesellschaften haben nicht die geringste Achtung vor dem kleinen Mann, der die Aktie sich vom Mund abgespart hat, sie nehmen ihm einfach alles weg. An meine Kriegsanleihe darf ich gar nicht denken. Der Besitz ist bei uns vogelfrei.«

Sa-u-pröh versprach, daran zu denken.

Dann ging er zum Telefonautomaten und rief die Reichskanzlei an. Wei-weis Frau hatte eine gute Botschaft für ihn. Wenn er am nächsten Morgen in das Reichstagsgebäude kommen wolle, so könne er durch einen geheimen Gang in das Palais des Reichspräsidenten eingeschmuggelt werden. Sie riet ihm, möglichst frei und ungezwungen, eben durchaus harmlos aufzutreten, als ob es sich um irgendein belangloses Geschäft handle.

Tatsächlich führte am nächsten Morgen ein Mann, der eine schwarze Maske vor dem Gesicht trug, den Gelehrten und dessen Schwager, der es sich nicht hatte nehmen lassen mitzuhalten, sowie den Dienstmann, der die Kiste trug, durch einen unterirdischen Gang in einen großen Saal mit schönen Bildern an den Wänden. Sa-u-pröh hielt ihn, seines vorsichtigen, ja scheuen Wesens halber, für einen hohen Politiker, der viel zu verlieren hatte bei einer Entdeckung. Er weigerte sich auch, den Dienstmann wieder mit zurück zu nehmen, da es zu gefährlich sei. Auch den Schlüssel ließ er ihnen nicht.

Die erste Arbeit der drei bestand darin, einen Schreibtisch herzustellen. Die eine Wand des Saales war bis oben hin durch ziemlich neu aussehende Kisten verstellt, von denen einige einen guten Tisch abgeben konnten. Jedoch mußte man erst einige herunterholen und das war nicht einfach. Auf den Schultern des unterernährten Geometers stehend, hob der Dienstmann schwitzend zwei Kisten herunter, die, wie alle übrigen, neue Handgranaten enthielten, welche von den Offizieren hier im Ministerium versteckt worden waren. Wäre dem braven Dienstmann auch nur eine der Kisten aus den Händen geglitten, hätte man weder von der Verfassung noch von ihren Verfassern je wieder viel gehört. Glücklicherweise hielt den Mann die Befürchtung, man könnte sie unten hören, davon ab, eine Kiste unsanft auf den Boden zu setzen.

Der Gelehrte riß sich, beim bloßen Zusehen, einen Triangel in seine Hose, aber gegen Mittag war der improvisierte Tisch fertig. Sie verspeisten vergnügt die Frühstücksstullen des Gelehrten.

Dann legte Sa-u-pröh ein zerlesenes Bändchen mit dem Lieblingsstück der Chimesen, das von einem Gelehrten handelte, der mit Hilfe des Teufels ein Mädchen verführte, vor sich auf den Kistentisch, händigte seinem Schwager das Notizbuch aus und begann zu diktieren, während der Dienstmann sich an eines der bis zum Fußboden herabreichenden Fenster setzte und auf den Platz hinausblickte. Mit kurzen Schrittchen auf und ab gehend und dicke Rauchwolken ausstoßend, formulierte der Gelehrte den nachmaligen Artikel 115: Die Wohnung jedes Chimesen ist für ihn eine Freistätte und unverletzlich.

»Das klingt famos«, sagte der Schwager, »so müssen die Sätze sein, damit sie Autorität haben. Kurz und bündig.«

»Das ist noch gar nichts«, sagte Sa-u-pröh. »Schreib auch noch hin: Die Freiheit der Person ist unverletzlich. Sonst ist man außerhalb der Wohnung vogelfrei.« Sein Schwager gehorchte.

»Kannst du nicht noch aufnehmen in die Verfassung, daß das Verfassen einer Verfassung unter allen Umständen straffrei sein muß? Und wo steht, daß die Prügelstrafe abgeschafft ist?« fragte der Geometer besorgt. »Du weißt, du hast Anna gegenüber die Verantwortung.«

»Jetzt schreib weiter, wie ich dir sage«, antwortete Sa-u-pröh, die Hände in den Hosentaschen: »Jeder Chimese hat das Recht, seine Meinung durch Wort, Schrift, Druck oder in sonstiger Weise frei zu äußern. Du kannst übrigens noch einfügen, innerhalb der Schranken der allgemeinen Gesetze. Ja, und Bild fehlt noch. Auch im Bild kann er seine Meinung frei äußern, innerhalb der Schranken, aber das haben wir. Und jetzt: An diesem Rechte darf ihn kein Arbeits- oder Angestelltenverhältnis hindern, und niemand darf ihn benachteiligen, wenn er von diesem Rechte Gebrauch macht. Du verstehst, das gilt auch für mich, in dieser Verfassung. Auch ich bin dadurch geschützt. Schreib hin: Eine Zensur findet nicht statt.«

»Was die Wohnung betrifft«, sagte der Dienstmann, »wenn ich nun keine habe?«

»Richtig«, sagte der Gelehrte, abrupt stehenbleibend. »Schreib: Jeder hat das Recht, Grundstücke zu erwerben. Genügt das?«

Der Dienstmann sah ihn tiefsinnig an, aber der Gelehrte war im Schuß.

»Was nützt es«, grübelte er, »in einem Palast zu leben, wenn man dort unfrei ist? So mancher hat eine gesunde Dreizimmerwohnung und doch ist es ihm nicht erlaubt, seine Gedanken frei auszusprechen. Was hilft ihm die Wohnung?«

Sein Schwager regte sich auf. »Du kannst Anna nicht vorwerfen, wenn sie an deine Karriere denkt, sie hat eine Verantwortung gegenüber ihrem Kind.«

»Ich werfe Anna nichts vor«, sagte der Gelehrte schnell. »Ich werfe es dem Staat vor, daß er den Geist seiner Beamten niederknutet. Damit hält er die Besten vom Staatsdienst ab. Das ist ein

Hauptpunkt. Allen Beamten wird die Freiheit ihrer politischen Gesinnung gewährleistet«, diktierte er fließend. »Verstehst du, z. B. der republikanischen. Das ist sehr wichtig. Und noch was: Die Kunst, die Wissenschaft und ihre Lehre ist frei. Ich glaube, wir brauchen da die Schranken von vorhin nicht hereinzusetzen. Wer hängt sich schon einen solchen Riesenschinken auf, wenn nicht der Staat, und der kann sich ja überlegen, was er kaufen will und was nicht.«

Und er sah genießerisch auf die Wandgemälde, welche die Krönung des Kaisers Wi verherrlichten.

Der Rest des Nachmittags verging mit dem Entwurf von allerhand Verwaltungsbestimmungen, dann meldete sich bei allen der Hunger.

Der Gelehrte fischte in seinem Mantel nach einem Rest der Frühstücksstullen. Aber er fand nur das Pergamentpapier, zusammengeknüllt. Er glättete es sorgsam, es konnte noch ein zweites Mal zum Einwickeln dienen.

»Fehlt noch etwas in bezug auf die Freiheit?« fragte er seine Mitarbeiter.

»I wo«, brummte der Geometer.

Der Gelehrte sah ihn an und geriet irgendwie in Wut.

»Jetzt wird aufgeräumt«, ereiferte er sich. »Meinst du, ich weiß nicht, was für Privilegien die besitzenden Klassen haben? Nicht nur vollfressen können sich diese Junker und Fabrikanten, sondern auch kommandieren können sie, wie sie wollen. Aber damit ist es jetzt Schluß. Jetzt kommandieren wir. Wir mögen hungern, aber wir werden kommandieren. Schon sind wir es, die die Verfassung machen. Das ist geradezu symbolisch, Fritz, wie wir hier sitzen. Wir haben nichts gegen den Besitz, aber mit den Privilegien der Besitzenden ist es unwiderruflich aus.«

Und während er mit der Faust kraftvoll auf die Kiste mit den Handgranaten schlug, skandierte er scharf:

»Die oberste Macht wird der Reichstag haben.«

Der Ausbruch hatte ihn beruhigt. Er lief in dem leeren Saal auf und ab. Seine Stirn bewölkte sich von neuem. Gepreßt sagte er:

»Hier erhebt sich natürlich dann die Frage: Wird der Reichstag auch frei sein? Schreib: Die Abgeordneten sind Vertreter des ganzen Volkes. Sie sind nur ihrem Gewissen unterworfen und an Aufträge nicht gebunden. Wenn sie nur ihrem Gewissen unterworfen sind, sind sie ziemlich frei, wie? Und wenn wir dann noch haben, daß sie an die Aufträge ihrer Wähler nicht gebunden sind ... ja, das genügt.«

Niemand kam, sie abzuholen. Sie konnten nicht wagen, das Gebäude zu verlassen. Trübsinnig fuhren sie mit der Arbeit fort, bis es zu dunkel wurde. Der letzte Satz, den der Geometer aufschrieb, war: Die Richter sind unabhängig und nur dem Gesetz unterworfen.

»Aber wenn es dunkel wird, müssen auch sie aufhören mit dem Verurteilen«, sagte der Dienstmann rebellisch. »Weil, dann können sie das Gesetzbuch nicht mehr lesen.«

»Man hat uns vergessen«, sagte der Schwager gedrückt.

Der Dienstmann öffnete vorsichtig das große Fenster und beugte sich hinaus. »Wie hoch mag das sein?« fragte er.

Der Geometer trat neben ihn. Gegenüber konnte er einen Telegraphenmast erkennen.

»Wollt ihr das wissen, wie hoch wir sind?« fragte er hochmütig. »Mit Hilfe der Wissenschaft kann man das berechnen. Solche Verfassungen kann man mit der Phantasie machen, aber für praktische Fragen braucht man die Wissenschaft.« Und er fing an, ihnen zu erklären, wie er die Höhe des Fensters aus der ihm bekannten Höhe von Telegraphenmasten berechnen konnte. Er brauchte nur mit dem Auge die Entfernung des Mastes vom Gebäude abzuschätzen, dann konnte er mit Leichtigkeit den pythagoräischen Lehrsatz anwenden.

»Ich brauche es nur ungefähr zu wissen«, sagte der Dienstmann. »Wenn es mehr ist als vier Meter, springe ich nicht.«

»Ungefähr«, kritisierte der Geometer, »das ist doch halsbrecherisch. Ich will wissen, ob es sieben Meter sind oder acht Meter, das ist allerhand Unterschied, denke ich.«

»Nein, das ist kein Unterschied«, beharrte der Dienstmann, zum ersten Mal aufsässig. »Nicht, wenn ich springen soll.«

Jetzt wurde auch der Geometer hitzig.

»Verachtet nur die Wissenschaft«, bellte er, »ihr werdet schon sehen, wohin ihr damit kommt.«

Der Dienstmann fluchte und fragte, was ihnen denn geschehen könne, wenn man sie im Gebäude ertappte.

»Nichts«, sagte Sa-u-pröh leichthin. »Sie bringen mich da auf eine Idee. Schreib, es ist noch nicht zu dunkel: Alle Chimesen haben das Recht, sich friedlich und unbewaffnet zu versammeln.«

»Das streichen sie Ihnen«, brummte der Dienstmann, »wetten?«

»Ich gehe noch weiter«, sagte Sa-u-pröh. »Wir wollen annehmen, die Behörde verbietet dennoch so etwas. Dann gilt folgendes: Jeder Chimese hat das Recht, sich mit Bitten oder Beschwerden an die zuständige Behörde zu wenden. So ist auch dafür vorgesorgt. Wenn wir nur schon draußen wären.«

Der Dienstmann beugte willfährig sich noch einmal aus dem Fenster.

Er entdeckte eine Regentraufe und kletterte hinaus. Als er unten stand, warf ihm Sa-u-pröh ein paar Nickel hinunter, alles was er in der Tasche hatte.

»Bringen Sie was Eßbares«, ermahnte er ihn gedämpfter Stimme.

Erst nach drei Stunden kam der Dienstmann zurück. Er hatte erst einmal einige Helle getrunken und dann sich nach einem Verdienst umsehen müssen, um etwas Eßbares kaufen zu können. Es war ihm gelungen, einem Schieber auf dem Bahnhof den Schiffskoffer schleppen zu dürfen. An einer Schnur, die Sa-u-pröh herunterließ, befestigte er fünf trockene Brote und zwei Heringe. Dann verschlang ihn die Dunkelheit.

Die beiden Zurückgebliebenen verbrachten eine unruhige Nacht, auf den Kisten schlafend. Ohne Frühstück, denn der Dienstmann hatte sich wieder seinem Erwerb zugewendet, behandelten sie die Frage des Eigentums.

Sa-u-pröh gewährleistete das Erbrecht, verbot den Wucher und setzte hinzu: Eigentum verpflichtet. Sein Gebrauch soll zugleich Dienst sein für das Gemeine, Beste.

Dies bauten sie nicht weiter aus, da ihr Hunger zunahm.

Der Gelehrte und sein Schwager wurden drei Tage später in völlig erschöpftem Zustand von einem unteren Beamten aufgefunden. Jedoch sind die verwirrten Ausführungen über das Wirtschaftsleben, die das letzte Kapitel der Verfassung bilden, nicht diesem unglücklichen Zustand zuzuschreiben. Sie sind das Resultat langwieriger und genauer Beratungen vielköpfiger Kommissionen von Tuis aller Art. Denn die Arbeit ging nun über an weitere Kreise.

Es war eine Nationalversammlung einberufen worden und, wie Wei-wei vorausgesehen hatte, fehlte eine Verfassung. Sa-u-pröhs Entwurf wurde von den Räten des Inneren Ministeriums in den Papierkorb gesteckt, und es wurden der Reihe nach und schließlich zu gleicher Zeit eine ganze Anzahl von Tuis beauftragt, einen Entwurf zu machen. Wei-wei las die Entwürfe alle und fand sie so wenig verschieden von dem des Sa-u-pröh, daß er sich die Papierkörbe des Ministeriums kommen ließ und ihn mit seiner Frau wieder herausklaubte. Man mietete sogar noch ein Hotelzimmer für den Gelehrten, so daß er einige Ergänzungen anbringen konnte.

Da das Hotel von ausländischen Gästen überfüllt war, die wegen des nun rapid sinkenden Wertes des Jen sehr billig in Chima lebten und in großen Scharen zugereist kamen, diktierte Sa-u-pröh seine letzten Artikel in einem Badezimmer. Sein Schwager benützte die Gelegenheit und nahm in zwei Tagen fünf Bäder. Um dem furchtbaren Elend, das Chima überschwemmte, und der zunehmenden Unmoral, die dessen Voraussetzung und Folge war, entgegenzuwirken, verlieh Sa-u-pröh den Schulen die Aufgabe, die sittliche Bildung der Chimesen besonders zu vertiefen. Nur vollkommen tugendhafte Menschen konnten bei diesen Zuständen den Anreizen zu Verbrechen, sei es der von Unterdrückern oder der von Unterdrückten, widerstehen. Je verrotteter der Staat war, dies Sa-u-pröhs Standpunkt, desto nötiger war die Pflege staatsbürgerlicher Gesinnung. Dabei war jede Intoleranz zu vermeiden. Der Artikel »Beim Unterricht in öffentlichen Schulen ist Bedacht zu nehmen, daß die Empfindungen Andersdenkender nicht verletzt werden«, bildete eine gewisse Gewähr, daß die Empfindungen der Republikaner geschont wurden.

Ein menschlich schöner Artikel von Sa-u-pröhs Verfassung ist der 140., der schlicht und einfach so lautet: Den Angehörigen der Wehrmacht ist die nötige freie Zeit zur Erfüllung ihrer religiösen Pflichten zu gewähren. Auch in der tobenden Materialschlacht hat so der chimesische Soldat das Recht auf ein wenig Zeit für Gebet.

Sa-u-pröh zog sich zurück in seine Studierstube, wo er, um nach einem Buch an der Wand zu greifen, Windeln beiseite schieben mußte, die zum Trocknen aufgehängt waren. Seine

Frau warf ihm noch lange vor, daß er in die Reichskanzlei seinen Sonntagsanzug angezogen hatte, und auch er, der im Augenblick der Arbeit wenig darauf geachtet hatte, bedauerte nunmehr die ziemlich große Triangel, die er sich in seine beste Hose gerissen hatte.

Sa-u-pröhs Verfassungsentwurf wurde, vervollständigt durch Bestimmungen über die Verwaltung des Reichs, ohne große Debatten von der Nationalversammlung angenommen. Die Abgeordneten zeigten sich so, im Sinne des 21. Artikels, als nur ihrem Gewissen unterworfen und an Aufträge nicht gebunden.

B 11

Die persönliche Freiheit war nach der Verfassung sehr groß, sie erlag jedoch gewissen Beschränkungen. Jeder Chimese hatte (nach § 163) die sittliche Pflicht, seine geistigen und körperlichen Kräfte so zu betätigen, wie es das Wohl der Gesamtheit erforderte. Er durfte also seine Kräfte z. B. nicht einfach verfallen lassen. Er hatte nicht das Recht, sich zum Beispiel durch Hungern zu schwächen, oder durch ständigen Aufenthalt in feuchten Kellerwohnungen seine Gesundheit zu untergraben. Es wurde natürlich gegen diese Verpflichtung häufig verstoßen, jedoch verletzte man dadurch die Verfassung. Eine weitere Verpflichtung bestand in der Vermehrung der Nation, wie sie durch die (in § 119) geschützte Ehe zustande kam. Nach der Definition des großen tuistischen Philosophen Ka-an versteht man unter Ehe eine Vereinigung von Mann und Frau zwecks gegenseitiger Überlassung der Geschlechtsapparate.

Papierkorb

Das Hotel

B 12

»Die Verfassungen«, sagte er, »haben bisher gegen den Grundsatz der Gleichheit und Freiheit verstoßen. Sie berücksichtigten, ob ein Mann etwas hat oder ob er nichts hat. Der Besitzende konnte leichter in das Heer kommen oder, wenn dies vorteilhafter war, sich davon weghalten: er konnte sich ein Hundertstel von einem Abgeordneten wählen, wenn sich der Besitzlose nur ein Zehntausendstel eines solchen wählen konnte; er hatte Vorrechte auf alles mögliche wie Ehrenstellen, Grundbesitz, Posten. Ich aber will eine Verfassung schreiben, die in keinem Punkt berücksichtigt, ob ein Mann etwas hat oder ob er nichts hat.«

B 13

Der Kaiser schlief schlecht. Die Zeiten waren vorüber, von denen bei den Klassikern steht: sie sind glücklich. Die Regierenden haben nichts zu tun.

Er war ein kleiner, hagerer Herr von straffer Haltung, mit einem großen eisernen Kinn. Man konnte sagen, daß er seiner Gesundheit lebte. Er stand früh auf, wusch sich den ganzen Körper kalt und machte Freiübungen. Er war mißtrauisch gegen alle Gedanken, von denen man nicht wußte, ob sie nicht aus kranken Körpern stammten; wenn es nach ihm gegangen wäre, hätte jedem Buch (und jeder Verordnung) ein ärztliches Zeugnis beigegeben sein müssen, das die Gesundheit des Verfassers bestätigte; da dies nicht zu verwirklichen war, half er sich damit, daß er überhaupt nichts las. »In einem ganz gesunden Körper«, pflegte er zu sagen, »entstehen überhaupt keine Gedanken!« Deshalb beunruhigte es ihn mehr, als er es bei seiner Konstitution für möglich gehalten hätte, daß er nunmehr, schon seit einigen Jahren, so sehr mit Fragen belästigt wurde. »Fragen«, sagte er seinen Räten, »sind ein Beweis, daß etwas nicht klar ist: widerlegen Sie mir das!« Das konnte dumm erscheinen, aber er meinte einfach damit, daß das Entstehen so vieler Gedanken und Redereien im Lande auf gewisse innere Schäden hinwies. Das Land war krank.

In seinem Arbeitszimmer hing eine große Militärkarte Chimas, auf der ein Fähnchen jede Woche umgesteckt wurde. Auf dieser Karte verfolgte der chimesische Kaiser ungeduldig den Zug des Taschi Lama.

B 14
Drei Reisen

Fünf Männer kamen von den nördlichen Provinzen herunter. Sie schliefen bei Tag und gingen bei Nacht, und sie vermieden bestimmte Ortschaften. So machten sie es, solange die Gegenden, durch die sie kamen, nicht mehr menschenreich waren, und das waren die nördlichen Provinzen alle nicht, da dort die Hungersnöte besonders schlimm gehaust hatten. Dadurch, daß es so wenig Menschen gab, fiel jeder Fremde leicht auf, und es gab, ebenfalls der Hungersnöte wegen, viele Gendarmen, denen man auffallen konnte. Die fünf aber wollten nicht auffallen, denn sie gehörten nicht zu jenen, welche die Hungersnöte verursacht hatten.

Zwei von den Wanderern gehörten ihren Physiognomien nach zu der besitzenden Klasse, oder sie hatten dazu gehört, drei stammten augenscheinlich von niederen Eltern; diese sahen bis auf einen, der sehr jung war, weniger vertrauenswürdig aus. Sie schienen sittlich nicht so hoch zu stehen.

An der Spitze ging für gewöhnlich ein großer, breiter Kuli, der den Weg kannte. Sein Name war während dieser Reise Feng. Hinter ihm ging einer von den höher Geborenen, ein untersetzter Mann mit einem Ziegenbart, der eigentliche Leiter des Trupps. Er war bekannt unter dem Namen Li Tse, der auf vielen Broschüren und vielen Listen der Polizei stand; seine Kameraden nannten ihn aber Len.

Als sie in menschenreichere Gegenden kamen, gingen sie nicht mehr alle fünf zusammen, sondern teilten sich in zwei Trupps und trafen sich nur noch in bestimmten, größeren Städten. Für gewöhnlich führten der große Kuli und der Ziegenbart die Trupps.

Der Jüngste war am schlechtesten gekleidet. Er mußte in den Dörfern gegen Abend Lebensmittel einkaufen oder eintauschen. Sie hängten ihm einen Tragkorb mit billigen Waren um, und wenn es kalt war, nahmen sie ihm für seinen Gang seine Decke und seinen Shawl ab, damit jeder sehen konnte, wie er fror. Wenn er zurückkehrte, rechnete er genau ab, Jen für Jen. Sie waren sehr genau mit dem Geld.

Während des Marsches schwiegen sie. Aber wenn sie mittags

aufwachten, redeten sie in ihrer Mulde oder wo sie sich gerade versteckten von den Möglichkeiten, mit Summen, die winzig waren, ihre riesige Reise und noch allerhand anderes zu bewältigen, aber mehr noch von Angelegenheiten, die das ganze Reich betrafen, so als wären sie sehr mächtige Menschen mit großem Aufgabenkreis.

Sie kamen häufig ins Streiten. So konnten sie sich nicht einigen darüber, ob die Mandschurei ihre Wolle in die kriegsüberzogenen Gebiete von Korea bringen würde oder nicht. Einig waren sie hingegen, daß das Einziehen der kleinsten Münze ein Verbrechen des Kaisers sei, sie zeigten eine eigentümliche Freude darüber. Auch darüber, daß der Kaiser den Rat der Zweihundert, den sie als einen Haufen von Schmutzfinken und Analphabeten bezeichneten, immer noch halte, rieb sich der Ziegenbärtige schmunzelnd die kleinen dicken Hände. Anscheinend freute sie alles, was dem Reich schadete, und was ihm nützen konnte, erregte ihren Unwillen. Und sie waren so sehr mit Politik beschäftigt, daß, wenn abends zwei von ihnen, den Tee bereitend, über irgendein Thema stritten, einer, der noch eben geschlafen hatte, aus seiner schlechten Decke heraus mit einem einzigen Wort den Streit beendigen konnte, so unterrichtet war er. Dabei waren es, wie erwähnt, Themen von außerordentlicher Größe.

Nach mancherlei Beschwerden kamen sie an den großen Fluß. Bevor sie ein Schiff bestiegen, beraumten sie eine Sitzung an. Sie fand in der Hütte eines Bauern statt, den sie auf der Liste ihrer Adressen gehabt hatten. Seine Familie und er selber warteten während der Beratung vor der Türe.

Sie beredeten, wie sie es anstellen könnten, auf dem Schiff nicht aufzufallen. Die beste Art kostete Geld, und sie entschlossen sich nur sehr zäh zu einer Ausgabe. Diesmal aber stimmte sogar der Ziegenbärtige zu, daß für Feng ein etwas besserer Anzug gekauft werden sollte; er konnte dann als Arbeitgeber der zwei andern, Zerlumpten, gelten. Len und der mit der Brille würden zusammen reisen; sie konnten gekleidet sein, wie sie wollten. Sie waren eben heruntergekommene Tellekt-uell-ins. Solche konnten sich immer Fahrgeld beschaffen. Sie brauchten doch nur ein paar Bauern über die Ohren hauen! Len, dessen literarischer Name Li Tse war, lachte behaglich, als er dies vorbrachte. Er ging auch den Anzug kaufen. Niemand verstand so zu handeln wie er.

Dann nähten sie auch in den neuen Anzug die Tasche unter der Achsel und über dem Gesäß ein, in die die sehr dünnen, eng bedruckten Blätter kamen, von denen jeder so viele wie nur möglich auf dem Leib trug.

Sie kamen nämlich dieses Buches wegen in die südlichen Provinzen.

Von Nordwesten nach Südosten bewegte sich, nun schon im zweiten Jahr, der Zug des Taschi Lama, des tibetanischen Papstes. Er zerteilte wie eine geistige Fahrrinne das riesige Reich in zwei Hälften. Nordöstlich dieser Rinne und südwestlich ereilten in breiten, warmen Wellen die Völker Gerüchte von Wundern und Weisheiten. Die schmale Fahrrinne dazwischen führte die Wahrheit.

Hier wanderte mit einem Großteil seiner Gelehrten, Würdenträger und Heiligen der Gesalbte des Obersten Himmels, die Blume der Welt. 70000 Tellekt-uell-ins, vom Volk abgekürzt, aber respektvoll, Tuis genannt, gaben ihm das Geleite. Sie waren seine Macht, und sie waren die Hoffnung der Welt.

Wo die 70000 hinkamen, fanden sie andere aus der Kaste der Tuis, der angesehensten im Reich der Mitte. Denn diese Kaste überzog das Reich, wie die Knoten ein Fischernetz überziehen, das sie zusammenhalten. Es gab keinen Verwaltungsposten, der nicht von einem Tui besetzt war. Erzogen in großen und ausgezeichneten Schulen, die keine andern neben sich duldeten, waren sie, ausgestattet mit dem gesamten Wissen und geübt in den gesamten literarischen Fähigkeiten, die Verwalter der Kultur und allen Handels und Wandels zugleich. Ihre einzige Waffe war der Geist. Das Wort Tellekt-uell-in bedeutete Kopfarbeiter, Einseher, Unterscheider, noch genauer: Formulierer.

Ihr Zug war etwa 50 Kilometer lang, d.h. im dritten Jahr der Wanderschaft. Zu Beginn war er noch einmal so lang gewesen, über 120 Kilometer. Aber ihr Ruf war ihnen bald vorausgeeilt, und so fanden sie, wenn sie eintrafen, nur mehr einen Teil der Vorräte vor, alles andere hatten die dem Geist feindlichen Bauern beiseite geschafft. Infolgedessen war dann für die zweite Hälfte des Zuges nichts mehr oder jedenfalls nicht mehr genügend vorhanden, und so verkürzte sich der Zug. Man hatte schon im zweiten Jahr im Generalsekretariat erwogen, die zweite Hälfte des endlosen Zuges erst ein Jahr später als die erste abgehen zu lassen. In dieser Zeit wäre alles wieder nachgewachsen gewesen. Aber man fürchtete, daß die Bauern überhaupt nichts mehr pflanzen würden, wenn sie hörten, daß noch ein solcher Zug bevorstünde. Was aus dem Rückmarsch werden sollte, wagte niemand zu überlegen. Ihr Unterhalt machte der kaiserlichen Regierung wirklich Sorge. Man hatte ursprünglich nur den Taschi Lama eingeladen. Unvorsichtigerweise hatte man erwähnt, daß man seinen Rat brauche, und jetzt kam er mit 70000. Sie fraßen ganze Ochsenherden auf. Bestimmte billigere Gemüsearten starben in Gegenden, durch die sie kamen, für alle Zeiten aus. Obsthaine und Weinberge sahen nach ihrem Durchzug aus wie nach einem Brand. Sie waren auch hier schlimmer als ein Krieg.

Der lebende Buddha, Pander Lobsam Rhei, ging im ersten Drittel des Zuges. Er ging wirklich zu Fuß. Tausende seiner Lamas ließen sich in Sänften tragen oder in Fahrzeugen rollen, aber er ging. Und er ging in Schuhen mit grobem Leder, wie man sie allenthalben für wenige Käsch kaufen konnte, auch auf dem Land. (Die Schuhe wurden allabendlich vor dem »Unterschlupf« des Papstes unter einer Glasglocke, die das 500fache gekostet hatte, zur Besichtigung ausgestellt.)

Der Gesalbte des Himmels war ein großer, schwerer Mann von grobem Aussehen, jedoch klugen Augen. Er hatte eine Begabung für Mathematik und haßte seiner Natur nach jede Zurschaustellung. Durch sein Amt, das er sich nicht selber ausgesucht hatte, war er mit der Zeit so unempfindlich geworden, daß er vor den Augen der Menge auch sein Wasser abgeschlagen hätte, sicher mit großen, bedeutenden Bewegungen. Er ging mit schweren, schlurfenden Schritten inmitten ungeniert schwatzender Mönche schweigend. Vor ihm und hinter ihm wurden auf Brettern die Heiligen Bücher getragen, über 500, alle aufgeschlagen; jeden Morgen wurde ein Blatt umgewendet. (Dies in Befolgung des Satzes: Die Bücher sind heilig, denn sie werden gebraucht.) Außerdem trug man allerhand Kostbarkeiten, goldene und elfenbeinerne Utensilien und eine Unmenge von purpurnen und grellblauen bestickten Schabracken, Fahnen, Baldachinen, uralte Sänften, von denen jede 5000 Ochsen wert waren. Aber die Sänften waren leer, und die Baldachine wurden trotz der schrecklichen Sonne hinter der Blume der Welt getragen, die nur den vermehrten Staub zu schlucken hatte. Allabendlich stauten sich um den Unterschlupf des Kirchenfürsten die Massen der Mönche. Während sich alle in weitem Umkreis auf den Boden niederlegten, schritt er, sozusagen entlassen, in das Haus, das man ihm ausgesucht hatte. Ein Zimmer war für ihn vollständig ausgeräumt und nur eine harte Ledermatratze hineingestellt, und zwar schief, mit Sorgfalt schief, was Achtlosigkeit andeutete. Außerdem lag da noch ein alter, ausgetretener Teppich, auf den er seine Kleider schichten konnte, und in der Frühe bekam er eine kleine Schüssel mit Wasser zum Waschen hereingereicht – schon sein kärgliches Frühstück war wieder öffentlich. Dann vollführte er einige Zeremonien und setzte die Wanderung fort.

Der Papst folgte, indem er den Weg von Tibet nach Peking zu Fuß ging, strengen Vorschriften, die keineswegs er selber erlassen oder ausgedacht hatte. Sie stammten von Tuis, die in Wägen fuhren. Dieses Zufußgehen deutete an, daß an dem Fahren in Wägen und dem Getragenwerden in Sänften von einem hohen Standpunkt aus etwas auszusetzen war; es wurde durch das Zufußgehen geradezu als unrichtig bezeichnet, als menschliche Schwäche der menschlichen Kritik preisgegeben. Die Leute am Wegrain, die den Papst gehen sahen, sollten sagen: Sie fahren und werden getragen, aber der Größte geht zu Fuß! – Leider war der Zug so lang, daß die Menschen, die den lebenden Buddha von Angesicht zu Angesicht gesehen hatten (wie er zu Fuß ging, auf billigen Schuhen), ihn schon vergessen hatten, wenn seine Diener ihnen immer noch das Brot wegfraßen.

Seine Exzellenz Pander Lobsam Rhei war zum Kaiser berufen worden, weil die Geschicke Chimas seinen Rat verlangten.

Furchtbare Kriege an allen Grenzen, die samt und sonders Niederlagen zu werden drohten, Hungersnöte, die das gewohnte Ausmaß überstiegen, Bankerott der Staatskassen, Unordnung in weltlicher und geistlicher Hinsicht, ja, offener Aufruhr in bestimmten Provinzen hatten den Bestand Chimas erschüttert. Die Beratung der höchsten weltlichen mit der höchsten geistlichen Macht sollte der Aufklärung des eigentlichen Grundes dieses bei dem Fleiß und der Begabung der Chimesen erstaunlichen Elends dienen.

Die Wanderung des Papstes war auf vier Jahre berechnet.

Schon jetzt im dritten bekundete der heilige Mann eine gewisse, dem horchenden Hofe nicht ganz willkommene Stellungnahme. In einer vielbesprochenen Konferenz seiner Obersten Würdenträger beklagte er öffentlich das Elend der Bevölkerung und beschloß, wöchentlich einen Fasttag einzuschieben und dreimal in der Woche auf Gemüse zu verzichten: zum Zeichen, daß er sich der Not des Landes bewußt sei. Auch verbreiteten die Tuis des öffentlichen Amtes eifrig die Nachricht, der lebende Buddha habe über den *Grund der Verwirrung* bereits eine bestimmte Ansicht.

Auf einem Kahn des großen Flusses fuhren zwei junge Leute im Alter von 16 und 17 Jahren. Der eine hieß Hung, der andere Kwan. Sie kamen aus der gleichen Ortschaft, aber sie entstammten nicht der gleichen Gesellschaftsschicht. Infolgedessen war Hung wohlgenährt und Kwan mager. Außerdem trug Kwan eine Brille und hatte große, zerschundene Hände, aber da er klein von Wuchs war, wirkte seine Magerkeit nicht unangenehm. Kwan hätte nicht genug Reisegeld besessen, um auf dem Hinterdeck mit Hung zu sitzen, wenn nicht dieser für ihn ausgelegt hätte. Und er saß gern auf dem Hinterdeck, da dort ein ganzer Haufen Tuis des Taschi Lama saßen, diskutierend und Späße machend. Es war eine der Abordnungen, die dem Taschi Lama vorausfuhren, um Quartier zu schaffen; der Papst selber befand sich noch tief im mittleren Chima. Für die beiden jungen Leute war diese Gesellschaft von riesigem Wert. Sie fuhren beide auf die Sekretärschule der Tuis in Peking.

Von morgens bis abends saßen sie auf ein und demselben kleinen Teppich inmitten der Tuis und versuchten, Redefetzen zu erhaschen, indem sie ab und zu den Rücken zurückbogen, als wollten sie den Himmel betrachten.

Neben ihnen, am Bordrand, saß eine ganze Gruppe um einen langen, dürren Herrn mit tränender Nase und schwarzrandiger Hornbrille. Mit großen Armbewegungen zeigte er auf das Ufer; dazu machte er seine Bemerkungen, sich ab und zu in den Saum seiner Jacke schneuzend. Er schneuzte sich bei weitem nicht oft genug, jedoch schienen seine Bemerkungen bedeutend oder sein Rang hoch zu sein. So oft er etwas sagte, warteten sie mit dem Nicken, bis er genickt hatte.

Hung nun kauerte, seine schönen Augen diesem Manne zugewandt, jede seiner Gesten verfolgend und bemüht, den Sinn der Reden zu erfassen, welcher in Empfindungen bestand, die den langen Herrn bei dem Anblick des sacht gleitenden Ufers ankamen; aber Kwan wandte ihm den kleinen Rücken und sah nach dem Ufer, dem die Bemerkungen galten.

Erst am nächsten Tage verstand Kwan, daß die Bemerkungen des Reisenden mit ihrem Gegenstand beinahe nichts zu tun hatten und kaum die Rolle schlechter Fragen von Schülern spielten, die dem Lehrer als Anlaß weiser und umfassender Antworten dienten. Hungs Haltung war die richtigere gewesen, und Kwan ahmte sie nun nach. Hier galt es, eine hohe Kunst der Unterhaltung zu lernen.

Eines Vormittags hatten Hung und Kwan auch einen Streit. Hung pflegte, dem Gespräch der so gut Sprechenden zuhorchend, ab und zu einige Sätze an den ebenfalls lauschenden Kwan zu richten, natürlich nur mit halblauter Stimme. Die Sätze betrafen nicht immer das, was er hörte. Kwan nun konnte, wenn Hung sprach, das Gespräch nebenan nicht mehr hören, das sie beide belauschten. Er gab dies Hung zu verstehen. »Ich kann«, sagte er lächelnd, »das, worauf wir horchen, nicht verstehen, wenn du sprichst. Ich glaube, du verstehst, während du sprichst, aber ich verstehe dann nicht. Das vergißt du.« Hung war sehr beleidigt, daß er zurechtgewiesen wurde, und Kwan konnte das überhaupt nicht verstehen: er hatte ihm bloß eine interessante physikalische Tatsache mitteilen wollen, die ihm unbekannt zu sein schien. Er wäre, obgleich er den gesellschaftlichen Unterschied zwischen ihnen durchaus kannte und achtete, nie auf den Gedanken gekommen, Hung würde auch sprechen, wenn es ihm bewußt wäre, dadurch Kwan zu stören. Dieser Tatbestand war nicht zu klären, da Hung sich sofort und übertrieben entschuldigte. Das bedrückte Kwan.

Als sie, mit der Raschlebigkeit der Jugend, einander wieder gut waren, fiel Kwan auf, daß Hung beim Essen, wenn er sprach, die Haltung des langen Herrn einnahm. Diese Haltung paßte weder zu dem bescheidenen und einfachen Hung, noch zu der Natur des Gegenstandes. Hung schien diese Haltung nicht seinen Worten, sondern diese der Haltung anzupassen. Zuerst schien dies Kwan nicht richtig, dann glaubte er zu erkennen, daß

Hung auf diese Weise zu ganz neuen und interessanten Wahrnehmungen – nicht nur Worten – gelangte, und bewunderte nunmehr seinen Freund, der so rasch und leicht gelernt hatte.

An Bord des Schiffes kam ein Trupp Soldaten, die in Urlaub fuhren. Die meisten von ihnen waren verwundet; ihre Verbände zeigten Blutspuren, sie waren dünn gewickelt, da der Mull ausging. Die Tuis standen in einer Gruppe an der Brüstung des etwas höher gelegenen Hinterdecks und riefen den Soldaten scherzhafte Worte zu, die aus der lustigen Soldatensprache entnommen waren. Die Soldaten antworteten nicht, entweder weil sie zu müde waren, oder weil sie diese Sprache nicht genügend beherrschten.

Am Abend ging Kwan auf das Vorderdeck spazieren und stellte sich neugierig in der Nähe eines großen mageren Soldaten an die Reling. Der Soldat hatte seine Uniformjacke ausgezogen und durchsuchte sie, auf einer Rolle Seil sitzend, nach Läusen.

Vom Hinterdeck kam eine fettige Stimme. Einer der Tuis sprach vom Krieg.

»Wir schulden alles diesen Braven«, tönte die fettige Stimme. »Sie haben, ohne auch nur einen Augenblick nachzudenken, ihre Pflüge niedergelegt, oder es war die Schusterahle, oder das Weberschifflein, sie haben es niedergelegt, um die Kultur zu verteidigen. Sie kennen nicht die Meisterwerke des Si-jen, die Gedichte des Go-teh haben sie kaum gelesen; sie hörten nur, daß die Kultur von einem barbarischen Feind bedroht sei, und sie erhoben sich. Was, könnte man sagen, geht es den Kuli von Schen an, ob der Tempel von Mi, tausend Meilen von Schen entfernt, in chinesischen Händen bleibt oder nicht? Sie können ihre Handvoll Reis, ihre so bescheidene Nahrung, unter dem japanischen General ebensogut essen wie unter der kaiserlichen Regierung. Aber das ist nicht ihr Standpunkt. Etwas Höheres in ihnen sagt ihnen, daß sie nötig sind. Wir können (leider) nichts tun, als uns tief vor ihnen zu verneigen.«

Die Stimme schwieg. Der Soldat war mit seiner Jacke fertig. Er nahm sein zerlumptes Hemd vor. Eine Zeitlang knipste er Läuse, die in den Nähten saßen. Kwan fühlte seinen Blick im Rücken. Dann sprach der Soldat.

»Ich kann sie nicht kriegen«, sagte er ziemlich laut. »Sie beißt wie das Feuer, aber ich erwische sie nicht. Sie sitzt immer woanders, als ich sie suche. Schlau, das ist sie. Natürlich, sie macht ihr Leben damit, da kennt sie alle Tricks, und erfinderisch ist sie auch. Im Krieg hat sie unglaubliche Fortschritte gemacht. Und wie sie sich vermehrt! Im Hemd sitzt sie und in der Jacke. Säße sie direkt auf mir, könnte ich sie viel eher fassen. Und dann sind meine Hände zu dick. Einen Ochsen würde ich viel leichter fassen können. Aber da mit der Faust loszutrommeln wäre ganz unsinnig. Ich treffe mich, aber nicht sie. Nicht sie, aber mich. Sie müssen direkt Schulen haben, wo sie sich gegenseitig im Blutsaugen ausbilden. Eine lumpige Welt.«

Kwan sah mit besonderem Eifer über die Reling in das dunkle gleitende Wasser des Flusses, als schwimme da etwas, was er sehen müßte. Dann rutschte er, die Ellenbogen auf der Brüstung, dem Mittelschiff zu. Er hörte ein paar Soldaten hinter ihm lachen und kletterte schnell die Eisenleiter zum Hinterdeck hoch. Merkwürdigerweise bemerkte er an sich, als er oben auf Hung zuging, der eben die Zähne für die Nachtruhe putzte, daß er, trotz seines Zorns, im Gehen die langsamen, ausladenden Bewegungen des großen Soldaten nachahmte. Und er hatte ihn niemals gehen, sondern nur reden und Läuse suchen sehen.

Dann lenkte ein Ereignis die Aufmerksamkeit der jungen Leute noch mehr auf das Vorderdeck.

Der Kahn legte jeden Abend am Ufer an, und die Passagiere besuchten die Teehäuser des betreffenden Ortes oder gingen wenigstens am Ufer spazieren, wenn es keine Stadt war. Einmal standen die beiden jungen Leute vor einigen Etablissements einer solchen Stadt, etwas zweifelhaften Häusern, wie es schien. Sie konnten sich nicht entschließen, hineinzugehen, da sie ihr Geld auf dem Leib trugen. Da ertönten Pfiffe hinter ihnen und liefen Polizisten die Gasse herunter. Die Polizisten kamen von beiden Enden der Gasse, es war eine Razzia, die den Häusern galt. Froh, nicht eingetreten zu sein, entfernten sich die Freunde. Um die nächste Ecke gehend, sahen sie einen großen, starken Mann aus dem Fenster klettern und auf die Straße springen. Hinter ihm folgte ein zweiter, der klein und stämmig war. Auf dem Boden angelangt, gingen die beiden sehr ruhig und langsam die Gasse hinunter. Kwan hatte ihre Gesichter gesehen, und als sie auf den Kahn zurückgingen, erkannte er die beiden Flüchtlinge in Passagieren des Vorderdecks wieder, den Großen und den Stämmigen. Sie waren nicht beisammen; der Große aß für sich, auf einem Teppich sitzend, und der andere aß mit einem dritten zusammen. Diese zwei schienen niedriger zu stehen, waren auch viel dürftiger angezogen.

Die Knaben sprachen noch über ihr Erlebnis, da hörten sie hinter ihnen jemand sagen: »Das ist merkwürdig – jetzt tun sie ganz fremd, und vorhin, als sie im Teehaus zusammen aßen, waren sie zueinander wie die besten Freunde.« Eine andere, tiefe Stimme sagte: »Wenn Sie sie in dem Teehaus gesehen haben, sollten Sie es unbedingt der Polizei melden. Ich bin sicher, es sind Politische.« »Ich warte nur noch zu«, kam es von der ersten Stimme, »ich möchte nicht gern in eine schmutzige Sache hineingezogen werden.« Und sich umblickend, sah Kwan auch den Sprecher; es war ein dünner, nach vorn geneigter Geistlicher mit winzigem Kopf, einer schnabelartigen Nase und, wohl vom vielen Lesen, entzündeten Augendeckeln. Er hatte wohl keine Lust, bekanntzugeben, in was für einem Teehaus er sein Brevier gelesen hatte.

Die Freunde sahen ihn am nächsten Tag noch öfter, wenn er, in sein Brevier vertieft, auf Deck saß, wie einen Verbrecher an: etwas Unzüchtiges umgab ihn.

Eines Morgens kam Polizei an Bord. Sie hielt sich nicht mit dem Hinterdeck auf, sondern ging gleich nach vorn. Unvorsichtigerweise lief Kwan mit.

Auf dem Vorderdeck, unter dem niederen Volk, war ein großes Gedränge, Kwan wurde an den Schiffsrand, in die Nähe des Hecks gedrängt. Alles schwatzte drauflos und gestikulierte aufgeregt. Kwan kam in die Nähe des Großen, Finsteren aus dem Teehaus zu stehen – nicht ganz zufällig. Der Stämmige stand jetzt wieder neben ihm. Und jetzt hörte Kwan ganz deutlich den Kurzen mit befehlender Stimme, wenn auch leise, zu seinem Nebenmann sagen: »Sie beobachten uns. Du schlägst mich; aber richtig!«

Kwan sah sich um. Die einzigen, die in ihre Richtung schauten, waren der rotäugige Kleinkopf und seine Freunde. Sie schienen auf etwas zu warten. Die Polizisten prüften noch Papiere auf der anderen Seite des Kahnes, als der Große neben

Kwan plötzlich mit lauter Stimme den Stämmigen anfuhr: »Wo ist der Fußsack? Habe ich dir nicht befohlen, den Fußsack mitzunehmen?« Das ganze Vorderdeck wandte die Köpfe. Der Stämmige stand mit gesenktem Kopf vor dem Großen und murmelte etwas Unverständliches. »Was«, schrie der Große, »im Boot? Kannst du nicht deine zwei Gedanken zusammenhalten? Wofür bezahle ich dir dein Fressen?« In diesem Augenblick fühlte sich Kwan in den Rücken gestoßen und sah hinter sich den Kleinköpfigen mit einigen andern Tuis stehen. Sie hatten sich eben hierher durchgedrängt und verfolgten gespannt die Szene.

Der Stämmige zuckte immerzu die Achseln. Er bot ein Bild des Jammers. Der Große schien außer sich. »Habe ich zehn Fußsäcke?« schrie er. »Meinst du, ich kann mit meinem Zeug so umgehen wie ihr Habenichtse?« Und er hob die Faust und schlug dem Kurzen mit voller Wucht mitten ins Gesicht. Der Kurze sah ganz erstaunt aus; er blinzelte, als sei ihm unversehens etwas ins Auge geflogen. »Herr Mo Fung«, begann er zu stammeln, man hörte deutlich den Namen. Er kam nicht weiter. Ein zweiter Schlag der Faust traf ihn. Er begann aus der Nase zu bluten. Die Umstehenden fingen an, zu protestieren. Die Polizisten, die zuerst nur flüchtig herübergesehen hatten, ohne sich stören zu lassen, sahen nun schärfer herüber. Einige der Geistlichen hinter Kwan, dem schon schlecht war, riefen der Polizei zu, sie solle Ordnung schaffen.

Aber der Große hob jetzt den Fuß und stieß seinen Kuli in die Weichen, immerfort »Du Hund!« brüllend. Und jetzt glaubte Kwan an dem Kuli etwas sehr Merkwürdiges zu erblicken. Während er mit dem Hinterteil den Tritten auswich und die eine Hand um den Kopf spannte, machte er, nur dem dicht neben ihm stehenden Kwan sichtbar, den Bruchteil einer Sekunde lang, aber unmißverständlich mit der andern herunterhängenden Hand eine kurze schnappende Bewegung, die nur eines bedeuten konnte, nämlich: Schlag nur zu!

Aber jetzt erscholl von der Polizei her eine Stimme: »Ruhe! Hier wird nicht geprügelt!« Und der Große hielt mit seiner scheußlichen Prügelei ein.

Die Polizisten schienen nichts gefunden zu haben, als sie weggingen. Zusammen mit den Geistlichen wieder nach dem Hinterdeck zurückgehend, hörte Kwan den Kleinköpfigen sagen:

»Ich muß mich geirrt haben. Der Mann macht keinen verdächtigen Eindruck.«

Die Eindrücke der herannahenden großen Stadt machten die Knaben das Erlebnis vergessen, das sie nicht verstanden hatten. (Warum aß dieser Mensch mit dem andern im Teehaus wie mit seinem Freund, aber auf dem Schiff aß er allein, und warum forderte ihn sein Freund auf, ihm ins Gesicht zu schlagen, und warum war einer unverdächtig, wenn er den andern blutig schlug?) Aber als, gegen Ende der Reise, Kwan den langen, unsauberen Herrn in geheimnisvollen Ausdrücken davon reden hörte, daß der Taschi Lama bei sich wohlverwahrt den Schlüssel zu all dem Unerklärlichen im Lande bei sich trage, die einfache Erklärung des *Grundes der Verwirrung*, fiel ihm gerade diese Szene wieder ein.

Auch der Marschall Fank Wi Heng reiste, vom Kaiser berufen, nach Süden.

Er hatte sein Haus nicht mehr verlassen seit dem letzten Feldzug. Es hieß, er sei mit der Abfassung seiner Erinnerungen beschäftigt, deren schnellste Herausgabe ihm dringlich erschien, weil sein Stabschef Hiu Fu ebenfalls Erinnerungen schrieb, und der Marschall vermutete, dieser General würde von neuem behaupten, die Operationen des letzten, übrigens unglücklichen, Feldzuges seien in Wahrheit von ihm, dem Stabschef, geleitet worden.

Zur allgemeinen Überraschung traf sich jedoch der Marschall unterwegs mit seinem Stabschef und nahm ihn mit. Allerdings sprachen sie kein Wort miteinander während der 14 Tage dauernden Reise. Der Marschall schätzte, wie er seiner Umgebung zu verstehen gab, den General nicht als Menschen, sondern nur als Soldaten.

B 15

Im zweiten Jahr des Zuges des Taschi Lama machten die Tuis von Taschi Lhunpo eine merkwürdige Entdeckung.

B 16
Drei Berichte

Die Sekretärschule der Tuis lag im Weichbild der Hauptstadt und war selber eine kleine Stadt. Es waren alte zweistöckige Gebäude mit großen Holztoren, um Rasenflächen und Höfe mit schönen breiten Bäumen gelagert. Als Kwan und Hung aus ihren Rikschas stiegen, sahen sie über dem Haupttor die steinerne Inschrift *Wissen ist Macht*.

Das Wintersemester wurde eben eröffnet, Kisten und Koffer standen an den langen, weißgetünchten Gängen herum und Scheuerfrauen wuschen die verschrumpelten Böden. Nachdem die jungen Leute sich im Büro eingeschrieben hatten, führte ein feister Tui sie, Mappen unterm Arm, in ihre nebeneinanderliegenden Räume, kleine, weiße Zellen mit edlen alten Möbeln und bleigefaßten kleinen Fenstern zum Hof hinaus.

Im Kamin prasselte ein Feuer, und Kwan sah mit Staunen, daß auf dem Rost davor ein Paar Hausschuhe aus Schafwolle standen. Jahre danach noch erinnerte er sich gerade an diesen Anblick, der ihm anzeigte, daß er, in die Schule eintretend, in das Wohlleben eintrat.

Kwan besuchte die Schule auf Grund eines Stipendiums, das er sich durch sieben Examina erworben hatte, und er wußte, daß die Summe, welche sein Distrikt für ihn auswarf, sehr hoch war. Es war das sehr weise Prinzip der obersten Tuibehörde, die Schüler an Wohlleben zu gewöhnen. Der große Tisch hatte eine dicke, gescheuerte Ahornplatte, in die frühere Schüler mit den Taschenmessern Buchstaben und Figuren eingekerbt hatten, und Hung sagte, daß diese Schüler jetzt vielleicht schon Minister waren. Zwei niedere Stühle aus erlesenem Holz standen vor dem Kamin, zwei, so daß der Bewohner sich Besuch einladen konnte; denn in der Schule wurde die Kameradschaft gepflegt. In die gekalkte Wand eingelassen war ein Fach für die Kleider, ein dicker grüner Vorhang hing davor, und an zwei Eisenhaken hing ein Bücherbrett. Die Einrichtung sah einfach aus, sie bestand aus wenigen guten Stücken. Das Bett war breit, aus kunstvoll geschnitztem Holz mit Vorhängen; aber das Lager war hart. Die Schule pflegte den Sport.

Die jungen Leute wuschen sich in den Kupferbecken, die, mit

Wasser gefüllt, auf Hockern bereitstanden; sie prusteten, planschten mit dem Wasser und warfen unter Gelächter die Handtücher aufeinander. Dann gingen sie los, Erkundigungen einzuziehen.

Auf der Treppe begegnete ihnen, ebenfalls herumlungernd, ein langer, ein oder zwei Jahre älterer Bursche mit großem Adamsapfel und käsiger Gesichtsfarbe. Sie schlossen Bekanntschaft, und er führte sie.

In der Aula, einem großen, aber niedrigen Raum mit getäfelten Wänden, zeigte er ihnen die auf Sockeln aufgestellten steinernen Denkmäler berühmter Schüler der Schule. Der berühmteste, ein Philosoph, saß, das Haupt sinnend in die Hand gestützt.

»Er denkt darüber nach«, spottete der Käsehäutige, »ob er nicht doch noch irgendwo eine Bestechungssumme herausholen könnte.« Er hatte seinen Freund und Protektor verraten und als Kronanwalt dem Scharfrichter übergeben. Dafür war er vom König mit außerordentlichen Stellen belohnt worden. Aber das Parlament hatte gegen Ende seines Lebens ihn der Bestechbarkeit überführt, und nur weil er vom König zuviel wußte, war er von diesem begnadigt worden. Von diesem Mann stammte das Motto »Wissen ist Macht« über der Schulpforte.

B 17

Beim Mittagessen erzählte ein Junge mit Sommersprossen, aus vollem Halse lachend, von einem der Kleinen aus der untersten Klasse, wo man lesen lernte. Er war der schlechteste der Klasse, weil er zu Hause, anstatt seine Schularbeiten machen zu können, seiner Mutter beim Hemdennähen helfen mußte; so war er zweimal beim Examen durchgefallen, da er nicht lesen konnte. Das wagte er aber seiner Mutter nicht einzugestehen, weil sie immer schon über das Schulgeld jammerte und es nur seines Vaters wegen weiter bezahlte, der im Feld war und von dem Spruch »Wissen ist Macht« viel hielt. Sie schickte ihn immer, die Verlustlisten nachzusehen, die an der Kaserne angeschlagen waren, und er kam immer nach Hause mit der frohen Meldung, daß der Name seines Vaters nicht darauf stand. In Wirklichkeit ging er gar nicht hin, denn er konnte nicht lesen. Neuerdings hatte er jedoch einige Fortschritte gemacht und die Elementarprüfung bestanden. Eines Tages fiel es ihm plötzlich ein, daß er ja nun lesen konnte, und so ging er zur Kaserne. Unter den Namen des vergangenen Halbjahres fand er den seines Vaters. Seine Mutter nahm ihn daraufhin aus der Schule.

B 18
Die vier Träume des Arbeiters Jen

Kwans Vater war der Arbeiter Jen. Er arbeitete in einer Seidenweberei in der Provinz Jemel. Seine Arbeit war hart, und mit 40 Jahren sah er aus wie ein Greis. Aber er verstand die Schriftzeichen, zahlte in eine Arbeitergewerkschaft und glaubte an die Zukunft der Arbeiter. Deshalb schickte er seinen Sohn auf die Tuischule in Peking. Diese Ausgabe vermehrte seine Leiden, und wenn er abends über seiner Zeitung saß, suchten ihn Zweifel heim, ob er, durch Anstrengungen und Entbehrungen geschwächt und vorzeitig gealtert, die große Zeit der Arbeiter, die in der Zeitung beschrieben war, noch erleben würde. Einige Zeit später gab er diesen Zweifeln recht und begann sich nun damit abzufinden, daß eben erst die nächste Generation, die Jugend, in den Genuß ihres Lebens kommen würde. Er schickte also weiter das vom Mund abgesparte Schulgeld nach Peking in die Tuischule. Aber dann packte er plötzlich, nach einem bestimmten Erlebnis, eine Decke und etwas Waschzeug in einen Koffer aus Pappe, schickte die Frau, bei der er eingemietet war, in die Fabrik mit der Mitteilung, er sei krank, und reiste nach Peking.

In einem kleinen Empfangszimmer der Schule sah ihn sein Sohn Kwan sitzen, kleiner und verwelkter, als er ihn in der Erinnerung hatte, mit einem Koffer zwischen den Beinen, der durch eine Schnur zusammengehalten war. In dürren Worten erklärte ihm der kleine Mann, er solle seine Sachen zusammensuchen und mit nach Jemel kommen, seine Schulzeit sei beendet. Er gab auch eine Erklärung.

»Kwan, mein Sohn«, sagte er, »ein, zwei Jahre, bevor ich dich auf die Schule hierherschickte, sah ich am Vormittag einen jungen dicken Menschen mit einer Brille in einer Polizeistube sitzen, als ich einige Papiere dort brauchte. In der Nacht hatte ich einen Traum, in dem ich dich, Kwan, auf diesem Stuhl sitzen sah. Du warst ebenso dick wie der junge Mensch, der mir meine Papiere aushändigte, und du aßest eine Semmel beim Schreiben wie er. Als ich eintrat, standest du auf, verbeugtest dich vor mir und sagtest: Guten Tag, Vater, was brauchst du? Brauchst du einen kostenlosen Schein für den Arzt oder eine andere, freundlichere Wohnung oder eine Hilfe gegen den Vorarbeiter, der dir gestern wieder etwas abgezogen hat? Mein Sohn Kwan, ich mache dich darauf aufmerksam, daß ich mich zwar in meinem Traum über deine Freundlichkeit freute, aber doch sagte: Ich möchte nur meine Papiere erneuert, tue ja nichts, was dich in Ungelegenheiten bringen müßte. Und ich tätschelte dir deine dicke Wange und ging lächelnd weg. Neben anderm bestimmte mich dieser Traum, dich auf die Sekretärschule zu schicken. Ich zahlte schon einige Zeit Schulgeld für dich, als ich einen zweiten Traum hatte.«

Der Alte hielt ein wenig in seiner Erzählung ein, schlenkerte den Koffer zwischen den Beinen hin und her und schielte in die Ecke des Zimmers.

»Mein Sohn Kwan«, fuhr er fort, »in meinem zweiten Traum sah ich dich wieder in derselben Polizeistube sitzen, und ich stand wieder vor der Holzbarriere mit einem Anliegen. Diesmal schältest du mit einem Messer einen Apfel. Vor mir standen noch einige andere Parteien, und es war schon ein paar Minuten vor Büroschluß. Ich sah das, weil du nach der Uhr schautest, die an der Wand hing. Du sahst mich unter den andern stehen und sagtest, ohne dabei zu mir herzuschauen: Wer jetzt noch da ist, soll morgen wiederkommen. Dabei zogst du das Holzgatter herunter. Die Leute schimpften und gingen weg. Ich selber blieb noch ein wenig stehen und ging nicht gleich weg. Ich dachte mir, du würdest jetzt zu mir herauskommen. Aber du kamst nicht heraus, und nach einiger Zeit ging ich weg. Ich sagte mir, du hättest wohl noch irgendeine Abrechnung zu machen.«

Jen schwieg wieder. Dann sah er mit einem schnellen Blick Kwan an und sagte ruhig: »Entschuldige, daß ich noch ein wenig stehenblieb!« Kwan sah erstaunt auf seinen Vater; aber der sah schon wieder weg und sein Blick war gleichgültig. Er fuhr auch sogleich fort.

»Du warst jetzt schon das zweite Halbjahr auf der Schule und schriebst mir, daß du gute Fortschritte machtest. Da kam eines Nachmittags Polizei in die Fabrik und suchte nach illegalen Flugblättern. Wir wurden an die Wand des Maschinensaales getrieben. Neben mir stand dein Vetter Feng, der seit einiger Zeit mit mir an derselben Maschine arbeitete. Er ist, wie du weißt, erst 14 Jahre alt. Der Reihe nach wurden wir vorgerufen und bei welchem man etwas fand oder welcher verdächtigt wurde, der wurde in den Hof geschleppt und geprügelt. Wir hörten die Schreie bis in den Maschinensaal, und danach konnten wir sehen, was von den Geprügelten übriggeblieben war. Die Untersuchung leitete ein junger Mensch, nicht der von unserer Polizeistube, aber ein ebenso junger. Ich und Feng wurden nicht geprügelt, aber in der Nacht darauf träumte ich von der Untersuchung, und jetzt warst du der Polizeileutnant und ich wurde verdächtig von dir befunden. Du gingst an meiner Seite hinaus in den Hof, damit ich geprügelt würde. Auf diesem Weg gingen wir, wie das in Träumen so ist, wo sich alles vermischt, wie wir oft gegangen sind, Hand in Hand: ich hatte deine kleine Hand in der meinen. Aber draußen nahmst du einem Polizisten den Stock aus den Fingern, befahlst mir niederzuknieen und schlugst mich, du Hund, über den Nacken.«

Jen machte wieder eine Pause. Kwan saß sehr erschrocken da und wagte seinen Vater nicht anzusehen. Und er fühlte, auch sein Vater sah ihn nicht an. Seine Stimme war jetzt viel erregter, als er weitersprach.

»Das war der dritte Traum, den ich deinetwegen hatte, Kwan. Den vierten hatte ich gleich am nächsten Morgen, in der Fabrik, am hellen Vormittag und ohne daß ich schlief. Ich stand an meiner Maschine. Mir gegenüber stand dein Vetter Feng. Ich muß ihn wohl bei der Arbeit, die ja keine Aufmerksamkeit erfordert, in Gedanken abwesend längere Zeit angesehen haben; denn plötzlich sah ich wieder, wie wir an der Wand standen vor dem Polizisten, Feng und ich, und der auf uns zutrat in der Uniform des Polizeileutnants, warst wieder du, wie nachts in meinem Traum, und jetzt tratst du auf Feng zu, deinen kleinen Vetter. Du zeigtest auf ihn mit einem Zettel, den du in der Hand hieltest, und er wurde sogleich hinausgeführt und wir hörten seine Schreie vom Hof herein. Du aber standst vor mir und horchtest kühl zu, du verdammter Rotzlöffel, du durch und durch verfaulter Lump du! Wenn du schon mich schlägst, deinen Vater, gut, ich bin alt, aber warum schlägst du Feng, der jünger ist als du, du Dreckhund, soll das immer weiter so gehen? Steigst nur du auf und bleibt Feng unten, hatte ich das vergessen, wie konnte ich so was vergessen?«

Und der alte Jen, der zitternd vor Zorn aufgestanden war und laut geschrieen hatte, brach, sich plötzlich beherrschend, ab und sagte in ruhigerem Ton: »Pack deine Sachen, Kwan, und komm mit mir zurück. Wir fahren heute abend.«

B 19

Das war ein Techniker; endlich fiel wenigstens alles weg, was zur nacktesten, direktesten Lösung der unaufschiebbaren Aufgabe nicht nötig war: die Raserei, das Barbarische, die Freude am Vernichten, der Blutrausch! Dem wurde nicht unter der Hand das Mittel zum Zweck, der führte nicht Krieg um des Krieges willen, dessen Kriegskunst war nicht für die Kriegskunst! Das war Wissenschaft! Ein Fortschritt!

B 20

Der Tui-Techniker:

»Mir sind alle recht, solange sie produktiv sind. Alles Reden über Politik ist Unsinn. In jedem Staatensystem kann man produktiv sein, wenn man es in sich hat.«

Er erfindet einen Riesenwebstuhl. Als er erfährt, daß von 30 Arbeitern 28 arbeitslos werden, was ihm sein Feind, der Tui-Statistiker, zum 60. Jubiläum kredenzt, erklärt er sich für wahnsinnig und begibt sich in die Nervenheilanstalt des irrsinnigen Psychiaters Pe-lin-gray. Dort erfindet er einen 30 Jahre lang haltenden Seidenstrumpf. Er wird ihm trotz aller Vorsicht entwendet. Daraufhin wird er als echter Wahnsinniger erkannt.

Der Tui-Grammatiker:

Die Logistik.
Der Bau jeden Unsinn ausschließender Sätze.
Seine Schüler enden ausnahmslos in den Gefängnissen und Armenasylen.

Der Tui-Verfassungsschreiber:

Die Weimarer Verfassung.
Formale Demokratie.

B 21
»Turandot« oder »Die Macht des Geistes«

Borchardts Geschichte von seinem Vater und dem vorgetäuschten Bankrott.
200 Yen für einen Tellek-tuell-in.

In den Zeitungen tauchten wieder die Beschreibungen vom Silberhaar des Marschalls auf. Er wurde dargestellt, mit Kindern spielend: sie wirkten neben ihm frühreif.

Er wurde wieder als der feste Fels im Meer bezeichnet. Niemand machte sich Gedanken darüber, daß es im Sturm für Schiffe nichts Gefährlicheres gibt als solche Felsen ...

Von dem Marschall hieß es, er gelte in seinen Kreisen als Bücherwurm, da er auf die Wochenschrift »Die Jagd und der Hund« abonniert sei. Die Tellekt-uell-ins taten, als ob sie diese Unbelesenheit für eine liebenswürdige Schwäche des alten Haudegens hielten. In Wirklichkeit hielten sie sie für eine Stärke. Sie überschätzten gewaltig die Vorteile der Unbildung und glaubten steif und fest, ihre eigene (und keineswegs nur eingebildete) Schwäche rühre nur von ihrer Bildung her.

Im fünften Jahre der Krise besetzte der Marschall die Landeshauptstadt mit Truppen, jagte den großen Rat auseinander und beschwor, die Regierung werde, falls möglich, die Wünsche ihrer Untertanen berücksichtigen, mit einem feierlichen Eid.

Die Tuis wanderten in die Gefängnisse und formulierten geraume Zeit nur noch Fäkalien aus dem spärlichen Wasser und Brot, das man ihnen ließ – braune wäßrige Haufen, die man erst abholte, nachdem sie die Zellen der Unglücklichen verpestet hatten.

In dieser Behandlung erblickten die Tuis eine große Ungerechtigkeit. Waren sie nicht zu allem bereit gewesen? Wann je hatten sie versagt? Was hatten sie nicht verraten? Welche Gemeinheit hatten sie verweigert? Warum also wurden sie jetzt übergangen? Sollten sie wirklich nicht ausgereicht haben, das Eigentum der Herrschenden zu schützen? Auch jetzt noch glaubten sie nur an geistige Motive ihnen gegenüber und suchten sie schweißtriefend zu entkräften. Sie wagten nicht zu ahnen, daß die nackte Notwendigkeit, die Besitzverhältnisse zu verteidigen, ihren Untergang herbeigeführt hatte, nichts sonst. Einige Flüchtlinge verbreiteten jenseits der Grenzen eifrig, im Land der Mitte sei der Freiheit des Geistes ein Ende gemacht worden.

B 22
Streit der Tuis über die Existenz der Klassen

Der Kaiser Tschen-chen wollte wissen, ob es in seinem Volk Klassen gab. Er beschloß, einen Wettbewerb der Tuis über diese Frage zu veranstalten. Mit seinem Minister Fu beriet er sich, ob man die beste Ansicht prämieren solle oder nicht. Fu riet ab. Seiner Rede war zu entnehmen, daß es eine Beleidigung der Tuis sein würde, ihnen für die Feststellung der Wahrheit Geld anzubieten. Der Kaiser wiederum wollte sich nichts schenken lassen und wünschte, möglichst gut bedient zu sein. Er gestand Fu zu, daß die Tuis sich niemals bestechen lassen würden, wenn es sich um die Wahrheit handelte. Gerade dies aber, schloß er scharfsinnig und bewies dadurch, daß er selber eine vorzügliche Erziehung bei den Tuis genossen hatte, gerade dies aber machte die Aussetzung eines Preises möglich. Wenn die geringste Gefahr bestanden hätte, daß irgendeiner der Tuis sich durch Geld hätte bestimmen lassen in seinem Urteil, hätte man nie und nimmer einen Preis für eine bestimmte Lösung aussetzen dürfen, so aber durfte man es. Es entstand nunmehr noch die Frage, auf welche Antwort man den Preis setzen solle, auf die Antwort, es gäbe

Klassen, oder es gäbe keine Klassen. Diese Entscheidung war sehr unwichtig, mußte aber doch gefällt werden. Nach einigem Hin und Her, in dem man die Belanglosigkeit der Entscheidung immer wieder betonte und gleichsam ins Raten, Knöpfeabzählen, Münzenwerfen geriet, entschied der Kaiser, mehr um dem Gespräch ein Ende zu machen, der Preis sollte auf die Antwort, es gäbe keine Klassen, ausgesetzt werden.

Unter den Tuis gab es, als das kaiserliche Preisausschreiben bekanntgegeben wurde, große Unruhe. Allgemein fragte man sich, ob die großen Tuis, die aufgefordert worden waren, sich zum Wettbewerb zu melden, wirklich objektiv bleiben würden. An jeden einzelnen, so dachte man, würde doch die Versuchung herantreten, eine Antwort zu geben, die nicht mit Geld bezahlt wurde. Wie man sehen wird, wurde der Wettbewerb aber einer der größten Triumphe, welche die Unbestechlichkeit der Tuis je gefeiert hatte.

B 23

Durch drei größere Erfindungen ist das Reich der Mitte in große Ungelegenheiten geraten. Die Tellekt-uell-ins müssen herangezogen werden. Sie haben sich bisher nur mit folgenlosen Fragen beschäftigt. Nun stellt es sich heraus, daß sie in der Praxis Rechtsanwälte sind.

B 24

Der Krieg war schon nach den ersten drei Monaten verloren gewesen, aber von den Generälen noch vier Jahre lang fortgesetzt worden, weil kein Anlaß vorlag, ihn zu beenden. Das Volk hatte eine erstaunliche Aufopferung bewiesen, sich am Ende nur noch von Kleie und Rüben genährt, die Gefallenen in Papierhemden beerdigt und seine letzten Ersparnisse zur Herstellung von Kriegsmaterial und zur Aufrechterhaltung der Polizeimacht gegeben, die jede Äußerung gegen den Krieg unterdrückte. Es war jedoch nach Beendigung des Krieges etwas kriegsmüde geworden. Die Generäle wiesen auf diese Kriegsmüdigkeit in ihren Büchern mit Nachdruck hin und nannten sie den Hauptgrund des Zusammenbruchs. Was zur militärischen Niederlage schon im vierten Monat des Krieges geführt hatte, war im Volk niemals bekannt geworden, jedoch war gerade dieser militärische Mißgriff es, der das Militär hoffen ließ, einen nächsten Krieg gewinnen zu können, nämlich durch die Vermeidung eines solchen Mißgriffs. Hätten sie glauben müssen, daß ein Krieg an der Erschöpfung aller materiellen und menschlichen Hilfsquellen des Landes scheitern konnte, dann wären sie zwar vor einem zweiten Krieg noch nicht zurückgeschreckt, da dazu kein Anlaß vorlag, sie hätten aber doch keine so große Sicherheit an den Tag legen können. Der Fehler hatte darin bestanden, daß man entgegen dem Grundplan der siegreich vordringenden Armee im Westen einige Armeeteile weggezogen hatte, weil im Osten die Gutsbesitzer Angst vor einer Invasion dort bekommen hatten, und die Generäle waren ihre Familienangehörigen gewesen. Nun bestimmten zwar die Familien der Gutsbesitzer immer noch alle militärischen Angelegenheiten, aber man konnte ja jetzt im Osten von Anfang an große Heeresteile einsetzen, wenn das auch, wie die Militärs immer noch, wie vor dem ersten Krieg, glaubten, sehr gefährlich war. Immerhin brauchte ja diesmal die völlige Erschöpfung aller Hilfsquellen nicht unbedingt einzutreten, wenn sie auch nicht mehr so groß waren wie zu Beginn des ersten Krieges.

Die Generäle führen den Krieg des Innern wegen. Sie lassen lieber die Feinde siegen als das Proletariat.

B 25

Und während der ganzen Zeit gingen wegen diesen Zuständen vernünftige *und ruhige* Leute in die Gefängnisse und standen dann vor altbekannten Häusern und auf vertrauten Fluren vor Türen mit fremden Namenschildern, sahen Menschen mit nicht weniger Herz als andere ihre Verwandten ohne Ärzte und Arzneien krepieren, sie nur selten und nachts und vermummt aufsuchend; ließen Mütter von ganz besonderer Mütterlichkeit ihre

Kinder zurück in leeren Stuben, während der Abend hereinbrach und sie selbst vor Gitterfenstern standen; starben Greise aus ungeordneten Verhältnissen, wurden Kinder in solche hineingeboren; kurz: während all dem ging der Alltag ungehoben weiter.

B 26
Die zehn Prüfungen

Dem Kaiser wurde die Frage vorgelegt, ob das berühmte Buch eines linken Historikers der Tuis von Jü-nan auf den Index der verbotenen Bücher gesetzt werden sollte. Der Kaiser überließ die Entscheidung Gogher Gogh.

»Was behandelt das Buch?« fragte Gogher Gogh den Historiker, den er hatte kommen lassen.

»Mein Buch behandelt die Regierung des Vaters des Kaisers, des Kaisers Jü, und den Krieg gegen die Fünf Mächte«, antwortete der Historiker, der sich vor Furcht kaum auf den Beinen halten konnte.

»Wird in deinem Buch dieser Krieg als Sieg Chimas oder der Fünf Mächte dargestellt?« fragte Gogher Gogh, dem Historiker scharf ins Auge blickend.

Der Historiker blickte sich hilfeflehend im Kreis der Literarischen Richter um, von denen ihn keiner ansah. »Als Niederlage Chimas«, sagte er leise.

»Wodurch wurde in deinem Buch die Niederlage Chimas gegen die Fünf Mächte verursacht?« fragte Gogher Gogh streng.

»Durch den Kaiser Jü«, antwortete der Kultusminister, da der Historiker schwieg.

»Das ist nicht schlimm«, sagte Gogher Gogh langsam (was er sagte, wurde mitgeschrieben); »denn was immer zu der Zeit des Kaisers Jü geschah, das hatte alles ihn zur Ursache. Aber *warum* verlor der Kaiser Jü den Krieg gegen die Fünf Mächte?«

Der Historiker belebte sich, als hätte man ihm Riechwasser ins Gesicht geschüttet.

»Der Krieg war ungünstig, da er gegen zu viele Mächte geführt werden mußte«, erklärte er.

»Und warum wurde er gegen so viele Mächte geführt?«

»Die Diplomaten waren leichtsinnig und unfähig.«

»Nämlich die des Kaisers Jü«, ergänzte der Kultusminister mit einem Gesicht, das weniger Ausdruck zeigte als ein Suppenteller.

»Das ist nicht schlimm«, sagte Gogher Gogh, sich lächelnd an die Literarischen Richter wendend; »daraus geht hervor, daß die Kriege nur von leichtfertigen Diplomaten gemacht werden und also von besseren verhütet werden können.«

»Aber der Kaiser Jü machte ja mit«, rief der Minister empört.

»Warum machte der Kaiser Jü mit?« fragte Gogher Gogh streng.

»In meinem Buch«, sagte der Historiker schwitzend, »macht er mit, weil er ein zu großes Geltungsbedürfnis hat, und dieses Geltungsbedürfnis kommt daher, daß er von Geburt an einen zu kurzen linken Arm hatte. Dieses von ihm selber als Schwäche empfundene Gebrechen verführte ihn zu einem ganz besonders kraftvollen Benehmen und somit zu einem allzu herausfordernden Ton gegenüber den Fünf Mächten. Diese Theorie«, fuhr der Historiker fort, »habe ich von den Leuchten der modernen psychologischen Wissenschaft, welche behaupten, daß die kühnen Leistungen von bestimmten Mängeln und Gebrechen herrühren.«

»Also wurde der Krieg begonnen und verloren, weil der Kaiser Jü einen zu kurzen linken Arm hatte?« fragte Gogher Gogh interessiert.

»Ja«, sagte der Historiker mit gequälter Stimme, »es ist so vielleicht nur etwas kurz ausgedrückt.«

»Das ist nicht schlimm«, sagte Gogher Gogh nachdenklich, »da kann sein Buch zugelassen werden. Ja, es ist sogar in allen Bibliotheken zu erwerben und umsonst an das Volk auszuleihen, denn es kann, soweit ich sehe, keinen Schaden anrichten. Hat etwa unser Kaiser Lü Tsiang einen zu kurzen Arm?«

B 27

Darauf trat er vor und hielt jene berühmteste seiner Reden, die mit ihrem eigenen Inhalt nicht das geringste zu tun hatte und also alle hinriß. Hätte sie jemand wortwörtlich aufgezeichnet, so wäre seine Arbeit als eine höchst jämmerliche Karikatur von jedem Hörer abgelehnt worden. Den Text einer solchen Rede auszustellen wäre ebenso sinnlos gewesen, wie wenn man nach einem unerhörten Fußballspiel etwa den Fußball ausstellen wollte. Mit echt revolutionärem Schwung verkündete der Redner, er werde niemals dulden, daß das Rad der Geschichte vorwärts gedreht würde. Nicht dafür hätten Hunderttausende von Mandschus ihr Blut vergossen und unerhörte Schmach erduldet, daß ihr Los sich jetzt bessere. Er werde diejenigen zermalmen, die es wagten, nicht für ihn zu sterben, und denen etwas heiliger sei als die heilige Sache. Er befahl jedermann zu tun, was er gerade vorhabe, und sagte jenen Feinden den schärfsten Kampf an, die die Unverfrorenheit besäßen, am gleichen Strang wie er zu ziehen. Am Schluß zählt er in riesigen rhetorischen Stufen 20 Gründe dafür auf, daß er recht habe, wenn er sage, daß China China sei, und zwar von Anbeginn, durch natürliche Bestimmung und also für alle Zeiten, die es dauere. Diese Rede machte seinen Ruhm als Staatsmann. Daß er alle jene Morde verschwieg, die er veranlaßt und noch vorhatte, wurde als weise Mäßigung gerühmt. Daß er durchblicken ließ, es werde alles beim alten bleiben, als harter Tatsachensinn. Allgemein hieß es, er sei seinem Programm treu geblieben, mit Recht: er hatte nie eines besessen.

B 28

Die Großgrundbesitzer im Osten des Reiches, die sogenannten Jun-ki, waren die eigentliche Militärkaste Chimas. Zu Beginn des Krieges hatten sie, als der große militärische Aufmarsch bereits in vollem Schwung war, noch rechtzeitig einen schrecklichen Fehler des von ihnen selber verfaßten Kriegsplanes entdeckt. Nach dem Plan sollte die Entscheidung im Westen des Reiches erzwungen werden. Den östlichen Feind wollte man, langsam selber zurückweichend, ruhig eindringen lassen, um ihn erst nach Niederwerfung des Hauptfeindes im Westen aufs Haupt zu schlagen. Im letzten Augenblick, als schon der Feind die östliche Grenze überschritt, bemerkten die Jun-ki, daß gerade dort ihre Güter lagen, und holten entsetzt vom westlichen Kriegsschauplatz Truppen herbei. So ging die Schlacht im Westen verloren und damit der Krieg, der sich durch weitere vier

Jahre nur noch hinschleppte, weil die Jun-ki für ihre Güter den Zorn des Volkes nach einer Niederlage fürchteten. Ohne die Tuis wären sie tatsächlich verloren gewesen.

Die Jun-ki grollten dem Volk. Sie besuchten sich gegenseitig auf ihren Gütern und erzählten sich grauenhafte Geschichten über die Pflichtvergessenheit des Volkes, das ihre großen Pläne der Welteroberung vereitelt hatte.

B 29
Die Befreiung der Pflugschmiede durch die Tuis

Die Bevölkerung der Provinz Set-schuan lebte von der Erzeugung eiserner Pflüge. Es war dies ein mehr als gewöhnlich einträgliches Geschäft, weil die umliegenden Provinzen Ackerbau trieben und die Pflüge haben mußten, von der Zeit an, wo es solche Pflüge aus Eisen gab und einige Distrikte solche hatten. Denn welche Distrikte solche Pflüge hatten, die konnten mit weniger Arbeitskräften bei der Feldbestellung auskommen und also billiger liefern oder mehr verdienen. Und die Arbeiter, die beim Ackerbau überflüssig geworden waren, gingen nach Set-schuan und machten dort Eisenpflüge. Wenn gesagt wurde, daß das Geschäft der Pflugschmiede von Set-schuan einträglich war, stimmte das nicht für alle, die hier mitarbeiteten; die meisten waren vielmehr sehr arm und sie wurden ärmer. Es waren auch früher in dieser Provinz Pflüge gebaut worden, aber nicht so viele und keine eisernen und nicht von Fabriken, sondern von einzelnen Pflugmachern, mit den Händen. Diese Pflugmacher betrieben nebenbei noch Landwirtschaft, wenn auch nicht sehr viel, gewöhnlich nur für den eigenen Gebrauch. Dies hörte, als die Erzgruben besser bewirtschaftet wurden, auf, und erst recht hatte es keinen Sinn mehr, als die Erzgrubenbesitzer Fabriken aufmachten und anfingen, Pflüge aus Eisen herzustellen, in größerem Maßstab. Die Löhne waren besser als der Ertrag der Holzpflüge, der ja rasch sank, denn ein Holzpflug ist kein Eisenpflug; er ist unvergleichlich schlechter. Die Lebensmittel aber bekam man billiger aus den umliegenden Provinzen. Dennoch kamen die Pflugschmiede, die nun in großen und immer größeren Fabriken arbeiteten, auf keinen grünen Zweig.

B 30
Die Sandverkäufer

In Bech-es-ga war ein Kloster, das die Sandverkäufer in Pe-link belieferte. Die Sandverkäufer hatten ihre Läden in einer der teuersten Straßen im selben Geschäftsviertel, wo die Juweliere wohnten. Sie verkauften Sand, der in die Augen gestreut wurde.

In dieser Straße wurde der Sand nicht eimerweise und in Wagenladungen verkauft wie in den Vorstädten der grobe Sand. Hier verkaufte man und handelte man Sandkörner. Sie waren geschliffen und poliert von Künstlern ihres Fachs, hatten Namen und eine Geschichte: man kannte die Familien, in denen sie gewesen waren.

Das Kloster in Bech-es-ga hatte mehrere kleine Pflanzungen. Die Sandfelder waren mehrere hundert Jahre alt und kosteten nicht weniger Pflege als englischer Rasen.

Die Geschichte des Klosters war reich an Fehlschlägen. Man hatte z.B. von einem bestimmten Feld, von dem man große Mengen Sand mit allerbestem Erfolg verkauft hatte (diese Sorte durfte sozusagen in keinem besseren Hause fehlen), ein Prachtexemplar gezüchtet für wohlhabende und hochstehende Leute. Das Stück hieß *Patriot* und war mit ganz außerordentlicher Kunst gearbeitet. Leider wurde es zu einer großen Enttäuschung: es tat nicht die geringste Wirkung. So ging es mit einem andern Stück *Timor Dei*. Eine große Gemeinde von Gläubigen hatte es bestellt und bezahlt, um es bei einem berühmten Prediger und Seelenhirten anzuwenden. Ein vollständiger Fehlschlag! Es kam zurück wie der *Patriot*, den einige Städte für den König hatten anfertigen lassen.

Dabei war die Wirkung der Felder selber, von denen die Stücke stammten, ausgezeichnet und alterprobt. Mit dem Sand vom ersten Feld trieb man sogar einen schwungvollen Exporthandel. Er wirkte überall, selbst in den unwirtlichsten Gegenden. Das Entscheidende an ihm war, daß er nicht zu direkten Augenerkrankungen führte. Soldaten, denen dieser Sand in die Augen gestreut wurde, verloren nichts von der Schärfe ihres Blicks, soweit sie die zum Schießen brauchten. Übrigens hatte der Handel mit diesem Sand erst seine Blüte erreicht, als die

Söldnerheere abgeschafft und durch die Volksheere ersetzt wurden. Die einstigen Söldner waren diesem Sand gegenüber verhältnismäßig unempfindlich gewesen. Seine Verwendung in größerem Maßstabe hätte ja nur Sinn gehabt, wenn man durch das Streuen die Söldner hätte davon abbringen können, ihren Sold zu verlangen – was nicht der Fall war. Die Soldaten der Volksheere bekamen sehr wenig Sold. Die Regierungen arbeiten mit Sand.

Es werden ungeheure Mengen davon benötigt. Die Plantagen sind riesig. Mehreren Tonnen Sand, gewonnen von den Plantagen, werden jeweils einige Staubkörner sehr alter, in Staub zerfallener nationaler Denkmäler beigemischt. Das macht den Sand erst wirkungsvoll.

B 31

Als der Kornwucherer Wei-li, ein kleiner, schmächtiger Herr, der seine guten 250 Pfund wog, umgeben von seinen Ärzten, Anwälten, Vorlesern, Leibwächtern und Astrologen, zu seiner jungen Geliebten fuhr, um sich seinem monatlichen Beischlaf zu unterziehen, verspürte er eine Notdurft. Angenehm überrascht ließ er sich sogleich von einem Konsilium seiner Ärzte untersuchen und erfuhr, daß es vorne war. Erwartungsvoll begab er sich auf den Arm eines schnell desinfizierten Dieners, der ihn ins Gebüsch am Wegrand trug, das einige Gärtner in Windeseile mit geeisten Blüten versahen.

Ein, zwei geschickte Griffe des Schneiders, und der Herr der 100000 Äcker hörte, wie es plätscherte.

Plötzlich jedoch unterbrach er sein Diktat zum Erstaunen des Sekretärs

B 32

Die Literatur hatte einen riesigen Aufschwung genommen. Es wurden mehr Wohnzimmer, mehr Leute, mehr Arbeitsstellen beschrieben als bisher und mehr glückliche und mehr traurige Schicksale erfunden. Es wurden mehr Bemerkungen gemacht über die Welt und mehr Ausstellungen an ihr. Das war alles verhältnismäßig harmlos und machte die Leute weder dümmer noch klüger. Aber in letzter Zeit hatte die Memoirenliteratur zugenommen und das war etwas anderes. Es schrieben nicht mehr erdichtete Jünglinge ihre Lebensgeschichte, sondern bejahrte Generale und Staatsmänner, an deren Existenz man ohne Schaden nicht zweifeln konnte! Sie wurde durch das Fehlen Tausender anderer Menschen bewiesen, die auf den Schlachtfeldern gefallen oder in den Städten verhungert waren. Und sie schrieben nicht wie die Filmnutten, wie sie wurden, was einige Vorsicht und Erfindung erzeugt, sondern wie die andern wurden. Diese hohen Memoirenschreiber hätten ihre Memoiren selbstverständlich auch geschrieben, wenn sie nicht so viel Geld eingebracht hätten; in diesem Fall hätten sie aus Wahrheitsliebe geschrieben. Wie sollte man diesen Leuten Einblick in die Staatsgeschäfte gewähren, wenn sie alle vorhatten, ihre Erinnerungen zu schreiben? Die Kaiserinmutter begann darüber nachzudenken, wie man bessere Ratgeber gewinnen könnte.

B 33
Schön ist, was nützlich ist

Die Tuis von Mu-sin waren große Baumeister. Sie besaßen einen großen Schatz von Wissen und Erfahrung und gaben keinem ihrer Schüler den Meistertitel, der nicht mindestens 15 Jahre bei ihnen studiert hatte. Sie hatten dabei ein Ohr für alles Neue und Fortschrittliche, wie das die Zeit verlangte. So entdeckten sie als erste die Schönheit der Maschine. Warum, schrieben sie in ihren Büchern, ist die Maschine so schön, warum ist sie das Schönste und dem Auge Wohlgefälligste, was man heute sehen kann? Weil sie durch und durch nützlich ist. Weil an ihr kein einziges Teilchen ist, das keinen Zweck hätte. Weil sie die verkörperte Harmonie ist.

Von dieser Erkenntnis überwältigt, begannen sie ihre Häuser, ja sogar ihre Möbel nach dem Vorbild der Maschine zu bauen, schmucklos, einfach und praktisch.

Es kam ihnen dabei zugute, daß auch die Besitzenden zur Zeit für alles Neue und Fortschrittliche waren, und das hatte folgenden Grund: Chima produzierte vermittels seiner Maschinen und seines massenhaften Volks von Besitzlosen eine riesige Menge von Waren, welche im Lande selber bei der Armut des Volks nicht verkauft werden konnten. Der große Krieg, den der Kaiser mit sieben Staaten geführt hatte, um solche Länder zu erobern, in denen die chimesischen Waren, die Gewebe, Maschinen, Öle und so weiter verkauft werden könnten, war verloren worden. Überall hinderten hohe Zölle die Einfuhr von Waren, und so mußten die chimesischen Fabrikanten überaus niedrige Preise machen, um verkaufen zu können. Sie setzten, um die Fabrikation zu verbilligen, Prämien aus für neue Maschinen, welche weniger Arbeiter benötigten, und im ganzen Land erhob sich ein Schrei nach Neuem und Fortschrittlichem, nach Ersparnissen und Verbesserungen, nach praktischen Methoden und nützlichen Gesichtspunkten.

Dies war für die Baumeister von Mu-sin sehr vorteilhaft und ihre Gedanken, Häuser, Wohnungen und Möbel wie Maschinen zu bauen, auf die sparsamste und nützlichste Weise, gefielen allgemein.

Die *gemieteten* Wohnungen.
Gehobener Geschmack

B 34
System des Le-geh

Unsichtbar macht sich die Dummheit, indem sie sehr große Ausmaße annimmt. Ganz ungereimte Behauptungen sind unwiderlegbar. Ni-en-leh wies schon darauf hin, daß ein Philosoph mit der Behauptung, zwei mal zwei sei fünf, in Schwierigkeiten kommen könnte, mit der Behauptung, zwei mal zwei sei Schuhwichse, hingegen wenig riskiere. Von Behauptungen, die erstaunlich sind, weil sie der alltäglichen Erfahrung widersprechen, nimmt der Hörer gewöhnlich an, daß sie auch den, der sie behauptet, in Erstaunen gesetzt haben mußte. Irgend etwas, was dem Hörer nicht einfiel, mußte dem Behaupter wohl eingefallen sein und ihn veranlaßt haben, seine Behauptung trotz ihrer Unwahrscheinlichkeit aufzustellen. So folgt der Hörer neugierig dem Behaupter in seine Argumentationen, und findet er da viel Fleiß, Folgerichtigkeit und Genauigkeit, so gibt er oft nach, einer gewissen Müdigkeit nachgebend. Der Mathematiker distanziert sich natürlich dann ein wenig vom Philosophen, da ihm die Schuhwichse bei seinen Rechnungen nicht weiterhilft, und der Schuhwichseverkäufer kümmert sich nicht besonders um die Zahlen, da sie keine Kunden bringen, aber dadurch wird der Philosoph nur um so mächtiger in seinem Bereich. Je nach Temperament sieht er verachtungsvoll oder mitleidig auf das in seinen alltäglichen Verrichtungen befangene Pack herab.

B 35

Der Philosoph Le-geh lehrte: Bevor es den Kopf gab, gab es den Gedanken. Der Gedanke brauchte, um hervorgebracht zu werden, nur noch den Kopf. Der Kopf fügte sich dieser Notwendigkeit und entstand. Da man auf der Erde eine gewisse Ordnung wahrnehmen kann, indem z. B. die Lungen ausgerechnet für solche Luft gebaut sind, wie es sie wirklich gibt, die Gestirne sich in genau der Geschwindigkeit bewegen, die von den Lebewesen ausgehalten werden kann, und die Polizei unfehlbar jene Subjekte verfolgt, welche sich an fremdem Eigentum vergreifen, da es also deutlich eine Ordnung gibt, ohne die nichts entstanden sein könnte oder alles zugrunde ginge, muß diese Ordnung irgendwie schon vor der Schöpfung vorhanden gewesen sein. In der Materie verwirklichte sich nur der Plan.

B 36
Geschichte der Tuis
Der Satz von der heimlichen Herrschaft der Kesselschmiede

Auf Grund der berühmten Untersuchungen eines großen Philosophen waren die Tuis vom Bund der Eigentumslosen der Überzeugung, daß die zu dieser Zeit herrschende Ordnung der Dinge, welche eine Unordnung war, in Bälde von jenen umgestürzt werden würde, die am meisten unter ihr litten. Von allen die untersten waren es, die aller menschlichen Voraussicht nach das ganz bestimmte Obenundunten, das eben herrschte, beseitigen würden. Damit aber würden sie, führte der Philosoph aus, *jedes* Obenundunten und für alle Zeiten und Völker beseitigen. Ihnen also galt es sich anzuschließen, wenn man vorhatte, das Obenundunten für alle Zeiten und Völker ein für allemal zu beseitigen, und die Tuis vom Bund der Eigentumslosen schlossen sich also der von dem Philosophen genau bezeichneten Schicht an: es war dies die Schicht der Arbeiter großer Fabriken und Betriebe, von Leuten, die ohne jedes Eigentum, auch ohne das an eigenem Handwerkszeug, tageweise für die Bedienung von Maschinen gemietet wurden, und zwar zu einem Lohn, der eben ausreichte, sie zu ihrer schweren Arbeit instand zu setzen.

Es gab Schichten des Volkes, die nicht zu diesen Arbeitern gehörten und ebenso elend oder sogar noch elender waren als diese. Aber der Philosoph wies nach, daß sie zwar »unten« waren, jedoch im Grund nicht zu dem von ihm gemeinten Obenundunten gehörten, das den Gang des Ganzen verbürgte und das Leben des Volkes (wenn auch in unordentlicher und ungerechter Weise) ermöglichte. Nur auf jene Schicht verwies der Philosoph die mit dem Obenundunten Unzufriedenen, welche für das Obenundunten unbedingt nötig waren, ohne die es gar nicht existieren konnte, und das waren die Arbeiter der Fabriken und großen Betriebe. Der große Philosoph glaubte nämlich nicht daran, daß das System von Obenundunten, dieses so ungerechte und scheußliche System, wegen seiner Ungerechtigkeit und Scheußlichkeit zugrunde gehen würde. Dazu hatte es in der jahrtausendelangen Geschichte der Menschheit zu viele Systeme dieser Art gegeben, die jeweils nur immer von einem System der gleichen Art abgelöst worden waren. Ihm schien, was etwas ganz anderes ist, daß gerade jetzt, zu seiner Zeit, ein Zustand eingetreten sei, der den Unteren des Obenundunten die Möglichkeit gab, ihr Oben abschüttelnd, das ganze Obenundunten aller Völker für alle Zeiten zu beseitigen.

Man konnte bei der Lektüre des großen Philosophen der Tuis vom Bund der Eigentumslosen leicht merken, daß er für die Gerechtigkeit war, aber auch, daß er keine Lust hatte, sich auf sie zu verlassen. Er zeigte sich lediglich erfreut, daß sie gerade zu seiner Zeit und da, wo er lebte, und durch Bemühungen von der Art der seinen eine Aussicht hatte, durchzukommen. Er glaubte nicht, daß ein Mensch, der verhungert, wenn er nicht ein Unrecht begeht, das Unrecht nicht begehen und verhungern wird; aber er freute sich, den Menschen sagen zu können, daß sie nunmehr, infolge bestimmter glücklicher Umstände, rechtschaffen sein könnten, ohne verhungern zu müssen. Diesen Gedankengang des Philosophen begriffen nicht allzu viele seiner Anhänger. Die Geschichte der Tuis vom Bund der Eigentumslosen beweist, daß dieses Nichtbegreifen schlimme Folgen haben konnte.

Etwa ein Menschenalter, nachdem der große Philosoph gestorben war, geriet ein Mann in der Provinz Mo Ku in Streit mit einigen anderen Aufrührern. Er hieß Nien-leh und vertrat den Standpunkt, daß man, um die despotische Herrschaft des Kaisers abzuschütteln, vor allem die Arbeiter der großen Fabriken und Betriebe zum Kampf aufrufen müsse, da diese und nicht die Bauern, wie die andern meinten, imstande seien, den Aufruhr siegreich zu gestalten. Er berief sich auf die Schriften des verstorbenen Philosophen, jedoch war dieser wenig bekannt

B 37

»Der Generalbenefiziat zweifelt«, sagte er nachdenklich, während er eine riesige Schüssel mit Spargelspitzen heranzog, »der Generalbenefiziat zweifelt, ob wir morgen oder auch noch heute abend beieinandersein werden. Nun, ich zweifle nicht.« Und er sah sich trübäugig um in der Runde lauschender und kauender Kleriker. »Er meint, ein Erdstoß mittlerer Stärke wird uns womöglich hinwegfegen gegen vier Uhr nachmittags. Ich, ich glaube nicht an den Erdstoß. Wir werden weiter beisammensein.« Er tauchte die kleine dicke Hand in die Schüssel und holte essigtriefende Spargelspitzen heraus. Mit der triefenden Hand machte er eine wegwerfende Bewegung, ohne daß eine Spitze herausfiel: »Der Generalbenefiziat zweifelt, ob das Essen auf den Tisch kommen wird, das Bett immer warm sein wird, das Volk immer freundlich zu uns sein wird, das Leben lang sein wird. Der Generalbenefiziat bezweifelt das alles, ich bezweifle es nicht. Das Volk wird freundlich zu uns sein, das Essen wird auf den Tisch kommen, das Bett wird warm sein, das Leben wird warm sein, ich bezweifle es nicht im geringsten, aber ich sage: Was beweist das? Was ist dieses Essen?« Und er nahm eine Platte mit rohem Schinken, hob sie in die Luft, vollführte mit ihr eine verächtliche Bewegung, als biete er sie vergeblich überall und an jeden aus. »Es ist nichts. Was ist man, wenn man gegessen hat? Ist man da weiter? Man ist nicht mehr hungrig! Wenn wo kein Loch ist, ist dann da schon was? Was bedeutet es, wenn man lebt? Es bedeutet nichts! Es gibt einen Standpunkt, von dem aus es weniger als nichts bedeutet! Und diesen Standpunkt nenne ich sogar den höchsten aller Standpunkte! Man füttert uns, man ist besorgt um unsern Schlaf, man trägt uns allenthalben auf Händen, aber was nützt uns verdammten armseligen elenden Erdenwürmern das alles? Nichts!« Und umwölkt von unnennbarer Trauer, mit Gesten einer Verzweiflung, als sitze er in undurchdringlicher und ewiger Finsternis, schaufelte er stöhnend den rohen Schinken auf seinen Teller.

[KLASSISCHE BEISPIELE]

A 60
Komisches

1. In den »Wolken« gibt ein Bauer seinen Sohn zu einem Tui in die Lehre. Er erfährt am eigenen Leibe, daß er für teuren Preis eine schlechte Ware verkauft bekommen hat, und verprügelt den Tui.

2. In den »Verliesen des Vatikans« reist ein Provinzler nach Rom und streift um den Vatikan herum, um die vermuteten Geheimnisse des Papstes aufzuspüren. Da ich den Inhalt vergessen habe, weiß ich nicht mehr, ob es in dem Buche so ist, daß die Verbrechen des Klerus ganz offenkundig, aber dem Provinzler nicht als solche erkennbar sind, wogegen die Verliese nicht existieren, so daß er beruhigt oder doch ohne Beweise wieder nach Hause zurückfährt.

3. Im »Michael Kohlhaas« gäbe es einen Fall, für den ein Tui fehlt. So entsteht nur Chaos aus dem Gerechtigkeitssinn des Viehhändlers, sonst wäre es beim einfachen Unrecht geblieben.

4. In der »Odyssee« bereist ein Mann die ganze Welt auf der Heimfahrt. Seine Schlauheit hilft ihm aus jeder Lage, aber nicht in die Heimat.

Kolumbus sucht den Seeweg nach Westindien, findet ihn nicht, jedoch findet er Amerika. Er hat also Erfolg gehabt.

5. Im »Inferno« zeigt der Dichter Vergil dem Dichter Dante dessen Feinde in der Hölle.

6. »Joseph in Ägypten« kauft als Ratgeber des Pharao das Getreide auf, verursacht so eine Hungersnot und beseitigt sie wieder, indem er das Getreide zu hohen Preisen verkauft. Er wird als Wohltäter der Menschheit gefeiert.

7. Im »Don Quichotte« liest ein Mann zu viele Ritterromane und beschließt, große Taten zu verrichten. Er findet keine Gelegenheiten. In seiner verdorbenen Phantasie hält er Mühlen und Hammelherden für seine Feinde.

8. Im »Candide« lernt ein Jüngling, alles, was sei, müsse so sein, und erfährt, daß diese Lehre nicht für alle gleich gut ist.

9. *Die Schildbürger* zertrampeln ein Saatfeld, damit nicht ein einziger es zertrampelt. Die große Zerstörung zur Vermeidung der kleinen Zerstörung. Die Aktion zur Vermeidung der Aktion.

10. *Kolumbus* ertrinkt in einer Waschschüssel, nachdem er das Weltmeer gemeistert hat. Es genügte: er kann nicht schwimmen. (Was zum Meistern des Weltmeeres nicht nötig ist.) Die Widerlegung.

11. »Der brave Soldat Schwejk« marschiert begeistert in den Krieg, kommt aber nie dort an. Die Klugheit seiner Oberen scheitert an seiner »Dummheit«. Die großen Pläne werden zunichte über dem kleinen Plan des Kleinen, zu überleben.

12. Die *österreichischen Eisenbahner* setzen ihre Forderungen bei der Regierung nicht durch einen Streik durch, sondern indem sie alle Betriebsbestimmungen gewissenhaft ausführen (was sonst nie geschieht), so daß kein Zug mehr ankommt noch abfährt.

13. Im »Ulysses« werden die Alltagserlebnisse eines Kleinbürgers als komplizierte und gefährliche Abenteuer (minutiös) dargestellt.

14. Die Eroberungen des französischen Imperialismus begeistern auch den Provinzler *Tartarin von Tarascon* zu allerlei Heldentaten.

15. Ein gewerbsmäßiger Beutelschneider wird von den sich die Taschen füllenden Beamten als *Revisor* betrachtet, und die Beute wird mit ihm geteilt.

16. Der *Hauptmann von Köpenick* benutzt Tonfall und Haltung (und Uniform) eines preußischen Hauptmanns, um eine Kasse zu plündern. Er ist Schuster und ungebildet, was unentdeckt bleibt, d.h. was die Illusion vervollständigt.

17. *Eulenspiegel* macht seine Mitbürger durch Schaden klug.

18. Es bedarf großer Wunder, damit die *Pucelle* in der französischen Armee eine Jungfrau bleibt.

19. Im »Zerbrochenen Krug« muß ein Richter ein Verbrechen entdecken, das er selbst begangen hat.

20. Nur mit Hilfe des Teufels gelingt es dem gelehrten *Faust*, ein deutsches Mädchen zu verführen.

21. In einer genauen Rechnung zeigt *Swift*, daß man den Hunger des Volkes nur beseitigen kann, indem man seine Kinder zu Pökelfleisch verarbeitet.

22. Tschuang-tsi zeigt in den »Leiden der Brauchbarkeit«, daß die Unnützesten die Glücklichsten sind.

23. Dickens zeigt in »Bleak House«, wie die Prozesse um die Vermögen die Vermögen verschlingen.

24. Lenz im »Hofmeister«, daß die Lehrer nur Stellen bekommen können, wenn sie sich selbst kastrieren.

25. *Lysistrata* organisiert gegen den Krieg den Ehestreik. Die Männer folgen eher als der Stimme der Vernunft der Stimme des Schwanzes.

26. *Der Fischer und seine Frau* erfahren, daß man, mehr wünschend, als Kaiser zu sein, wieder ins Elend kommt.

27. Ein Gangster in »Little Giants« kommt in die feine Gesellschaft und wird bis aufs Hemd ausgeplündert. Nur seine alten Methoden verschaffen ihm alles zurück.

28. In »Turandot« (meine Version) verspricht der Kaiser jedem die Hand seiner Tochter, der das Rätsel lösen kann, was an dem Elend des Landes schuld ist. Wer es nicht kann, es aber versucht, wird enthauptet. Der Kaiser selbst ist schuldig, was die Lösung der Aufgabe schwierig macht.

29. Die *Witwe von Ephesus*, deren Mann ermordet wurde, zieht ins Schauhaus, um ihre Treue zu zeigen. Dort wird sie von dem Henker verführt. Da während des Beischlafs der Gehenkte vom Galgen gestohlen wird, für den der Henker verantwortlich ist, muß sie den Leichnam ihres Mannes an den Galgen hängen.

30. Durch besondere Kasteiung wird der *Heilige Antonius* von besonders wollüstigen (und sündigen) Träumen heimgesucht.

31. Chaplin erscheint im »Goldrausch« sein bester Freund in einem Fieber, das von Hunger verursacht ist, als großes Huhn, das er schlachten möchte.

32. Der Herzbruder im »Simplizissimus« zeigt im Frieden die Tapferkeit und Schläue, die ihn im Krieg zu einem großen Soldaten gemacht haben, und wird als schlechter Kerl hingerichtet.

A 61

1. Der Arbeiter, der seinen Sohn in die Tuischule gibt.
8. Ein (oder ein halbes Dutzend) Knaben lernen, daß das Bewußtsein das Sein bestimmt.
7. Die Tuis halten sich für die Ursachen, wo sie die Folgen sind. Der hegelsche Weltgeist schreibt die Weltgeschichte: er hat alles gemacht.
3. Eines Mannes oder einer Gemeinde oder einer Gilde Angelegenheit wird von Tuis zu einem Rechtsfall gemacht. Sie helfen nicht den Leuten, sondern der Gerechtigkeit. Die Ideen und Ideale mögen siegen, wenn die Welt untergeht!

A 62
TRK Blatt 3

Eine Vereinigung von 1, 3, 7, 8, 10 würde sein: die Tuis erziehen den Hu-jeh im Geiste des Satzes »Das Sein bestimmt das Bewußtsein«. Sie erziehen einen Bankerotteur, aber es ist ihr Bankerott. Sie erziehen ihm auch seine Opfer, seine Auftraggeber, Nutznießer und Erlediger. Den Klassenkampf hält der Hu-jeh für eine Idee und er versucht, sie auszumerzen. Damit führt er den Klassenkampf. Hier taucht auch 9 auf.

[TUIGESCHICHTEN]

A 63
Tuigeschichten

1) Der Aufstand der vollkommen Ehrlichen
2) Wie der Tui Hang Wen Schu im Leben stand
3) Befreiung der Kahnschlepper 1
4) Der Kampf gegen die Menschenfresserei 1
5) Bewaffnung der Stadt To Schau 2
6) Die Tuis von Wak stellen sich das Universum vor 2
7) Leiden des Tuis Schin 2
8) Die Erkenntnistheorie 2
9) Das Komplott 3
10) Die Strickdreher 3
11) Die Ratte 2
12) Berufstod des Hang-Tse 3
    des kleinen Jungen aus I,1
13) Gibt es einen Klassenkampf? 1
14) Kampf des Arztes Tu gegen dunkle Mächte 2

A 64
Geschichte der Tuis
Der Aufstand der vollkommen Ehrlichen

Die Geschichte zeigt, wie ein Unternehmen zur Einführung der Demokratie durch (vorzeitige) Demokratie verunglückt. Die Erarbeitung einer Grundlage für Demokratie kann in den seltensten Fällen auf demokratischem Wege erfolgen. Was ist demokratisches Verhalten? Ein solches Verhalten, das Demokratie ermöglicht, nicht eines, das Demokratie zeigt.

Die vollkommen Ehrlichen vermehren die Unehrlichkeit.

Sie hätten einen Zustand schaffen sollen, in dem jede Unehrlichkeit zum Nachteil des Unehrlichen ausschlägt und schufen einen solchen, in dem Ehrlichkeit, nämlich ihre eigene, zu (ihrem eigenen) Nachteil ausschlug.

A 65
Die Befreiung der Kahnschlepper

Die Tuis befreien die Kahnschlepper. Aus der Sklaverei.

Die Kahnschlepper der Provinz Tsan sind im Aufruhr. (Es sind Sklaven.)

Die Kaufleute der Reedereien lassen von ihren Tuis ausrechnen, daß die Sklaverei sich nicht mehr rentiert.

Unter den großen Reedern ist ein liberalistisch revolutionärer. Er finanziert die Kahnschlepper. (Familienzwistigkeiten. Er wird interniert. Ein Tui als Arzt spricht ihn wahnsinnig.) Er ist für *Kommunismus*!

Der Dalai Lama mischt sich ein. Die Sklaven leugnen Gott ab.

Die Entscheidung Gogher Goghs: für die Freiheit!

Berufung des Reeders. Suche nach ihm.

(Dabei sind: Der Taschi Lama. Der Kaiser. Gogher Gogh. Der General.)

Der Reeder wird aus dem Irrenhaus entlassen, oder befreit, von den Kahnschleppern beinahe gelyncht: sie wollen jetzt wieder Sklaven werden.

Er wird der begeistertste Feind der Kahnschlepper.

A 66

Eines Tages stieg der chinesische Kaiser in das oberste Stockwerk seines Palastes und erblickte am Abendhimmel eine Wolke. Sie war groß und schwarz und bewegte sich.

Der Kaiser faßte einen Entschluß – der nichts bedeutet, da die Ereignisse, von andern Motiven verursacht, den Entschluß auch so nötig gemacht und auch ohne die Wolke wieder kassiert hätten.

Dieser Wolke verdanken letzten Endes die Kahnschlepper von Jü-nan ihre Rettung.

Sie werden dann vernichtet.

A 67
TUIGESCHICHTEN

Die legalen Quäker
Sie sind gegen das Menschenfressen in der Provinz Chen. Aber sie achten die Gesetze. Sie unterwerfen sich der Bestimmung, daß sich gutgekleidete Leute die Zähne schleifen lassen müssen, und sie fordern die schlechtgekleideten auf, das Gesetz zu befolgen, nach dem sie sich sauber halten und bestimmte, ihr Fleisch verunreinigende Speisen vermeiden müssen. Eine Mißachtung der Gesetze (Illoyalität) würde ihren Kampf um ein bestimmtes bedrohtes Menschenleben gefährden.

Der Bund der Furzer
In der Provinz Tu herrscht Vermahlungszwang. Es gibt sehr schlechtes Brot. Blähungen sind die Folgen. Einige tun sich zusammen, gründen einen Bund der Furzer. Sie bringen auf friedliche Weise ihre Mißachtung der Vornehmen zum Ausdruck. Ihr Benehmen ist gesetzlich nicht belangbar. Sie entwicklen eine Kunst des Furzens. Aber der General Tai Jang überzieht die Provinz mit Krieg und rottet vermittels Gasbomben unter anderem auch die Furzer aus.

Die Historiker
Die alten Mythen. Vom Bauch und den Gliedern. Vom nolite tangere circulos meos. Vom Gold gab ich für Eisen.

Die Mißachtung des Apparats
Die Provinz Tau behandelt ihre Beamten als Milchkühe (mit Verachtung). Da man aber alle Funktionen den Beamten läßt, nützt das nichts. Wiederherstellung auch der äußeren Achtung (zum Zweck der Funktionsausübung). Man muß nämlich die Funktionen überflüssig machen.

A 68
LEIDEN DES TUIS SCHIN

Er zweifelt an seiner Existenz
Sein Fleischer zweifelt nicht daran.
Auch seine Frau nicht, sowohl wenn er bei Tisch schmatzt usw.
als auch wenn er seine ehelichen Pflichten erfüllt.

Er zweifelt daran, ob der Mensch sinnvoll handeln kann.
Die Geschichte
Die Biologie
Benn
Kopernikus
Er ging sorgenvoll heim und trieb mit seiner Frau etwas, was sie
als durchaus sinnvoll empfand.

Er zweifelt, ob sein Leben Sinn hat
Wir auch.

A 69

Das Komplott des Mi-wei
Mi-wei fühlte sich seit Anfang März beobachtet.

Er will einen Hut kaufen. Er geht konspirativ vor. Sichert sich, indem er schon im Januar von seiner Absicht zu Nachbarn spricht. (Die im Prozeß mitangeklagt sitzen.) Unglücklicherweise gerät er Schritt für Schritt auf unzufriedene Elemente oder verdächtige oder ruinierte.

Der Smoking
Indem sie diesen anziehen, bringen sie sich dazu, einander nicht die Flaschen ins Gesicht zu schmeißen und den Weibern unter die Röcke zu fassen. »Das Hemd ist makellos, jeder Weinfleck darauf zu sehen, ich darf nicht trensen.« Sie ließen ihn einmal weg. Der Hausherr vergewaltigte die servierende Magd, die Gastgeberin setzte sich dem Hausarzt auf den Schoß, der Hauslehrer griff die Regierung an.

A 70

Prozeß des Flusses Y gegen die Stadt X wegen Dammbauten
Der Stadt A gegen den Fluß B wegen Ausbleiben der Überschwemmung.

A 71
Kampf des Arztes Tu gegen dunkle Mächte

Er erfindet gegen Tuberkulose, welche aus feuchten Wohnungen, schlechtbezahlter ungesunder Arbeit, Unterernährung usw. entsteht, einen Sauerstoffinhalierapparat, der direkt in den Fabriken arbeitet. Die Krise. Widerstand der Weißwäscher der Fabrikanten. Einwand, der Apparat helfe nicht.

A 72
Tuigeschichten

Die Verwalter (Beamten), die neue Rayons schaffen. Polizei, die Verbrechen ausführen läßt, um die Tätigkeit zu rechtfertigen. Streik der Verbrecher.

Die (nicht vorhandenen) Flüsse der Wasserfiskusleute. Die Hundezuchtanstalten der Hundesteuerbeamten. Querverbindungen: die Geographen und Metaphysiker der Wasserfiskusbeamten. (Der Fall des Greuelmärchenerfinders, der im Gebiet des nichtexistierenden Flusses Go-kiang das Märchen verbreitet, es gebe dort keinen Fluß. Die (bestochene) Polizei dieses Landes verfolgt den Fall nicht.

Umtriebe, das Gebiet unter die Gerichtsbarkeit eines anderen Staates zu bringen, nur deshalb. Der Schriftsteller (Zola), der die Bestechung aufdeckt, die Minister der Opposition, Rüstungsgeschäft in Nachbarländern.

Der Gouverneur, der des Mantels seiner Frau wegen gestürzt wird, obwohl er Tausende ihrer Habe beraubt hat. (Böss)

Der Sozialismus als Ware. Die Tuis von Se-pe-deh verkaufen ihre Ansichten über die Gemeingefährlichkeit des Warencharakters aller Dinge und schaffen dadurch eine neue Branche. Konkurrenz treibt sie hoch. Sie klagen vor den Gerichten gegen Plagiate von Kollegen, die ihnen ihre Nachweise, daß die Gerichte nur den Besitz schützen und ungerecht sind, entwendet haben. Die von ihnen entlarvte Polizei schützt sie.

Die Pazifisten. Kriege verursachend (Macdonald).

Die Gesellschaft zur Pflege des extremen Anarchismus im Rahmen der bestehenden Gesetze.

Die Geschlechtsärzte, welche plötzlich entdecken, daß die Krankheiten aussterben. Sie verlangen Schonzeit für die seltenen Krankheiten. Schutzzölle.

A 73

Für die Tuigeschichten

Das Versicherungsgeschäft des Kaufmanns Pi Tschem.

A 74

Verleihung des Rechts auf Anwendung des Terminus Dialektik (Wittvogel)
Tuigeschichte

B 38
Tui 1

Wenn sich der Fabrikant Liu Feng stundenlang mit seinen Arbeitern herumgezankt hatte, weil sie eine Lohnkürzung nicht annehmen wollten, oder mit der Steuerbehörde, weil sie ihm nicht erlauben wollte, mehr Steuer zu hinterziehen als andere Fabrikanten, war er am Abend müde und gereizt. Seine Frau Lo aber fraß den ganzen Tag scharf gewürzte Gerichte und kandierte Früchte, bemalte sich stundenlang, im Spiegel ihren Mund betrachtend, las auf dem Sofa liegend wollüstige Romane und forderte am Abend erbarmungslos die Umarmungen ihres Mannes. So gab es oft häßliche Auseinandersetzungen zwischen den Eheleuten, bis die Frau, durch ihre Leiden gewandelt, anfing, sich für höhere Dinge zu interessieren. Sie schloß Freundschaft mit dem Literaten Hang Wen Schu, mit dem sie die tiefsten Gespräche führte. Ihr Mann war es zufrieden, konnte es sich aber nicht versagen, bei gemeinsamem Abendessen Hang Wen Schu herunterzumachen. »Sie stehen eben nicht mit beiden Beinen im Leben«, konnte er sagen, »wie die Dinge wirklich sind, davon haben Sie keine Ahnung. Wissen Sie, daß das Leben Kampf bedeutet? Haben Sie jemals einen Mann besiegt, haben Sie ihm genommen, was ihm gehörte, und sind lachend weggegangen, ein Mann? Sind Sie überhaupt ein Mann? Sie sehen aus wie ein Zweipfundkind. Können Sie sich nicht wenigstens Bewegung machen, daß Sie diese Stubenfarbe wegkriegen?« Herr Schu, statt zu entgegnen, er stehe, wenn schon nicht mit beiden Beinen, so doch mit anderem im Leben, kränkte sich bitter über solche Reden. »Das Benehmen deines Mannes ist einfach unfair«, beschwerte er sich, mit Frau Lo auf dem Sofa liegend, die Hand zwischen ihren Brüsten. »Weil ich nicht so brutal bin wie er und andere Leute niedertrample, weil ich eben nicht einem andern das Seine wegnehmen und lachend weggehen kann, da ich leider ein Gewissen habe, sieht er auf mich herab.« Die Frau gab ihm recht, da auch sie das brutale Wesen ihres Mannes verachtete und es ihm übelnahm, daß er den Luxus, der sie umgab, nicht auf feinere und edelere Art heranschaffen konnte. Die Zustimmung der Frau richtete Herrn Schu etwas auf, und er machte sich einige Bewegung. Das viele Herumliegen und Schokoladeessen verdarb seine Gesichtsfarbe, weckte aber Kräfte in ihm, die Frau Lo wohl zu schätzen wußte. Der Vorwurf Liu Fengs bohrte aber doch weiter in der Seele des Literaten, und so verfaßte er einen Roman, in dem er zeigte, wie vereinsamt und lebensuntüchtig geistige Menschen sind und wie die Handelnden kein Gewissen haben. Frau Lo behandelte den Erfolg dieses Romans als ihren eigenen. Tatsächlich trugen die Gespräche in ihrem Salon über die sprachlichen Feinheiten des Buches viel zu diesem Erfolg bei, da sie die Frau eines der bedeutendsten Fabrikanten war. Wenn man bedenkt, daß ihr Mann sie mit allem erdenklichen Luxus umgab, wozu schließlich auch der Literat Hang Wen Schu gehörte, muß man sie jedoch als undankbar bezeichnen.

B 39
Bewaffnung der Stadt To-schau durch Tuis

Während des Bürgerkriegs bemächtigten sich einige Tuis der Verwaltung in der Stadt To-schau. Wegen der Arbeiter- und Soldatenunruhen in der benachbarten Provinz Ker verspürte niemand in der Stadt besondere Lust zu regieren, so daß gegen die paar Tuis, als sie die Regierung übernahmen, niemand protestierte, außer den Kaffeehausbesitzern, deren Kaffeehäuser sich leerten, während die Regierungspaläste sich füllten.

Die Tuis, zur Regierung gelangt, erließen Tag und Nacht Gesetze und versammelten, sooft ihre Tätigkeit ihnen dazu Zeit ließ, Arbeiter um sich, ihnen Rechenschaft abzulegen. Sie erzählten, es sei jetzt Revolution, Herren seien die Arbeiter und dadurch sei alles anders als früher, und zwar besser. Die Arbeiter kamen zu diesen Versammlungen, sooft ihre Tätigkeit ihnen Zeit ließ, denn sie arbeiteten nach wie vor in den Fabriken. Da der Winter streng war, gingen sie gern in die geheizten Versammlungsräume.

Es gab in der Stadt To-schau einen Verein der Freunde des bewaffneten Aufstands, in dem auch Tuis saßen, und zwar hauptsächlich Schriftsteller, Maler, Söhne von Fabrikanten und Frauen von Börsenleuten. Diese Leute sammelten unter sich und ihren Bekannten Geld und stellten es den regierenden Tuis zur

Verfügung. So konnten diese zur Bewaffnung der Arbeiter schreiten.

Sie schlugen Plakate an, auf denen sie für jedes Gewehr oder jede Pistole zwei Schillinge zu zahlen versprachen. Auf diese Weise bekamen sie eine Menge Waffen herein, die sie an die Arbeiter in den Betrieben austeilten.

Nach einiger Zeit ergaben ihre Listen, daß nunmehr die ganze Arbeiterschaft in To-schau bewaffnet sein mußte. Dieser Gedanke beruhigte die Tuis ungemein. Sie hatten, jeder für sich, das dunkle Gefühl, daß ihr Regieren etwas Unnatürliches war. Sie wußten nicht, ob die Arbeiter gesonnen wären, für diese ihre Regierung zu kämpfen. Es hatte zwar ab und zu der oder jener von ihnen schon einen oder den anderen Arbeiter zu Gesicht bekommen, auch wohl schon mit einem solchen einige Worte gewechselt, aber im ganzen waren ihre Beziehungen mit den Arbeitern nicht allzu enge, da diese in den Kaffeehäusern nicht verkehrten. Deshalb wußten die Tuis nicht sicher, ob es dem Arbeiter schon hinreichend bekannt war, daß sie ihn sehr schätzten und alles für ihn zu tun gesonnen waren.

Andererseits konnte ihre Gesinnung der Bürgerschaft nicht verborgen bleiben, so daß von dieser Seite ihnen immerhin einige Gefahr drohte. Als nun die Arbeiter von ihnen Waffen nahmen, glaubten sie ihre Herrschaft gesichert.

Ziemlich bald sahen sie aus ihren Listen aber, daß längst nicht nur mehr die Arbeiter bewaffnet sein mußten, sondern daß die ganze Stadt To-schau jetzt schon Waffen haben mußte. Das setzte sie in eine gewisse Verwunderung. Ihr Erstaunen wuchs noch, als sie wahrnahmen, daß die Bevölkerung von To-schau in ständigem Wachsen begriffen war. Es hatten nämlich jetzt schon mehr Leute Gewehre und Pistolen, als in der Stadt To-schau wohnten.

Die Erklärung dieses seltsamen Umstandes gelang den Tuis nicht mehr, denn sie wurden dann bald von den Truppen des Bürgertums verjagt, sie war aber ganz einfach. Die Arbeiter hatten die Waffen, die sie erhielten, immer wieder für zwei Schillinge an die Regierung verkauft, denn sie brauchten bei ihren niederen Löhnen dringend Geld, um nicht Hungers zu sterben. Sie büßten dabei ja ihre Waffen nicht ein, da sie sie immer wiederbekamen.

B 40
Die Tuis von Wak stellen sich das Universum vor

Die Tuis von Wak waren große Astronomen. Ihre Fernrohre bezogen sie aus Tat-jang-ho, wo die größten der Welt gebaut werden. Wenige Jahre vor der Machtübernahme durch Gogher Gogh kauften sie von den Mathematikern von Schen einige ganz neue unvergleichliche Formeln und wandten sie auf die Sternkunde an. Was sie herausfanden, war erstaunlich.

Sie fanden, daß gewisse Lichtnebel, in welchen sie ungeheure und weit entfernte Sternhaufen sahen, sich mit rasender Eile von unserer Erde entfernten. Sie flohen Hals über Kopf vor uns, in sowohl unziemlicher als auch geradezu halsbrecherischer Hast. Das Ganze kam einer gesellschaftlichen Bloßstellung rücksichtslosester Art gleich. Wir können uns dieses Verhalten unmöglich erklären, ohne zu erröten. Es ist billig, in solchen Fällen sogleich zu sagen: Nicht dies, sondern das Gegenteil hätte einen gewundert. Natürlich ist angesichts des Zustandes unserer Welt solch ein Verhalten benachbarter Sternhaufen erklärlich (wenn auch nicht ohne weiteres entschuldbar).

Es ist richtig, die Astronomen von Wak stellten auch fest, daß die Sternhaufen sich auf ihrer kopflosen Flucht auch gegenseitig voneinander entfernten. Aber das geschieht jeder Menge leicht bei einer Panik.

Wak faßte seine Anschauung zusammen in den Vergleich des Universums mit einer platzenden Granate. Das ist ein einfaches, plastisches, in unserer Zeit jedermann geläufiges Bild. Zu einem Bild dieser Art würde sozusagen jeder Säugling bei uns greifen. So würde ja auch jeder unserer Säuglinge, wenn er uns etwa zu beschreiben hätte, wie die Milch aus der Mutterbrust kommt, unbedingt zu dem Bild einer jener Flammenspritzen greifen, die unsere Soldaten zum Inbrandsetzen von Gebäuden verwenden. Solche Bilder aus unserem Alltagsleben machen uns die Dinge vertraut, die wir noch nicht kennen. Vielleicht würden sie von einigen lumpigen Sternhaufen nicht sofort erfaßt werden, aber wir erfassen sie mit Leichtigkeit.

Großen Zulauf aus ganz Chima hatte eine Ausstellung, welche die Astronomen von Wak veranstalteten. Sie zeigten Sternkarten und Modelle von Sonnensystemen. Den größten Eindruck machte ein eigentümliches Modell, das die Verlorenheit der Sterne im Weltenraum, das enorme Überwiegen des leeren Raumes darstellte. Da es sich beim Weltenraum um einen ungeheuren Raum handelte, fiel auch das Modell, das ihn versinnbildlichte, sehr groß aus. Die Gelehrten von Wak nahmen ganz Chima zu Hilfe. Sie brachten in drei, voneinander möglichst weit entfernten Städten des großen Reiches je eine Wespe unter. Die Besucher der Ausstellung hatten nun nur von einer Stadt zur andern zu fahren und sich die Wespen zu betrachten. Wenn sie die langen Strecken ihrer Reisen mit der Kürze der Wespen verglichen, konnten sie sich ein Bild von der Verlorenheit der Sterne im Weltraum machen. Eine Reihe von Geschäftsreisenden, die sich anscheinend vorstellten, ihre Kunden könnten ebensoweit auseinander wohnen, wurden wahnsinnig auf dieser Ausstellung; sieben Steuereintreiber begingen Selbstmord. Am raschesten begriffen die Armen das staunenswerte Verhältnis: sie brauchten sich nur vorzustellen, wie entfernt sie von den Gütern des Lebens waren, dann wußten sie, wie weit die Sterne voneinander entfernt sind. Außerdem konnten sie sehr gut sich in ganz Chima nur drei Leute vorstellen, die bemerkenswert waren und außer einander weit und breit niemand sonst zu erblicken vermochten.

Einige Behauptungen der Tuis von Wak stießen auf die empörte Ablehnung der Tuis von Na-meh, die Hüter der Religion. Am verletzendsten, ja, als direkt gegen sie gerichtet, empfanden sie die Behauptung, die Welt sei nicht unendlich, sondern nur endlich groß. Die Tuis von Wak schlossen das aus gewissen schwarzen sternlosen Löchern am Himmel. Dort war nichts, absolut nichts. Diese Löcher nun waren für die Tuis von Na-meh Löcher in der Schöpfung ihrer Götter. Was sollte das heißen, die Götter hätten etwas gemacht, was nicht unendlich groß, sondern nur groß war? Wollte man ihnen Unfähigkeit nachsagen, Unendliches fertigzubringen? Wie vertrug sich das mit der Gewißheit, daß die Götter *alles* können? Und was hieß da nichts? Wollten die Leute von Wak mit ihren paar Rohren behaupten, wo nichts zu sehen war und von wo keine Kraft spürbar war, sei auch nichts? Wollten sie sagen, die frommen Leute, die den Göttern Opfer darbrachten oder zumindest in Rücksichtnahme auf die auf ein angenehmes Leben verzichteten, das sie haben konnten, wenn sie die Gebote der Götter brachen, opferten für nichts? Denn auch die Götter sah man ja nicht! Auch von ihnen verspürte man nichts!

Einige Tage lang war die Ausstellung der Tuis von Wak in ernstlicher Gefahr, von der Polizei geschlossen zu werden. Sie konnten sich nur dadurch großen finanziellen Verlusten entziehen, daß sie öffentlich zugaben, bei all ihrem Wissen wüßten sie eigentlich nichts. Sie sähen weiter als andere mit ihren Rohren, aber das Sehen allein führe eben zu nichts.

Die Tuis von Na-meh zogen die Polizei zurück, bleiben jedoch noch lange mißtrauisch gegen die Rohre.

Großem Verständnis dagegen begegnete bei allen Tuis die Theorie der Astronomen von Wak über die wahnsinnige Verschwendung, welche die Sonne und alle andern Gestirne mit sich selber trieben. Sie aasten sozusagen ganz einfach mit ihrer Kraft. Die Sonne allein verpulverte in jeder Sekunde vier Millionen Tonnen ihrer Substanz. Es ist klar, daß sie bei dieser Lebensweise nicht ewig bestehen kann. Diese Entdeckung wurde mit verständnisvollem Kopfnicken aufgenommen, lebte man doch gerade in der Zeit wirtschaftlichen Niedergangs, wo jeden Tag ganze Vermögen verlorengingen. Immerhin berechneten die Tuis von Wak die noch garantierbare Lebensdauer der Sonne auf mindestens Millionen mal Millionen Jahre. Das konnte die Besitzer größerer Vermögen ein wenig trösten. Sie gingen sozusagen unter, aber doch nicht so rasch.

Ein gewisser Pessimismus war in den Theorien der Tuis von Wak aber nicht zu verkennen. Je-an, einer ihrer bedeutendsten Geister, kam zu dem Schluß, die Wissenschaft kenne keine Entwicklung als die des Alterns und keinen Fortschritt als den zum Grabe. Ein bemerkenswertes Geständnis! Schon im Moment der Geburt besteht die einzige Tätigkeit des Kindes im Absterben. Es fragt sich sogar, ob nicht schon vorher, ja sogar vor der Empfängnis der Mutter das Altern und Sterben beginnt. Es wäre dann durchaus statthaft, anstatt der Geburtsanzeigen eines Menschen eine Sterbeanzeige zu versenden. Wissenschaftlicherseits wäre dagegen jedenfalls nichts einzuwenden. Es wäre eher korrekter.

Man darf übrigens nicht glauben, daß die tragischen Stimmungen der Astronomen allzu tiefe Wirkungen auf das Alltagsleben ausübten: gerade als ob sie ewig lebten, vermehrten die Leute ihre Spareinlagen und ihre Vermögen.

B 41
Die Leiden des Tuis Schin

Der Sohn eines Bäckers, namens Schin, besuchte 15 Jahre die Tuischulen von Meh. Diese Schulen waren berühmt, weil sie die Verachtung des niederen Erwerbs lehrten. Jemand, der nicht in den Schulen von Meh studiert hat, kann den Erwerb niemals so verachten, wie es nötig ist.

Der Bäcker konnte sich diese Erziehung seines Sohnes leisten. Er verdiente viel Geld damit, daß er es verstand, sehr kleinen Semmeln ein sehr verlockendes Aussehen zu verleihen. Er starb, halbblind von seiner die Augen sehr anstrengenden Tätigkeit, mitten in seiner Backstube und hinterließ Schin ein Vermögen, groß genug, ihn die Lehren seiner Schule beherzigen zu lassen.

B 42
Der Fluss Mis-ef

In der grauen Vorzeit hatten die Philosophen ihren Verstand dazu benutzt, die Welt zu betrachten, um einiges über die ewige Frage herauszubringen, wie man am besten lebt. Aber in den letzten paar Jahrhunderten dachten die Philosophen mehr und mehr nur noch über den Verstand selber nach. Unter welchen Umständen und wie weit er die Welt erkennen könne, das war jetzt die Hauptfrage. Die Philosophen wußten natürlich, daß die Menschen einen Kiesel, ein Auge, einen Berg oder einen Faden in gewissem Umfang erkennen können, aber ihre Frage lautete eben: in welchem Umfang? Niemand würde vielleicht in einem Kaufladen sich statt eines Bindfadens einen Berg aufschwatzen lassen, aber konnte man wirklich sagen, daß der Mensch solch ein Ding wie einen Faden ganz und gar erkennen kann? In seinem innersten Wesen? Als dieses Fadenartige, durch und durch Fadige? Es gab eine große Schule von Philosophen, die behauptete (und bewies), daß ursprünglich, bevor noch ein Faden das Licht der Welt erblickt hatte, ja, bevor noch das Licht und die Welt vorhanden gewesen waren, bereits die Idee *Faden* bestanden habe. Der später das Licht der Welt erblickende gewöhnliche, uns bekannte Faden, der, mit dem man Knöpfe annäht, war nach diesen Philosophen nur eine wahrscheinlich ziemlich grobe, nach anderen einer verwandten Schule allerdings sehr feine Verkörperung dieser Idee Faden. Er verfaulte z. B. ständig, mußte immer aufs neue hergestellt werden, während die Idee *Faden* blieb, allerdings dieses Verfaulen der Stücke Faden beinhaltete. Für diese Schule war es undenkbar, daß man aus einem solchen gewöhnlichen, beiläufigen, wenig haltbaren Faden jemals die unermeßliche Idee *Faden* in ihrer strahlenden Vollkommenheit herauslösen könnte. Eine andere Schule hielt sich zunächst an den gewöhnlichen Faden, mit dem man Knöpfe annäht, fragte sich aber dann sogleich, ob man, ihn betrachtend, ihn lange, geduldig, tiefsinnig betrachtend, jemals das innerste Wesen und Gesetz alles Fadenmäßigen herauslesen könnte. Nach dieser Schule bestand der Faden vor der Idee *Faden*, diese Philosophen lachten herzlich über jene anderen Philosophen, die die Idee bestehen ließen, bevor der Faden da war.

Eine der größten Störungen in den tiefsinnigen Untersuchungen des Problems war eingetreten, als einige jüngere Philosophen eine ganz neue Frage aufgestellt hatten, nämlich, ob nicht die in dem ganzen Streit zutage tretende Unsicherheit der Erkenntnis von einer anderen Unsicherheit herrühre, einer äußeren, zeitweiligen Unsicherheit des Lebens der Philosophierenden. Der Philosoph Ka-meh verstieg sich am Ende zu der ungeheuerlichen Behauptung (und schämte sich nicht, dieselbe zu beweisen), daß das innerste Wesen einer Kartoffel z. B., deren Erkenntnis den Philosophen solche Schwierigkeiten bereitete, die Tatsache sei, daß sie auf den Markt komme. Er sagte: Als die Menschen noch die Kartoffel nur für sich selber pflanzten, hatten sie keine beträchtlichen Schwierigkeiten, ihr Wesen zu erkennen. Sie erkannten ihr innerstes Wesen, indem sie sie pflanzten und indem sie sie aufaßen. Von dem Tag an, wo sie die Kartoffel in einem Schubkarren auf den Gemüsemarkt schoben oder sie mit einem Sack unter dem Arm dort abholten, begann sie ihr innerstes Wesen so schlau und dickköpfig zu verhüllen. Heute zweifeln die Kartoffelpflanzer und die Kartoffelesser beim Anblick dieser

Frucht an ihrem Verstand. Denn ein Sack Kartoffeln ist ein Hemd, wenn verkauft, ein Hemd, das eine Ladenmiete für einen Tag war im Kreislauf der Waren, und wieviel Seiten hat die Kartoffel! Wer weiß, was aus ihr werden mag, was man ihr alles abgewinnen kann, vielleicht kann sie einem noch das Leben retten? Aber hinter all ihren Bedeutungen verschwindet sie selber freilich immer mehr, sie ist eigentlich gar nichts selber, so viel und so gar nichts. Im Grund ist sie am ehesten ein Etwas, mit dem man etwas anderes gewinnen kann.

B 43
Das goldene Zeitalter der Tuis
Die Strickdreher

In Schantung lag ein Kloster, in dem die dortigen Tuis, von den Dörfern durch milde Gaben am Leben gehalten, sich damit beschäftigten, Stricke zu drehen.

Sie waren sehr gerechte Leute und kümmerten sich um nichts als die Gerechtigkeit. Damit waren sie so fanatisch beschäftigt, daß sie, als der Fluß Kao-ho über seine Ufer trat und halb Schantung verwüstete, sich weigerten, Hilfe beim Dammbau zu leisten. Für ihre Absage führten sie als Grund außer dem Umstand, daß beim Dammbau auch Leute mitwirkten, die im Geruch der Ungerechtigkeit standen, eigentlich als Hauptgrund nur an, daß sie tatsächlich keine Zeit hätten.

Sie saßen in kleinen, sauberen Zellen und drehten Tag und Nacht Stricke. Je ein an einem Ellbogen abgemessenes Stück Strick, das eine Nummer hatte, teilten sie einem Unrecht zu, das ein Bestimmter getan hatte und das sie unter der Nummer des Strickstückes in dicken Büchern verzeichneten.

Die Stricke, die sie dazu brauchten, bettelten sie in Stadt und Land zusammen. Viehtreiber gaben ihnen die Strickreste, die sie beim Einspannen der Rinder nicht mehr brauchen konnten, Metzger die Stricke, mit denen sie die Kälber banden vor dem Schlachten, Bauern die Stricke, mit denen sie ihre Weiber vor den Pflug spannten; ja, die Hinterbliebenen von Selbstmördern, deren es in Schantung viele gab, besonders nach der großen Überschwemmung, brachten die Stricke ins Kloster.

Die für die Übeltäter geflochtenen Stricke wurden allabendlich im Kirchenschiff aufgehängt, am Morgen wieder abgeholt und weitergeflochten. Es gab darunter kurze Stricke und sehr lange. Einer, der dem Gouverneur von Schantung gehörte, war schon im zweiten Jahr seiner Regierung zehn Meter lang. Er mußte im dritten am Dachfirst aufgehängt werden.

Wenn diejenigen, für die sie bestimmt waren, an einer Krankheit oder an Altersschwäche gestorben waren, wurden die Stricke, mit Täfelchen ihrer Namen versehen, im hinteren Teil des Kirchenschiffs angebracht, zur Erinnerung daran, daß die Mönche von Schantung ihre Untaten nicht gebilligt hatten.

Die Sammlung erlitt einen gewissen Schaden, als Goger Gog durch seine Inspektoren die Täfelchen mit den Namen und die Bücher mit den Untaten entfernen und verbrennen ließ, weil er das Volk einig wünschte und alles tun wollte, Zank und Hader aus der Welt zu schaffen.

Dennoch war das Kloster noch lange eine Stätte der Wallfahrten und somit ein Segen für die kleine Provinz Schantung, bis die Regierung eines Tages während einer großen Teuerung die Stricke für Aufrührer brauchte.

B 44
Der heilige Ag

Das Kloster des heiligen Ag bewahrte den Leichnam seines Gründers 200 Jahre auf. Er war unverweslich und lag in einer Eschenkiste. Alljährlich wurde ein kirchliches Fest abgehalten, zu dem Tausende gepilgert kamen. Das Kloster buk eine besondere Art Hirsekuchen, der allgemein beliebt war.

Die Tuis von Ag wurden von diesem Hirsekuchen fett, obwohl sie selber ihn nicht aßen. Auch als die Frömmigkeit im Lande abnahm, ging es den Tuis von Ag nicht schlechter. Sie hatten ihren Hirsekuchen und ihren unverweslichen Gründer, ein Wunder, wie es nicht alle Klöster ihr eigen nannten.

Außerdem hatte das Kloster eine starke Hilfe in den Behörden, welche die Mäuler im Zaum hielten. Der heilige Ag war mit seinen vielen Pilgern ein Segen für die ganze Gegend und es war nicht gestattet, etwas gegen ihn zu sagen; er, den Gott so sichtbar ausgezeichnet hatte unter allen Sterblichen, konnte wohl verlangen, daß die Bauern ein wenig Frondienst für sein Kloster verrichteten, ohne daß sie, schließlich in seiner unmittelbaren Nähe, herumschimpften, wenn sie die Hirse betreuten.

Die Bauern mußten also ziemlich stark nachdenken, wie sie ihre Meinung kundgeben konnten, und ohne einen großen Glücksfall hätten sie kaum eine Möglichkeit gefunden. Aber eines Tages entdeckte beim Ausgraben eines Brunnens ein Bauer, namens Pau, eine tote Ratte im Gestein, die so gut erhalten war, daß er sich wunderte: sie war selber wie ein Stein, ganz so wie der heilige Ag, die Ähnlichkeit war groß.

Pau sagte zunächst nichts über seinen Fund, aber als das jährliche Fest wieder gefeiert wurde, mietete er einen Stand auf der Dult, wo es Stände für Zuckerbäcker und Akrobaten gab, und stellte seine Ratte aus. Der Eintritt kostete einen Jen.

Paus Bude hatte einen außerordentlichen Zulauf. Die Bauern und die Pilger, von denen viele ebenfalls Bauern waren, zahlten ihren Jen, beschauten sich die Ratte und fühlten sie mit den Fingern an. Sie war wie aus Stein. Die Bauern schwiegen, sie sagten nicht, was sie dachten, denn unter den Besuchern waren auch einige Tuis vom Kloster des heiligen Ag und nach ihnen allerhand Polizisten. Aber Pau, der Aussteller, schwieg auch, er hielt keinen Vortrag. Der pure Anblick mußte für den Jen Eintrittsgeld genügen.

Am zweiten Tag des Festes – es dauerte vier Tage – wurde Paus Bude von der Polizei geschlossen. Die Ratte wurde konfisziert. Pau wurde verhaftet.

Aber am gleichen Abend noch hielten die Tuis vom Kloster des heiligen, unverweslichen Ag ein Konzil ab, in dem die Angelegenheit zur Sprache kam. Es zeigte sich, daß die Tuis besonders beunruhigt waren über das Schweigen der Leute, die Paus Bude besucht hatten.

»Sie sagen nichts«, jammerte der dicke Abt. »Sie stupsen mit ihren schmutzigen Fingern nach der Ratte und gehen weiter, sagen nicht ein Wort. Und sie zahlen einen Jen dafür, viel Geld, ein Kuchen kostet einen halben Jen, und manche gingen zweimal hinein, brachten ihren alten Vater mit, die Schurken. Und kein Wort darüber, die Polizei hat scharf aufgepaßt.«

»Wir müssen ein Kommuniqué herausgeben«, sagten die Brüder, »ein Kommuniqué, das alles erklärt. Wir müssen alles erklären, ganz genau, für jeden verständlich, diese Unwissenden müssen mit Wissen erleuchtet werden. Wenn alles erklärt ist, ist nichts mehr schlimm.«

»Ja«, stöhnte der Abt, »wir müssen es erklären, wir können nicht schweigen. Aber was werden wir erklären?«

Die Tuis dachten nach. Sie kauten Kerne, sie rauchten, sie gingen herum, die weißen Hände auf den dicken Hintern, sie blickten starr nach allen Ecken des Zimmers, sie seufzten.

»Ich habe es«, sagte der Tui Weißwäscher. »Es ist ein Wunder.«

»Die Unverweslichkeit des heiligen Ag?« fragten die andern Tuis.

»Die Unverweslichkeit dieses, dieses Tieres«, sagte der Tui Weißwäscher ungeduldig. »Gott hat dieses Tier erhalten wollen, es gibt keine andere Erklärung.«

»Wieso gibt es keine andere Erklärung«, sagte der Tui Naturforscher streitsüchtig. »Das Vieh hat in   gelegen. Sehr einfach.«

Der Tui Weißwäscher sah ihn groß und mißbilligend an. »Ich wünschte«, äußerte er langsam, »Sie nennten dieses Tier nicht ein Vieh. Ganz abgesehen davon, daß es bisher nicht üblich war, das Wort   auszusprechen.«

»Das ist richtig«, griff der Abt ein. »Aber wie wollen Sie dieses Wunder erklären. Vergessen Sie keinen Augenblick, wir müssen alles erklären, ganz genau, daß kein Zweifel bleibt, kein Rest von Dunkel, nichts Unklares.«

Der Tui Weißwäscher sagte: »Dieses Tier gehört zum heiligen Ag, da bin ich ganz fest. Darüber erlaube ich keinen Zweifel, wieso auch? Es muß mit ihm in Zusammenhang gestanden haben, irgendwie, auf irgendeine Weise, in irgendeiner Art, irgendwo, aus irgendeiner Ursache, zu irgendeinem Zweck, einem ganz klaren, verständlichen Zweck, über den kein Zweifel bleibt, kein Rest von Dunkel, nichts Unklares. Wir können annehmen, wir müssen es sogar, jeder muß es, daß dieses außerordentliche Tier dem heiligen Ag besonders, ja, ganz besonders, darüber gibt es für mich keine Diskussion, nahegestanden haben muß, muß. Gott hat dieses ungewöhnliche, mit reichen Gaben ausgestattete Tierchen dem heiligen Ag zugeführt und dies kann nicht zufällig gewesen sein, es muß sich um einen dringenden Fall gehandelt haben, eine Notwendigkeit, um eine Lage dringlichster Gefahr, in der der Heilige schwebte, ohne dieses göttliche Geschöpf verloren, ja, verloren. Der Heilige hungerte, und da war keine helfende Hand, nur harte, verstockte Bauern, die nichts gaben und lieber in die unterste Hölle kommen wollten, als dem Heiligen Gottes etwas zu geben. Da kam das Tier. Das einfache, fröhliche Geschöpf des Feldes, die kleine, rundliche Hüterin der Gewässer und Brunnen kam gelaufen, tripp trapp, und was hielt sie in den Zähnchen?«

Der Tui Weißwäscher machte eine Geschicklichkeitspause. Der Tui Buchhalter fiel ein: »Ihr eigenes Kind, die Frucht ihres Leibes, eine kleine weiße, dem Heiligen zur Speise.«

»Was soll das?« fragte der Abt ärgerlich.

»Nun«, verteidigte sich der Tui Buchhalter, »sie fressen doch ihre eigene Brut, das heißt sonst, in unserm Fall bietet sie eben dann die willkommene Speise dem Heiligen an, das ist wahrhaft ergreifend. Das Heiligste, Teuerste bietet sie an, es ist gerade gut genug für den Heiligen. Ein zweifacher Verzicht sozusagen, als Mutter und als, nun sagen wir, eben als Esserin.«

»Also, darüber können wir wohl zur Tagesordnung übergehen«, sagte der Abt würdevoll. »Was wolltest du sagen, Weißwäscher?«

»Selbstverständlich brachte sie Hirse, wenn nur nicht diese Leute immerfort den Fachleuten in das Gewerbe pfuschen wollten. Sie brachte Hirse, sie war hiemit die erste, die Hirse ins Kloster brachte, sie brachte sie freiwillig und sie erhielt ihren Lohn dafür und wurde von Gott ausgezeichnet und der Nachwelt erhalten, der zweifelnden und faulen Nachwelt. Klar?«

Der Vorschlag des Tuis Weißwäscher wurde mit allen gegen eine Stimme angenommen. Am letzten Tage des Festes wurde die Ratte unter einem Glassturz zu Füßen des heiligen Ag, des unverweslichen, aufgebahrt. Ihre Geschichte wurde von der Kanzel verkündet, und der Hirsekuchen schlug um einen halben Jen auf.

So müssen den Guten alle Dinge zum besten dienen.

B 45
Tod des Hang Tse in seinem Beruf

Bei den Kämpfen in der nördlichen Provinz Hi si kam der Tellek-tuell-in Hang Tse auf schreckliche Art ums Leben. Er befand sich im Gefolge des Generals Hiu Fu, jenes Generals, der den kaiserlichen Auftrag hatte, die Grenzen gegen den drohenden Einfall der Barbaren zu verteidigen. Um hier nichts zu versäumen, mußte man vor allem das nördlich von der nördlichen Grenze liegende Gebiet besetzen. Der General hatte nun einige Besorgnis, seine diesbezüglichen Maßnahmen könnten von Übelwollenden mißdeutet werden, und ließ sofort, nachdem er den Befehl zum Vorrücken gegeben hatte, den jungen Hang Tse zu sich kommen, um mit ihm über die moralische Seite der Angelegenheit zu beraten. Der Tellek-tuell-in traf ihn inmitten von Offizieren, Ordonnanzen und hohen Beamten an, in einem unbeschreiblichen Trubel. Ihn erblickend, unterbrach der General sogleich sein Diktat, trat aus dem Kreis seiner Mitarbeiter und lief mehr als er ging auf den Philosophen zu. »Was sagen Sie, lieber Hang«, rief er, »zu dieser Misere! Ich marschiere!« Der Philosoph, eben aus dem Bett geholt und also mühsam sein Schlafbedürfnis niederkämpfend, stierte, anscheinend bestrebt, interessiert auszusehen, auf die noch dämmerig graue Halle mit den Offizieren in Pelzen und den Mannschaften mit Schlafdekken um die Schultern, alle lebhaft um die wärmenden Kohlenpfannen. Man war auf dem obersten Stockwerk eines Kastells und sah durch die fensterlosen Steinbögen die beschneite Gebirgskette. Der General war von zwei höheren Offizieren angesprochen worden, und Hang überlegte, ob er zu einer der Kohlenpfannen gehen könnte und vor allem, welches Verhalten das richtige, nämlich das von ihm erwartete sei. Er hatte sich eben halbwegs für eine Art soldatischer Angriffslust und Stolz, bei einer historischen Angelegenheit dabeizusein, entschieden, als der General ihn wieder in Beschlag nahm. »Waren Sie schon einmal dabei«, fragte er Hang gutgelaunt und nahm sein Kopfschütteln in Empfang (Hang wußte jetzt, daß er als Augenzeuge herbestellt war). »Ja, ich drücke auf den Knopf, und die Maschinerie funktioniert. Aber weiß ich, was ich damit tue? Ich fürchte, ich weiß es nicht, lieber Hang! So eine Maschine, einmal in Gang gebracht, ist doch durch nichts und niemand mehr aufzuhalten! Ach«, seufte der alte Mann und deutete auf die Offiziere, die sich eben alle um eine Karte sammelten, »was wissen die! Sie funktionieren und sind glücklich. Glauben Sie mir, niemand außer mir weiß hier, wie schrecklich das ist, was da vorgeht!« Er zog Hang, der seinen Plan, kampfesfroh zu wirken, aufgegeben hatte, an den Rand der Halle unter einen der Mauerbögen. Im grauen Morgen sah man auf einem engen Pfad, der tief zwischen Bodenerhebungen eingeschnitten nach oben lief, schweigend Truppen marschieren. Zu beiden Seiten des Pfades, also etwa mannshoch über ihnen, standen trotz der frühen Stunde die Stadtbewohner und schrien begeistert den Truppen zu. Einige Frauen hielten Kinder hoch, damit sie besser sahen, wie die Soldaten, dick vermummt gegen die Kälte, Tuchfetzen vor den Mündern, schweigend dahinzogen. »So etwas«, fuhr der General fort, »ist doch wie eine Walze, die alles niederwälzt, was sich ihr in den Weg stellt. Welch unsägliches Unglück bedeutet sie! Die jubeln, weil sie nicht wissen! Aber ich weiß! Spätere Jahrtausende, lieber Hang, werden diesen so hochgerühmten kriegerischen Geist nicht mehr verstehen!« Hang, während er bedeutend, fast tragisch nickte, überlegte, um wieviel lieber er sich technisch interessiert gezeigt hätte, da eine solche Haltung bei Zivilisten von Militärs sonst immer gern gesehen wurde. Der General war wieder zu den Offizieren geholt worden. Die Soldaten unten gingen mit gesenkten Köpfen, müde, trotz ihrer Lumpen frierend, durch die begeisterte Bevölkerung, als ob sie Spießruten liefen. Einer wandte für einen Moment sein flaches gelbes Gesicht nach rückwärts oben: es sah stumpfsinnig aus.

Eine gute Stunde später ging Hang Tse in seine Herberge zurück. Er hatte erfahren, was der General von ihm wollte. Er sollte das öffentliche Kommuniqué für die Hauptstadt entwerfen. Hiu Fu und mehr noch die Regierung brauchte eine knappe, aber wirksame Zusammenstellung der Beweggründe für den Vormarsch. Sie bestanden in der Notwendigkeit, das Land gegen die drohenden Einfälle der Barbaren zu schützen. Der General konnte nicht marschieren ohne Beweggründe, und zwar starke, unwiderlegbare Beweggründe. Hang Tse sollte der Ehre teilhaftig sein, sie zu formulieren. Er sollte es hier in der Grenzstadt tun: der Lärm und die Aufregung der Kampfzone störten das ruhige Nachdenken. In seinem Gasthofzimmer sitzend, Tee und Haferflocken vor sich, brachte der Philosoph zunächst, um sein Erlebnis auszukosten und seinen Verpflichtungen gegenüber einigen Zeitungsagenturen gerecht zu werden, sein Gespräch mit dem Führer der Nordexpedition, General Hiu Fu, zu Papier. Die rein menschliche Stellungnahme dieses hervorragenden Fachmannes gegen den Hurrapatriotismus war ihm ein beglückendes Erlebnis. Sie bewies, daß die Regierung den Schutz der Grenze keinem Unmenschen anvertraut hatte. Bei so tiefer Anteilnahme an allen Schrecknissen, die der Krieg mit sich brachte, würde der General kaum kriegerische Unternehmungen durchführen, die unnötig waren. Nur das absolut Unumgängliche würde geschehen, sicherlich technisch erstklassig übrigens, dafür bürgte die prächtige Soldatennatur des Generals, eines ganz neuen Typs von wissenschaftlicher Prägung. Dies war endlich einmal ein Techniker, kein Schlächter. Das letzte Wort strich Hang allerdings wieder aus und ersetzte es durch das elegantere Wort »Draufgänger«. Dann, da ihm die Befürchtung aufstieg, auch dieses Wort könne dem General bei seinen Fachkollegen schaden, wählte er Impulsmensch. Und um sicherzugehen, fügte er einige Sätze über den Unterschied zwischen Techniker oder Wissenschaftler und – Künstler hinzu, worin der Künstler als die impulsive Triebnatur gezeigt wurde, deren Gedanken unberechenbar und deren Beweggründe in dunkel gehüllt sind. (Niemand konnte dem Feldherrn verübeln, daß er kein Künstler war!) Der Techniker aber handelte nach dem Kausalgesetz, und Hang begann, über das Hauptgebiet seiner Aufgabe, die Beweggründe für den Grenzkrieg, nachzudenken.

Bei dem Abendessen, das Hang Tse in Gesellschaft einiger Offiziere und des Gouverneurs bei der Dame seines Herzens, der Frau Leh, einnahm, wußte er das Thema geschickt wieder aufs Tapet zu bringen. Er ahnte, daß er die Gunst dieser Dame mit einigen Offizieren (und ihrem Diener) teilte, und fühlte sich nicht ganz von Eifersucht frei. Deshalb gab er dem Thema Techniker – Künstler eine erotische Wendung. Er trat für die Techniker ein. –

Die folgenden Tage arbeitete er am Kommuniqué. Er wurde im Archiv von den Behörden gutmütig unterstützt. Die Beziehungen zu den nördlich der Grenze gelegenen Gebieten waren immer freundschaftlich gewesen. Der betreffende Fürst war erst kürzlich einer Einladung des Kaisers nach Peking gefolgt und weilte im Augenblick noch dort. Es hatte etwas Tragisches an sich, daß er nun die Berichte von der notwendig gewordenen Besetzung seines Landes in der Ferne und als Gast des besetzenden Souveräns erfahren mußte. Man konnte nur hoffen, daß der Kaiser, der für einen sehr taktvollen Menschen galt, ihn durch allerhand Aufmerksamkeiten über die schwierige Zeit hinwegbringen würde.

Hang Tse entschloß sich, das Kommuniqué auf zwei Hauptpunkte zu stützen. Der erste war, daß die chinesischen Truppen das Okkupationsgebiet ebenso gegen den drohenden Überfall der Barbaren schützen würden wie China selber. Durch ihre überlegene Armee waren sie dazu sogar besser imstande. Sie würden so viele Greuel dem Land ersparen können. Der zweite Punkt betraf eine kriegswissenschaftliche Tatsache. Nach den Lehren der Kriegswissenschaft war die einzige Form der Verteidigung der Angriff. Ein Angriff aber konnte mit Aussicht auf Erfolg nur geführt werden, wenn er in allerschärfstem, umfassendstem Sinne erfolgte. Gerade in seiner Unbändigkeit lag seine Aussicht und – seine Humanität. Es war klar: Auch eine Verteidigung brauchte den Sieg. Aber mit Handfesseln kann man keinen Sieg erringen. Nicht geschlagen zu werden war kein Ziel eines Kampfes. Man durfte den Gegner nicht schonen wollen, indem man ihn angriff. Man mußte ihn bis zur Vernichtung schlagen wollen. Ihn etwa nur abwehren hieß ihn unterstützen. Das Humane dieses – übrigens unbedingt notwendigen – Vorgehens lag darin, daß ein harter Schlag auch kurz ist. Jeder Machthaber weiß seit alters, daß man, wenn man überrumpelt, wenigstens die Umgebung schont und daß es besser ist, alle Grausamkeiten, die nötig sind, in der allerersten Zeit in einem einzigen großen Zug zu veranstalten, damit dann die Erleichterungen von der Bevölkerung um so befreiter und dankbarer als *Segnungen des neuen Regimes* aufgenommen werden. Über die Verwendung der letzten Sätze war sich Hang übrigens noch unklar. Er wußte nicht, ob sie nicht seinem alten unseligen Hang vom Hundersten ins Tausendste zu kommen, einer üblen Gewohnheit aller geistreichen Leute, entstammten. Es war möglich, daß sie, so richtig sie waren, mit der eigentlichen Sache nichts zu tun hatten, und die Welt liebte die Philosophie an sich nicht. Er wählte also nach einigem Nachdenken das Beispiel einer modernen Operation, bei der Schnelligkeit alles bedeutete, da der Patient gerade durch die Dauer der Operation und Betäubung oft mehr in Mitleidenschaft gezogen wird als durch die Tiefe des Eingriffs. Anläßlich einer Bruchoperation hatte Hang mit Erstaunen am eigenen Leib erfahren, daß mehrere Nähte übereinander nicht länger zum Heilen brauchten, als eine einzige gebraucht hätte: sie heilten eben gleichzeitig!

Hang Tse war mit seiner Arbeit noch nicht fertig, als ein Brief Hiu Fus ihn aufforderte, sofort mit seinem Bericht ins Hauptquartier zu kommen. Er besorgte in aller Eile Mundvorrat, besonders seine geliebten Haferflocken zum Frühstück, ohne die er den ganzen Tag ohne klaren Kopf blieb, und eine Eselsladung voll Konserven, da er gehört hatte, daß die von der Armee berührten Orte kahlgefressen seien wie Felder nach einem Heuschreckenüberfall, und verabschiedete sich von seiner Dame, die so lange in der Grenzstadt bleiben wollte, bis das Hauptquartier ihr völlige Sicherheit garantieren würde. Sie gab ihm zu seinem Ärger Pulswärmer mit. Er hatte sich selbst schon welche besorgt, aber der Dame verübelte er das Geschenk außerordentlich, und ein heftiges Gespräch darüber nahm ihm die Zeit, die letzten Liebesfreuden in Anspruch zu nehmen, auf die er Anspruch gehabt hätte. Eines kalten Morgens ritt er in Begleitung von fünf Soldaten und einem Diener aus der Grenzstadt. Bei sich, in einer kleinen Tasche aus feinem Hirschleder, trug er das Kommuniqué des Generals Hiu Fu.

Der Winter war inzwischen fortgeschritten. Auf der verharschten Schneedecke kamen die Pferde nicht übel vorwärts, aber ein eisiger Wind behinderte das Atmen und machte die Bärte gefrieren. Vor dem Philosophen ritten drei, hinter ihm zwei Soldaten und sein Diener, der drei Packesel führte. Der Aufbruch war sehr übereilt gewesen. Hang war durch die ganze Stadt gelaufen, um eine bestimmte Sorte Schreibpapier aufzutreiben, und hatte, da die Geschäfte schon geschlossen waren, sogar die Hilfe des Gouverneurs in Anspruch nehmen müssen. Acht Soldaten unter Führung eines Unteroffiziers hatten einen dicken, verschüchterten Kaufmann aus dem Kreis seiner Familie gezerrt des Papiers wegen. Inzwischen hatte er, um sicherzugehen, jedermann, den er traf, beauftragt, ihm eine Leselampe zu besorgen, so daß er jetzt zwölf Stück mit sich führte. Er war zu geizig, sich der überflüssigen zu entäußern. Anstatt eines wirklich warmen Fußsacks hatte ihm sein Diener auf seinen ausdrücklichen Wunsch Lammfelle eingekauft. Als er sie gesehen hatte, hatte er geschrien: Wie kann ich wissen, daß Lammfelle keine dicke Wolle haben: bin ich ein Zoologe? Und gegen Mittag unter einer der schwarzen Tannen am Wege ließ er in plötzlichem Erschrecken das ganze Gepäck nach seinem Brillenkasten durchsuchen. Er fand ihn glücklicherweise. Es waren acht Brillen darin, denn er war halb blind ohne Gläser. Aber eine ganze Menge Unentbehrliches hatte er vergessen, nur eines hatte er nicht vergessen: seine Rechnung im Gasthof nicht zu bezahlen. Er schmunzelte den ganzen Vormittag darüber.

Die Dörfer, durch die sie kamen, lagen ruhig unter Schnee. Aus den Hütten stieg Rauch, die Dorfstraßen waren leer. Die Bevölkerung zeigte Zurückhaltung. Unter allen Haustüren standen Menschen und sahen schweigend auf den kleinen Zug mit den Eseln. Hang wollte frisches Fleisch kaufen, aber das hatten sie anscheinend nicht. Einige deuteten in nördliche Richtung. Dorthin war die Armee gezogen. Das Vieh war wohl requiriert worden.

Sie kamen am ersten Tag nicht so weit, wie sie gedacht hatten. Hang hatte auf einer Mittagspause bestanden; seine Schenkel schmerzten ihn. Sie mußten also in einem mittelgroßen Hof übernachten, wo die Begleitmannschaft im Stall, der Philosoph in der Stube ein Lager bekam. Das nächste Dorf wäre noch zwei Stunden weit gewesen und hätte keinen Gasthof gehabt.

Die Familie des Bauern verhielt sich freundlich, sie hatte keine Einquartierung gehabt. Sie bestand aus fünf Mitgliedern; da waren der Mann, die Großmutter und Sohn und Tochter im Alter von 15 und 18 Jahren. Ihre Mutter war im Dorf zu Besuch und kam erst in der Nacht zurück.

Der Gast bekam heißes Wasser, so viel er wollte, und sein Diener brachte ihm das Essen herüber, auch die Decken und die Leselampe (die Lammfelle waren unnütz). Nach dem Essen versuchte er, mit der alten Frau ins Gespräch zu kommen. Er stellte ein paar Fragen nach dem morgigen Weg und der vermutlichen Witterung. Sie antwortete freundlich, aber kurz. Auf eine Frage, die mit den Truppenverschiebungen zusammenhing, antwortete sie ausweichend. Sie wollte wohl nicht über Politik reden. Dann erzählte sie aber, anscheinend als Ersatz dafür, von dem Studium des Mädchens. Es wollte Lehrerin werden und hatte viele Mühe damit. Der Schulweg war ziemlich anstrengend und das Pensum riesig. Aber sie war immer strebsam gewesen und hatte sich immer fortbilden wollen. Sie lernte, was ihr erreichbar war, alles auswendig. Von Kind an hatte sie auf Spiele verzichtet, alle freie Zeit (man konnte ihr nicht allzu viele gewähren, es gab viel Arbeit) hatte sie auf Lesen gewandt. Während über sie gesprochen wurde, spülte sie das Geschirr ab, als hörte sie nichts. Mitunter schüttelte sie jedoch ganz leise den Kopf, als sei sie nicht vollständig mit dem Gesagten einverstanden, so wenn die Rede davon war, daß sie alles auswendig lerne, auch die Kalender. In solchen Augenblicken sah sie auch zu ihrem Bruder hinüber, der unter der Talgleuchte saß, und ihr Bruder sah kurz sie an, in seinem Gesicht ging allerdings nichts vor. Es war still im Zimmer, vom Stall herüber kam etwas Lärm der Soldaten.

Der Junge neben der Talgleuchte saß tief über seinen Schoß gebückt. Mit einem schartigen kleinen Messer schnitzelte er an einem Holzstückchen. Seine junge Stirn zeigte dicke Querfalten. Das Holz hatte er gegen den Leib gestützt und gegen seinen Nabel zu spaltete er Spreißel ab. Dabei schnitt er sich in den Daumen; ein leichter Aufschrei des Mädchens neben ihm, die in einer Schüssel Gemüse wusch, verriet den Unfall. Sie stellte die Schüssel auf den Boden, als der Junge den Daumen ableckte. Aber die Großmutter hatte ihn schon zu sich gewinkt, und auch schon nach einem Lappen gesucht. Der Junge wartete verlegen vor ihrem Stuhl, während sie in der Ecke aus einer Kiste ein Tuch kramte und einen Streifen abriß.

»Er schnitzt eine Wäscheklammer«, erklärte das Mädchen, während die Alte dem Knaben den blutenden Daumen verband.

»Diese Leute«, brummte sie, auf Hang schielend, »die alles mit einem Schlag vom Erdboden wegtilgen, wissen nicht, wieviel Mühe es macht, bis es da ist! Das ist nun eine Wäscheklammer. Schon sie macht Arbeit. Das dort ist die Tür, mit ein paar Kolbenstößen ist sie eingeschlagen, aber nicht gemacht. Bedenken Sie«, sagte die alte Frau und fuhr mit der runzligen Hand unter den Strumpf, sich das Bein zu kratzen, und Hang fühlte, daß er jetzt seine Antwort auf die Frage die Truppen betreffend bekam, »was für Anstrengungen es kostete, daß sie sich in den eisernen Angeln dreht und gut schließt und eine Klinke hat zum Öffnen. Die Angeln! Wir haben sie zuerst selber zu hämmern versucht, aus dem Teil eines alten Pfluges. Es ging nicht. Wir mußten sie kaufen. Und wir mußten so viel kaufen! Das Holz dieser Hütte stammt von einem Abbruch. Ein Mann im nächsten Dorf, wurde uns gesagt, reißt seinen Schafstall ein. Die Schafe waren ihm an einer Seuche krepiert, und solange er einen Stall stehen hatte, mußte er Viehzuchtsteuern bezahlen, da riß er ihn ein. Bedenken Sie, wie viele Wochen er nachdachte, ob er die Steuern bezahlen sollte, in der Hoffnung, daß er doch wieder einmal zu Schafen käme; das ist doch auch Arbeit, solches Nachdenken! Er rechnete doch, bevor er daranging, den Stall einzureißen, und auch wir rechneten, als wir ihm unser Angebot machten. Man reißt so ungern ein. Wir bauten hier draußen, weil der Boden billiger war, aber das Wegemachen kostet nichts. Jetzt stellt es sich als ein großes Glück heraus. Wir blieben von der Einquartierung verschont. Andrerseits, wenn die Zettel, die man für die Requirierungen bekommen soll, wirklich eingelöst werden, haben wir einen Nachteil. Sie haben dem Kaiser ganz schöne Summen aufgerechnet drüben im Dorf. Sie nehmen an, daß er nicht so genau weiß, was ein Ei kostet in dieser Gegend.« »Sie werden eingelöst«, sagte Hang, froh, daß er zu Leuten gehörte, die ihre Verbindlichkeiten anerkennen. »Um so besser«, war die Antwort, »dann kannst du heiraten.« Das Mädchen sah von ihrer Schüssel auf und lächelte.

Hang machte das Reden der alten Frau Eindruck. Bevor er einschlief, dachte er noch an die Mühe, die es die Menschen gekostet hatte, es sich auf dem Planeten einigermaßen bequem zu machen. Auf dieser kahlen Ebene mit ihren Wintern und Nächten ohne jedes Licht hatten sie sich mit unsäglicher Geduld eingenistet. Schon die Axt zu beschaffen, die den Balken zuhaute, der das Dach trug, war heldenhaft, und wie kam das Dach so schwierig zustande! Und all dies gegen außen zu verteidigen, hatten sie einen Holzriegel an der Tür!

Am nächsten Tag wichen sie von der Heerstraße ab und wählten einen schmaleren Pfad übers Gebirge, der näher war. Vorher aber, in dem letzten Dorf, das sie durchritten, hatten sie ein unheimliches Erlebnis. Auf dem Dorfplatz stand ein eigentümliches Gerüst von zusammengehauenen Pfählen, wenig über mannshoch, ziemlich breit. In ihm hingen an Stricken die Leichen von drei Dorfbewohnern, die Fußsohlen kaum zwei Handbreit vom Boden entfernt. Sie waren schon eingetrocknet. Hang beauftragte einen Soldaten, über die Sache Näheres auszukundschaften, aber er fand keine Leute in den Hütten. Die Soldaten meinten, es könnten nur Franktireure sein. Am Ende der Dorfgasse war auch ein niedergebranntes Haus zu sehen. Aus dem hatten sie wohl auf die vorübermarschierenden Truppen geschossen. Hang ritt verstört weiter. Noch am selben Abend hatte er einen Unfall, der die Reise einstweilen beendete. Bei einer Rast trat er so ungeschickt in ein Schneeloch, daß er das Bein brach. Zwei Soldaten hoben den Stöhnenden in eine Tragbahre zwischen zwei Eseln. Das nächste Dorf war noch weit, und so mußte man sich mit einer einzelnen Hütte begnügen, die verlassen am Pfad stand und kaum eine halbwegs anständige Feuerstelle, geschweige denn Möbel enthielt. Die Nacht verging qualvoll in dem überfüllten Raum. Am nächsten Tag ritten vier von den Soldaten weiter, Lebensmittel aus dem Dorf zu holen, aber gegen Abend setzte ein Schneesturm ein, der ihre Rückkehr vereitelte und eine volle Woche anhielt. Mit erheblichen Schmerzen in der Hütte liegend, empfand der Philosoph beinahe am härtesten, daß das Öl für seine Lampe ausging. Ein Reservekanister mußte gestohlen worden sein, und zwar behauptete der Diener, dies könne nur der alte Knecht jener Familie getan haben, die sie am ersten Abend der Reise so freundlich aufgenommen hatte. In seinen Halbträumen sah der Verletzte abwechselnd diesen Knecht, den er auf seinem Rückweg der Bestrafung zuführen wollte, und die liebliche Tochter, der er Angenehmeres zudachte.

In der Abgeschiedenheit der windumbrausten Hütte fand Hang Tse die Ruhe, das Kommuniqué umzuarbeiten und die Beweggründe des chinesischen Einmarsches zu vertiefen und zu ergänzen. Die rein militärische Notwendigkeit der Applanierung der Zwischenregion mußte unterstrichen, ihre Unvermeidbarkeit vom rein strategischen Standpunkt aus aufgezeigt werden. Mit aller Verantwortung für die Verwüstung blühender Landstriche waren die barbarischen Feinde zu belasten, ihre freche Eroberungsgier war schuld an all dem Entsetzlichen. »Das Herz blutet uns«, schrieb Hang Tse, »wenn wir an die unglücklichen Bewohner dieses unseligen Landstrichs denken, die für die Barbarei ihrer Nachbarn Besitz und Behaglichkeit einbüßen.« Und er fuhr fort: »Freilich, sind sie ganz unschuldig? Haben sie nichts versäumt? Sind es wirklich diese Beklagenswerten, zufällig Betroffenen, als die sie uns erscheinen oder *erscheinen möchten*? Und wenn sie unschuldig sind, ganz unbeteiligt, offenherzig, ist es auch ihre Regierung? Wir wissen es nicht. Es gibt Stimmen, die von gewissen Verbindungen regierender Kreise zu den nördlichen Nachbarn munkeln. Es gibt Nachweise von *Interessen*, klaren, handgreiflichen Handelsinteressen, die da bestehen sollen. Wäre dies wahr – und warum eigentlich sollte es nicht wahr sein –, die Freundschaftsbeteuerungen der Regierung dem kaiserlichen Hause gegenüber, oft und von manchen schon als etwas *zu* übertrieben empfunden, stünden plötzlich in anderem Lichte! Jedermann weiß, daß die *wahren* Interessen unsere »Freunde« eigentlich mit deren nördlichen Nachbarn verbinden, nicht mit uns. Sie pflegen Handelsbeziehungen mit dem Norden, schon weil dort *keine* Zölle ihre Waren verteuern wie bei uns, die Geschichte weiß von Heiraten fürstlicher Persönlichkeiten herüber und hinüber, sogar die Sprache ähnelt sich ... eine Verbindung wäre also natürlich. Warum soll sie da nicht bestehen? In unserem Generalstab will das Gerücht nicht verstummen, daß in den Archiven der Hauptstadt, sollten wir zu ihnen gelangen – und wir müßten es, im Interesse der Wahrheit –, merkwürdige Dokumente gefunden werden könnten. In diesem Falle wäre dieses merkwürdige Land vielleicht gar nicht so bedauernswert, erhielte unser Einmarsch sozusagen retrospektiv seine absolute Berechtigung! Schließlich, dürfen wir nicht vergessen, ist dem Lande von chinesischer Seite in dem letzten Jahrzehnt nicht immer so entgegengekommen worden, wie es das erwartet hätte. Es gab Grenzstreitigkeiten; eine unserer Handelsgesellschaften hatte sich über Beschränkungen ihrer Bewegungsfreiheit zu beschweren, unsere Grenzbehörden mußten eine strenge Sprache führen, selbst Repressalien mußten erlassen werden. Was wäre natürlicher, als daß solche Vorfälle einer schwachen und wankelmütigen Regierung den Wunsch eingegeben hätten, mit dem Feinde zu konspirieren! Gewiß, die

Leiden sind furchtbar – wir durchqueren seit Tagen Gegenden, wo kein Haus mehr bestehen blieb, die Bevölkerung in alle Winde zerstreut scheint –, aber treffen diese Leiden auch Schuldlose? Wir möchten es beinahe bezweifeln. Wir sahen auch anderes auf unserem Wege, Anzeichen sehr schlimmer Art: Was bedeuten die zahlreichen Galgen auf den Marktplätzen der verheerten Dörfer mit den eingeschrumpften Körpern von Einwohnern? Warum mußten sie abgeurteilt werden? Die furchtbare Wahrheit ist: Sie führen einen Kampf gegen unsere braven Truppen, einen um so furchtbareren Kampf, als es ein heimlicher, heimtückischer ist. *Sie geben sich als Feinde zu erkennen!*«

Als Hang Tse diese letzten Zeilen verfaßte, hatte er nicht mehr als ein verwaistes Dorf gesehen und davon war ein Haus zerstört. Was ihn den einen Marktplatz mit den Galgen in Marktplätze verwandeln ließ, war sein Wunsch, seinem Lande zu helfen. Man war in ein höchst bösartiges Land gekommen. Das Volk braucht viele Beweise, dem Einsichtigen genügt ein einziger.

Als die Schneestürme aufhörten, ging der bei Hang verbliebene Soldat auf Skibrettern in das Dorf. Er kam bestürzt zurück: seine Kameraden waren nicht mehr dort und auch sonst war dort niemand, keine Seele. Das Dorf schien außerhalb der Schneezone zu liegen. Sie waren wohl schon vor Tagen aufgebrochen oder gleich weitergezogen. Vielleicht waren sie auch gar nicht bis dorthin gekommen, sondern vom Sturm überrascht und getötet worden; vielleicht waren sie auf Feinde gestoßen und geflüchtet. Es gab viele Möglichkeiten, sich ihr Verschwinden zu erklären, aber keine brachte sie zurück, noch die Esel mit dem Gepäck. Hang Tse spürte noch Schmerzen beim Auftreten, wagte jedoch nicht mehr, länger an diesem Ort zu bleiben, den alle verlassen hatten, aus welchem Grund immer. In tiefem Staunen ritt er weiter, zunächst der Straße nach Norden folgend, dann gegen Osten zu abbiegend. Über den Verbleib seiner Leute und seines Gepäcks sollte er nichts mehr erfahren; dagegen gab es für ihn des weiteren noch manches Erstaunliche.

Nach Osten bogen sie ab, weil sie mehrere Dörfer verlassen fanden und ihr Mundvorrat auf die Neige ging. Zwei Reisetage später trafen sie wieder ein bewohntes Dorf. Sie ritten bis zum Marktplatz, und Hang trat in das größte Haus dort, um endlich

Aufschluß über die Geschehnisse zu erlangen. Eine ganze Familie war in der niederen Stube versammelt, und während des Gespräches mit dem Bauern kamen noch Nachbarn dazu. Der Mann war nicht feindlich, aber seine Mitteilungen waren spärlich und vorsichtig. Chinesische Truppen waren hier nicht durchgekommen; anscheinend war die Armee Hiu Fus schon weiter südlich nach Osten abgeschwenkt. Auch von einer feindlichen Armee hatte man hierorts nichts bemerkt. »Woher sollte die kommen?« fragte der Bauer erstaunt. Gegen Süden zu sei alles zerstört, berichteten andere Bauern, auch weiter östlich. Flüchtende Bauern waren durchgekommen, alle sehr verstört und eilig weiterziehend, trotz der Schneefälle und ihrer höchst mangelhaften Ausrüstung. Sie sagten nur, die Chinesen hätten das Land mit Krieg überzogen und zerstörten alles. Besonders würden die Brunnen zugeschüttet und die Vorräte verbrannt oder mitgenommen. Eine größere Stadt sei von Artillerie beschossen worden.

Hang hörte mit Bestürzung all das. Eine höchst unheilvolle Wendung schien eingetreten. Er nahm die Einladung des Bauern zu übernachten an.

Der Diener und der Begleitsoldat schliefen im Schuppen, wohin sich auch der Besitzer des Hauses mit seiner Familie für die Nacht zurückgezogen hatte. So blieb Hang die große Stube. In der Nacht erwachte er, infolge eines Geräusches oder schlechten Traumes. Er war in Schweiß gebadet. Die Tür schien ihm geöffnet: sie hatte nur einen einfachen Holzriegel.

In einem einzigen Augenblick überblickte der wie gelähmt Liegende die Gefahr, in der er schwebte. Was sollte die Dorfbewohner, besonders seinen Wirt, abhalten, ihn umzubringen? Er gehörte einer feindlichen Armee an, die *mit größter Brutalität* in friedliches Land eingebrochen war und dort schlimmer als die Tiger hauste. Erst nach einer halben Stunde, in der alles still blieb, wagte er sich halb aufrecht zu setzen. Die nackten Knie frierend hochgezogen, erwartete er den endgültigen Angriff. Als er ausblieb, lief er zitternd zur Tür und vergewisserte sich, daß der Riegel noch vorlag. Er ging nicht mehr ins Bett zurück. Seinen Mantel um die Beine gewickelt, blieb er mitten in der Stube sitzen, schlaflos, bis zum Morgengrauen. Die Familie des Bauern verabschiedete sich, als er früh wegritt, ohne Wärme, aber auch ohne Feindseligkeit von ihm. Er gab reichliches Trinkgeld, seine Angst besiegte für diesmal seinen Geiz.

Sie verfolgten weiter die Straße nach Osten. Der General war weiter südwärts, aber doch in derselben Richtung gezogen: als sie sich südlich wandten, stießen sie wieder auf niedergebrannte Ortschaften. Einmal sahen sie von weitem flüchtende Bauern, einen langen Zug. Die Route Hiu Fus ging ziemlich genau parallel der Grenze. Hang begann zu ahnen, was das bedeutete.

Er wollte nun unbedingt zu den Truppen stoßen, bevor er auf Flüchtlinge stieß. Er hatte das Gefühl äußerst drohender Gefahr. Außerdem fürchtete er, zu spät zu kommen. Der General mußte ihn schon lange entbehren.

Er forcierte den Marsch. Da vernahmen die drei Ende der zweiten Reisewoche in der Ferne Kanonendonner.

Hang Tse konnte sich dieses Geräusch nicht erklären. War eine Schlacht im Gange? War also der Feind doch eingefallen? Aber nichts von ihren bisherigen Erfahrungen berechtigte sie zu dieser Annahme. Warum wurde dann geschossen?

Der Kanonendonner hörte wieder auf. Vielleicht waren es auch Lawinen gewesen. Allerdings, hier gab es keine Berge mehr. Diese Nacht brachten sie in dem leerstehenden Haus einer noch unzerstörten Ortschaft zu.

Sie erwachten durch einen schrecklichen Lärm.

Neben ihrem Quartier mußte ein Haus eingefallen sein. Die Mauern krachten rollend zusammen. Vor dem Fenster stand ein roter Feuerschein. Sie tappten halbblind zur Tür, da gab es eine neuerliche Detonation. Und jetzt war auch ganz deutlich das Piu Piu von Granaten zu vernehmen. Das Dorf wurde beschossen!

Hang war zunächst nur erschüttert, aber dann sah er die weißgewordenen Gesichter seiner Begleiter, und jetzt erschrak er furchtbar. Sie schwebten in höchster Gefahr! Aus irgendeinem Grunde wurde das Dorf beschossen, und sie waren mitten darinnen!

Dem einen Einschlag gegenüber folgten weitere. Der Schein des Feuers im Fenster wuchs unheimlich rasch. Es hatte keinen Sinn hinauszugehen. Sie saßen eng zusammengekauert viele Stunden. Die Beschießung hatte höchstens zehn Minuten gedauert, konnte sich aber jeden Augenblick erneuern. Am Morgen entdeckte der Diener, daß die letzten Reste des Gepäckes durch eine einstürzende Mauer zertrümmert worden waren. Bei ihm befand sich der Brillenkasten. Es war nicht ganz klug gewesen, alle Ersatzbrillen in *einem* Kasten zu verwahren.

Nach diesem Erlebnis war Hang Tse das merkwürdige Vorgehen des Generals Hiu Fu kein Rätsel mehr. Es waren Schlachten ohne Anwesenheit des Feindes. Der General legte einen Devastationsgürtel vor die chinesische Grenze, eine schwer zu durchquerende, weil aller Wege und Lebensmittel entblößte Zone. Damit stand aber auch zweierlei fest: Die Schwierigkeiten, das Hauptquartier von dieser Seite aus zu erreichen, würden riesig sein, nicht viel kleiner als die für den Feind, diese Zone zu durchqueren; aber auch die Notwendigkeit hatte sich vergrößert. Eine mit Tätigkeitsdrang vermischte Unruhe erfüllte den Philosophen, als er, die Greuel der Nacht hinter sich, in den trüben Vormittag hinausritt. Die Welt würde die neuen Maßnahmen des chinesischen Expeditionskorps nicht verstehen! Der General handelte lediglich nach militärischen Gesichtspunkten. Wer in ganz China würde die tiefe Humanität begreifen, die darin lag, daß so ohne jeden eigentlichen Kampf, ohne Verluste von Menschenleben eine blühende friedliche chinesische Provinz geschirmt war – nicht durch Kanonen, sondern durch eine kahle unwirtliche Gegend, vergleichbar einer ungeheuren unbezwinglichen Festungsmauer ohne Steine! Die Zusammenstellung der Beweggründe, die Hang Tse immer noch in der Hirschledertasche bei sich trug, war überholt durch den Gang der Tatsachen, der unvergleichlich natürlicher war, als ein Gehirn sich ihn ausdenken konnte. Noch an diesem Nachmittag, in der Raststunde nach dem kärglichen Essen, formulierte Hang Tse die Motive des Generals Hiu Fu.

Noch nicht drei Stunden waren vergangen, als er seine Vermutungen bestätigt fand. An der Tür eines – zerschossenen – Hauses inmitten einer größeren Ortschaft, von der wenig übriggeblieben war, klebte eine Bekanntmachung der chinesischen Armee, in der General Hiu Fu von den Lügennachrichten berichtete, die durch landflüchtige Bauern jenseits der Grenzen verbreitet würden. Der General wies die Bevölkerung auf den rein militärischen Charakter seiner Maßnahmen hin, die sich nicht gegen die Bevölkerung, sondern gegen den Feind richteten, der mit einem brutalen und widerrechtlichen Einbruch in das Land drohe. Er richtete an den besonnenen und gutwilligen Teil der Bevölkerung die Mahnung, alles zu unterlassen, was die militärischen Operationen behindern könnte. »Unsere beiden Völker«, schrieb er, »kämpfen Seite an Seite gegen einen grausamen gemeinsamen Feind.«

Es gab also schon Lügennachrichten! Hang fühlte: hier war sein Platz, den er auszufüllen hatte. Es war ein im Maßstab der Begebenheiten kleiner Punkt, aber er war nicht unwichtig. Noch als Hang sich in einem halbverfallenen Haus zur Ruhe legte, wünschte er, seine schwache Kraft für sein Land einzusetzen. Es mußte klargestellt werden, daß wirklich friedlichen und vernünftigen Leuten hier nichts passierte.

Sie ritten früh weiter. Gegen Mittag hörten sie wieder Geschützdonner. Diesmal ritten sie darauf zu.

Das dumpfe Rollen dauerte mit einigen Unterbrechungen den ganzen Nachmittag an. Die Gegend, durch die sie kamen, war jetzt Sperrgebiet; von den Dörfern standen kaum noch ein paar Mauern, die Reispflanzungen, soweit man sie unter dem Schnee sehen konnte, zeigten Granatlöcher, auch einige der vereisten Wäldchen waren zusammengeschossen. Dann kamen Dörfer, die erst vor kurzem verlassen schienen. Zusammengebrochene Fahrzeuge mit Hausrat lagen auf der tiefgefurchten Straße. Nachts, in einem zerschossenen und von den Einwohnern verlassenen Dorf, dachte Hang Tse, auf die Dorfstraße tretend, an das Schicksal der Familie, die er am ersten Abend seiner Reise getroffen hatte. Wo war die Wäscheklammer des Jungen? Schloß die Tür noch? Wozu hatte das Mädchen Wissen erworben auf endlosen Wegen zum Dorf? Die Bestrafung des alten Knechtes, des Öldiebs, hatte die chinesische Armee übernommen, die auch die ganze übrige Familie bestrafte. Bei einem brennenden Kienspan schrieb Hang Tse an seiner Arbeit, die er am nächsten Tag im Hauptquartier abliefern wollte, wo sie wohl schon lange erwartet wurde.

Der nächste Tag war grau und neblig. Um die Mitte des Vormittags erreichten sie eine kleine Stadt, die noch nicht beschossen war, aber eben geräumt wurde. Die Einwohner, damit beschäftigt, ihre Habseligkeiten zu verladen, zeigten keine Lust, sich über Politik zu unterhalten. Nach den chinesischen Truppen befragt, wiesen sie in eine bestimmte Richtung.

Auf dem Marktplatz angekommen, machte Hang einen Fehler. Statt den Soldaten mit der Aufnahme der Verbindung zu beauftragen, befahl er ihm und dem Diener, hier auf ihn zu warten, und ging selber weiter – zu Fuß. Er hörte Schüsse und ging darauf zu. Um eine Straßenecke biegend, sah er chinesische Soldaten auf einige Bewohner einschlagen. Andere zerrten ein Gespann mit Planwagen weg. Die verprügelte Familie schrie laut nach ihrem Eigentum. Jetzt machte Hang den zweiten Fehler. Er ging hin und sprach einen der Soldaten an. »Was macht ihr?« fragte er. Das war unnötig, denn er sah, was sie machten. Aber in ihm waren zwei Gedanken, die seinen Kopf ganz ausfüllten. Der eine, daß Eigentum nicht weggenommen werden durfte (wenigstens nicht in solcher *Form*!), und der andere, daß er selber zu den Befehlenden gehöre; denn er war der Literat Hang Tse, der Freund des Generals Hiu Fu, anwesend auf dem Kriegsschauplatz in amtlicher Mission. Aber die Soldaten waren auch in amtlicher Mission an dieser nebligen Straßenecke und wußten, daß es nur darauf ankam, zu wissen, wem Planwägen und Hausrat gehörten, um sie wegzunehmen. Und so trat einer hinter den Philosophen und fuhr ihm von hinten mit einer großen Hand übers Gesicht, gutmütig lachend. »Das ist, scheint's, ein Spion«, sagte er, »er spioniert.«

Hang Tses Brille war weggeschlagen. Er sah nicht mehr gut von nun an. Sein Tod hatte also nicht einmal ihn selber zum Augenzeugen. Als er mit noch drei Menschen, darunter einer Frau, an einer Mauer stand, sah er nicht, wer auf ihn einschoß, aber dennoch spürte er einen brennenden Schmerz in der Brust und im Bauch, hielt etwas Nasses, Vorrutschendes heulend mit beiden Händen unter dem Nabel zurück und fiel haltlos nach vorn auf sein Gesicht.

Die Soldaten spannten die Ochsen aus und trieben sie an den Straßenrand. Dann durchwühlten sie den Planwagen und fluchten. Diese Spione waren erbärmliche Habenichtse. Hätten sie den Philosophen durchsucht, hätten sie Papiere gefunden, auf denen es unwidersprechbar formuliert war, daß wirklich friedlichen, nämlich die chinesischen Soldaten nicht behindernden Leuten nichts geschehen könnte, da es keinerlei Sinn hätte, mehr zu tun, als notwendig sei. Da der Krieg aber ein Gewerbe ist, bei dem es auf rasche Entschlüsse und Handeln ankommt, lag der

Tellek-tuell-in Hang Tse unangehört in einem Wasserloch der nördlichen Provinz Hi Si. Und mit ihm verfaulten die Beweggründe des Generals Hiu Fu.

Die zwei Leute auf dem Marktplatz warteten eine Stunde und ritten dann weiter. Der General Hiu Fu, der seine Arbeit gewissenhaft und ohne Blutgier wie ein allererster Chirurg ausführte, ehe er an den kaiserlichen Hof zurückkehrte, wartete auf seinen Freund, mit dem ihn manche Ansicht verband, noch monatelang. Er vermißte ihn vor allem beim Schachspielen.

[TUITRAKTATE]

A 75

Neue Blüte
Entwicklung der Massenkunst

Die Speichellecker dem Kollektiv (Speichelkolchose)

Inter arma silent musae
Die großen Hunger geschwächten Kreaturen
Der patriotische Sinn davon abhängt
Der französische Speichel
Der deutsche
Autarkische Bestrebungen
ubi bene, ibi patria
wenn der Speichel mir gut schmeckt

A 76
Die Kunst des Schlechtmachens

Indem man jemanden verteidigt

Man leckt lieber den Speichel dessen, den man aufrichtig schätzt

Die Speichelentwicklung: das Essen

Die Sp. pour la Sp.
l'art pour l'art

B 46
Die Kunst des Speichelleckens

Man hat sich oft gefragt, ob die Kunst des Speichelleckens ein angeborenes Talent voraussetze, aber die Frage ist müßig, denn, gibt es da eine natürliche Anlage, so ist sie, ebenso wie die für Musik, weit häufiger, als man gemeinhin glaubt. Musikalität trifft man seltener, weil mehr Sinn für Musik durch die Erziehung verwüstet als entwickelt wird, Speichelleckerei öfter, weil hier das Gegenteil der Fall ist. Anlage zur Speichelleckerei wird schon im frühen Kindesalter ermutigt (man kann Speichel die zweite Speise des Menschen nennen, jene, die gleich nach der Muttermilch eingesogen wird), sie macht den Lehrern selber Freude, die täppischsten Versuche gehen nicht auf die Nerven. Die Fortschritte sind meistens stürmisch, sie werden mehr durch Appetit, als durch Hunger gefördert.

In der Tat können die meisten es zu einem durchschnittlichen, nicht allzu hilflosen Speichellecken bringen, indem sie einfach ihren natürlichen Anlagen freien Lauf lassen. Anders ist es mit der Kunst des Speichelleckens; die will gelernt sein. Hier ist vor allem Fleiß nötig. Nur durch Ausdauer und Übung kommt man über die niedrigen, landläufigen Speichelleckereien hinaus, und nur wenn Phantasie zur Geduld tritt, wird man ein Meister. Das gewöhnliche Kompliment ist Dutzendware, mechanisches Geplapper ohne Sinn und Verstand und ohne Feinheit. Die Speichelleckerei, als Kunst betrieben, schafft originelle, charakteristische, tief empfundene Formulierungen: sie gestaltet. Der vollendete Künstler ist plastisch, vielseitig, immer überraschend. Man studiere (es lohnt der Mühe), wie der große Go-teh den O-leh lobte: widerstrebend. Ein solches Lob hat hohen Wert. Ebenso ingeniös ist es, das Lob in einen Tadel zu kleiden. Man tadelt einen Heerführer wegen seiner persönlichen Tapferkeit, die ihn seinem Heer entreißen könnte. Zu Beginn des großen Krieges dankten die Tuis dem Kaiser mit ehrfurchtsvollem Mitgefühl, daß er seinen hohen Ruhm als Friedenskaiser dem Wunsch der Nation, den Krieg zu führen, aufopferte. Als der Marschall Fank-wi-heng den Krieg verloren hatte, rühmten sie die hohe Gleichgültigkeit, die der Marschall diesem Unglück entgegenbrachte.

Das ist nicht mehr Dilettantismus, das ist schon Kunst.

Die Kunst der Speichelleckerei gehört übrigens zu den wenigen nicht brotlosen Künsten. Die Speichelleckerei nährt ihren Mann.

Wie alle Künste hat auch diese Kunst ihre Geschichte, Zeiten der Blüte und Zeiten des Verfalls, sowie einen dauernden Wechsel des Stils.

Man sagt, diese Geschichte sei nicht leicht zu verfolgen, da die Nachwelt diesen Künstlern keine Kränze flechte, aber das ist nicht richtig. Die Dynastien, d. h. die Aufeinanderfolge von Herrschern, die als ihr Hauptverdienst anführen müssen, daß sie aus einem berühmten Hause stammen, sorgen dafür, daß die jeweiligen Speichellecker der Herrscher noch die gestorbenen Speichellecker der gestorbenen Herrscher rühmen. Man sieht kaum, wie anders überhaupt eine Geschichtsschreibung sich entwickeln hätte können. Wenn die Geschichte auch Beispiele schlechter Herrscher liefert, so nur, weil die Dynastien mitunter wechseln, so daß die Kunst der Speichelleckerei darin besteht, die abgebauten Dynastien schlechtzumachen. Jedoch genügt es für gewöhnlich, noch einen einzigen Nachfolger zu haben, um in der Geschichte ein gutes Zeugnis zu fixieren.

Wir sprachen von den Diensten, welche die Dynastien der Kunst der Speichelleckerei erwiesen haben, aber sie ist keineswegs auf Dynastien angewiesen. Der Bauer Si-fung, der im siebenten Jahrhundert durch einen Bauernaufstand die Herrschaft über Nordchima erlangte, schenkte dem Dichter Wo einen goldenen Ring für ein Stück, in dem der adelige Kaiser Sun verherrlicht wurde, nur weil dieser ebenso wie der Bauernführer seinen besten Freund hatte ermorden lassen. Er würde vermutlich jedes Stück prämiert haben, in dem ein Mann seine Umgebung mit Fußtritten traktierte. Der adelige Kaiser Wen erhob einen Dichter, dessen Namen vergessen ist, in den Adelsstand für ein Gedicht, das die ekelhaften Eßsitten seines Großvaters besang, und es bildete dabei kein Hindernis, daß dieses Gedicht in wirklich herrlichen Versen geschrieben war, die Wen unmöglich gefallen haben können.

Es gibt wenig Hindernisse für die Kunst der Speichelleckerei. Bärte sind keines, wie wir schon bei den Historikern gesehen haben. Die Gelehrten sind große Meister in dieser Kunst. Es sind tiefschürfende und auch nützliche Werke bei der Ausübung dieser Kunst entstanden. So abgelegene Wissensgebiete wie die Physik und die Astronomie geben den Gelehrten Gelegenheit, ihre Kunst der Speichelleckerei zu zeigen. Und das nicht nur in den Widmungen! Es ist heute nicht mehr festzustellen, ob nicht der große Ple-ker seine Entdeckung des Kreislaufs der Erde um die Sonne wenn nicht tätigte, so doch durchbrachte durch Benutzung der Vorstellung von einem Kreislauf der Kleinen um das Gestirn des großen Dalai Lama oder des Kaisers. Es schickte sich für die Erde, ihre Bahn in einem vollkommenen Kreis zu vollführen, d. h. sich von dem erhabenen Mittelpunkt weder ungebührlich zu entfernen, noch sich ihm ungebührlich zu nähern.

Die große Brücke von Si, ein Wunderwerk der Baukunst, verdankt ihre Entstehung der Freude des Kaisers Mo, die zwei Buchstaben seines Namens in ihren berühmten Pfeilern eingemeißelt zu sehen.

Selbst Werke voll von trotzigen und umstürzlerischen Sätzen sind Ergebnisse feiner Speichelleckerei. Als der Kaiser Fu die Lehre des Kon-fu-tse verbot, erschienen Schriften gegen die Familie, die sich gewaschen haben. Man muß immer nur die Jahreszahl in den Ausgaben studieren.

Nicht einmal ein Verbot kann die Speichelleckerei abschaffen. Der Kaiser Ko verbot sie. Die Schriften, die ihn dieses Verbotes wegen rühmen, sind Meisterwerke feinster Speichelleckerei.

Solange der Speichel geliefert wird, stirbt das Speichellecken nicht aus. Unbequem wird den Herrschenden das Speichellekken mitunter, weil die Künstler ihnen zwar viel von den Augen, aber auch manches von den Schlüssellöchern ablesen. Und oft ist es ungünstig, wenn der Eindruck entsteht, es werde Speichel geleckt, wenn Speichel geleckt wird. Dann muß die Zunge blitzschnell herausgeschleudert und der Ausdruck des Entzückens beim Schlucken unterdrückt werden.

Man irrt, wenn man glaubt, diese Kunst lasse sich nur durch Kriecher ausführen. Viele geben sich eigens deswegen als aufrechte Männer aus, um dann irgendeinen Herrscher dafür rühmen zu können, daß es in seinem Land aufrechte Männer gebe. Es werden die kühnsten Taten verübt, einer Welt Trotz geboten, damit dann Speichel geleckt werden kann.

Der Dichter Wi-ho verlebte zwanzig Jahre in der Verbannung

auf einem einsamen Eiland, dem Usurpator O-leh Trotz zu bieten, um dann desto besser den Kleinbürgern von Pa-sir den Speichel lecken zu können.

Mitunter muß man auf das hohe Roß steigen, um Speichel lekken zu können.

Die Zunge des Speichelleckers muß sowohl ungemein feinfühlig, als auch sehr rauh sein können. Sie muß imstande sein, geradezu Rinnen im Boden zu lecken. Die Geschichte ist voll von Beispielen, daß ganze reich bevölkerte Landstriche verschwanden, wo die Zungen von Speichelleckern gehaust hatten.

Wenn die Herrschenden besondere Dummheiten gemacht haben, müssen sie zeitweilig auf das Speichellecken verzichten. Inter arma silent musae. Leute, in dieser Kunst ungeübt, aber anderer Künste mächtig, renken ihnen die Verhältnisse wieder ein, so daß sich die Kunst der Speichellecker wieder freier entfalten kann. Große Konkurrenz genügend unfähiger Menschen kann ebensogut zu einer Verfeinerung, wie zu einer Vergröberung dieser Kunst führen. Große Tüchtigkeit der Herrschenden schädigt sie ab und zu. Abwesenheit von Herrschenden führt zu ihrem Verfall.

B 47
Über die Kunst des Beischlafs

Wenn die Kunst des Beischlafs, eine in früheren Zeiten ziemlich allgemeine, da sehr volkstümliche Kunst, in Chima in der Zeit der großen Erfindungen in einen traurigen Verfall geriet, so trifft daran jedenfalls nicht die Tuis die Schuld. Sie taten, was sie konnten, diesen Verfall aufzuhalten. In einem Zeitraum von nur zehn Jahren erschienen zwei Bücher, welche diesen Gegenstand behandelten.

Der Roman des Lo-reh schilderte unerschrocken, wie eine Gutsbesitzerin sich die langentbehrten Freuden verschaffte, indem sie sich ihrem Förster hingab. Dieser Mensch wird als eine geistig tiefstehende Kreatur geschildert, wenig belesen und mit sehr schlechten Eßsitten behaftet. Das Buch warf die Frage auf, ob man durch völlige Abstinenz von jeder Lektüre sich instand setzen könne, die Weiber zu befriedigen.

Der Gelehrte Van-eh-weh ging in seinem berühmten Buch von den 74 Stellungen beim Liebesakt andere Wege. Er beabsichtigte darin, dem kleinen Mann einen Leitfaden für den Beischlaf zu liefern. Durch fleißiges Studium der 74 möglichen Stellungen beim Beischlaf, die das Buch angab, mußte der Unwissende sich seiner Ansicht nach unfehlbar eine große Versiertheit aneignen können. Das Buch stieg von den allereinfachsten, von jedermann leicht ausführbaren Stellungen zu komplizierteren und schwerer memorierbaren auf. Das Buch stand unter dem Motto: Genie ist Fleiß.

Van-eh-weh meinte, daß auch der beschäftigtste Mann sich die Zeit nehmen könnte, seine Frau durch einige leicht praktizierbare Kunstgriffe auf den eigentlichen Beischlaf vorzubereiten. Er verwarf jede Hast und predigte vor allem Geduld. Jedoch war sein Buch nicht frei von Überspitzungen und Formalismen. Eine Reihe seiner Stellungen unterscheiden sich von den andern nur durch geringfügige Details, so daß der Eindruck der Pedanterie entsteht. Nicht wenige sind auch zu anstrengend. Jedoch hielt sich das Buch dafür von jeder Frivolität fern und wandte sich ausschließlich an ernste Leser.

Van-eh-weh gab im übrigen nur eine Anzahl von Ausführungsbestimmungen zu der klassischen Definition der Ehe durch den Philosophen Ka-ah, nach der die Ehe ein Kontrakt zur gegenseitigen Benutzung der Geschlechtsorgane ist. Selbst in vielzimmrigen Wohnungen schliefen zu dieser Zeit die Ehegatten in Doppelbetten, um die ihnen fehlenden Organe jederzeit bei der Hand zu haben.

Jedoch hielten die Tuis das Banner aufrecht. Sie bestimmten unentwegt als die Quelle des Beischlafs den Schönheitsdurst.

Die Geschäftsleute boten dieser Theorie ein offenes Ohr. Sie verlangten von den Verkäuferinnen und Sekretärinnen Schönheit; diese gaben oft nahezu ein Drittel ihres Gehalts für Schönheitsmittel aus. Sie schminkten die Lippen rot, damit sie gut durchblutet, und etwas breit, damit sie sinnlich erschienen (merkwürdigerweise erließ man es übrigens den Verkäufern und Chauffeuren, ihre Nasen zu schminken). Da diese Frauen übrigens noch hohe Stöckelschuhe trugen, sahen sie mit ihren hervorstehenden Hinterteilen ständig aus, als verzehrten sie sich nach den Umarmungen der Käufer der Zigarren und Handschuhe und der Chefs.

In den Lichtbildtheatern zeigten ihnen die Tuis mindestens einmal in der Woche Frauen ihres Standes, die sich durch Hingabe an gesellschaftlich höherstehende Männer ein angenehmes Leben verschafften, jedoch muß man den Tuis hier zugute halten, daß sie die Dinge so darstellen mußten, da sie sonst kein Geld dafür bekommen hätten. Sie bekamen ihre Gehälter nicht von den Besucherinnen, sondern von den Besitzern der Theater, und diese waren um ihren Ruf besorgt. Darstellungen, nach denen die Frauen im Erwerbsleben ihre kümmerlich bezahlten Stellungen nur behaupten konnten, wenn sie sich hingaben, hätten den Ruf der Besitzer der Theater gefährdet.

Jedoch gehört dies mehr zum Thema »Die Kunst, Kunst zu machen«.

Wir sagten schon, daß die Kunst des Beischlafs in Verfall geriet. Die Käufer der Zigarren und Handschuhe und die Chefs verloren wenig Zeit in ihrem Studium, und die Frauen wurden durch die Suche nach dem richtigen Mann, nämlich dem Mann, der sie unterhalten konnte, erschöpft.

Kin-jeh schrieb, unter solchen Umständen könne man sagen: Wenn unsere Mütter mit Schmerzen gebaren, so empfingen unsere Geliebten schon mit Schmerzen.

[TUI-EPOS]

B 48

Aus dem Tui-Epos

Die Tuis und das Erbe

Als nun so das Zeigen den Tuis zu Beruf und Erwerb ward
Sah man bald in den Schulen die eifrigsten Schüler Gewichte
An den Zeigefingern mit Schnüren befestigt halten
So daß die Finger sich zogen zu ganz ungewöhnlicher Länge
(Selbst die Gewerkschaft der Langfinger sah es mit steigender Unruh)
Aber die Tuis, die die längsten Zeigefinger erzielten
Wurden die allerbegehrtesten Führer: es prägte ihr Finger das Straßenbild.

Denn nun sah man die Armen in Trupps geschart um die Zeigetuis
Durch den Verkehr der Straßen sich kämpfen von Laden zu Laden
Und vor den Läden stehn und mit dem verlängerten Finger
Zeigte der Tui auf die Kunstschätze hinter den spiegelnden Scheiben.
Alte Stühle von edelster Form, Prunkbetten und Stuhlgerät
Und die Belehrten sagten: Wie schön! Und es schmerzten die Beine sie.
Durch den Verkehr von den Fenstern verdrängt gelangten die Trüpplein
Oft vor ein andres Geschäft, es mochte ein Bäckergeschäft sein
Und der Tui, noch hingerissen vom Eifer des Zeigens
Zeigte nun auf die Brote, und alle sahen gebannt auf die
Edlen Formen der Laibe für einige kurze Minuten
Bis sie dann, auch von hier verdrängt, mit wäßrigen Mäulern
Weitertrabten, mit dem Gefühl, auch hier ein wenig doch
Von den Gütern des Lebens geerbt zu haben, die Armen!

B 49

Aus dem II. Gesang

Reise der Volksvertreter an die Front

Und es erhob sich mit Mühe im Rat der alte Ka-uki
Der Zitatengefüllte, der jung noch mit eigenen Augen
Beide Klassiker sah, verschaffte sich Schweigen und sagte:
Wie ich schon immer betonte und wie auch die Klassiker sagten
Wessen Land ist dies Land, das wir da verteidigen sollen?
Was da der Kuli verteidigen soll, gehört es dem Kuli?
Nein, es gehört und seit alters dem Unterdrücker des Kuli
Und es diente ihm stets, den Kuli der Kraft zu berauben
Wälder und Flüsse und Erz waren Mittel, den Raub zu vollziehen
Selbst die dünnwandigen Häuser, von schwitzenden Kulis errichtet
Sollten doch nur auch dem Schlaf der Erschöpften noch Zinsen erpressen
Wälder und Flüsse und Erz und dünnwandige Häuser, die Mittel
Ihn zu berauben, nennen die Räuber sein Vaterland
Ich aber nenn es den Quell seines Unglücks. Doch was geschieht nun?
Nun erheben sich andere Räuber und wollen dies Vaterland
Quell des Unglücks für Kulis und Quell des Wohlstands für Räuber
Unsern Räubern entreißen. Was jetzt? fragen unsere Räuber.
Und sie kommen zu uns, den Kulis, und sagen verzweifelt:
Bitte, verteidigt das Vaterland! Ach, sagen wir, welches Vaterland?
Quell eures Wohlstands und Quell unsres Unglücks? Nicht so denn
Sagen die Räuber, nicht so mehr, von jetzt ab nicht so mehr!
Hört uns an! Es soll anders werden. Ganz anders. Bis jetzt noch
Hat euch, was ihr verteidigen sollt, nicht gehört, doch von jetzt ab
Soll euch gehören, was ihr verteidigt. Halt, sagen wir Kulis.
Keiner ist, wahrlich, mehr als wir berechtigt zum Mißtraun!
Bisher kamt ihr zu uns nur zum Fordern. Nun, so, sagen sie

Kommen wir jetzt, euch was anzubieten. Doch, ist es auch ehrlich?
Fragen wir ernst. Und sie: Ach, nicht zum Spaßen zumut ist
Uns, wo uns doch, wie ihr seht, das Wasser bis an den Hals geht.
Löst sich das Heer doch schon auf an den Grenzen und hat das Kommando
Nicht schon der Kuli über den Oberst? Ist das Vaterland
Nicht schon in euren Händen? Wer will's euch entreißen? Wir selber sind
Da doch zu schwach. Nur der Feind noch ist stark genug. Wollt ihr's dem Feinde
Jetzt überlassen, das mühsam Gewonnene? Wenn ihr das nicht wollt
Müßt ihr's verteidigen jetzt, und das könnt ihr nur, wenn ihr den Bruderzwist
Der zwischen uns einst geherrscht hat, vergeßt. Genossen, das sind nun
Ernste Worte, so scheint mir, und nunmehr: Was sagen die Klassiker?
Wie ich schon immer betonte und wie auch die Klassiker meinten
Sollten die Kulis durchaus nicht verteidigen, was sie nicht hatten
Und sie hatten das Vaterland nicht. Doch, wie, wenn sie's hätten?
Nun, wenn ich sage: Ich soll nicht verteidigen, was ich nicht habe
Sage ich damit doch auch: Ich soll, was ich habe, verteidigen.
Und wir haben das Vaterland jetzt. Also müssen wir Kulis
Es verteidigen, sagen die Klassiker, und ich beton das.
Und es schlug mit der Faust auf den Tisch der alte Ka-uki
So daß die morsche ihm aus dem Gelenk fiel, und hastig sich umsehend
Ob es auch keiner bemerkt hab, langte er nach ihr und fügte sie
Wieder dem Handgelenk ein und setzte sich. Beifall erhob sich.

B 50
Aus dem IV. Gesang des »Fe-esch Epos«

Viele noch sprachen sodann, doch keiner sprach so gelehrt mehr
Wie der alte Ka-uki, der noch die Klassiker kannte
Und es beschloß der tuistische Rat der Vertreter des Volkes
Nunmehr die wankende Front des Volksheers nach Kräften
zu stützen.
Also begaben drei Tuis sich zum Bahnhof und fuhren ins
Hauptquartier
Kamen gen Abend dort an und setzten sich zu den Generälen.
Und es wurde die Suppe gereicht. Doch bevor noch der Löffel
In die Tasse sich senkte, begann ein wütendes Schimpfen

B 51
Lied von der Besonderheit der limesischen Tuis

Freilich spreche ich da nur von hier
Und ganz anders mag's sein anderswo.
Sicher prägt die Umwelt Mensch und Tier
Und die Tuis sind nur in unserm Lande so.

Nun, die Umwelt präget Mensch und Tier
Und ein Tui ist anders anderswo
Doch ich spreche ja von hier, und hier
Ist der Tui nun eben einmal so.

Und sie streiten sich mit großer Hitze
Und gehn weg und sind von sich gerührt
jedoch die Wagenspitze
Sagt wohl auch, daß sie den Wagen führt.

Große und kleine
die Geisteszwerge und die Geistesriesen

[1935-1937]

A 77
Grundlinie

Das Eigentum ist bedroht, weil das Elend zu groß wird. Die Tuis verteidigen die Kultur (welche auf das Eigentum aufgebaut ist). Sie haben eine langjährige Freiheit genossen, da ihre Redereien nicht wesentlich geschadet haben. In ihnen hat sich die Überzeugung festgesetzt, daß der Geist die Materie bestimmt. Dieser Geist schien ihnen frei. (Die Schiedsrichter.) Da sie z. B. in Zeitungen schrieben, die nicht ihr Eigentum waren, schrieben sie gelegentlich auch gegen das Eigentum. Sie durften es, solange die Zeitungen dadurch Geld verdienten, also das Eigentum vermehrt wurde.

A 78
Gesichtswinkel

1. Das zweimal getäuschte Volk. Das Tuidenken ist falsch (schädlich oder nichtsnutzig). Die Lösung: Das Denken ist falsch.

2. Die Tuis der Potsdamer Republik: Ihr saht, wohin ihr kamt mit dem Denken! Die Tuis der Weimarer Republik: Ihr werdet sehen, wohin ihr kommt mit dem Nichtdenken! (Der Gedanke, zwischen richtig und falsch denken zu unterscheiden, fehlt.)

3. Die emigrierten Tuis schreien dann: Es geht so schlecht, weil wir fort und der H. da ist! Die gebliebenen, gleichgeschalteten: Es geht so gut, weil wir und der H. dageblieben sind und die weg sind!

Das Ende: Das Volk ist unter die allerverlumptesten, korruptesten Tuis gefallen. Die Idee triumphiert, das Volk verreckt.

Definition
Tui ist, wer dem Eugen den Kopf reicht
Der Tui ist der Intellektuelle dieser Zeit der Märkte und Waren.
Der Vermieter des Intellekts.

A 79
Der Tui-Roman

1. Band: Das goldene Zeitalter der Tuis
Tui-Geschichten
2. Band: Die Vertreibung der Tuis
Die Tuis versuchen die Kultur zu retten
(statt des Eigentums)
3. Band: Die Gleichschaltung der Tuis
Der Grund des Übels

A 80
Tui-Roman

1) Goldenes Zeitalter der Tuis
(Parlament, Dichter, Unterhaltung)
Turandot will unterhalten werden
2) Verjagung der Tuis
Turandot will gevögelt werden
3) Rückkehr und Gleichschaltung der Tuis
Turandot will herrschen (unterhalten und gevögelt werden)

A 81
I

Parallel mit dem Zug und Kongreß der Tuis der Aufstieg des Hu-ih.

Die Revolution der Tuis

Sie bereiten vor und verweisen auf den großen Kongreß zur Rettung der Kultur (der in II stattfindet)

Der Sündenfall der Tuis. In dem zunehmenden Kampf zwischen Kultur und Eigentum nehmen arrivierte Tuis Partei zur Kultur. Sie sind aber wissentlich nicht gegen das Eigentum. Ihre Devise lautet *E i g e n t u m u n d K u l t u r.*

Die Tuis als Führer des Menschengeschlechts. Der gute Wille erzeugt den guten Menschen. Wie man Humanist wird. Die Kultur entsteht durch Lektüre.

Revolutionsversuche. Das große Konzil. Karriere des Gogher Gogh. Der Pakt mit dem Hu-ih. Die Osthilfe. Die Fe-esch.

A 82
III

Der Kongreß zur Rettung der Kultur

A 83
III

Berufstod des Hang Tse
Der Interventionskrieg
(Spanisch? Goethe?)

Die *eigentlichen* Beweggründe der Intervention:
Die Erzlager von Hi-Li. Der militärische Wert usw.

A 84
TUIS RETTEN DIE KULTUR

1
Die großen Tuis erklären den Mangel für natürlich und unbeseitigbar
2
Tuis erklären den Mangel für beseitigbar (ohne Gefährdung des Privateigentums)
3
Verjagung der unfähigen Tuis

A 85

Tui – *Der Kongreß*

Der Redekampf Barbusse – Gide.

Gide gütig, Barbusse gütiger, Gide haßt Barbusse deswegen und spricht wie Christus.

Barbusse geht hinaus auf die Toilette und schleift seine Zähne spitz mit einer Feile (mit der er sonst seine Sätze feilt).

Sechs Tage reden

Die Trainer. Die Boxen. Die Weiblichkeit. Die Zeichner. Massage.

Die Redefreiheit (zum letzten Mal unfrei) wird erwartet von der Resolution. Die Weltresolution.

A 86

Tui Kongress

Nebenan eine Versammlung der Schweine-Händler. Das Klatschen dringt in den Saal.

A 87

Der Kaiser wünscht sein Eigentum zu schützen (indem er es vermehrt). Es soll dies aber nicht in der allerkrassesten Form geschehen. Die Gewalt soll nicht angewendet, und wenn, so nicht erkannt werden. Auch sollen die Vorstellungen von der Güte des väterlichen Kaisers, der der Hüter der Kulturgüter und des weisen, bescheidenen Benehmens ist, nicht beschädigt werden. Man braucht freudige Mitarbeit, zumindest der Soldaten, die, wie man weiß, mit den andern Untertanen verwandt sind.

Erst wenn die Tuis scheitern, wird die nackte Gewalt angewendet.

Schuld der Tuis: Sie verknüpfen die Kultur (Sittlichkeit, Kunst usw.) mit dem Eigentum. Im Ernstfall (der ein Notfall ist) opfert das Eigentum sie zusammen mit der Kultur. Dann sitzen sie zwischen zwei Stühlen in der Verbannung.

A 88

X wird empfangen. Es kommt zu Abmachungen. Dann sieht er, es wird nicht damit gerechnet. Nichts wird vorbereitet. Dann waren es »Mißverständnisse«, wieder Vereinbarungen, wieder nichts vorbereitet usw.

Man will ihn los sein, aber *er* soll gehen.

A 89
Tui Roman

Zeitungsnaches

Die Zeitungen. Sie publizieren laufend Stories, vom bleck Pete, guten Rossevelt, Heiligen Vater, aber mitunter entdeckt das Volk, daß diese Helden und Schurken wirklich leben. Plötzlich regnen Bomben, der Kriegsfilm wird im Freien inszeniert. Das Volk als Statisterie. Der Cartoon in natura.

Die Helden, welche bald sich auch als Helden vorkommen. Fridericus Rex, der plötzlich einen siebenjährigen Krieg anzettelt; der Schriftstellerdarsteller, der *schreibt* usw.

A 90

Die geschäftsordnenden Tuis
Entdeckungen.
Geschäftsordnung größer als Sache
Provenienz

[1942/43]

A 91
TUIROMAN

Pollock schafft Felix die Weiber, die dieser heiratet. Dann nimmt er seinen Zehnten.
Das Institut spekuliert; es muß leben.
Die Verachtung Hos, wenn er dem Gast die Kaffeehäuser der niederen Tuis zeigt.
Das Institut muß immerfort finanziell gerettet werden. Es ist die Basis, ohne welche revolutionäre Arbeit unmöglich ist.

A 92
DIE TUIS VOM STECHPALMENWALD

Die zwei großen Musiktuis
(Strawinski und Schönberg. S. mit der lateinischen Oper. Sch. und seine Schüler, denen er boshaft zwischen musikalische Belehrungen politische verabreicht. Er kritisiert ihr Zähneknirschen musikalisch.)
Die Atombombe
Die große Untersuchung
(Die Roten)
Das große Medium.
(mit dem man so viel mehr sagen kann)
Lautons Garten.
Die Haysoffice.

A 93

Die große Liebesgeschichte

Die Kampagne für Liebe: Bei den Astrologen usw.

Größte Offenheit und große Diskretion.

Der Geschlechtsakt.
Dann Ende: die zwei hocken aufeinander im Hinterhaus. *Werden aufrecht gestellt.*

B 52

Die Flur glänzt nach dem Regen wie das Antlitz eines Mannes nach dem Erfolg.

Eine kleine Weißtanne gewinnt mein Interesse. Sie ist kräftigen, aber unregelmäßigen Wuchses – an zwei Stellen fallen Löcher im Gezweige der staubgrünen Nadelbüschel auf. Der Ansatz im sanftgeneigten Grasboden ist sehr rein. Der Stamm und die Äste sind über Mannshöhe von rohem Kalbsleder bekleidet.

Von der breitesten Stelle mißt sie fast soviel wie vom Fuß bis zum Wipfel.

2
Über das Land verteilt liegen seit alters her die großen Tuischulen.

B 53

Da man zwar nicht vergessen hatte, sie fortzujagen, wohl aber sie aufzuhalten, konnten sie, in den äußeren Taschen sichtbar die Zeitungen ihrer Verfolger tragend und in Coupés zweiter Klasse, ohne Mühe flüchten und so flüchteten sie Hals über Kopf in wärmere und landschaftlich reizvollere Gegenden, dort die Menus der Verbannung zu essen. Dort spazierten sie schimpfend unter Palmen und nahmen einige Zeit das Maul voll mit Drohungen und Beefsteaks.

Dann wurden ihre Ansichten schäbig wie Mäntel, die man nur mehr bürsten, aber nicht mehr durch frische ersetzen kann. Und auch ihre Hoffnungen zeigten die schrecklichen Spuren der Witterung des Alterns und der Bürste.

Sie hielten unerschütterlich fest an dem lichten Glauben, daß in ihnen der Geist verfolgt worden sei, und blieben bis an ihr unseliges Ende verschont von der Erkenntnis, daß es ein Geist war, der lediglich als unfähig, aber durchaus nicht als unwillens erkannt wurde, den Profit, die Privilegien, die Quellen des Unrechts zu verteidigen. Wenn sie hörten, daß die Literatur gedrosselt wurde, sagten sie frohlockend: Um so besser! Das wird sie vernichten! Und vergaßen ganz, daß Abdrosseln *und* Aufdrosseln von Ventilen nur zwei einander ergänzende Handgriffe an derselben Maschine sind. Sie meinten, die Menschheit könnte das Unrecht nicht ertragen, wenn nicht von Gerechtigkeit – geredet würde. In Wirklichkeit wurde nicht einmal aufgehört, von Gerechtigkeit zu reden, nur mußten die Reden eben neu sein, die das alte Unrecht begleiteten.

B 54
Die grosse Liebesgeschichte

Die Häupter der großen Studios im Stechpalmenwald wurden »Enthäupter« genannt, ihr Titel war dem Wort für Hinrichtung (Exekution) entnommen. Eines Tages rief der Enthäupter des größten aller Studios seine 700 Schöpfer, Spielleiter und Verkäufer zusammen und hielt folgende Rede:

»Was, meine Herrn, ist das größte aller Themen? Was ist es, was verlangt wird von jedermann, in jeder Lebenslage, in jeder Quantität? Dies ist die Frage, meine Herrn, die dieses Studio seinen Verkäufern vorgelegt hat, und die Frage, die seine Verkäufer der Nation vorgelegt haben. Über die Dauer eines Jahres, also im Frühling, im Sommer, im Herbst und im Winter, wurden befragt Tausende von Hausfrauen, Arktisforschern, Bierbrauern, Modeexperten, Katholiken, Tankstellenangestellten und Astrologen, und dies ist die Antwort: Das größte aller Themen ist die Liebe. Meine Herrn, das Thema für das größte Bild des größten Studios wird sein: Die Liebe.«

Die Geschäfte des Herrn Julius Caesar

ERSTES BUCH
KARRIERE EINES VORNEHMEN JUNGEN MANNES

Der Weg, den man uns gewiesen hatte, führte, schmal und ziemlich steil, im Zickzack durch Ölfelder hoch, die, auf niedere Steinmauern gestützt, in Terrassen vom See aufstiegen. Es war ein heiterer Morgen. Wahrscheinlich fand eben die zweite Eßpause statt; denn wir sahen nur wenige Sklaven in den Pflanzungen und von einigen Gehöften stieg Rauch.

Die Villa kam bald in Sicht, wenigstens schimmerten Teile davon durch die Olivenbüsche. Sie lag auf halber Höhe des Hügels.

Im Steigen kamen mir wieder Zweifel, ob der alte Mann uns wirklich Einsicht in die unschätzbaren Schriftstücke gewähren würde. Die Empfehlungsschreiben, die mein Sempronius trug, bedeuteten nicht eben eine schwere Last. Ich hätte es lieber gesehen, wenn er unter ihrem Gewicht geschwitzt hätte.

Wie schon oft, wenn die Mühsale und schließlich auch die Geldausgaben allzu ärgerlich geworden waren, tröstete ich mich mit dem Gedanken, daß der große Politiker, dessen Biographie zu schreiben ich unternommen hatte, sowohl unbewußt als auch bewußt seinen Biographen mehr Hindernisse aufgebaut hatte als einiges beschwerliches Reisen. Da war die Legende, die alles vernebelte. Er hatte sogar selber Bücher geschrieben, um uns zu täuschen. Und er hatte ebenfalls Geld ausgegeben und nicht wenig! Vor die Erkenntnis der wahren Beweggründe ihrer Taten haben die großen Männer den Schweiß gesetzt.

Die Villa erwies sich als einstöckig, aber sehr umfänglich. Sie war im einfachsten Stil erbaut, sehr unähnlich den schrecklichen Bauten unserer großstädtischen Emporkömmlinge. Und der Hausherr, der uns im Bibliothekszimmer entgegentrat, hatte ebenfalls nichts von unseren neuen Senatoren an sich.

Der einstige Gerichtsvollzieher und nachmalige Bankier Mummlius Spicer ist ein großer, knochiger alter Mann mit etwas grauem Gesicht, an dem die schwere Kinnlade auffällt. Er hält sich vornüber geneigt, jedoch scheint dies kein Zeichen von Altersschwäche.

Unsere Empfehlungsbriefe prüfte er, am Fenster stehend, mit äußerster Sorgfalt. Die Art, mit der er die Papiere handhabte, bewies seinen Beruf. Geldleute lesen gründlicher als Bücherliebhaber. Sie wissen besser, was für Nachteile aus flüchtiger Lektüre entstehen können.

Kein Zug in seinem grobflächigen Gesicht verriet mir, wie er die verschiedenen Schreiber beurteilte und welchen Wert er ihren Empfehlungen zuerkannte. Ich glaubte damals, daß ihn die Worte des kaiserlichen Quästors Tullius Varro, eines sehr einflußreichen Mannes, wohl am meisten beeindruckten. Später, als ich Spicer näher kannte, änderte ich meine Meinung und nahm an, der kurze Brief des Freigelassenen Cavella, der einen Hinweis auf meine Anwaltspraxis enthielt, stimmte ihn meinem Unternehmen günstig. Er selbst sprach zu mir niemals darüber. Nach der Lektüre gab er mir die Papiere schweigend zurück und benutzte denselben Ton weiter, mit dem er mich empfangen hatte.

Die Schreiben enthielten zum Teil Andeutungen über den Zweck meines Besuches, und der Alte begann, mich nach meinen Studien und Interessen auszuforschen. Seine Fragen waren kurz und meine Antworten nahm er ohne Zustimmung oder Ablehnung entgegen. Er wollte wissen, ob ich schon ein Buch veröffentlicht hatte. Ich nannte meinen »Solon«. Des weiteren fragte er mich nach meiner Parteizugehörigkeit; worauf ich antwortete, ich gehörte keiner Partei an. Dann wandte er sich, ziemlich ungeniert, wie mir schien, meinen privaten Verhältnissen zu und ich begriff langsam, daß er vorhatte, etwaige Auskünfte sich bezahlen zu lassen.

Ich muß gestehen, daß mich das ein wenig in Erstaunen versetzte. Die Bibliothek, in der wir saßen, war die eines sehr wohlhabenden Mannes. Später sah ich, daß sie aus Geschenken bestehen mußte; die einzelnen Werke hatten keinen Zusammenhang miteinander; aber es waren teure Geschenke an einen reichen Mann. Ich wußte auch, daß er außerordentlich einträgliche Besitzungen hatte und sein keineswegs billiges Haus im Verhältnis zu seinen Einkünften, die er allein aus sardinischen Silberminen bezog, sehr bescheiden genannt werden durfte. Mein Unternehmen, und damit mein Ansinnen an ihn, war ein rein wissenschaftliches. Keinerlei finanzieller Nutzen konnte daraus erwartet werden. Es war wirklich nicht üblich, historische Erinnerungen wie Tafelgeräte zu kaufen.

Er konnte nicht umhin, meine Reserve zu bemerken. Es entstand ein kleines, nicht ganz angenehmes Schweigen. Dann sagte er brüsk: »Was wollen Sie eigentlich von mir?« Ich sagte etwas davon, daß man die Tagebücher des *Rarus* in seinem Besitz vermute. »Die habe ich nicht mehr«, sagte er ruhig. Ich schwieg wieder. Wenn er meinte, daß ich mit ihm, nach einer Reise von elf Tagen, um einige Pergamentrollen wie um einen Obstgarten oder einen Sklaven feilschen wollte, irrte er sich. Er schien aber ganz ungerührt, als er langsam fortfuhr: »Sie könnten auch damit gar nichts anfangen. Ich nehme an, Sie wollen eine Biographie schreiben. Das ist etwas Politisches.« »Die Notizen des Sekretärs eines Politikers sind etwas Politisches, was immer sie sonst sein mögen«, sagte ich ein wenig heftig. »Mag sein«, sagte er, in eine Ecke des Raumes schauend, »aber ich habe sie nicht.«

Ein kleiner gallischer Sklave trat ein, anscheinend der Vorarbeiter des Landguts. Der Alte gab ihm sehr ins einzelne gehende Anweisungen, die Reparatur einer Bewässerungsanlage betreffend. Die Unterredung, während deren ganzer Dauer der Alte niemals zu mir herüberblickte, dauerte über eine Viertelstunde. Dann ging der Gallier und der Hausherr nahm das Gespräch wieder auf.

»Sie können das Zeug ohne ausführliche Erläuterungen auch gar nicht brauchen«, sagte er ruhig. »Und wer sollte Ihnen die geben? Natürlich, wenn Sie nur ein paar Intimitäten haben wollen ... Aber ich zweifle, ob da überhaupt drinsteht, daß der betreffende Herr zum Frühstück Fisch aß und derlei, was das Publikum interessiert. Dieser Rarus hatte mit der geschäftlichen Seite der Unternehmungen zu tun und Sie wissen, daß diese Seite unsere Historiker wenig interessiert. Sie wissen keinen Deut, was Kurzverkaufen ist. Das halten sie alles für nebensächlich.«

»Ich glaube nicht, daß in den Aufzeichnungen nur die Kornpreise notiert sind«, antwortete ich.

»Und wenn doch?« fragte er, und, obgleich sein Gesicht so unbewegt blieb wie immer, vermeinte ich, eine leichte Amüsiertheit herauszulesen. »Dann wird man auch daraus etwas ersehen«, warf ich schnell hin.

»So?« fragte er zurück.

Ich begann zu glauben, daß er zu dem Schlag gehörte, dem ein kurzer Handel keinen Spaß machte, wie den meisten Frauen ein kurzer Beischlaf, und beschloß, ihm einen langen zu verschaffen.

»Es ist schade, daß Sie die Sachen weggeworfen haben«, sagte ich bedauernd. »Sie hatten immerhin mit nicht weniger als mit der Gründung des Imperiums zu tun.«

Er dachte eine ganze Zeitlang nach, bevor er weitersprach.

»Sie meinen, wenn man aus der Zusammensetzung von Xens Frühstück auf Xens Charakter schließen kann, dann kann man es auch aus seinem Verhalten zu den Kornpreisen. Haben Sie sich schon irgendwo eingemietet?« Diese Frage kam etwas überraschend und ich sagte ihm nicht ohne Zögern, daß ich für einen ganzen Monat ein kleines Haus unten am See gemietet hatte, eine unverzeihlich übereilte Maßnahme, die ihn ganz gut zu den exorbitantesten Forderungen veranlassen konnte.

Er sah mich einige Augenblicke aufmerksam an. Dann stand er auf, ging zur Wand und schlug mit dem Knöchel einen Messingteller an, der dort an einer Schnur hing. An einen schönen, niederen Büchertisch tretend, zog er einen Karton aus einer Ledermappe und zeigte dem eintretenden Sklaven mit dem Finger eine Eintragung auf dem Karton. Es herrschte Schweigen, bis der Mann mit einem kleinen Kasten aus Eschenholz unter dem Arm zurückkam.

Der Alte nahm achtlos den Kasten und stellte ihn auf ein Bücherbord hinter seinem Stuhl.

»Das sind die Aufzeichnungen«, sagte er trocken. »Was sind sie Ihnen wert?«

Ich lachte.

»Sie sind unverständlich ohne genaue Erläuterungen«, sagte ich.

»Sie sind auch unverkäuflich ohne diese Erläuterungen«, antwortete er unbewegt. »Ich werde sie Ihnen geben. Und natürlich können Sie die Rollen nicht erwerben, sondern nur die Einsicht in sie.«

»8000 Sesterzien«, sagte ich.

Er zögerte sichtlich.

»Sie haben eine zweiwöchentliche Reise dafür gemacht und ein Haus für einen Monat gemietet, da werden Sie kaum unverrichteter Dinge umkehren wollen«, brummte er. »12 000 Sesterzien sind sehr wenig. Ein guter Koch kostet 100 000.«

Ich ärgerte mich. Er hatte wirklich keine Lebensart. Er sollte seinen langen Handel keinesfalls bekommen.

»Gut«, sagte ich kurz.

»Aber ich habe Sie darauf aufmerksam gemacht«, sagte er vorsichtig, »daß nicht viel drinnen stehen dürfte, was jemand wie Sie verwenden kann.«

»Das haben Sie«, sagte ich ungeduldig.

12000 Sesterzien waren viel Geld. Ich wußte noch nicht, ob die Aufzeichnungen das Geld wert waren. Und von den Erläuterungen meines Gastgebers war am Schluß nicht mehr die Rede, ich war zu verärgert.

Er selbst jedoch schien sie für einen abgemachten Teil unseres Handels zu halten und bat mich, schon am Abend wiederzukommen.

Der große Caius Julius Caesar, über dessen Privatleben ich nun aus den Aufzeichnungen seines langjährigen Sekretärs Einzelheiten zu erfahren hoffte, war eben 20 Jahre tot. Er hatte ein neues Zeitalter eingeleitet. Vor ihm war Rom eine große Stadt mit einigen zerstreuten Kolonien gewesen. Erst er hatte das Imperium gegründet. Er hatte die Gesetze kodifiziert, das Münzwesen reformiert, sogar den Kalender den wissenschaftlichen Erkenntnissen angepaßt. Seine Feldzüge in Gallien, welche die römischen Feldzeichen bis ins ferne Britannien trugen, hatten dem Handel und der Zivilisation einen neuen Kontinent eröffnet. Sein Standbild stand unter denen der Götter, nach ihm nannten sich Städte und ein Jahresmonat, und die Monarchen fügten seinen erlauchten Namen den ihrigen zu. Die römische Geschichte hatte ihren Alexander bekommen. Es war schon klar, daß er das unerreichbare Vorbild aller Diktatoren werden würde. Und kleineren Geschlechtern blieb nur, seine Taten zu beschreiben. Das sollte meine geplante Biographie tun. Die Unterlagen dafür hatte ich jetzt.

Als ich mich gegen Abend in der Villa des Bankiers meines Idols einfand, hatte ich schon Schritte zur Ordnung der Geldangelegenheit unternommen. Ich war am Nachmittag mit dem Boot in der nächsten Stadt gewesen, und die Bank dort hatte versprochen, meinen Kreditbrief sofort zu prüfen. Schon im Laufe des nächsten Tages sollte ich die Summe von 12000 Sesterzien überwiesen bekommen.

Mummlius Spicer schien mit dem Abendessen auf mich gewartet zu haben. Er führte mich sogleich zu Tische. Das Mahl, das wir zu zweit einnahmen, war einfach, der alte Mann aß sogar nur ein paar Feigen und entschuldigte sich mit seinem schwachen Magen; jedoch wurde für mich ein Fäßchen Sardellen aus dem Schwarzen Meer geöffnet, eine Delikatesse, die, wie ich genau wußte, in Rom 1600 Sesterzien kostete.

Diese kostbare Bewirtung setzt mich natürlich nach den peinlichen Vorgängen des Vormittags in einiges Erstaunen. Ich will gleich hier vorwegnehmen, daß die Generosität des Bankiers mir gegenüber während meines ganzen Aufenthalts andauerte. Ich muß ihn ein Mehrfaches meiner 12000 Sesterzien gekostet haben, allein das Originalmanuskript der Reden des Hortensius, die er mir beim Abschied schenkte, war ungleich viel mehr wert.

Jedoch ging Spicer an diesem ersten Abend noch nicht auf das Thema meines Besuchs ein, außer in einigen sehr vagen Bemerkungen über Geschichtsschreibung, Bemerkungen sehr abschätziger Art übrigens. Auch die Aufzeichnungen des *Rarus* wurden nicht erwähnt; das Eschenholzkästchen stand nicht mehr auf dem Bücherbord.

Ich konnte diese Zurückhaltung des Alten nur darauf zurückführen, daß ich den finanziellen Teil unserer Abmachungen noch nicht geordnet hatte, und mein Ärger erwachte von neuem.

Wir schieden ziemlich kühl.

Am nächsten Morgen war das Geld da, und ich machte mich zur gleichen Zeit wie gestern auf den Weg. Der Alte saß in seiner Bibliothek und diktierte einem Sklaven. Er führte das Diktat zu Ende, während ich seine Bücher musterte. Dann nahm er das Geld in Empfang, zählte es und gab es dem Sklaven zur Aufbewahrung. Er ging nicht anders vor als bei einem alltäglichen Schweineverkauf. Am taktlosesten schien mir, daß er den Sklaven unmittelbar danach anwies, das Kästchen zu bringen. Was auch geschah. Es wurde wieder achtlos auf das Bücherbord geschoben.

Dann begann der alte Mann mit gleichmäßiger, tiefer Stimme zu reden. Ohne jeden Übergang, einfach, als erfülle er einen Kontrakt, sagte er:

»Wie Sie vielleicht wissen, war ich in den neunziger Jahren im vierten Bezirk als Gerichtsvollzieher tätig. Als solcher bekam ich allerhand Forderungen gegen C.*, der in diesem Bezirk wohnte, in die Hand, meist sehr hohe, aber doch auch eine verblüffende Zahl von ganz kleinen, wie von Bäckern und Schneidern. Das zeigte an, daß das Landgut, das er in der Campagna besaß, bereits nicht mehr imstande war, derlei Dinge für den Haushalt an die Stadtwohnung zu liefern: es war in der Hand des Zwangsverwalters. C. war sehr bekannt der großartigen Spiele wegen, die er als Ädil und Quästor veranstaltet hatte. Die kleinen Leute waren imponiert durch seine Schulden, über deren Höhe phantastische Ziffern kursierten. Ich sah ihn das erste Mal, wenn ich mich recht entsinne, in seinem Schlafzimmer, als ihm sein Schneider eben eine Tunica anprobierte. Das weiß ich noch, weil es mir auffiel, wie genau seine Wünsche über den Halsausschnitt waren. Er sprach tatsächlich in den technischen Ausdrücken der Schneiderzunft. Es war nicht das erste Mal, daß ich in seinem Haus war. Für gewöhnlich empfing mich sein Sekretär, eben dieser Rarus. Es war ausgemacht, daß ich nur am Morgen kommen sollte, weil da C.s Mutter mich nicht treffen konnte, vor der im Hause jeder heilige Furcht zu haben schien, C. selber nicht am wenigsten. Sie war eine freundliche, kleine alte Dame, aber mit Haaren auf den Zähnen. Später wurde ich mit ihr gut bekannt.

Übrigens behandelte mich C. mit der größten Offenheit, wies, ohne jede Ironie, auf einige wertvolle alte Möbel und fragte mich, ob ich sie mitnehmen wolle. Vor dem Schneider schien er sich keineswegs zu genieren, obwohl dieser doch, was die Bezahlung anlangte, sich allerhand Gedanken machen mußte, wenn er mich sah.

Ich glaube auch, daß er sich schon gleich bei unserem ersten Treffen eingehend nach den Verhältnissen erkundigte, in denen ich lebte. Es waren nicht die besten. Ich bewohnte in einem der Häuser des Crassus ein kleines Stockwerk mit meiner Frau und sechs Kindern und hatte Schwierigkeiten, die Miete zu bezahlen. Beinahe alle meine Gespräche mit ihm handelten in der einen oder andern Weise von diesen meinen Schwierigkeiten. Dabei gab er mir seine Ratschläge auf einem Stuhl sitzend, den ihm zu lassen ich nicht beabsichtigte.

* Spicer sprach von Caesar immer nur als C.; ich dachte zuerst, er wolle dadurch den illegitimen Charakter unseres Unternehmens betonen. Aber Rarus spricht auch nur von C.

Ich traf ihn dann öfter und ich darf sagen, daß ich gern zu ihm ging. Unsere Bekanntschaft brach ja bis zu seinem Tod nicht mehr ab.«

Er sprach nicht weiter. Wir hörten Stimmen und das Scharren vieler Füße auf den Steinfliesen draußen. Die zweite Eßpause war zu Ende. Der kleine Gallier von gestern kam herein und Spicer setzte ein riesiges S in ein Ordrebuch, das der Sklave ihm hinhielt. Durch die Tür sah ich einen leicht bewölkten Himmel. Die Lorbeerhecken, gepflanzt, den Wind abzuhalten, zitterten im Wind. Der schmale, aber hohe Raum mit den weißgetünchten Wänden und den freundlichen ledernen Bücherkästen davor war angenehm warm. Im Kamin prasselten ein paar mächtige Scheite. Ich schmeckte die schlichte Erzählung des Alten nach.

Ich sah Spicer deutlich vor mir, einen jüngeren, aber sonst wohl nicht allzu verschiedenen Spicer – solche Leute ändern sich nicht sehr, da sie schon mit jungen Jahren durch Sorgen und Mühsale alt aussehen – und den verschuldeten Adeligen mit großem Namen. Es amüsierte mich, zu denken, daß dieser grobknochige Mann mit der langen Kinnlade wohl trotz aller Vertrautheit recht genau blieb in seinen geschäftlichen Verrichtungen und keinesfalls ohne den Stuhl wegging. Mit fielen meine 12000 Sesterzien ein.

Der Alte nahm einen kleinen Schluck von dem Wein, den man uns serviert hatte, und fuhr fort:

»Zu dieser Zeit tat er, soviel ich weiß, gar nichts mehr. Es hatte auch in seinem Leben einen Versuch gegeben, einen Beruf zu ergreifen und Geld zu verdienen. Er hatte sich als Anwalt in zwei Prozessen versucht, die er im Auftrag der demokratischen Klubs gegen hohe Senatsbeamte führte: wegen Erpressung und anderem Amtsmißbrauch, verübt in den Provinzen.«

Ich habe, als ich meine Notizen über die Gespräche am Schluß durcharbeitete und fand, daß Spicer dem jungen Caesar den Beruf eines Anwalts verlieh, mit ihm noch einmal darüber gesprochen. Er versteifte sich auf diesen Ausdruck. Er gab zu, daß man nicht alle vornehmen jungen Leute, die mit ihren Klienten, d.h. Pächtern, Schuldnern, Freigelassenen aus dem plebejischen Anhang der Familie sowie jedem, der sich hilfesuchend an sie wandte, auf das Forum gingen, um ihm bei der Gewinnung von

Konzessionen oder anderweilig juristisch beistehen, einen Anwalt nennen kann. Die Tätigkeit erfolgte seit alters unentgeltlich und verschaffte nur politischen Einfluß. Aber Spicer behauptete, gerade damals sei da eine Wandlung eingetreten. Der junge C. sei engagiert worden, wie jeder beliebige Anwalt heute engagiert wird.

»Die City zahlte junge Anwälte aus guter Familie sehr anständig für solche Prozesse. Es war der alte Kampf der City mit dem Senat. Seit grauer Vorzeit verteilten 300 Familien unter sich alle hohen Ämter inner- und außerhalb Roms. Der Senat war ihre Börse. Dort handelten sie aus, wer von ihnen auf der Senatsbank, wer auf dem Richterstuhl, wer auf dem Schlachtroß und wer nur auf dem Landgut sitzen sollte. Sie waren Großgrundbesitzer, behandelten die übrigen römischen Bürger als ihr Gesinde und ihr Gesinde als Gesindel. Die Kaufleute behandelten sie als Diebe und die Bewohner der eroberten Provinzen als Feinde. Einer von ihnen war der alte Cato, ein Urgroßvater unseres Cato, der zu meiner und C.s Zeit Führer der Senatspartei war. Er pries die Gesetzgebung des II. Jahrhunderts, wo man den Dieb zweimal, den, der Geld auf Zinsen auslieh, aber viermal soviel zurückzahlen ließ, als er ›genommen‹ hatte. Noch eine Generation vor der meinigen machten sie ein Gesetz, nach dem ein Senator nicht Handel treiben durfte. Das Gesetz kam zu spät, es wurde sofort umgangen, man kann mit Gesetzen alles, nur nicht den Handel aufhalten, das Gesetz führte sogar zum Ausbau der Handelsgesellschaften, in denen jeder von fünfzig Teilhabern ein Fünfzigstel eines Schiffes besitzt, so daß er fünfzig Schiffe kontrollieren kann statt ein einziges, aber Sie sehen, wohin die Tendenz dieser Herrn ging. Sie waren ausgezeichnete Feldherrn und durchaus fähig, Provinzen zu erobern, sie wußten nur nicht, was dann damit anfangen.

Aber als unser Handel aus den Kinderschuhen herauswuchs und wir anfingen, in größerem Umfang Öl, Wolle und Weine auszuführen und Getreide und vieles andere einzuführen und besonders, als wir Geld ausführen wollten, um es in den Provinzen arbeiten zu lassen, zeigten die Herrn ihre ganze junkerliche Unfähigkeit, mit der Zeit zu gehen, und die junge City stellte fest, daß es ihnen an einer vernünftigen Führung fehlte. Sie verstehen, wir verspürten keinerlei Verlangen, uns selber auf

Schlachtrosse zu setzen und unsere Zeit, die Geld war, auf schimmligen Beamtensesseln zu verschwenden, die Herrn konnten ruhig bleiben, was sie waren, nur eben unter einer soliden Führung der City. Sie werden begreifen, was ich meine, wenn Sie als Beispiel den punischen Krieg nehmen. Wir hatten ihn aus dem besten Grund geführt, den es gibt, nämlich um die afrikanische Konkurrenz niederzukämpfen, aber was wurde daraus? Unsere Militärs nahmen Karthago nicht seine Produkte und Zölle, sondern seine Mauern und Kriegsschiffe weg. Man holte nicht das Korn, man holte den Pflug. Unsere Feldherrn sagten stolz: Wo meine Legionen hintreten, wächst kein Gras mehr. Aber worauf wir aus waren, das war eben dieses Gras: Sie wissen, aus einer dieser Grassorten wird Brot gebacken. Was im punischen Krieg mit immensen Kosten erobert war, das waren Wüsten. Diese Gebiete hätten gut und gern unsere ganze Halbinsel ernähren können, aber für den Triumphzug in Rom nahm man ihnen alles weg, was sie brauchten, um für uns arbeiten zu können, von den Ackergeräten bis zu den Ackersklaven. Und nach solcher Eroberung kam eine ähnliche Verwaltung. Die Statthalter schrieben die Ziffern nur in ihre eigenen Haushaltungsbücher. Man weiß, daß keine Kleidung so viele Taschen enthält als der Feldherrnrock. Aber die Kleider der Statthalter bestanden überhaupt nur aus Taschen. Die Herrn schepperten, wenn sie wieder Heimatboden betraten, nach Metall nicht weniger, als wenn sie in Kriegspanzern gekommen wären. Cornelius Dolabella und Publius Antonius, die Gestalten, gegen die der junge C. antrat, hatten halb Makedonien auf ihre Schiffe verladen.

Auf solche Weise konnte man natürlich nichts auf die Beine stellen, was sich wirklich Handel nennen konnte. Nach jedem Krieg gab es in Rom Konkurse und Zahlungseinstellungen. Jeder Sieg des Heeres war eine Niederlage der City. Die Triumphe der Feldherrn waren Triumphe über das Volk. Das Wehegeschrei, das sich nach der Schlacht von Zama, die den punischen Krieg beendete, erhob, war zweisprachig. Es war das Wehegeheul der punischen *und* der römischen Banken. Der Senat schlachtete die Milchkuh. Das System war durch und durch verfault.

Das alles war Stadtgespräch in Rom. Man schwatzte in allen

Barbierbuden von der sittlichen Verfaultheit des Senats. Man schwatzte sogar im Senat selber von der ›Notwendigkeit einer durchgreifenden moralischen Wiedergeburt‹. Cato, der Jüngere, sah schwarz für die Zukunft der 300 Familien. Er beschloß, etwas für ihren guten Ruf zu tun, und erschien als Statthalter von Sardinien in den ihm untergebenen Städten zu Fuß und von einem einzigen Diener begleitet, welcher ihm den Rock und die Opferschale nachtrug, und als er von seiner spanischen Statthalterschaft heimkehrte, verkaufte er vorher sein Schlachtroß, weil er sich nicht befugt hielt, die Transportkosten desselben dem Staat in Rechnung zu bringen. Leider geriet sein Schiff in einen Sturm; er erlitt Schiffbruch und verlor seine Rechnungsbücher und jammerte dann bis an sein Lebensende, daß er niemandem beweisen konnte, wie anständig er seine Geschäfte geführt hatte. Er wußte, daß sein Verhalten unglaublich war. Die City hielt nichts von ›mit gutem Beispiel vorangehen‹ und moralischen Redensarten. Sie war sich klar darüber, was fehlte: man mußte die Beamten bezahlen.

Die Herrn verrichteten ihr Amt nämlich ehrenhalber. Für Arbeit Geld zu nehmen, erschien ihnen schimpflich. Bei so hohen Idealen blieb ihnen natürlich nichts übrig als zu stehlen. Und sie stahlen von den Korntributen und von den Straßenbauten und Wasser aus den staatlichen Wasserleitungen.

Die City war, wie gesagt, nicht unvernünftig. Sie setzte sich mit den Kaufleuten in den eroberten Provinzen ins Benehmen und ermunterte sie, Prozesse anzustrengen. Es gab also Prozesse. Cicero selbst, die große Trompete der City, führte einige, im Auftrag sizilianischer Firmen.

Aber unsere Herrn vom Senat gewöhnten sich mit der Zeit an die Prozesse, wie man sich an Regen gewöhnt: man zieht einen Mantel an. Sie stahlen hinfort nicht mehr bei einigen viel, sondern bei vielen einiges. Und wenn doch Prozesse drohten, stahlen sie alles. Zum Prozeßführen ist Geld nötig. Also stahlen sie denen, die sie ausplünderten, auch noch die eventuellen Prozeßkosten.

Dann fingen ein paar reiche demokratische Klubs in Rom an, die Prozesse gegen die senatorischen Räuber zu finanzieren, das heißt gegen die unverschämtesten von ihnen, diejenigen, die sogar römische Kaufleute in der Provinz an der Führung ihrer Geschäfte hinderten. Diese Prozesse diskreditierten immerhin ein wenig und, was vielleicht noch wichtiger war, die jungen Anwälte konnten sich in die Materie einarbeiten. Denn hier handelte es sich nicht nur darum, ein paar witzige Reden zu halten. Der Anwalt hatte Zeugen aufzustellen und einzuüben, und er hatte die Geldsummen geschickt zu verteilen, so daß der Gerichtsapparat gut geölt war. Wir bekamen sogar aus den senatorischen Familien junge Anwälte. Auf keine andere Weise konnten sie die Verwaltungsmaschine besser studieren. Man muß einmal bestochen haben, um sich selber ordentlich bestechen lassen zu können.

C. verlor beide Prozesse. Einige meinen, weil er zu untüchtig, ich meine, weil er zu tüchtig war. Auf das letztere deutet, daß er danach verreisen mußte, um, wie er sich mir gegenüber einmal selbst ausdrückte, einer gegen ihn erregten gehässigen Stimmung aus dem Weg zu gehen. Er fuhr nach Rhodos, angeblich, um sich in der Redekunst zu vervollkommnen. Da diese Motivierung einer etwas beschleunigten Abreise für einen jungen Anwalt nicht eben ruhmvoll klingt, muß man annehmen, daß es noch andere Motive für die Reise gab, die noch weniger ruhmvoll geklungen hätten.

Es ist richtig, daß man als Anwalt unter Umständen mehr verdienen kann, wenn man einen Prozeß verliert, als wenn man ihn gewinnt. Aber man sollte das nicht schon gleich mit den allerersten Prozessen machen, die man bekommt. Es war eine Schwäche dieses jungen Mannes, daß er nichts halb machte. Wahrscheinlich wollte er von allem Anfang an ein richtiger Anwalt sein. Mit der Kriegführung machte er es später genauso. Ich bekam weiße Haare dadurch.«

Der Alte berichtete das alles, die ganze Geschichte von den Prozessen vollkommen gleichgültig, ohne Spur von Humor. Er schien sich kaum bewußt zu sein, daß das Bild, das er von dem ersten öffentlichen Auftreten des großen Staatsmannes entwarf, kein sehr ansprechendes war. Er deutete nicht weniger an, als daß er sich von der Gegenseite hatte schmieren lassen. Die beiden Prozesse spielten in den Biographien immerhin eine gewisse Rolle. Man berichtete von ihnen als den ersten, wenn auch nicht besonders erfolgreichen, Versuchen des jungen Caesar, gegen die Korruption der konservativen Senatoren das junge demokratische Banner flattern zu lassen. Er stammte aus einer patrizischen Familie, die aber traditionelle Beziehungen zur Demokratie hatte. Die Witwe des Volksgenerals Marius war seine Tante, die Tochter des Aufrührers Cinna seine Frau. Spicer verriet deutlich eine gewisse Mißbilligung dieses ersten Auftretens Caesars, sie kam nur aus einer merkwürdigen Richtung.

»Aber er galt ziemlich frühzeitig als ein kommender Mann in der demokratischen Partei?« sagte ich beiläufig.

Spicer sah mich mit undurchdringlichem Ausdruck an.

»Ja«, sagte er dann trocken, »er galt als kommender Mann. Er kam um Geld. Sie waren scharf auf Namen. Seine Familie gehörte zu den 15 oder 16 ältesten Patrizierfamilien der Stadt.«

Ich beschloß, dem Gespräch wieder etwas Niveau zu geben.

»Sie können nicht leugnen, daß es für demokratische Gesinnung spricht, wenn er die Zumutung des Sulla, sich von seiner ersten Frau, der Cornelia, scheiden zu lassen, weil sie Cinnas Tochter war, strikt ablehnte. Wollen Sie sagen, daß es ihm auch damit nicht ernst war?«

»Warum sollte es ihm nicht ernst gewesen sein damit?« sagte der Alte geduldig. »Cinna hatte in Spanien ein hübsches Vermögen gemacht.«

»Das wurde eingezogen«, widersprach ich.

»Nicht dem C. Als das drohte, fuhr er damit und mit der Cornelia nach Asien.«

»Sie meinen also, diese Weigerung, sich von der Cornelia zu trennen, hatte nichts mit politischen Überzeugungen zu tun. Und Liebe kam wohl auch nicht in Betracht?«

Spicer betrachtete mich neugierig. Aber ich fuhr dennoch fort.

»Er konnte wohl auch gar nicht lieben, Ihrer Auffassung nach?«

»Warum sollte ich so etwas glauben?« sagte er ruhig. »Er liebte gerade damals. Einen syrischen Freigelassenen. Ich habe seinen Namen vergessen. Cornelia war, wenn man den Leuten glauben darf, ziemlich aufgebracht darüber. Es kam schon auf dem Schiff zu unangenehmen Auftritten, und der Syrier bestand darauf, daß C. sich scheiden lasse. Wie Sulla. C. gab aber auch ihm nicht nach. Er ließ, auch wenn Sie das enttäuschen sollte, sein Herz nicht über seinen Kopf bestimmen.«

Er sagte das alles in vollkommenem Ernst, sogar mit einer gewissen Vorsicht, die man den groben Sätzen nicht ansieht, wenn man sie nur liest, einer Art Rücksicht für mich. Er schien in seiner Stimme zum Ausdruck bringen zu wollen, daß es mir durchaus freistehe, ihn weiter anzuhören oder nicht, das von ihm, laut Kontrakt, Gesagte zu verwerten oder nicht, daß er aber meinetwegen weder die Wahrheit umbiegen noch seine eigenen Meinungen ändern könne. Seine Meinung über C.s Fähigkeit, wirklich zu lieben, war allerdings erstaunlich bei einem Mann, der sechs Kinder gehabt hatte und bestimmt ein guter Familienvater gewesen war. Ich brach weitere Abwege ärgerlich ab und sagte nur:

»Und das Begräbnis, das er ihr und seiner Tante bereitete?«

»Das war politisch. Er ließ im Trauerzug die Wachsmasken des Marius und des Cinna tragen. Er bekam dafür 200000 Sesterzien von der demokratischen Partei. Seine Familie, vor allem seine Mutter, von der ich Ihnen erzählt habe, eine sehr vernünftige Frau, verübelte ihm das noch lange. 200000 Sesterzien, das war nicht mehr, als man für zwei gute Köche zahlte. Aber die Klubs fanden die Bezahlung ausreichend, da keine Gefahr mit der Demonstration mehr verbunden war: der Prätor war damals schon ein Demokrat.«

Er zeigte mir noch einiges von seinem Gutsbetrieb, bevor ich wieder zum See hinunterging. Es waren hauptsächlich Weinberge und ein wenig Ölbau. Wir lenkten unsere Schritte zu den Sklavenställen, zwei sauber geweißneten Steinbaracken mit vielen schmalen, hochgelegenen Fensteröffnungen.

Auf dem ordentlich gepflasterten Hof trieben zwei Esel eine Mühle unter der Aufsicht eines ungefesselten Sklaven. Ein anderer Sklave saß untätig auf einer kleinen Holzbank neben der Türöffnung. Er war ein ältlicher Mann und schien sehr unruhig. Sein Gesichtsausdruck war abwesend und sein Kopf ging unaufhörlich herum, als lausche er.

»Er wird mittags abgeholt«, bemerkte Spicer. »Er kommt auf den Markt hinunter. Er ist über 40 und abgenutzt.«

»Warum ist er so unruhig?« fragte ich.

Der Alte erkundigte sich bei dem Sklaven, der die Esel im Kreis trieb. Wir erfuhren, daß ihm die Mitteilung über seinen Verkauf überraschend gekommen sei. Man habe ihn vom Feld geholt und es ihm erst hier gesagt, so daß er sich nicht von den andern verabschieden konnte. Es bedrücke ihn jetzt, daß der Agent ihn holen könnte, bevor die andern vom Feld zur Mittagspause zurückkämen.

»Er mag Freunde unter ihnen haben«, sagte Spicer, »selbst Söhne. Sie wissen, man kann bei ihnen nie sagen, wer die Väter sind. Ich bin nicht gegen den Geschlechtsverkehr im Zwinger, ich unterstütze ihn sogar. Die Frauen werden nach dem dritten Kind freigelassen.«

Wir gingen langsam weiter. Zu dem Mann war die Frau des Aufsehers getreten und hatte ihm für die Reise einen Brotfladen und einen Salzfisch eingehändigt. Als ich mich noch einmal zurückwandte, sah ich, wie er, die Dinge unter den Arm nehmend, noch unruhiger als vorher nach den Feldern ausschaute.

»Er brauchte immer Geld. Er hat es auch einmal mit Sklavenhandel versucht«, sagte der Alte im Weitergehen. »Sie haben wohl gehört von der Geschichte mit den Seeräubern?«

Ich begriff, daß er wieder von »C.« sprach, und nickte erstaunt. Die köstliche Anekdote stand in allen Schulbüchern.

»Wären Sie bereit, zu wiederholen, was Sie davon wissen?« fragte er.

»Ich bin bereit«, sagte ich und wiederholte, was ich davon wußte. Ich gab meiner Stimme ein wenig von dem Tonfall, in dem ich Gelerntes vor meinem griechischen Lehrer aufzusagen pflegte, als ich die so berühmte Anekdote zitierte.

»Der junge Caesar wurde nahe der Insel Pharmakusa von Piraten gefangengesetzt. Sie unterhielten beträchtliche Flotten und bedeckten das Meer mit einer großen Menge von Fahrzeugen. Anfänglich verhöhnte er die Piraten, weil sie nicht mehr als 20 Talente Lösegeld forderten. Wußten sie nicht, wen sie gefangen hatten? Und er erbot sich freiwillig, ihnen 50 zu bezahlen. Und sofort schickte er einige Begleiter in verschiedene Städte, das Geld aufzubringen. Mit seinem Arzt, seinem Koch und zwei Kammerdienern blieb er gelassen bei den mordgierigen Kleinasiaten zurück. Er behandelte sie weiter so verächtlich, daß er ihnen, sooft er sich schlafen legte, befahl, Ruhe zu halten. 38 Tage verlebte er auf eine Art, daß die Schiffsbesatzung eher seine Leibwache zu sein schien, als er ihr Gefangener. Ohne die geringste Furcht trieb er mit ihnen Scherz und Spiel. Bisweilen setzte er sogar Gedichte und Reden auf und las sie ihnen vor; die sie nicht bewunderten, nannte er Dummköpfe und Barbaren, drohte ihnen auch oft unter Lachen, daß er sie noch aufhängen lassen wolle. Die Piraten amüsierten sich sehr über ihn und nahmen seine freien Reden als charmante Späße.

Aber sobald das Lösegeld aus Milet eingetroffen und er in Freiheit gesetzt war, bemannte er im Hafen von Milet einige Fahrzeuge mit Bewaffneten und lief gegen die Piraten aus. Er fand sie auch noch an der Insel vor Anker liegen und bekam die meisten in seine Gewalt. Ihre Reichtümer betrachtete er als eine rechtmäßige Beute, sie selbst aber lieferte er in das Gefängnis von Pergamos und begab sich dann zu Junius, dem Statthalter von Asien, um bei ihm die Bestrafung seiner Gefangenen zu erwirken. Da dieser aber sein ganzes Augenmerk auf das den Piraten Abgenommene richtete, welches freilich eine ansehnliche Summe ausmachte, und daher die unbestimmte Antwort gab, er hätte im Augenblick nicht die Zeit, sich um die Gefangenen zu kümmern, ging Caesar, ohne sich weiter an ihn zu kehren, nach Pergamos zurück und ließ die Piraten sämtlich aus eigener Machtvollkommenheit ans Kreuz schlagen, wie er es ihnen auf der Insel so oft scherzhaft vorausgesagt hatte.«

Der Alte hatte fast bei jedem Satz genickt. Er trat mit seinem großen Fuß in die lockere Erde eines Rettichbeetes, um dasselbe seinen Leuten für irgendeinen Zweck anzumerken. Weitergehend sagte er:

»So sieht fast alles in seinem Leben jetzt schon aus. Ich werde Ihnen sagen, was es war. Es war Sklavenhandel. Das kleine Geschäft fällt in die Zeit, bevor C. das Begräbnis seiner ersten Frau und seiner Tante zu einer Demonstration für die Demokratie ausnützte, und unmittelbar, nachdem er die Prozesse gegen die Übergriffe der Senatoren in den Provinzen angestrengt hatte. Es handelte sich um seine Fahrt nach Rhodos, wo er bei einem Griechen das Reden lernen wollte. Unser junger Anwalt liebte es, mehrere Dinge zugleich zu tun. Und, wie erwähnt, er brauchte Geld. Er nahm also eine Schiffsladung Sklaven mit, wenn ich mich erinnere, gelernte gallische Lederarbeiter, die man dort unten mit Gewinn abstoßen konnte. Es war natürlich Schmuggel.

Die großen kleinasiatischen Sklavenhändler hatten alte Verträge mit unseren Häfen sowohl als mit den griechischen und syrischen, die ihnen das Monopol auf die Sklaventransporte in beiden Richtungen sicherten. Der Sklavenhandel war ja ein gut organisierter, mit vielem, auch römischem, Kapital versehener Geschäftszweig. Auf dem Sklavenmarkt in Delos wurden mitunter an einem einzigen Tag bis zu 10000 Stück verkauft. Die Verbindungen der Sklavenhändler mit den Händlern der Hauptstadt waren eng und wohlgeordnet. Erst später, als die City einen eigenen Sklavenhandel auf die Beine stellte, kam es zu Reibereien mit dem kleinasiatischen Exporttrust. Unsere Zollpächter veranstalteten unter dem Schutz der römischen Adler im tiefsten Frieden regelrechte Sklavenjagden in den kleinasiatischen Provinzen. Die kilikischen und syrischen Firmen wehrten sich, so gut sie konnten, gegen die Konkurrenz, die sie als unfair betrachteten. Der Kampf um das Sklavenmonopol führte bald zu einem ganz schönen Seekrieg. Hüben und drüben wurden Transportschiffe gekapert und Sklavenladungen beschlagnahmt. Die römischen Firmen schimpften die kleinasiatischen und die kleinasiatischen schimpften die römischen Piraten.

C. fuhr im Winter, wo man der Stürme wegen vor den kleinasiatischen Kaperschiffen sicherer war. Sie fingen ihn aber doch ab. Man nahm ihm seine Ladung weg und setzte ihn in Gewahrsam. Wie Sie aus den Geschichtsbüchern wissen, wurde er äußerst glimpflich behandelt. Man ließ ihm seinen Arzt und seine Kammerdiener und hörte sich sogar geduldig seine Gedichte an. Die guten Kleinasier ließen sich auch diese Brutalität gefallen und blieben höflich.* Er sollte nur die Schadenersatzsumme bezahlen, die nach der Größe der geschmuggelten Ladung berechnet wurde. Es waren 20 Talente.

Das Weitere, was ich Ihnen jetzt erzähle, habe ich von dem

* Ich weiß nicht, was ich von Spicers Beschreibung der Piraten als gutbürgerlichen Kaufleuten halten soll, aber bei alten Schriftstellern ist es immerhin bezeugt, daß sie in zivilisierten Verhältnissen lebten. Sie sollen eine ausgezeichnete Literatur gehabt haben. Ich zitiere: »Niemals vor- oder nachher erschallten an den Küsten des Mittelmeers so süße Gesänge, niemals fanden unter seinem Himmel so tiefsinnige und gewählte Gespräche statt, als in jener Blütezeit der Sklaverei.«

Prokonsul Junius, der damals unten amtierte und den ich als alten Mann kennenlernte. Er untersuchte die Angelegenheit, weil ein großer Skandal entstand.

C. wandte sich zunächst durch Boten an die kleinasiatischen Städte um das Geld. Er verbarg, daß es sich um einen Schadensersatz für Sklavenhandel handelte, und behauptete, es sei von Piraten erpreßtes Lösegeld. Und er forderte nicht 20 Talente, sondern 50. Sie wurden aufgebracht. Er zahlte sie niemals zurück. Freigelassen, reiste er nach Milet, bemannte ein paar Schiffe mit Fechtersklaven und nahm den Kleinasiern das ›Lösegeld‹ sowie seine Sklavenladung wieder ab. Außerdem verschleppte er nicht nur die Mannschaft des kleinasiatischen Kaperschiffes, sondern auch einige Sklavenhändler, die es ausgeschickt hatten, sowie alle Sklavenvorräte, die er bei ihnen vorfand, nach Pergamos. Von Junius darüber zur Rede gestellt, verlangte er, daß die Kleinasier samt und sonders als Piraten behandelt würden, und als Junius ihm das verweigerte und sich allzu eindringlich nach den näheren Umständen des Falles erkundigte, reist er bei Nacht und Nebel nach Pergamos ab und ließ die Kleinasiaten mit gefälschten Orders ans Kreuz hängen, damit sie nichts gegen ihn aussagen konnten.

C. geriet übrigens bei den Geschichtsschreibern dadurch, daß er die schrecklichen ›Piraten‹ übers Ohr haute, indem er ihnen im Scherz die Kreuzigung androhte und sie dann im Ernst kreuzigte, in den Geruch des Humors; ganz unberechtigt. Er hatte nicht für einen Aß Humor. Er hatte aber Unternehmungsgeist.«

»Ich verstehe nicht, daß er die Macht zu alledem hatte, schon damals«, sagte ich.

»Er hatte nicht mehr Macht, als jeder junge Laffe aus einer senatorischen Familie hatte. Sie machten, was sie wollten.«

Wir mußten zur Seite treten. Hinter uns den Weg herab kam ein Ochsenwagen geholpert. Der ältliche Sklave saß auf ihm, eine kleine Kiste neben sich. Er wurde auf den Markt gebracht. Er winkte einer Rotte von Sklaven zu, die seitlich im Weinberg arbeiteten. Sie erwiderten sein Winken, schrien ihm aber nichts zu, wohl weil sie ihren Patron sahen.

Der Scheidende suchte mit seinen Blicken gierig die Rotte ab. Die oder den er suchte, schien nicht unter ihnen zu sein.

»Sie dürfen nicht aus dem Aug verlieren«, fuhr Spicer fort, »daß C. hier Kaufleute aufhängen ließ, wenn Sie ermessen wollen, welche Schwierigkeiten dem Junius daraus erwuchsen. Es war damals noch nicht so, daß man die kleinasiatischen Firmen offiziell Piraten nennen konnte. Sie heißen jetzt so in den Geschichtsbüchern. Da die von uns geschrieben sind, konnten wir natürlich unsere Anschauung der Dinge zur Geltung bringen.

Schon damals war aber in Rom mit einem Haufen Geld eine moralische Kampagne gegen die Kleinasiaten gestartet worden; man behauptete, sie verschafften sich ihre Ware auf unrechtmäßige Weise, ja man ging so weit, daß man ihnen unmenschliche Behandlung der Ware vorwarf. Dabei ist es klar, daß die Ware, die von den Statthaltern in Feldzügen erbeutet wurde, viel mehr auf dem Transport litt: dem Militär war es gar gleichgültig, wie viele Stück ankamen. Die Händler dagegen verloren mit jedem Mann Geld und sorgten daher für sanitäre Verfrachtung. Aber erst Jahre nach dem kleinen Vorfall, von dem wir sprechen, erreichten es die römischen Firmen, daß ihre Sache zur Sache Roms gemacht wurde. Sie halfen der Stimmung auf dem Forum etwas nach, indem sie gelegentlich einige römische Getreideschiffe durch irgendwelche griechischen Freibeuter kapern ließen. Dann erst konnten sie nach Staatshilfe schreien und die Anwendung des Piratengesetzes verlangen. Die römische Kriegsflotte bekam die City aber für ihren Konkurrenzkampf mit den Kleinasiaten nicht ohne Kämpfe. Auch dabei spielte übrigens C. eine Rolle, wenn auch eine bescheidene.

Als der Volkstribun Gabinius im Jahre 87 im Auftrag der City vom Senat forderte, man solle dem Pompejus zur Bekämpfung der ›Piraten‹ die römische Kriegsflotte übertragen, wurde er von den hochwohlgeborenen Herrn Gutsbesitzern beinahe gelyncht. Sie hatten langfristige Verträge mit den Kleinasiaten und konnten keine Unterbrechung oder Verminderung des Sklavenimports dulden; ihre Riesengüter waren ohne Sklaven nicht zu bewirtschaften. Außerdem hatten sie keine Lust, der City das Monopol für die Sklavenimporte zu geben. Sie fürchteten die Monopolpreise.

Die City appellierte an das Volk. Die demokratischen Klubs traten in Aktion. Ohne ein wenig Demagogie ging es natürlich nicht. Zum Volk muß man volkstümlich sprechen. Man betonte (auch C. war unter den Rednern) die billigen Sklavenpreise der kleinasiatischen Firmen, durch welche die römischen Handwerker außer Brot gesetzt wurden.

Bei den kleinen Landwirten war die Erbitterung über den Widerstand des Senats bald ganz allgemein. Die Verwendung von Sklaven durch die großen Güter drückte entsetzlich auf die kleinen Bauernwirtschaften. Sie hofften, zugleich mit den kleinasiatischen Sklavenhändlern, den Sklavenhandel überhaupt abwürgen zu können. In Etrurien mußte der Senat Militär gegen tobende Bauernmassen einsetzen.

Auch das städtische Proletariat litt darunter, daß die Unternehmer mit billiger Sklavenarbeit die Handwerkerlöhne ruinierten. Dennoch gab hier den Ausschlag, daß die jungen, kapitalstarken Sklavenimportfirmen eine kleine Steigerung der Kornpreise herbeiführten und aussprengten, die Piraten verhinderten die Korneinfuhr. Und, natürlich, wurden allerhand Gelder ausgeschüttet. Vor dem Pompejus gingen immer, wie vor anderen Liktoren, Leute mit geschlossenen Kuverts einher. So lachte das Volk in der Volksversammlung nur, als der alte Catulus vom Senat nach einer blumigen Aufzählung der Verdienste des Pompejus es beschwor, einen solchen Mann nicht den Gefahren eines Krieges auszusetzen, und als er verzweifelt ausrief: ›Wen habt ihr noch, wenn ihr diesen verliert?‹ schrien sie grinsend: ›Dich!‹ Und als ein anderer Redner sie warnte, einem einzigen Mann eine solche Macht auszuhändigen, vollführten sie ein solches Geschrei, daß ein Rabe, der über den Markt hinflog, davon betäubt in die Versammlung herabfiel. Er war wohl unterwegs, sein Teil von den öffentlichen Geldern zu holen. Der ganze Rummel hätte aber doch nichts genützt, wenn man nicht auch noch einem Dutzend Senatoren einen Haufen Anteilscheine an den Sklavenimportfirmen in die Hand gedrückt hätte. Erst jetzt wurde die Sache zu einer nationalen Sache, und Pompejus bekam für die City die Kriegsflotte.

Der Kornpreis fiel auf die Hälfte, in drei Monaten war das Meer von der kleinasiatischen Konkurrenz gesäubert, und sofort darauf bekam Pompejus, sozusagen durch einen bloßen Zusatzantrag, den Oberbefehl in Asien. *Er holte Sklaven.*

Sie verstehen, der kleine Mann stimmte zweimal hintereinander für den gleichen Mann. Der tat aber nicht zweimal das gleiche. Sein Seekrieg konnte als Schlag gegen den Sklavenhandel gelten, aber sein Landkrieg bedeutete Sklavenhandel auf größter Skala. Ein halbes Jahr später war der Sklavenmarkt in Rom geradezu überschwemmt, diesmal durch römische Firmen. Cicero hielt damals übrigens seine Jungfernrede. Er sprach für Zuerteilung des Oberbefehls an Pompejus. Woher er das Honorar bekam, können Sie sich ausrechnen.«

Wir gingen eine Zeitlang schweigend weiter.

Ich muß sagen, daß die schamlose Art, in der der Alte diese Manöver schilderte, mich nicht wenig anwiderte.

Er schien meine Gedanken zu erraten. Die notorische Begabung der Bankiers, in den Seelen der Menschen zu lesen, war bei ihm im höchsten Maße entwickelt. Er sagte trocken:

»Sie sind betroffen, daß ich derlei billige. Ich will Ihnen sagen, warum. Ich billige die Art, wie wir uns unsere Sklaven verschaffen, weil wir Sklaven brauchen.«

Ich antwortete ihm nicht. Seine Ansichten über unsere City mit ihrem Sklavenhandel, die ihn so viel mehr zu interessieren schien als Caius Julius Caesar, ließen mich völlig kalt.

Wir kamen, jetzt zum See hinabsteigend, an einer Rotte von Sklaven vorüber, die, mit schweren Ketten aneinander gefesselt, an Weinstöcken arbeiteten.

»Hindern die Ketten sie nicht bei der Arbeit?« fragte ich.

»Nein«, lautete seine Antwort. »Nicht im Weinberg. Es sind frühere Verbrecher. Die Arbeit im Weinberg verlangt mehr Verstand als das Pflügen. Diese Sorte ist da am besten. Sie ist geistig geweckter als die andern und dabei billig.«

Bevor ich mich von ihm verabschiedete, zeigte er mir noch junge Kirschbäume, eine neue Obstsorte, die er sich hatte schikken lassen. Einige Stämmchen standen schon eingepflanzt, andere lagen noch auf der frisch gehackten Erde, in Strohhüllen eingepackt.

»Ich versuche hier alles Neue«, sagte er. »Ich hole nicht mehr als zwölf Prozent heraus. Columella gibt 17 Prozent an, aber er vergißt in seiner Veranschlagung die Kosten für Instandhaltung der Reben, Pfähle und Sklaven.«

Ich hatte den Eindruck, daß er das übrigens nicht zu große Gut nicht eigentlich zum Erwerb, mehr zu seinem Spaß betrieb.

Allerdings mochte er auch den Gedanken nicht ertragen, daß sich Kapital nicht verzinste.

Es war jedenfalls ein Mustergut.

Als ich in meine kleine Villa zurückkehrte, fand ich in der Küche meinen Sempronius im Gespräch mit einem kurzen, breiten Mann mit mächtigem Kopf in fast zerlumpter Kleidung. Bei meinem Eintritt verabschiedete er sich mit knappem Gruß.

Ich erfuhr, daß er uns Brennholz gebracht hatte.

Sempronius, der wie gewöhnlich in ein paar Stunden alles über die Nachbarschaft erkundigt hatte, was es zu erkundigen gab, berichtete mir schwatzend, er habe den Mann, der am anderen Abhang des Hügels einige Hufe Oliven pflanze, als Lieferant ausgesucht, weil er ein früherer Legionär Caesars sei.

Ich war sehr erfreut über diese Entdeckung und beschloß, ihn auszuhorchen. Dies schien mir eine gute Gelegenheit, mich von der einigermaßen gedrückten Stimmung zu befreien, die mich während der Erzählungen des alten Mannes befallen hatte.

Es war erstaunlich, wie wenig ich von Mummlius Spicer, der ihn so viel Jahre gekannt hatte und während des ganzen gallischen Feldzuges sogar sein finanzieller Sachberater gewesen war, über den wirklichen Caesar erfahren hatte. Ich war überzeugt, daß dieser einfache Legionär, einer der alten wackeren Kämpen, deren abgöttische Verehrung für den großen Feldherrn aus unzähligen rührenden Zügen in den Monographien spricht, mir mehr sagen würde.

Nachdem ich mich ein wenig erfrischt hatte, machten wir uns auf den Weg.

In dem einzigen Raum der sehr baufälligen Hütte saß der ehemalige Legionär Caesars mit seinem Sklaven am Steinherd. Die ungekalkten Mauern aus großen, unebenen Steinbrocken hatte der Rauch vom Herd geschwärzt. In einer Ecke hing ein riesiges Garnnetz. Wahrscheinlich fischte er auch mitunter ein wenig im See unten.

Der Mann nickte uns stumm zu, als wir eintraten. Er war eben beim Abendessen. Während der Sklave uns eine alte Holzbank herbeiholte, die vor dem Haus stand, fuhr sein Herr fort, mit einem Blechlöffel aus einer Pfanne Brotstücke zu verspeisen. Der Sklave, ein ältlicher Bursche mit wäßrig rotem Haar, setzte sich wieder zu ihm und löffelte auch seinerseits. Sempronius knüpfte die Unterhaltung mit der Frage an, wo man Krammetsvögel bekommen könne.

Er bekam Auskunft und leitete nun zu dem Buch über, das ich, sein Herr, über den großen Caius Julius schreiben wolle. Der Kurze wandte für einen Augenblick seinen dicken Kopf mit den zottligen grauen Haaren nach mir und warf mir einen schnellen Blick zu, sagte aber nichts. Erst als er mit den Fingern einen Brotbrocken in der geleerten Pfanne herumgeführt hatte, um die Reste der fädenziehenden Käsespeise vollends aufzutunken, sagte er langsam:

»Ich habe ihn nur zweimal in zehn Jahren gesehen.«

Während der Rothaarige mit schußligen Bewegungen Pfanne und Löffel wegnahm, nach hinten brachte und anfing, das Geschirr in einem Eimer zu säubern, setzte sein Herr sich auf dem Holzschemel so weit zurück, daß er an der Mauer lehnte, und sah, die unglaublich breite Brust vorgestreckt, blinzelnd von mir zu Sempronius.

»Was wollen Sie wissen von ihm?« fragte er nicht besonders freundlich.

»Waren Sie in Gallien mit?« fragte ich zurück.

»Ja, Herr«, sagte er, »wir waren mit. Drei Legionen, Herr.«

Ich war ein wenig irritiert, so daß meine nächste Frage ziemlich banal ausfiel.

»Sahen Sie ihn aus der Nähe?«

»500 Schritt das eine Mal, tausend Schritt das andre Mal«, war die Antwort. »Das eine Mal, wenn Sie's genau wissen wollen, bei einer Musterung in Lucus, was vier Stunden Nachexerzieren bedeutete. Das andre Mal beim Einschiffen nach Britannien.«

»Er war sehr beliebt?« fragte ich.

Er schwieg eine ganze Weile, mich beinahe unsicher anblikkend. Dann sagte er:

»Er galt als fix.«

»Aber der einfache Mann hatte Vertrauen zu ihm?«

»Die Verpflegung war nicht schlecht. Darauf soll er geachtet haben, hieß es.«

»Machten Sie den Bürgerkrieg mit?«

»Jawohl. Auf Seite des Pompejus.«

»Wie das?«

»Ich gehörte zu der Legion, die er sich von Pompejus ausgepumpt hatte. Er gab sie zurück, bevor der Bürgerkrieg losbrach.«

»Ach so«, sagte ich.

»Pech«, sagte er. »Ich kam um meine Abfindung. Und er zahlte sehr anständige Abfindungen. Aber ich konnte nicht wählen.«

Ich überlegte. Wie konnte ich aus ihm etwas herausbekommen? Ich versuchte etwas anderes.

»Warum wurden Sie Soldat?«

»Lang her, Herr.«

»Wissen Sie's nicht mehr?«

Er lachte. Sein gewölbter Brustkasten gab dem Lachen des kurzen Mannes etwas Mächtiges. Es war jedoch kein böses Lachen, ich lachte mit.

»Sie sind ein Hartnäckiger«, sagte er dann. »Ich ging zum Militär, weil ich ausgehoben wurde. Ich bin in der Gegend von Setia zu Hause, wenn Ihnen das etwas sagt. Latiner. Wenn ich nicht römischer Bürger gewesen wäre, hätten sie mich nicht ausheben können.«

»Wären Sie lieber in Ihrem Heimatort geblieben?«

»Das nicht. Wir waren schon vier Jungens. Das war zuviel für die paar Hufen Acker. Und verdingen auf eines der größeren Güter konnten wir uns auch nicht, denn die nahmen lieber Freigelassene, die eben nicht ausgehoben werden konnten, und im übrigen hatten sie ihre Sklaven.«

»Sind Ihre Brüder noch auf dem Hof?«

Der Kurze zuckte die Achseln.

»Wie soll ich das wissen? Kaum anzunehmen, Herr. Bei den Kornpreisen. Sie haben doch das sizilische Korn in Italien. Das ist soviel billiger. Sogar das Heer wurde nur mit sizilischem Korn gefüttert, schon zu meiner Zeit.«

»Und Sie selbst sahen sich erst jetzt wieder nach Land um?«

»Ja. In meinen Jahren ist man nicht mehr Soldat. Ja, die Landfrage war nicht gelöst, und sie wird nie gelöst werden. Unmöglich.«

»Sehr groß ist Ihr Betrieb ja jetzt auch nicht, wie?«

»Bißchen Oliven. Aber wir Kleinen können ja nicht mit. Dazu bräuchte man Sklaven.«

Er sah nach dem Rothaarigen, der mit dem Eimer hinausging. Er konnte jedoch das Folgende noch hören. Der ehemalige Legionär sagte:

»Das ist ein Rätier. Er ist nicht mehr viel wert, kaum das Futter.«

Die Unterhaltung versandete. Es wurde auch dunkel.

»Haben Sie etwas von den demokratischen Klubs gehört in Ihrer Jugend?« fragte ich plötzlich.

»Ich glaube«, sagte er. »Als ich in der Hauptstadt war. Ich habe einmal mitgewählt. Aber ob es der demokratische Prätor war, weiß ich nicht mehr. Ich bekam 50 Sesterzien. Viel Geld.«

»Ich denke, die Demokraten waren dafür, daß die Landfrage geregelt wurde?« versuchte ich.

»So?« fragte er. Dann dachte er nach. Und sagte noch:

»Waren die nicht dafür, daß Kornspenden ausgeworfen wurden für die Arbeitslosen?«

»Auch«, sagte ich.

»Aber das hat doch gerade den Kornpreis kaputtgemacht.«

»Aber wenn man in der Stadt war, wie Sie damals, war es doch gut, wenn man billiges Brot kriegte?« fragte ich erstaunt.

»Ja, in der Stadt war es notwendig«, entgegnete er. »Da war man ja arbeitslos.«

»Nur für Ihre Leute in Latium, meinen Sie, war es schlecht, da machte der niedere Kornpreis alles kaputt?«

»Ja, das und die vielen Sklaven. Die holten ja nun wir. In Gallien und so weiter. Schwierig, wie? Politik.«

Ich stand auf, da ich noch zu Mummlius Spicer wollte.

»Wie sah Caesar denn aus?«

Er überlegte und sagte unbestimmt:

»Verlebt.«

Ich ging recht gedankenvoll weg. Die menschliche Unfähigkeit, Größe da zu sehen, wo sie ist, schien mir lästiger denn je.

Spicer hatte Besuch bekommen. Der Jurist und mir bekannte Verfasser mehrerer staatsrechtlicher Bücher Afranius Carbo aus der Hauptstadt konsultierte auf der Durchreise nach dem fernen Belgien, wo er im Auftrag eines Trusts die Bedingungen für den Export nervischer Tuchmäntel und menapischer Schinken studieren sollte, den alten Bankier und Kenner Galliens.

Der große Jurist, ein etwa fünfzigjähriger, schwerer Mann mit Hängebacken und verschwommenen Augen, begrüßte mich jovial als jüngeren Kollegen.

»Ein schönes Thema, das Sie sich da gewählt haben«, sagte er laut, kaum, daß ich mich gesetzt hatte. »Ein ausgezeichnetes, ein heroisches Thema, wenn richtig angepackt. Und Sie sitzen an der richtigen Quelle.«

Ich gestehe, es schmeichelte mir, daß der zweifellos bedeutende Mann an meinem literarischen Plan, den ihm Spicer wohl auseinandergesetzt hatte, Gefallen zu haben schien. Von ihm durfte ich mir, wie schon seine ersten Sätze bewiesen, endlich ein auf das Große und Ideelle gerichtetes Interesse erwarten. Er schien geneigt, sich mit mir über mein Thema, das er mit Recht ein heroisches nannte, zu unterhalten.

Er war aufgestanden, wie um seinen Gefühlen Luft zu machen, und ging mit kurzen, stampfenden Schritten zwischen Wand und Tisch hin und her. »Und ich höre, daß Sie von der richtigen Seite herangehen an Ihr Thema. *Der Gedanke des Imperiums! Die Demokratie! Die Ideen des Fortschritts!* Endlich ein auf wissenschaftlicher Grundlage geschriebenes Buch, das der kleine Mann lesen kann *und* der Mann der City. Sein Sieg, ihr Sieg! Fakten!«

Bei dem letzten Wort beugte er sich über den Tisch und schlug mit der flachen Hand heftig auf die Platte. Dann nahm er seinen Marsch wieder auf.

»Daß wir ein solches Buch nicht schon lang haben, daß wir unsere Geschichte, eine Geschichte, so heroisch wie irgendeine, nicht geschrieben haben, ein schweres Versäumnis! Ich muß sagen, ein typisches Versäumnis! Mangel an historischem Sinn. Die alte, verhängnisvolle Gleichgültigkeit gegenüber der eigenen Geschichte. Man überläßt der Gegenseite die großen Gesichtspunkte, man rühmt sich seiner Nüchternheit, wendet sich seinen Geschäften zu, ohne zu berücksichtigen, daß man damit der Gegenseite die Jugend überläßt. Wir verstanden wohl, unsere syrischen Salben, ägyptischen Leinwände, samnitischen Weine ins rechte Licht zu setzen, aber wir haben es nie verstanden, den Handel selbst, seine Ideale ins rechte Licht zu setzen. Die großen, demokratischen Ideale!«

Afranius Carbo blieb wieder einen Augenblick am Tisch stehen, um einen Schluck Rotweins zu sich zu nehmen. Er schmeckte ihn kennerisch mit der Zunge.

Ein leichtes Gefühl der Enttäuschung hatte sich meiner bemächtigt. Sein Gesichtspunkt kam mir anfechtbar vor. Auch störte mich das Benehmen unseres Gastgebers. Spicer saß bequem zurückgelehnt, die massive Kinnlade auf die Brust gestützt, ab und zu nach einer Feige greifend. Dazwischen fuhr er mit der Hand in seinen Mund und holte einen Kern aus seinen gelben Zähnen. Meine Aufmerksamkeit teilte sich so zwischen diesem Vorgang und der Rede des Juristen.

»Die Katapulte des Scipio Africanus stehen ruhmbedeckt in unsern Zeughäusern«, fuhr er fort. »Aber wo sind die Planwägen unserer ersten Kaufleute? Sind sie nicht sehenswert? Ist es eine geringere Kunst, mit dem Schreibstift die Welt zu erobern als mit dem Schwert? Freilich, man hängt keinen Schreibstift in die Ruhmeshallen! Warum, frage ich. Was gibt dem Schwert den Vorrang? Sie können bei jedem Metzger ein Schwert in Gebrauch sehen, es hat nichts besonders Ehrwürdiges an sich. Warum sollen Ahnenbücher eher aufgehoben werden als Rechnungsbücher? Es ist eine verrottete Gewohnheit von euch jungen Leuten, zu lachen, wenn von den Idealen die Rede ist, die der Handel in die Welt gebracht hat. Ihr imitiert nur das Naserümpfen einiger hochgeborener Tagediebe. Sieht man das Heroische nur im Krieg? Wenn ja, ist Handel kein Krieg? Wörter wie *friedlicher Handel* mögen strebsame junge Leute begeistern. Sie haben keinen Platz in der Geschichte. Der Handel ist nie friedlich. Grenzen, welche die Waren nicht überschreiten können, werden von den Heeren überschritten. Zum Handwerkszeug des Wollspinners gehört nicht nur der Webstuhl, sondern auch das Katapult. Und darüber hinaus hat der Handel noch seinen eigenen Krieg. Einen unblutigen Krieg, ja, aber nichtsdestoweniger einen tödlichen, meine ich. Dieser unblutige Krieg tobt in jeder Ladenstraße während der Geschäftszeit. Jede Hand voll Wolle, die unten an der Straße verkauft wird, löst einen Schmerzensschrei oben an der Straße aus. Der Zimmermann deckt das Dach deines Hauses, aber seine Rechnung gibt dich den Unbilden der Witterung preis. Der Hunger nach Brot tötet die es haben und die es nicht haben. Und nicht nur der Hunger nach Brot tötet, sondern auch der Appetit auf Austern.«

Der große Mann war am Ende seines Marsches angelangt. Er stand mit dem Rücken zur Wand, die Beine kriegerisch gespreizt.

»Trotzdem ist es richtig, zu sagen«, sagte er etwas ruhiger, »daß der Handel einen gewissen humanen Zug in die menschlichen Beziehungen brachte. Es muß im Gehirn des Händlers gewesen sein, daß der erste friedliche Gedanke auftauchte, die Idee von der Nützlichkeit eines milden Vorgehens. Sie verstehen, die Idee, daß man sich eben auf unblutigem Wege größere Vorteile verschaffen könnte als auf blutigem. In der Tat ist eine Verurteilung zum Hungertod etwas Milderes als die Verurteilung zum Tod durch das Schwert. Wie auch das Los einer Milchkuh ein freundlicheres ist als das eines Mastschweins. Ein Händler muß auf den Gedanken gekommen sein, daß man aus einem Menschen mehr herausholen kann als nur die Gedärme. Aber vergessen Sie nie dabei: *leben und leben lassen*, die große humane Parole, das heißt doch wohl *leben* für den Milchtrinker und *leben lassen* für die Kuh. Und wenn Sie die Geschichte betrachten, zu was für einem Ergebnis gelangen Sie? Wenn Ideale nur ernst genommen werden können, falls für sie Blut geflossen ist, so müssen die unsrigen, die der Demokratie, der City, sehr ernst genommen werden. Es floß viel Blut für sie. Tiberius Gracchus wurde für sie von den Senatorensöhnen erschlagen mit Stuhlbeinen, 300 der Unsrigen mit ihm. Keiner zeigte tot die Spuren von Eisenwaffen. Ihre Leichen schmiß man in den Tiber. Eine ganze kleinasiatische Provinz hatte der senatorische Feldherr Manius Aquillius den Königen von Pontos und Bithynien zum Kauf angeboten. Der von Pontos bot mehr und der Senat bestätigte den Verkauf. ›Es gibt drei Richtungen im Senat‹, sagte Gracchus. ›Die erste ist für den Verkauf. Sie ist vom König von Pontos bestochen. Die zweite ist gegen den Verkauf. Sie ist vom König von Bithynien bestochen. Die dritte schweigt. Sie ist von beiden Königen bestochen.‹ Der Senat antwortete ihm mit den Stuhlbeinen. Das war 620, vor mehr als einem Jahrhundert also. 13 Jahre später bestand Gajus Gracchus darauf, daß aus den spanischen Provinzen requiriertes Getreide bezahlt wurde, Bauern als Kolonisatoren nach dem eroberten Afrika geschickt wurden, die Italier in den Bürgerverband aufgenommen, den Provinzen Steuern statt Tribute auferlegt, die Staatseinkünfte von Geschäftsleuten kontrolliert wurden, und eine Rotte von Senatoren machte Jagd auf ihn, den Abhang zum Tiberufer hinunter. Er verstauchte sich den Fuß, ließ sich von seinem Sklaven in einer Anlage in der Vorstadt erstechen, um nicht in ihre Hände zu fallen. Sein Kopf wurde abgeschnitten und einem Senator bezahlt. 21 Jahre vergingen, in ihnen schlug der italische Bauer und der römische Handwerker die Sklavenbanden Siziliens, die numidischen Heere des Jugurtha, die Cimbern und Teutonen, und an einem Dezembertag 654 trieb man die Demokraten auf dem Markt zusammen, dann aufs Kapitol hinauf, wo man ihnen das Wasser absperrte, so daß sie sich ergeben mußten. Sie wurden ins Stadthaus gepfercht, die vornehme Jugend kletterte aufs Dach, deckte die Ziegel ab und zerschmetterte mit diesen den Gefangenen die Köpfe. Dann eroberte der italische Bauer und der römische Handwerker halb Asien und Ägypten dazu, und es wurde Zeit für einen neuen Aderlaß. Sulla nahm ihn vor, und diesmal war die Arbeit gründlich. 4000 der Unsrigen, gering gerechnet, das heißt nur die Wohlhabenden gerechnet, nur die der City angehörten. Ich spreche nicht von solchen Metzgereien wie der nach der Schlacht am Collinischen Tor, wo 3000 Gefangene in das städtische Meierhaus auf dem Marsfeld geführt und bis auf den letzten Mann niedergehauen wurden; so, daß man in dem nahen Tempel der Bellona, wo Sulla eben eine Senatssitzung abhielt, deutlich das Klirren der Waffen und das Stöhnen der Sterbenden vernehmen konnte. Und die Sache war nicht zu Ende, weder der Aufruhr noch das Abwürgen des Aufruhrs. Noch knappe acht Jahre vor der Zeit des Catilina-Aufstands wurde der demokratische Feldherr Sertorius von Senatoren beim Essen niedergemacht. Wir hielten ihm die Arme und einer stieß ihm das Schwert durch den Hals.

Das war alles vorbei, aber nichts davon war vergessen, als Caius Julius die demokratischen Fahnen wieder erhob. Jeder Pflasterstein Roms war mit dem Blut des Volkes getränkt. Mein Vater zeigte mir noch den Ort, wo sie den Gajus Gracchus erjagt hatten. Zwei verkrüppelte Zypressen standen dort, ich sehe sie noch vor mir.«

Die geschulte Stimme des Advokaten hatte einen nicht unangenehmen, fast menschlichen Klang angenommen. Aber eine Bewegung seiner mit dem Ritterring geschmückten Hand, mit der er die Augen beschattete, verdarb wieder alles. Ich wußte nicht, was ich dringender wünschte: daß er seinen letzten Satz oder daß Spicer seinen letzten Feigenkern fände.

Aber Afranius Carbo fuhr fort:

»Wir haben vergessen, daß wir Plebejer sind. Sie sind es, Spicer ist es, und ich bin es. Sagen Sie nicht, daß das heute nichts mehr ausmacht. Gerade das ist es, was erreicht wurde: daß es heute nichts mehr ausmacht. Das ist eben Caesar. Was sind dagegen ein paar Schlachten im alten Stil, ein paar wacklige Verträge mit ein paar Häuptlingen eingeborener Stämme, die er auch noch gemacht hat!

Die City war eine Schöpfung der Gracchen. Sie waren es, die dem Handel die Steuer- und Zollpachten der beiden Asien aushändigten. Die Ideen der Gracchen waren es, die Caius Julius aufnahm. Die Frucht war: das Imperium.«

Ich war beinahe versucht, laut hinzuzusetzen: und ich, Afranius Carbo. Für diese beiden Herrn war mein Buch schon geschrieben.

Als der große Jurist sich mit der Entschuldigung verabschiedete, daß die Strapazen der Reise ihn stark ermüdet hätten, hatte ich noch kaum ein Wort gesprochen. Spicer bedeutete mir, ich möge noch etwas bleiben.

Ich folgte ihm schweigend in die Bibliothek. Er bestand darauf, daß ich mit einer seiner bauchigen, strohumsponnenen Flaschen roten Landweins versehen wurde, und versorgte sich selber mit einem neuen Teller seiner geliebten Feigen. Dann begann er:

»Bevor ich Ihnen heute abend die besagten Manuskripte zur Lektüre überlasse, habe ich Sie, unserer Verabredung gemäß, noch über die Lage ins Bild zu setzen, in der sich C. befand, als die Aufzeichnungen begonnen wurden. Sie betreffen zunächst den Beginn des Jahres 91, als eben die große Catilina-Affäre ins Rollen kam.

Ich habe es da nicht ungern gesehen, daß unser Freund Ihnen eine kurze Darstellung der demokratischen Ideen gab, die ich Ihnen kaum hätte geben können. Ich war mehr praktisch tätig, Sie wissen von meinem Beruf. Jedoch war es, als C. in diesen Jahren durch eine Verknüpfung der Umstände, die Sie aus den

Aufzeichnungen seines Sekretärs ersehen können, in die große Politik kam, die demokratische Partei, mit der er liiert war.«

»Nicht sehr ruhmvoll«, konnte ich mich nicht enthalten dazwischenzuwerfen. Ich war langsam in eine gereizte Stimmung geraten. Die bisherigen Erzählungen des alten Mannes, der Ton, den er meinem Idol gegenüber anschlug, hatten mich mehr verstimmt, als ich sagen kann. Es war undenkbar, daß er dies nicht bemerkt haben sollte. Er hatte sich dennoch nicht im geringsten darum gekümmert. Zu guter Letzt hatte er mir noch eine endlose Vorlesung über die Metzeleien des Senats und die anrüchigen Ideale des Handels halten lassen. Das wenige, was er über den Gründer des Imperiums, einen der größten Männer der Weltgeschichte, vorgebracht hatte, sollte ihn ganz augenscheinlich als besonders verkommenen Sprößling einer alten Familie zeigen.

Meine Geduld war zu Ende. Wenn es mir nicht darum zu tun gewesen wäre, die unschätzbaren Papiere an mich zu bringen, wäre ich schon lange aufgestanden. Ich wollte nur noch auf sie warten, dann mit ihnen weggehen und endlich etwas über den wahren Caesar erfahren.

Aber der alte Mann war hartnäckig, wie man es sein muß, um einen Weingarten um die Hälfte seines Wertes einzuhandeln. Er war noch immer nicht fertig.

Er schob den Teller mit den Feigen weg (auch sein Gebiß schien, wie ich mit einiger Erleichterung wahrnahm, gesäubert) und sagte gemächlich:

»Ruhmvoll oder ruhmlos, jedenfalls war C. auch Demokrat. Verstehen Sie das richtig: er ließ sich, wenn es ihm um Ämter zu tun war, von den demokratischen Klubs aufstellen. Sie unterstützten ihn, weil es einige Traditionen gab, welche Mitglieder seiner Familie mit der Partei verknüpften. Die City steckte einiges gutes Geld in seine Kandidaturen, nach 91 finanzierte sie ihm die Wahl zum Oberpriester; aber man war nicht gerade von ihm begeistert.

Man verwendete ihn, wenn man ihn brauchen konnte, und schickte ihm dann ein Kuvert mit einem Scheck. Wenn man ihn irgend umgehen konnte, machte man einen Bogen um ihn. Man hatte so ziemlich den Eindruck, daß man bei ihm aufs falsche Pferd gesetzt hatte. Man belästigte ihn nicht mit der großen Politik. Und er wiederum kümmerte sich zunächst weder um die beiden Asien noch um Catilina.

Ich erinnere mich noch genau der wahrhaftig nicht politischen Unterredungen, die ich damals beinahe täglich mit ihm zu führen hatte. Er sah seinen Gerichtsvollzieher häufiger als irgendeinen andern Menschen. Er hatte zwei der kurulischen Ämter hinter sich, das Ädilat und die Quästur, und steckte bis über die Ohren in Schulden. Die Ämter hatten mit Politik nicht das geringste zu tun. Die saßen die Herrn ab, um, nach der Prätur, endlich eine Provinz zu bekommen. Die Provinz, das war der große Zaster. Nun, Quästur und Ädilat waren geschafft, die Bewerbung darum hatte ein Vermögen verschlungen, aber nun war nichts mehr da, die Kosten für die Prätur zu decken. Dann war aber alles bisher in die Karriere gesteckte Geld hinausgeworfen. Große Götter, 25 Millionen Sesterzien Schulden! Die Summe war damals größer als heute. Ein Handwerker in Rom verdiente im Tag drei Sesterzien.

Er sagte mir mehr als einmal: ›Dieser Catilina ist mein Untergang. Wer soll mir noch Geld leihen wollen, wenn der Mensch alle Lumpen Italiens bewaffnet, um eine allgemeine Schuldenstreichung durchzuführen! Die halbe City hat die Koffer gepackt.‹

Der Mann war 40 Jahre alt!

Es ist schließlich kein Wunder, wenn er in seiner Lage nach jedem Vorschlag griff, politisch oder unpolitisch, der ihn in Stand setzen konnte, sich über Wasser zu halten. Er hatte das Geld immer genommen, wo er es bekommen hatte. Ein Blick in die Tagebücher seines Sekretärs wird Ihnen zeigen, daß er jedenfalls jetzt, im ganzen spät genug, anfing einzusehen, wie es um ihn stand. Erwarten Sie nicht, darin Heldentaten im alten Stil zu finden, aber wenn Sie mit offenen Augen lesen, werden Sie vielleicht einige Hinweise darauf entdecken, wie Diktaturen errichtet und Imperien gegründet werden.«

Und er erhob sich schwerfällig, griff nach dem Eschenkästchen auf dem Bücherbord und übergab mir die »Aufzeichnungen des Sklaven Rarus«.

ZWEITES BUCH
UNSER HERR C.

11.8.91

Der Krieg im Osten geht nach zwölf Jahren nun seinem Ende zu. 22 Könige sind besiegt, darunter die drei mächtigsten Asiens, zwölf Millionen Menschen sind unterworfen, 1538 Städte und Festungen sind erobert. Die römischen Adler sind am Mäotischen, am Kaspischen und am Roten Meer aufgepflanzt. Rom erschließt einen neuen Kontinent.

Die Pläne für die neue Reitbahn, die C. hinten im Garten gegenüber der Turnhalle bauen will, sind eingetroffen. 40000 Sesterzien. Die Baufirma besteht diesmal auf einem Vorschuß von 25000 Sesterzien. Sie gibt keine nähere Begründung. Ein Herr in der Leitung lachte aber, als ich ausführte, das sei einem Mann wie C. gegenüber nicht üblich.

Es ist unsinnig, diese Reitbahn zu bauen, wo wir doch hier in der Subura nur noch so lange wohnen wollen, bis wir das große Haus in der Heiligenstraße beziehen können, das seit Monaten, seit seiner Wahl zum Oberpriester, für ihn hergerichtet wird. Er kann nichts abwarten. Was die Renovierung dort kosten wird, daran darf ich überhaupt nicht denken. Wenn man ihm die Rechnungen vorlegt, wird er böse. Dann fängt er jedesmal an, an der Beköstigung des Personals zu sparen. Als ob diese Summen in Betracht kämen!

Abends mit meinem lieben einzigen Caebio in den Tiberanlagen. Er kann und kann keine Arbeit finden. Er ist Parfümeriearbeiter, und auch diese Branche verwendet fast nur noch Sklaven. Pompejus schickt aus Syrien Tausende, gelernte Leute, die dort selber Läden besessen haben. Caebio fertigt man überall damit ab, daß es keinen Sinn habe, Leute einzustellen, die morgen zum Kriegsdienst eingezogen werden können. Caebio ist römischer Bürger. Er ist ganz verzweifelt.

Er sagt, er wüßte nicht, was anfangen, wenn ich ihn nicht über Wasser hielte.

13.8.

Niemand von den besseren Leuten schon in der Stadt zurück. Heiß und staubig. Darf nicht an die Morgenwinde in den Albanerbergen denken. Wir sind nur in Rom geblieben wegen der Cynthia und nicht, wie C. sagt, »wegen der politischen Lage«. Er trifft tagelang keinen Menschen außer ihr.

14.8.
Glaucos, der neue Fechtmeister, den die Pompeja für 15 000 Sesterzien in Capua gekauft hat, sagt, daß C. in ausgezeichneter Form ist. Keine Unze Fett auf dem Körper, mit 38 Jahren! Das Klima in der Stadt macht ihm gar nichts. Es ist eine Schande, daß eine solche Persönlichkeit wie er eigentlich unverwendet herumgeht. Mit seinen Fähigkeiten müßte er doch längst zum Zug gekommen sein. Man könnte es verstehen, daß man ihn nicht heranzieht, wenn er sich irgendwie politisch festgelegt hätte. Aber wenn er auch Demokrat ist, so ist er doch so offen für jeden Vorschlag, bei dem auch nur das Geringste herausschaut, so elastisch in seinen Grundsätzen, so vorurteilslos in allen politischen Fragen, daß es einfach unerklärlich ist, wie er behandelt wird. Ein Mann aus alter Familie, mit einem Sitz im Senat!

Glaucos ist übrigens ein reizender Mensch, gebildet. Sah ihn bei der Frühgymnastik. Drahtiger Typ. Nehme vielleicht bei ihm Fechtstunde, gut gegen das wirklich um diese Jahreszeit ungesunde Klima.

Ich fühle mich körperlich gar nicht auf der Höhe, überanstrengt.

Der Klientenbetrieb ist schauderhaft. Um neun Uhr werden sie eingelassen. Sie stehen aber schon ab sieben Uhr auf der Straße an und machen einen Lärm wie die Schafherden, die man früh fünf Uhr die Appische Straße herein in die Schlachthäuser treibt. C. empfängt sie frühstückend in der Halle. Sie schleppen an den Stiefeln Dreck herein und im Maul Klatsch. Sie fragen, ob sie ihr Grundstück beleihen, ihre Frau prügeln, ihren Anwalt wechseln sollen. Sie brauchen Posten und Darlehen. Viele gehen neben den Schuhen, und einige sind reicher als wir, sie haben ihre eigenen Leibwächter dabei, die mich wie einen mutmaßlichen Meuchelmörder nicht aus den Augen lassen. Veteranen wollen Schankkonzessionen, Qualifikationen als Bademeister, Parfümeriehändler bringen Warenproben, Literaten Bücher, Einbrecher Polizeivorladungen, Beamte Bürogeheimnisse. Die wenigsten Kuverts mit Schecks. C. spricht mit jedem anders, aber nie anders als C., während Crassus, den ich auch einmal in seiner Klientelstunde sah, mehrere Dialekte zu sprechen sucht und sich in tausend Arten benimmt, aber niemals wie Crassus. Cicero soll Sätze von fünf Minuten Dauer von sich geben (aber nicht eine Drachme).

16.8.
Erste Fechtstunde. Anstrengend.

Merkwürdigerweise ist die Stadt doch nicht so unbevölkert, wie man, der Jahreszeit wegen, annehmen müßte. Eine ganze Menge Leute sind heuer schon zurück. Einige Herren vom Senat zum Abendessen hier. Gesprächsthema: der Krieg im Osten.

Die Handelskammer hat durch Cicero dem Senat eine Denkschrift einreichen lassen, in der sie eine »Dankadresse« an Pompejus vorschlägt. In die Lobeserhebungen, daß er »die römischen Adler siegreich ins innerste Asien getragen« habe, sollen sehr vorsichtig, aber unmißverständlich gewisse Forderungen, die City in das asiatische Geschäft einzuschalten, hineingeschlungen sein. Die Herren machten reichlich Witze darüber. Sie nähren ein sehr gesundes Mißtrauen gegen den Bezwinger des Ostens. Wenn die Dankbarkeit allzu große Wellen schlüge, könnte er ihnen mit seinen sieggewohnten Legionen hübsch auf den Hals kommen. In den Palais des Aventinhügels kann man schon seit zwei Jahren die ominösen Worte »Diktaturgelüste des Pompejus« hören.

17.8.
Unerträgliche Hitze.

Pomponius Celer hier. Er ist aus Baja zurück, um seine Geschäfte mit dem Osten abzuwickeln. Als Hauptmacher im Ledertrust ist er Heereslieferant für Pompejus. Der Ledertrust vertritt 34 Ledergerbereien und hat sich während des Kriegs auf Riemen- und Tornisterfabrikation geworfen. Celer lachte ebenfalls über die »Dankadresse«. Er erzählt sehr interessant von der Stellung der City zum Krieg im Osten. Trotz der Heereslieferungen habe sich die City für den Feldzug nie ganz erwärmen können. Bevor Pompejus den Oberbefehl übernommen hatte, waren mehrere römische Heere geschlagen worden. Aber alles, was wir damals gehört hatten von »untüchtigen Feldherren« und

»das römische Heer ist nicht mehr, was es war« und »der Legionär läuft weg wie ein Hase«, war Unsinn. Der eigentliche Grund der Niederlagen war nach Celer einfach der: die City investierte anfangs kein Geld in den Feldzug. Der Senat hatte ihr die Steuer- und Zollpachten weggenommen. Erst als sie wenigstens in der bescheidenen Form, wie sie jetzt existieren, wieder eingeführt wurden, hatte man sich für den Krieg im Osten einigermaßen interessiert und dem Pompejus Gelder bewilligt. Asien ist *das* Geschäft der City. Ohne Steuerpachten in Asien keine Demokratie in Rom, sagt Celer. Man hat Pompejus 20 Millionen verdienen lassen bisher. Und jetzt tut er nicht das geringste für die Banken, die sich unter keinen Umständen mehr mit der geringen Gewinnspanne bei den Steuer- und Zollpachten zufriedengeben werden. Außerdem steht das große Geschäft der Finanzierung der Kriegsentschädigungen bevor! Die römischen Banken wünschen natürlich, den besiegten Provinzen die Entschädigungssummen, die sie an den römischen Staat zu zahlen haben, als verzinsliche Anleihen vorzuschießen. Auch das wird von Pompejus nur sehr lahm betrieben. Also: große Stimmung gegen Pompejus in der City.

C. wurde hinter den Ohren rot, als er von den 20 Millionen hörte.

18.8.

Unsere Finanzlage trostlos. Das Geraufe mit den Gerichtsvollziehern fängt wieder an. Machte heute eine Aufstellung der kleineren Schulden, die jetzt doch auch schon bedenklich anwachsen. C. ganz überrascht über die Endsumme.

Nachgedacht über die Rätsel der Liebe. Wundere mich, daß ich Caebio lieben kann und doch (Glaucos!) gegen rein sinnliche, niedrig körperliche Regungen nicht immun bin. Vielleicht hat das nichts miteinander zu tun? Seltsam.

Die Widerborstigkeit des großen Pompejus der City gegenüber zieht übrigens auch meine Wenigkeit in Mitleidenschaft. Mein kleiner Anteilschein an den silizischen Steuerpachten der asiatischen Handelsbank notiert sehr tief.

19.8.
Die Sklaven, die Pompejus aus Asien schickt, werden zur Vermeidung unnötigen Aufsehens gewöhnlich in den ersten Morgenstunden zur Verauktionierung in die Stadt geführt. Ich sah heute einen solchen Zug. Etwa 2000 trotteten die Subura herunter, in jämmerlichem Zustand, für unser schlechtes Pflaster viel zu leicht beschuht. Trotz der frühen Stunde stand ich umringt von kleinen Ladenbesitzern und Arbeitslosen (die ersteren beginnen früh mit ihrem Handwerk, um das Licht auszunützen, die letzteren sind früh auf dem Weg in die Hallen, um billige Abfälle zu bekommen). Alle blickten finster auf den langen Zug. Sie wußten, daß jeder dieser Sklaven einen Arbeitsplatz weniger oder einen Kunden weniger bedeutete.

19.8. (abends)
Mit C. auf einer Gesellschaft des *Lucullus*. Er wohnt auch im Sommer in seinen kühlen Gärten am Tiber. Die Herren vom Senat, die eingeladen waren, kamen eigens von ihren Landhäusern herein. Ich sah den Hausherrn im Atrium, ein kleiner, dürrer Mann, der hinkend an einem Stock geht. Er ist immer noch sehr mächtig, in letzter Zeit betont man im Senat wieder besonders stark, daß der Osten von ihm eigentlich schon erobert war, als Pompejus mit neuen Vollmachten und neuen Geldmitteln ihn im Kommando ablöste. Der Ruhm seiner Gastmähler überschattet jetzt, wie Cicero gesagt haben soll, den Ruhm seiner Schlachten.

C. wollte den Stadtprätor sprechen, der ebenfalls eingeladen war, und ich wartete mit Papieren im Atrium. Die Kuppel ist so hoch, daß man sie nachts überhaupt nicht beleuchten kann. Der Palast besteht eigentlich aus fünf hintereinanderliegenden Palästen; man braucht ein Viergespann, um durchzufahren.

Ich belauschte ein wenig die Dienerschaft der drinnen speisenden Herren. Zwei Stunden lang hörte ich von nichts sprechen als von den Neuerwerbungen (Landgüter, Villen, Pferde, Statuen), die diesen Sommer in Senatorenkreisen gemacht wurden. Die ganze asiatische Beute geht wieder in die Taschen dieser Herren. Die Mißstimmung in der City wird einem da verständlich.

Geladen waren nur etwa 40 Leute, alles Grundbesitzer, Militärs, Beamte. Trotzdem gelang es C. anscheinend nicht, den Prätor in ein geschäftliches Gespräch zu verwickeln. Wir wollten eine Baukonzession bei der städtischen Wasserleitung für einen Klienten, der uns eine hübsche Provision zugesagt hatte. Der Sekretär des Stadtprätors sagte mir unverschämt: »Sie können mit Ihrer Mappe ebensogut heimgehen. Während der Mahlzeiten treiben wir nicht Handel.« Und dann sah ich, wie er sich mit andern über C. lustig machte. Man weiß allgemein, in welcher Lage wir sind.

Ich dachte darüber nach, wieviel weniger Erfolg C. bei den Männern hat als bei den Damen. Der halbe Senat grüßt ihn überhaupt nicht.

Ich wurde tatsächlich nicht gerufen und erfuhr am Schluß, als alles aufbrach, daß C. schon weggegangen sei.

20.8.

Unangenehmer Auftritt in der Klientelstunde. Die Schreibstube liegt neben der Halle. Die Halle war voll von Menschen, die C. sprechen wollten, als der Delikatessenhändler Horus in der offenen Tür wilde Drohungen ausstieß, weil man ihm nicht 4000 Sesterzien bezahlen wollte. C. war noch nicht unten. Ich fragte ihn, was ich tun solle. Er fragte zurück, ob ich das Geld nicht auslegen könnte. Ich habe die 4000 ausgelegt. (D. h., ich hatte nur 3200, die restlichen 800 lieh mir Glaucos.)

21.8.

Die Verluste im asiatischen Krieg sind entsetzlich. Die Totenlisten hängen auf dem Forum aus, zwischen zwei Banken. Ein dünner Zug bewegt sich daran vorbei. Frauen mit Kindern an den Händen suchen die langen Reihen der Namen nach Angehörigen ab. Viele sind vom Land hereingekommen. Sie setzen sich, wenn sie durch sind und den Namen ihrer Angehörigen nicht in den Listen gefunden haben, in eine Ecke des Forums und essen ihr Brot, das sie mitgebracht haben. Meist gehen sie vor Nachtanbruch noch zurück, da sie das Übernachten in der Stadt nicht bezahlen können und auch am frühen Morgen wieder bei der Arbeit sein müssen. In der Campania wird jetzt das Getreide gedroschen.

24.8.
Wie von den Göttern geschickt, tauchen heute unsere Kaufleute aus den Po-Städten auf. Der gute, dicke Favella aus Cremona an ihrer Spitze. Die Handelskreise am Po wollen diesen Herbst bei den Konsulatswahlen unbedingt eine neue Kampagne für die Ausdehnung des Bürgerrechts auf die Po-Ebene entfaltet haben. C. hat vor drei Jahren in allen größeren Städten Vorträge als Gast der dortigen Handelskammern gehalten, was sich damals gut bezahlt machte. Crassus war eben Zensor, und C. erfüllte die Guten, die so happig danach sind, römische Bürger zu werden, mit frischer Hoffnung. Sie zahlten. Seit langem sind sie mit ihrer unglücklichen Liebe zum Bürgerbrief eine ständige, sichere Einnahmequelle der Demokratie. Die guten Leute waren dann eine Zeitlang verstimmt, weil es Crassus nicht glückte, sie ohne weiteres in die Bürgerlisten einzuschreiben, und behaupteten, C. habe ihnen zuviel versprochen. C. war aber unschuldig. Hätte Crassus damals seinem Kollegen in der Zensur, dem alten Catulus, genügend abgegeben, wäre von diesem bei seiner kolossalen Verschuldung niemals ein Einspruch erfolgt. Als er zu wenig abbekam, deckte er natürlich den Schwindel auf, und es wurde nichts aus dem römischen Bürgerrecht für die Po-Städte. Nun, jetzt sind sie doch wieder da. Außer der Demokratie kümmert sich schließlich keiner um sie; es sind zu ausgesprochen demokratische Ideen. Man will C. jetzt ziemliche Summen für die Kampagne zur Verfügung stellen. Als die Leute weg waren, sagte er aufgeräumt: »Humane Politik lohnt sich mitunter doch!«

Wir studierten noch einmal die Pläne für die Reitschule. Sie sind wirklich ausgezeichnet. Kontrakt abgeschlossen.

29.8.
Ausgerechnet jetzt muß mir Caebio gestehen, daß er von dem Geld, das ich ihm vorigen Monat gab, keinen Aß mehr hat. Und er muß die Halbjahresmiete bezahlen, wenn er nicht auf die Straße gesetzt werden will. Seine Mutter ist sehr unglücklich. Und ich habe meine ganzen Ersparnisse diesem Delikatessenhändler in den Rachen geworfen, der übrigens schon wieder unangenehm wird. Und nicht nur er. Ich kann doch nicht C. mahnen! Was tun?

1.9.
Die Maurer, die im Garten schwitzend die neue Reitschule bauen, sprechen nur von den Catilinarischen Kampfrotten, von denen in der Stadt immer mehr entstehen. Jeder Mann, der eintritt, bekommt ein Täfelchen mit einer Nummer. Sie haben bestimmte Weinschenken an der Peripherie vollständig in Beschlag genommen. Man hat Catilina nach seiner Niederlage bei der vorjährigen Konsulatswahl für vollständig erledigt gehalten. Allgemein wurde herumposaunt, seine Kampfrotten lösten sich auf aus Mangel an Geldern. Tatsächlich verschwanden sie für den Sommer aus dem Straßenbild. Aber jetzt sind sie wieder da. Die Handwerker im Hof sind verschiedener Meinung darüber. Der Bau ist bei einer großen Firma in Auftrag gegeben, die mit Sklaven arbeitet, aber auch einige freie Handwerker für Spezialarbeiten beschäftigt. Die letzteren sind im allgemeinen für Catilina, da er billiges Korn und Schuldenstreichung im Programm hat und sie kleine Meister mit Bankschulden sind. Die Sklaven sind gleichgültig.

Caebio abends wieder hier, ob ich nicht das Geld für die Wohnungsmiete auftreiben könne. Unangenehm. Ein paar Sesterzien muß ich doch auch hier haben. Gab ihm dennoch wenigstens die Hälfte der Miete (60 Sesterzien). Die Leute hungern wirklich. Früher erhielten die Arbeitslosen Korn aus den Hallen zu ganz niedrigen Preisen. Wovon sollen sie jetzt leben? *Muß* die 4000 von C. zurückkriegen.

Herr Cicero, der Konsul, soll ebenfalls schon in der Stadt sein.

2.9.
Ich hatte bereits seit etwa 14 Tagen da und dort von Catilina wieder reden hören, aber jetzt redet man plötzlich von nichts andrem mehr. Ich erfahre, er hat eine Versammlung im dritten Bezirk gehabt, wo er unter stärkstem Beifall gegen Schieber und Spekulanten gesprochen haben soll. Er verlangt, daß nicht nur Senat und City, sondern auch der letzte römische Bürger von der asiatischen Beute sein Teil abbekommt.

Pompeja plötzlich von den Albanerbergen zurückgekommen. Große Szene im ersten Stock. Sie scheint von der Cynthia gehört zu haben. D. h., ich glaube nicht, daß sie den Namen weiß, nur eben, daß da wieder einmal jemand ist. C. hat sie aber beruhigen können, indem er ihr die im Bau befindliche Reitbahn zeigte. Ich sah die beiden im Garten, wie sie über die Steine kletterten. Er sagte ihr natürlich, daß er für sie gebaut habe und darum in der Stadt geblieben sei. Doch gut, daß wir bauten. (Den Segen der Götter über unsere Po-Kaufleute!) C. kann gerade jetzt kein Zerwürfnis mit seiner Frau brauchen. Ohne die Verbindungen ihrer Familie streicht man uns wegen unserer Schulden noch von der Senatorenliste. Pompeja wird morgen wieder zurückfahren.

4.9.
Auch der »Schwamm«* schon in der Stadt. Er sprach lange mit C. in der Bibliothek. Als C. ihn hinausführte, kam eben der Wollhändler Cruppulus. Ich hörte, wie Crassus, von dem Wollhändler befragt, was er von Catilina halte, antwortete: »Catilina ist ein talentierter Mensch aus einer unserer ältesten Familien, also völlig bankrott. Von der City fünf Mal saniert. Er unterschreibt jeden Wechsel, den sie ihm hinhalten, und würde als Regierungschef auch jede Verordnung unterschreiben, die man ihm hinhält. Er hat leider allerhand Beredsamkeit. Diejenigen meiner Mieter in den ärmeren Vierteln, die ihn haben reden hören, zahlen ihren Mietzins nicht mehr. Wir werden mit ihm zu tun bekommen.«

C. sagte später spöttisch, es sei weniger die Beredsamkeit des Catilina, welche die Minderbemittelten zur Revolution zwingt, als die Beredsamkeit der feuchten Flecke in den Wohnbaracken des Crassus. Und er fügte hinzu: »Die Redegabe der hohen Preise nicht zu vergessen, die unser Cruppulus für seine Wollstoffe nimmt.« Solche Redensarten hat er von Alexander, dem Bibliothekar des Crassus.

Das Geld von den Po-Kaufleuten leider noch nicht eingetroffen. Und das Kuvert, das der gute Favella persönlich überreichte, ist natürlich längst geleert. Der Gerichtsvollzieher Mummlius Spicer hat heute gedroht, die Möbel zu pfänden. Und zwar während der Klientelstunde. C. hat sich mit ihm eine ganze Viertelstunde unterhalten. Er spricht zu solchen Leuten wie mit seinesgleichen, ganz schamlos. Wenn man darüber eine Andeu-

* »Der Schwamm« ist der Spitzname für Crassus, dem in der Stadt viele Mietshäuser gehörten. Die Bevölkerung identifizierte ihn mit dem Schwamm, der in den meisten dieser Häuser saß.

tung fallen läßt, sagt er: »Seien Sie doch nicht undemokratisch, lieber Rarus.«

Die Affäre mit der schlanken Cynthia scheint stark abzuflauen. Im Vestibül eine ziemlich aufgemachte Dame (rotgepudertes Haar) getroffen. Wollte feststellen, wer das ist, und sah mich nach der Sänfte draußen um. Eine ganz gewöhnliche Mietssänfte (!). Das Essen dauerte drei Stunden.

5.9.
Teurung und Kapitalflucht. Ein Scheffel Korn kostet einundeinenhalben Denar, statt einen Denar im Juni. Mit jedem Schiff, das ausläuft, gehen Gold- und Silbertransporte weg. Dabei ist die sizilische Ernte dieses Jahr ausgezeichnet.

Und was die Kapitalflucht betrifft, folgender Ausspruch eines unserer ersten Schiffsmakler in der Klientelstunde: »Die Goldbarren schlingen die Tunika enger um die feisten Glieder und besteigen finster die Schiffe. Sie haben kein Vertrauen zu dieser Regierung.«

Dabei ist es die Regierung der City selber; Herr Cicero.

Die asiatischen Papiere ziehen aber leicht an.

6.9.
Glaucos ist Catilinarier! Er hat es heute zugegeben. Schon seit einem Jahr. Sein früherer Herr hat ihn deswegen verkauft. Eigentlich gibt er nur, wie er sagt, den Rotten Fechtstunden, aber er teilt doch ihre Ansichten. Die Rotten sind militärisch eingeteilt und haben regelmäßige Zusammenkünfte in bestimmten Lokalen. Er sagt, sie wollen eine stärkere Regierung und sind gegen die Korruption. Diskutierte mit ihm bis in die Morgenstunden. Der »demokratische« Konsul Cicero sei ein Angestellter der Getreidefirmen seit der Zeit, wo er in Sizilien als Proquästor gewesen sei. Catilina sei ein Idealist mit der größten Liebe zum Volk.

Beschloß, den Bibliothekar des Crassus auszuholen. Er weiß gewöhnlich am besten, was der gemeine Mann denkt. Er ist Grieche, Sklave des Crassus (der für ihn 80000 Sesterzien gezahlt haben soll) und der rechtschaffenste Mann Roms.

Ging abends zu ihm.

Er wohnt in dem ungeheuren Haus auf dem Palatinischen Hügel, in dem man sich verirren kann. Ein Bienenkorb von Büros! Auf den Gängen ein Aneinandervorüberhasten von Sekretären, Besuchern, Dienstboten, die sich in allen Sprachen der Welt anschreien. Ich mußte durch mehrere Höfe mit Handwerkerschulen. Es war drückend schwül, die Türen standen auf, ich sah die Sklaven auf ihren niederen Bänken hocken und auf die Lehrer glotzen. Der »Schwamm« verdient Unsummen an diesen Handwerkern, die er von in Griechenland und Asien gekauften Architekten und Ingenieuren ausbilden läßt und dann verkauft oder ausleiht.

In einem der Höfe exerzierte eine Abteilung des Feuerwehrkorps, das er aus Galliern gebildet hat. Er hat in allen Stadtvierteln Wachen aufgestellt, und wenn ein Feuer ausbricht, rücken die Gallier mit ihren Löschzügen aus. Aber an ihrer Spitze geht ein Agent, der das brennende Haus kauft, zu einem Zehntel des Preises, aber gegen bar, und die anliegenden Häuser meist dazu. Erst dann löschen sie.

Alexanders winziges, weißgetünchtes Zimmer hat als Möbel nur ein Bett mit Ledergurten, einen alten Tisch und zwei Stühle und ist halbdunkel, da das Fenster, das auf den Hof führt, vergittert ist. Die Bücher liegen auf dem Boden aufgeschichtet, das ergibt eine zweite Mauer, dreiviertel so hoch wie die steinerne.

Er ist von kräftiger, mittlerer Statur und hat ein großes, rosiges Gesicht mit einer fleischigen Nase und runden, ruhigen Augen wie aus Schildpatt. Er ist Anhänger des Philosophen Epikur, und C., der ihn oft unter dem Vorwand, ein Buch aus Crassus' Bibliothek zu benötigen, zu sich ruft und stundenlang mit ihm disputiert, nennt ihn den einzigen echten Demokraten auf italischem Boden.

Ich brachte das Gespräch sogleich auf Catilina.

»Catilina«, sagte er ruhig, »das ist die Arbeitslosenfrage, und die Arbeitslosenfrage, das ist die Bodenfrage. Wissen Sie, was Tiberius Gracchus vor 70 Jahren sagte?« Er fischte mit einiger Mühe ein dünnes Bändlein aus seiner Papiermauer heraus und las mir die Worte des großen Volkstribunen vor:

»Die wilden Tiere, die in Italien hausen, haben ihre Gruben; jedes von ihnen kennt eine Lagerstätte, einen Schlupfwinkel. Nur die Menschen, die für Italien fechten und sterben, können auf nichts weiter als Luft und Licht rechnen; mit Weib und Kindern sitzen sie auf der Straße, statt auf einem Acker. Die Feldherren lügen, wenn sie vor den Schlachten die Soldaten beschwören, Herd und Grabmäler gegen die Feinde zu verteidigen, denn von den meisten Römern hat keiner einen Herd, keiner eine Grabstätte seiner Vorfahren. Nur für den Luxus und den Ruhm anderer müssen sie ihr Blut vergießen und sterben. Sie heißen Herren der Welt, ohne eine einzige Erdscholle ihr eigen nennen zu können.«

Er legte das Büchlein an seine Stelle zurück.

»Der Bauer«, fuhr er dann fort, »den man von seinem Acker geholt hatte, damit er die Punier, die Spanier und die Syrier besiegt, wird, zurückgekehrt, von den Sklaven besiegt, in die er die Feinde verwandelt hat. Sein Acker fällt an die großen Grundbesitzer, und er läuft in die Hauptstadt in der eitlen Hoffnung, daß man ihm als Almosen sizilisches Korn in sein Säcklein schütte. Eine halbe Million Menschen ersticken auf den 500 Hektar Boden innerhalb der servinischen Stadtmauer. Und Herr Cicero brachte noch dieses Frühjahr das demokratische Programm der Besiedlung Italiens mit den Arbeitslosen der Hauptstadt zu Fall, indem er diesen zu bedenken gab, sie würden als Siedler die Bestechungssporteln einbüßen, die sie als Wähler erhalten. Und diese erniedrigten, hoffnungslosen, immer den nächsten Tag fürchtenden Unglücklichen stimmten tatsächlich gegen den Siedlungsplan. Ich habe Ciceros Rede selber gehört. Es war, als ob er die Huren der Subura warnte, sich Weinläden schenken zu lassen, da sie dann nicht mehr Zeit hätten, ihre Körper zu verkaufen. Aber so ist es, er kennt sie, wenn er auch in fünf Villen wohnt. Für eine Handvoll Kupfermünzen stimmen diese Herren der Welt für jedes Gesetz zu ihren Ungunsten und für ein Gesetz zu ihren Gunsten auch nur für eine Handvoll Kupfermünzen. Ihre Zukunft, das ist ihr Nachtmahl. Catilina wird gewählt werden, nicht, wenn er Land verspricht, sondern wenn er die Wahlsporteln, d.h. also die Bestechungsgelder, bezahlen kann.«

»Dann halten Sie also die Bodenfrage gar nicht für eine wirklich entscheidende?« fragte ich.

»Doch«, sagte er lächelnd, »ich glaube nur nicht, daß sie durch Wahlen gelöst werden kann.«

Ich ging gedankenvoll weg. Alexander hat viel Einfluß in den Fachvereinen der Handwerker.

Caebio erzählte mir nachts noch freudestrahlend, daß der Hauswirt die halbe Miete gestundet habe. Wir gingen zum Knöchelspiel an der Porta Trigemina. Er umarmte mich mitten auf der Straße, in einer Staubwolke. Er ist wieder der alte, beschwingte und zärtliche Caebio.

7.9.
Nachmittags Spicer im Garten bei einem Disput mit dem Bauführer vor der neuen Reitbahn überrascht. Er drohte laut, er werde für die Gläubiger das Bauholz beschlagnahmen lassen. Der Bauführer rettete die Situation, indem er erklärte, das Holz sei immer noch Eigentum der Firma! Die Maurer standen herum und grinsten.

Die mit dem rotgepuderten Haar ist die Mucia, die Frau des Pompejus! Wenn das keine Eroberung ist! Frech von ihr, zu uns ins Haus zu kommen.

9.9.
In den Barbierläden sprechen die wohlhabenderen Leute von der Bedrohung der Republik durch Catilina. Einen wohlhabenden Tuchhändler, anscheinend ein vernünftiger Mann, hörte ich sagen: »Der Kerl hätte nie den Zulauf, wenn die Herren vom Senat nicht wieder versuchten, die ganze asiatische Kriegsbeute, für die wir alle mit Blut und Geld gezahlt haben, ausschließlich in ihre eigenen Taschen zu leiten!« Der Barbier tröstete ihn mit Cicero. »Solange Cicero etwas in Rom zu sagen hat«, sagte er zuversichtlich, »gibt es keine Diktatur, weder von links noch von rechts. Cicero *ist* die Republik. Und hinter Cicero steht die City.« Alle Kunden stimmten ihm zu, auch der Tuchhändler.

10.9.
Die Kapitalflucht nimmt immer größere Ausmaße an. Der Zinsfuß ist von sechs auf zehn Prozent geklettert. Man hat also doch schon Furcht vor Catilina in der City! Pomponius Celer (Häute und Leder) äußerte allerdings etwas sehr Merkwürdiges: »Vielleicht schafft die City die Kapitalien fort, damit man vor Catilina Angst bekommt.«

Wir unterhielten uns noch eine Stunde lang über diesen Ausspruch.

12.9.
Caebio merkwürdig in der letzten Zeit. Ahnt er etwas von Glaucos? Er ist so sensitiv. Oder sollte er krank sein? Sehr besorgt seinetwegen.

Könnte gerade jetzt schwer mit Glaucos brechen, da er mich bezüglich der Catilinabewegung auf dem laufenden hält, die jeden Tag sehr wichtig werden kann.

C. dauernd schlechter Laune. Er sagt, er weiß, daß auf dem Forum etwas vorgeht, aber nicht was. Die Cityklubs sind sich anscheinend immer noch nicht einig, wie man sich auf demokratischer Seite bei den Konsulatswahlen verhalten soll. C. hat für die Klubs schon mehrmals zusammen mit Crassus die demokratische Wahlkampagne aufgezogen. Dieses Jahr hat man mit ihm noch keinerlei Verbindung aufgenommen. Er tut natürlich, als sei es ihm gleichgültig, und sagt höchstens, er habe es gründlich satt, von den Klubs immer nur zu untergeordneten Handlangerdiensten herangeholt zu werden, im letzten Augenblick und ohne daß man ihm sagt, was gespielt wird. Außerdem piesacken ihn die Gläubiger.

In solchen Zeiten wie eben jetzt macht sich C. über die City nur lustig. Er hängt dann gern den Senator heraus. Diese Stimmungen dauern freilich nie lang. Leider läßt er sich doch immer wieder in ihre Politik hineinziehen. Solche Aussprüche wie der neuliche des Pomponius Celer (Häute und Leder) über die 20 Millionen Sesterzien, die Pompejus im Osten gemacht hat, sind reines Gift für ihn. Jetzt sitzt er, trotz seinem angeblichen Ekel vor der Politik, wieder ständig mit Clodius zusammen in der Bibliothek und sie sprechen stundenlang über das undurchsichtige Spiel der City. Voriges Jahr hat man glücklich Cicero ins Konsulat gebracht, also einen »neuen Mann«, aus nichtpatrizischer Familie. Er zeigte sich schlimmer als der Senat selber. Das erste, was er machte, war, daß er die demokratischen Straßenklubs auflöste, in denen die Massen der Hauptstadt nach Straßen und Distrikten organisiert waren. Als Grund der Maßnahme gab er an, man müsse dem Bandenwesen steuern. Gleiches Recht nach links und nach rechts dozierte der neue Mann, der ein alter Schulmeister ist. (Ich zitiere Clodius.) »Sie sollten sich nicht die Hälfte gefallen lassen«, sagt er in seiner hetzerischen Art. »Der Mann auf der Straße kennt Ihren Namen sehr gut. Man hat Ihre

Quästorenspiele nicht vergessen. Der kleine Handwerker bis herauf zum Bauunternehmer und Geldwechsler hat einmal schon mit Ihnen gerechnet. Die Cityklubs benützen Sie, wie man einen Tagelöhner benützt, von Fall zu Fall. Wen haben sie schon noch aus so alter Familie? Wehren Sie sich, Mann!« C. geht mit seinen langen Schritten auf und ab, und ich kann sehen, wie das Gift wirkt. Ich kann diesen Clodius trotz seines pomadisierten Kinderkopfes nicht riechen, und wenn ihn Pompeja noch so oft wegen seines »Geistreichtums« rühmt. Er zieht C. nur immer wieder in seine Politik hinein. (Er war, obgleich selber aus patrizischer Familie, der Leiter der Straßenklubs.) Ich denke, wir sind noch von unsern berühmten Quästorenspielen her pleite genug.

16.9.
Ich habe jetzt den positiven Beweis, daß Caebio etwas mit diesem dicken Lagerverwalter Rufus vom zweiten Bezirk hat. Er hat einen Ring von ihm angenommen. Ich sagte es ihm auf den Kopf zu. Er wechselte sichtbar die Farbe und stotterte! Er versprach, ihn nicht mehr zu treffen, bevor ich aber nicht erreiche, daß er den Ring zurückschickt, kann ich ihm doch nicht glauben. Er *muß* den Ring zurückschicken.

Schlecht geschlafen, Schlafpulver genommen.

17.9.
Mummlius Spicer machte mir neulich ganz unverschämt den Vorschlag, ich solle ihm irgendein größeres Objekt namhaft machen, das zur Beschlagnahmung geeignet sei, er werde sich erkenntlich zeigen. Wofür hält er mich?

18.9.
Caebio hat den Ring von seiner Mutter bekommen, die es mir selber bezeugte. Er ist von seinem Vater, der Legionär war. Ich bin zu mißtrauisch.

Hörte vom Schreibzimmer aus ein Gespräch des Alexander mit C. ab. Sie saßen im Atrium. Der Bibliothekar sagte: »Das sind Kämpfe größten Ausmaßes. Ein Politiker, der hier nicht eingreift, ist kein Politiker, eine Demokratie, die hier nicht kämpft, ist keine Demokratie. Die feinen Klubs auf dem Palatin, wo Herr Cicero speist, hören sich allzu selbstzufrieden seine witzigen und großsprecherischen Berichte über die Niedergeschlagenheit des Senats wegen der Kapitalflucht und der Catilinarischen Agitation an. Aber der gemeine Mann wird unruhig. Er weiß, daß jetzt oder nie etwas zu holen ist. Warum ergreifen Sie nicht die Gelegenheit? Schlagen Sie sich zu Catilina, wenn Sie wollen, machen Sie sein Programm zu einem ernsthaften, politischen, werfen Sie die Abenteurer aus dieser Bewegung! Oder marschieren Sie gegen Catilina, sprechen Sie in den Fachvereinen und verlangen Sie den Rücktritt Herrn Ciceros, die energische Vollstreckung des demokratischen Programms, besonders in der Bodenfrage! Sie können alles, nur eines nicht: sich aus allem heraushalten.« C. erkundigte sich eingehend nach der Stimmung in den Wahldistrikten. Der hohe und noch steigende Kornpreis, die zunehmende Arbeitslosigkeit, die Verschuldung an die Banken wühlen die ärmere Bevölkerung tief auf, und nach Alexander besteht die große Gefahr, daß die Leute zu Catilina überlaufen. C. schien nachdenklich nach diesem Gespräch, aber nicht zum Handeln geneigt. Immerhin sagte er mit Nachdruck: »Die Bodenfrage ist das Kernproblem, da hat der Mann recht. Bevor die Bodenfrage gelöst ist, gibt es keine Ruhe.«

Schon der zweite Versuch, ihn wieder in die Politik zu ziehen!

19.9.

C. zieht mich stets geflissentlich bei, wenn er mit Fulvia soupiert. Entweder, weil er zeigen will, daß er demokratisch denkt (sie verkehrt in Catilinarischen Kreisen), oder weil er keine wirkliche Intimität mehr mit ihr aufkommen lassen will. Sie ist sehr amüsant und weiß immer das Neueste. Sie hielt C. einen formidablen Vortrag über die erstaunlich ähnliche Lage, in der sich ihrer Meinung nach Politiker wie er und Damen wie sie befinden. »Ihr müßt genau wie wir«, sagte sie, »warten können. So teuer das kommt. Was glauben Sie, daß mich meine Toiletten kosten. Und die Körperpflege! Meinen Sie, ich trage meinen Schmuck zum Vergnügen? So wenig, wie Sie Fechterspiele zum Vergnügen veranstalten! Man muß eben auffallen. Und, man muß teuer sein, da bewundere ich Sie, mein Lieber. Ich sage immer: Cajus Julius gibt dieses Geld nicht für nichts aus, übrigens ist es ja wohl nicht Ihres. Aber Geduld ist alles. Nur nicht aufs falsche Pferd setzen! Natürlich, man soll auch nicht zu wählerisch sein. Das können weder Sie noch ich machen. Alles anschauen und das Beste auswählen, das ist es. Sie bekommen noch Ihre Chance, da bin ich nicht bange.« C. blieb die Hühnerkeule im Hals stecken.

22.9.
Spicer hat zugeschlagen. Er hat das Gestüt in Präneste ausfindig gemacht und die Reitpferde beschlagnahmt. Habe kein Mitleid. C. erzählte beim Mittagessen, er habe Spicer wegen dieser Gemeinheit Vorwürfe gemacht und der habe ihm nicht in die Augen schauen können. Schien darüber belustigt. Mich täuscht er nicht.

Er schwankt von Zuständen wirklicher Entmutigung, wo er stundenlang im Garten auf einer Steinbank hockt und auf den Boden stiert, zu exaltiertem Optimismus.

26.9.
Crassus ist für Catilina! Er hat sich heute mit C. darüber unterhalten, daß man aus der City größere Mittel für Catilina flüssig machen könnte, da Pompejus, was die asiatischen Steuerpachten angeht, immer noch auf dem Standpunkt des Senats steht. Von Catilina sind Zusicherungen da, daß er den Radikalismus in seiner Bewegung bekämpfen und seine Agitation gegen die Banken einstellen wird. Unter dieser Bedingung will man von demokratischer Seite seine diesjährige Kandidatur um das Konsulat unterstützen. Wir sollen die Wahlleitung bekommen. C. handelte sofort. Spät nachts waren mindestens 20 Leute im Haus versammelt. Alles Distriktsvorsteher der Wahlkomitees.

Crassus ging weg, bevor sie kamen. C. empfing sie in der noch nicht ganz fertig gebauten Reitbahn. Es sind Ladeninhaber, kleine Handwerker, Hausbesitzer, Veteranen des Marius usw., ruhige Männer. Sie haben Verbindungen mit den Hunderten religiösen Sekten und handwerklichen Fachvereinen. Wenn sie den Auftrag für die Vorbereitung einer Wahl bekommen, laufen sie herum und lassen die Wähler sich in ihre Listen einschreiben oder geben die Listen (und Gelder) an die einzelnen Vereine, die das Weitere veranlassen. Sie kennen C. von früheren ähnlichen Gelegenheiten her, er ist als Leutnant des Crassus bekannt, welch letzterer durch seinen Reichtum einen immensen Einfluß besitzt.

C. entschuldigte sich, daß er sie in der nicht ganz ausgebauten Halle empfing, und zeigte ihnen das einzige halbwegs fertige Wandgemälde, die »Diana auf dem blauen Pferd«. Sie besahen es sich schweigend, es ist ein wenig modern.

C. fragte sie nach der Haltung des Mannes auf der Straße zu der Catilinarischen Agitation aus, und ein hinkender kleiner Mann, selbst Vorstand der Seilervereinigung, berichtete, daß die Fachvereine die wachsende Anzahl ihrer arbeitslosen Mitglieder nicht mehr halten können. Wer einmal auf der Straße liege, sei nachgerade ohne weiteres ein Catilinamann. Das Abstoppen der Kriegslieferungen nach Asien wirke sich katastrophal aus. Der Haß gegen die Banken, die Mietzins und Kreditschulden sehr hart eintrieben, sei ständig im Wachsen begriffen. Von der Rückkehr der asiatischen Armee erwarte man noch eine Steigerung des Elends. Der Friede in Asien wirke sich eben doppelt aus. Es konnte passieren, daß einer Frau, die weinend nach Hause kam, weil sie den Namen ihres Sohnes auf den asiatischen Verlustlisten gefunden hatte, die Schwägerin entgegentrat, weinend, weil dem kleinen Sattlerladen die Kriegsaufträge nicht mehr verlängert worden waren. So trauerte die Familie gleichzeitig über den Krieg und über den Frieden.

C.s Eröffnung, »man« wolle von ihnen eine Unterstützung des Catilina bei der bevorstehenden Konsulatswahl, wurde mit sichtbarer Verblüffung aufgenommen.

C. sprach sofort über die Parolen. Ich bewunderte grenzenlos die Art, mit der er ohne die geringste Vorbereitung ein vollständiges und bis ins einzelne durchdachtes Programm aus der Toga zog. Er hatte mit Crassus nichts als die finanzielle Seite der Sache besprochen und nicht einmal soviel wie eine halbe Stunde Zeit gehabt, sich ein paar Punkte über die politische Seite zu notieren, bevor die Distriktsleiter kamen. Sein Geist arbeitet so ungemein schnell, und er ist von solcher Anpassungsfähigkeit! Er sprach mehr als 20 Minuten, über Siedlungen, die der Hauptstadt Luft machen sollten und die dem Handwerk neue Aufträge verschaffen würden. Kornspenden nicht nur für die Arbeitslosen, sondern für alle, die sie benötigten. »Es ist lächerlich, zu behaupten«, rief er aus, »daß der Seiler oder Bäcker, der mit kümmerlichen zwei, drei Sklaven, erdrückt von Bankschulden, überlegt, wie er den Mietzins für seinen teuren Laden aufbringen soll, kein billiges Korn braucht!« Über die Streichung der Bankschulden sprach er ausführlich (mit Zahlen!) und vor allem über die Notwendigkeit, daß der Staat dem Handwerker Kredite für Ankauf und Unterhalt von Sklaven zur Verfügung stelle. »Wofür erobern seine Söhne«, fragte er, »die beiden Asien? Wohin treibt man die unübersehbaren Sklavenherden? Nur auf die Güter von 300 Familien, nur in ein paar Bronzefabriken? Her mit den Sklaven!«

Man konnte sehen, daß die Leute sehr zufrieden waren. Sie nannten das Programm das weitestgehende demokratische Programm, das je bei einer Konsulatswahl aufgestellt wurde. Damit zu den Fachvereinen zu gehen, sei ein Vergnügen. Die müßten sich alle Finger nach solchen Parolen lecken. Dann gab es einen kleinen Mißton.

Ein käsigbleicher Mann mit Specknacken sagte quäkend: »Der Catilina nimmt, das weiß ich positiv, Sklaven in seine Rotten auf. Wie ist es damit?« In die Versammlung kam Bewegung. Das war ein Kernpunkt. Auch andere begannen jetzt zu sprechen. Ein freundlich aussehender älterer Mann, wie ich erfuhr, der Vorsitzende einer Sterbekasse, rief unter beträchtlicher Unruhe: »Sollen wir etwa zu einem Sklavenaufstand Beihilfe leisten?« Und der Seiler von vorhin, jetzt rote Flecken auf den Backen, sagte laut, ohne C. anzublicken: »Das ist ausgeschlossen. Zwei Drittel unserer Mitglieder beschäftigen Sklaven in der Werkstatt.«

C. ließ den Tumult nicht weitergehen. Er sagte einige Worte, die im Stimmengewirr untergingen, da er ziemlich leise sprach. Dadurch wurde es rasch still. Seine nächsten Sätze wurden verstanden. Er sagte: »Das ist das erste, was ich darüber höre. Ich werde dem sofort nachgehen, halte es aber für ausgeschlossen.« Er machte eine Pause und fuhr im Plauderton fort: »Im Garten sind ein paar Erfrischungen serviert, meine Herren, sie werden von Sklaven gereicht werden. Mein Sekretär, der die finanziellen Formalitäten unserer kleinen Abmachung paragraphieren wird« (er blickte lächelnd nach mir) »ist ebenfalls Sklave. Ich denke, wir brauchen über die Sklavenfrage nicht weiter zu diskutieren. Sie ist keine Frage.«

Er ging schnell zum rein Geschäftlichen über. Es wurden die dem einzelnen Wähler zu offerierenden Wahlsporteln ausgehandelt.

Die Leute wurden dann noch bewirtet, und ich bewunderte wieder einmal C.s Geschicklichkeit in der Behandlung einfacher Leute. Er geht auf sie ein, läßt aber keinerlei Vertraulichkeit aufkommen. Ich sah ihn fünf Minuten lang mit einem Bäckermeister über die »Diana auf dem blauen Pferd« diskutieren!

Die ganze Wendung ist mir sehr unheimlich.

Sprach lange darüber mit Caebio, der sehr kluge Ansichten entwickelte. Er hat Rufus seit drei Wochen nicht mehr gesehen.

27.9.

Nachmittags kamen drei Herren, und C. schloß sich mit ihnen in die Bibliothek ein. Als sie hinausgingen, erkannte ich in dem einen von ihnen den früheren Konsul Cornelius Lentulus Sura (die »Wade«), jetzt wieder Prätor, einen Hauptmacher des Catilina. Er sah mich äußerst unverschämt an.

Es ist weit mit uns gekommen.

Ganz nebenbei bat mich C. heute, die Grundstückspreise in der Campania festzustellen. (?) Vor drei Tagen noch waren wir so knapp, daß wir die Kloake nicht reparieren lassen konnten!

2.10.

Fulvia, sicher eine der reizvollsten Kokotten der Hauptstadt, erzählte heute sehr lustig über die Sorgen der Damen anläßlich der unsicheren politischen Lage. Obwohl in den Bädern noch Saison ist, sind alle in das heiße, staubige Rom zurückgekehrt. Sie bieten alles auf, um etwas von den Politikern über die Vorgänge hinter den Kulissen herauszuquetschen. Sie fragte C. lächelnd: »Wird er nun Konsul? Ich habe gewettet, er wird.« – »Wer?« fragte C. – »Catilina natürlich.« – »Setzen Sie auf alle Fälle nicht zuviel«, sagte C. langsam, »wie kommen Sie übrigens darauf?« Sie erklärte es uns. Die jungen und weniger jugendlichen Catilinarier stehen augenblicklich hoch im Kurs. Die Mode ist: schlichte, volkstümliche Toiletten. Schmuck: ein wenig Bernstein. Keine Färbung der Fußnägel. Konversation: die Bodenfrage. Fulvia sagt: »Schließlich werden wir alle ausgebeutet, nicht?« Ihre Freundin Fonia bleibt aber ihrem Senator treu und sagt: »Am Schluß macht doch wieder mein Dicker das Rennen. Er ist so brutal.« (»Sie ist reaktionär!«) Die Losung des Tages heißt Demokratie. Cicero wird bewundert, seiner demokratischen Ideale wegen und weil er das Stadthaus des Crassus kaufen will (viereinhalb Millionen Sesterzien). Aber erst seit Catilina gilt es als schick, die Verwundeten aus dem asiatischen Krieg zu bemitleiden. Es ist bei nicht wenigen Abendgesellschaften sogar zu Sammlungen für die Kriegskrüppel gekommen. Die Tertulla hat einen Beryllschmuck (korinthische Arbeit), den sie von Pulcher, der an den asiatischen Steuerpachten beteiligt ist, bekommen hat, für die Kriegsblinden gestiftet. Sie ist dafür von zwei jungen aristokratischen Catilinariern zu einer Besichtigung der Elendsquartiere am Tiber mitgenommen worden. Einer von ihnen soll sehr hübsch sein. Natürlich bestellt alle Welt neue Toiletten, weil man auf die Schuldenstreichung durch Catilina hofft.

6.10.
Man sieht die ersten Wahlplakate. Überall, an den Häusermauern, in den Hallen, sogar an den Denkmälern kleben Catilinas große *Fragen. Warum steigt der Brotpreis? Wer steckt die Beute des asiatischen Krieges ein? Warum gehört dem römischen Bürger nicht der römische Acker?* usw.

C. wies, als wir zusammen übers Forum gingen, nachdrücklich auf die letzte Parole hin, als besonders wirksam.

7.10.
Heute entwickelte sich in der Klientelstunde zwischen C. und einem großen, vierschrötigen Kerl mit eingerissenen Ringerohren folgender Dialog: Der Kerl: »Ick möchte 'ne Rednerschule etablieren.« C.: »Haben Sie das Geld?« Der Kerl: »Keene Bange.« (Er legt mir ein geschlossenes Kuvert auf den Tisch.) C.: »Zeugnisse?« Der Kerl: »Von't Kollosseum, Exzellenz.« C.: »Soll die Rednerschule für Athleten sein?« Der Kerl: »Nee. Für Hottwolleh.« C.: »?« Der Kerl: »Volkssprache is Mode. Janz jroß. Vakoofe bestimmte Ausdricke stickweise. Habe fümf Anjestellte loofen, wo Flieche sammeln. Jehe mit 20000 Sesterzien in die Sache.« Publius Macer, unser Wahleinpeitscher, der neben mir stand, sagte, als der Kerl mit seinem Empfehlungsbrief abging, zu mir halblaut: »Die Demokratie marschiert.«

8.10.
Clodius hier, zusammen mit Alexander. Ein höchst ungleiches Paar! Der etwas ramponierte Adelige, früher Führer der demokratischen Straßenklubs, der bewaffneten Abteilungen der Demokratie, und der Sklave des Crassus als Theoretiker der Demokratie!

Man sprach über die Beteiligung der Demokraten an der Wahl auf seiten Catilinas. Alexander führte in längerer Rede aus, man dürfe in die Sache nur hineingehen, wenn man bis zu Ende gehen wolle, sonst zerstöre man den Wahlapparat. C. fragte, wie er auf die Idee komme, man könnte nicht bis zu Ende gehen wollen. Alexander schien etwas verlegen und murmelte, einige dem Crassus nahestehende Banken stellten zwar Gelder für die Unterstützung der Kandidatur Catilinas zur Verfügung, es sei ihm aber zu Ohren gekommen, daß eine Reihe einflußreicher Geschäftsleute insgeheim mit der Senatspartei über eine ganz andere Haltung bei der Catilinawahl verhandelten. Cicero arbeite hartnäckig in dieser Richtung der Versöhnung der City mit dem Senat. Er warne tagtäglich vor Catilina. C. bestritt energisch das Bestehen solcher Verhandlungen. Clodius sagte am Ende übellaunig: »Wenn diese Koofmichs in der City tatsächlich unter Herrn Cicero mit dem Senat gegen das Volk gehen wollen, werde ich Catilinarier.« Als die Herren schon aufgestanden waren, um wegzugehen, warf Alexander noch hin: »Sie könnten auch statt mit Cicero mit Pompejus gegen das Volk gehen wollen.« C. sagte nichts dazu, obwohl Alexander auf eine Antwort zu warten schien. Er verhielt sich überhaupt ziemlich schweigsam. Vielleicht war er betroffen über das Gerücht von geheimen Verhandlungen der City mit dem Senat. Vielleicht wollte er die beiden nur nicht merken lassen, wie wenig er überhaupt weiß. Seine Stellung hängt ziemlich in der Luft. Er hat einen Auftrag, aber er bekommt keine Information. Von einer einigermaßen einheitlichen Politik, wie sie etwa die Senatspartei betreibt, wo Cato und Catulus die Zügel fest in den Händen haben, kann bei den Demokraten sowieso nicht gesprochen werden. Sie arbeiten schlecht zusammen, um so mehr, als die City selber oft so widerstrebende Interessen hat.

Alexander spricht bitter über die City. Er sagt, sie mache überhaupt keine Politik. Sie bewege nur immer ihren dicken

Hintern unruhig hin und her, da sie dumpf fühle, sie sitze noch nicht bequem, und dabei verstärke sich bald hier, bald dort der Druck, den sie ausübe. Von sinnvollen Unternehmungen keine Spur.

C. fragte heute übrigens, ob ich über die Grundstückspreise etwas in Erfahrung gebracht habe. Ich gab ihm einige Zahlen. Er hat das Blatt zu sich gesteckt.

11.10.

Vier Wahldistriktsvorsteher da. Sie erzählen niedergeschlagen, daß sie bei den Fachvereinen, was die Wahl des Catilina betrifft, auf eine merkwürdige Gleichgültigkeit stoßen. Man äußert sich nicht direkt, man zuckt nur ein wenig reichlich mit den Achseln. Der Seilerverein will »seine Mitglieder nicht abhalten«, ihnen aber auch nicht zuraten. Die Silberschmiede äußern Zweifel an der Solidität des Wahlabkommens und sprechen recht abschätzig von C., ebenso die Sattler. Die Bäcker gehen noch weiter; sie finden das Programm unseriös. Und überall ist man gegen Diktatur.

Beschluß: der Wahlausschuß soll sich direkt an die Wähler wenden und die Listen früherer Wahlen benützen.

13.10.

Das Geld der Po-Kaufleute ebenfalls eingelaufen. C. und Crassus haben es für den Wahlfonds des Catilina bestimmt. Wenigstens hörte ich das auf dem Forum von den Geldwechslern. Man hat den Po-Kaufleuten versprochen, daß Catilina sie in die Bürgerlisten einschreiben wird. Ich selber kann immer noch nicht glauben, daß es Crassus mit der Unterstützung des Catilina ganz ernst ist. Freilich teilt er wohl die Furcht des Senats vor einer Diktatur des Pompejus, mit dem er persönlich verfeindet ist, und vor allem wird er eben hoffen, mit einem stark kontrollierten Catilina als Konsul am besten an die asiatischen Einkünfte heranzukommen. Er ist übrigens in Geschäftsangelegenheiten nach Sizilien gefahren.

Daß C. das Geld der Po-Städte in den Catilinarischen Wahlfonds gibt, ist natürlich vernünftig. Die Verrechnung von Wahlgeldern ist immer großzügig.

Ein glücklicher Tag: plötzliche stürmische Aufwärtsbewegung der asiatischen Werte. Bin heute um gut 700 Sesterzien reicher. Führte Caebio aus.

14.10.

C. jetzt sehr in Fahrt, wie immer, wenn Geld da ist. Er sagte zu Pomponius Celer (Häute und Leder): »Diese Wahl entscheidet das Schicksal der Demokratie. Man muß nur mit einfachen Leuten sprechen, um zu erfahren, wie es in den Armenvierteln brodelt. Mein Agent« (er meinte den Gerichtsvollzieher Mummlius Spicer) »erzählte mir, wie er wohnt. Zwei von seinen sechs Kindern haben es auf der Lunge. Die Wände sind so feucht, daß das Salz in den Salzfäßchen zu Klumpen wird. Die Ratten sind nicht mehr zu vertreiben. Seit hundert Jahren hat man für die Kanalisation keine Sesterzie mehr bewilligt. Man muß Asien erobern!«

Die Wahlen sind am 20. Das gibt interessante (und gefährliche) Wochen. Hoffentlich läßt C. sich nicht zu tief mit Catilina ein. Glaucos behauptet steif und fest, er sei gestern nacht hier im Hause gewesen. Muß das herausbringen.

15.10.

Ich bin außer mir, kann überhaupt nicht denken. Caebio betrügt mich. Als ich heute, da ich gerade einen freien Nachmittag hatte, in seine Wohnung ging, war seine Mutter sehr verlegen, was mir gleich auffiel. Caebio sei bei einem Hundewettrennen mit seinem Onkel. Ich sagte ihr sofort aufs Gesicht zu, daß er mit irgendeinem Kerl herumziehen werde. Sie versuchte zu leugnen, dann gestand sie. Es ist Rufus. Er war seit Wochen fast jeden Abend hier. Ich bekam einen Weinkrampf, beherrschte mich aber doch soweit, daß ich mit Caebios kleinem Bruder in den 4. Bezirk gehen konnte, wo das Hundewettrennen sein sollte. Natürlich war Caebio nicht dort. Ich lief den ganzen Nachmittag und die halbe Nacht in allen Buden und Rummelplätzen herum. Dann mit dem Kleinen zu den Getreidespeichern am Tiber gegangen. Er wußte, wo dieser Rufus wohnt, er hat Briefchen hingetragen. (Schamlos!) Wir standen bis zwei Uhr nachts im Hof. Im Lagerhaus kein Licht.

16.10.
Caebio läßt sich nicht sprechen. Seine Mutter sagt, sie hätte ihm ins Gewissen geredet; sie schätzt mich. Ein neuer Schlag: der Lagerverwalter hat ihm *verboten*, noch mit mir zusammenzukommen! Der Kleine steckte mir einen Zettel zu: Caebio hat in den Speichern einen Schreiberposten bekommen. Also das ist seine Liebe! Er verkauft mich für einen Schreiberposten! Für zwei Sesterzien im Tag. Als ich das las, war ich eiskalt. Ich beschloß sofort, diese Kreatur endgültig fallen zu lassen, wo sie hingehört: in den Dreck. Sie ist wahrlich keine Aufregung wert. Opfergebühren auf dem Capitol eingetrieben (sie versuchten natürlich zu betrügen), Schreibtisch geordnet, Aufstellung der im Januar fälligen Zinsen gemacht. Sah dabei aus einem Brief, der in Heminas »Chronik«, einem Buch, das C. gerade nachts liest, steckte, daß er bedeutende Ankäufe in Grundstücken gemacht hat. Morgen über Morgen Ackerland in der Campania. Was kann er mit den Grundstücken vorhaben?

17.10.
Ging heute zu den Getreidespeichern am Tiber. Ließ Caebio herausrufen und stellte ihn auf dem Gang zur Rede. Er kann mir nicht ins Auge schauen. Was ist aus meinem Caebio geworden!

18.10.
Trostlose Tage. Kann für nichts Interesse gewinnen. Esse fast nichts.

19.10.
Scheußlicher Auftritt in den Speichern. Wollte nur Caebio fragen, ob ich den Mietkontrakt erneuern soll (seine Mutter bat mich darum). Da kam dieser Rufus dazu und ließ mich von zwei Sklaven hinauswerfen! Er ist ein ganz ungebildeter Mensch, mit schrecklicher Sprache. Drei gegen einen. Caebio stand an der Tür ins Kontor und sagte *nichts*! Liege zu Bett. Was soll werden?

20.10.
Habe daran gedacht, ob ich nicht über Pomponius Celer (Häute und Leder) an die Getreidefirma heran kann. Dieser Rufus muß einfach entlassen werden. Vielleicht besser, mit der »Wade« zu

sprechen. Dieser Rufus muß einer der ersten sein, die weggeputzt werden, wenn ein Umsturz kommt. Konnte ganzen Tag in Mietssache nichts machen, da Banken geschlossen. Cicero hat eine Rede im Senat gehalten, in der er Mordpläne Catilinas aufdeckte.

Es regnet.

21.10.

Lethargisch.

Die Konsulatswahlen sind um acht Tage verschoben. Große Aufregung in der Stadt. Die Straßen sind voll von früheren Sullaschen Soldaten, die gekommen sind, Catilina zu wählen. Man ist sicher, daß Catilina, wenn die Wahl heute stattgefunden hätte, gewählt worden wäre. Darum hat sie wohl auch nicht stattgefunden. Verhandelt Cicero in der City? Versucht er, die Geldleute schwankend zu machen, die hinter Catilina stehen? Verspricht er den Banken Einfluß auf das asiatische Geschäft auf dem Weg der Verwaltung der Provinzen, sagt er wieder einmal Citygerichte zu, die Kontrolle über die senatorischen Maßnahmen in Asien ausüben sollen? Schlimm, daß Crassus aus Rom weggereist ist.

Polizeipatrouillen durchziehen die Vorstädte.

22.10.

Erhielt einen Brief von Alexander mit der Bitte, ihn »gelegentlich« aufzusuchen. Ich fand ihn bei der Ausarbeitung einer Rede für den abwesenden Crassus in einer Gerichtssache. Er erzählte mir, es kursierten immer bestimmtere Gerüchte auf dem Forum, daß gewisse Banken über Cicero mit dem Senat über ihre Haltung zur Konsulatswahl verhandelten. Gegen gewisse Zugeständnisse (in Asien?) sei die City bereit, die Gelder, die irgendwoher dem Catilina zufließen, energisch zum Versiegen zu bringen. Die Senatspartei solle aber zu keinerlei Zugeständnissen bereit sein, da Cato nicht glaube, daß die City tatsächlich Catilina als Konsul sehen wolle. Beinahe noch wichtiger sei, daß die Fachvereine immer deutlicher Stellung gegen die Catilinawahl nähmen. Er habe Andeutungen gehört, man verhandle »seriös« mit dem Senat über »wirkliche Zugeständnisse«; es werde da eine »Überraschung« geben. Cato soll dem Vorstand der Schreiner sogar zu verstehen gegeben haben, »ein Herr in der Leitung des Catilinarischen Wahlausschusses« sei bei ihm gewesen und habe »merkwürdige Angebote gemacht«.

Alexander fragte mich geradeheraus, ob ich etwas über eine Unterredung C.s mit Cato und Catulus, den Führern der Senatspartei, wüßte. Er soll, wenn Alexanders Zwischenträger die Wahrheit sagen, der Senatspartei angeboten haben, gleichgültig, wie die City sich stelle, Catilinas Wahl von sich aus zu sabotieren, falls der Senat das im Frühjahr von den Demokraten auf Betreiben Alexanders vorgeschlagene Zehnmännerkollegium, das die Arbeitslosen ansiedeln soll, doch noch aufstellt (Lösung der Bodenfrage!). Cato soll sich noch nicht geäußert haben. Ich wußte nichts von einer solchen Unterredung, allerdings hatte ich Cato gestern in die Klientelstunde einen Brief C.s gebracht. Ich war sogleich hereingeführt worden, obgleich das Atrium ungeheuer voll war. Gegen diesen Betrieb ist der unsrige gar nichts. Hier drängte sich, von einem Dutzend von Sekretären dirigiert, ein ganzes Stadtviertel, darunter sah ich Geschäftsleute, die selber mehrere Sekretäre mitgebracht hatten. Der kleine, dickliche Mann, von dem ganz Rom weiß, daß er ein Säufer ist, der schon vormittags seine fünf Flaschen Rotwein intus hat, las den Brief in meiner Gegenwart, brummte etwas Unverständliches und reichte ihn seinem Chefsekretär, der ihn ebenfalls las, worauf sie Blicke wechselten. Ich bekam den Bescheid, C. werde brieflich Antwort erhalten. Im Hinausgehen hörte ich Cato murmeln: »Der Herr scheint schon nervös zu werden.«

Alexander schien, als ich das erzählte, ganz entsetzt. Hätte ich es ihm nicht sagen sollen?

23.10.
Wieder bei Caebios Mutter gewesen. Sie sagt, wenn er seine jetzige Stelle verliert, will er zu den Catilinariern gehen. Die versprechen Posten. Mein zarter Caebio Soldat!

Freilich, die Leute leben in schrecklichem Elend. Es ist ein achtstöckiges Haus, das ständig am Einfallen ist und durch drei dicke Holzbalken von der Straße aus gestützt wird. Über 200 Menschen wohnen darinnen, wenn man das wohnen nennen kann. Kinder mit eitrigen Augen rollen die verfaulten Stiegen hinunter. Was diese Armen essen (und wovon sie nicht genug haben), ist so, daß es bei uns in die Abfalltonne käme.

Kann mich nicht des Gedankens erwehren, daß ich gegen Caebio ungerecht bin. Er hat einfach den finanziellen Druck nicht ausgehalten. Von mir sah er sich verraten. Ich bezahlte plötzlich nicht einmal mehr seine Miete. Wie sollte ich ihm klarmachen, daß ich meine Ersparnisse C. geborgt hatte? Was nützte ihm das? Seither habe ich C. gegenüber immer wieder Andeutungen fallenlassen. Er reagiert überhaupt nicht. Aber der Cynthia kauft er ein Perlenarmband! (Und nicht auf Kredit; ich weiß positiv, daß kein Juwelier ihm noch etwas kreditiert.) Er *hat* im Augenblick wieder Geld.

24.10.
Suche mich zu betäuben, indem ich mich wieder mit Politik befasse. Mit C. ist oft schwer zu arbeiten. Meist verhält er sich tagelang völlig untätig, ist nicht zu sprechen, faßt keine Entschlüsse, gibt keine Orders. Dann hört man den einfachen Distriktswahlleiter Zweifel an C. äußern, an seiner Entschlußkraft, seiner Stetigkeit usw.: »Er schwankt hin und her, er spricht so vage, er weiß nicht, was er will; wochenlang ist er nicht zu sprechen, und alles geht drunter und drüber, niemand weiß, was er beschließen wird. Er ist ein großer Mann, aber, leider, er ist nicht immer er selber.« Wüßte der Mann auf der Straße mehr von der unendlichen Kompliziertheit der politischen Kämpfe, ahnte er, von was allem der Führende selber abhängt in seinen Entschlüssen, daß er eigentlich *niemals er selber ist*, indem ja andere da sind, denen wieder er ausgeliefert ist, spräche er gewiß nicht so. Seit heute ist C. z.B. wieder höchst aktiv. An der Haltung der Demokraten bei dieser Wahl stimmt irgend etwas nicht. Wieder sind die Papiere der asiatischen Steuergesellschaften um zwölf Punkte in die Höhe gegangen. Was ist da hinter den Kulissen vorgefallen? Hat man sich geeinigt? Wer mit wem? Ciceros Warnungen, Catilina werde, zur Macht gelangt, den Pöbel auf das Forum loslassen, werden jedenfalls nicht mehr mit dem Achselzucken der letzten Wochen aufgenommen. Die Fachvereine sind schon gegen Catilina; fallen auch die Banken um? C. scheint jetzt der Sache auf den Grund gehen zu wollen. Er ließ sich heute, wie ich durch die Sänftenträger in Erfahrung brachte, die

abends ganz zusammengebrochen waren, in der City von Kontor zu Kontor tragen. Dem Clodius erzählte er heute abend in meiner Anwesenheit, er habe jetzt von Cato politische Zugeständnisse verlangt. (Ich hatte ihm von Alexanders mißtrauischer Frage Meldung erstattet.) »Was für politische Zugeständnisse?« fragte Clodius sichtlich mit Argwohn. »Die gewöhnlichen«, antwortete C. Der Pomadekopf bohrte aber weiter. »Kornspenden?« – »Ja, auch«, sagte C. nervös. »Aber natürlich legte ich mehr Gewicht auf die Bodenfrage. Wenn der römische Arbeitslose Boden zu bestellen hat, braucht er keine Almosen.« – »Vorläufig hat er Hunger«, bockte Clodius. C. wurde ganz wild. »Mit Leuten«, sagte er wütend, »die immerfort auf ihren Magen zeigen, kann man doch keine Politik machen. Mit einem Heer, das sich immerfort in die Kornspeicher verläuft, kann man nicht Rom nehmen. Die Fragen werden im großen gelöst oder überhaupt nicht. Wenn dieses Gesindel nicht mehr will als einen Laib Brot, wird es eben Gesindel bleiben. Ich bin Politiker, nicht Bäcker. Übrigens habe ich nicht verhandelt, sondern nur auf den Busch geklopft.« – »Und was antwortete Cato?« fragte Clodius ganz ruhig. »Er wollte es sich überlegen, schien nicht abgeneigt, entgegenzukommen.« – »Wie weit?« fragte Clodius. »Ich sagte ihm«, erklärte C. etwas ruhiger, »daß der ganze Wahlapparat der Demokratie bis auf den letzten Mann für Catilina eingesetzt werden wird, wenn keine Zugeständnisse gemacht werden.« – »Du weißt aber, daß das nicht stimmt. Die City hat schon Gelder gestoppt.« C.: »Darum war ich heute den ganzen Tag in der City. Sie *muß* mit der Wahl Catilinas drohen.« Clodius: »Und sie *darf* Catilina nicht wählen lassen. Das hieße: Schuldenstreichung. Das weiß doch der Senat auch.« C.: »Wir können auch der City Obstruktion machen, das weißt du ganz genau, und das weiß auch Cato, mein Lieber. Und seit heute weiß es auch die City. Dafür habe ich gesorgt. Wir können die Wähler für Catilina stimmen lassen und ihnen Bezahlung versprechen, wenn Catilina durch ist.« Clodius: »Und willst du das?« C.: »Unter Umständen.« Clodius: »Unter welchen Umständen?« C.: »Wenn keine Zugeständnisse erfolgen. Frag nicht so dumm.« Clodius stand auf. »Und wann erfährst du, ob Zugeständnisse gemacht werden?« C.: »Ich habe heute nacht noch Besprechungen.« Clodius:

»Und wann erfahren wir es?« C.: »Sobald ich Bescheid habe natürlich.« – »Gut«, sagte Clodius kurz und nicht sehr freundlich. Er ging bald weg.

Das Schlimme ist nur, daß C. gar keine Besprechungen mehr hatte, sondern zur Mucia ging; allerdings erst, als von Cato ein Kuvert abgegeben worden war, das ziemlich dick war. Darin standen kaum Zugeständnisse, so viele politische Zugeständnisse gibt es gar nicht. Ich sehe schwarz in die nächsten Tage.

Ironie des Schicksals: jetzt habe ich die 4000, um deretwillen ich meinen Caebio verloren habe! Mummlius Spicer hat sie mir geliehen. Zu spät ...

25.10.

C. ist heute für die Wahlvorsteher nicht zu Haus. Er hat sogar die Klientelstunde abgesagt, um niemandem Rede stehen zu müssen.

Dagegen empfing er dauernd Leute, in denen ich Mitglieder der Handelskammer erkannte. Er scheint auf alle Büsche zu klopfen, die es gibt.

Denn mit den Verschwörern verkehrt er weiter. Nachts begegnete ich im Atrium, begleitet von zwei riesigen Nubiern, einem schlanken Menschen mit gelber Gesichtshaut und einem nervösen Zucken des linken Gesichtsmuskels. Catilina! Ich erkannte ihn sofort nach der Beschreibung.

26.10.

C. ist mitten in der Wahlkampagne in eines der Seebäder gefahren. Er hat nur mir angegeben, in welches, da er absolute Abspannung braucht, sehr nervös ist und wieder anfängt, nicht einschlafen zu können. So sagte er der Pompeja. Ich weiß aber, daß er sich mit der Mucia trifft. Ob sie ihrem Mann auch schreibt, daß sie nervös ist, und ob Pompejus das glaubt wie Pompeja? Dabei hat sie, zufällig hereinkommend, gesehen, wie er seinen »Hercules« einpackte, diese schrecklichen Hexameter, die er vor 15 Jahren dichtete und die er immer den Damen vorliest, weil er kein Thema findet. Das mit der benötigten Abspannung sagte er sogar mir und entblödete sich nicht, mit der Hand an den Kopf zu greifen, als schmerze er.

Bin gespannt, was Clodius und der Wahlausschuß sagen werden, wenn es ruchbar wird, daß C. weggefahren ist ... Und der »Schwamm« ist auch weg!

Ich selbst froh, daß C. abwesend. Suche jetzt kleineres Ladenlokal. Bin fest entschlossen, Caebio einen Parfümerieladen einzurichten. Er soll in seinen Entschlüssen frei sein. Kann einfach nicht zusehen, wie er sich verkauft.

Die Mieten sind verhältnismäßig billig, da immer mehr Zwangsversteigerungen stattfinden. Die Banken gehen jetzt ganz rigoros vor. Den Handwerkern werden die Darlehen aufgekündigt, und die Patrone vermieten für fast nichts, wenn sie nicht ihre Sklaven in die Läden setzen oder Freigelassene, die ihnen dann Provisionen zahlen müssen. Die Namen der Ladeninhaber zeigen, wie die Fremden in Rom zunehmen. Das sind die Sklavenimporte aus Asien. Alexander sagt darüber: Pompejus besiegt die Römer.

27.10.

Vormittags gegen elf Uhr zogen die Subura herunter Trupps junger Leute mit weißen Armbinden. Das ist die in den letzten paar Tagen hastig aus dem »Kaufmannsstande« gebildete Bürgergarde des Herrn Cicero. Die Bevölkerung sah sich die Abteilungen neugierig und schweigend an. Ich sah in den kleinen Fenstern manches erstaunte Gesicht zwischen den Wäschestücken, die an Seilen über die Straße zum Trocknen aufgehängt sind. Herr Cicero schützt seine Republik.

Mittags erhielten wir die Erklärung dieser kriegerischen Demonstration in Form von plötzlichen, bestimmt auftretenden Gerüchten, daß die Catilinarier in Etrurien die Catilinarischen Adler aufgepflanzt haben. Ist das der Beginn des Bürgerkriegs? Sie sollen eine kriegsstarke Legion früherer Sullascher Legionäre aufgestellt haben. In Etrurien sind tatsächlich viele Veteranen des Sulla angesiedelt worden, und natürlich sind ihre Höfe mit Hypotheken überlastet. Der Getreideanbau rentiert sich eben nicht im kleinen.

28.10.

Wahlen. Seit dem frühen Morgen die Stadt in riesiger Bewegung. Überall Züge, Straßenredner, Plakate, Wagen mit Wählern. Viel Polizei.

Das Marsfeld ist ganz und gar von der Leibwache Ciceros, der neuen Bürgergarde, besetzt. Er präsidierte selbst dem Wahlakt, wie es heißt, mit einem Küraß unter der Toga. Ich sah ihn auf dem Gerüst sitzen, umgeben von Bewaffneten, als ich mittags auf das Marsfeld ging, um womöglich meinen Caebio wenigstens von weitem zu sehen. Graues, stürmisches Wetter. Ungeheurer Lärm. Unmöglich, nahe an die Laufstege heranzukommen, über die die Wählercenturien an den Kasten für die Stimmtäfelchen geführt werden. Caebio in der Menge nicht zu entdecken. Einmal glaubte ich, ihn zu sehen; ein offensichtlich junger Mensch ging an den Seilen entlang, ohne sich einzuhalten, sein Gehen war dem Caebios ähnlich, aber die Kopfhaltung war anders. Mein Herz schlug laut einige Minuten lang. Aber ich stand viel zu weit entfernt. Er kann es doch nicht gewesen sein.

Auf dem Heimweg traf ich schon die ersten Betrunkenen. Der ganze Wahlrummel widerte mich an.

Die Nacht vor dem Wahltag war scheußlich. Alle Augenblicke kamen, da die Gelder nicht ausbezahlt wurden, Abordnungen der Distrikte und verlangten stürmisch nach C. Natürlich glaubte niemand, daß er verreist ist. Die Erbitterung gegen ihn ist ungeheuer. Er hat die Distriktsleiter immerfort hingehalten, so daß die Wähler noch heute morgen auf das Geld warteten und ihre Stimmen im allerletzten Moment losschlagen mußten, als sie fast nichts mehr dafür bekamen. Die Gegenpartei brauchte ja nur 51 Prozent aller Stimmen. Sie kaufte also einen kleinen Teil der demokratischen Stimmbestände auf, um sicher zu gehen. Diese Stimmen bekam sie für einen Teller Bohnensuppe, da die Wähler sich gegenseitig unterboten in den letzten Stunden vor dem Wahlakt, aufsitzend mit ihren bestellten und nicht abgeholten Stimmen. Die riesige Mehrzahl ging leer aus.

Die Gegenkandidaten Catilinas sind beide von der Senatspartei.

Hat sich C. tatsächlich mit dem Senat geeinigt? Gibt es eine friedliche Demokratisierung? C.s Verhalten sonst unverständlich. Es kann doch nicht nur das Kuvert des Cato sein?

29.10.
Catilina ist durchgefallen. Er soll ungeheuer deprimiert sein.

Dabei gibt niemand seine Sache für verloren. Man glaubt allgemein, daß er die Entscheidung mit der Waffe suchen kann. Auf dem Kapitol hat er ausgespielt. Die noch ausstehende Wahl der beiden Volkstribunen wird nichts mehr ändern. Die Kandidaten sind noch nicht einmal aufgestellt, so wenig Interesse besteht dafür angesichts des Riesensieges der Senatspartei.

Gerüchtweise verlautet, daß die Steuerpachtgesellschaften jetzt Pompejus da haben, wo sie ihn haben wollten. Aber ob die neuen Konsuln den Kontrakt, den ein paar Banken mit Pompejus gemacht haben, sanktionieren werden, ist eine andere Frage.

C. noch in der Campagna. Ist er wirklich dort? Oder ist er in Etrurien? Pompeja und seine Mutter sehr nervös. Fand heute die Alte weinend. An unserer Hauswand stand, drei Meter über dem Boden, in schwarzer Farbe: *Nimm dich in acht, Schwindler!* Dicht neben dem Tor, so daß jeder es sehen mußte, der in die Klientelstunde kam.

Zum ersten Mal wieder in der Barbierstube. Alles redet von Catilinas Heer in Etrurien. Die Leute versprechen sich alles von seinem Programm der Schuldenstreichung. Man hört über ihn nur Gutes, über Cicero nur Schlechtes. Ein großer, dicker Mann, Metzgertyp, nannte ihn einen Verräter der Demokratie.

30.10.
Auch wir werden bei der kochenden Wut der Wählermassen in der nächsten Zeit allerhand einstecken müssen. Gestern die Inschrift an der Hauswand, heute früh lagen im Atrium faustdicke Steine.

C. ist zurückgekehrt. Er war *nicht* in Etrurien. Als ich ihm sagte, daß seine Mutter sich ängstigt, war er ganz erstaunt.

Als ich ihm berichtete, daß Clodius tobt, lachte er nur. »Er bekommt ab«, sagte er. Daß die demokratischen Wähler empört sind, nimmt er nicht tragisch. »Wenn man seine Überzeugung verkaufen will«, sagte er, »muß man sie genau so rechtzeitig losschlagen wie jede andere Ware. Natürlich, jetzt sind den Guten ihre Stimmen faul geworden wie Fische, die man zu lange zurückhält, um den Preis hochzutreiben. Geschieht ihnen recht. Vielleicht lernen sie noch, daß man mit dem Kopf und nicht mit dem Magen denken muß.« Er kann einem ungeheuer leicht alle Besorgnis nehmen, wenn er nur will. Er hat dann so große Gesichtspunkte.

Er erzählte auch von der entsetzlichen Lage der kleinen Landwirte. Sie können teilweise nicht mehr ihre Ernten einbringen, da Söhne und Männer im Feld sind. Sie hoffen auf ein Steigen des Kornpreises, sind sonst ruiniert. Daß Catilina den römischen Arbeitslosen Kornspenden verspricht, hat viele Landwirte gegen ihn gestimmt. C. fand warme Worte für das demokratische Programm, das die Lösung der ganz unhaltbaren Bodenfrage vorsieht.

Anscheinend hält er also den Sieg der Senatspartei, von dem alle Welt redet, für noch nicht so gesichert.

War sehr guter Stimmung, als Caebios Bruder kam und mir schweigend ein Paketchen mit dem goldenen Medaillon übergab, das ich Caebio einmal geschenkt habe.

Geriet in tiefste Verzweiflung.

31.10.

Pomponius Celer (Häute und Leder) erzählt, daß in der City alle mit allen verkracht sind. Riesige Unzufriedenheit. Immer noch sind bedeutende Gruppen für Catilina. Kann mir nur nicht erklären, warum. Jetzt, wo seine Bewegung sich doch unerhört radikalisieren wird! Mein Metzger vom Barbierladen, gut. Aber der Bankier Oppius? Rätselhaft.

Kurze Unterredung C.s mit Alexander und Clodius. Alexander war ungeheuer niedergedrückt, als er C. (zum ersten Mal nach der Unglückswahl) begrüßte. Als anständiger Mensch war er verlegen, weil er C.s Haltung für tief unanständig hielt. Der Pomadekopf dagegen war merkwürdig zivil, C. muß ihm schon »abgegeben« haben.

Immerhin berichtete er ausführlich von der ungeheuren Erbitterung bei den Wählermassen. Die Obleute der aufgelösten Straßenklubs waren bei ihm gewesen. In diese Organisation kommt jetzt ganz von selber wieder Leben. Augenscheinlich, Clodius drückte sich da sehr vage aus, verlangten die Obleute von ihm, daß er sich von C. trenne, den man jetzt natürlich allgemein verwünscht.

C. war ziemlich betroffen.

Er erzählte Näheres über den Umfall der Banken knapp vor der Wahl.

Er berichtete, wie er bei dem »Bankier X.« die eigentlichen

Wahlgelder abholen wollte. Er hatte sich kaum gesetzt, als der Mann ihm kühl sagte, man könne nun abrechnen, er solle seine Auslagen usw. spezifizieren. C. fiel aus allen Wolken. X. redete etwas herum, erwähnte lässig, er habe alles versucht, habe aber bei keiner der großen Firmen das zugesagte Geld bekommen können. Überall Klagen über die außerordentliche Geldknappheit, die Großbanken seien im asiatischen Geschäft engagiert, das nach wie vor sehr unsicher sei, die Wahlparolen Catilinas hätten durch ihren aggressiven Ton verstimmt usw. usw. C. fragte ihn, was dazu Crassus sagen werde. X. antwortete langsam, jedes Wort sorgsam wählend: »Ich habe von Herrn Crassus seit zwei Wochen nichts mehr gehört. Gestern hat er jedoch brieflich die Weisung erteilt, seinen Beitrag an die Wahlleitung nur auszuzahlen, wenn auch die andern zugesagten Beiträge ausgezahlt würden.«

C. hatte, natürlich außer sich, geltend gemacht, man habe ihn wissentlich getäuscht, er werde vor dem demokratischen Wahlausschuß sein Gesicht verlieren. Der Bankier hatte ihn nur unverschämt angeblickt und einfach wiederholt: »Nennen Sie Ihre Ansprüche, ich bin dazu bevollmächtigt, Sie abzufinden.«

Nach einem nicht ganz angenehmen Schweigen sagte Clodius lustlos, man müsse also wohl auf die Rückkehr des »Schwamms« warten, bei dem jetzt alles liege.

Hier wurde Alexander sehr verlegen, und nach einigem Herumreden kam er damit heraus, daß Crassus schon zurückgekehrt sei.

C. und Clodius sahen sich erstaunt an.

Alexander sagte schnell, er sei sicher, Crassus werde »schon in den nächsten Tagen« eine Zusammenkunft herbeiführen.

Man ging recht bedrückt auseinander.

1.11.

Der Brotpreis ist wieder erhöht worden. Die Getreidefirmen sind wahnsinnig geworden. Was bezwecken sie? Einen Aufstand der hungernden Menge? Das arbeitet alles dem Catilina in die Hände. Aber das soll es wohl auch? Nur: wozu? Warum hat man dann seine Wahl vereitelt?

Während Cicero im Senat nutzlose Verordnungen gegen die Kapitalflucht durchpeitscht, Polizeirazzien auf auslaufenden

Schiffen nach Goldtransporten stattfinden, tobt einige Schritte weiter auf dem Forum der Aufruhr der Kornspekulanten. Irrsinnige Welt.

Es wird immer deutlicher, daß Rom nötiger als alles andere einen *starken Mann* braucht! Es zerfleischt sich über der asiatischen Beute.

2.11.

C. hat das Gestüt in Präneste wieder aufgefüllt. Es macht ihm und Pompeja großes Vergnügen, die neuen, hochklassigen Pferde zuzureiten. Es war nicht nur das Kuvert Catos. Es müssen auch Kuverts der City gewesen sein.

Immer noch kein Wort von Crassus.

Dafür ein Beamter der Prätur hier. Er erzählte, die aufgelösten Straßenklubs entfalteten jetzt wieder eine eifrige unterirdische Tätigkeit. Gegen C. würden, wie die Prätur in Erfahrung gebracht hat, sehr heftige Reden geführt. Er solle nicht ohne Begleitung ausgehen.

2.11. (abends)

Habe Caebios Bruder informiert, daß ich über einen Laden verhandle. Versicherte ausdrücklich, daß ich keine Bedingungen daran knüpfe.

Glaucos ist in großer Aufregung. Alle Fechtersklaven werden aus Rom entfernt. Auch Glaucos hat von der Polizei die Order erhalten, sich nach Capua zu begeben. Augenscheinlich fürchtet Herr Cicero eine Radikalisierung der Catilinarischen Bewegung jetzt nach der Wahlniederlage. Cicero traut ihm ohne weiteres zu, daß er jetzt sogar unter den Sklaven Anhänger werben wird. Er ist damit nicht so ganz auf dem Holzweg: tatsächlich gestand mir Glaucos, daß er nicht nur Fechtlehrer, sondern Rottenführer ist. Das bedeutet natürlich nicht, daß man im Catilinarischen Lager geradezu für die Gleichstellung der Sklaven ist. Glaucos rechnet nur damit, daß er bei der Umwälzung soviel Geld machen kann, als nötig ist, sich freizukaufen. Kein Plebejer will einen allgemeinen Sklavenaufstand auf den Hals bekommen. Schließlich hätte das Wahlrecht – und es handelt sich dabei nicht *nur* um die damit verbundenen Sporteln – keinen Sinn mehr, wenn es plötzlich auf alle übertragen würde. Man tut also, wie

Glaucos nicht ohne Bitterkeit bemerkt, alles, in den Rotten die Sklaven »auf ihrem Platz zu halten«. Er war schon manchmal darüber recht deprimiert.

C. schickte ihn mit einem Brief auf die Prätur. Die Order wurde zurückgenommen.

3.11.

Crassus hat sich endlich gemeldet! Er ließ merkwürdigerweise sagen, daß er mit einigen Herren vom Senat kommen würde.

C. zeigte seinen Gästen die neue Reitschule. Die »Diana auf dem blauen Pferde« erregte auch bei ihnen Kopfschütteln. Allgemeine Meinung: Pferde sind nicht blau. C. sagte, den Künstler entschuldigend: »Und Politiker sollen zu unserer Zeit mitunter keine Politiker sein, Finanzleute kein Geld haben und Priester nicht an die Göttinnen glauben.«

Man lachte, da er selbst Oberpriester ist.

Verständnis für die moderne Kunst findet man nur in der City.

Die Herren vom Senat nahmen den »Catilinarummel« immer noch nicht ernst. »Die City wird schon kalte Füße bekommen«, sagte jemand, »wenn sie erst einmal den ganzen Abschaum der 34 Bezirke mit Rucksäcken zu den Wechselstuben des Forums heraufpilgern sieht.« Und ein besonders fetter Junker stopfte unsere köstlichen Wachteln in sich hinein und sagte grinsend: »Als die Fachvereine Gratiskorn für ihre faulenzenden Mitglieder wollten, drohten sie damit, den Catilina zum Konsul zu wählen. Nun, es gab kein Gratiskorn, und Catilina wurde nicht gewählt.« – »Aber mit den Fachvereinen ist verhandelt worden«, sagte der »Schwamm« böse. »Um sie von Dummheiten abzuhalten. Es finden keine Verhandlungen mehr statt.«

Die Sicherheit dieser Herren ist aufreizend.

Man darf die ungeheure tatsächliche Macht des Senats nicht unterschätzen. Er ist der Staat schlechthin. 300 Familien, fast alle mit riesigem Grundbesitz. Diese Leute hat man auf goldenen Wägen in ihren Triumphzügen durch die Gassen fahren, Soldaten ausheben, als Richter fungieren sehen. Wer eine Wasserleitung bauen will, muß zu einem von ihnen gehen. Jede einzige der Familien hat eine Klientelschaft von Tausenden in der Stadt, kleine Kaufleute, Handwerker, Pächter, Kriegslieferanten. Sie verheiraten, sie scheiden, sie geben Empfehlungsbriefe in die Provinzen und kleine Zettel für die Ämter, die Tür und Tor öffnen.

Der »Schwamm« blieb noch, als die andern gegangen waren. Das Gespräch hatte ihn sehr verstimmt. »Sie weichen keinen Fußbreit, wie?« sagte er. »Man muß den Druck verschärfen. Vielleicht hätten wir doch den Catilina durchboxen sollen bei der Wahl. Dann sprächen sie anders.« C. sah ihn erstaunt an und warf dann, scheinbar uninteressiert, hin: »Warum hast du dann die Wahl in die Binsen gehen lassen?« – »Das ging nicht«, sagte der »Schwamm« faul, »nachdem einmal die Fachvereine dagegen waren.« Und nach einer Weile fügte er hinzu, nach der Decke schauend: »Was wird Catilina jetzt machen?« – »Vermutlich abdanken oder losschlagen.« – »Aufstand? Nicht für fünf Asse Aussicht, in Rom. Das kann Herr Cicero mit seiner elenden Bürgergarde und mit ein paar tausend von Lucullus ausgeliehenen Fechtersklaven erledigen.« – »Aber er hat auch ein Heer. In Etrurien.« – »Ja, und kein Geld dafür.« C. sah ihn aufmerksam an. »Bist du denn überhaupt noch interessiert?« Der »Schwamm« erwiderte seinen Blick. »Warum nicht«, sagte er, »er müßte vielleicht etwas mehr zeigen. Bis jetzt bringt er nur die Salons durcheinander. Warum ist er nicht bei seinem Heer?« – »Willst du, daß ich ihn frage?« sagte C., als mache er einen Witz. »Da wird er mich fragen, warum du das Geld abgestoppt hast.« – »Wieso habe ich das Geld abgestoppt? Es ist nicht abgeholt worden, mein lieber Cajus.« – »Das ist hochinteressant«, sagte C.

4.11.

Von Paestus, dem Sekretär des Clodius, weiß ich, wie man versuchen will, den Catilina aus seiner Zurückhaltung (er ist immer noch in Rom und scheint den Aufstand mehr zu fürchten als seine Geldgeber) herauszulocken. Clodius hatte eine lange Unterredung mit der Fulvia, der Geliebten des Catilinariers Quintus Curius. Sie soll zu Cicero geschickt werden, mit Enthüllungen. Clodius: »Cicero ist ein alter Bock und kann nicht widerstehen, wenn er etwas umsonst kriegt. Sie wird alles enthüllen, auch sich selber, versteht sich. Das Weitere besorgt seine grenzenlose Feigheit.«

Paestus verfolgt mich mit seiner Zuneigung ganz unleidlich, aber solche kleinen Nachrichten sind einen Abend wert.

5.11.
C.s Teilnahme an der jetzt überhaupt in der Stadt immer mehr grassierenden Grundstücksspekulation beunruhigt mich nachgerade.

Ich räumte demonstrativ seine Landkarten auf nach dem Diktat. Er sah mir lächelnd zu und sagte: »Die Mucia hat mich gebeten, etwas Land für sie zu erwerben. Ich berate sie ein wenig. Wenn ich Geld hätte, kaufte ich auch.«

Nun, mich täuscht er nicht. Wenn ich Geld hätte! Anscheinend hat Mucia Geld. Schließlich ist sie die Frau des Pompejus.

Die Grundstückskäufe belaufen sich auf immense Summen. Mindestens fünf Millionen. Die Preise sind sehr gestiegen in der allerletzten Zeit.

C. steht zweifellos im Augenblick ausgezeichnet mit der Hochfinanz. Sonst hätte er kaum in ihre Grundstücksspekulationen einsteigen können. Daß er, was ruchbar geworden ist, aus Cato einen Scheck herausgeholt hat für die Sabotage der Catilinawahl, als er schon wußte, daß die City sie niemals zulassen würde, nimmt man ihm nicht übel; man lacht sogar darüber.

6.11.
Wieder finden hier im Haus in der Bibliothek geheime Zusammenkünfte statt. Meist kommen Curius, Lentulus und Statilius, stadtbekannte Catilinarier vom radikalen Flügel. Der frühere Konsul Lentulus, einer der flottesten und fallitesten Lebemänner der Hauptstadt, bekam seinen Spitznamen, die »Wade«, dadurch, daß er, vor dem gesamten Senat haarsträubender Korruption überführt, trocken antwortete, Rechenschaft könne er nicht ablegen, aber er wolle sein Bein hinhalten, wie es die Knaben machen, wenn sie beim Ballspiel einen Fehler gemacht und zur Strafe der Ball möglichst schmerzhaft nach ihrer Wade geschmissen wird. Statilius, ein langer, dünner Mensch, dessen Vater bei einem Bankkrach sein Vermögen verloren hat, ist sehr gebildet und unterhält sich mit C. stundenlang über Grammatik. Der brutale Libertinismus der »Wade« macht ihn verlegen. Er beteiligt sich am Putsch, wie er betont, nur, weil er gegen die »Tyrannen« ist. Curius ist unbedeutend.

Alle drei beschweren sich, sobald sie etwas getrunken haben, über Catilinas Zaudern, den einzigen Weg zu beschreiten, der ihm jetzt noch übrigbleibt. Er will absolut nicht weg aus der Stadt und den fruchtlosen Verhandlungen. Dabei läuft das Heer in Etrurien auseinander. Auf Geld sind sie ungeheuer scharf, schon sein bloßer Geruch regt sie an. Andererseits sind sie mißtrauisch. Die »Wade« macht fortgesetzt Witze über das Spiel mit dem Feuer, das die City spielt, über die »Klubs der Freunde des bewaffneten Aufstands«.

Habe übrigens beschlossen, keinen Versuch mehr zu machen, Caebio zu treffen, bevor ich seinen Laden vollständig eingerichtet habe. Für die Wände habe ich blau gewählt, sehr licht. Nach einigem Schwanken nahm ich doch die teuren, aber schönen ägyptischen Flaschen mit den geschliffenen Stöpseln. Als ich Caebios kleinem Bruder den nun fast kompletten Parfümerieladen zeigte, stand er eine ganze Zeitlang mit offenem Mund. Dann sagte er nur: »Der ist ja dumm.«

8.11.
Cicero hat im Senat eine »sensationelle Rede« gehalten. Er hat ein Mordkomplott der Catilinarier gegen sich enthüllt. Er schrie immerfort: »Ich weiß alles!« Fulvia hat also funktioniert.

Ich kam mit einem Brief für Crassus zum Tempel des Jupiters Stator, wo der Senat tagte. Davor, in der Heiligenstraße, war ein ganzer Wald von Sänften, die auf die Senatoren warteten. Großes Hin und Her aufgeregter Sekretäre. Die Sänftenträger, meist Anhänger des Catilina, machten Witze über den Senat und lachten über die Sekretäre, die sie zur Ruhe verwiesen.

Catilina war bei der Sitzung anwesend. Sein Sänftenträger war der Star vor dem Tempel. Die andern umringten ihn und schnappten nach jedem seiner Worte. Ein großer, hübscher Kerl.

Auch in den Senat konnte ich einen Blick werfen. Der gewaltige Raum schien überfüllt. Die nicht in Rom wohnenden Senatoren waren nachts durch Spezialkuriere von ihren Landgütern geholt worden. Die Sitzung war schon im Gange, aber Cicero war noch nicht im Hause. Niemand hörte auf den Redner, der eintönig über Makedonien sprach. Die Unterhaltungen wurden laut, über mehrere Bänke weg, geführt. Auch hier wurden Witze belacht, nur war das Lachen fettiger als draußen. Doch an der einen Wand sah ich um ein Kohlenbecken eine Gruppe, die etwas ernster konversierte, wahrscheinlich über Geschäftliches.

Ich hörte nachher, daß man Ciceros wuchtige Anklagen ohne große Erregung anhörte. Aber als Catilina sich dann verteidigte, rückten die neben ihm Sitzenden sichtlich von ihm ab, wie von einem ansteckend Kranken. Die Bänke um ihn waren leer beim Ende seiner Rede.

Der Senat hat ihm gegenüber lange eine erstaunliche Geduld gezeigt. Allerdings haben die Herrschaften von ihm bisher nur profitiert. Siehe die Wahlen! Ciceros hysterische Attacken allein hätten den Senat kaum gerührt, aber in der letzten Zeit soll es auf einigen großen Landgütern Unruhe unter den Sklaven gegeben haben. Man weiß nichts Näheres darüber, aber daß man ihm etwas von der Art in die Schuhe schiebt, zeigte die heutige Sitzung. Er steht jetzt tatsächlich vor der Verhaftung. Wird er losschlagen?

9.11.

Catilina ist mit 200 Anhängern, viele davon sind Mitglieder des Adels, abgereist! Er befindet sich auf dem Weg nach Etrurien. Das ist endgültig der Bürgerkrieg.

10.11.

Catilinas Abreise wird völlig überschattet durch das neue Stadtgespräch: im Auftrag des Pompejus ist sein Schwager Quintus Metellus Nepos in der Hauptstadt eingetroffen, um sich am 13. um das Volkstribunat zu bewerben. Es heißt, daß seine Kandidatur im Senat eine kühle Aufnahme gefunden hat. Cato selber will Volkstribun mit ihm zusammen werden, sicher nicht, um ihn zu unterstützen. Die Wahl des Herrn aus Asien ist natürlich gesichert. Er muß ganze Körbe mit »Kuverts« in Brundisium an Land geschafft haben. Er war schon Gast der Handelskammer. Auch C. erwartet ihn bei sich.

11.11.

Fulvia: »Dieser Oberst Nepos ist reizend! Ganz was andres als diese Jüngelchen, die immerzu vom Umsturz faseln, wenn sie nicht grad Migräne haben. Was mich mein Curius anödet mit seinem ›wenn wir erst‹! Nepos hat mir übrigens ernsthaft versichert, daß Pompejus (er sagt immer ›der Chef‹) absolut demokratisch fühlt. Er nennt ihn den einzigen Demokraten von allen Römern. Natürlich (zu C.), Sie sind auch einer. Schamlos nur, wie sich unsere Damen an ihn heranschmeißen, sie zerfleischen sich! Er zeigt aber Reserve. Wo der herkommt, gibt es schließlich auch Frauen. Ein Römer in Asien, alte Familie, gestählt, siegreich, wo sie dort nur diese fetten, überfeinerten Männer haben, ach ja! Er ist so unbeschreiblich schmal in den Hüften, wissen Sie. Ich habe ihm gesagt: ›Sie könnten ein Armband als Gürtel benützen, natürlich nicht meines, aber eines von der Mucia!‹ Er hat sehr gelacht.«

Im Barbierladen große Debatte über den »Herrn aus Asien«, der ohne Zweifel allerhand »kleine Wünsche des großen Pompejus« anmelden und dessen Tätigkeit man »bald in Rom spüren« wird. Einige betonen allerdings auch, daß ihm die Catilinarische Bewegung einiges Kopfzerbrechen verursachen dürfte.

Catilinas Anhängerschaft ist, seit er sich von Rom entfernt hat, zweifellos stark gewachsen. Jedermann weiß, daß er seine Hauptmitverschworenen in der Stadt zurückgelassen hat. Einige von ihnen sitzen sogar immer noch ganz ungestört im Senat, so Lentulus (die »Wade«), der als Prätor die Polizei unter sich hat. Der Fähigste, Cethegus, war einer der beiden Herren, die am Morgen des 8. in Ciceros Haus erschienen, um ihn, wie dieser sagt, umzulegen. Trotzdem wagt er nicht das Geringste gegen Cethegus zu unternehmen. Alle Verschworenen bewegen sich nach wie vor völlig frei in der Stadt, halten Geheimzusammenkünfte ab und korrespondieren mit Catilina. Und ihre Rotten füllen sich mehr und mehr mit Sklaven. Cicero soll nur noch mit dem Küraß unter der Toga umhergehen. (Er hat einen Schlitz in die Toga gemacht, damit man sehen kann, wie bedroht er sich fühlt!) Der Senat betreibt die Aufstellung von Heeren gegen Catilina mit äußerster Nachlässigkeit.

Das Forum bekam heute, wie ich abends erfahre, einen ziemlichen Schock. *Von der Menge wurden zwei Wechslerbuden gestürmt!* Irgend jemand wollte in einer Bank ein zurückgefordertes Darlehn einbezahlen und fand plötzlich heraus, daß die Zinsen zu hoch seien. Der Zinsfuß war ihm natürlich bekannt gewesen, aber er erinnerte sich, als er die aufgelaufene Summe vorgewiesen bekam, daß der Sohn seiner Schwester, die das Darlehen aufgenommen hatte, im asiatischen Feldzug gefallen war, und machte einen solchen Radau, daß er an die Luft gesetzt werden mußte. Im Nu, niemand weiß eigentlich woher, war das ganze Forum von einer rasenden Menge besetzt. Da sie an die Bank selber nicht herankonnte – sie hat ausgezeichnete Bronzetüren und genügend Wächter –, stürzte sie sich auf zwei kleine Wechslerbuden daneben, schlug alles Mobiliar zusammen und plünderte die Kassen aus. Die City spricht von nichts andrem. Man ist in gewissen Kreisen hauptsächlich darüber bestürzt, daß die Menge das Geld, wie man hört, regelrecht *verteilte* (und zwar unter solche Anwesende, die in Asien Angehörige verloren hatten oder anderswie durch den Feldzug zu Schaden gekommen waren). Gewöhnliche Plünderung hätte lange nicht so beunruhigt.

12.11.
Wundervolle Herbsttage. Suche abends melancholisch alle Stellen auf, wo ich voriges Jahr, als das Laub fiel, mit meinem Caebio saß. Vermisse ihn sehr, gedenke aber, stark zu bleiben und ihn vorläufig nicht zu sehen. Jedoch stehe ich oft noch nachts vor dem kleinen Laden und schaue durchs Fenster, wo schon die Tiegel und bunten Töpfe aufgebaut sind. Ob er nie hierherkommt? Sein Bruder hat ihm doch sicher die Adresse verraten.

Übrigens kann man in dieser Gasse an den vielen geschlossenen Läden sehen, wie sehr der Krieg in Asien mit seinen Sklavenimporten und der Friede in Asien mit dem Versiegen der Kriegslieferungen die kleinen Geschäfte verheert hat.

13.11.
Nepos und Cato sind also zu Volkstribunen gewählt worden. Der Bezwinger des Ostens, der großmächtige Pompejus, greift damit aktiv in die Politik ein. Allerdings hat sein Mann Nepos in der Person des Cato eine nicht zu unterschätzende Bremsvorrichtung beigegeben erhalten. Das asiatische Geld ist in Strömen geflossen heute (und auch einiges römisches Geld, wie es scheint). C. hat von Nepos, dem Herrn mit den schmalen Hüften, noch nichts zu sehen bekommen. »Man« ist in Asien wohl verstimmt über die Politik der demokratischen Führung.

Gerade heute kam es wieder zu Unruhen, die einen häßlichen

Mißklang in die Wahl der Volkstribunen brachten. In der Gegend der unteren Subura sollten einige Familien aus ihren Wohnungen entfernt werden, weil sie die Miete schuldig geblieben waren. Das Viertel tat sich jedoch zusammen, und als die Gerichtsvollzieher und Sklaven des Crassus kamen (dem gehören diese Mietshäuser), fanden sie die schmale Gasse, eine der krummen, steilen Gassen, die zum esquilinischen Hügel hinaufführen, verstopft von wütenden Weibern und – Eseln. Diese Tiere hatte die Menge aus den Ställen eines Fuhrwerksunternehmers geholt, der beim Wahlakt war. Zuerst belustigte sich die Menge, in der übrigens viele Sklaven waren, nur über die Situation und begrüßte die naheliegenden Wortspiele mit schallendem Gelächter, das freilich nicht ohne Zorn war. Es gab auch schon zahlreiche Betrunkene darunter, wie immer am Tag der Wahlen. Der Spaß schlug aber schnell in Raserei um, als berittene Polizisten anrückten. Es kam zu einer regelrechten Schlacht. Die Menge wich, von einigen jungen Burschen kommandiert, die sich nachher als Mitglieder Catilinarischer Sturmrotten und demokratischer Straßenklubs herausstellten, immer wieder in die Hauseingänge zurück, um es den Bewohnern der hohen Häuser zu ermöglichen, allerhand Töpfe über die Polizisten auszugießen, und bald regnete es, von Rufen »Schont die Esel!« begleitet, Dachziegel. Merkwürdigerweise ging es eine ganze Zeitlang ohne blutige Zwischenfälle ab, aber dann kam es zu einem schrecklichen Unfall. Die Polizei ritt eben wieder einmal die Gasse hinauf, als eine ältere Frau, eine Salzfischverkäuferin, in einen Hauseingang laufend, ihren Fischkorb fallen ließ. Er kollerte das holprige Steinpflaster hinunter, den Reitern entgegen. Die Salzfische waren sicher nicht mehr als ein paar Asse wert, aber die Frau lief instinktiv ihrem Korb nach, mitten unter die Hufe der hochstürmenden Pferde. Sie war nur noch ein blutiger Klumpen. Das war schlimm genug, aber als noch schlimmer erwies sich ein Umstand, dem man zunächst keine besondere Bedeutung beilegte. Der Korb selber blieb nämlich, zum Unglück, wie man sagen muß, unversehrt, und so entdeckte die Menge, daß darin nicht mehr als drei armselige Salzfische lagen. Das verbreitete sich mit rasender Eile in wenigen Stunden durch die ganze innere Stadt. Jedermann begriff, daß es gegen die Behörden sprach, wenn die Leute so gestellt sind, daß sie um dreier

Salzfische wegen ihr Leben einsetzen müssen. Die Catilinarier machten abends bekannt, daß sie der Frau ein Staatsbegräbnis veranstalten wollten, und forderten das Volk auf, daran teilzunehmen.

Und erst vorgestern wurden die Wechslerbuden auf dem Forum gestürmt!

14.11.
Höchst zufällig erfuhr ich etwas über finanzielle Schwierigkeiten, die ganz plötzlich im Catilinarischen Lager aufgetaucht sein sollen. Da ich auf mein Angebot (ohne Bedingungen) von Caebio nichts hörte (sein Bruder konnte mir nur sagen, er habe ungläubig dreingeschaut), entschloß ich mich doch noch, über Glaucos an ihn heranzukommen. Natürlich kann ich Glaucos nicht reinen Wein einschenken, so sagte ich ihm nur, Caebio schulde mir etwas Geld. Glaucos brachte mich auch in das Lokal in der Sandalenmachergasse, wo die Rotte, zu der Caebio gehört, verkehrt. Er kam nicht, aber ich hörte, wie erwähnt, von den Herumsitzenden, größtenteils Arbeitslosen, daß sie den dritten Tag ohne Dienstgelder sind. Die Stimmung war ziemlich gedrückt.

Glaucos schimpfte aus vollem Hals auf die »Führung«. Er versteht nicht, daß kein Geld in der Parteikasse ist. Sie bekommen Dienstgelder, aber sie zahlen ja auch Beiträge. Und sie veranstalten Haus- und Straßensammlungen. Auch durch die Veranstaltungen geht etwas ein. Er würde verstehen, wenn er wüßte, daß diese Schröpfungen im kleinen, die ihm so fühlbar sind, überhaupt nur dazu dienen, die Herkunft der großen Gelder zu verschleiern, die ganz woanders geholt werden. So sagte Glaucos nur düster: »Unsere Bonzen in der Umgebung der Parteikasse leben ein wenig zu fett, das ist es. Man müßte Catilina ein Licht über sie aufstecken. Er weiß das ja alles nicht.«

15.11.
Auch wir sind schon wieder in Geldverlegenheiten. Die Banken scheinen ihre Zuschüsse tatsächlich gestoppt zu haben. Ob da dieser Nepos die Hand im Spiel hat? Langt der »große Pompejus« von Asien herüber und schlägt die Kassenschränke der Banken zu? Es ist klar, daß er gegen den Aufstand sein muß. Oder ist

es wirklich, wie mit Bestimmtheit behauptet wird, die lächerliche Angelegenheit mit den zwei gestürmten Wechslerbuden, was die Banken zu so radikalen Entschlüssen treibt? Und der »Schwamm« ist wieder in Sizilien!

Wie unverbrüchlich man übrigens »unten« immer noch an Catilina und den Sieg seiner Sache glaubt, zeigt eine sehr unerquickliche Auseinandersetzung, die ich heute mit Spicer hatte, dem hartnäckigsten aller Gerichtsvollzieher. Er hat eine ganze Menge von meist kleineren Vollzugsbefehlen gegen uns, Schneider- und Fleischerrechnungen, abgesehen von größeren (Kunstgegenstände). Interessant, daß die kleinen Leute jetzt so blutgierig sind wie die Stechfliegen vor dem Gewitter. Alle glauben sie eben fest an Catilinas Sieg, und dann werden ja die Schulden gestrichen, und natürlich meinen sie lächerlicherweise, das gälte auch für die Fleischerrechnungen.

Wir versuchen, die Villa in Präneste zu verkaufen, ohne daß die Gläubiger davon Wind bekommen. Es handelt sich um Bargeld. Ein paar griechische Statuen habe ich auf Umwegen, die übrigens teuer sind, verkaufen können. Aber das ist natürlich nichts.

Einen schönen Hermes hat Spicer abholen lassen.

So etwas spricht sich herum!

Bevor sie mit Pompeja gestern aufs Land fuhr, verlangte die Alte auch wieder, das ist vielleicht zum sechsten Mal, die 400 Sesterzien zurück, die C. sich vorigen Monat ausgeliehen hatte. Ich sagte ihm danach: »Ihrer Frau Mama müssen Sie zurückzahlen, bevor Sie Spicer etwas zahlen.« Er sah für einen Augenblick wirklich bekümmert aus. Glücklicherweise brachte er dann abends plötzlich 20000 Sesterzien nach Haus. Das ist immerhin etwas. Ich sehe jetzt Spicer, der morgens immer schon um acht Uhr kommt, einigermaßen gefaßter entgegen.

Catilina ist, da er sich in Etrurien zum Konsul hat ausrufen lassen, jetzt, merkwürdig spät, zum Volksfeind erklärt worden. Auf seinen Kopf und die Köpfe seiner Anhänger sind Preise ausgesetzt, und gegen ihn wurde Ciceros Kollege, der Konsul Antonius, mit zwei Legionen ausgeschickt. Das Forum nahm die Ernennung des Antonius günstig auf. Die Werte, die vor der Ernennung des Antonius um zehn Punkte und mehr gefallen waren, befestigten sich merkwürdigerweise wieder. Nur auf dem

Getreidemarkt setzt sich die Baissetendenz fort. Große Kornverkäufe.

Die Tage vergehen unerträglich langsam. C. viel auf dem Forum in Geschäften. Seine Grundstücke machen ihm Bauchweh. Er ist schrecklich deprimiert. Sagt wieder, daß er sich von aller Politik zurückziehen will.

16.11.

Glaucos sagt, zu ihren Leuten gehören manche, von denen man es nicht glaubt. Auch Senatoren. Ich zeigte Zweifel, um mehr zu erfahren, und er fragte mich, ob ich es zum Beispiel für möglich hielte, daß sogar einer der beiden Konsuln zu ihnen gehöre. Das kann nur Antonius sein, der allerdings sehr verschuldet sein soll.

Zwei Wahldistriktsvorsteher da. Ob wir uns um die nächstjährige Prätur bewerben wollen? Lächerlich! Wer soll uns noch Gelder für die Bewerbung um die Prätur anvertrauen? Man kauft die Ämter nur der Provinzen wegen, die es danach gibt, aber man kauft sich eben völlig zu Tode daran, und wenn man aus seiner Provinz ein wenig herausholen will, wenigstens die Spesen, dann gibt es Prozesse wegen Amtsmißbrauch – wenn man im Senat als Demokrat verrufen ist. C. hat recht, wenn er heute sagte: »Neue Villen, fette Ämter und Caelia« (eine hübsche Kokotte, hinter der er gerade her ist) »müssen wir uns aus dem Kopf schlagen für die nächste Zeit, Rarus.«

Ich weiß, daß er alles versucht, das abrupte und fast vollständige Versiegen der Geldquellen aufzuklären. Er bekommt von den dem Crassus nahestehenden Banken, wie Alexander sagt, die widersprechendsten Begründungen. Nur eines ist klar: die City schwenkt immer mehr zu Cicero über. Also zur Versöhnung mit dem Senat, der übrigens einige Zeichen von Nachgiebigkeit zeigen soll. (?) Einige Banken sagen C.: »Hoffen Sie wirklich noch auf eine gemäßigte Diktatur Catilina, gemäßigt durch Sie und Ihre Freunde? Oder meinen Sie, man wartet auf Ihre Diktatur, des Herrn Caesar aus dem Café Forum? Der den Straßenmob wieder zur Vernunft bringt, wenn er einmal auf dem Capitol sitzt? Seien Sie nicht naiv!« Und alle reden immer noch von der unseligen Stürmung der Wechslerbuden.

16.11. (nachts)

Als ich nachts nach Haus kam, war in der Subura, vor unserm Haus, ein Auflauf. Gesindel aus den Vorstädten, viele junge Burschen darunter, deklassierte Elemente. Mindestens 200 Menschen. Sie führten Schimpfreden gegen C. Ein verhungerter Mensch, mit den Schlammspuren der Tiberbänke auf den Schultern, kletterte an der Prometheus-Statue neben dem Portal hoch und schrie die alten lächerlichen Beschuldigungen, man habe sie bei den Wahlen hereingelegt usw. Ich mußte hinten herumlaufen, um ins Haus zu kommen. Ich lief durchs Atrium, als ich das Portal zusammenkrachen und den Mob hereinstürmen hörte. Auf dem Treppenaufsatz im ersten Stock, übrigens war nirgends ein Mensch zu sehen, stand C., im Kimono, weiß wie ein Laken. Er hörte zunächst überhaupt nicht, was ich ihm sagte. Er horchte nur nach unten, auf den schrecklichen Lärm. Sie schlugen das Atrium zusammen. Ich zog ihn weg, er folgte mir, den Kopf zurückgewendet. In der Tür zu seinem Schlafzimmer stand Caelia, ebenfalls sehr blaß. Wir liefen an ihr vorbei, sie waren jetzt schon auf der Treppe. Immer noch nirgends eine Seele von der Dienerschaft. Die Hintertreppe hinunter. Durch den Säulengang. In meinen Zimmern angelangt, konnten wir die Menge schon im Vorgarten toben hören. Schreckliche fünf Minuten. Dann sind sie vor der Tür. Im Dunkeln schiebe ich C. hinter einen Aktenschrank. Dann sind sie im Zimmer, Windlichter vom Atrium schwenkend. Hier ist er hinein, sagt eine Stimme. Er muß drin sein. Sie werfen mit Fußtritten die Amphora um, die in Stücke geht. Dann schieben sie den Schrank beiseite. Da steht C., gekrümmt, sein Kimono ist vorn offen. Ein Gelächter, dumme Witze. Ich bekomme einen Faustschlag, erst jetzt.

»Wo hast du die Wahlgelder, du windiger Schieber!« Sie haben ihn schon hervorgezerrt, der Kimono geht in Stücke. Sie spucken ihn an. Ein baumlanger Kerl preßt ihn mit beiden Armen an sich und zieht ihn nach unten, ein anderer reißt ihm vollends alles ab, und dann verprügeln sie ihn regelrecht. »Wirst – du – noch – einmal – stehlen«, sagen sie unaufhörlich, immer den gleichen Satz, beim Schlagen.

Dann sind sie endlich weg. C. hockt auf dem Boden, sich mit einem Fetzen seines gelben Kimonos die Spucke abwischend. Ich renne hinauf, Riechwasser zu holen. Caelia hat sich inzwischen angezogen, ihr ist nichts geschehen, ich lasse sie aber nicht mit zu ihm herunter. Sie geht widerstrebend. Er will lange Zeit nicht hinauf, bis ich ihm sage, daß sie weg ist. Eine halbe Stunde später kommen Beamte der Prätur. Wir erstatten keine Anzeige. Ich drücke den guten Leuten etwas Geld in die Hände, damit sie keine Anzeige erstatten.

Und während des ganzen Auftritts läßt sich von den Sklaven kein einziger blicken, keiner stellt sich vor seinen Herrn, keiner fragt nach ihm. Am Morgen höre ich, daß sie in die Reitbahn gelaufen waren und dort gewartet hatten, bis der Mob weg war. Zeiten!

17.11.
Das Atrium ist vollständig verwüstet. Die Sklaven, die aufräumten, sahen verstört aus. Die Klientelstunde sagten wir natürlich ab.

Zu Caelia brachte ich vor dem Essen einen Brief. Hoffentlich hält sie den Mund.

Am frühen Nachmittag kam Clodius, um von seiten der Straßenklubs eine formelle Entschuldigung zu überbringen. Er ist seit Wochen nicht mehr hier gewesen, wahrscheinlich hält er Besuche bei C. für kompromittierend. Ich führte ihn durch die verwüsteten Hallen; er sah nicht hin.

Er sprach mit C. zwei Stunden lang allein. Dann mußte ich Alexander holen. Mit ihm ging ich hinein.

C. ging ruhelos auf und ab. Clodius aß Ingwer aus einem kleinen Tontopf und sah nur flüchtig auf, als Alexander eintrat. Ich hatte den letzteren von den Vorgängen der vergangenen Nacht unterrichtet; sie wurden nicht mehr erwähnt. Es kam eine der erstaunlichsten Szenen, die ich je miterlebt habe.

C. leitete die Unterredung mit der dürren Feststellung ein, daß das römische Volk genug von den Umtrieben des Forums habe und der fruchtlosen, trügerischen Wählerei müde sei. Im Schoße der Bevölkerung regten sich völlig neue Kräfte. Das Wiederaufleben der Straßenklubs beweise, daß der römische Bürger darangehe, die Leitung des Staats selber in die Hand zu nehmen. Die überhand nehmenden Unruhen in der Hauptstadt mochten noch den planmäßigen Griff einer klugen Führung vermissen lassen, unverantwortliche, wilde Elemente mochten hie und da sich in die echte Volksbewegung einmischen, aber selbst die gelegentlichen Exzesse zeigten, daß hier neues Leben durchbreche. Diese Kraft habe man in den führenden demokratischen Kreisen unterschätzt, da man sich dort nur mit den Umtrieben der Banken und höchstens noch mit der impotenten Vermittlertätigkeit der Fachvereine beschäftigt habe. Aber die City und die Fachvereine seien nicht Rom. »Es bestand bei uns allzu lange die Ansicht«, sagte er ernst, »Wählerstimmen seien Waffen. Das stimmt; Stimmen sind Waffen, aber nicht für den Wähler. Für den Wähler ist seine Stimme eine Ware. Sie ist für ihn eine Waffe, wie das Schwert für den Waffenschmied eine Waffe ist. Er benützt sie nicht, er verkauft sie. Wenn der Kunde das Schwert gekauft hat, kann er damit den Verkäufer ohne weiteres niederstoßen. Der Wahlakt ist durch und durch korrumpiert, die Demokratie kann ihn nicht mehr brauchen.«

Alexander hörte seine alte These, daß die demokratischen Programmpunkte nicht durch bloßes Wählen durchgeführt werden könnten, aus C.s Mund mit baffer Verwunderung.

C. sprach außerordentlich bestimmt und klar. Der Augenblick sei gekommen, wo der an den Rand des Abgrunds gedrängte römische Bürger seine eigene Politik machen müsse. Stimmvieh könne keine Politik machen. Man müsse aus Wählerherden demokratische Truppenkörper formieren. Die Stoßtruppe sollten die Straßenklubs stellen, die Clodius ja in der Hand hatte. Alexander sollte die arbeitslosen Mitglieder der Fachvereine zu erfassen versuchen. Die Listen der Wahldistriktsvorsteher sollten ebenfalls herhalten. Die Vorsteher selber würden immer noch erzürnt sein. Wahrscheinlich hatten sie jetzt die hämischen Bemerkungen der Bonzen der Fachvereine über sich ergehen zu lassen. Diese Herren würden betonen, daß sie bei Wahlabkommen für ihre Mitglieder gewöhnlich auf Hinterlegung der Bestechungsgelder bestanden. Man müßte aber gerade die Empörung des einfachen Wählers über den Wahlbetrug ausnützen und ihm erklären, wie gewissenlos die feinen Cityklubs, diese Herren Demokraten des Forums, ihn geprellt hatten. Man müßte die Verräterei der Banken schonungslos aufdecken. Hinter den Catilinariern dürfte man da auf keinen Fall zurückbleiben. Die Verbindung zu ihnen würde C. selber aufnehmen. Er klärte die beiden auf, daß er mit deren Führung sowie mit Catilina selbst nach wie vor die besten Beziehungen unterhalte, ihnen sogar auch nach der Wahl noch finanziell behilflich gewesen sei.

Man ging ausführlich auf die Frage der Bewaffnung ein. Die Waffen der alten Straßenklubs waren noch größtenteils vorhanden, sie waren seinerzeit sorgfältig versteckt worden. In den von Ratten zernagten Fußböden lagen Waffen, und Waffen steckten in den nicht funktionierenden Wasserleitungen. Die leeren Korntruhen waren nicht *ganz* leer, und die zerlumpten Kleidungsstücke bedeckten nicht nur den Tonnenboden. Der Pomadekopf verklärte sich geradezu bei dem Gedanken, daß er nun wieder die Mauer seines Gymnasiums aufreißen und die gut eingefetteten Schwerter hervorholen lassen konnte. Es gab genug Waffen, man konnte noch den Catilinariern abgeben. (Das mußte natürlich mit allen Sicherungen geschehen.)

Man war sich einig, daß der Weg, den man beschritt, ein gefährlicher sei. Er bedeutete: unter Umständen gegen die City marschieren. Also war größte Vorsicht nötig. Crassus, der augenblicklich wieder wegen seiner Korngeschäfte in Sizilien weilte, durfte von den Einzelheiten des Komplotts überhaupt nicht unterrichtet werden, damit er jederzeit sagen konnte, er habe nichts gewußt. C. sollte schon wegen seiner augenblicklichen Unbeliebtheit nur die Obleute der Straßenklubs treffen und öffentlich eine ganz neutrale Haltung einnehmen. Er sagte, er werde womöglich sogar mit Cicero Fühlung suchen.

C. ging während der ganzen Zeit mit großen Schritten auf und ab; aber nur ich wußte, warum er sich nicht setzte.

Das Ganze kam mir sehr schlimm vor. So hinreißend seine Fähigkeit ist, aus allem zu lernen und aus allem etwas zu machen, diese Klarheit seines Geistes, die ihm gestattet, selbst die unliebsamsten Vorfälle in ihrer wahren Bedeutung zu durchschauen und sie objektiv in ihrer politischen Tragweite zu würdigen – wie schnell hat sein scharfer Blick wieder in dem tobenden Mob nur das verzerrte Abbild des Volkes selbst erkannt, hinter den paar verhetzten Randalierenden von gestern abend die große Gestalt des unruhig gewordenen, sich seiner Kraft erinnernden römischen Bürgers –, so gefährlich sind doch auch seine schnellen Entschlüsse.

18.11.
Wir treiben auch so deutlich einer Katastrophe zu. Sofort, wenn die großen Summen für politische Zwecke dieser oder jener Art aufhören hereinzufließen, wie eben jetzt, herrscht im Hause nackter Bargeldmangel. Es ist eben alles auf Sand gebaut. Die 20000 von vorgestern waren gleich weg. Während die Wasserleitungen von den Reitknechten repariert werden müssen, da der Spengler nur gegen Barzahlung arbeiten würde (im Haus des Oberpriesters!), hat der Hausherr Grundstücksagenten abzuwimmeln, die eine halbe Million bis mittags zwölf Uhr verlangen. C. wollte in der Frühe aufs Land fahren, um Pompeja und seine Mutter abzuholen, aber dann kam ein Brief von einer Großbank, und bald darauf meldeten sich einige Herren, die ihn zwei Stunden aufhielten. Er schickte mich zu Mucia mit einem Brief, und sie kam nachmittags. Inzwischen hatte C. den Clodius gebeten, die Pompeja abzuholen. Er sollte mit den Damen keinesfalls vor Mitternacht eintreffen.

C. aß dann mit der Mucia (mir gefällt sie nicht, zu alt), und im Atrium saß ein Bankmensch und wartete. Vergebens. C. kam mit rotem Kopf heraus und schickte ihn mit einer lahmen Vertröstung weg. Wahrscheinlich ist es die Mucia müde, allen Schmuck zu verklopfen, den ihr Pompejus schickt. Es ist alles so unmoralisch.

Wissen möchte ich auch, woher C. die 20000 hatte. Servilia? Aber ihr Mann soll ihr ja jede Sesterzie nachrechnen, seit sie die Sache mit dem Faustkämpfer hatte. Cynthia ist böse. Tertulla? Vielleicht Tertulla.

19.11.
Clodius kam mit den Damen erst heute mittag aus der Campania zurück. Pompeja beschwerte sich, daß Clodius nur Albernheiten mit ihr rede, bemitleidete C. sehr seines überarbeiteten Aussehens wegen.

C. nahm mich zu einem Pontificalessen mit, bei dem auch Herr Cicero anwesend war. Ich konnte so ziemlich gut seine Haltung C. gegenüber beobachten. Sie kennen sich von klein auf, und Cicero kann wohl heute noch nicht den Respekt vor dem Adligen ganz überwinden, den er damals überwältigend empfunden haben muß. C. behandelt ihn mit der Liebenswürdigkeit, die er gegenüber Niedrigergestellten zeigt (übrigens nicht Alexander gegenüber; den behandelt er einfach als bedeutenden Menschen). Schon bei den Austern stritten sie in leichtem Ton über literarische Themen, und C. gab geflissentlich nach, ohne daß Cicero ganz befriedigt schien. Der große Mann ging zum Thema *Der Krieg im Osten* über.

»22 Diktaturen gestürzt!« sagte er zufrieden. »Die Welt zivilisiert sich. Bedenken Sie, daß unter diesen 22 Königen kein Mensch Rechtsschutz genoß. Jeden Tag konnte jeder Mensch ohne Gerichtsverfahren hingerichtet werden, ob er hoch oder gering war. Wo die römischen Adler aufgepflanzt sind, kann das niemandem passieren. Dieser Vogel ist struppig und verfressen, aber er hat Rechtssinn. Es gibt keinen andern Staat der Welt, in dem ein Bürger, hoch oder niedrig, nur mit Einwilligung der ganzen Bürgerschaft hingerichtet werden kann.«

Man weiß, daß er den Grundstock seines Vermögens in Ephesus angelegt hat und so finanziell ganz von der Regelung abhängt, die Pompejus in Asien durchführt. Er denkt kaum an andres als an die Höhe der Zollpachten. Er sprach dann noch sehr hoch von der asiatischen Kultur. »Wir haben auch Bücher erobert, Kunstwerke, Kunstverstand, Ideen. Es heißt, wir haben Asien unterworfen. Ich sage: nun kommt es darauf an, daß wir uns den Unterworfenen unterwerfen, ähnlich ihrer Kultur. Mir scheint der Stab unseres guten Pompejus ein wenig unvollständig. Er enthält zu viele Soldaten und Wirtschaftler, zu wenige Literaten und Künstler. Und, wohlverstanden, ich rede vom praktischen Standpunkt aus, als Realpolitiker. Unsere Catos und Catulusse haben ja das Wort gepachtet. Nach diesen Herren sind nur solche Leute Realpolitiker, die es verstehen, Bücher wegzuwerfen. Realpolitiker lesen keine Bücher, es seien denn Hauptbücher.« Er erzählte witzig eine Anekdote vom alten Catulus, der Kurator des Jupitertempels ist, und von zwei goldenen Götterstatuen, die Pompejus schickte, einfach die des dickeren Gottes auswählte.

Seine Witze wären mir wohl noch besser erschienen, wenn ich hätte mitessen dürfen. So verspürte ich mehr Appetit nach den Artischocken, die er aß, als nach den Witzen, die er machte. Dieser Mensch erinnert mich immer an einen kranken Fisch. Sein Gehabe war lebhaft genug, er war ungemein witzig, aber sein Auge blieb tot. Er horchte sozusagen seinen Witzen nach und litt, wenn sie nicht genügend gewürdigt wurden. So zeigte er auch Festigkeit, jedoch auf eine Weise, als sei er keineswegs sicher, daß man sie ihm auch glaube. Mit seiner zur Schau getragenen Allwissenheit war es nicht anders; sie war die Allwissenheit eines Finanzmanns, dem immer noch eine letzte Nachricht, ein letzter, vielleicht alles entscheidender Tip fehlt. Als er einen Krammetsvogel aß, fielen ihm die Spargelköpfe, mit denen er gefüllt war, auf den Ärmel; sogleich schob er das Gericht zurück und machte sich an ein Wildhaschee. C. behandelte er sehr ähnlich diesem Krammetsvogel. Die beiden waren ihm unheimlich (da gefüllt). Natürlich weiß er, daß C. mit den Catilinariern auch jetzt noch verkehrt.

Geschickt brachte C. das Gespräch auf die Tagesereignisse. Er beglückwünschte Cicero warm zu seiner anticatilinarischen Rede vom 8., und sie unterhielten sich drei Gänge lang über ein paar Wendungen darin, die grammatikalische Kühnheiten enthielten. Catilinas Flucht aus Rom wurde erwähnt. Hier fiel ein bezeichnender Ausspruch Ciceros: »Indem Catilina aus der Stadt ist, ist er auch schon aus dem Spiel. Kein Mensch verhandelt mehr mit ihm. Und seine Aussichten lagen im Verhandeln, nicht im Handeln. Mit dem Aufstand drohen, mag ein Geschäft sein. Ihn machen, ist der Ruin.«

C. bedauerte, daß die Verdienste des Konsuls um die Republik vom Senat lange nicht genug gewürdigt würden. Er ließ dabei, wie, weiß ich nicht mehr, den Namen der Fulvia einfließen als einer alten Bekannten von ihm, was Cicero mit einem schnellen mißtrauischen Blick quittierte. Bei den Früchten erwähnte Cicero lässig »eine kleine Überraschung, die den Catilinariern bevorstünde und die wohl bald ihre Schatten über diese, irdischen Güter ja nicht abgeneigten, Herren werfen dürfte«. Leider ließ er sich über diese Überraschung, deren Schatten C. schließlich hergetrieben hatte, nicht näher aus.

Am Schluß, beim Käse, berührte C. noch flüchtig die Bodenfrage. Cicero sah ihn aufmerksam an, als C. beredt die unwürdige Lage der Landwirte schilderte. Jedoch blieb er auch hier ausweichend und allgemein. Er hat die demokratischen Vorschläge zur Bodenreform schon einmal zu Fall gebracht und scheint seine Ansicht nicht geändert zu haben. Er ist zu gut befreundet mit den sizilischen Kornfirmen.

(C. sagte auf dem Nachhauseweg: »Der Bursche hat nicht so viel Patriotismus wie ein etrurischer Schafhirt. Haben Sie gesehen, wie er schaute, als ich die Bodenfrage anschnitt?«)

Man verabschiedete sich im Zeichen alter Freundschaft und Vertraulichkeit.

20.11.

Clodius und Alexander haben mit ihrer unterirdischen Agitation in den neu aufgezogenen Straßenklubs begonnen. Die Stimmung soll vortrefflich sein. Das Schlagwort von dem »Verrat der Banken« hat gut gewirkt: Alexander berichtet: »Die Leute sind wie von einem Druck befreit. Ein arbeitsloser Lederarbeiter sagte mir: ›Waffen brauchen wir, nicht Wahlen! Meine Stimme muß ich ihnen verkaufen, wenn Wahlen sind, sonst verhungere ich mit meiner ganzen Familie. Eine Eisenstange kann ich ihnen auf den Kopf hauen.‹ Und ein gewöhnlicher Kutscher sagte: ›Hat etwa Pompejus den Osten durch Wahlen gekriegt?‹ Überall regen sich ganz neue Kräfte.«

Die Mitglieder bringen die Kosten nach wie vor selber auf. Sie opfern ihre letzten Asse, verkaufen Hausrat, bleiben die Mieten schuldig usw., um Versammlungslokale zu mieten und ihre Agitation in Gang zu bringen.

C. hat wirklich einen genialen Blick. Man denke: auf Grund einer Tracht Prügel instinktiv zu erfassen, wo das Volk steht! Schließlich wurde ihm nur sein abgründiger Haß demonstriert; daß dieser Haß das Volk befähigen werde, eine Politik zu machen, die es selber bezahlt, mußte er erst erschließen. Gerade in dem Augenblick, wo er ohne alle Mittel war, traf er hier auf Leute (in großer Masse!), die bereit waren, für nichts zu kämpfen, ja sogar ihre Kampfmittel selber zu bezahlen! Er sah das in einem einzigen Blick! Das ist Inspiration!

Übrigens fanden schon vor Wochen Verbrüderungen mit den Catilinariern statt. Auch mit der Auslieferung von Waffen an die Rotten haben sie nicht auf die Weisung der Leitung gewartet.

20.11. (nachts)

Woher C. die 20000 hatte, weiß ich jetzt. Es gab einen üblen Auftritt. Als ich in die Bibliothek trat, saß die »Wade« dort, neben sich einen staubbedeckten Fremden, zweifellos ein Offizier. C. stand mit kalkweißem Gesicht am Kamin. Die »Wade« spielte mit einem Buchöffner und lächelte, daß es mir kalt den Rücken herunterlief. C. wandte sich an mich und fragte stokkend, ob ich mich nicht erinnerte, an die bewußte Adresse vorige Woche einen Scheck über 22000 Sesterzien abgeschickt zu haben. Ich sagte natürlich ja. Die »Wade« sah den Offizier an, und der Offizier sagte nur: »Man scheint hier nicht mehr mit unserm Erfolg zu rechnen.« Er gehörte also zu Catilinas Leuten! Seine Drohung beeindruckte natürlich C. weit weniger als das Lächeln der »Wade«, die auf dem Forum verkehrt.

Schlimm auch, daß wir über die von Cicero vorausgesagte »Überraschung« nichts in Erfahrung bringen können. Nicht einmal Alexander weiß etwas. Die Fachvereine, über die er sonst viel erfährt, schließen ihn in letzter Zeit geflissentlich von ihren Sitzungen aus, vermutlich weil seine enge Beziehung zu uns bekannt ist.

21.11.

Ich weiß nicht, wodurch C. auf den unseligen Gedanken kam, zu einem Treffen der Obleute der Straßenklubs zu gehen. Mißtraut er dem Pomadekopf? Er wußte jedenfalls, daß der nicht anwesend sein würde. Wir ließen die Sänfte zwei Straßen früher halten und wurden zunächst nicht unfreundlich in dem Kellerlokal empfangen. Man behandelte irgendeine Organisationsfrage. C. gab einige gute Ratschläge, die auch gut aufgenommen wurden. Aber dann erbot er sich, für die besprochenen Zwecke Gelder flüssig zu machen, und merkwürdigerweise kam es dabei ganz unvermittelt zu einer schrecklichen Szene. In zwei Minuten glich das schlecht gelüftete und halbdunkle Lokal einem Tollhaus. Mit einem Mal entlud sich das ganze gegen C. hier aufgespeicherte Mißtrauen. »Bietet er schon wieder Geld an?« wurde geschrien. »Was ist das für Geld?« – »Bisher ist es ohne großes Geld gegangen!« – »Kaum ist er hier, sollen wieder diese dreckigen Gelder fließen!« Einige suchten zu vermitteln, aber drei oder vier von ihnen drangen auf C. ein, um ihm mit den Weinkrügen den Kopf einzuhauen. Ich sah schon die Vorgänge von neulich nachts sich wiederholen, als ein geistesgegenwärtiger Obmann, der Stellvertreter des Clodius, seinen Krug nach der Lampe warf und in der Dunkelheit uns auf die Straße zog.

Diese haßerfüllte Reaktion auf ein finanzielles Angebot berührte mich geradezu tragisch. Wußte ich doch, daß C. im Augenblick kaum die paar Sesterzien besitzt, seine Fleischerrechnung zu bezahlen, und nur aus angeborener Großartigkeit und um sich ein Air zu geben, »Gelder« in Aussicht gestellt hatte!

Er hat in diesen Tagen eine unglückliche Hand.

22.11.

Die Catilinarier tun alles, um die Stimmung in den Rotten zu heben, die infolge der Ebbe in den Kassen gesunken war. Sie schlagen geschickt Münze aus kleinen Vorfällen. Das Begräbnis der Salzfischverkäuferin, die neulich in der Subura verunglückte, hat ihnen allgemeine Sympathien eingebracht (was sich nicht nur im Florieren ihrer Straßengeldsammlungen zeigt). Als ich heute C. zu einem Essen der Handelskammer aufs Forum begleitete, mußten wir durch das Gedränge, das um den Trauerzug war. Die Catilinarier hatten die Losung ausgegeben, daß »alles kommen solle, was von Salzfisch leben muß«. Der Zug wurde ungeheuer, weit länger als irgendeiner, den je ein Triumphator gehabt hat. Hinter der Urne wurde der Fischkorb getragen. (Es zeigt die ganze unglaubliche Volksfremdheit der Polizei des Demokraten Cicero, daß sie sich nicht einmal dieses Korbes bemächtigt hatte!) Die Erregung bei seinem Anblick war groß und eigenartig. Obwohl die fünf oder sechs Familien, die ausquartiert werden sollten, von Crassus natürlich nun in ihren Wohnungen belassen worden waren, gingen sie doch im Zug mit, es war, als ob sie mitbeerdigt oder doch wenigstens unter die Tiberbrückenbogen geführt werden sollten.

Wir mußten über eine Stunde warten, bis wir durch eine Lücke des Zuges schlüpfen konnten, und dann folgten unserer Sänfte, obwohl man uns nicht erkannte, nur wegen ihres senatorischen Purpursaums, sehr unfreundliche Rufe.

Die Rede, die C. auf dem Bankett hielt, führte zu einem unerwarteten Ergebnis. Der Grundton war: »Die Hauptstadt der Welt besteht aus einigen Regierungsbauten inmitten von Vorstädten. Ein paar Sitzungssäle, Tempel und Banken sind umgeben von einem Meer baufälliger Mietshäuser, vollgestopft mit Elenden. Der Krieg war ein Verbrechen. Besiegt worden sind 22 asiatische Könige und das römische Volk. Die Hauptstadt der

Welt beherbergt außer Ihnen, meine Herren, nur noch Arbeitslose. Die Arbeit, an die sie eines Tages gehen werden, wird Sie in Erstaunen setzen. Die führenden Köpfe der Demokratie sind nicht mehr allzu lange imstand, den Massen Vernunft zu predigen. Und da halten Sie die Daumen auf Ihre Geldsäcke! Sie werden Ihnen morgen abgenommen werden, *mit* den Daumen. Sie stehen vor dem bewaffneten Aufstand, meine Herren!« Das war so deutlich, daß ihn Manius Pulcher, das Haupt der Asiatischen Handelsbank, mit den Worten abfertigte: »Ihr Aufstand ist genau so bewaffnet, wie Herr Crassus ihn bewaffnet, lieber Mann.« Daraufhin legte C. noch einmal mit einer langen Schilderung des Elends der arbeitslosen Bevölkerung los, wobei es allgemeines Gelächter gab, als einige Bankiers ihm mit genauen Zahlen zu Hilfe kamen, die C.s jammervolle Schilderungen bekräftigten. C. wurde blaß und hörte mit dem Reden auf. Er hatte aber Glück. In diesem Augenblick übernahm es eine andere Instanz, einiges Licht über die Lage in der Stadt zu verbreiten. Schon gleich nach dem Beginn des Essens hatte man von außen einen dumpfen Lärm vernommen. Der Trauerzug der Salzfischverkäuferin kam von der Beisetzung zurück, und zwar über das Forum. Man hatte sich beim Essen nicht stören lassen, da man Unruhen nachgerade gewohnt war. Aber plötzlich hörte man es an die Mauer klatschen, und durch eines der schmalen Fenster kam ein Pflasterstein geflogen. Er fiel mitten auf den Tisch in ein Kristallgefäß mit Thunfisch. Niemand an der Tafel bewegte sich. Plötzlich wurde in dem luxuriösen Saal das Brausen der großen Volksmenge hörbar. Es geschah sonst nichts.

Der Zug bewegte sich, wie man hören konnte, draußen weiter. Der Wortlaut der Rufe war nicht festzustellen. Nur der Stein im Kristallgefäß ließ darauf einige Schlüsse ziehen. Als ihn die Sklaven entfernten, war das Forum wieder still geworden. Es wurde weiter serviert, aber der rechte Appetit fehlte. Nach dem Käse hob sich die Stimmung wieder etwas, und nun geschah das Unerwartete. (Ich habe es von – Mummlius Spicer, der glänzende Beziehungen hat, verschuldete Söhne großer Bankiers usw. Es ist eine Schande, daß ich mir immer nur hintenherum Einblick in C.s Geschäfte verschaffen kann!) Nach dem Käse nahm Pulcher C. unauffällig beim Arm, führte ihn in ein anderes Zimmer und sagte ihm im Beisein mehrerer Herren: »Sie müssen doch entdeckt haben, daß uns Ihre Drohungen mit dem Aufstand ziemlich kaltlassen. Sie sagen, Ihre Klubs, die übrigens ungesetzlicher Art zu sein scheinen, sind bewaffnet. Ich frage mich, wie sind sie bewaffnet? Sie brauchen nicht zu antworten. Ich verfolge nur meinen Gedankengang weiter. Sie wollen finanzielle Hilfe für die Elemente, die Ruhe und Ordnung garantieren, mit den Waffen, versteht sich. Aber ruhige und ordentliche Leute bekommen weder die wirtschaftliche Kontrolle über die beiden Asien, noch Äcker für Siedlungszwecke, noch staatliche Kredite für den Ankauf von Sklaven, noch Aufträge im Verlauf der Ansiedlung von Arbeitslosen. Für ruhige und ordentliche Leute sind Waffen einfach ein Luxus. Einige unserer Freunde hier werden nervös, wenn ein paar Wechslerbuden gestürmt, ein Fischweib bestattet oder eine Rede gegen die Banken gehalten wird; aber nicht alle werden nervös. Einige würden auch, eine halbwegs kontrollierbare Buchführung vorausgesetzt, unruhige Leute, die Gegner der bestehenden Ordnung sind, finanziell unterstützen; ich sage: eine kontrollierbare Buchführung vorausgesetzt, denn die wirtschaftliche Lage ist im Augenblick alles andere als rosig. Plump gesprochen, mein Lieber: Ihre Privatgeschäfte, und davon soll es einige geben, müßten Sie schon allein klären. Sie sollten das nicht vermengen, das ist nie gut.« C. soll außer sich vor Wut weggegangen sein. Er soll aber das Angebot nicht geradezu ausgeschlagen haben.

23.11.

Ein Lichtpunkt: Der Senat stand bisher in dem dunklen Sturm, der aus der Niederung der sieben Hügel so scharf zu wehen begonnen hat, wie ein Turm. Der Turm scheint jetzt ins Wanken gekommen zu sein.

Es ist durchgesickert, was für Anträge der Herr aus Asien beim Antritt seines Tribunats (am 10. Dezember) stellen wird. Sie sind allerdings sensationell: er will fordern, daß Pompejus mit seinen asiatischen Legionen zur Wiederherstellung der Ordnung nach Italien zurückberufen wird. Die hohen Herren sollen, sich gegenseitig besuchend, sich in ihren Sänften begegnen. Allgemeines Schlottern. Mindestens 500 Zentner Fettmasse sollen ins Schwabbeln geraten sein. Auf dem Landsitz des Catulus hielt die Cato-Clique eine bewegt verlaufende Besprechung der plötzlich veränderten Lage ab. Der Schreckensruf unserer Väter heißt: Wer rettet uns vor dem Retter?

23.11. (abends)
Bin wie vor den Kopf geschlagen. *Caebio ist verschwunden.* Er hat seiner Mutter nichts gesagt. Sie ist aber sicher, daß er bei den Catilina-Truppen in Etrurien ist. Ich erniedrigte mich soweit, wieder in die Speicher zu gehen. Ich *mußte* Gewißheit haben. Rufus ist ebenfalls weg.

Ich wußte es, bevor der Schreiber es mir sagte.

Beide sind vor zwei Wochen entlassen worden. Die Lagerverwaltung hat an ihrer Stelle Sklaven eingestellt.

Alles ist aus.

24.11.
Der Senat hat gegen Catilina zu einem tödlichen Hieb ausgeholt! Der Mann des Volkes ist seit heute nacht Herr Cato von der Senatspartei! Man stelle sich vor!

In aller Frühe äußerst heftiger Auftritt zwischen C. und Crassus. Der »Schwamm« kam, sichtlich übernächtigt, hereingeprustet und ließ C. aus der Fechtstunde holen. »Seit wann bist du in Rom zurück?« fragte C. feindlich. Crassus antwortete überhaupt nicht. Noch im Atrium berichtete er, nach Luft schnappend, daß eine Nachtsitzung des Senats stattgefunden habe, in der Cato durchsetzte, daß die *Kornspenden* wieder eingeführt würden. »Jetzt Kornspenden?« sagte C. ungläubig. »Ja«, sagte der »Schwamm« und sah sich nach einem Stuhl um, »ich bin müde, ich stand die ganze Nacht auf der Kornbörse. Der Senatsbeschluß erfolgte erst drei Uhr früh. Kann ich was zu trinken haben?« – »Kornspenden! Und das sagst du mir erst jetzt um acht Uhr?« schrie C. ihn an. Der »Schwamm« blinzelte. »Ich sage dir doch, ich hatte auf der Börse alle Hände voll zu tun, der Kornpreis rasselte von 20 auf zwei nieder, meinst du, das ist eine Kleinigkeit, eine solche Operation?« Plötzlich wurde er wütend. »Wieso muß ich dir das überhaupt sagen?« verteidigte er sich empört. »Wieso warst du nicht selber im Senat? Wenn man einen Putsch macht, ist man eben nicht im Puff, sondern auf der Börse!« – »Man kann auch Politik machen«, sagte C. verbissen, »und nicht nur Geschäfte.« Sie gingen, beide blaß, in die Bibliothek, ich ging hinterher. Es gab einen furchtbaren Krach. Crassus gestand ein, daß er den Beschluß vorausgesehen hatte. Wie es sich herausstellte, hatte er tatsächlich in Korn auf Baisse spekuliert deshalb und ein Vermögen gemacht damit. C. warf ihm vor, daß er nur aus kommerziellen Gründen das Ganze vor ihm verheimlicht habe, obwohl es von großer politischer Bedeutung war. Der »Schwamm« leugnete und brachte vor, er habe lediglich nach einem Besuch bei Cato seine Maßnahmen getroffen. C. erstarrte. »Wann warst du bei Cato?« fragte er. Der »Schwamm« sah ihn tückisch an. »Kurz bevor du dort warst«, antwortete er. »Ich war für die Bewegung dort«, schrie C. »Ich ebenfalls«, der »Schwamm«. C.: »Dann mußt du wissen, daß er nicht nachgab. Von Cato war nicht, was unter den Fingernagel geht, an Konzessionen zu erreichen!« Der »Schwamm«: »Nicht damals, vor der Wahl! Er wußte doch, daß die City den Catilina nicht wirklich zum Konsul wählen lassen würde.« C.: »Und warum gibt Cato jetzt nach?« Der »Schwamm« hatte sich gesetzt. Er betrachtete C. abwägend und nicht freundlich. »Du bist sehr wenig im Bild, lieber Cajus Julius«, sagte er. »Er gibt nach, weil der Oberst Nepos zum Volkstribun gewählt ist, wie du vielleicht im Puff gehört hast, und weil sie vor Pompejus eine Scheißangst haben.« C. blieb eine ganze Weile still. Anscheinend hatte er die Aufregung des Senats über die Gerüchte um Pompejus nicht so ernst genommen. »Auf Catilina hast du also überhaupt nicht gesetzt, keinen Augenblick, wie?« sagte er dann ausdruckslos. »Doch«, sagte der »Schwamm« schnell, »aber ob Catilina oder der Senat Korn verteilt, das ist doch dem Kornpreis gleichgültig. Er fällt eben.« C. drehte sich plötzlich auf dem Hacken herum nach ihm. Er war ganz und gar außer sich. »Aber Catilina«, schrie er, »fällt damit auch! Ob sie das Korn von ihm kriegen oder von Cato, das ist den Leuten doch ebenfalls gleichgültig! Und was ist dann mit uns? Meine du ja nicht, daß wir aus der Sache ohne weiteres wieder herauskommen. Jetzt kommt der Zusammenbruch und damit die Untersuchung.« Crassus schien das einzusehen. »Natürlich ist es jetzt schwierig für Catilina. Es ist eben ein guter Zug dieses alten Säufers Cato«, sagte er schwach. Es gab eine Pause. Als C. wieder sprach, schien ein alter Mann zu sprechen, so klanglos war seine Stimme. »Ich bin ruiniert«, sagte er. »Ich habe Grundstücke gekauft.« Der »Schwamm« wachte auf. »Was hast du gekauft?« fragte er, als traue er seinen Ohren nicht. »Grundstücke«, wiederholte C. Der »Schwamm« schien erschlagen. »Du lieber Styx«, murmelte er, »was hast du dir dabei gedacht?« – »Die Bodenfrage *muß* doch in Angriff genommen werden«, sagte C., mit einem Versuch, sich zu verteidigen. »Du lieber Styx«, wiederholte der »Schwamm« nur, und sein Ton war nicht ohne Mitgefühl. »Und jetzt kommt die Untersuchung. Ich habe von meinen Grundstücken abgestoßen, soviel ich konnte, damit ich gegebenenfalls wegkann. Die Untersuchung wird höchst gefährlich, da drückt schon Pompejus drauf. Du mußt die Prätur bekommen. Die Untersuchung muß, wenn sie geführt wird, von uns geführt werden.« – »Das kostet zehn Millionen«, sagte C. verbissen. »Fünf«, sagte der »Schwamm« sofort. »Gestern hätte sie fünf gekostet, heute kostet sie zehn«, sagte C. bockig, »da jedermann weiß, daß wir sie jetzt unbedingt brauchen.« – »Catilina ist noch nicht ganz aus«, wand sich der Dicke, »da kann sich noch viel ändern. Schließlich hat er ein Heer.«

Mir, der ich das alles anhören mußte, wurde übel. Das Heer, das war für mich Caebio.

25.11.

Als ich gestern vormittag in Caebios Wohnung kam, sagte mir sein kleiner Bruder, die Mutter sei schon in den Hallen, wo abends Korn ausgegeben werden würde. Er ging mit mir, sie dort zu suchen.

In den ungeheuren Höfen herrschte starker Lärm und ein wüstes Durcheinander. Zehntausende von Menschen suchten ihre Ausgabestelle. Die Kornspenden waren seit Jahren suspendiert gewesen, so daß niemand mehr sich genau der einstigen Organisation erinnerte. Schwitzende Beamte brachten Tafeln mit den Zahlen der Bezirke an.

Alles schob sich durcheinander, Kinder weinten, Polizei zog Stricke, um die Menschenströme abzuleiten. Was für Gestalten! Was für Gesichter! Hier war der Hunger. Hier war ganz Rom.

Wir brauchten Stunden, bis wir Caebios Mutter fanden. Sie stand, die Markttasche unter dem Arm, in die Leute eingezwängt, die den gleichen Distrikt bewohnten. Sie konnte mir jedoch Caebios Adresse nicht angeben, mir auch nicht sagen, wie ich durch andere an ihn gelangen könnte. Er war in Catilinas Heer einfach untergetaucht. Und jeder Schöpflöffel Korn, der hier verteilt werden würde, war ein Schwertstreich, der gegen ihn fallen mußte.

Als ich wegging, verbreitete sich eben die Meldung, das Korn werde erst am nächsten Morgen, vielleicht erst gegen Mittag verteilt werden. Die Vorräte seien noch nicht aufgefüllt. Aber ich sah niemanden seinen Platz verlassen.

Es fiel leichter Herbstregen. Durchnäßt und schweigend stand die ungeheure Menge in den Höfen vor den Kornhallen und wartete. Verstört ging ich in die leer erscheinende Stadt zurück.

25.11. (abends)
In der City breitet sich heute doch eine gewisse Nervosität aus, Besorgnis, daß Catilina eines Tages mit den Sklaven in seinen Rotten nicht mehr fertig werden könnte. Die Kornspenden werden seine Reihen zweifellos etwas lichten. Die Lücken wird er dann durch Sklaven auffüllen müssen. Und unter den Sklaven herrscht seit einiger Zeit eine nicht ungefährliche Gärung. Die vielen billigen asiatischen Sklaven drücken ihren Lebensstandard herunter.

Ein deutliches Alarmzeichen kommt schon: die großen Fachvereine machen jetzt geschlossen gegen Catilina Front. Sie schäumen über seine verhüllten Versprechungen an die Sklaven. Cato soll die Wiedereinführung der Kornspenden an die Arbeitslosen auf Grund langer Verhandlungen mit den Fachvereinen konzediert haben.

Die asiatischen Papiere fallen.

25.11. (spätabends)
Der »Schwamm« hat uns einen unerhört schmutzigen Streich gespielt. Aus der Wahlkampagne für Catilina ist er seinerzeit schon gleich zu Beginn weggefahren, als er hörte, daß die Fachvereine nicht zogen und mit dem Senat direkt über Kornspenden verhandelten. Er ging einfach zu einer schmutzigen Kornspekulation über. Aber was er uns jetzt antut, setzt allem die Krone auf.

C. war heute abend fest entschlossen, den Banken (der Gruppe Pulcher) angesichts der vorauszusehenden demoralisierenden Wirkung der Kornspenden auf die Straßenklubs neue Bedingungen für die Fortführung der Putschvorbereitungen zu diktieren. Die Sache ist ja jetzt viel zu gefährlich geworden. C. war vor einer Woche in der Handelskammer belehrt worden, daß es falsch war, der City jetzt mit dem Aufstand zu drohen. Er mußte mit der Liquidierung des Aufstands drohen. Er ging abends zu Manius Pulcher aufs Forum. Ich war mit und trug die Dokumente, größtenteils die Grundstückskäufe betreffend. Pulcher schien unterrichtet, er hatte andere Herren von der City bei sich im Kontor. Man setzte sich, und C. sagte, ohne jede Einleitung und im Geschäftston: »Sie haben freundliches Interesse an dem Gedeihen der wiedererstandenen demokratischen Straßenklubs gezeigt. Die Leitung der Klubs befürchtet nun, daß durch die Kornspenden des Senats ein Teil der Mitglieder mehr oder weniger demoralisiert werden wird. Die politische Initiative der einzelnen, oft der wertvollsten, ist nicht selten durch schwere Überschuldung gelähmt. Die Existenz der Klubs hängt davon ab, ob ihnen jetzt, wo das Verbleiben in den Klubs *Kopf und Kragen* riskieren heißt, das Gefühl verschafft werden kann, daß der Sieg der Demokratie auch ihr Sieg wäre. Als Geschäftsmann, der Sie sind, äußerten Sie den begreiflichen Wunsch, spezifizierte Ausführungen über die von den Klubs benötigten Summen, ihre Verwendung usw. zu sehen. Ich habe veranlaßt, daß Ihnen einige Ziffern zur Verfügung gestellt werden. Hier eine Liste der dringendsten Verbindlichkeiten.«

Pulcher, der ihn mit einem Gesicht, auf dem nichts zu lesen war, angehört hatte, nickte. C. nahm mir die Mappe mit den Dokumenten ab, suchte ein wenig darin herum, zog dann eine Aufstellung seiner eigenen Grundstückskäufe hervor und reichte sie dem Bankier. Pulcher nahm das Blatt entgegen und studierte es schweigend. Dann sah er auf und sagte, nicht ohne innere Bewegung: »Und ohne die Durchführung dieses übrigens sehr großzügigen Sanierungsplans glauben Sie nicht, daß von dieser Seite wirkliches Interesse für eine Stärkung der Demokratie zu erhoffen wäre?« Dabei reichte er das Blatt den andern Herren weiter. »Nein«, sagte C. überzeugt.

Pulcher sah ihn starr an. Er ist ein kleiner, dicker Mensch mit kahlem Kopf und kalkiger Gesichtsfarbe. Er betrachtete C. wie einen Gichtknoten an seiner Zehe. Als er wieder sprach, war seine Stimme barsch. »Sie wollen also alle Aktionen abblasen, wenn wir Ihnen nicht Ihre privaten Spekulationen finanzieren. Ist das die Meinung?«

C. betrachtete ihn ebenfalls einige Augenblicke lang. Dann sagte er steif: »Nein. Ich scheine Ihnen das falsche Blatt gereicht zu haben.« – »Sicher«, sagte Pulcher trocken, nahm das Blatt seinen Geschäftsfreunden, die bisher kein Wort geäußert hatten, aus den Händen und schob es C. über den Tisch zu. C. stand auf. Er sah bewundernswert gleichgültig aus. Er sagte: »Ich habe den Eindruck, daß der Augenblick für eine ernsthafte, geschäftliche Aussprache nicht ganz gut gewählt ist. Solche Gespräche sind nur fruchtbar, wenn sie in einer freundschaftlichen Atmosphäre vor sich gehen, die vielleicht hier fehlt.«

»Vielleicht«, sagte Pulcher, blieb aber sitzen und fuhr langsam fort: »Schenken Sie uns noch einen Augenblick Ihrer, wie es scheint, ganz außerordentlich kostbaren Zeit. Wir haben bis jetzt das Vergnügen gehabt, mit dem Politiker zu sprechen. Es drängt uns danach, uns noch mit dem Privatmann zu unterhalten. Wir sehen nämlich zufällig diese, hm, Aufstellung, die Sie uns versehentlich gereicht haben, durchaus nicht ohne Interesse. Seit gestern sind wir im Besitz einer Reihe von Schuldverschreibungen, die Ihre Unterschrift tragen. Sie sind uns von Herrn Crassus abgetreten und belaufen sich auf insgesamt neun Millionen Sesterzien. Nur mit äußerster Bestürzung sehen wir nun, daß Sie, finanziell vorbelastet, wie Sie sind, sich auch noch in Grundstücksspekulationen von enormer Höhe eingelassen haben. Vielleicht wünschen Sie das zu erklären?« C. stand wie vom Blitz getroffen. Der »Schwamm« hatte aus C.s Hilferuf die Konsequenzen gezogen. Er hatte C. fallenlassen!

Ich denke nicht, daß C. den Schluß der Unterredung völlig klar aufnahm. Pulcher sprach zu ihm wie zu einem Angestellten. Er wies ihn barsch an, die von ihm eingangs erwähnten Vorbereitungen zur Stärkung der Demokratie, »welcher Art sie auch sein mögen«, fortzusetzen, und zwar »mindestens bis zum 10. 12.«. C. wagte nicht ein Wort zu sagen. Seine Grundstücksspekulationen sind katastrophal. Er weiß bestimmt schon gar nicht mehr, wieviel und welches Land er gekauft hat. Er hat natürlich nur angezahlt, und das wahrscheinlich mit dem Geld der Mucia. Außerdem muß er alles hoch beliehen haben!

Der 10. 12. ist der Tag, an dem Metellus Nepos das Tribunat antritt.

26.11.

Und doch ist er schon wieder obenauf! Eine halbe Stunde morgens in der Reitbahn, und er ist wieder der große Herr in der Klientelstunde. Als ob es keine Fleischerrechnungen, keinen Mummlius Spicer, keine Vorbereitung des bewaffneten Aufstands und keine Bankiers gäbe!

Er hat wirklich Nerven! Gigantisch, wie er die Vorbereitung des bewaffneten Aufstands in den Armenquartieren immer weitergehen läßt, obwohl er selber, zumindest seit Catos Kornspenden, den bewaffneten Aufstand für unmöglich halten muß.

Mit einem Brief C.s bei Alexander. In seiner kleinen, peinlich sauber gehaltenen Kammer organisiert er zusammen mit Publius Macer, unserm heimlichen Vertrauensmann bei den Distriktsleitern, den bewaffneten Aufstand. Macer, ein langer Mensch wie aus vertrocknetem Leder, saß auf einem Stapel Bücher und notierte die Weinschenken, die man als Versammlungszentren der einzelnen Straßen gewählt hat. Die beiden arbeiten mit den Straßenklubs des Clodius zusammen und bilden bewaffnete Kader aus den oppositionellen Mitgliedern der Fachvereine und den in den Listen des demokratischen Wahlausschusses geführten Wahlberechtigten. Seit sie neuerdings über etwas Kapital verfügen können, hat sich die Disziplin der Kampfverbände sehr verstärkt.

Alexander und Macer können unverdächtigt arbeiten in dem großen, schönen, nur unruhigen Haus des Crassus. Aber aus der Art, wie Alexander über Catos Kornspenden sprach (»Der Kerl hat von den demokratischen Programmpunkten *Acker* und *Korn* mit untrüglichem Herreninstinkt das Korn gewählt; so behalten sie das Volk an der Strippe – der Acker würde es unabhängig machen«), sah ich, daß er nicht mehr allzu fest an den Putsch glaubt, den er vorbereitet.

C.s Brief enthielt wohl eine Aufforderung, nichts zu überstürzen, denn Publius Macer äußerte mürrisch: »Jeden Tag was anderes. Heute: nichts überstürzen, auf sicher gehen. Vorige Woche: es geht zu langsam. Ein Termin niemals. Nun, ein Blutbad muß ebenso organisiert werden und kostet ebensoviel Arbeit wie jedes andere Bad, das die Herren zu nehmen wünschen.« Als er meinen erstaunten Blick sah, sagte er trocken: »Hoffentlich weiß man oben, daß eine solche Sache einige tausend Familien in allerhand verwickeln kann.«

Alexanders Ausdruck bewies mir, daß er die Wahl nicht vergessen hat. Ich ging sehr bekümmert weg.

26.11. (abends)

Mit Paestus, dem Sekretär des Clodius, auf Wunsch C.s in einem Lokal die Versammlung eines Straßenklubs besucht. Vor der Tür wurden unsere Papiere kontrolliert. Es wird während der Sitzung nicht getrunken, was in Rom unerhört ist.

Thema: Sollen wir Sklaven in den Klubs aufnehmen? Ein Redner führte aus, man könne, aber nur einzelne. Ein anderer, zweifellos ein Arbeitsloser, sagte gereizt, Sklaven blieben nie auf dem Platz, wo sie hingehörten, sondern verlangten immer mehr. Er sei ein römischer Bürger und kämpfe nicht mit Sklaven zusammen.

Ein großer, bleicher, ausgemergelter Mensch, undeutlich sichtbar durch den Kneipendunst, sagte grob: »Hört doch schon auf mit dem Idiotengewäsch gegen die Sklaven, solang wir die gleichen Blutegel haben wie die Sklaven!«

Er wurde aber sofort niedergeschrien. Als wir gingen, sahen wir noch, wie ein halbes Dutzend, über ihn gebeugt, zornig auf ihn einredete. Der Klubleiter versicherte uns noch vor der Tür, daß die Stimmung gut sei. Die Kornspenden des Senats hätten keinerlei Zerrüttung bewirkt. Von den Mitgliedern sei Alexanders Losung, sie sollten sich nicht Korn in die Augen streuen lassen, mit großem Beifall aufgenommen worden. Man wolle Arbeit, nicht Almosen.

C. hatte wissen wollen, wie die Klubs den Stoß der Kornspenden aushielten. Meinen Bericht nahm er ziemlich teilnahmslos auf. Er ist wieder völlig erschlafft. Liegt den ganzen Tag in der Bibliothek und liest griechische Romane.

27.11.

In dem alten Viertel hinter dem Gemüsemarkt hatte ich eine eigentümliche Unterhaltung mit einem arbeitslosen Maurer. Wieder einmal war eines der siebenstöckigen Mietshäuser eingestürzt. Eine Rotte Sklaven räumte die Trümmer weg. Der Mann saß auf dem Torso eines ärmlichen Küchenschranks und blickte auf einige überlebende Hausbewohner, die im Schutt nach Resten ihrer Habe wühlten. Durch Staubwolken sahen wir, wie eine alte Frau einem schaufelnden Sklaven mit der Faust ins Gesicht schlug, weil sie meinte, er schaufle nicht vorsichtig genug. Da sprach der Mann neben mir plötzlich. »Sie prügeln einander noch«, sagte er. »Bevor das nicht aufhört, kommen sie in keine andern Häuser als solche. Die armen Teufel machen meine Arbeit, ich kann keinen Aß mehr verdienen in dieser Stadt. Aber ich gehe zu Catilina, weil ich gehört habe, daß er mit den Sklaven zusammengehen will. Wir werden über das Geschmeiß auf dem Forum und dem Capitol nicht Herr, ohne mit den Sklaven zusammenzugehen. Alles, Wahl und Revolution, ist Schwindel ohne das, reiner Schwindel.« Ich ging sehr nachdenklich heim.

Habe bei Cethegus, den ich in seinem Haus aufsuchte, erwirkt, daß mit einem Kurier eine Anfrage nach Caebio ins Catilinarische Lager abgeht, gab zur Sicherheit auch noch Rufus an. Fühle mich seitdem beruhigter. Es geschieht doch nun wenigstens etwas.

Ich nahm eben eine Fechtstunde bei Glaucos, als gemeldet wurde, in den Hallen seien größere Unruhen ausgebrochen. Die Catilinarier hatten in den letzten Tagen alle, die in den Listen der zum Kornempfang Berechtigten nicht eingeschrieben waren, aufgefordert, in die Hallen zu gehen und Korn zu verlangen. Die Listen sind alt, und die Arbeitslosigkeit ist seit dem asiatischen Krieg ungeheuer angewachsen. Um fünf Uhr nachmittags waren die Höfe so mit Menschen angefüllt, daß zu Hilfe gerufene Polizei nicht mehr durchkam. Dutzende wurden niedergetrampelt, darunter Frauen. Es heißt, daß auch zwei Beamte der Kornverwaltung von der erregten Menge angegriffen wurden. Nachts hieß es, sie seien getötet. Vier große Magazine sind von der Menge völlig geleert worden.

Die Straßenklubs von zwei Bezirken arbeiteten mit den Catilinariern Hand in Hand, und wieder wurden bei den Tumulten zahlreiche Sklaven beobachtet, die besonders wild vorgingen.

28.11.
Die blutigen Vorgänge in den Hallen werden die Massen noch mehr radikalisieren. Niemand spricht mehr vom »Volksmann Cato«. Die ganze Unzulänglichkeit der staatlichen Fürsorge stellt sich heraus. Praktisch ist eben halb Rom arbeitslos.

Mummlius Spicer beklagt sich sehr über den wachsenden Widerstand, der ihm und seinen Kollegen in den Arbeitervierteln entgegengesetzt wird. Die Agitation der Catilinarier bekommt er auf Schritt und Tritt zu spüren. Die Leute liefern nicht mehr schweigend ab, was er holen will. Er setzte sich erschöpft im Atrium nieder und sagte: »Ich kann Ihnen sagen, hier pfände ich lieber.«

28.11. (abends)
Nach Glaucos großer Krach im Catilinarischen Lager. In einer Kneipe am Rindermarkt, einem Lokal, wo die 22. Rotte verkehrt, wurde ein syrischer Sklave verdroschen, weil er behauptete, die römischen Legionäre wären nach der Eroberung seiner Heimatstadt, als sie die syrischen Weiber vergewaltigten, sobald ein Hauptmann vorbeigegangen sei, aufgestanden und hätten die Ehrenbezeugungen gemacht. Das war vor vier Tagen. Seitdem hätten neun Rotten verlangt, daß die Sklaven ausgeschlossen würden. Es komme ständig zu Prügeleien, und die Sklaven, die teilweise besser genährt seien als die ausgehungerten arbeitslosen Handwerker, schnitten dabei keineswegs schlecht ab. Die Führung versuche zu vermitteln, da sie glaube, ohne die Sklaven den Aufstand nicht machen zu können, was absolut wahr sei. Jedoch stoße sie dabei auf riesige Widerstände bei den freien Mitgliedern. Andrerseits seien die Sklaven empört, besonders über eine Äußerung des Statilius, die römischen Plebejer seien doch noch nicht so herunter, daß sie bereit wären, mit Sklaven gemeinsame Sache zu machen.

Ich sprach lange mit Glaucos darüber. Ich mag Sklave sein, aber ich betrachte mich bei weitem nicht als so »herunter« wie diesen bankrotten Adeligen und seine verkommenen faulenzenden Plebejer.

29.11.
Alexander warnt. Er sagte C. heute: »Ich habe absolut zuverlässige Berichte, daß die ›Wade‹ von Catilina einen Brief bekommen hat, in dem er ausführt, der Aufstand gehe nicht ohne gleichzeitige Sklavenerhebung. Das können wir niemals mitmachen. Es verfälscht unsere Sache und stempelt sie zu einem Verbrechen.«

C. wich ihm aus. Er gab zu, daß Catilina an sich zu so etwas fähig sei, da er jeden sittlichen Halt verloren habe und eben zu *allem* bereit sei. Nur: die römischen Bürger in seinen Rotten würden sich zu so einem Abenteuer niemals hergeben.

Aber als Alexander gegangen war, schien C. doch sehr aufgeregt. Er ging über eine Stunde lang in großer Unruhe im Garten herum. Als zum Mittagessen Fulvia kam, war er ungewohnt einsilbig. Ich pumpte sie diskret aus. Schon vor geraumer Zeit war sie bei einem kleinen Gelage gewesen, wo hervorragende Catilinarier, deren Namen sie nicht nennen will, über die Sklavenfrage stritten, anscheinend nach reiflichem Weingenuß. Die Herren äußerten Zweifel darüber, ob das römische Volk allein mit dem Senat fertig werden würde. Die alten Bedenken: das Militär, unter senatorischen Offizieren, werde doppelte Löhnung bekommen und jede Unruhe unterdrücken; das halbe Volk bestehe aus Pächtern, Mietern und sonstigen Schuldnern von Senatoren, was ja jede Wahl zeige; sogar die Sklaven würden ihre Herren verteidigen, wenn der Aufstand ihnen nichts verspreche, und auf jeden römischen Bürger kämen fünf Sklaven. Also: man muß die Sklaven zu sich herüberziehen, ihnen die Freiheit zumindest versprechen, später könne man dann sehen usw. Aber die Sklaven seien Ausländer? Ja, sie seien keine Bürger, solange sie nicht eingebürgert seien, und die Römer seien Bürger, solange sie nicht ausgebürgert seien, und die schlimmste Form der Ausbürgerung sei der Tod, z.B. der bei einem verunglückten Aufstand. »Wird das schöne Palais des Lucullus, der so viel Sklaven nach Rom gebracht hat, das schöne am Pinciushügel, einmal einem Sklaven gehören?« fragte Fulvia ängstlich. C. beruhigte sie, obgleich er, wie ich deutlich sah, alarmiert war. »Wenn der kleine Mann, ohne mit dem Sklaven gemeinsame Sache zu machen, keine Politik führen kann, so wird er eben keine Politik führen können«, sagte er abwesend. Als ich beistimmte, fragte mich Fulvia, die sehr nett, aber ein wenig dumm ist: »Sind Sie denn auch nicht dafür, daß die Sklaven freigelassen werden?« Ich versicherte ihr, daß ich davon weit entfernt sei. C. sah mich an und setzte hinzu: »Wenn unsere Haussklaven heute über uns kämen, würden sie den Rarus vor dem Caesar umbringen, meine Liebe.« Ich mußte ihm da leider recht geben.

Fulvia ging bald, ein wenig pikiert über unsere Schweigsamkeit, und C. legte sich zu Bett. Er klagte über heftigen Durchfall, und wir borgten uns zwei Ärzte von Crassus aus.

29.11. (spätabends)
Obwohl es schon zwei Uhr ist, sehe ich in der Bibliothek, wo C. sich heute niedergelegt hat, immer noch Licht. Er läßt sich aus dem Aristoteles vorlesen. Die Ärzte sagen, seine Magenverstimmung komme nur von Aufregungen.

Er wird jetzt einfach wissen, daß das Operieren mit dem »bewaffneten Aufstand« sich jeden Augenblick in einen blutigen Sklavenaufstand verwandeln kann. In den Catilinarischen Rotten sind, seit sie mehr und mehr Sklaven aufgenommen haben, nur noch die allerverzweifeltesten Elemente verblieben. Die Straßenklubs haben sich natürlich von Sklaven freigehalten, aber sie würden die Führung niemals behalten können bei einem Aufstand. Und was soll wirklich werden, wenn die Sklaven erst einmal alle Fesseln der Vernunft und der Sittlichkeit zerbrechen? Der römische Bürger mag jetzt hungern – wenn die Sklaven nicht mehr arbeiten, wird er einfach Hungers sterben. Wie soll die Hauptstadt auch nur 14 Tage lang verproviantiert werden können ohne die großen Güter, die mit Sklaven betrieben werden? Kein Getreideschiff, das ohne Sklavenbemannung noch segelte! Es ist alles Wahnwitz.

Wo mag mein Caebio sein? In einer Soldatenkaserne in Faesulae, mit all dem schmutzigen Pack zusammen? In einem Zelt, in das der Regen läuft? Es regnet sicher auch in Etrurien.

30.11.
Ein gallischer Kaufmann kam heute in die Klientelstunde. Er hatte einen Empfehlungsbrief des dicken Favella aus Cremona und erzählte viel von den Hoffnungen, die nicht nur die Po-Ebene, sondern auch das ganze diesalpinische Gallien immer

noch in Catilina setzen. C. unterhielt sich eine halbe Stunde lang mit ihm unter vier Augen.

Vormittags schickte er mich mit einem Brief zu – Cicero. Der riß ihn in meiner Gegenwart auf, überflog ihn mit einem eigentümlichen Ausdruck, gemischt aus Staunen, Schrecken und Triumph, und ging, ohne mich weiter zu beachten, schnell in seine Schreiberstube. Was stand in diesem Brief?

Die Spannung in der Stadt wird unerträglich. Alles deutet auf eine bevorstehende Explosion hin. Die Catilinarischen Rotten exerzieren nachts auf dem Marsfeld, und die demokratischen Straßenklubs sind längst bis auf den letzten Mann bewaffnet. Der Polizei des Herrn Cicero bleibt das natürlich nicht verborgen. Merkwürdigerweise scheint sich aber Herr Cicero damit begnügen zu wollen, hin und wieder ein gegen ihn selbst gerichtetes Mordkomplott aufzudecken. Dafür wird der Senat jetzt energisch. Er soll seinen Druck auf Cicero täglich verstärken, Cato wünscht unbedingt, daß mit dem »ganzen Spuk« radikal aufgeräumt wird, schon damit man den Ansprüchen des Pompejus fester entgegentreten kann, der immer gebieterischer auftritt. In der Tat begreift eigentlich niemand, warum Cicero nicht zuschlägt. Ist es Nepos, der Herr aus Asien, der ihn lähmt? Denn inzwischen gehen die unterirdischen Kämpfe auf dem Forum weiter, in denen der neugebackene Volkstribun mit seiner Mappe voll Steuerpachtkontrakten eine beherrschende Rolle spielt. Die Haltung der City ist völlig undurchdringlich. Einige Banken haben seinerzeit den Catilinaputsch finanziert, dann brüsk fallenlassen, worauf prompt eine andere Finanzgruppe einsprang, sicher mit ganz anderen Zielen im Auge. Und jetzt heißt es, daß ausgerechnet der Mann des Pompejus seine schützende Hand über Catilina hält. Warum sonst wird gegen Catilinas etrurisches Heer der Konsul Antonius geschickt, ein Catilinarier, wie jeder weiß! Und das Tollste ist, daß trotz der tagtäglich drohender lautenden Gerüchte von der Putschvorbereitung der Catilinarier (und der demokratischen Straßenklubs) die asiatischen Werte auf der Börse wieder im Steigen begriffen sind. Das verstehe, wer kann!

1.12.
Keine Nachricht von Caebio. Verzweifelt.

Denke in diesen Tagen viel nach über Caebio. Auch politisch. Was weiß ich von ihm, der mir so nahegestanden hat? Was wissen wir in den großen Häusern, in der Umgebung der Großen dieser Erde, von den Hunderttausenden dieser Stadt? Nichts. Ich bin nur ein Sklave. Aber er, der römischer Bürger ist, ein freier Mann, mußte sich doch in allem und jedem nach mir richten, nur weil ich Trinkgelder bekomme. Natürlich, er steht an Bildung unter mir. Unsere Liebe zerbrach nicht daran, sondern daran, daß ich ihm den Parfümerieladen nicht rechtzeitig kaufte. Die Arbeitslosen haben keine Hoffnung außer Catilina. Gestern schien mir noch, daß nur die allerverzweifeltesten Elemente bei Catilina verbleiben könnten, aber vielleicht sind das Hunderttausende? Diese Catilinabewegung ist vielleicht doch eine Volksbewegung? Man bedenke: Herr Cicero deckt Diktaturpläne auf, die Fachvereine erheben laut die Anklage, Catilina rühre an die Sklavenfrage, und trotz der ungeheuren Belohnungen, die man seinerzeit für Angaben gegen die Verschwörer ausgesetzt hat, 100000 Sesterzien und Freilassung für Sklaven, 200000 Sesterzien für Freie, haben sich keine Angeber gezeigt. Und es wissen doch alle um die Verschwörung! Sind denn alle beteiligt?

Man erwartet einen Schlag der Catilinarier beinahe für jeden Tag. Der Grund ihres Zuwartens ist, daß Clodius angeblich nicht mit seinen Vorbereitungen fertig ist. In Wirklichkeit kann er bloß von C. immer noch nicht die Zustimmung zum Losschlagen bekommen.

1.12. (abends)
Heute war schon wieder der »Schwamm« da, um C. zur Kandidatur um die Prätur (Stadtrichteramt) zu bewegen. C. verhält sich immer noch reserviert. Ich sehe daraus, daß er erstaunlicherweise nach wie vor an seinen Grundstücksspekulationen hängt. Er will kein Amt, da es ja Senatsmitgliedern verboten ist, solche Geschäfte zu machen, was das Machen solcher Geschäfte immerhin erschwert. Der »Schwamm« ist offiziell womöglich noch mehr in die Affäre verwickelt als wir. Schließlich weiß man, daß wir finanziell nicht in der Lage waren, Catilina auszu-

halten. Aber Crassus war es. Er soll Geld auf Schiffe gebracht haben, aber: »Er kann nicht halb Rom mitnehmen«, sagte C. kühl, »seine jämmerlichen Holzbaracken würden ihm beim Transport aufs Schiff auch unweigerlich zusammenfallen.«

Der »Schwamm« hat sich aus aller politischen Tätigkeit zurückgezogen. Er ist nervenmäßig ganz kaputt. Er schläft bestimmt keine Nacht mehr. Er fürchtet die Polizei des Senats und die Banden des Catilina. Er fürchtet sogar die Straßenklubs, jetzt, wo sie sich, wie er genau weiß, unter der Parole *Gegen die Reichen* bewaffnet haben. Er fürchtet Pompejus und er fürchtet seine Konkurrenz in der City. Aber vor allem die Sklaven, vor allem die Sklaven! Er weckt seinen Bibliothekar mitten in der Nacht, sitzt schwitzend auf dessen Bettrand und spricht über ein Leben nach dem Tod bis in die grauen Morgenstunden.

Er kann nicht der einzige sein, in der City, der so fühlt. Und doch, unfaßlich! Sie zahlt immer noch ...

2.12.

Der Senat soll rasen! Cato soll genaue Angaben über die Gelder vorgelegt haben, welche von der City auch nach der Wahl noch in die Catilinabewegung gepumpt worden sind!

Dazu beunruhigende Nachrichten aus Capua. In den dortigen Fechterschulen sind Unruhen ausgebrochen. Sie waren heute das Stadtgespräch. Auch den kleinen Mann konnte man sagen hören: »Wenn es Bürgerkrieg gibt, kommt es zu einem Sklavenaufstand, und dann ist alles aus.«

2.12. (abends)

Die City zittert jetzt. Der Ruf »Die Sklaven kommen« ist ihr doch in die Knochen gefahren. Die Handelskammer hielt eine Sitzung ab, bei der sie beschloß, eine Untersuchung darüber zu führen, welche ihrer Mitglieder Gelder an Catilina »und ihm angeschlossene Bewegungen« geleitet haben. Pulcher und seine, übrigens zusammengeschmolzene, Gruppe waren natürlich nicht anwesend.

3.12.

Und nun ist der Schlag tatsächlich gefallen, aber nicht von Catilinas Seite, sondern von »Ciceros«!

Früh vier Uhr wurde an der milvischen Brücke eine Abordnung *gallischer Kaufleute* von der Polizei angehalten und ihr Gepäck durchsucht. Es enthielt Briefe und Schriftstücke hochverräterischen Inhalts, unterschrieben von bekannten Catilinariern.

Eine Stunde später fand bei Cethegus eine Haussuchung statt, die ein großes Waffenlager ergab. Die Verschworenen wurden aus ihren Betten heraus verhaftet und zum Konkordiatempel gebracht, wohin Cicero den Senat berufen hatte. Er legte dem Senat Korrespondenzen der »Wade« mit Catilina vor, in der Einzelheiten über die Einschaltung der Capuanischen Fechtersklaven in den Aufstand stehen sollen. Die Dokumente werden zunächst noch geheimgehalten. Lenthulus und Cethegus konnten angesichts des belastenden Materials jedenfalls nicht leugnen. Sie wurden bis auf weiteres bei einzelnen Mitgliedern des Senats in Gewahrsam gegeben.

So wurde gegen Mittag Statilius von Bewaffneten hierhergebracht: man hatte ihn C. übergeben!

C. selber kam nachmittags, sehr erschöpft und blaß. Er aß nichts und ging nicht zu Statilius hinein.

Sein (und Crassus') Name soll aber in der Sitzung nicht genannt worden sein. Es heißt, sie seien nicht ernstlich verwickelt.

Ich kann den ganzen Tag leider nicht die Unterredung C.s mit dem gallischen Kaufmann aus dem Kopf bringen.

3.12. (nachts)
Fünf Bezirke sind von Militär besetzt. Die Truppen (eine Legion, gebildet aus Bauernsöhnen des Picenum) biwakieren in den Straßen. Da sie auch auf der Straße abkochen, drängt sich Gesindel um ihre Feldküchen. Die Soldaten sind gutmütig oder verlegen oder sogar furchtsam und teilen bereitwillig Bohnensuppe aus. Aber die anständigen Leute nehmen nichts und schlagen, wie man erzählt, ihren hungernden Kindern das bei den Soldaten gefaßte Essen aus den Händen.

4.12.
Schon gestern abend durchschwirrten wieder die tollsten Gerüchte die Stadt. Sie wurden übertroffen durch den Inhalt der beschlagnahmten Dokumente, die Cicero kurz nach acht Uhr veröffentlichte. Vor den Schaukästen und Plakaten stehend, er-

fuhr eine riesige Menschenmenge, daß man in Cethegus' Haus *Werg und Schwefel* vorgefunden habe, nebst genauen Brandplänen. Rom sollte an zwölf Ecken angesteckt werden!

Glaucos schwört, daß diese Behauptung aus der Luft gegriffen ist. Die Polizei habe das Zeug, übrigens nicht mehr, als in einen Handwagen geht, selber in Cethegus' Haus deponiert. Die gallischen Kaufleute hätten die Dokumente von einem Provokateur eingehändigt bekommen, und sie seien gefälscht. Alles sei gefälscht und gestellt. Aber die Briefe enthalten die Skizze zu einer Proklamation, welche die Sklaven für frei erklärt! Danach kann niemand, der auch nur eine Bettstelle besitzt, noch für die Verschwörer sein. Jeder Handwerker hat Sklaven.

Nachts hieß es, man habe auch geplant, die Wasserleitungen zu verstopfen.

In den Straßenklubs herrscht unbeschreibliche Verwirrung. Alexander hat die Obleute zusammengerufen, um ihnen zu erklären, daß man die Aktion abblasen müsse, da authentische Zeugnisse vorliegen, daß die Catilinarier auch in der Stadt die Sklaven bewaffnet haben. Es erschienen von 21 Obleuten nur sechs. Zwei standen übrigens anfangs auf dem Standpunkt, man solle doch kämpfen, Sklaven hin, Sklaven her. Die andern versicherten, man könne sicher sein, daß die Mitglieder auch ohne Weisung heute nacht ihre Waffen wegschaffen würden.

Die Catilinarischen Rotten sind durch die Enthüllungen Ciceros anscheinend ebenfalls vollständig gelähmt.

Clodius hält sich außerhalb Roms verborgen.

Heute vormittag tauchten doch wieder C.s und Crassus' Namen als an der Verschwörung Beteiligte auf. Ein gewisser Vettino, ein notorischer Polizeispitzel, erschien auf der Quästur und zeigte C. als einen der Geldgeber an.

C. ging nachmittags wieder in den Senat. Catulus soll Cicero in aller Frühe aufgesucht haben (auf dem Capitol, der Konsul ging nicht nach Haus, sondern übernachtete dort) mit dem dringenden Ansuchen, C. zu verhaften. Cicero soll sich aber geweigert haben.

C. ist überzeugt, daß gegen ihn kein Material vorliegt.

Er kam auch unangetastet nachts zurück. Er erzählte der aufgeregten Pompeja, daß ein Ankläger im Senat, als er den Namen Crassus aussprach, von allen Seiten niedergeschrien wurde.

Viele der Senatoren sind Schuldner des Crassus. Auch er selber konnte sich vom Verdacht reinigen. »Ich habe«, sagte er, »zu viele Gläubiger.«

Aber um die Verhafteten stehe es schlimm. Die Väter wollten diesmal Blut sehen. Cicero weigere sich natürlich, Todesurteile überhaupt in Betracht zu ziehen, er sage immer wieder, sie seien ohne die Zustimmung der Volksversammlung ungesetzlich und müßten auf sein Haupt zurückfallen. Jedoch seien eben jetzt Cato und fünf andere bei ihm, die wohl einige Druckmittel auf ihn besäßen.

Sie sprachen eben noch im Atrium, als sich Manius Pulcher melden ließ. Er trat ein zusammen mit Afranius Cullo, dem vielleicht größten Finanzier der City, dessen Name beinahe nie genannt wird, dessen Stimme aber in Finanzkreisen für ausschlaggebend gilt, und noch drei andern bekannten Steuerpächtern, alle sehr bleich und nervös.

Man zog sich in die Bibliothek zurück. Ohne alle Umschweife rückten die Herren mit ihrem Anliegen heraus. Es war tatsächlich erstaunlich. Sie schlugen mit dürren Worten vor, C. solle morgen, in der entscheidenden Senatssitzung, für die Verhafteten eintreten und unter allen Umständen ein Todesurteil verhindern! C. war zu Beginn sehr ruhig. Er wies auf die schweren Verfehlungen der Leute hin und auf die Stimmung gegen sie. Afranius Cullo, ein kleiner, knorpliger Fünfziger, ließ ihn ausreden und wiederholte dann nur: »Unter keinen Umständen Todesurteile. Das wäre der endgültige Sieg des Senats!« C. schickte mich hinaus.

Die Herren gingen erst nach eineinhalb Stunden. Als ich nach ihrem Weggang in die Bibliothek kam, fand ich C. in einem Weinkrampf. Er schrie mindestens dreimal: »Das mache ich unter keinen Umständen. Für was halten mich diese Koofmichs?«

Es ist klar, wenn er die Forderungen der Banken erfüllt, sieht jedermann, wie tief die Demokraten in den Putschversuch verwickelt sind, und besonders er – und das in einem Augenblick, wo die Senatspartei die Messer schleift!

Um elf Uhr kam der »Schwamm«, der von gestern auf heute mindestens 20 Pfund an Gewicht verloren hat. Er blieb bis spät in die Nacht. Statilius verlangte immer, C. zu sehen. Natürlich umsonst.

5.12.
Seit dem frühen Morgen ist die ganze Stadt auf den Beinen. Die Straßen sind voll von erregten Gruppen. Kein Mensch spricht mehr für Catilina. Jeder Tischler scheint überzeugt, daß ihm die Catilinarier seinen Hobel anzünden wollten. In den Barbierstuben werden im Viertel als Catilinarier bekannte Kunden nicht mehr barbiert. Dem Mann auf der Straße fällt es wie Schuppen von den Augen.

In Rom sind eine Million Sklaven oder anderthalb Millionen. Hannibal stand vor den Stadttoren, aber die Sklaven stehen innerhalb der Stadttore!

Während C. sich auf das Capitol begab, ging ich mit einem Brief zur Servilia, Catos Schwester. Was man auch immer gegen sie sagen mag, sie liebt ihn wirklich. Sie las seinen Brief und gab mir sogleich eine Antwort mit.

Das Forum war gesteckt voll. Die Banken waren alle geschlossen. Viel Polizei. Man wartete seit Stunden auf den Senatsbeschluß.

Als ich auf das Capitol kam, war die Sitzung noch in vollem Gang. Ich hörte, daß C. schon geredet habe, sehr kühn, *für die Schonung der Catilinarier!* Mir schlug das Herz bis in den Hals. Ich stand in einem Haufen meist junger Leute aus dem Kaufmannsstand, alle bewaffnet. Sie gehörten zu Herrn Ciceros Bürgergarde und sprachen nur von C.s Rede, die sie unverschämt nannten. Einer schrie: »Dieser Caesar ist der schlimmste von allen. Natürlich ist er bezahlt. Er macht nicht den Mund auf ohne Barzahlung.« Und ein anderer antwortete ihm: »Das Geld des Catilina stinkt bis hier heraus!« Ich hätte beinahe gelacht, da ich an Afranius Cullo dachte.

Endlich konnte ich C. den Brief der Servilia hineinschicken.

Ich erfuhr erst am Abend, was für eine Sensation er hervorrief.

Ganz wie C. vorhergesehen hatte, entstand sogleich Unruhe. Als er den Brief in Empfang nahm, verlangte der alte Esel Cato, der eben die Todesstrafe beantragt und C. dabei ziemlich ungeschminkt der Mittäterschaft beschuldigt hatte, daß C. den Brief vorzeigen solle, andeutend, er komme wohl von einer dem Catilina nahestehenden Person. C. reichte ihm liebenswürdig den Brief seiner Schwester. Der alte Säufer erblaßte vor Wut und warf ihn C. mit dem Wort »Wüstling« vor die Füße. Die Episode genügte, seine Verdächtigungen der Lächerlichkeit preiszugeben. In solchen Details ist C. groß.

Im Grunde glaubte niemand, daß eine Exekution stattfinden könnte. Überall konnte man hören: »Wir leben nicht unter einer asiatischen Despotie.« Die Gesetze schreiben deutlich vor, daß römische Bürger nur mit Zustimmung der Volksversammlung zum Tod verurteilt werden dürfen. Als gegen Abend bei einbrechender Dunkelheit Cicero die Verhafteten abholte und sie über die Heiligenstraße und das Forum durch die schweigenden Menschenmauern führte, dachte jedermann, sie kämen lediglich in Verwahrung. Allerdings, da, wo die Heiligenstraße in das Forum mündet, wurde die »Wade« ohnmächtig. An den geschlossenen Bankbuden vorbei mußte man ihn tragen. Und ganz Vornstehende, die das schweißdurchnäßte Haar des Cethegus sehen konnten, mochten ahnen, wohin der kleine Zug ging. Aber keiner der Geführten rief der Menge auch nur ein Wort zu, und kein einziger der vielen, die noch vor zwei Tagen alles auf diese Leute gesetzt hatten, machte jetzt Miene, eine Hand für sie zu erheben.

Sie hatten an die Sklavenfrage gerührt!

Als der Konsul wieder heraustrat aus dem Maertinischen Gefängnis, selber ein veränderter Mann, mit Schweißtropfen auf der Stirn und kaum fähig, sich auf den Beinen zu halten, und mit dumpfer Stimme sagte »Sie leben nicht mehr«, gab es in der großen Menge kein Wort der Kritik. Und als er eine Stunde danach das Capitol verließ, umringt von den bekanntesten Mitgliedern des Senats, die ihn eben als *Vater des Vaterlandes* begrüßt hatten, lauter Leuten, die große Kriege geführt und Rom viel Beute erobert hatten und nun ihm dankten, daß er sie ihnen gerettet hatte, wagte sich das bessere Publikum langsam vor, und es erhoben sich einzelne Zurufe. Auch wurden Lampen vor die Haustüren gestellt, und man sah Frauen vom Balkon herab ihm zuwinken.

C. hatte recht gehabt am Morgen, als er sagte, die einzige Gefahr für die Verhafteten sei Ciceros Feigheit und seine Angst, sie zu zeigen. Abends erfuhr ich, daß auf C. beim Verlassen der Kurie ein Attentatsversuch verübt wurde. Die Bürgergarde! Einige Senatoren stellten sich vor ihn. Was wird noch alles geschehen?

Er gab mir abends 50000 Sesterzien, damit ich die dringendsten Bankzinsen bezahlen kann. Er muß sie von Pulcher bekommen haben, der wohl die Untersuchung der Handelskammer fürchtet.

6.12.
Stand früh auf, da wegen Caebio schlecht geschlafen. Wollte an den Tiber hinuntergehen. Erwischte an der Kehrrichttonne einen zerlumpten Kerl, der in den Speiseresten herumfischte. Unterhielt mich mit ihm. Er haust unter der Tiberbrücke. War Bauer in der Campania, wurde zwangsversteigert, lief nach Rom, fand nur kurze Zeit Arbeit in den Schlachthäusern. Fragte ihn, was er über Cicero denkt. Er: »Wer ist das?« Solche gibt es natürlich Tausende.

7.12.
Tage verräterischer Ruhe.

Vormittags sagte C. im Garten, im Karpfenteich die zwei schäbigen Karpfen betrachtend, niedergedrückt: »Wenn ich meine Grundstücke los bin, fange ich ernstlich mit meinem Buch über die Grammatik an.« Wie soll er je seine Grundstücke loswerden? Als er so über sein Buch sprach (das er schon seit vier Jahren anfangen will), sah ich im Geist auch an den Karpfen schon die Gerichtsvollziehermarken Mummlius Spicers.

8.12.
Seit vorgestern ist alle Welt für die Rettung der Republik. Die City feiert in Bankettreden die »Abwehrung der Diktatur«. Cicero ist der Mann des Tages.

Alexander über die Todesurteile gegen die Catilinarier: »Die Wirkung der Todesurteile in den Köpfen der kleinen Leute ist ungeheuer. Verbrecher werden hingerichtet, also: die hingerichtet werden, sind Verbrecher. Aber dahinter steht noch mehr. Die Herrschenden haben gezeigt, wie weit sie gehen wollen. Sie haben Köpfe verlangt und kämpfen von nun ab also selber um ihre Köpfe. Und das Schlimmste von allem: die Urteile sind von Herrn Cicero gefällt, von einem Demokraten. Der Senat weiß seine Henker zu wählen.«

Unter der Oberfläche gehen die Untersuchungen der Polizei

weiter. Man hält sich vorläufig vor angesehenen Namen noch zurück, da Catilina ja noch nicht geschlagen ist. Es steht jedoch eine Reihe großer Prozesse bevor. (!) Wenige bekannte Leute werden verhaftet. Täglich hört man von Haussuchungen.

Die Fachvereine haben nicht mitgekämpft, sie sind jedoch mit besiegt worden. Es nützt ihnen wenig, daß sie alle Mitglieder ausschließen, die in den Aufstand verwickelt sind. Der Senat nützt seinen Sieg aus und kündigt eine allgemeine strenge Nachprüfung der Bürgerrechtslisten an.

Am schlimmsten geht es natürlich den ihrer Führung beraubten Mitgliedern der Sturmrotten und der Straßenklubs. In den ärmeren Quartieren geht die Polizei aus und ein. Sie können nicht fliehen, da sie keine Mittel zur Flucht haben und überall verhungern würden. So warten sie einfach auf die Verhaftung. Im besten Fall werden ihre kleinen Läden beschlagnahmt und ihr Mobiliar auf der Straße verauktioniert. Erst hat man diese Leute in die Wahl, jetzt hat man sie in den Aufstand hineingehetzt.

C. ungewöhnlich verstört. Die Catilinarier scheinen ihn doch in der Hand zu haben. Es handelt sich um irgendeinen Brief in seiner Handschrift. Das ist schrecklich.

Nachmittags fuhr er zu Crassus. Er ist jetzt mit der Kandidatur für die Prätur einverstanden. Ich bin sicher, daß ihm unter den so veränderten Umständen, das heißt, wenn der »Schwamm« davon Wind bekommt, die Prätur nicht mehr einfach gekauft wird. Crassus wird ihm das Geld dann wohl auch nur vorschießen. Gestern noch hätte er es ihm geschenkt.

9.12.
Die Polizei war gestern abend noch hier. Sie wollten wissen, wo C. um den 28. Oktober herum war, als er verreiste. Das ist das Datum der Konsulatswahl und des ersten Staatsstreichsversuchs Catilinas. C. war mit der Mucia in einem Campanischen Bad. Das können wir nicht gut sagen. Sie meinen, er war in Etrurien, bei den Catilinarischen Truppen.

C. sagte, als er heimkam und ich ihm berichtete: »Wenn sie noch einmal fragen, sage ich ihnen die Wahrheit. Da werden sie es sich überlegen, ob sie das in öffentlichem Gericht wiederholt hören wollen. Lieber sehen sie von einer Untersuchung ab, wie ich sie kenne.«

Er hätte hinzufügen können: und wie ich Pompejus kenne. Aber er wahrt mir gegenüber immer noch den Schein.

Heute früh nicht halb so viele Klienten in der Klientelstunde. Die Catilinasache hat uns doch mehr geschadet bei den kleinen Leuten, dem Mann auf der Straße, als man hätte vermuten können. Denn eine offizielle Untersuchung hat ja bis heute noch nicht stattgefunden. Aber man weiß natürlich, daß die Polizei ihre Leute hier hat. Ein Teil unserer Klienten scheut wohl auch überhaupt Orte, wo Polizei ist.

Sehr beschäftigt mit den Vorbereitungen zur Kandidatur für die Prätur. Sie wird in der Tat sehr teuer werden. Ein Teil der Gewinne aus Crassus' famoser Kornspekulation wird dabei draufgehen. Die Gegenkandidaturen werden von der Senatspartei geradezu verschwenderisch finanziert. Nur gut, daß der »Schwamm« weiß, daß es diesmal um seinen Kopf geht. Er verhandelt selber mit Macer. Wir werden das Stadtrichteramt gerade rechtzeitig bekommen. Zu Neujahr. Vorher wird Catilina kaum völlig erledigt sein. Und bevor er nicht völlig erledigt ist, wird man sich mit den Untersuchungen nicht *allzu sehr* beeilen.

Die Börse ist unerhört nervös. Man hatte nach der »Klärung der Lage« ein Ansteigen der Werte erwartet. Statt dessen findet ein Absinken statt. Zwei Getreidefirmen und mehrere Rüstungsbetriebe sind bankrott. Eine Großbank soll wackeln. Und man befürchtet Schlimmeres.

C. fragt kaum mehr, wie die Grundstückspreise sind. Sie sind mit allen andern Werten ungeheuer gesunken. Meine Berichte darüber hört er mit finsterem Schweigen an. Ich vermute, daß sie wirklich für Rechnung der Mucia gekauft sind. Das macht C.s Lage nur noch unhaltbarer, besonders, da Pompejus ihnen ja bei seiner Rückkehr unbedingt draufkommen muß.

Man erwartet seine Rückkehr für das Frühjahr.

Morgen will Metellus Nepos seinen ersten Antrag als Volkstribun stellen – auf die Rückberufung des Siegers im asiatischen Krieg auf italischen Boden: zur Niederwerfung Catilinas.

10.12.

Metellus Nepos hat seinen Antrag gestellt und ist damit durchgefallen. Grund: man braucht kein besonderes Heer mehr gegen Catilina. *Er ist ja längst erledigt.*

11.12.
Schwarzer Tag an der Börse. Ungeheurer Sturz aller Aktien. Besonderer Verfall asiatischer Wertpapiere. (Ich bin um tausend Sesterzien ärmer. Cicero soll ein Drittel seines Vermögens eingebüßt haben.) Die Banken schließen mittags.

Viele Bankrotte. Über die Gründe der Baisse gehen die verschiedensten Versionen um. Pompejus soll eine Reihe von Steuerpachtverträgen kassiert haben. Catilina soll Präneste erobert haben. Catilina soll sich zur Schlacht gestellt haben und besiegt sein. Pompejus soll vom Senat doch noch gegen Catilina zu Hilfe gerufen worden sein. Was ist die Wahrheit?

Über die Aktienstürze auf dem Forum werden nachmittags, wie Clodius spottend erzählte, schreckliche Einzelheiten bekannt. Der Bankier Cittus Vulvius hat sich in seinen Schreibgriffel gestürzt und liegt schwer verwundet. Seine Kinder verheimlichen ihm die Kurse, da er sich sonst den Verband abreißt. Cucca (Getreideimport) versammelte seine sämtlichen Schreiber um sich, als die Panik einsetzte, und befahl seinem Prokuristen, das Hauptbuch vorzulesen, was unter dem Schluchzen aller geschah. Vitturius (Grundstücke) schlug in seinem Büro am schwarzen Brett an, es möge sich ein Angestellter melden, der bereit sei, ihn zu töten. Alle meldeten sich.

Eine groteske Sache passierte (immer nach Clodius) der Familie Pirius Qualvus. Die Frau des Inhabers der bekannten Reederei ging mit ihrem Sohn und ihren zwei Töchtern in Trauerkleidern über das Forum. Einige Arbeitslose verspotteten sie laut, indem sie ihnen nachriefen: »Wie viele Millionen sind *euch* gestorben?« Sie mußten darauf aufmerksam gemacht werden, daß die Familie nicht um ihr Geld trauerte, sondern um das Familienoberhaupt, das sich wegen des Bankrotts umgebracht hatte. Einen Auflauf verursachte der alte, dicke Balvius Cucumbrus (Steuerpachten). Aus seinem Kontor stürzend, wandte er sich an ein paar Frauen, die vor den Tafeln standen, auf denen die Listen der auf dem asiatischen Kriegsschauplatz Gefallenen angeschlagen sind, und schrie außer sich: »Geht heim! Sie sind umsonst gefallen!« Die Frauen protestierten und mußten abgeführt werden.

11.12. (abends)
Die Panik brach aus, als von den Großbanken definitiv festgestellt wurde, daß auf eine Belebung des asiatischen Geschäfts keine Hoffnung mehr bestehe.

Abends verkündet der Senat einen Zahlungsaufschub für alle schwebenden Schulden bis auf weiteres. Die Banken bleiben auch morgen geschlossen.

Cicero soll krank zu Bett liegen.

12.12.
Es wird Licht! Über das ganze schreckliche, verworrene halbe Jahr verbreitet sich jetzt plötzlich die Klarheit des Herbstes und des Bankrotts.

C. kam heute nach Haus mit einer tollen Sache. Er holte mich noch spät, gegen drei Uhr früh, draußen rollten schon die Kehrichtwägen vorbei, in die Bibliothek, um mir einen Brief zu diktieren. Er hat (von der Mucia) erfahren, *daß die entscheidenden Großbanken das ganze Vierteljahr der Catilinarischen Unruhen unentwegt mit Pompejus zwecks Übernahme der Diktatur verhandelten und sich nur nicht gleich mit ihm über die Steuer- und Zollpachten Asiens einig werden konnten!* Über eine Milliarde Sesterzien stehen für die City in Asien auf dem Spiel. Diese Banken haben den Catilina zuerst unterstützt, weil sie einen Druck auf Pompejus ausüben wollten, solange dieser mit seinen Steuer- und Zollpachtkontrakten noch etwas zurückhaltend war. Sie zeigten ihm, da waren noch andere Herren, die für die Diktatur in Betracht kamen: Herr Catilina und Herr Crassus. Und außer seinen asiatischen Legionen gab es noch die Catilinarischen Banden und das demokratische Stimmvieh des Herrn Caesar. Also nicht darum hatte es sich gehandelt, ob man mit dem erpreßten Senat gegen Catilina (Kombination Cicero) oder mit dem erpreßten Catilina gegen den Senat (Kombination Crassus) gehen sollte, sondern allein darum, wie man Herrn Pompejus erpressen konnte. Dafür hatte man die nötige Unruhe in Rom geschaffen durch die Kapitalflucht (ich erinnerte mich an Celers – Häute und Leder – rätselhaften Ausspruch, der uns damals so unverständlich war) und die Manipulationen mit dem Brotpreis. Und dafür hatte man gezahlt! Herrn Catilina, Herrn Caesar und Herrn Cicero. Und als dann der große Pompejus endlich nachgab (es dauerte lange, schon wegen der Entfernungen), plötzlich der Schrei nach Schutz der Republik, Ciceros große Arie über Demokratie! Da hatten sie eben in die Militärdiktatur des Pompejus eingewilligt!

Die Wahl Catilinas wurde abgeblasen. Aber man war noch nicht fertig. Was nützte der Pakt mit Pompejus, wenn der Senat nicht gezwungen werden konnte, ihn zu unterschreiben? Nur wenn ihn Pompejus, auf seinen asiatischen Säbel gespießt, präsentierte, würde er unterschrieben werden. Auch Crassus war noch nicht fertig. Die Großbanken weihten ihn in ihre Verhandlungen mit Pompejus vorsorglich nicht ein, da er mit diesem verfeindet ist. Aber er hatte noch immer nicht die Kornspenden, die er vom Senat erpressen wollte, nachdem er die Hoffnung aufgegeben hatte, sie von Catilina zu bekommen. Er zahlte weiter, bis er, um den 13. November herum, vom Senat doch noch die Kornspenden herausgeholt hatte, nicht weil der den Catilina fürchtete, sondern den Pompejus, der diesen gern persönlich niedergeworfen hätte. Denn für die Großbanken galt es jetzt, dem Pompejus den Aufmarsch in Italien zu ermöglichen. Da mußte Catilina aber eine »Gefahr« bilden! Und wieder öffneten sich für Catilina und die Klubs die Geldschleusen.

Klar, daß wir alle im dunkeln tappten. Die Catilinasache hatte vom Beginn bis zum Ende nicht die geringste Chance. Und wir mit unsern Grundstückskäufen! Sie sind heute wertlos. Hätte Catilina gesiegt und sein Siedlungsprogramm durchgeführt, wäre C. heute einer der reichsten Männer Roms. Wenn Catilina nur wenigstens so lange durchgehalten hätte, bis man Pompejus mit seinem Heer zur Niederzwingung auf italischem Boden gehabt hätte, wäre das Siedlungsprojekt ebenfalls ausgeführt worden, nämlich von Pompejus, und wir hätten ebenfalls verdient. Die City hat ihr Spiel verloren, da sie die Unruhen nicht lange genug aufrechterhalten konnte. Sie bekam selbst kalte Füße! Ihre asiatischen Kontrakte mit Pompejus sind heute nicht mehr das Papier wert, auf das sie geschrieben sind. Der Senat wird sie nie sanktionieren. Und auch die Massen der römischen Arbeitslosen haben kalte Füße bekommen und ihr Spiel verloren. Sie, die Senat und City in Furcht versetzen wollten, fürchteten die Sklaven! Dieser Zusammenbruch wird das ganze Weltreich in den Grundfesten erschüttern.

C. sagte dann etwas, was mich sehr überraschte: »Und doch haben wir richtig gelegen, als wir die ganze Sache nur als eine Gelegenheit für Geschäfte betrachteten. Wir betrachteten sie genau wie die Banken. Das spricht für unsern Instinkt.«

13.12.
Kann kaum noch auf Nachricht von Caebio hoffen. Cethegus ist tot und verscharrt, und jede Verbindung mit dem Hauptquartier des Catilina ist jetzt vollständig abgeschnitten. Habe keine Kraft mehr.

15.12.
Der Börsenkrach zieht immer weitere Kreise. Viele kleinere Firmen sind in die Konkurse verwickelt, weitere Tausende von Handwerkern sind auf die Straße geworfen. Mit den Hoffnungen auf Aufträge im Rahmen einer großzügigen Siedlungspolitik ist es aus. Die heutige Senatssitzung hat mit allen diesen Projekten aufgeräumt.

In den Barbierläden herrscht darüber eine Aufregung, wie sie, als die Cimbern und Teutonen heranzogen, nicht geherrscht hat. Der mir bekannte Inhaber einer kleinen Bronzefabrik sagte laut: »Da hätte ich meinen Betrieb auch von Catilina anzünden lassen können!«

Catilina – man spricht sonst nur noch wenig von ihm. Irgendwo in Etrurien sitzt er mit seinen auseinanderlaufenden Heerhaufen und wartet auf die Heere der Regierung. Der letzte Versuch der Großbanken, ihn noch zu halten, indem man ihm den Antonius entgegenschickte, der jederzeit bereit war, überzulaufen, ist nun auch gescheitert. Antonius hat sich ein zweites Mal bestechen lassen. Cicero hat ihm seine Provinz Makedonien abtreten müssen, und er hat dafür das Kommando an einen Unterfeldherrn abgegeben, der loyal ist.

Mein armer Caebio!

17.12.
Eines jedenfalls hat dieses halbe Jahr bewiesen: ein Politiker großen Formats ist C. nicht und wird es nie sein. Bei all seinen glänzenden Fähigkeiten! Was Rom mehr denn je braucht, der starke Mann, der unbeirrbar seinen Weg geht und der Welt seinen Wil-

len aufzwingt, eine große Idee verwirklichend, ist er nicht. Er hat weder den Charakter dazu, noch die Idee. Er macht Politik, weil ihm sonst nichts übrigbleibt. Er ist aber keine Führernatur. Ich sehe schwarz in unsere Zukunft.

20.12.
Die Prätorwahl liegt hinter uns. Wenn der Stadtrichter C. die Untersuchung in der Catilinaaffäre führt, wird es ihm wohl gelingen, den Politiker Cajus Julius aus der Sache von jedem Verdacht geklärt hervorgehen zu lassen. Wir schulden dem »Schwamm« wieder eine nette Summe. 9 (neun) Millionen.

Der Catilinaputsch war kein Geschäft.

691 Jahresende
Ich habe eine Aufstellung unserer regulären Einkünfte gemacht. Trostlos. Aus dem Oberpriesterposten zum Beispiel schlugen wir dieses ganze Jahr nicht mehr heraus als schäbige 320000 Sesterzien. (Inklusive Scheck von den ägyptischen Leinwandspinnereien für die neuen Augurenüberwürfe und Remuneration für Verlegung der Ceresfestlichkeiten.) Das Amt hat uns 840000 gekostet. Zinsen zahlen wir acht Prozent! Natürlich hätten wir besser abschneiden können, wenn C. wirklich rechnete und nicht nur ab und zu und dann so unvorsichtig wie möglich einige Fischzüge veranstaltete. Er nimmt 20000 Sesterzien für einen Augurenspruch, der die Wahl eines Quästors verhindert, und gibt dann ein Pontifikalessen, das 22000 kostet. Das schlimmste ist, daß die City ganz unverschämt alles als »Gefälligkeiten« in Anspruch nimmt, und wir müssen das schlucken, weil wir Wechsel laufen haben. Ein ewiger Kreislauf!

DRITTES BUCH
KLASSISCHE VERWALTUNG EINER PROVINZ

Den steinigen Pfad zu Mummlius Spicers Villa in der heiteren Frische der ersten Vormittagshälfte hochkletternd, hörte ich aus den Ölfeldern seitwärts Gesang. Die Töne schwollen an, gingen zurück und schwollen von neuem an, ziemlich gleichmäßig. Die Wörter konnte ich nicht verstehen; vermutlich war es ein Lied in fremder Sprache.

Ich ging in Gedanken. Die kühlende Brise vom See her, der Ausblick auf die friedliche Landschaft und das Lied taten mir wohl nach der Lektüre der Nacht. Die von Staub und blutigem Tumult erfüllte Welthauptstadt sank auf den Boden meines Gemüts. Es war, als ob der Wind die verhängnisvollen Geräusche wegtrüge. Ich fühlte plötzlich wieder mit einem Aufatmen, daß doch drei Jahrzehnte seit diesen Geschehnissen, von denen ich gelesen hatte, vergangen waren.

Das Singen wurde stärker, es füllte merkwürdig die Luft. Am Tor seines Besitztums stand Spicer, im Gespräch mit einem Sklaven.

Er begrüßte mich, und wir sahen für einige Augenblicke über die Felder hin.

»Was singen sie?« fragte ich.

»Das ist keltisch«, antwortete er. »Ich verwende Kelten beim Ölbau. Kelten und Dalmatier, aber ich stecke die Landsleute zusammen. Das hätte man vor 20 Jahren noch nicht machen können. Man mußte mischen, um den Streit in Gang zu halten zwischen ihnen. Unruhige Zeiten. Jetzt mache ich ganz gute Erfahrungen mit Abteilungen, die aus der gleichen Gegend sind. Die Abteilungen konkurrieren sogar miteinander, aus Nationalstolz.«

Wir stiegen nach oben. Während er sprach, sah er mich nicht an, ich hatte aber das Gefühl, daß er auf meine Eindrücke von den Aufzeichnungen des *Rarus* gespannt war. Ich sagte ihm also in kurzen Worten, ich hätte meine Gedanken noch nicht geordnet, da die Rolle, die er mir gegeben hatte, mit dem Jahresschluß endete, wo die Geschehnisse noch nicht ganz zum Abschluß gelangt waren.

»Sie können die nächste Rolle gleich haben«, sagte er gleichmütig. »Die Aufzeichnungen über das folgende Jahr 92 sind aber nicht so vollständig. Ich habe sie heute morgen selbst durchflogen. Der Verfasser ist durch privates Mißgeschick niedergedrückt und legt seine Erlebnisse nur noch hin und wieder schriftlich nieder. Sie wissen: Caebio.«

Wir warteten in der Bibliothek auf die zweite Rolle, die in Spicers Schlafraum lag. Der schwache Geruch des vielen Leders mischte sich angenehm mit dem Duft des Weißweins, den mir der Alte kredenzte.

Er sagte: »Einiges sollten Sie vielleicht noch wissen. Es gelang mir im Sommer 92, die kleineren Schuldtitel gegen C. in meine Hand zu bekommen. Ich arbeitete mit einer Bank zusammen. Ich hatte eine große Menge anderer Fälle, aber er nahm einen immer größeren Teil meiner Arbeit in Anspruch. Ich konzentrierte mich schließlich sozusagen auf ihn. Seine Verlegenheiten wurden für mich zur großen Chance meines Lebens. Ende 92 trat ich in die Leitung der Bank ein, mit der zusammen ich den Fall C. bearbeitet hatte. Ich war eine Art Spezialist für sie, C.s Geldangelegenheiten betreffend. Seine Gesamtverpflichtungen bezifferte ich Ende des Jahres 93 auf rund 30 Millionen Sesterzien.«

Dann wurde die Rolle gebracht, eine sehr dünne diesmal, und ich begab mich auf den Heimweg.

Das Singen der keltischen Sklaven folgte mir den ganzen Abstieg zum See herunter.

Aufzeichnungen des Rarus 2

1.1.92

Großer Wirbel im Haus. C.s Amtsantritt.

Das sehnlich erwartete Kuvert des Nepos endlich eingetroffen. Der Herr aus Asien hat sich damit Zeit gelassen. Aber nun, es ist da. Natürlich war die Prätorenrobe nicht fertig geworden. Es gab einen fürchterlichen Auftritt mit dem Schneider. Die Stickereien wurden am Schluß mit der Nadel festgesteckt. C. kam eine Stunde zu spät aufs Forum. Merkwürdige Zustände in der »Hauptstadt der Welt«, wenn die Schneider die Robe für den höchsten Gerichtsbeamten des Reiches erst abliefern, wenn die Rechnung bar bezahlt wird!

Die Sitzung verlief aber dann sehr würdig. Verhältnismäßig viel Volk da. Es herrscht immer noch die größte Angst in der ganzen Stadt, da die Untersuchungen wegen des Putsches fast jedes Haus bedrohen. Die Straßenklubs setzen ihre ganze Hoffnung in C. Rührende Szenen. Eine alte Frau lief durch das Spalier, zupfte C. am Ärmel und schrie: »Vergiß den Taesius nicht!« Sie meinte wohl, er kenne jeden in den Klubs von Angesicht! C. wehrte seinen Liktoren, als sie die Alte wegreißen wollten, mit freundlichen Worten. Weitergehend sagte er ziemlich laut: »Mich interessieren weniger die Vergehen der Unteren als die der Oberen.« Das wurde sogleich überall kolportiert.

Es wurde auch mit Beifall vermerkt, daß er nicht, wie es für den Prätor »sich schickte«, zuerst aufs Kapitol ging, um den neuen Konsuln dieses Jahres seine respektvolle Aufwartung zu machen, sondern sogleich mit der Arbeit anfing. Wie es sich schnell erwies, zog er es vor, daß die Väter zu ihm aufs Forum kamen.

Er saß kaum ganz in seinem Elfenbeinsessel auf dem Gerüst und seine sechs Liktoren standen noch kaum um ihn, als er schon mit geschäftsmäßiger Stimme den Kurator des Jupitertempels zu holen befahl, damit er sich vor dem Volk wegen seiner Buchführung verantworte. Die Sensation war ungeheuer.

Der Kurator war Catulus, der große alte Mann des Senats.

Die Zeremonien in der Kurie waren noch nicht beendigt, als die Liktoren C.s erschienen und den ältesten und angesehensten Mann der erlauchten Versammlung aufs Forum zitierten, damit er über die Verwendung der Gelder beim Wiederaufbau des Tempels des Kapitolinischen Jupiters aussage. Dem alten Mann, der völlig verdattert aus dem hohen Haus ging, folgte der ganze Senat in größter Aufregung.

C. war noch mitten in seiner Rede, als sie gelaufen kamen. Er erging sich in nicht mißzuverstehenden Andeutungen über die vergoldeten Bronzeplatten des Tempeldaches, erinnerte daran, daß die Gelder durch freiwillige Spenden in ganz Italien aufgebracht worden waren, und sagte wörtlich: »Die italienischen Bauern haben nicht, statt sich Pflüge zu kaufen, Spenden geschickt, damit die römischen Bauherren, statt ihnen einen Tempel, sich eine Villa bauen.« Aber was die herbeieilenden Väter als erstes hörten, war der Name des Pompejus.

C. forderte nun nämlich, daß an Stelle von Catulus der große Pompejus mit der Fertigstellung des Tempels beauftragt werden solle. Dieser Name, der Name des Pompejus, solle auf dem Tempel eingegraben stehen, denn dieser Name, Pompejus, sei ein Name, der Vertrauen einflöße usw. Der bisherige Kurator aber solle seine Bücher vorlegen.

Er wurde unterbrochen von dem Zornschrei der Senatoren. Catulus wollte auf die Rednertribüne, C. verweigerte ihm dies und beorderte ihn, unten stehenzubleiben. Es entspann sich ein häßlicher Streit über Formsachen. C. brach ihn ab und verkündigte eine Mittagspause.

C. zog sich in seine Amtsräume zurück, die Senatoren gingen geschlossen in das Haus des Cato, um zu beraten, das Volk lagerte sich in freudiger Erwartung auf dem Forum, um ja nicht den Platz zu verlieren.

C. lag beim Frühstück, umringt von einigen Herren, die ihn zu der Kunstfertigkeit beglückwünschten, mit der er in fünf Sätzen nicht weniger als elf Mal den Namen *Pompejus* genannt hatte, als sich – Cicero melden ließ. Er ging lächelnd auf C. zu, zeigte sich sehr amüsiert, steuerte sogar einige Witze bei, erwies sich aber doch als Vermittler, vorgeschickt vom Senat. Er gab seiner »Überzeugung« Ausdruck, C. werde mit dem Erfolg seiner kleinen Kampagne befriedigt sein; tatsächlich sei es ihm ja gelungen, praktisch die ärgsten Verdächte an den Namen des alten Catulus zu heften, selbst wenn dieser die allerperfektest geführten Bücher vorweise. Man werde doch dann nur sagen, er habe eben perfekte Buchhalter. Das Schlimme für Catulus sei, daß er nun und nimmer darein einwilligen könne, die Bücher vorzuweisen, da darin schon ein unwürdiges Eingehen auf einen Verdacht erblickt werden könnte.

»Wie sieht das aus«, sagte er mit Nachdruck, »wenn jemand aufsteht und in langer Rede nachweist, daß er *nicht* seiner Mutter zwei silberne Löffelchen gestohlen hat!« Tatsächlich verbiete es dem Catulus seine Würde, auch nur ein Wort auf solche Verdächtigungen zu erwidern. Der alte Mann sei übrigens sofort heim und zu Bett gegangen, krank von der Aufregung.

Er sprach noch, als ein Bote des Catulus mit einem Brief für C. erschien.

C. las ihn, steckte ihn zu sich und sagte ernst zu Cicero: »Catulus schreibt mir, die Bücher seien in Ordnung.«

Die Menge war etwas enttäuscht, als C. nach der Essenspause

die Behandlung des Falles auf den üblichen Geschäftsweg verwies und einige unwichtige andere Fälle vornahm.

Abends kam Fulvia mit ihrem Freund Curius. Ich hatte ihn zuletzt an jenem denkwürdigen 4. Dezember gesehen, an dem C. im Senat seine Rede für die verhafteten Catilinarier hielt. Er war es, der C. das Leben rettete, als er beim Verlassen der Kurie von Herrn Ciceros jungen Leuten angefallen wurde. Ich war damals erstaunt gewesen über seine Liebe zu C., aber eine Woche später hatte es sich herausgestellt, daß er Beweise für C.s Verbindung mit Catilina besaß und ihn nach allen Regeln der Kunst erpressen wollte – oder das Kopfgeld von 200000 Sesterzien einstreichen wollte. C. sagte ihm beim Essen: »Mein lieber Curius, ich habe als Prätor eine Untersuchung gegen alle Personen eingeleitet, die in die Catilinarische Verschwörung verwickelt sind. Wie ich höre, bin auch ich es. Ein gewisser Vettius soll einen von mir unterfertigten Brief an Catilina haben. Ich werde diese Anschuldigung schon morgen prüfen lassen und wehe mir, wenn ich entdecke, daß ich tatsächlich mir etwas habe zuschulden kommen lassen. Sie sehen, wenn Sie Ihr Kopfgeld bekommen wollen, müssen Sie sich beeilen.« Curius lachte, aber ich weiß, daß er noch am selben Abend zu Novius Niger ging, der, ein Feind C.s, die Untersuchung führt.

2.1.

Da C. zugesagt hat, den Volkstribunen Nepos morgen bei seinem Antrag auf Rückberufung des Pompejus und seiner asiatischen Legionen gegen die Umtriebe des Catilina kräftig zu unterstützen, fand er sich heute großen Schwierigkeiten gegenüber. Er mußte ein für allemal mit der in der Stadt umlaufenden Behauptung, er habe selber hinter Catilina gestanden, aufräumen und hatte deshalb nichts dagegen unternommen, daß der Untersuchungsrichter Niger, sein Untergebener, die Untersuchung auch auf ihn ausdehnte. Diese Untersuchung mußte, in bezug auf ihn, natürlich ein negatives Resultat haben, aber nur in bezug auf ihn, denn die Verschwörung mußte im großen und ganzen als eine sehr mächtige, gefahrdrohende erscheinen, sonst konnte man nicht den Pompejus gegen sie zu Hilfe rufen. C. löste die Schwierigkeit spielend. In den ersten Vormittagsstunden ließ er den Novius Niger, einen grämlichen jungen Mann, der schon ein chronisches Leberleiden hatte, die Untersuchung allein führen, aber in lauter kleineren Fällen, gegen Fechtersklaven, Kleingewerbetreibende, auch gegen ein paar Dutzend Mitglieder der Straßenklubs, damit nicht von Parteiischkeit die Rede sein konnte. Er selber ging in den Senat und forderte den Curius auf, gegen ihn mit der Sprache herauszurücken. Curius sagte denn auch, er habe von Catilina selber gehört, daß dieser mit C. ständig in Verbindung gestanden habe. C. leugnete eine Verbindung nicht, bat aber Cicero, den Brief vorzulegen, den er ihm an einem der letzten Tage vor der Verhaftung der Catilinarier mit Enthüllungen und Warnungen geschickt habe. Cicero bestätigte den Brief in einigen säuerlichen Sätzen und der Senat, der sowieso die Sache nicht auf die Spitze treiben wollte, verweigerte dem Curius kurz die Belohnung für Angabe eines Verschwörers. Von da ging C. dann auf das Forum zu der Verhandlung des Niger. Er nahm seinen Platz auf dem Elfenbeinsessel ein und sagte dem jungen Mann in scharfem Ton, er habe gehört, die Untersuchungsbehörden hätten auch gegen ihn selber, den Prätor, Material gesammelt. Er sei sich keiner Schuld bewußt, werde jedoch, ohne ein Wort zu verlieren, von seinem kurulischen Stuhl aus ins Gefängnis gehen, wenn schlüssiges Material gegen ihn vorgelegt werden würde. Andrerseits werde er allerdings, wenn kein solches Material da sei, ihn, den Novius Niger, ins Gefängnis abführen lassen, weil er in diesem Fall ohne Grund gegen seinen Vorgesetzten vorgegangen sei. Niger begann noch etwas gelber auszusehen als gewöhnlich und schickte einige Gerichtsdiener, den Vettius zu holen, den Mann, der in der Voruntersuchung behauptet hatte, einen Brief C.s an Catilina zu besitzen. Er hatte sich geweigert, ihn den Behörden vor der Verhandlung des Falls auszuhändigen. Man wartete schweigend. C. saß und wärmte sich seine schmalen, kräftigen Hände über einem glühenden Kohlenbecken. Es war kalt.

Dann kamen die Liktoren zurück und berichteten, daß sie den Vettius nicht zu Hause vorgefunden hätten. Es stellte sich heraus, daß er schon am vorhergehenden Abend eine Vorladung erhalten hatte. C. blickte eigentümlich auf Niger und verlangte, der Mann müsse sofort wegen verächtlicher Haltung gegenüber dem Gericht in Strafe genommen werden. Niger, mit einer gewissen, nicht unkleidsamen Würde, verfügte die übliche Pfändung. Die Liktoren entfernten sich wieder (später hörte man, daß tatsächlich das ganze Mobiliar des Unglücklichen auf der Stelle zu Spottpreisen verschleudert wurde) und Vettius erschien. Seine Kleider waren zerrissen, er hatte eine Wunde am Kopf und stammelte etwas von einem Überfall auf dem Weg zum Forum. Der Brief war weg. C. stand so heftig auf, daß sein Sessel umkippte. Er ließ den Mann ins Gefängnis werfen und ging selber weg. Abends ließ er auch den Novius Niger ins Gefängnis werfen, wie er es angekündigt hatte. Auf diese Weise wurde es dem Mann auf der Straße klar, daß die gegen die Mitglieder der Straßenklubs ergangenen Urteile des Niger von C. mißbilligt wurden, und doch hatte C. erreicht, was er brauchte, nämlich den Nachweis einer weitverbreiteten und gefährlichen Verschwörung gegen den Staat! Ein Meisterstück! Als Glaucos abends den Brief brachte, den er dem Vettius abgenommen hatte, sagte C. trocken: »Wenn sie Ruhe und Ordnung haben wollen, statt Überfälle am hellichten Tag, müssen sie eben den Pompejus holen.«

Nachts lange Konferenz mit Nepos.

3.1.

Der bitterkalte Januarsturm deckte des Crassus baufällige Häuser ab, als wir zum Forum gingen. Die Liktoren schnatterten, C. hüllte sich bis zum Kinn in seinen großen gallischen Tuchmantel. Das Forum war dicht gefüllt mit Fechtersklaven, die Nepos über Nacht aus der Campania auf Leiterwägen hatte herbeischaffen lassen. Sie waren mißmutig und durchfroren. Ich sah auch einige Kriegskrüppel, Veteranen des Pompejus, unter ihnen. Die Wechslerbuden hatten geschlossen. Man erwartete Unruhen. Nepos saß bereits auf der Bank vor dem Kastortempel, und als C. sich zu ihm setzte, erwartete ich, daß Nepos, der übrigens wirklich so schmal in den Hüften ist, wie Fulvia sagt, mit der Verlesung seines Antrags auf Rückberufung des Pompejus sogleich beginnen werde. Er machte jedoch keine Anstalten dazu. Neben der Bank hatte man einen Persenningschirm aufgestellt gegen den scharfen Zug. Zweimal blies ihn der Sturm um und der Oberst stand jedesmal auf, um seine Wiederaufrichtung zu überwachen. C. saß still und wartete wie ein riesiger bemantelter Geier.

Dann kam Cato durch die Menge der Fechtersklaven, zwängte sich die Stufen zum Tempel durch und setzte sich zwischen C. und Nepos, wozu er als Tribun das Recht hatte. Er schien erstaunt, daß niemand ihm den Zutritt wehrte. Aber die Bewaffneten waren ja nicht dazu da, ihn anzugreifen, sondern dazu, C. und Nepos zu verteidigen.

Die beiden wußten natürlich, daß der Antrag nie durchgehen konnte, sowenig wie der erste vom 10. Dezember. Es galt lediglich, es zu einem Rechtsbruch kommen zu lassen, so daß Pompejus einen Grund hatte, aus der Gewaltanwendung gegen seinen Volkstribunen die Konsequenzen zu ziehen.

Die Komödie wickelte sich schnell ab. Nepos stand auf und schickte sich an, seine Rede zu verlesen. Cato redete immerfort dazwischen und hielt ihm sogar den Mund zu. (Damit erfüllten sich Nepos' schlimmste Befürchtungen von gestern abend, wo er düster sagte: »Cato wäscht sich die Hände nicht.«) Nepos wurde denn auch wütend und winkte einigen in der Nähe stehenden Fechtern. Cato riß ihm, ganz rot im Gesicht, er hatte wieder schon in aller Frühe getrunken, das Manuskript aus der Hand. Dann packten ihn die Fechter und zogen ihn weg. Ein Kriegskrüppel gab ihm einen Tritt mit dem gesunden Fuß. Von unten wurden Steine geworfen, mitgebrachte. Cato riß sich los und lief, eine kleine komische Figur, in den Tempel. C. hatte dem ganzen Auftritt gelangweilt zugeschaut. Jetzt forderte er den Tribunen Nepos auf, seinen Antrag zu verlesen. Der erklärte sich außerstand, da ihm sein Manuskript weggenommen worden sei. Er sprach über diesen Akt der Willkür so lange, bis Cato zurückkehrte, nun seinerseits an der Spitze eines Haufens Bewaffneter. Aber diese Burschen schlugen richtig zu. Sie hatten große Stöcke und zielten nach den Köpfen. C. stand langsam auf und ging, immer noch, als hätte er nur das Interesse an den Vorgängen verloren, in den Tempel.

Es war übrigens nicht so leicht, wegzukommen. Er mußte tatsächlich seinen Mantel und sogar die Prätorenrobe ablegen und den Rock eines Fechtersklaven anziehen, bevor er es wagen konnte, aus einer Hintertür zu entweichen.

Zu Hause nahm er sofort ein heißes Bad. Wir erfuhren, daß der Senat seine und des Nepos Absetzung ausgesprochen hat. Nun, das wird sich wieder einrenken. Nepos ist schon auf dem

Weg zum Schiff. Pompejus wird über einen solchen Rechtsbruch erfreut sein. Einen Volkstribunen am Reden zu hindern, das heißt gegen die Grundrechte des Volkes verstoßen!

23.1.

Am dritten Tag der Reise, in einem Planwagen auf der Militärstraße nach Arretium, hörte ich von Kaufleuten, die von Florentia herunterkamen, daß die Schlacht zwischen den Truppen des Antonius und des Catilina im vollen Gang sei. Sie nannten den Ort, Pistoria. Da es bis dorthin mindestens zwei Tagereisen sind, konnte die Schlacht jetzt schon entschieden sein. Sie hatten es sehr eilig, weil sie Geschäfte halber vor der Entscheidung in Rom sein wollten. Auch verhinderte der eisige Wind, der die Blachen an die Holzrippen des Daches schlug, die volle Verständigung, so daß ich wenig verstand. Meine Furcht, zu spät zu kommen, verließ mich den ganzen Tag und die darauffolgende Nacht nicht einen Augenblick.

Ich kam mit vollständig gesetzmäßigen Papieren für Caebio. Selbst wenn er in Gefangenschaft geraten sein sollte, konnte ich ihn damit zumindest nach Rom zurückbringen.

Nach Arretium gelangten wir am Nachmittag und wir hörten allgemein, daß von einer Entscheidung noch nichts bekannt sei. Jedoch seien in der letzten Woche zahlreiche, nach Hunderten zählende Scharen von Deserteuren aus dem Catilinarischen Heer durchgekommen, die von einer Auflösung bei ihm sprachen. Wir selbst trafen niemand mehr davon. Im Morgengrauen fuhren wir durch Florentia, das wie ausgestorben dalag. Jedoch nur der frühen Stunde wegen. Gleich hinter Florentia begegneten wir Bauern, die aus dem Kampfgebiet kamen, Leuten, die nicht gekämpft, aber Kämpfe gesehen hatten und die angestrengte, bleiche Gesichter hatten, die einen so erschrecken. Sie berichteten, der Kampf stehe. Catilina habe aber nicht die geringste Aussicht, da hinter ihm, an den Nordabhängen des Gebirges, das frische Heer des Quintus Metellus stehe, ihn zu empfangen, wenn es ihm gelingen sollte, sich aus der Umklammerung durch das Antonische Heer zu befreien. *Er und die bei ihm hätten nur noch das Sterben vor sich.* Mir wurde übel und ich erbrach mich.

In Florentia war ein Bauer auf den Wagen geklettert. Auch er berichtete. Den Catilinariern seien die Lebensmittel ausgegangen, das habe sie von einem Marsch über die Gebirgspässe nach Gallien abgehalten und zum Kampf gezwungen. So stand ihre letzte Schlacht unter dem gleichen Zeichen, wie ihr ganzer Aufstand gestanden hatte, dem Zeichen des Hungers.

Der Kutscher, ein römischer Junge mit dem Herz auf dem rechten Fleck, namens Pistus, brachte den Bauern zum Schweigen, der mich neugierig ansah. Ich verfiel in einen unruhigen Schlaf der Erschöpfung.

Erwachend bemerkte ich, daß unser Wagen in andere Wägen eingekeilt zum Halten gekommen war. Eine große Kolonne mit Verwundeten war uns begegnet. Die Begleitmannschaften liefen fluchend herum, die Verwundeten lagen teilnahmslos, mit notdürftigen Verbänden, auf Wägen, die größtenteils ohne Dächer waren. Unsere Papiere wurden immerfort geprüft; mir kamen die römischen Soldaten wie feindliche Truppen vor. Die Schlacht war seit vielen Stunden beendet, Catilina besiegt und tot und tot alle mit ihm, hieß es. Von diesem Augenblick an begann ich wieder zu hoffen. Merkwürdigerweise wiederholte ich mir immerfort, gut, daß ich doch nicht zu spät kam.

Wir fuhren durch uns entgegenmarschierende Truppenteile und vorüber an Lagerfeuern. Die Soldaten marschierten finster, ohne Gesang, nicht wie sonst Sieger. Ich sah keinen Gefangenen, nicht einen einzigen, gestand mir aber nicht ein, was das bedeutete.

An einer Straßenkreuzung begegneten wir einer Kompanie, die das erbeutete Feldzeichen, unter dem die Catilinarier gekämpft hatten, den Adler des Marius, nach Faesulae brachte. Unter diesem Adler hatten römische Soldaten einmal das Land gegen die Cimbern verteidigt.

Die Dämmerung brach herein, als wir auf das eigentliche Schlachtfeld, kurz vor Pistoria, gelangten.

Mein erster Eindruck war, daß hier nicht viel zu sehen sei. Das Feld war uneben, man überblickte nur kleine Abschnitte. Kleinere Trupps gruben bei Fackellicht den steinhart gefrorenen Boden auf. Andere Trupps durchsuchten die Haufen der Gefallenen, die man undeutlich sah, wie Zeugfetzen. Vor ein paar Tagen war Schnee gefallen, er lag noch zwischen den Gesträuchern.

Ich stieg mit schwachen Knien aus dem Wagen und lief ohne Plan die Straße entlang. Rechts und links lagen die Zeugfetzen und bewegten sich die Fackeln. Der Wind hatte nachgelassen, wenigstens schien es mir, als ob es mich nicht mehr fröre. Der Kutscher ging neben mir, mich von der Seite ab und zu musternd. Bei einem Trupp, der wieder einmal unsere Papiere prüfte, hörte ich einiges über den Verlauf der Schlacht. Ich erinnere mich aber nicht mehr daran. Jedoch erinnere ich mich noch deutlich an ein Detail, das ein Offizier erwähnte: Catilina hatte es vorgezogen, gegen Antonius zu marschieren, weil er es da mit Truppen zu tun hatte, die aus Arbeitslosen der Hauptstadt rekrutiert waren. Metellus' Heer bestand aus robusten Bauernsöhnen, frisch ausgehoben im Picenischen. Die Schlächterei hätte aber nicht fürchterlicher sein können, wenn nicht Besitzlose gegen Besitzlose gekämpft hätten.

Mein Kutscher (Pistus) versuchte herauszubringen, wie man bestimmte Leute eruieren könnte. Ein Legionär sagte, achselzuckend: »Es sind mindestens 7000.«

Wir gingen weiter, diesmal querfeldein. Einmal blieb ich stehen und sah aus einiger Entfernung einem Trupp zu, der Tote in die flachen Erdlöcher hob. Es war ein großer Trupp und die Erdlöcher hatten großen Umfang. Es liefen Seile entlang. Das glich der Einteilung des Marsfeldes bei den Wahlen.

Uns wieder auf den Weg machend, kamen wir ins offene Feld. Die dunklen Haufen lagen auch hier dicht, jedoch waren keine Aufräumungsmannschaften zu sehen.

Ich bückte mich nicht ein einziges Mal nach einem Gesicht. Trotzdem hatte ich das Gefühl, ich suchte. Um es zu behalten, dachte ich.

Freund und Feind waren hier ja nicht zu unterscheiden, es waren alles Römer und es trugen alle römische Uniform. Und sie stammten alle aus dem gleichen Stande. Sie hatten den gleichen Befehlsworten gehorcht, als sie gegeneinander vorgestoßen waren. Das Heer des Catilina bestand freilich sowenig aus Leuten gleicher Interessen wie das des Antonius. Schulter an Schulter standen die einstigen Militärkolonisten des Sulla mit den Bauern Etruriens, denen man den Acker weggenommen hatte, um ihn jenen zu geben. Ihnen hatten die Grundbesitzer den Acker wieder weggenommen. Unfähig, der Aussicht auf ein erträglicheres Leben zu widerstehen, die ihnen Catilina eröffnet hatte, verzweifelt kämpften sie gegen die von Herrn Cicero angeworbenen Veteranen, die von ihren verschuldeten Äckern wieder in Rom gelandet und zusammen mit den verschuldeten Bauern Campaniens der Aussicht auf die 50 Sesterzien Tagesgelder nicht hatten widerstehen können. Weder die Sieger noch die Besiegten gelangten zu den Herrlichkeiten der beiden Asien, um die der Kampf ging. Die Soldaten der asiatischen Könige hatten sie nicht verteidigen, die der römischen Feldherren nicht erobern können.

Unter den gefallenen Catilinariern wurde übrigens kein einziger Sklave gefunden. Catilina hatte die Sklaven aus seinen Rotten nach dem Stimmungsumschwung des 3. Dezember herausnehmen müssen. So hatten nur Römer gegen Römer gekämpft.

Nach Stunden führte der Kutscher mich zurück nach dem Wagen. Einmal, auf diesem Rückweg, zeigte ein Soldat einem Offizier mit einer vagen Handbewegung eine Stelle in dem dunklen, beschneiten Feld und sagte: »Dort drüben liegt er, mitten in einem Haufen der Unsrigen.« Das war wohl Catilina.

7.4.

In die Dienstwohnung des Oberpriesters umgezogen. Das alte Haus in der Subura war sozusagen von Gläubigern überflutet, als wir es verließen. Ich glaube, sie rauften sich um jede einzige Säule des Atriums. Hier, in der Heiligenstraße, ist der Umbau natürlich nicht fertig, da kein Geld dafür da ist. Pompeja haust in einem Saal.

C.s letzte Hoffnung (und die seiner Gläubiger) ist jetzt die Rückkehr des Pompejus. Aber er muß mit seinen Legionen kommen, was nicht mehr so ganz einfach geht, seit der Senat wieder so fest sitzt.

Wenn nicht der Pomadekopf wäre, wüßten wir oft nicht, wie den Haushalt weiterführen. Er hilft mit kleineren Summen aus.

Ich selber betäube mich, wie ich nur kann. Ich bin beinahe jede Nacht bei einem andern Hunderennen.

19.6.

Wir haben als Provinz für das nächste Jahr Spanien bekommen.

Zur rechten Hand der steinigen Straße war uns gelegentlich auf einem über die Pinienhaine des unteren Abhangs vorspringenden Felsen, umgeben von zwerghaften Bäumen, ein hölzerner Bau aufgefallen, der sich nach einigem Schauen als ein halbes Kriegsschiff entpuppte. Mein Sempronius hatte sich in der Schenke danach erkundigt und mir berichtet, daß dies der vordere Teil eines kleinen Kriegsschiffes sei, den der hier lebende Dichter Vastius Alder in seinen Park habe schaffen lassen. Er hatte vor einigen Jahrzehnten mit diesem Kriegsschiff die Stadt Acme erobert. Ich traf den Dichter abends bei Spicer. Sie hatten zusammen gespeist. Er hatte etwas von einer Mumie an sich und man konnte sich vorstellen, daß seine Diener ihn für die Nacht mit den weißen Binden bandagierten, welche die Mumien zusammenhalten. Er lebte einzig seinem Ruhm, den er ebenso aus seinen Versen wie aus seinen Feldzügen zu ziehen trachtete. Sein persönlicher Mut stand über jedem Zweifel. Er hatte, an der Spitze seiner Legionäre, mit dem Schwert in der Faust, im Handgetümmel gekämpft. Jedoch mochte sein Schwert eher als aus der staatlichen Rüstkammer aus einem Altertumsladen der Campanischen Straße gestammt haben. Und die Schauplätze seiner militärischen Unternehmungen wählte er bestimmt nach der Möglichkeit aus, die ihm ihre nachträgliche Beschreibung für die Unterbringung seltener Wörter gab. Er hatte die lateinische Sprache um mehr Wörter bereichert als irgendein anderer vor ihm.

Im Gespräch war er chevaleresk und vollkommen natürlich, von erlesener Bescheidenheit. Unser Gastgeber schien ihn vom Zweck meines Hierseins unterrichtet zu haben, und er brachte mit großer Höflichkeit sogleich die Rede auf den Gegenstand meines Interesses.

»Ein großer Mann«, sagte er, mit der feingliedrigen Hand auf der Tafel kleine Figürchen aus Brot knetend, »eine Figur, wie die Historiker sie brauchen. Der Mann des Volkes und der Mann des Senats. Diese Art Leute wird abgemalt von einem Buch ins andere, durch die Jahrtausende. Es genügen ein paar Wasserfarben. Ich zweifle, verzeihen Sie mir, Spicer, ob ein Dichter, geneigt, über ihn zu schreiben, mehr als zwei Zeilen zu Papier brächte. Nicht alles, was Flächen hat, setzt Patina an, und Kunst ist Patina, nein? Nehmen Sie einen etrurischen Bauernstuhl, ein nützlicher Gegenstand, nach vier Generationen besitzt er Kunstwert, welch ein Holz, sagen Sie. Für die Dichtung ist der Mann, von dem wir sprechen, etwas, in das Brutus sein Schwert steckte. Sie können tausend Mal sagen: der Gründer des Imperiums, eine Usance im Weltmaßstab! Sie setzt nicht Patina an, diese Usance. Freilich, wozu endlich Kunst? Ich bin leider Partei.«

Es war so still in dem niedrigen, schönen Gemach, daß man von draußen das Bellen der Hunde um die Sklavenställe hören konnte. Der Bankier und ehemalige Gerichtsvollzieher saß zurückgelehnt, eine graue, umfängliche, knochige Gestalt, in Schweigen. Das Licht fiel scharf auf den Kopf des Dichters, der wie aus gelbem Wachs geformt schien, jedoch zwei schwarze, lebhafte Augen hatte.

Erst nach einer geraumen Weile sprach der Dichter weiter. Er sprach übrigens ein wenig stockend, als sei es ihm schwer, jedesmal den richtigen Ausdruck zu finden; in seiner Ausdrucksweise war nichts Routiniertes, wenn man ihm zuhörte.

»Man kann natürlich auch im Leben eines Gründers des Imperiums das Abenteuer finden. Die große Usance vergaß sich einmal. Das Geschrei darüber in den Wechselstuben ist noch heute nicht ganz verstummt. Sie wissen, von welcher Episode ich spreche, denn gefährlich zu leben, wird zu einer Episode bei unseren Usancen im Weltmaßstab, entschuldigen Sie die Mehrzahl, meine Herren. Catilina! Der Schandfleck. Die Verschwörung. Briefe und geschlossene Türen! Dolche und Schwüre. Programme in jeder Tasche und Zeichen, die im Senat gegeben werden sollten. Wenn ich mit dem Zeigefinger meinen Adamsapfel berühre, dann ... Hölle, öffne deine Verliese! Proskriptionslisten. Die Macht. Die Polizei. Der Finger, der nicht den Adamsapfel berührt. Verräter! Neues Wispern. Cicero hat den Senat zu einer Nachtsitzung einberufen. Der Reiter, der durch die Nacht sprengt. Die Banken schließen. Das Blutbad. Endend mit polizeilicher Untersuchung, immerhin, man hat gelebt, natürlich, man leugnet es, man hat nicht gelebt, man hat im Bett gelegen, mit einem Sklaven, ja, man hat einen Zeugen.«

Der Dichter lächelte verächtlich. Er spielte jetzt Fangball mit den Klümpchen und Figürchen aus Brotteig.

»Unsere Usance, verwickelt in die berüchtigte Verschwörung

des Catilina! Durch einen Brief verwickelt, wohl in der gerühmten knappen Prosa verfaßt! Was, das kann sie auch? Mit der Schuhspitze ein Loch bohren in die ach so dünne Brokatdecke, über der die Sibyllen und die Kornhändler sitzen, und sehen, was dann da heraufkriecht auf die sieben Hügel aus den sieben Sümpfen? Was die verwanzten Wohnbuden des Crassus entlassen, damit es sich mische mit dem nicht mehr Menschen- noch Tierähnlichen, was aus den verkästen Ackerhufen von Ferne gewankt kommt, um auch dabei zu sein bei der Abrechnung. Die tragen keine Adler vorher, eher anderes Geflügel. Der capitolinische Jupiter kratzt sich noch einige Jahrzehnte, wenn er dieser Wochen gedenkt. Ja, hier fände der große Demokrat seine Wähler. Denn die bei Zama und die in den beiden Asien Besiegten wohnen sehr nahe, gleich im Keller. Das gäbe einen andern Triumphzug ab, bitte sich an die Spitze zu stellen, rot bebuschter Imperator, bitte ruhig auf dem Schlachtroß zu verweilen, in diesem Fall! Da trügen sie wohl einen erbeuteten Campaniaacker mit im Zug und alle Brotfladen Italiens, die ›Herren der Welt, die nicht die Herren ihrer Wohnungen sind‹. Aber wovon reden wir, unsere Usance ist es ja nicht gewesen, Sallust hat es bewiesen, sie ist lammfromm, frißt aus der Hand, hat gar nicht gelebt. Entschuldigen Sie.«

Wieder schwieg er eine Weile, wie auf das leise Brausen des Sees zu horchen. Dann, da keiner von uns etwas sagte, fuhr er fort:

»Und doch hat man damit alles gemacht. Zu gelegener Zeit, wenn die Untersuchungen wegen der veruntreuten Gelder drohten, drohte man immer einmal wieder mit dem Brodem von unten, murmelte etwas von Revolution, machte eine unbestimmte Geste in der Richtung der Vorstädte. Die Polizei verstand dann und wurde taktvoller. Eine beiläufige Erwähnung der hungernden Massen (in militärisch knapper Prosa) und der Senat grüßte wieder. Man war natürlich selber gegen diese stinkende Flut, man wischte geekelt den Spritzer von der Toga, der einen erreicht hatte. Man wußte, daß sie ihre ›Befreiung‹ dazu benützen würde, ihre verkrüppelten Bankerte den Vestalischen Jungfrauen auf den Schoß zu setzen, in den Gewächshäusern statt Chrysanthemen Rettiche zu ziehen, mit unschätzbaren griechischen Leinwänden die Zuglöcher ihrer Baracken zu verkleben, in die Grammatik zu kacken, von ein paar Literaten immer entschuldigt mit ihrer vernachlässigten Erziehung. Man wußte das alles, man besaß griechische Bildung. Man wußte, aber man mußte Politik machen. Man machte Politik, bis man am Ende die Sintflut doch hereinführte in die Kurie, wenigstens die Gischt davon; beileibe nicht die verhungerten Bauern, nur ihre Peiniger, die Wucherer. Beileibe nicht die bankrotten Handwerker, nur die Hypothekenbesitzer. Nein, der Herr vergaß nicht das ›Elend‹, der große Demokrat erinnerte sich der ›Verzweiflung der Ausgepowerten‹. Womit hätte er sonst die Auspowerer erpressen können? Der Senat war zu klein. Er mußte vergrößert werden. Der privilegierten Räuber waren zu wenige; sie mußten ergänzt werden durch die unprivilegierten Räuber. Unter dem drohenden Blick des Diktators schüttelten diejenigen, denen ihre Polizei das Diebsgut gebracht hatte, denjenigen die Hand, die es sich selber geholt hatten. Wie war es mit dem Aussatz, den niederzuhalten, auszusperren, zu dezimieren man gegen so viele geschlossene Kuverts versprochen hatte? Nun, war er etwa nicht dezimiert, als er in die Kurie hereinströmte? War es nicht nur ein kleiner Teil von allem Aussatz? Es war doch wirklich nur der Teil des Aussatzes, der mit Moneten klimpern konnte. Ein sehr kleiner Teil. Aber kräftig. Und laut. Man muß schreien, wenn man feilschen will. Sehen Sie sich seinen Senat an: eine Markthalle. Wollen Sie zeitgemäße Motive für einen Maler? *Römische Senatoren beim Läusesuchen.* Ja, wahrlich ein großer Mann, Ihr Angestellter, Spicer!«

Als Vastius Alder aufbrach, frühzeitig, da seine Gesundheit, wie er sagte, zu wünschen übrigließ, begleiteten Spicer und ich ihn bis vor die Villa.

»Er ist nur so schnell gegangen«, äußerte der Alte halblaut, »um sein Geschwätz sogleich aufzuschreiben. Die letzten paar Minuten saß er wie auf Nadeln. Haben Sie nicht bemerkt, wie er verzweifelt versuchte, was er vor so wenig Publikum gesagt hatte, auswendig zu lernen?«

Der Unterschied zwischen dem Bankier und seinem Gast war außerordentlich, kaum zu beschreiben. Beide waren niedriger Herkunft, Spicer Sohn eines Freigelassenen, Vastius sogar selber

Freigelassener. Beide spielten als Kinder in der Gosse der Hauptstadt, beide saßen als Männer im Caesarischen Senat. Aber der Bankier schmatzte immer noch bei den Mahlzeiten, und der Dichter und Soldat war so weit gelangt, daß er fast schon wieder schmatzte.

Wir sahen eine Weile den Lampen des Dichters bei ihrem Abstieg zu. Der Palazzo des Dichters lag auf einem Hügel, der von dem unsrigen durch ein tief einschneidendes, von Gestrüpp verdecktes Tal getrennt war. Er schimmerte unter dem nahezu vollen Mond durch einen dünnen Olivenhain herüber. Den Felsen mit dem hölzernen Schiffsvorderteil sah man von hier aus nicht.

Als ich es, der Kuriosität halber, erwähnte, sagte Spicer unwillig:

»Wenn etwas davon übrigbleiben sollte, wird man die Kunst unserer Ingenieure bewundern. Was meinen Sie, was das für Mühe gekostet hat, diese Reliquie auf den Hügel zu schaffen. Er verbot ihnen, auch nur einen einzigen seiner Bäume zu beschädigen beim Hochwinden. Es war beträchtlich mehr Gehirn dazu nötig, diese Bretter hier herauf, als sie seinerzeit nach Acme zu schaffen.«

»Die Gepflogenheit unseres berühmten Freundes, Reliquien auf Felsen zu setzen, hat ihre Schattenseiten«, sagte Spicer, als wir wieder saßen. »Aber etwas von dem großen Zug fehlt den Aufzeichnungen des kleinen Rarus doch. Er hat den Optimismus des kleinen Mannes im Kleinen und seinen Pessimismus im Großen. Seine Darstellung der Vorgänge des Jahres 91 gibt im ganzen ein zu pessimistisches Bild.«

Er wog die dünne Rolle, die ich ihm zurückgebracht hatte, in seinen klobigen Händen und legte sie auf den Tisch zurück.

»C. stand nach der gewiß unglücklich verlaufenen Catilinasache doch anders, nämlich gefestigter da, begreiflicherweise, als vorher. In der Politik ist es wie im eigentlichen Geschäftsleben. Kleine Schulden sind keine Empfehlung, große Schulden, das ändert den Aspekt. Ein Mann, der wirklich viel schuldet, genießt Ansehen. Für seinen Kredit zittert nicht mehr nur er selber, sondern auch der Gläubiger. Es müssen ihm große Geschäfte zugeschoben werden, damit er zurückzahlen kann. Er muß in guter Laune gehalten werden, sonst verzweifelt er und läßt alles seinen

Lauf nehmen. Man kann auch nicht seinen Umgang meiden, da man ihn ja ständig mahnen muß. Kurz, er ist eine Macht. So ist es mit dem Politiker, der genügend Niederlagen erlitten hat. Sein Name ist auf allen Zungen. Die ihm gefolgt sind, sind in eine schlechte Lage gekommen, brauchen ihn also um so mehr. Denn sie sind an ihn gewöhnt und erwarten sich eine Verbesserung ihrer Lage ausschließlich von ihm. Die ihm Aufträge erteilt haben, lassen ihn auch nicht ganz fallen: er weiß zuviel. Die Hauptschwierigkeit besteht darin, in die großen Geschäfte hineinzukommen; ist man drinnen, wird es für die andern schwierig, einen wieder hinauszuwerfen. Es ist nicht so wichtig, daß die Handlungen eines Mannes gute Folgen haben; sie müssen nur überhaupt Folgen haben. Je größer die Folgen, meinetwegen die unglücklichen, desto größer der Mann. Die Catilinaaffäre brachte C. nach oben. Es ist richtig, daß sie die demokratische ›Partei‹ auf den Hund brachte, aber ihn brachte sie eben in der Partei an die Spitze. Die Niederlage war gewaltig, aber wenn man von den Besiegten noch etwas wollte, mußte man zu ihm kommen. Selbst die Fußtritte empfing er.

Die demokratische Sache war wirklich auf dem Hund. Der Senat hatte sich das Niederducken der City etwas kosten lassen. Die Kornspenden für die Unbeschäftigten verschlangen jährlich ein Achtel des Staatshaushalts, 25 Millionen Sesterzien. Aber das Geld war nicht hinausgeworfen, abgesehen davon, daß es nicht das eigene war. Die Vermehrung der Staatseinkünfte durch die asiatischen Eroberungen betrug weit mehr als das Doppelte. Man hatte den Anteil der City daran ganz beträchtlich herabgesetzt. Und der ›große‹ Pompejus mußte es sich jetzt überlegen, ob er es wirklich wagen konnte, vom Senat mehr zu verlangen als einen Triumph. Die demokratischen Organisationen, auf die er sich noch im Herbst hätte stützen können, bestanden aus Trümmern. Die City hatte den kleinen Mann verraten nach allen Regeln der Kunst, außer der einen, die bestimmt, daß das Opfer nichts merkt. Nach der endgültigen, brutalen Ausrottung der Catilinarier hatte sich bei den breiten Massen ein Stimmungsumschwung vollzogen. Die Sieger von Pistoria erzählten von der Tapferkeit der verzweifelten Aufständischen, in deren Tornistern man keine Brotrinde mehr gefunden hatte. Sie erzählten es in baufälligen Mietshäusern, in denen der Schwamm saß, und

Leuten, die in den Händen der Banken waren, wenn sie nicht überhaupt nichts besaßen. Und den Aufstand bekämpft hatte der Demokrat Cicero, und mit ihm um diese Ehre gestritten hatte der ›große Pompejus‹. Pompejus war unpopulär geworden. Der Senat aber hatte die Macht. Die Polizei der Hauptstadt war verdoppelt, ihre Dossiers waren gespickt mit kompromittierenden Dokumenten. Die Straßenklubs waren vollständig ausgerottet, sogar auch die Fechterriege aufgelöst. Überall in Italien konnte der Senat frische und zuverlässige Legionen aus der Bauernschaft ausheben, wenn es nötig erschien. Die Bauern hatten kein Interesse an einer Lösung der Bodenfrage, die darin bestand, daß man ihnen städtische Arbeitslose als Konkurrenz auf das Genick setzte. Als ob nicht schon die unsinnigen Sklavenimporte dieses Pompejus genügt hätten!

Und die City war so bankrott, wie es ihr möglich war.

Die City sehnte sich mehr denn je nach Pompejus. Sie brauchte dringend einen *starken Mann*. Sie erwartete von ihm echte Tatkraft. Das Forum hallte wider von seinem Ruhm. Sein Genie ist erwiesen, sagten die Bankiers, er hat es in Asien gezeigt. Wenn er mit dem Mithridates fertig geworden ist, warum soll er da mit unserm Cato nicht fertig werden? Der Mann hat einen Ruf zu verlieren.

Natürlich wartete auch C. auf den Pompejus. Wenn Pompejus mit seinen Legionen kam, würde es keine polizeilichen Untersuchungen der Januarvorgänge geben, die sofort einsetzen mußten, wenn er sein Amt bei der Polizei niederlegte, im Herbst. Im Augenblick, wo er nicht mehr der Richter war, war er der Verbrecher. Er spähte also nach dem Diktator Pompejus aus.

Der große Pompejus aber hüllte sich in Schweigen. Er wikkelte die asiatischen Geschäfte ab und schien von Politik nichts zu ahnen. Er machte mit der City immer noch Kontrakte über die Steuer- und Zollpachten. Sie bedurften allerdings der Sanktionierung durch den Senat. Aber er würde ja wohl mit seinen Legionen kommen, und Kontrakte, deren Sanktionierung der Herzenswunsch siegreicher Legionen war, konnten nicht schlecht sein. Die City legte ein munteres, zuversichtliches Wesen zur Schau. Aber die Notierung der asiatischen Werte war merkwürdig niedrig. Wenn man die wahre Meinung der City über Kriegsberichte wissen will, muß man ihre Börsenberichte lesen.«

Der Alte betrachtete mich eine Zeitlang nachdenklich. Es sah aus, als überlege er, wieviel er mir sagen wollte. Aber vielleicht überlegte er nur, wie er mir, was er sagen wollte, beibringen konnte. Möglich, daß er in meinem Gesicht einen Zug von Langeweile entdeckt hatte. Er wußte gut, daß ich nicht sein angeborenes Interesse an verwickelten Geschäften, überhaupt an Geschäften, hatte. Ich war noch keineswegs so weit, daß ich mir von einer Behandlung größter politischer Ereignisse, eines Geschehens von welthistorischer Bedeutung vom rein geschäftlichen Standpunkt aus viel Erleuchtung versprach. Meine Haltung war bewußt die des geduldigen Zuwartens.

Plötzlich sprach er wieder.

»Ich werde Ihnen sagen, wie wir mit den Folgen des Catilinakraches fertig wurden. Wir, denn daran hatte ich einen Anteil. Wie Sie wissen, kam Pompejus nicht mit seinen Legionen, sondern ohne sie. Zu Anfang des Jahres 92 hatte so etwas von dem großen Bezwinger der beiden Asien noch niemand für möglich gehalten. Crassus, seit dem gemeinsamen Konsulat mit Pompejus tödlich überworfen, war noch im Sommer vor ihm nach Makedonien geflüchtet. Sogar der Senat erwartete noch allerlei Hin und Her von Pompejus, der in Brundisium mit einer Riesenflotte gelandet war, als Crassus wieder auf dem Forum erschien. Als C. ihn sah, wußte er, daß Pompejus ohne Heer kommen würde. Crassus hatte seine Verbindungen.

C. ließ mich noch am Nachmittag zu sich bitten. Er stand neben einer Statue der Minerva und gab einem Dutzend Sklaven Aufträge, zu packen. Er sagte: ›Pompejus wird als Privatmann zurückkommen. Crassus ist schon wieder hier. Ich gedenke in meine Provinz abzureisen. Können Sie das ordnen?‹ Ich fragte: ›Müssen Sie weg?‹ ›Ja‹, antwortete er und sah mich scharf an. ›Wenn Sie mich weglassen.‹

Ich hatte in meiner Hand so ziemlich die meisten seiner Verpflichtungen vereinigt. Für die Bank, die mit mir zusammen seine verworrenen Angelegenheiten geordnet hatte (es war das nahezu ihr einziges Geschäft), bedeutete das einen unter Umständen tödlichen Schlag. ›Haben Sie jemand, der für Sie bürgt?‹ fragte ich. ›Nein‹, sagte er und fuhr fort, Packaufträge zu geben.

›Dann wird man Sie unter keinen Umständen in Ihre Provinz lassen‹, sagte ich fest. ›Sie schulden 30 Millionen.‹ In Wirklichkeit schuldete er noch viel mehr. Ich wußte damals nichts von seinen wahnsinnigen Grundstückspekulationen. Er erwähnte sie natürlich nicht, aber er sagte doch: ›Ich schulde sogar mehr. Die Lage der Gläubiger ist verzweifelt, mein Lieber. Hoffentlich haben Sie Ihren eigenen Beruf nicht ganz an den Nagel gehängt?‹

Ich sagte ihm mit Nachdruck, daß ich das allerdings getan hatte und keineswegs gedächte, die Waffen zu strecken. Ich ging wütend weg, während er mit gewohntem Gleichmut das Packen weiter überwachte.

In diesem Haus war alles auf Abbruch. Er konnte nur noch drin wohnen, weil es ihm nicht gehörte, sondern dem Staat. Seine Frau, Pompeja, hatte er wegschicken müssen. Es hatte eben den schrecklichen Skandal mit Clodius gegeben.

Clodius hatte sich bei den Ceresfestlichkeiten, die von den Frauen des Adels zusammen mit den Vestalinnen unter strengstem Ausschluß der Männer stattfanden – in C.s Haus dieses Jahr, da er Prätor war –, in Frauentracht eingeschmuggelt, um mit der Pompeja zu schlafen. Er war entdeckt worden und wartete auf den Prozeß wegen Religionsschändung. C. hing an seiner Frau. Clodius, der ›Pomadekopf‹, wie ihn Rarus nennt, hatte ihn vergebens zu beruhigen versucht mit der Behauptung, er habe sich nicht Pompejas wegen eingeschlichen, sondern wegen seiner Schwester Clodia, mit der er ein stadtbekanntes Verhältnis hatte. Er sei bloß wegen Clodia auf Pompeja eifersüchtig gewesen. C. hatte ihn hinausgeworfen und der Pompeja den Scheidungsbrief übersandt.

Als ich abends zurückkam, mußte ich leider auch auf diese unangenehme Sache eingehen. Ich hatte meine Leute mit und eine gerichtliche Verfügung, nach der ich C. am Verlassen der Stadt verhindern konnte. Ich stellte einige 50 Mann um das Gebäude herum auf, bevor ich hineinging. Ich wußte, er war sehr schnell, wenn er in Gefahr war.

Zuerst ließ ich mir von ihm die Papiere vorlegen, die Ziffern über die jährlichen Staatseinkünfte der Provinz Spanien enthielten. Es waren (Zölle, Steuern, Tribute) etwa 25 Millionen. Die Sache war hoffnungslos.

›Für Spanien ist das sehr hoch‹, sagte ich. ›Wie wollen Sie da für sich selbst noch viel herausholen?‹ Er sagte: ›Ich werde, weil ich muß.‹ ›Sie werden zehn Millionen herauspressen‹, sagte ich, ›und dann Prozesse auf den Hals bekommen.‹ ›Ich werde 20 herausholen‹, sagte er, ›und die Prozesse werden nicht stattfinden. Ich werde mich ums Konsulat bewerben, von Spanien aus.‹

Bei dieser Antwort, ich entsinne mich genau, zerbrach etwas in mir. Ich überlegte einen Augenblick, ob ich in Tränen ausbrechen sollte, ich hatte eine Familie. Dann entschied ich mich, mit ihm bis zu Ende zu gehen. Es war Wahnsinn, aber er flößte mir Vertrauen ein. Ich konnte mir nicht helfen, er flößte mir Vertrauen ein.

Wir gingen in die Einzelheiten und dabei kamen wir auf seinen Bruch mit Clodius. Der einzige, der ihm noch helfen konnte, war, wie es sich zeigte, Crassus. Und es gab nur einen einzigen Weg, ihn zu dieser Hilfeleistung zu veranlassen. Man mußte wieder auf die Catilinasache zurückgreifen, diese Zitrone noch einmal auspressen, C. war im Augenblick noch Prätor. Er konnte Crassus vor den Richtertisch zitieren. Als sich die Frage nach Beweisen erhob, kamen wir auf Clodius.

An irgendeiner Stelle der Klubs wurden noch Beweise dafür aufbewahrt, daß Crassus die Catilinabewegung mit Geldern unterstützt hatte. Die waren in der Hand des Clodius. Er hatte sie, um sich zu schützen, aufheben lassen. Er mußte sie herausrükken. C. war einverstanden, daß ich Clodius holen ging.

Vor dem Haus standen die Gepäckwagen C.s. Ich ließ sie zur Vorsicht von meinen Leuten beschlagnahmen: ich wußte nicht, ob Clodius kommen würde.

Er folgte mir aber sogleich. Die Herren begrüßten sich kühl, doch man kam rasch ins Gespräch. Clodius brauchte C.s Zeugenaussage in seinem Prozeß und war bereit, sie mit den Beweisen gegen Crassus zu bezahlen. Wir waren eben soweit, als C.s Mutter hereinkam. Eine kleine alte Dame, sehr vornehm, aber mit Haaren auf der Zunge. Sie tat sich keinen Zwang an, als sie den Schänder der Hausehre in der Gesellschaft des geschändeten Ehemannes erblickte. Sie sagte, was sie dachte, nicht nur über Clodius, sondern auch über ihren Sohn. Sie sagte, sie erwarte von ihm, daß er den Kerl hinausschmeiße. Ihre Ausdrücke waren bedeutend kräftiger. Ich wunderte mich, mit was für Ausdrücken die Aristokratie ihre Hausehre verteidigte.

C., der Clodius brauchte, war in übler Lage. Er zeigte sich ihr gewachsen. Auf die Frage seiner Mutter, ob er gesonnen sei, seine ›sauberen Geschäfte‹ über seine Ehre zu stellen, antwortete er fest und würdig: ›Jawohl.‹ Er weigerte sich ganz entschieden, in politischen Fragen private Gefühle sprechen zu lassen. Ich gewann aus seinen kurzen Sätzen den Eindruck, daß er überzeugt war, im Augenblick die Geschicke des römischen Weltreiches über die seinen zu stellen. Seine Mutter, sprachlos, gewann wohl einen andern Eindruck, sie verließ aber das Zimmer. Wir schlossen den Handel ab, ich ging mit Clodius, die Beweise zu holen, und C. schickte nach Crassus.

Die Unterredung mit Crassus wird mir immer im Gedächtnis bleiben.

Der Dicke lachte zunächst einfach, als wir ihm den Vorschlag machten, für C.s Schulden in der Höhe von 30 Millionen die Bürgschaft zu übernehmen. ›Warum willst du denn türmen?‹ fragte er. ›An gewisser Stelle verübelt man mir, daß ich für die Rückberufung des Pompejus eingetreten bin.‹ ›So, tut man das?‹ sagte Crassus ein wenig schleppend. ›Da solltest du deinen Freund Pompejus bitten, die Bürgschaft zu leisten, nicht?‹ ›Ich habe ihm kein Äquivalent zu bieten‹, sagte C. unverschämt. ›Und mir hast du eines zu bieten?‹ fragte Crassus belustigt. ›Ja, vielleicht‹, antwortete C. ›Du weißt, ich bin Prätor.‹ ›Ja, das weiß ich; es hat mich zehn Millionen gekostet.‹ ›Es hat sich bezahlt gemacht‹, sagte C. gleichgültig. ›Ich habe mich in der Catilinaaffäre reinigen können.‹ ›Das war der Zweck des Prätorgeschäfts und nicht die Rückberufung der asiatischen Legionen‹, sagte Crassus nicht ohne Ärger. C. sah ihn scharf, aber nicht ohne Sympathie an. Dann sagte er: ›Hoffentlich kannst du dich auch reinigen.‹

Crassus fuhr auf, wie von einem Insekt gestochen: ›Was heißt das?‹ C. sagte unberührt: ›In meiner Eigenschaft als Prätor sind mir einige Beweisstücke gegen dich in die Hand gekommen, die ich in meiner Eigenschaft als Führer der Klubs seinerzeit aufgehoben habe, lieber Freund.‹ ›Was für Beweisstücke?‹ fragte Crassus heiser. ›Ein paar Münzensäckchen mit den Firmennamen drauf. Kein Zweifel, daß es sich da um Zuwendungen an die illegalen Organisationen handelt.‹

Crassus schnaufte schwer. ›Das ist Erpressung‹, sagte er. ›Ja‹, sagte C. kühl. ›Das soll heißen, daß du mir ein paar Säckchen aus Leder für 30 Millionen Sesterzien zum Kauf anbieten willst?‹ ›Nein‹, sagte C. nicht unfreundlich, ›das sind sie kaum wert. Du sollst nur bürgen. Ich zahle dir die 30 Millionen zurück, sobald ich aus Spanien komme. Ich möchte nur dein Vertrauen zu mir auf die Probe stellen.‹ ›Ich habe kein Vertrauen zu dir‹, sagte der ›Schwamm‹ gepreßt. ›Dann wirst du schlecht schlafen‹, sagte C. ›Wo sind die Säckchen? Ich will sie sehen, bevor ich über Themen spreche, die mich nicht interessieren.‹

Dafür hatte ich Verständnis. Ich legte fünf Ledersäckchen auf den Tisch. Der Dicke betrachtete sie und gedachte eine stille Sekunde all der Denare, mit denen er in diese Kampagne hineingegangen war, bevor er sich den Denaren zuwandte, die es ihn kostete, wieder herauszukommen.

Dann begann ich mit ihm, einige Ordnung in die Angelegenheiten seines Leutnants zu bringen. Die Pulchergruppe, stark in asiatischen Werten engagiert, hatte durch den Börsenkrach im Dezember außerordentlich gelitten und mußte einiges Geld sehen, um so mehr, als der große Cullo dahinterstand. Ich selbst repräsentierte etwa elf Millionen. Für sechs davon erhielt ich die Bürgschaft des Crassus. Mit einigen andern Gläubigern versprach er ›ernsthaft zu reden‹. Wir kamen zu Streich.

C. saß in der Ecke und las einen griechischen Roman.

Einige Geschichtsschreiber haben behauptet, Crassus habe für ihn gebürgt, weil er seinen unternehmenden und draufgängerischen Geist geschätzt habe. Ich kann Ihnen versichern, daß er ihn nicht schätzte.«

In der Nacht draußen wurden Stimmen laut. Der Alte unterbrach seine Erzählung und lauschte. Die Stimmen schienen entfernt und verstummten wieder. Er stand auf und füllte, sich bükkend, meine Karaffe aus der tönernen Amphora. Im Schöpfen hielt er noch einmal inne, horchend. Es war völlig still draußen. So setzte er sich und fuhr in seiner Erzählung fort.

»Ich habe kein Hehl daraus gemacht, daß ich durch die Art, wie er mit seinen Gläubigern umging, imponiert war. Seine zweifellose Überlegenheit zog er aus seiner Auffassung vom Geld. Er war nicht raffgierig, nicht darauf aus, *Dein* in *Mein* zu verwandeln. Er erkannte einfach den Unterschied von *Mein* und

Dein nicht an. Er stand auf dem Standpunkt, er müsse auf jeden Fall ausgehalten werden. Ich habe mich oft gewundert, daß seine offenkundige Sorglosigkeit seinen Schulden gegenüber seine Gläubiger nicht warnte, sondern eher ansteckte. Ich habe Ihnen die Unterredung mit Crassus ausführlich geschildert, weil Sie in ihr seine berühmte ›ihn nie verlassende wunderbare Heiterkeit‹ vorfinden.

Dabei legte er gerade damals nicht nur Crassus, sondern auch mich herein. Er verschwieg seine Grundstückspekulationen. Ich will hier nicht darauf eingehen, wie er es anstellte, diese Operationen über seinen Zusammenbruch und über das ganze Jahr seines spanischen Prokonsulats hinweg in Gang zu halten. Darüber berichtet Rarus in seinen Aufzeichnungen über das Jahr 94. Im Jahr 92 wußten nur Pulcher und wenige andere, mit diesem verbundene Banken etwas von seinen Grundstückkäufen. Er ließ uns Pulcher nicht umsonst bevorzugt behandeln. In Spanien arbeitete er hauptsächlich mit der Pulchergruppe zusammen.«

Er hielt plötzlich inne und lehnte sich horchend zurück. Die Stimmen draußen waren wieder laut geworden. Sie kamen aus der Richtung der Sklavenställe und jetzt mischte sich in sie auch das Bellen der Wächterhunde.

Wir hörten hastige Schritte, und im Fenster erschien der kleine gallische Vorarbeiter. Er unterrichtete uns, daß einer der Sklaven ausgebrochen war.

»Nimm die Hunde«, sagte Spicer. »Aber haltet sie an den Riemen, sonst verliert ihr wieder einen.«

Er schlug auf den Messingteller und ließ sich einen Mantel bringen. Wir gingen hinaus. An den Ställen vorbei, aus denen das Klatschen der ledernen Peitschen und Schmerzensschreie der Verhörten drangen, hinter den Sklaven her, welche die Hundekoppeln führten. Fackeln waren unnötig, die Nacht war hell genug für die Suche.

Der Alte schritt schweigend aus. Seine Bewegungen waren massig und kraftvoll, jede für sich wohlüberlegt. Er sah finster aus.

An einer Wegbiegung begegneten wir dem Veteranen aus dem Gallischen Krieg. Er hatte einen kleinen Hund dabei und es verursachte ihm Mühe, den Köter, der den Koppeln nachwollte, zurückzuhalten.

Spicer fragte ihn barsch, ob er etwas von dem Entlaufenen gesehen hätte. Der kleine breite Mann sah ihm voll ins Gesicht und schüttelte langsam den Kopf. Er sah uns unbeweglich nach, als wir weitergingen.

Spicer sagte, mit unterdrückter Erregung: »Er weiß natürlich was. Gesindel hält zusammen.«

Wir gingen nicht sehr weit, wir konnten ja nicht helfen. Wir hörten aber das wilde Kläffen der riesigen Doggen nach dem Seegestade zu vordringen, als wir wieder in die Bibliothek traten.

Der Alte füllte sich selbst ein Glas mit Rotwein. Seine Hände zitterten nicht, aber seine Stimme bewies, wieviel es ihn kostete, seine Beherrschung zu bewahren. Sein Gesicht, immer grau, war jetzt aschgrau.

»Nein«, antwortete er auf meine Frage, was dem Entlaufenen geschehen würde, »ich lasse niemanden umbringen. Ich habe Geld für ihn gezahlt. Ich gehöre nicht zu den Narren, die Leuten, die für sie in der Olivenpflanzung arbeiten sollen, die Knochen brechen lassen. Nebenbei, die Todesstrafe schreckt die Leute nicht. Sie hängen nicht am Leben wie wir.«

Er beruhigte sich langsam, als er über Caesars Verwaltungstätigkeit in Spanien sprach, die bekanntlich als klassisch angesehen wird. Aber er horchte immerfort beim Sprechen auf die Geräusche der Nacht draußen, und sein Vortrag war noch beißender als gewöhnlich. Ich habe erst sehr viel später verstanden, warum er die doch so naheliegende Beschönigung der Vorgänge nicht nur unterließ, sondern sogar mit Fleiß das Brutale und Gewalttätige hervorhob.

»C.«, sagte er, »verließ Rom in solcher Eile, daß er nicht einmal die Instruktionen des Senats in bezug auf Bestand, Ausrüstung und Sold seines Heeres einholte. Ich glaube, der Ruhm seines ›zauberhaft schnellen Reisens‹ ist von seinen vielen Gläubigern verbreitet worden.

Aber er verließ Rom nicht, ohne die Instruktionen der Pulchergruppe einzuholen. Sie war mit der Abwicklung der Kriegslieferungsgeschäfte etrurischer Eisenminen mit der Armee des Pompejus beauftragt. Die Minen, die größten Italiens, waren so ziemlich erschöpft. C.s Verwaltung Spaniens war tatsächlich die erste, die nach vernünftigen, das heißt geschäftlichen Gesichtspunkten erfolgte.

Bei den Historikern können Sie das nicht ohne weiteres erkennen. Aus gewissen Gründen, hauptsächlich, damit C. einen Triumph feiern konnte, mußte er das Ganze als einen Krieg darstellen. Es wurde von einem Krieg gegen Bergvölker gesprochen, die räuberische Überfälle in die Täler ausführten. Es war die Rede von einer Bevölkerung, welche ihre Städte verließ, um ins Gebirge zu flüchten, und die zurückgeholt werden mußte. Das ist der übliche Stil der Gouverneurberichte. C.s Vorgehen war weit interessanter.

Der Hauptpunkt, das eigentlich Neue, war, daß er die spanischen Geschäftsleute nicht nur als Spanier, sondern auch als Geschäftsleute behandelte. Er unterstützte sie, wo er konnte, auch gegen ihre eigenen Landsleute. Es galt zunächst vor allem, die Befriedung Spaniens durchzuführen. Zu diesem Zweck durfte kein Mittel gescheut werden, auch nicht das gewaltsamste.

Seine berühmteste zivilisatorische Maßnahme bestand in der Ansiedelung der lusitanischen Bergbevölkerung in den Flußtälern. Die lusitanischen Kaufleute klagten bitter über den absoluten Mangel an Arbeitskräften in den Silber-, Kupfer- und Eisenbergwerken. Die Bergbewohner zogen es der Arbeit in den Minen vor, auf den Hochebenen ein beschauliches Hirtenleben zu führen. Die Industriellen wiesen mit vollem Recht darauf hin, daß sie auf diesen schwer zugänglichen Plateaus sich sehr erfolgreich dem Zugriff der Steuerbeamten entzogen.

Die römischen Gouverneure hatten seit Jahrzehnten die Klagen des einheimischen Handels nicht beachtet und in dem Kampf des lusitanischen Bürgertums mit der renitenten Hirtenbevölkerung nicht Partei ergriffen. Die Bergvölker standen auf einer sehr tiefen Stufe der Zivilisation. Es gab kaum Sklaven. Man war nicht imstande, ohne fremde Hilfe die bedeutenden Erzvorkommen auszubeuten, teils der primitiven Maschinerie, teils des Mangels an geeigneten Arbeitskräften wegen.

Jedoch erfolgte der Einmarsch seines römischen Heeres erst, als nach dem Eintreffen C.s bekannt wurde, daß in diesen Gegenden sogar Menschenopfer gebracht wurden. Die Liquidierung so barbarischer Zustände erforderte rasches und schonungsloses Eingreifen. Es mag zum Verlust von Menschenleben führen, wird sich aber doch am Ende lohnen. Jene römischen Kohorten, die, bei Abwesenheit aller Straßen, in der

Meinung, es sei ein ausgetrockneter Flußlauf, in einen Meeresarm einmarschierten und bei steigender Flut mit allem Kriegsgerät und Gepäck weggeschwemmt wurden, haben ihr Leben nicht nutzlos verloren. An denselben Abhängen liegen heute die Villen eingeborener und römischer Kaufleute. Und die Bergtäler, die damals vom Waffenlärm und dem Stöhnen der Verwundeten erfüllt waren, schallen heute wider vom friedlichen Hämmern in den Erzgruben und dem fröhlichen Rufen der Sklaven.

Der kurze Krieg verlief nicht unblutig, und nicht alle Operationen C.s waren glücklich. Aber er war nicht unbeliebt bei den Soldaten. Die Gratifikationen, die er auswarf, waren anständig. Und er konnte in Rom mit gutem Gewissen einen Triumph fordern und mußte nicht, um die dafür geforderten 5000 getöteten Feinde herauszurechnen, wie gewisse andere Feldherren auch noch alle ums Leben gekommenen Zivilpersonen dazuzählen.

Die römischen Kohorten kämpften in diesem Feldzug Schulter an Schulter mit einheimischen Kohorten; ein Drittel des Heeres bestand aus Lusitanern. Das Verhältnis der römischen Steuerpächter und damit der City zum einheimischen Bürgertum war ebenfalls das denkbar herzlichste. Es gelang C. mit Hilfe der Pulchergruppe, Steuernachlässe für seine Provinz durchzusetzen, indem er nachwies, daß das Land durch seine kriegerischen Operationen gelitten hatte. Vor der Verauktionierung der Steuerpachten brachte er einen Vergleich zwischen den verschiedenen Bewerbern und der Pulchergruppe zustande, so daß das übliche Überbieten verhindert wurde. Er ließ die Minen in den Händen des einheimischen Handels und verschaffte den Lusitanern ein Schuldenmoratorium. Er fand einen erträglichen Modus, durch den die einheimische Industrie instand gesetzt wurde, weiterzuarbeiten und ihre Schulden durch vollen Einsatz der Arbeitskräfte des Landes abzuarbeiten. Zwei Drittel des Ertrages der Minen gingen laufend an die City.

Der Feldzug im Gebirge hatte eine reiche Ausbeute an Sklaven ergeben. Jedoch war es damit natürlich nicht getan. Die an das faule Leben auf den Plateaus gewöhnten ehemaligen Hirten verließen immer wieder die Städte und mußten mit Gewalt zurückgebracht werden. C. tat, was er konnte.

Sein Erfolg war epochal und hat mehr als irgend sonst etwas dazu beigetragen, das neue System populär zu machen. Trotz der herabgesetzten Steuersätze vergrößerten sich die Einkünfte des Reiches ständig, und die City hatte allen Grund, zufrieden zu sein. Sie bekam Erze, soviel sie wollte. Sie beschäftigt heute über 40000 Sklaven in den Bergwerken und holt im Jahr ihre 45 Millionen Sesterzien allein aus den Silberminen!

Aber auch C.s Anteil aus der Befriedung der Provinz war entsprechend zufriedenstellend. Die Historiker sind sich uneinig, an was er eigentlich verdient hat. Brandus meint, er habe überhaupt Geld nur genommen, da es ihm daran lag, Beweise der begeisterten Dankbarkeit der Spanier für seine Uneigennützigkeit in die Hand zu bekommen. Er betont, C. habe ausschließlich freiwillige Spenden akzeptiert. Nepos meint, Leute an der Spitze eines Heeres seien zu stolz, zu betteln, und nimmt an, er habe die Spenden befohlen. Einige sagen, er habe das Geld von den Feinden, andere, er habe es von den Bundesgenossen genommen, einige, es habe aus Tributen, andere, es habe aus Anteilen an den Silberminen bestanden, einige, er sei in Spanien, andere, er sei in Rom bezahlt worden. Sie haben alle recht. Wie jedermann weiß, konnte C. mehrere Dinge zugleich tun. Er machte etwa 35 Millionen Sesterzien in einem einzigen Jahr. Als er zurückkam, kam ein anderer Mann zurück. Er hatte gezeigt, was in ihm steckte. Er hatte auch gezeigt, was in einer Provinz steckte. Und sein historischer Ausspruch, er sei lieber in Spanien der Erste, als in Rom der Zweite, war gerechtfertigt.

Mein Vertrauen in ihn hatte sich als wohlbegründet erwiesen. Unsere kleine Bank war keine kleine Bank mehr.«

Der kleine Gallier stand wieder im Zimmer. Er war blaß und zerwühlt, physisch erschöpft.

»Nichts herauszubekommen«, sagte er.

Der Alte sah ihn ohne Ausdruck an und es schien, als ob der Gallier noch einige Grade blässer wurde. Er wandte sich schnell um und ging hinaus.

Der Alte drehte das grobe Gesicht zum nächtlichen Fenster, schwieg noch einige Minuten und fuhr dann mit gleichförmiger Stimme fort.

»Der andere Mann kam in ein anderes Rom zurück. Die Demokratie erhob sich wieder von dem furchtbaren Niederschlag des Jahres 92. Die Frage, wie die von Pompejus eroberte halbe Welt verdaut werden könnte, war durch den brutalen Sieg des Catonischen Senats nur von der Tagesordnung abgesetzt, nicht entschieden worden. Die Zustände waren wieder unhaltbar geworden. Die Tätigkeit der City war ebensowenig zu entbehren wie auszuüben. Ungeheure Sklavenmengen füllten Rom und Italien. Aber je mehr Arbeitskräfte da waren, desto weniger Arbeit war da. Die Industrieen, die für den Krieg gearbeitet hatten, verkümmerten. Und die Getreidepreise sanken durch die Gratiskornspenden ins Aschgraue. Die Besitzer der großen Latifundien verspürten den Drang, von der Getreidewirtschaft zu Wein- und Ölbau überzugehen. Sie suchten nach Pächtern. Die Kämpfe der nächsten Jahre, eingeschlossen die Bürgerkriege, können Sie nicht verstehen, wenn Sie diese große Grundtatsache übersehen. Der kleine Mann wurde noch einmal benötigt. Die Demokratie hatte noch einmal eine Chance.« Und indem er aufstand und nach dem Kästchen mit den Schriftenrollen griff, fügte er hinzu:

»Aus den Aufzeichnungen werden Sie ersehen, daß die Demokratie voll verwirklicht wurde.«

Ich ging gedankenverloren in meine Villa zurück, im Bausch meiner Tunika die Rolle mit den Aufzeichnungen des *Rarus* über die Jahre 94 und 95.

Die Nacht war warm, der Himmel bewölkt. Der Entlaufene hatte Glück.

Aus den Sklavenställen, an denen ich vorübermußte, kam kein Laut mehr.

VIERTES BUCH
DAS DREIKÖPFIGE UNGEHEUER

Aufzeichnungen des Rarus 3
(Aus der Zeit vom 12.2.694 bis zum 27.7.694. Verkürzt vom Hg.)

Die maßgebende Geschichtsschreibung, vertreten durch alle tiefer blickenden Historiker, sieht in diesen Ereignissen den Versuch des Senats, einen Triumph Caesars über Spanien zu verhindern. Die demokratischen Kräfte in Rom bemühen sich, einen Feldherrn aus ihren Reihen zum Konsul zu machen. Caesar, vor die Wahl gestellt zwischen Ehre und Macht (Triumph und Konsulat), entscheidet sich unbedenklich für die Macht.

12.2.694
Der Triumph ist unbedingt notwendig. Schon damit die unverschämten Witze Ciceros über C.s spanischen Feldzug außer Umlauf gesetzt werden. Er verbreitet, den Triumph C.s werde Pulcher von der Asiatischen Handelsbank abhalten. Die Namen der Schlachtorte werde man sich genau ansehen müssen, ob es nicht Firmennamen von Bankhäusern seien. Die größten Kämpfe hätten nämlich zwischen Schuldnern und Gläubigern stattgefunden, gefallen seien nur Aktien und gebrochen habe man nicht die Macht des Feindes, sondern Kontrakte. C. habe so viele Finanzexperten und Wucherer mitgebracht, daß die Truppen außerhalb des Lagers hätten stationiert werden müssen. Die Soldaten seien höchstens gelegentlich zur Bewachung von Geldschränken verwendet worden. Platte Witze, aber wirksam bei den unwissenden Leuten.

Es ist natürlich teuer. Aber wir *müssen* für das nächste Jahr das Konsulat bekommen. Gerade dafür verlangt Macer den Triumph sehr energisch. Er sagt, die Distriktsleiter haben (in diskretester Weise) den Boden sondiert und stoßen bei den Wählern auf Mißtrauen. Daß bei den Catilinawahlen die Gelder im letzten Augenblick nicht ausbezahlt wurden, ist nicht vergessen. Findet der Triumph statt, sieht jedermann, daß hinter dem Kandidaten Zaster steht. Natürlich muß die Stadt bewirtet werden, und man muß Münzen auswerfen, selbst wenn es nur halbe Aßstücke sind. Der Triumphzug gibt dem Handwerk etwas zu verdienen. Was haben die kleinen Leute vom spanischen Silber, das in die Banken geht? Die Bäcker, Schlächter, Geschirrmacher, Wollkämmer haben vom Krieg nur den Triumph. Außerdem soll man sich nicht vorstellen, daß es nur auf das Geld ankommt. Der kleine Mann muß das Geld nehmen, gewiß, er braucht es, aber er nimmt es lieber von jemand, in den er Vertrauen hat. Die Stadtverwaltung kann knausrig geführt werden und großzügig. Für das Handwerk hängt alles davon ab. Gut die Hälfte aller Geschäfte sind immer noch kaputt, weil sie auf Kriegslieferungen eingestellt sind und kein Krieg geführt wird. Man wählt selbstverständlich lieber einen Feldherrn. Spicer, im engeren Zirkel, spricht ebenfalls für den Triumph. »Man sieht den Triumph falsch«, sagt er trocken, »wenn man ihn nur als Zirkus sieht. Er ist einfach Kreditbeschaffung. Gerade weil wir finanziell nicht besonders stehen, müssen wir blechen. Die ganze Stadt muß stinken nach unserm Geld. Vom finanziellen Standpunkt aus ist es besser, mit leeren Taschen auf einem Triumphwagen durch die Stadt fahrend gesehen zu werden, als mit gefüllter Tasche in eine Bank des Forums gehen. Ich habe ihm geschrieben: Es ist nicht gut in der City, wenn Sie als Geschäftsmann abgestempelt werden. Sie sind Staatsmann, Feldherr. Das ist Ihr Geschäft, begreifen Sie das doch. Sehen Sie um Gottes willen nicht zynisch auf die Tradition. Sie haben, wie ich höre, gesagt: Wozu der ganze Zauber? So ein Ausdruck kann Sie ein Vermögen kosten. Lassen Sie die Herren Cincula, Häute und Leder, sprechen. Zeigen Sie, daß Sie Ihren Beruf ernst nehmen, und man wird Ihnen Geld anvertrauen. Sie brauchen den Triumph.« Und Fulvia sagt: »Unbedingt den Triumph! Der Senat wird platzen. Das ist, wie wenn ich mir neue Kleider bei der Aristipulos bestelle. Dann platzen sie. Wenn ich unglücklich bin, wenn es mit meinem Bankguthaben mulmig steht, bestelle ich mir einfach zehn neue Toiletten. Ich habe einiges schon bereut, aber nie, daß ich mich anständig angezogen habe. Es ist nicht nur, daß Seide mehr aufregt als die schönste Haut, sondern das Wasser im Maul läuft ihnen zusammen, wenn sie sehen, daß man teuer ist. Unbedingt den Triumph.«

Die Frage wurde, wenn sie für C. überhaupt eine Frage war, von Pulcher entschieden. Er sagte: »Wir müssen den Gossengeruch aus der Toga schütteln. Ich sage nur das Wort ›Catilina‹.«

Streng vertrauliche Ermittlungen Spicers ergaben denn auch,

daß die hinter der Asiatischen Handelsbank stehenden Kreise für die Erstellung des Wahlfonds den Triumph verlangen. Cajus Matius hat im Senat für C. um den Triumph nachgesucht und die Unterlagen eingereicht.

Übrigens verstehe ich Spicers Bemerkung nicht, wir »stünden finanziell nicht besonders«. C. muß doch Geld gescheffelt haben in Spanien!

20.2.
Die Senatskommission macht natürlich alle nur möglichen Schwierigkeiten, was den Triumph betrifft. Man behauptet, wir zählten unter den gefallenen Feinden solche Spanier mit, die einer Epidemie erlegen sind, ferner Bundesgenossen. Wenn wir vorbringen, daß C. auch mit Bundesgenossen gelegentlich kriegerische Auseinandersetzungen gehabt hat, droht man eine Untersuchung dieses Umstandes an. Kurz, man schikaniert uns. Wenn man noch dazu wüßte, daß wir uns um das Konsulat bewerben wollen, wäre es ganz aus. Dieser Plan muß unbedingt so lange wie möglich geheimgehalten werden.

Habe Spicer geradeheraus gefragt, wie wir finanziell stehen. »Ich kann mich vor den Gläubigern nicht sehen lassen«, war seine Antwort. »Alle Welt will uns Geld aufdrängen. Wir sind vollkommen solidiert.« Bin beruhigt.

27.2.
Matius sagt, der Senat wisse seit gestern, daß C. für das Konsulat kandidieren will. Er hält danach eine Bewilligung des Triumphs für ausgeschlossen.

29.2.
Der Triumph ist bewilligt! Niemand von uns versteht, warum.

7.3.
Spicer hat schon vor Wochen aus Spanien von C. den Auftrag bekommen, den Triumphzug vorzubereiten, sobald er bewilligt sei. Wir entwerfen einen Plan. Alles muß so schnell wie irgend möglich gehen, da C. spätestens am 12. Juli für das Konsulat kandidieren muß. Der Triumphzug ersetzt uns praktisch die

Wahlkampagne. Wir müssen ihn also Ende Mai fix und fertig haben und er muß nach etwas aussehen. Schlimm ist, daß C. immer noch in Spanien festsitzt. Er scheint die Geschäfte mit Pulcher noch nicht abgewickelt zu haben.

8.3.
Es ist notwendig, daß ich mir den Triumph des Pompejus ins Gedächtnis zurückrufe, da der unsrige unbedingt damit verglichen werden wird. Er fand erst im vorigen Herbst statt. Pompejus hatte über ein Jahr warten müssen, bis alle Kostbarkeiten von Asien da waren.

Ich sah mir damals die Festlichkeiten zusammen mit dem Kutscher Pistus vom achten Stock eines Hauses in der Oberen Subura an. (Das ist der junge Mann, der mich seinerzeit nach Pistoria brachte.)

Der Zug war ungeheuer. Schließlich war es der Triumph über den ganzen Osten, soweit er der zivilisierten Welt bekannt ist. Was sich irgendwie hatte auf Schiffe verladen lassen, war verladen worden. Ich sah halbe Tempel, auf riesigen Wägen, von Elefanten gezogen, in der Frühe, am Rindermarkt. Sie kamen nicht durch die engen Gassen und mußten stehengelassen werden. Überhaupt reichten die zwei Tage nicht aus, alles vorzuführen. Ein Haufen der Beute blieb unverwendet.

Vorausgetragen wurden dem Zug zwei gewaltige Tafeln, auf denen die Feldzüge in sehr gedrängter Form verzeichnet standen. Sie waren so hoch, daß sie sich an den Stricken stießen, die über die Gassen für die Wäsche gespannt werden. Man legte sie nieder, mit der Schrift nach oben, so daß sie von den Fensterplätzen aus lesbar waren.

Den Abschluß der Inschrift bildete der Satz, daß der Feldzug die jährlichen Einkünfte aus Asien verdoppelt hatte.

Hinter den Tafeln folgte ein schier endloser Zug von Wägen mit Panzern, Kriegsmaschinen und Schiffsschnäbeln; dahinter marschierten Maulesel, die Silber im Werte von 500 Millionen S schleppten, für den Staatsschatz bestimmt.

Auf einem kleinen Wagen eine Sammlung kostbarer Edelsteine des Königs Mithridates, von Juwelieren angeordnet. Ein Spieltisch, aus zwei ungeheuren gelben Steinen geschnitten, drei Prunkbetten, eines aus purem Gold, 35 Kronen aus Perlen. Drei goldene Kolossalstatuen von Göttern. Ein kleiner, perlenbesetzter Musentempel, von einer Sonnenuhr gekrönt. Thron und Szepter des Mithridates. Sein Standbild in Silber, seine Kolossalbüste in Gold. Sonderbare tropische Pflanzen, ein Ebenholzbaum. So wurden die Reichtümer und das Gold der halben Welt durch die stinkenden, engen Gassen Roms getragen.

Einmal fiel von den über die Straße gespannten Stricken ein Wäschestück, ein geflicktes Hemd, hinunter und in den Zug, gerade auf einen erbeuteten Goldgott. Ein Soldat, der daneben marschierte, griff danach, zog es über und, den schimpfenden Besitzern nach oben zuzwinkernd, ging er in diesem Hemd weiter.

»Das ist, was *er* erbeutet«, murrte Pistus neben mir böse.

Am zweiten Tage ließ der Triumphator die lebende Beute vorüberziehen.

Über die holprigen Kopfsteine stolperten die besiegten Könige. Fürsten und Geiseln, der Sohn des armenischen Königs Tigranes mit seiner Frau und Tochter. Sieben Söhne des Mithridates. Seine Schwester. Ein Judenkönig. Einige königliche szythische Weiber. Zwei berühmte Seeräuber.

Wieder folgten große Tafeln, mit Gemälden diesmal. Des Tigranes Flucht und des Mithridates Tod. Dazwischen grinsende Götzenbilder der Barbaren. Porträt eines bekannten bithynischen Pfaffen, der zugleich ein Bankier war.

Dann kam der große Pompejus. Auf einem perlenbesäten Wagen, bekleidet mit einer Tunika, die Alexander getragen haben soll, umgeben von Legaten und Tribunen zu Fuß und zu Roß.

»Ich müßte auch mitgeführt werden«, sagte der Kutscher Pistus, »er triumphiert auch über mich.« Er hat seine Stelle verloren, sie an einen der von Pompejus eingeschleppten Sklaven abgeben müssen.

Das Volk schrie, wenn es das Gold sah, ob dieses auf den Wägen fuhr oder an den gefangenen Königen hing.

Auf einem Säulenvorsprung des Friedenstempels saß, dicht unter dem Dach – sie mußten mit Seilen hochgeklettert sein –, eine ganze Familie acht Stunden lang. Ihre Brote und ein paar getrocknete Fische hatten sie mitgebracht. Die Frau hielt einen Säugling an der Brust, in Lumpen gewickelt. Die drei kleinen

Jungen schrien sich heiser, als die zwei Könige in Fesseln vorübergetrieben wurden.

Aber in den ärmeren Vierteln erschollen doch weniger Zurufe, als in den wohlhabenden.

10.3.

Wir werden einen großen Teil guter spanischer Beutestücke in Rom anfertigen lassen, von nur ersten Firmen. Erstens sehen die echten spanischen Sachen nicht spanisch aus und zweitens haben wir zu wenige. C. hat in Spanien nicht elfenbeinerne Nachtstühle, sondern Bleigrubenkonzessionen erbeutet. Anstatt den Tempeln ihre goldenen Götter wegzuführen, hat er sie ihnen gelassen und ist jetzt an den Einnahmen beteiligt. Was wir nicht an massiven und brutalen Objekten haben, müssen wir also durch Geist ersetzen. Wir denken an 2000 Tubabläser mit Instrumenten aus dem Silber der spanischen Gruben. C. hat eine Liste spanischer Ortsnamen geschickt und ein Haufen von Häuptlingen der Bergvölker ist auch unterwegs. Etwa 200 ausgewählt schöne Frauen. Der Clou wird sein: 500 kleine Pflüge mit spanischen Eisenerzteilen, die am Ende unter die Bauern der Campagna verlost werden sollen. Außerdem hat C. seinen Soldaten einen Teil der Beute in Form von Silberpanzerschienen ausgehändigt, die sie beim Triumph zu tragen sich verpflichten mußten. Das gibt unserm Zug eine soziale Note, die dem des Pompejus völlig fehlte.

Konnte der Frachtfirma, bei der Pistus früher angestellt war, einen großen Auftrag für den Triumphzug in Aussicht stellen. Die Firma hat zugesagt, daß Pistus einen Aufseherposten bekommt, sobald das Geschäft klappt. Pistus hüpfte in die Luft vor Freude.

Ich habe zwei Jahre wie eine Witwe gelebt. Die Freundlichkeiten des guten Pistus habe ich mir gefallen lassen, wie man eben gutgemeinte Tröstungen von einem hübschen und lebendigen jungen Menschen hinnimmt. Mehr bedeutete mein Verhältnis zu ihm nicht. Seinen Freund, den blonden Legionär Faevula, habe ich ebenso aufmerksam behandelt wie ihn. Ich gestehe, daß ihre Rivalität mir ab und zu Spaß gemacht hat. Aber ich kam mir eben doch vor wie eine Witwe, die, ihre Erfahrungen hinter sich und Trauer im Herzen, ein wenig resigniert auf ihre jugendlichen Bewerber blickt.

Es ist lustig, die beiden auszuführen. Pistus ist so voll von Witzen wie ein Esel von Fürzen. Sein einziges Gesprächsthema sind Hunderennen. Er interessiert sich für nichts anderes. Das Wetten auf die Hunde ist zum Hauptsport des kleinen Mannes geworden. In allen Barbierläden kann man Wetten abschließen. Einige Hunde sind berühmter als alle Politiker. Bei den Rennen werden Vermögen umgesetzt. Pistus ist der Meinung, hier liege die einzige Chance des kleinen Mannes, zu bescheidenem Wohlstand zu kommen. Tatsächlich wettet jeder, der ein paar Asse auf die hohe Kante legen kann. Pistus sagt: »Es heißt, es ist eine Leidenschaft, das ist reiner Unsinn. Es ist einfach Geschäft. Sag mir, wie ein Plebejer auf andere Art zu ein paar Kröten kommen kann!« Faevula sieht ihn, wenn er wieder einmal die Tugenden eines neuen Favoriten aufzählt, geduldig lächelnd an und sagt dann langsam: »Wozu braucht er die Tugenden? Sein Stall muß ja nur die andern Hunde besoffen machen.« Er hält alles für Schiebung. Aber er setzt natürlich auch. Schiebung oder nicht Schiebung, wenn man Glück hat, kann man gewinnen. Und dann kann man was Richtiges anfangen. Er will Weinbauer werden.

11.3.
Faevula ist ein Bauernsohn aus der Campagna. Im asiatischen Feldzug war er nur das letzte halbe Jahr, er ist ganz jung. Ich begleite ihn oft in die Soldatenkneipen am Rindermarkt, meiner soziologischen Studien wegen.

Da sitzen die entlassenen Soldaten des Pompejus und schimpfen.

Er hat sie beim Betreten des italischen Bodens entlassen, wie das Gesetz es vorschreibt. Er hat ihnen Belohnungen ausgezahlt und Boden versprochen und sie gebeten, zu seinem Triumphzug nach Rom zu kommen. Die Belohnungen waren anständig gewesen, man konnte mit der Summe (5000 S.), wenn man erst etwas Boden hatte, ganz gut eine Wirtschaft einrichten, ein paar Sklaven kaufen, Reben, Stöcke, eine Kelter. Der große Pompejus hat sein Versprechen gehalten und den Senat um Boden für sie gebeten, aber die Sache hat etwas gedauert, genauer gesagt, sie dauert noch. Die Herren lassen sich mit allem Zeit und inzwischen verbraucht man das kleine Kapital in den Schenken und für Zimmermieten. Einige sind schon ganz mittellos, aber sie werden eine Zeitlang von ihren Kameraden durchgehalten, dann gemieden von ihnen. Sie lernen, daß es leichter ist, Asien zu erobern als einen trockenen Platz in einer Schenke. Sie haben den König Mithridates besiegt, aber einen römischen Wirt können sie nicht so leicht besiegen. In die Schenken kommt man nicht, indem man Schwerter, sondern indem man Geldstücke vorzeigt, und die noch drinnen sitzen, denken mit Schrecken an die draußen und zählen das übriggebliebene Geld.

Pompejus kann sich nicht mehr auf dem Forum zeigen, ohne von seinen früheren Legionären angerempelt zu werden. Sie umdrängen ihn in Haufen und werfen ihm vor, daß er nicht genügend für sie tue. Neulich soll er fünf Stunden in einer Badeanstalt geblieben sein, da die Eingänge von Legionären besetzt waren. Infolgedessen zeigt er sich, wie die Wahlleiter versichern, sehr ungeduldig, daß die Volksversammlung, die über seine Anträge bestimmen soll, gut geschmiert wird. Da er aber ein alter Filz ist, beschneidet er nach Macer doch die Summen, wo er kann.

C., der sich immer noch nicht nach Italien eingeschifft hat, erkundigt sich in einem Brief sehr interessiert nach einem Vorfall bei dem Kampf des Pompejus um sein Ackergesetz. Im Auftrag des Pompejus hatte ein Volkstribun den Konsul Metellus, der sich weigerte, das Ackergesetz im Senat zu behandeln, ins Gefängnis setzen lassen. Als der Senat den Konsul besuchen wollte, stellte der Tribun seine Tribunenbank in die Tür und setzte sich drauf. Bekanntlich bedroht das Gesetz jeden mit der Todesstrafe, der die Hand gegen einen Tribunen des Volkes erhebt. Metellus schrie heraus, man solle doch Maurer holen und die Mauer neben der Tür durchbrechen, damit der Senat zu ihm eintreten könne. Das wurde auch gemacht und Rom lachte eine ganze Woche darüber. C. scheint dieser neuen Methode, das Gesetz einzuhalten und doch seinen Willen durchzusetzen, anscheinend große Bedeutung zuzulegen. Wir schickten ihm einen detaillierten Bericht.

20.3.

Es war C.s Idee, den Triumphzug auf Silber umzustellen. »Man soll sagen, der silberne«, schrieb er. Er dachte wohl, daß Pulcher damit sehr einverstanden sein würde, da es ja wichtig ist, die spanischen Silbergruben auf dem Forum einzuführen. Aber Pulcher kam heute und tobte deswegen. »Verdammte Plumpheit!« schrie er Spicer an. »Wie oft soll ich euch noch sagen, daß wir in Spanien einen Krieg geführt und nicht Geschäfte gemacht haben. Jetzt will er wieder als Reisender in Silbergegenständen einziehen! Kein Geschmack, kein Ernst, kein Taktgefühl! Wißt ihr nicht, was Krieg ist? Krieg ist: Leichen, rauchende Ruinen, Strapazen, der eherne Tritt der Legio ... Beim Jupiter, ist das so schwer zu treffen?« Wir mußten zugeben, daß etwas daran ist. Man rutscht so leicht ab bei derlei.

21.3.
Großer Skandal. Die ganze Stadt spricht davon, daß Pompejus gestern nachmittag in seinen Gärten Tische hat aufstellen lassen, an denen ganz öffentlich an Stimmberechtigte Gelder ausgezahlt werden. Ein plumper Bursche! Ich sah ihn neulich auf dem Forum zum ersten Mal von Angesicht zu Angesicht.

Ein schwerer Mann, mit bleicher, feiner Haut und sehr schwarzen Augen. Die breite Stirn ist gefaltet der Quere nach, und die Augenbrauen sind hochgezogen, als wünsche er, für einen Denker gehalten zu werden. Das schwarze Haar ist künstlerisch gelockt und wie zerwühlt, aber vom Friseur, er geht sehr ruhig und liebt es, wie man hört, daß man von seiner Ruhe in allen Situationen spricht. Neben ihm ging dieser freigelassene Demetrius, ein geschminkter Bursche, mit dem er jetzt leben soll.

25.3.
C. will Mitte April in Italien sein.

27.3.
Pompejus' Antrag auf Landverteilung an die Veteranen ist durchgefallen. Er hat zu sehr gespart. Man versteht jetzt, warum er die Bestechung so öffentlich veranstaltet hat: Die Soldaten sollten glauben, er tue etwas für sie. Die Armen müssen groteskerweise dafür büßen, daß alles, was auch nur im geringsten mit Krieg zusammenhängt, völlig unpopulär ist. Der asiatische Krieg wird jetzt allgemein verwünscht. Er hat den Handel zerstört, mit seinen unsinnigen Sklavenimporten die Landwirtschaft ruiniert und Rom monatelang am Rand des Bürgerkriegs fiebern lassen.

Der Pächter und der kleinen Bauer, der sich jetzt zu Tode

arbeitet, um seinen Acker auf Wein- und Ölbau umzustellen, fürchtet nichts so sehr wie einen neuen Krieg mit seinem Militärdienst, seinen Steuern und seinem Bürgerkrieg hinterher. Krieg wird so sehr verabscheut, daß der Senat gewisse beunruhigende Meldungen aus Gallien, die eben jetzt einlaufen, nach Möglichkeit verheimlicht und in Gallien eine höchst nachgiebige Politik macht.

12.4.
C. kommt erst Ende April. Wenn der Triumph Ende Mai stattfinden soll, ist das nicht zu früh.

27.4.
C. verhandelt immer noch geschäftlich in Spanien. Wir müssen den Triumph auf den Juni verschieben. Das wird Kosten verursachen.

5.5.
Cajus Matius von Spanien zurückgekehrt. C. kann und kann sich mit Pulcher und den spanischen Geschäftsleuten nicht einigen. Matius sagt: »Die Spanier besiegt man leichter als die Römer.«

22.5.
Spicer hat von C. einen Brief bekommen, in dem er schreibt: »Was nützt uns der schönste Triumph über Spanien, wenn Herr Pulcher über uns triumphiert?« Das ist goldrichtig, aber wie sollen wir immer wieder diesen Riesenapparat ab- und anstellen und die teuren Kontrakte verlängern? Außerdem beginnt die Stadt schon davon zu sprechen, daß C. hier in Rom eine Anklage wegen seiner Haltung im Catilinaprozeß befürchte. Das ist reiner Unsinn, es sind nur die finanziellen Transaktionen, die nach jedem Feldzug nötig sind.

3.6.
Wenn C. Mitte Juni nicht da ist, fällt der Triumph in die Wahlzeit, und ein Dispens ist nötig. Und er ist immer noch nicht abgefahren.

12.6.
Spicer wird ungeheuer nervös. Wir gingen zusammen aufs Forum, als er mir, wirklich niedergeschlagen, sagte: »Mein ganzer Triumph stirbt mir unter der Hand ab. Ich kann mir C.s Hartnäkkigkeit in den spanischen Angelegenheiten nur so erklären, daß es sein erstes echtes geschäftliches Objekt ist. Zum ersten Mal sieht er in greifbarer Nähe wirkliches Geld. Es geht ihm wie diesen ausgehungerten Seevögeln, die sich in Fische verbeißen, die für sie zu groß sind, und von ihnen dann in die Tiefe gezogen werden.«

Wenn Spicer poetisch wird, muß er weit in der Verzweiflung gekommen sein.

21.6.
C. soll endlich abgefahren sein. Ob der Triumph überhaupt noch stattfinden kann?

23.6.
Es ist eine Katastrophe: Als Spicer heute in der Asiatischen Handelsbank gewisse schon zugesicherte Summen für den Triumphzug abheben wollte, teilte man ihm kühl mit, Herrn Pulchers Verhandlungen mit C. seien noch nicht zu einem Abschluß gediehen. Was tun? Jeder Tag ist jetzt kostbar. Schon wie die Sachen jetzt liegen, können wir unmöglich vor dem 10. fertig werden, und das ist der allerletzte Termin für den Triumph. Spicer glaubt nicht, daß wir ihn einhalten können, auch wenn morgen früh die Summen losgeeist sind. Was hat Pulcher vor? C. scheint in Spanien abgefahren zu sein, ohne mit Pulcher abgeschlossen zu haben.

30.6.
C. ist endlich angekommen. Es ist höchste Zeit, der Triumphzug verschlingt unerhörte Summen, Spicer hat den neuen Kredit bis aufs äußerste angespannt, die Asiatische Handelsbank sperrt seit einer Woche alle Kredite, wir haben alles ruhen lassen müssen. Wir brauchen jetzt dringend die spanischen Gelder.

Er residiert in dem neuen Palais in den Albanerbergen, das er sich eigens hat bauen lassen für die Zeit bis zum Triumph, in der er Rom nicht betreten darf. Ich habe ihn jetzt zwei Jahre lang nicht gesehen und bin gespannt, ob er sich verändert hat.

1.7.

Er ist unverändert. Als Spicer und ich ihn heut wiedersahen, trat er uns mit seinem schnellen, nervösen Schritt entgegen, beide Hände ausgestreckt, und sagte als erstes: »Habt ihr Geld? Ich bin völlig ausgepumpt.«

Er sagte es hustend, in einer Staubwolke, der eine Flügel des riesigen neuen Palastes wird schon wieder niedergerissen, da er ihm nicht gefällt.

Spicer wurde totenblaß. Er brachte kein Wort hervor. C. betrachtete ihn belustigt und fing sogleich an, uns seinen neuen Bauplan zu erklären. Er zwang den armen Spicer, in seinem erschütterten Seelenzustand über die Marmorblöcke zu klettern und sich halbestundenlange Schilderungen von in den Felsgrund einzumeißelnden Wandelgängen anzuhören.

Kurz, C. ist der alte.

Nachmittags machte Spicer mir einige Andeutungen über die Lage.

C. hat bei der Abwicklung der Geschäfte in Spanien bis zum letzten Moment wie ein Löwe mit Pulcher um sein Paket Anteilscheine an den Silberminen gekämpft. Er tat dies nicht nur der Werte wegen, sondern auch, weil er dadurch etwas sicherer war, daß Pulcher, wie abgemacht, seine Kandidatur für das Konsulat in der City unterstützt. Pulchers Gegenzug bestand darin, daß er der City klarmachte, sie müsse auf einem Triumphzug bestehen. Er hoffte, C. werde dann ihn zur Finanzierung des Triumphes brauchen. Aber C. ließ einfach die Papiere beleihen, so daß er die Pakete im Augenblick noch hat. Allerdings ist er dadurch so in Verzug geraten, daß der Triumph keinesfalls mehr vor dem 20. Juli stattfinden kann, aber schon am 12. muß er seine Kandidatur anmelden! Er braucht also schon einen Dispens des Senats. Spicer ist jetzt unbedingt dafür, Pulcher das Paket zu überlassen, da er sonst imstande ist, im Senat auch noch den Dispens zu Fall zu bringen. Natürlich bedeutet das einen großen Verlust, da die Papiere durch den Triumph gewaltig ansteigen werden. C. ist dann tatsächlich um seinen Anteil am spanischen Geschäft geprellt worden. Aber Spicer setzt alles auf das Konsulat und will unter keinen Umständen C.s Grundstücke noch mehr beliehen haben. Er hält sie für das weit größere Geschäft.

2.7.
Heute trafen Cajus Matius, unser Vertrauensmann im Senat, und Macer ein. Wir gingen sogleich in die Details des Wahlfeldzugs.

An den Beratungen nahm Cornelius Balbus teil, ein spanischer Bankier, Vertrauensmann der spanischen Firmen, die mit der Pulchergruppe zusammen die Bergwerke in Südspanien ausbeuten. Er ist ein kahler, fetter Mann mit Glotzaugen und nervösen Zuckungen und gilt allgemein als ein Finanzgenie. Er ist vor allem an der Errichtung einer Kontrolle der City über die senatorische Verwaltung der Provinzen interessiert und behauptet, daß auch im Senat schon eine starke Gruppe mit der bisherigen räuberischen Verwaltungspraxis unzufrieden sei. Das seien die Leute, die größere Liegenschaften in Kleinasien besäßen oder insgeheim Anteile der Steuerpachtgesellschaften hätten. Überhaupt wickelten in der letzten Zeit immer mehr senatorische Familien ihre finanziellen Angelegenheiten über die City ab. Nicht wenige Grundbesitzer benötigen angesichts des katastrophalen Absinkens der Getreidepreise bares Geld und das können sie nur von den Banken bekommen. Alle diese Leute würden heute die vorsichtige Durchführung eines gemäßigten demokratischen Programms begrüßen, was immer Herr Cato sage. Balbus schlug vor, Mitgliedern des Senats für Dienste, die sie, bei was immer, der City leisteten, Anteilscheine an Cityunternehmungen auszuhändigen. Damit könne man sie am besten an die demokratische Politik fesseln.

Er sagte kein Wort über Lucceius, den demokratischen Kandidaten für das Konsulat, aber vieles, was er sagte, ging auf ihn, so daß ich zum ersten Mal begriff, warum man ihn überhaupt aufgestellt hat. Er hat, als Legat des Pompejus, asiatischen Städten große Geldsummen vorgeschossen, damit sie die Tribute bezahlen konnten, und ist jetzt ganz in der Hand der Banken. Oppius berichtet ihm jeden dritten Tag, welche Verluste er (Lucceius) durch die rigorosen Maßnahmen der senatorischen Verwaltung erleidet.

Dabei deutete er verschleiert an, daß auch Pompejus selber da eine offene Wunde habe, die er keineswegs öffentlich haben möchte.

Pompejus fragte sich anscheinend, was er mit seiner Popularität bei den Soldaten und damit beim Volk anfangen soll. Als er im vorigen Herbst aus Asien zurückkehrte, war es natürlich, zur Senatspartei überzugehen, die einen populären Mann sehr brauchen kann. Er versuchte es und bewarb sich, schon bevor er in Rom angelangt war, um Catos Schwester. Anspielend auf das stadtbekannte Verhältnis C.s mit der Mucia, sagte Cicero: »Ich weiß, warum Pompejus sich wieder verheiraten will: Caesar ist Mucias müde, er will Catos Schwester haben.« Cato schlug damals die Verbindung ab, und Pompejus gewöhnte sich an den Gedanken, seine Popularität in den Dienst der Demokratie zu stellen. Die City hatte eine Zeitlang verkündet, er sei käuflich. Dieses Gerede verstummte nun völlig: Die City hatte ihn gekauft. Das ging so zu: Schon während des Feldzugs waren einige Steuerpächter mit ihren Bankiers auf die Idee gekommen, dem Feldherrn zu beweisen, wie ungerecht sie vom Staat behandelt würden. Man überredete ihn dazu, selber ein typisches Citygeschäft zu machen. Mit Hilfe der Oppiusbank gewährte er dem König von Syrien, Nikemedes, eine beträchtliche Anleihe, damit er die Kriegsschuld an die Römer bezahlen konnte. Der Geldmann Pompejus lieh dem syrischen Hof die Gelder, welche der Staatsmann Pompejus ihm als Tribut abverlangte. Er nahm bis zu 50 Prozent Zinsen, aber er fühlte bald »am eigenen Leibe«, was die senatorische römische Verwaltung dem Geschäftsmann für Prügel zwischen die Beine wirft. Ihre ständigen Räubereien und Plünderungen, das Brandschatzen der Städte durch die Statthalter, das Wegführen der Ernten und Sklaven usw. usw. machten es dem König ganz unmöglich, die Zinsen an Pompejus zu zahlen. Aber Oppius verlangte Zinsen von ihm! Zu der Geldklemme kommt die Furcht vor dem Skandal, denn das Geschäft darf nicht aufkommen. Kurz, die City hat einigen Grund, den Feldherrn als einen der ihrigen zu betrachten.

C. lag zurückgelehnt auf seinem Stuhl und hörte dem Wasserfall kühner Spekulationen, vorsichtiger Andeutungen und verblüffender Sachkenntnis von den Lippen des Spaniers amüsiert zu. Was für Leute er immerfort ausfindig macht!

Der etwas hochnäsige Matius teilte C.s Sympathie für den Spanier anscheinend gar nicht und auch Macers zerschlagenes Gesicht verzog sich bei keinem seiner vielen Witze. Das wurde jedoch anders, als man genauer auf den Schlachtplan für die

Wahl zu sprechen kam und es sich herausstellte, daß Balbus recht gute Beziehungen zum Bankhaus Oppius hat. Über Oppius hat er in aller Stille schon im vorigen Herbst mit Lucceius über eine gemeinsame Kandidatur mit C. verhandelt! Seine Anregung, *zwei* demokratische Konsuln durchzubringen, ist auch keineswegs abgelehnt worden. Pompejus will seine asiatischen Abmachungen unbedingt ratifiziert haben, die asiatischen Papiere stehen elend. Man will in der City für diese Wahl bis zu zehn Millionen flüssig machen. Die Bedingung der Oppius-Lucceius für eine Unterstützung C.s lautet nur: Streng gesetzliches Vorgehen, keine Catilinarischen Exzesse des Pöbels, keine demokratischen »Experimente«, vor allem keinerlei Anschneiden der Bodenfrage. (Oppius steht auf dem Standpunkt, daß eine Anschneidung der Bodenfrage die asiatischen Sklavenimporte unterbinden würde.) Macer atmete sichtbar auf. Er wird sich in den nächsten Tagen direkt an Lucceius wenden.

Matius wird im Senat einen Dispens für C. beantragen, der ihm erlaubt, die Stadt schon vor dem Triumph zur Anmeldung seiner Kandidatur zu betreten.

Wir verließen die Albanerberge sehr hoffnungsvoll.

5.7.

Der Dispensantrag des unermüdlichen Matius ist nicht durchgegangen! Spicer fuhr sofort zu C. Er wird morgen das umstrittene Paket an Pulcher abgeben. Matius fährt zu Cicero. Der Dispens muß erkämpft werden.

7.7.

Vormittags, ich überwachte trotz der drückenden Hitze das Anbringen der neuen Gobelins in der Bibliothek, kommt Spicer angeschnauft. »Ist er hier gewesen?« »Wer?« »C. natürlich.« »In Rom?« »Jawohl.« »Unsinn. Er darf doch Rom nicht betreten vor dem Triumph.« »Darf nicht! Er war nicht in Alba heute nacht. Wir fahren sofort hinaus.« Unterwegs machte er einige Andeutungen. Camilla, die Frau des Matius, ist plötzlich nach Rom zurückgekehrt. Und ihr Mann ist in C.s Auftrag auf Ciceros Landgut gereist! Das Schlimme ist, daß neulich Camilla spätabends nach Alba kam, »um ihren Mann abzuholen«, der natürlich längst weg war, und dann war es »zu spät, nach Rom zurückzufahren«. Spicer fuhr noch erst zu seiner Wohnung und holte einen Pack Rechnungen. In Alba zwang er C., sie durchzuschauen, aber gegen Abend warf C. ihn hinaus und mich mit ihm. Spicer murmelte etwas von »morgen früh fortsetzen« und C. lachte. Spicer zeigte eine überraschende Charakterstärke. Er starrte C. mit unbewegtem Gesicht an und sagte ohne jede Überleitung: »Der Triumph hat bisher vier Millionen gekostet und ein Skandal kostet mehr, genauer gesagt, alles.« »So ist es«, sagte C. kühl wie eine Gurke, »und jetzt bin ich ein wenig schläfrig.« Spicer wandte sich brüsk um und stieg in den Wagen. An den Schlachthallen im zweiten Bezirk stieg er aus. Da dies ziemlich weit von seiner Wohnung ist, stieg auch ich hinter der nächsten Ecke aus und ging ihm nach, überzeugt, er werde zum Haus des Matius gehen. Er ging aber in eines der engen Gäßchen hinter den Hallen und blieb ziemlich lang in einem der baufälligen Häuser dort. Aus der Zeit seiner Gerichtsvollziehertätigkeit hat er überall Bekannte und es war sicher ein bankerottes Subjekt, mit dem er wieder aus der Tür trat. Der Mann ging weg, ziemlich schnell, und Spicer ging nach Hause.

Es wäre Wahnsinn, wenn C. ein solches Risiko liefe, jetzt heimlich nach Rom zu kommen, ein paar hübscher Brüste wegen!

8.7.

Tolle Entwicklung. C. liegt mit verbundenem Kopf in Alba. Er ist gestern nacht auf der Landstraße, unweit Albas, überfallen worden, als er einen Abendritt unternahm. Der Täter ist entkommen.

Ich fuhr mit Spicer auf die Nachricht hinaus. Er empfing uns nicht. Spicer scheint sehr besorgt.

Die Ärzte sagen, es sei nur ein Schlag mit einem Sandsack gewesen, in zwei bis drei Tagen ist alles wieder in Ordnung.

Abends ging ich in das Gäßchen hinter den Schlachthallen. Der Mann ist ein früherer Tuchmacher in sehr schlechten Verhältnissen, übrigens als Raufbold bekannt. Er war die gestrige Nacht außer Haus und kehrte erst gegen Morgen zurück.

10.7.
Mit Pistus und Faevula beim Hunderennen. Vermittels einiger Tips des kundigen Pistus machten wir eine ganz hübsche Summe aus Wetten.

Ich habe Faevula 8000 S. versprochen für den Fall, daß er Land zuerteilt bekommt. Er begleitete mich noch nach Hause und war sehr vergnügt.

Ich werde mir das Geld bei Spicer ausborgen.

C. ist wieder wohlauf.

11.7.
Matius kämpft wie ein Verzweifelter um den Dispens. Er ist von Ciceros Landgut zurück. Cicero war von Oppius schon bearbeitet worden, er war ganz zugänglich, erklärte sich bereit, für den Dispens zu stimmen, bezweifelte aber die Wirkung seiner Stellungnahme. Matius berichtete nicht ohne Rührung über ihn.

Cicero zählt jetzt nicht mehr und er weiß es. Der Senat hat ihn benutzt und läßt ihn fallen. An seinen Händen klebt das Blut der Handwerker. Er hat das Geld der »Väter« genommen, also ist er korrupt; er hat ihre Feinde verraten, also ist er ein Verräter. Nur die City hält ihn noch. Sie hat eine Schwäche für Leute mit schlechtem Gewissen.

Das Teuflische ist, daß eine Mehrheit für den Dispens im Senat schon zusammengebracht ist; nur ist es Cato gelungen, die Abstimmung tatsächlich bis zum letzten Tag zu verschieben. Sie findet morgen statt, und wenn C. morgen nicht seine Kandidatur anmeldet, kann er nicht mehr kandidieren.

12.7.
Die Lage hat sich heute vollständig geändert.

C. wartete von früh in Alba darauf, sich nach erlangtem Dispens auf dem Kapitol melden zu können.

Die Sitzung des Senats begann um elf Uhr und Cato nahm das Wort zu einem Antrag über Bauarbeiten, die wegen eines Rohrbruchs in der Innenstadt notwendig geworden waren. Er war etwas rot im Gesicht, da er wahrscheinlich statt seiner gewöhnlichen Morgenration von einem Krug Falerner zwei Krüge genommen hatte, redete aber zunächst ganz zur Sache. Niemand hörte hin, man wartete auf die Abstimmung über den Dispens.

Als Cato etwa eine Stunde über die Notwendigkeit, die Wasserzufuhr für die innere Stadt zu sichern, gesprochen hatte, begann er eine Übersicht über die Röhrenanlage der ganzen Stadt zu geben. Das dauerte bis ein Uhr, dann war jede Abzweigung gründlich beschrieben. Die Senatoren sammelten sich wieder aus den Wandelgängen, als der Redner, nachdem er einige Augenblicke nach der Decke gestarrt hatte, mit einer eleganten Wendung auf die Geschichte der Wasserleitung seit Gründung der Stadt einging. Etwa um drei Uhr nachmittags war er bei den Gracchen angelangt. Im Raum herrschte, wie Matius berichtete, eine unbeschreibliche Stimmung. Empörungsrufe folgten Witzen. Die Stimme des Redners war zuzeiten vollständig unhörbar in dem allgemeinen Aufruhr, aber er redete unentwegt weiter, übrigens mit einer niederschmetternden Harmlosigkeit.

Ich selber betrat das Gebäude gegen vier Uhr, in den Wandelgängen standen viele Senatoren, meist schon apathisch. Einige dicke Greise sah ich in den Ecken an die Säulen gelehnt sitzen und schlafen. Im Saal saßen einige wenige Senatoren in völliger Auflösung und Cato, feist und pausbäckig, redete, den lebhaften Blick gegen das Gebälk des Daches gerichtet, von Verordnungen des Sulla gegen Vergebung städtischer Arbeiten durch die Clubs. Einmal senkte er die Stimme, als gehe ihm das Material aus, und in die Zuhörer kam Bewegung. Ein Senator erhob sich schwerfällig und eilte hinaus. Der Saal füllte sich, jedoch nur für wenige Minuten. Die Stimme des Redners hatte sich wieder gehoben.

Wir hatten einen Meldedienst zwischen Rom und Alba eingerichtet. Dreimal meinte Matius, C. rufen zu können, und dreimal nahm er ein kaltes Bad, um nicht verschwitzt in die Toga zu kommen. Gegen zwei Uhr verlor er dann die Geduld und nachmittags ritt er bis an die Stadtgrenze heran, wo sich allerhand Leute einfanden, ihn zu begrüßen. Fünf Uhr nachmittags ritt C. über die Stadtgrenze – ohne Dispens. Er meldete ein halb sechs Uhr auf dem Kapitol seine Kandidatur für das Konsulat an.

Unmittelbar darauf begab er sich, gefolgt von einer großen Volksmenge, die ihn erkannt hatte, in die Sitzung des Senats, wo Cato noch immer sprach. Langsam durchschritt er die Wandelgänge und die Senatoren, die für ihn waren, schlossen sich ihm eifrig schwatzend an. Er hatte noch ein blaues Auge vom Überfall der vorigen Woche und trug die weiße Toga der Kandidaten, die der Sitte nach ohne Taschen ist, damit der Kandidat keine Bestechungsgelder mitbringen kann. Als Cato ihn an der Spitze der Senatoren eintreten sah, beendete er mit drei Worten seine Rede.

Der Triumph ist also ins Wasser gefallen. Er kostet uns bis heute vier Millionen Sesterzien. Die gesamten Gewinne der spanischen Proprätur. Politik ist kein Geschäft mehr.

13.7.

Der arme Pistus ist verzweifelt. Aus seiner Einstellung im Fuhrgeschäft wird nichts. »Der Pompejus hat mich ums Brot gebracht und triumphiert«, sagte er, »der C. triumphiert nicht und bringt mich ums Brot.« Faevula war rührend. Er schlug vor, ich solle die 8000, die Spicer mir schuldet und die ich für die Ausstattung einer kleinen Olivenfarm ausgeben wollte, dem Pistus zur Eröffnung eines Fuhrgeschäftes geben. Aber Pistus wollte nichts davon hören. »Das Geld wäre nur kaputt«, sagte er, »unsereiner kann heutzutage kein Fuhrgeschäft mehr halten, wenn er nicht hundert Sklaven kaufen kann.« Er will sich weiter an das Wetten bei den Hunderennen halten.

Sondierung der Stimmung heute abgeschlossen. Legte C. das Ergebnis vor:

Cruppulus (Wolle): Politik hin, Politik her, über kurz oder lang entscheiden die Waffen. Nicht die Politiker werden das letzte Wort sprechen, sondern die Generäle. Wir brauchen also nicht Caesar, sondern Pompejus.

Celer (Häute und Leder): Wenn es der Senat sein wird, wird es Cato sein. Wenn die Armee, Pompejus. Wenn wir, Cicero. Wenn die Straße, dann Clodius. – Und Caesar? fragte ich. – Nun, C. hat die Gläubiger hinter sich.

Ein Senator: Den Pompejus erledigt man am besten, wenn man ihm nichts in den Weg legt – hinab zum Pöbel. Bei der Demokratie hat er ausgespielt, wenn er sich als Demokrat aufspielt. Davon kann Caesar ein Lied singen.

Anderer Senator: Den Krieg in Asien hat die City auf dem Gewissen. Der Wert unserer Güter ist halbiert. Jetzt wollen sie uns auch noch wegkapern, was wir in den neuen Statthalterschaften an Einkünften bekommen können. Gelingt ihnen das, können wir unsere Güter in Italien überhaupt nicht mehr aufrechterhalten. Da liegt die Hauptgefahr.

Dritter Senator: Caesar ist ein Catilina, der es mit der Legalität versucht.

Vierter Senator: Wir brauchen nicht Sklaven, sondern Pächter. Darin gehe ich mit den besseren Demokraten. Ciceros Rolle ist ausgespielt.

Steuerpächter: Was nützt uns Asien, wenn wir es nicht auswerten? Nur jetzt keine weiteren Abenteuer und keine weiteren Abenteurer. Ich fürchte nichts mehr als diesen Caesar.

Bankier: Nötig ist ein starker Mann. Caesar ist leider nur gerissen. Das sind wir selber.

Anderer Bankier: So eine Gelegenheit bekommt die Demokratie nicht wieder. Die alten Familien bankrott, unfähig, ohne uns ihre Landgüter auf Wein- und Ölbau umzustellen. Der Senat ohne Armee. Asien ein Chaos. Nur der römische Bürger kann die Bodenfrage lösen. Wenn C. mit seinen Weibergeschichten Schluß machen könnte, gehört ihm die Macht.

Ein Geflügelhändler: Caesar? Ist er nicht in Afrika?

Ein Blusenschneider: Dieser C. ist schuld, daß die Clubs hin sind.

Ein Hafenarbeiter: Er ist noch der einzige von diesen Großkopfigen, der fürs Volk ist. Aber sie haben ihn abgeschoben.

Ein Seiler (arbeitslos): Seine Spiele waren nicht schlecht.

Bauer: Alles, nur kein Krieg mehr. Wenn mein Reus zum Heer muß, kann ich meinen Weinberg kein Jahr mehr halten.

Anderer Bauer: Die Städter können nichts mehr kaufen. Schuld ist der Pompejus mit seinen Sklaven. Dieser Lucceius, den sie jetzt als Konsul nehmen wollen, ist auch ein Offizier.

Schmied: Ich habe Schwerter gemacht. Auf Pflüge kann ich mich nicht umstellen. Die Bauern kriegen sie geflickt von den Sklaven auf den großen Gütern!

Metzger: Ich war für Catilina, ich sage es offen. Den Caesar haben sie gekauft.

Maurer: Ich habe wieder Arbeit bekommen: Der Pompejus baut ein Theater. Ich stimme für seinen Mann, den Lucceius.

Obmann der Hafnergilde: Selbstverständlich nur Caesar. Der einzige populäre Mann in ganz Rom.

Früheres Mitglied eines Straßenclubs: Wir bekommen unsere Anweisungen und halten uns daran.

Lagerverwalter der Markthallen: Bibulus.

Ein Schreiner (arbeitslos): Der Catilina war der beste von ihnen.

Ein Schuhmacher: Ich habe andere Sorgen. Drei Kinder und keine Wohnung.

Ein Legionär: Ich scheiße auf Grund und Boden. Ein oder zwei Feldzüge und ich kauf mir das selber.

Ein Maultiertreiber: Caesar, das ist doch der mit den Schulden?

14.7.
Pulcher hat dem Pompejus zu verstehen gegeben, daß C. deswegen auf seinen Triumph verzichtet habe, weil er sich ganz außerstande sehe, den asiatischen Triumph des Pompejus zu erreichen. C. wisse, daß die Unternehmungen in Spanien nicht ein Feldzug genannt werden könnten und daß er überhaupt kein Feldherr sei, nur Politiker. Es sei ihm mit seinem Friedensprogramm absolut ernst. Pompejus, großer, feierlicher Esel, der er ist, tat, als glaube er das nicht, äußerte aber dann doch, »der Mensch (C.) sei ein Chamäleon und es sei immerhin möglich, daß er, wenn der römische Pöbel Frieden wolle, sogleich beim Anblick einer Standarte heftigen Abscheu empfinde«.

15.7.
Der demokratische Wahlausschuß hat heute Plakate anschlagen lassen, der Senat plane einen Krieg gegen die Parther.

17.7.
Große Rede C.s vor den Distriktsobleuten der Wahlkomitees.

»Römer, es gibt einige Römer, denen es zu viele Römer in Rom gibt. Ich verstehe unter Rom Italien, seine blühenden Haine und seine Äcker, die unbestellt liegen. Ihr, Römer, wohnt in elenden Mietskasernen, zu viert in einem Kämmerchen, man könnte vielleicht sagen, es gäbe zuwenig Kämmerchen, aber einige Römer sagen, es gibt zu viele Römer. Diese Leute sind der Meinung, es genügten einige Römer für Rom und Rom reichte eben aus für einige Römer. Der Rest müsse eben auswandern.

Macht Krieg, sagen sie, erobert fremde Länder, wohnt dort! Der Rest seid ihr. Es gibt 200 Römer, meinen diese 200, und es gibt dann noch den Rest der Römer, und der Rest soll weg aus Rom und aufhören, römisch zu sein. Werdet Syrier, sagen sie, werdet Gallier! Römer, es wird euch versichert, der Krieg helfe euch zu allem, was ihr braucht. Nun, wir hatten einen großen Krieg eben jetzt, den asiatischen. Tatsächlich hoben sich an seinem Beginn die Geschäfte. Es gab Bestellungen. Dann kamen die Sklavenimporte aus Asien. Es gab immer noch Bestellungen, aber jetzt führten die Sklaven sie aus. Einige Römer profitierten. Der Krieg reichte aus, ihnen Gewinne zu verschaffen. Sie reichten aus, die Kriegsbestellungen auszuführen. Der Rest, ihr, hungerte. Und durch die Schlachten und Siege vermehrten sich zwar nicht die Wohnstätten für euch, den Rest der Römer, aber ihr, der Rest, verminderte sich. Römer, die Bodenfrage muß nicht im Osten oder im Westen gelöst werden, sondern auf dieser Halbinsel, hier in Rom. Tatsächlich wohnen einige Räuber in Palästen und Gärten, und der Rest wohnt zusammengepfercht in den Mietshäusern. Tatsächlich schlagen sich einige Römer den Bauch voll mit allen Leckerbissen Asiens, und der Rest steht um Gratiskorn an. Bibulus und seine Freunde im Senat, das ist der Krieg, das sind die Versprechungen. Ich und meine demokratischen Freunde, das ist der Friede, das ist der Boden. Römer, laßt einige Römer den Bibulus wählen, ihr aber, der Rest der Römer, wählt Caesar!«

Es ist Balbus, der C. auf die ungeheure Bedeutung der Arbeitslosigkeit in Rom aufmerksam gemacht hat. Halb Rom ist arbeitslos. An den Straßenecken stehen die Holzverkäufer, die kein Holz mehr verkaufen, bei den Geflügelverkäufern, die kein Geflügel mehr verkaufen, und reden über die Fischer, die vom Fischen nicht mehr leben können. Vor den Brotmagazinen stehen die Bäcker um Brot an und den Barbieren erklären die Blusenschneider, daß sie sich nicht mehr barbieren lassen können, weil die unbeschäftigten Hafenarbeiter keine Blusen mehr kaufen. Und im Senat reden die Väter immer noch von der Arbeitsscheu der unteren Schichten!

18.7.
Die Plakate der Demokraten, die auf die Absichten einiger mächtiger Herren im Senat, einen neuen Krieg (gegen die Parther) zu entfesseln, hinweisen, erregen ungeheure Aufregung in der ganzen Stadt. Der Senat hat diese Anschuldigungen als aus der Luft gegriffen erklärt. Aber niemand glaubt das. »Sie können die Kuh nicht melken«, sagt man in den Barbierläden, »sie können sie nur schlachten. Kein Wunder, wenn sie immer neue Kühe rauben wollen! Und wir sollen den Raub bezahlen!«

Es ist ein ausgezeichneter Griff Macers, die 200 Familien als Kriegspartei zu entlarven (ob sie nun jetzt gerade Kriege planen mag oder nicht). Jede Kriegspartei hat auf lange in Rom ausgespielt.

19.7.
Caesar zu einer Abordnung der Clubs: »Warum ich meinen Triumph nicht gehalten habe? Weil ich nicht als Soldat ins Konsulat wollte. Nicht für ein Jahr Krieg, für ein Jahr Frieden sollte ein Triumph gewährt werden.«

Der Ausspruch machte sichtlich einen ausgezeichneten Eindruck.

20.7.
Es ist jetzt auch ziemlich viel senatorisches Geld in die Wahlkampagne eingeflossen. Die Väter haben diesmal tief in die Tasche gegriffen. Bisher genügte für sie der sogenannte natürliche Einfluß, den sie haben. Die Pächter mußten natürlich für den Grundbesitzer stimmen, die vielen Schuldner aus dem Handwerkerstand für die senatorischen Gläubiger. Ganzen Stadtteilen ist jetzt mitgeteilt worden, daß die Besitzer der Mietskasernen die Mieter ohne weiteres auf die Straße setzen werden, wenn nicht Bibulus gewählt wird.

Infolgedessen herrscht ziemlich Verwirrung im demokratischen Wahlkomitee. Es wird unangenehm klar, daß man nicht beide Kandidaten wird durchbringen können. Da das Geld von Lucceius stammt, kann kaum bezweifelt werden, wen man wird fallenlassen müssen. Andererseits ist Lucceius eine politische Null.

Und C. ist wieder einmal nicht zu sprechen. Ohne jede Ankündigung fuhr er gestern nach Alba. Matius wollte zu ihm hinausfahren und wir hatten die größte Mühe, ihn davon abzubringen, da er dort beinahe sicher seine Frau gefunden hätte. Es ist wirklich ein Skandal, wie C. in so schwierigen Lagen, wo alles auf Entschlüsse ankommt, gänzlich frivoler Motive wegen alles seinen Anhängern überläßt.

23.7.
Großes Essen. Lucceius, Matius, Pulcher, einige Senatoren. Lucceius ist ein großer, dürrer Mann mit verwaschenem Gesicht und unruhigen Augen. Er leidet an häufigen Fieberanfällen, die er sich in Asien geholt hat. Er spendete dem abwesenden Macer volles Lob der ausgezeichneten Parolen wegen, berührte aber mit keiner Silbe die drohende Lage, die durch den sicheren Wahlsieg des Bibulus bei den ungeheuren Geldaufwendungen der 200 Familien entstanden ist. Die Stimmung beim Essen war unterirdisch gespannt, aber nicht der Beziehung Lucceius – C. wegen, sondern weil gestern nacht zwischen C. und Matius ein furchtbarer Krach stattgefunden hat. Matius hat endlich die Affäre seiner Frau mit C. entdeckt. Natürlich kann er jetzt, knapp vor den Wahlen, keinen Skandal machen. Am erbittertsten ist er darüber, daß C., unverschämt wie immer, diese seine Zwangslage ausnützt. C. machte tatsächlich mehrmals während des Essens Bemerkungen taktlosester Art, wie die, daß ihm nichts so sehr eine öffentliche Tätigkeit verekele, als die Einmischung der Öffentlichkeit in das Privatleben aller, die ein Amt haben. Matius, an sich unbedeutend und farblos, erregte meine volle Sympathie durch sein würdiges Benehmen.

24.7.
Oppius in der City soll ganz öffentlich gesagt haben: Bibulus und Lucceius, das ist ein Konsulat Bibulus. Bibulus und Caesar, das ist ein Konsulat Caesar.

26.7.
Soeben ging Mutius Ger weg. Er gehört zu den Geschäftsfreunden des Lucceius im Senat und war erschienen, um die Stellung C.s zu dem notwendig gewordenen Rücktritt eines der beiden demokratischen Kandidaten zu sondieren.

Er sprach natürlich nicht über Politik, sondern ausschließlich über Geschäftliches. War ziemlich orientiert über gewisse finanzielle Schwierigkeiten C.s und schien ehrlich bemüht, eventuelle finanzielle Kompensationswünsche C.s zu erfahren. Betonte ständig die Großzügigkeit des Lucceius.

C. hörte ihm zu wie jemand, der keine Ahnung von Geschäften hat, besonders nicht von seinen eigenen, darüber aber gern etwas von berufener Seite erfährt, und flocht erst nach geraumer Zeit einige Bemerkungen darüber ein, daß er ungern politische und finanzielle Dinge mischt. Ich bewundere immer wieder die Fähigkeit von Leuten wie C. (und auch Ger), sich Dinge zu sagen, deren Unrichtigkeit allbekannt ist.

Was soll aber wirklich aus unserer Kandidatur werden?

27.7.

Der plötzliche Rücktritt des Lucceius von der Kandidatur erregt allgemeine Überraschung. Auch ich habe nur gehört, daß Balbus mit Oppius bei Lucceius gewesen ist. Die beiden sollen dem entsetzten Kandidaten mitgeteilt haben, daß durch eine Indiskretion gewisses Material über die asiatischen Kriegsgeschäfte des Pompejus entweder schon in die Hände des Cato oder zumindest doch solcher Leute gelangt sei, die nicht zögern würden, es Cato für den Wahlfeldzug zur Verfügung zu stellen. Nur wenige wissen heute in Rom, daß einige Stunden lang ein riesiger Skandal gegen die Demokraten im Heraufziehen begriffen war. Eine Enthüllung, wie Pompejus (und in einigem Abstand Lucceius und andere) den letzten Krieg finanziell ausgewertet haben, brächte einen schrillen Mißklang in die Friedensparolen der Demokraten! Nun, es wird keinen solchen Skandal geben – und C. wird übermorgen als einziger demokratischer Kandidat in die Konsulatswahlen gehen.

Die demokratischen Parolen sehen sehr wirkungsvoll aus. Heilung der Wunden, die der Krieg geschlagen hat. Hilfe für die Geschäftsleute und Handwerker bei der Umstellung ihrer Kriegsbetriebe auf eine Produktion, die dem friedlichen Aufbau, der Siedlung usw. dient. Belohnung der Legionäre, denen man den Sieg verdankt. Erhaltung des Friedens zumindest für eine Generation.

An allen Mauern klebt heute die einfache Parole: *Demokratie ist Friede.*

[ANHANG]

[Zum Gesamtplan]

A 1
Inhalt der noch unfertigen letzten drei Bücher des Romans

Die zweite Hälfte des Romans schildert in weiteren drei Büchern den unaufhaltsamen Aufstieg der »Großen Usance«, Julius Caesars Flucht vor dem Gerichtsvollzieher in die Diktatur. Im vierten Buch bringt sein Konsulat eine generöse Verwirklichung des demokratischen Programms, die geniale »Lösung« der Bodenfrage durch die berühmte Lex Julia (das caesarische Ackergesetz) zeigt sich als eine gigantische Grundstücksspekulation des historischen Triumvirats, bestehend aus dem Bankier Crassus, dem General Pompejus und dem Demagogen Caesar. Sie hat neben interessanten geschäftlichen auch ergiebige »rein menschliche« Hintergründe. Pompejus entdeckt, daß seine Frau, während er selber in Asien Krieg führte, mit Caesar ein Verhältnis begonnen und ein großes Vermögen in dessen Grundstücksspekulationen gesteckt hat. Dies animiert ihn natürlich weit mehr als die Versprechungen, die er seinen Veteranen gemacht hat, die demokratische Bodenverteilung in Angriff zu nehmen.

Frauengeschichten nehmen in diesem Buch überhaupt einen ziemlichen Platz ein. Caesar gelingt es, dem Hahnrei Pompejus seine Tochter Julia zur Frau zu geben und dadurch die Beziehungen noch intimer zu gestalten.

Inzwischen wachsen jedoch trotz genialstem Amtsmißbrauch Caesars Schulden unaufhörlich. Er hat es nicht mehr nötig, nur seiner finanziellen Bedürfnisse wegen Politik zu machen, aber er ist gezwungen, aus all seinen politischen Unternehmungen Münze zu schlagen. Jedoch hat seine Politik nun schon den großen und allgemeinen Charakter, welchen die Betreuung der Interessen der Herrschenden eben hat. Indem er seine Gewaltaktionen übrigens beinahe immer im legalen Rahmen verübt, zeigt sich überraschend klar der »Wert« dieser Legalität. Die Republik gebiert fast ohne Geburtswehen die Diktatur.

Die römische Bürgerschaft, die sich seit dem Überhandnehmen der Sklaverei durch die Eroberung des Ostens in einen riesenhaften Haufen von Arbeitslosen verwandelt hat, verlumpt immer mehr. Die Siedlung ist ein gutes Geschäft für die City, aber für die Arbeitslosenheere kaum ein Tropfen auf den heißen Stein. Immer neue Bestechungen dieser verelendeten Massen werden nötig. Nur ein neuer Krieg kann die Summen bringen für die enormen Volksspeisungen und öffentlichen Bauten.

Caesar erzeugt in der Hauptstadt Panik durch geschickte Nachrichten von dem bevorstehenden Einfall gallischer Volksstämme in Italien und verschafft sich (durch gewaltige Bestechungen und einen Giftmord) die Statthalterschaft der beiden Gallien. Es hat sich für die herrschenden Klassen (repräsentiert in City und Senat) als unmöglich herausgestellt, über die Teilung der asiatischen Beute handelseinig zu werden: jetzt wird die Gallische Handelsgesellschaft gegründet. Da Caesar befürchten muß, daß in dem Augenblick, wo er das Konsulat abzulegen hat, eine Flut von Anklagen und finanziellen Forderungen über ihn hereinbrechen wird, reist er vorzeitig in seine neue Provinz ab, um den Krieg zu eröffnen.

Das vierte Buch besteht wieder aus Aufzeichnungen des Sekretärs Rarus und berichtet auch dessen weitere private Erlebnisse. Nach dem Tod des Caebio hat er zwei neue Freunde gewonnen, den Kutscher Pistus und den jungen Faebula, einen Legionär des Pompejus. Der Kutscher Pistus ist durch die enormen asiatischen Sklavenimporte arbeitslos geworden und hat sich auf Wetten bei Hunderennen geworfen, in denen er die einzige Chance eines römischen Bürgers erblickt. Faebula, ein Bauernsohn, will Siedler werden, jedoch bringt es die »Ungunst der Verhältnisse« mit sich, daß er wieder Legionär wird, diesmal des Caesar. Es spiegelt sich in den Schicksalen der beiden das Schicksal des römischen Volkes dieser Epoche des Zusammenbruchs der Republik.

In den Gesprächen des Feldherrn Lucullus, des Bibliothekars Alexander und des todkranken Dichters Lukrez ertönt der Nekrolog der bürgerlichen Freiheit.

Das fünfte Buch behandelt den Gallischen Krieg. Seite an Seite mit seinem Bankier Mummlius Spicer reitet Caesar in die reichen und blühenden Gefilde Galliens ein. Der Bankier belehrt den

Feldherrn, daß sein Hauptgewinn nicht aus den Taschen Galliens, sondern aus denen Roms fließen wird. Er wird an jedem Kriegslieferungskontrakt und an jedem Soldaten verdienen. In die Kriegslasten teilen sich natürlich mit den unteren Schichten des Siegervolkes die unteren Schichten des besiegten, und in die Gewinne teilen sich die herrschenden Schichten des Siegervolkes ebenfalls mit denen des besiegten.

Der Krieg beginnt mit einem Feldzug der Römer gegen die Germanen, der allerdings, da die letzteren den Rhein überschritten haben, mitten in Gallien stattfindet. Die Gallier machen Nichtinterventionspolitik. Die allgemeine Volkserhebung, zu der es schließlich in Gallien unter Verzingetorix kommt, wird von den gallischen Fürsten verraten. Sie werden an den Geschäften der römischen City beteiligt.

Caesar selber verdient, da er seine Feldzüge nach dem Rat des Bankiers Spicer führt, gut. Er führt die Tribute der unterworfenen Stämme pünktlich nach Rom ab, aber er zieht Profite aus den Schwankungen des Goldpreises, und durch die Hände seines Bankiers gehen die hochverzinslichen Anleihen, welche die Gallische Handelsgesellschaft in Rom den besiegten Fürsten gewährt, damit sie die Tribute entrichten können. Auch ist er imstande, in Capua gewaltige Sklavenschulen zu errichten. Aber seine Ausgaben sind ungeheuer. Nur durch die Ausführung enormer Bauten in Rom kann er seine Stellung aufrechterhalten und den Krieg in die Länge ziehen.

Von den sechs Büchern des Romans ist das fünfte das idyllischste. Im Felde erschließen sich dem Großstädter die Schönheiten der Landschaft. Der überfeinerte Ästhet lernt mit Interesse die Kriegsmaschinerie kennen. Ihn amüsieren die Verhandlungen mit der gallischen Aristokratie. Caesar liebt Verhandlungen über alles.

Das Buch besteht aus einer großen Erzählung des Bankiers und früheren Gerichtsvollziehers Spicer und einer kleinen Sammlung von Briefen des Legionärs Faebula an den Sekretär Rarus in Rom. Faebula fällt in der Schlacht bei Aduatuca, wo zwei römische Legionen bis auf den letzten Mann vernichtet werden, weil Caesar, um Zwischengewinne bei der Furagierung zu machen, die Truppen zum Zwecke der Selbstversorgung in weit verstreuten feindlichen Gebieten stationiert hatte. Es ist

Faebula schon nicht gelungen, sein Ziel, ein Stückchen Land, zu erreichen. Jedoch zeigt das Schicksal jenes anderen caesarischen Veteranen, dem wir im ersten Buch begegneten, das Los derjenigen, die das Ziel erreichten: sein kleiner Besitz wird von Bankschulden aufgefressen.

Die ersten drei Bücher des Romans schilderten, wie die Eroberung des Ostens durch Pompejus halb Rom und halb Italien ruinierte, die letzten drei Bücher, wie die Eroberung des Westens durch Caesar den Ruin des römischen Volkes, der Bauern und Handwerker, vervollständigte. Wurde im zweiten Buch die Wirkung des pompejischen Kriegs auf Rom, so wird im sechsten die Wirkung Roms im caesarischen Krieg sichtbar.

Der Krieg in Gallien ist noch nicht zu Ende, und er könnte nach Ansicht des Herrn Spicer noch Jahrzehnte dauern, als die Verhältnisse in Rom Caesar zwingen, zurückzukehren. Pompejus ist zum Senat übergegangen. In Caesars Feldlager am Rubikon sammelt sich die bankrotte und von der Gegenrevolution des pompejischen Senats bedrohte City und ersucht ihn flehentlich, seine siegreichen Adler zum Schutze ihrer Wechslerbuden gegen Rom zu führen. Gleichzeitig schickt der Senat ihm seine Absetzungsurkunde. Dennoch zögert der überschuldete und aller nur möglichen Verbrechen bezichtigte Mann, den Marsch auf Rom anzutreten. Wochenlang handeln die Bankiers die neue Staatsform mit ihm aus. Nach einem totalen Nervenzusammenbruch wird er endlich in halb bewußtlosem Zustand über den Rubikon getragen.

Aber nicht nur Caesar, auch die City blickt trübe in die Zukunft. Um sich von Caesar ihre Herrschaft über die Sklaven sichern zu lassen, muß die City durch ihre eigene Versklavung Caesars Herrschaft sichern. Die Aufrechterhaltung der Sklaverei als Grundlage der Wirtschaft wird zu einer Versklavung allgemeinster Art, das heißt aller Schichten der Gesellschaft, führen.

A 2

1. Buch:
Karriere eines vornehmen jungen Mannes
2. Buch:
»Unser Herr C.«
Der Aufstand der City
3. Buch:
Klassische Verwaltung einer Provinz
4. Buch:
Das dreiköpfige Ungeheuer
Die Lösung der Bodenfrage
5. Buch:
Der Gallische Krieg
Die Gallische Handelsgesellschaft
6. Buch:
Die Überschreitung des Rubikon

[Zum vierten Buch]

A 3

VIERTES BUCH

1) Triumph und Konsulatswahl 694
2) Das Triumvirat
   Clodius
3) Lex Julia
   Zehn Reden 695
   Das goldene Zeitalter
4) Heiraten und andere Rackets (Brief)
5) Die Gallische Handelsgesellschaft
6) Kriegerische Schweizer

A 4

1) Die Wahl 694
2) Das Triumvirat
3) Das Konsulat 695
4) Heiraten und andere Rackets
5) Die Flucht

A 5

1) Konsulatswahl
2) Triumvirat
3) Lex Julia
   Demokratie
4) Bankerott und Heiraten
5) Gallische Handelsgesellschaft
6) Abreise

A 6

1 *Wie man römischer Konsul wird*
C. verliert seine spanischen Pakete
Wahlparole: Frieden
–
Der italische Grundbesitz ruiniert auch den Imperialismus
Pistus soll vom Triumph profitieren.

2 *Das dreiköpfige Ungeheuer*
Das kranke Leibpferd
C. verliert seine Grundstücke an Pompejus
Die Plebs wird wichtig.
Die City stellt die Landwirtschaft um.

3 *Demokratie und Lösung der Bodenfrage*
C. gewinnt asiatische Pakete
C. versucht, die Plebs zu verkaufen.
Der Senat kauft nicht. (Daher die Legalität der ersten Monate)
Die Plebs wird benötigt. Faevula soll Land bekommen.

4 *Bankerotte und Heiraten* (Ein Brief)
–
–
Die asiatischen Staatseinnahmen klein.
Die asiatischen Papiere gehen in die Höhe.
Die   kann nicht bezahlt werden.

5 *Die gallische Handelsgesellschaft*
–
–
Die Furcht vor der Plebs

6 *Der Bankier und sein Feldherr ziehen in den Krieg*
Krieg   Kriegslieferungskontrakte
–
Faevula wird Legionär

A 7

1 *Wie man römischer Konsul wird*
C. will erotischer Abenteuer wegen nach Rom.
Sie nehmen ihm seine Grundstücke ab.
Wahlfeldzugsparole: Frieden! Demokratie!
Beteiligung an der Beute!
Kriege rentieren nicht.
Absage des Triumphes pazifistische Geste!
Pompejus fürchtet den Skandal
Erstes Gerücht über die Unrentabilität der asiatischen Siege.

2 *Das Triumvirat*
Die Frau des Crassus
Clodius
Das Pferd kriegt Fieber
Pompejus schleppt einen Teil des Senats in die City.
Cicero, der geistige Vater des Blocks der herrschenden Klasse, wird ausgeschaltet

3 *Lex Julia oder die Demokratie*
C. verkoppelt mit der Herabsetzung der Steuerpachten in Asien.

4 *Bankerotte und Heiraten*
City und Patres finden sich.
Lex Julia wird sabotiert.
Die herabgesetzten Steuerpachten langen nicht aus.

5 *Die gallische Handelsgesellschaft*
Politisches Moment: die Demokratie wankt.

6 *Bankier und Feldherr ziehen in den Krieg*
Verhaftung der Opposition angesichts des Krieges! Cicero!
Siehe Frankreich 1939! G.F. I,27

A 8

Pompejus und die Legionäre
Crassus will sein Geld
Lukullus für C.s Triumph
Pompejus gegen C.
Mucias Prozeß
Pompejus' Niederlagen im Senat
Lucceius
Geldknappheit

A 9

1) Der Ruin der römischen Bauern
2) Lukullus und Pompejus
3) Die Sterbekassen des Clodius

Kampf zwischen Senat und City:

Auch die 300 Familien wollen (Angst vor den Sklaven) jetzt verpachten.

Aber die Bankiers wollen nur auf Staatsgrund Anleihen gewähren!

A 10

1) Triumph wird verzögert
3) Dann wird der Dispens verzögert.

2) Pompejus (und Oppius) versuchen zunächst, das Bodengesetz *ohne* C. zu starten.
Sie ziehen es nur politisch auf. Dankschuld an die Veteranen.
Gelächter im Camp
C. zieht es als Geschäft auf.

A 11

Die Tagebücher des Rarus setzen im IV. Buch aus, da er nicht mit im Krieg war. Es wurden nur spärliche Stellen zitiert über den Gang der Geschäfte in Rom, das Bauprogramm. Dieses dient zur Markierung der Bestechungen. Er berichtet auch nur wenig über die Kornspekulation des Pompejus.

Vor dem Übergang über den Rubikon kommt Rarus mit andern Fliehenden wieder zu C. nach Transpadanien und man hört wieder seine Tagebücher zitiert.

A 12
IV

Um zum »Triumph« zugelassen zu werden, übertrieben sie die Zahl der Getöteten (5000 mußten es sein)

Kauften feindliche Rüstungen, die nicht vom Schlachtfeld, sondern vom Trödler kamen

»Er braucht kein Denkmal, man kennt ihn ohne das.«

Die Karthager und die Ritter haben Italien verwüstet
Ein »neuer Mensch«
Plebejer
Überbau (Cafés)
Die Commution unbrauchbar für den Fortschritt, da die Klienteln der Senatoren zu groß (das Volk zu arm und abhängig).

A 13
IV

Erweiterung des Büros
Das Grundstücksracket
Die Banken bringen des Pompejus' Antrag auf Ländererteilung zu Fall.
Schlappe des Pompejus und Sinken des Grundstückspreises.
Pompejus bedauert die Ablehnung wegen seiner Soldaten
Pompejus bedauert die Ablehnung wegen seinem Zaster

Pompejus ärgert sich über C. wegen des Ehebruchs
Pompejus ärgert sich über C. wegen des Grundstückgeschäfts
Wein und Öl schreien nach dem Individuum, dem Pächter!

A 14

C. hofft, der Landverteilungsantrag des Pompejus geht durch. Dann will er seinen Triumph halten und sein Land verkaufen. Lucceius (Pulchergruppe) soll das Konsulat bekommen. Er will sich nicht exponieren, gerade seiner Bodenkäufe wegen. Aber der Antrag des Pompejus fällt durch

Wichtigkeit des Triumphes. Unbekanntheit seiner kriegerischen Leistungen. Raunen seiner Gegner, er habe nicht gekämpft. Alles Schiebungen.

A 15
IV

Das demokratische Programm wird erfüllt.

(Allerdings: Aus den Staatskrediten werden Bankkredite und den Banken garantiert der Staat.)

Die imperialistische Demokratie.

(Kriegsgewinne für die Plebs. Das Abfütterungssystem. Die Circenses statt der Politik, die Bauten!)

Rom muß *verteidigt* werden gegen die Gallier!

A 16
IV

Die Arbeitslosigkeit, verursacht durch die asiatischen Feldzüge, erzeugt, zusammen mit den Manövern der City, eine revolutionäre Spannung. Es wird das demokratische Programm akut. Der Weg der Massen wird bezeichnet durch die Namen Catilina und Clodius. Die ständigen Unruhen bedrohen die Geschäfte. Gegen den Senat braucht die City den kleinen Mann. Außerdem handelt es sich darum, die Landwirtschaft auf Obst-, Wein- und

Ölbau umzustellen und dazu sind die kleinen Besitzer gut. Ihnen vorgestrecktes Geld ist nicht verloren. Die Bodenpreise sind ruiniert (durch billigen Zehntenweizen und die ausländischen, mit Sklaven bewirtschafteten Riesenfarmen). Viel Kapital sucht nach Anlageplätzen. Die Lex Julia ist ein Geschäft von nationalem Ausmaß.

Politisch sichert sich die City einen Stamm von ihr abhängiger Wähler, der mindestens 20000 Menschen umfaßt.

A 17
IV

1) Die Niederlage Catos.
Die herrschende Klasse verrät sich selbst.
a) (Nicht mehr rentierende Getreidewirtschaft – Kornspende Pachtsystem besser!)
b) (Asiatische Bankgeschäfte)

A 18
IV

a) Die City will die Regelung der asiatischen Steuerpachten womöglich ohne Caesar, das heißt ohne die Straße. (Schlimmstenfalls mit einem Caesar, der triumphiert hat.) Pompejus verhandelt im Senat und bringt dann, da er nicht weiterkommt, das Ackergesetz ein, das durchfällt, da die City nicht interessiert ist. (Die Plebs muß auch für dieses Gesetz bestochen werden, statt daß sie durch es bestochen wird.)

d) Katastrophale Rechenschaftsberichte aus Asien, Bankerott des Oppius. Das führt zur

e) Gallischen Handelsgesellschaft.

In den folgenden Jahren verpachten die Grundbesitzer ihre Grundstücke, um nicht zu verkrachen und um Plebs darauf sitzen zu haben. Umstellung von Wein- und Olivenbau während des Gallischen Kriegs.

A 19
IV, 1

Der Senat zieht die Bewilligung hinaus.

IV, a
1) Triumph?
2) Triumph bewilligt.
Bewerbung in Frage gestellt.
3) Pompejus' Ackergesetz
C. hängt.
4) Caesar Konsulatskandidat

A 20
IV

1)
Pompejus zahlt für die Landverteilung, aber nicht genug. Er ist filzig.
Nein: *Er ist in der Klemme.*
Der Antrag fällt durch.
Crassus stimmt mit nieder. *Und kauft dann.* (Niedrigster Kurs der asiatischen Papiere überhaupt).

Wahl 19. Juli

Am 3. Juli zwingt C. den Lucceius abzudanken.
Crassus *und* Pompejus brauchen die Ratifizierung.
Pulcher führt die Verhandlungen.

A 21
Caesar IV, 1

Bekommt C. von Lucceius das Geld für den Triumph? (Da er dadurch als Kandidat für das Konsulat ausscheidet!)

A 22
IV, 1 + 2

Pompejus schuldet dem Bankhaus Oppius große Summen für seine asiatischen Spekulationen.

Oppius unterstützt C. bei der Wahl, aber C. muß Mucias Grundstücke abgeben. Dafür verpflichtet sich Oppius, den Pompejus zur Unterstützung der Lex Julia beizutreiben.

Crassus hat einen Teil der Oppius-Sicherungen (Auf Pompejus' asiatische Spekulationen) aufgekauft (beliehen). Er ist am Herabsetzen der Steuerpachten interessiert.

A 23
IV, 2

Das Vermögen des Pompejus
Die Frau des Crassus
Caesars Lieblingspferd
Clodius und die Sterbekassen
Der asiatische Bankerott (Crassus)
Beseitigung der Arbeitslosigkeit
Zurück zur Natur. Das stille Landleben.
Alexander und Lukrez

A 24
IV, 2

C. liefert die Grundstücke an Pompejus zurück und erhält von Crassus asiatische Papiere.
Demetrius – ein Geliebter? C. entscheidet: Nein.

A 25
Schema der Verrätereien des Jahres 694

Die Senatspartei wickelt ihre Kapitalverwertungsgeschäfte über die Banken ab. Sie tritt so die politische Herrschaft gegen Beteiligung an finanzieller Herrschaft ab. Sie stemmt sich gegen die Lex Julia, beteiligt sich aber an der Gallischen Handelsgesellschaft.

Die City verschleppt, verwässert, verrät die Lex Julia zugunsten der Gallischen Handelsgesellschaft.

Die niedere Plebs verlumpt völlig. Die Fachvereine gehen über die Sterbekassen in die terroristischen Clodiusbanden über, die die Plebs in Abhängigkeit vom gallischen Krieg bringen, indem sie Anteile für die Plebs erpressen.

Die Verwaltung wird in plutokratische Rackets verwandelt. Ämterschacher tritt an Stelle patriarchalischen Nepotismus. Die bürgerliche Verwaltung tritt an in ihrer niedrigsten, primitivsten Form, als reine Korruption. Ihre höhere Form wird unter den Caesaren erreicht werden. Schrei nach dem starken Mann.

Im Triumvirat erfolgt im Grund schon der von Cicero angestrebte Zusammenschluß der herrschenden Klassen. Mit Pompejus geht ein Teil des Senats zu der neuen Kombination über.

Noch einmal erfolgt, mit Zuhilfenahme frechster Demagogie ein gewaltiger Ausbeutungsakt an der Plebs, die Überführung der Getreidewirtschaft in die Öl- und Weinkultur bringt den kleinen Mann noch einmal in den Brennpunkt der Politik. Die Kleinwirtschaft wird dann durch die Caesaren wieder liquidiert werden, die zehn Jahre gallischer Krieg braucht die Rebe und der Ölbaum.

A 26
Triumvirat 694

Was bekommt Crassus?

1) Ratifizierung der asiatischen Steuerkontrakte des Pompejus mit der City.

2) Vergrößerung der Gewinnspanne um ein Drittel. Auf zehn Jahre. Anteile an den spanischen Minen.

Pompejus?

1) Wie oben 1)

2) Landverteilung an seine Veteranen.

3) Oberaufsicht über das städtische Verpflegungswesen.

Caesar?

1) Lösung der Bodenfrage.
2) Gallien.

A 27

Die Hundewetten des Pistus

Bei seiner Nachsuche nach dem Leichnam des Caebio auf dem Schlachtfeld von Faesulae lernt Rarus den Kutscher Pistus kennen und schätzen. Später erscheint es, als ob Rarus in der Nacht, wo sie den Leichnam entdeckten, in seiner Verzweiflung sich dem Pistus hingegeben hätte. Dieser quält ihn infolgedessen in der Folge mit seiner unsinnigen Eifersucht.

Während der Kämpfe um die Weltherrschaft in Rom versucht Pistus sich eine Existenz durch Hundewetten zu schaffen. Er spekuliert sogar von Gallien aus, wohin ihn Caesar verschleppt hat. Seine Hoffnungen sind nicht ganz so unsinnig wie die vieler anderer römischer Bürger, sich ein Leben zu machen.

Er resumiert am Ende, daß er Aussicht gehabt hätte, ein kleines Vermögen zu erwerben, wenn er nicht durch Feldzüge, Politik usw., für die er in Anspruch genommen wurde, immerfort abgehalten worden wäre, seine Wetten anzulegen.

Pistus ist ein vitaler, lustiger und wendiger Südländer, voll von Tricks, Skepsis und Savoir-vivre.

Natürlich hat er Favorits unter den Hunden. Jedoch verhindern die Schiebungen klare Sicht.

A 28

Kritik IV, 1

Steff hat Schwierigkeiten mit den Namen. (Meint allerdings, es käme davon, daß er lang pausierte zwischen Buch III und Buch IV. Er hatte aber auch damals Schwierigkeiten.)

Die Personen müssen also deutlicher werden, und zwar beinahe alle. Rarus muß Stadtklatsch beisteuern.

Außerdem braucht man ein *Namensregister*.

Der Dispens.

Wo sind die Soldaten, die zum Triumph kampieren? Sie werden geschädigt.

Die Geldaffären.

Daß C.s spanische Gewinnste dazu dienen sollen, Triumph und Konsulat zu finanzieren. C. will nur spanische Papiere beleihen, Pulcher will sie abkaufen. Pulcher siegt. C. tröstet sich damit, daß er noch die Grundstücke hat.

Die Einleitung.

Der Historiker nicht genügend widerlegt.

B 1

Und sie kann keine freien Landarbeiter bekommen. Als sie voriges Jahr für ein wenig ungesunde Gegenden, in die sie nicht die teuren Sklaven schicken konnte, Landarbeiter in Rom anheuern lassen wollte, sagte ihr die Agentur, es ginge niemand mehr aufs Land, seit jeder vom Staat gratis Brot bekomme. So züchtet der Staat die Faulheit! »Jetzt fehlt der Bauer«, sagte Julia. »Auf meinen vier Gütern, die einmal 135 Bauernfamilien ernährten, sitze jetzt mit 50 Sklaven ich allein.« »Nicht mehr lang allein«, sagte Servilius verliebt.

B 2
IV,2

Julia, C.s Tochter aus erster Ehe, besuchte dieser Tage ihre Großmutter. Da sie sich mit Pompeja, ihrer Stiefmutter, nicht vertrug, lebte sie auf ihrem Landgut bei Ostia. Jetzt brachte sie ihren Verlobten mit, den jungen Servilius. Er klagt sehr über die schlechten Zeiten. Die politische Laufbahn ist beinahe unerschwinglich geworden. Die Banken geben keine Anleihen mehr für den Wahlkampf, wenn als Sicherungen nur die Ämter selber gestellt werden. Die City glaubt nicht, daß die senatorischen Familien sich noch sehr lange auf die alte bequeme Weise durch

Staatsämter bereichern können. Und der Grundbesitz wirft nicht mehr allzu viel ab. Servilius hat große Schafsweiden in Apulien. Sie ergeben kaum sechs Prozent Rente. Die Klagen von Reisenden und lokalen Behörden aus dieser Gegend hören nicht auf darüber, daß die Viehhirten sich wie Straßenräuber benehmen. Aber, sagt Servilius, was sollen sie anderes machen, wenn ich ihnen – es sind natürlich Sklaven – bei der miserablen Verzinsung den bescheidensten Unterhalt nicht mehr garantieren kann? Julia, die für ihre Erziehung sehr tüchtig ist, und selber ihr Erbteil, ein umfangreiches Landgut, bewirtschaftet, erklärte ihrer Großmutter ausführlich, wie sie ihr Gut zumindest teilweise vom Getreidebau zum Öl- und Weinbau umstellen will. Getreide bringt nichts mehr ein. Die Fracht zu Land ist so viel teurer als die zur See, so daß das sizilianische Korn, gegen das in Italien auch keine Zölle bestehen, konkurrenzlos ist. Dazu sind die Preise ruiniert durch die Kornspenden Catos, über den sie sehr erbost ist. Weinbau ergibt 17 Prozent Rente, aber Wein und Öl mit Sklaven anzubauen, ist sehr teuer. Sie arbeiten achtlos und ruinieren die Reben.

B 3
IV, 2

Das Haus des Oberpriesters hat sich in eine Markthalle verwandelt. Es wird immer gleichzeitig mit mehreren Parteien verhandelt. Die Leute sitzen in den einzelnen Räumen und werden von den 20 Sekretären traktiert. C. kommt jeweils für einige Minuten herein und gibt das Versprechen. Bei den besseren Leuten versuchen wir den Eindruck von einer richtigen Sitzung aufrecht zu erhalten. Da C. aber immerfort anderweitig benötigt wird, entsteht eher der Eindruck, er habe Bauchweh. Ein ehrwürdiger Senator fragt an, ob C., wie man auf dem Forum höre, wirklich den staatlichen Acker verteilen wolle. C. bestreitet, eine solche Absicht zu hegen. Der Besucher spricht ewig lang über Stadtklatsch, erhebt sich dann zögernd und sagt in der Tür, er sei jetzt beruhigt, da man nicht beabsichtige, was dem Staat gehöre, wegzugeben. Brauche man Boden für die Veteranen, so könne man ja allerorten (übrigens auch bei ihm) Boden haben, die Staatskasse sei ja voll seit dem asiatischen Krieg. Abgesandte der Veteranenvereinigungen verlangen für die Siedler staatliche Unterstützung und Ausschaltung der Banken. Ein Bankier (und Freund des großen Oppius von der Gewerbebank) wendet sich gegen den Plan, an die Siedler Staatsgelder zu geben, da sie das von allem Anfang wieder in die Gewalt reaktionärer Beamten bringen müsse. »Sollen sie den Boden, den ihnen der Staat schenkt, dem Staat verpfänden für das Geld, das ihnen der Staat leiht, ihn zu bebauen?« Er schlägt Bankkredite vor, die der Staat garantiert. Ein Senator wendet sich gegen jede Bodenverteilung. Er habe selber große Landgüter, sei aber gegen große Landgüter, weil dadurch der Staat einer gesunden Bauernschaft beraubt werde und damit schlagkräftiger Heere. Wie könne er aber Pächter für seine Grundstücke bekommen, wenn die Leute den Boden auch geschenkt kriegen könnten? Natürlich wird allen alles versprochen, aber man sieht, wie schwer das ist, da man immerfort erraten muß, was jeder will. Spät abends, als ich durch den Garten mußte, sah ich C. auf einer Steinbank sitzen und den Himmel betrachten. Alle Zimmer im Haus waren voll von Besuchern. Er winkte mich her und fragte: »Ist der dicke Senator noch oben in meinem Schlafzimmer? Ich bin müde, und er will einen ägyptischen Krieg, damit sein Neffe eine Oberstenstellung bekommt. Nebenbei, er hat ein halbes Dutzend Neffen.«

B 4
IV, 3
Ausschnitte aus Reden über die Lex Julia

Die Stadt platzt. Der römische Bürger hat 22 Reiche erobert in den letzten zehn Jahren und wohnt zu fünft in einem kleinen Zimmer mit einem Fenster. Während er am Mäotischen, am Kaspischen und am Roten Meer den römischen Adler aufpflanzte, wurde ihm sein Arbeitsplatz in Rom entrissen und in einer Bäckerei oder Schusterwerkstatt pflanzte der Gerichtsvollzieher den Kuckuck auf. (Gelächter) Zurückkehrend fand der Bäcker Bäckereien vor, die im Tag 200 Laib Brot backen. Sie werden von Sklaven betrieben und haben Mühlen, die von Pferden betrieben werden. Weder die Sklaven noch die Pferde kann er kaufen. Die Kupferwerkstätten haben tausende von Sklaven und der kleine Kupferschmied zahlt für das rohe Kupfer mehr als diese Betriebe für ihre Becher verlangen. Der Krieg war ein Wahnsinn. (Clodius vor den Obleuten der Sterbekassen)

Eine neue Ära des Wohlstands kündigt sich an. Der Weinstock und die Olive schreien nach unternehmenden Männern, bereit Italien in einen Garten zu verwandeln. Mit widerwilligen und ungebildeten Sklaven kann Wein- und Ölbau nicht gefördert werden. Rom ruft seine Bürger. (Balbus in der Handelskammer)

Keinen Fußbreit! (Bekannter Senator in Bäja)

Der Bodenpreis, der in den letzten Jahren ständig gesunken ist, zieht erheblich an, seit von Bodenverteilung gesprochen wird. (Mitglied der ostasiatischen Handelsbank)

Legt Zölle auf das sizilische Korn und streicht die Kornspenden und eure Güter verzinsen sich sofort wieder! (Senator)

Her mit dem Boden und wenn wir einigen Senatoren die Arme ausreißen müssen! (Soldat in einer Versammlung der Sterbekassen)

Die Herren Caesar und Balbus beabsichtigen eine Revolution, nichts weniger. (Cato)

Ihnen droht nicht eine Revolution, Ihnen winkt ein Geschäft! (Antwort eines Senators an Cato)

Man gebärdet sich, als verlangten wir Pfründen! Wir verlangen die Erlaubnis, unseren Schweiß zu vergießen und aus Schafsweide Ölhaine zu machen! (Mitglied der Sterbekassen)

B 5
IV, 3

Für Oppius (Kleinasiatische Bank) ein Exposé über die Rentabilität landwirtschaftlicher Kleinbetriebe ausgearbeitet. Hauptpunkte: Krise der italischen Landwirtschaft. Übergang vom Weizen- zum Wein- und Ölbau. Weizenbau nur noch auf Riesenfarmen mit sehr vielen Sklaven rentabel. Preise ruiniert durch den Zehntenweizen der Provinzen. Für Wein- und Ölbau kommen mindestens in der ersten Zeit der Anpflanzung, Sklaven unter Aufsehern nicht in Betracht. Sie sind rohe Arbeit gewöhnt und persönlich uninteressiert. Besser der persönlich interessierte Kleinbesitzer, der mit ganzer Familie und wenigen, ständig beaufsichtigten und in den Familienverband aufgenommenen Sklaven arbeitet. Wichtiger Punkt: Wein- und Ölbau rentieren sich erst nach geraumer Zeit. Während die Pflanzungen aufwachsen, kann der Kleinbesitzer die Kosten tragen, das heißt borgen und das Geld normal verzinsen. Sind die Pflanzungen groß und finden Ernten statt, besitzt die das Geld vorstreckende Bank in Form der angelaufenene Verschuldung eine feste Kontrolle der Pflanzungen. Hinweis auf asiatisches Kapital, das Verzinsung sucht. Hinweis auf die politische Seite. Die City sichert sich einen Stamm von mindestens 20000 zuverlässigen, von ihr finanziell abhängigen Kleinfarmern. Ideelle Gesichtspunkte.

Losungen für die Bürgerversammlung, das Ackergesetz betreffend: Jedem Römer römischer Boden! – Ackerland ist kein Almosen, Ackerland ist euer Recht, Eroberer Asiens! – Italische Bauern, schenkt dem Lande Wein und Öl! – Weg von dem steinigen Pflaster der Stadt, hinaus auf den fruchtbaren Ackerboden! – Ihr habt das Schwert geführt, führt jetzt den Spaten! – Wir versprechen dir nicht den Wein, wir geben dir den Weinstock! –

B 6

Lukullus sagt: Das ganze Reich befindet sich in Auflösung. In allen Erdteilen Siege, jedes Jahr ein Triumph und alles wankt in den Grundfesten. Nehmen Sie die asiatische Frage! Es ist noch keine zwei Jahre her, daß wir die City in den Staub geduckt haben und aus dem asiatischen Geschäft herausgeworfen, und schon wieder macht sie uns die größten Schwierigkeiten. An diesem Pompejus können Sie die neuen Verhältnisse studieren. Kein vernünftiger Mensch hätte es ihm mißgönnt, wenn er seine 50 oder 70 oder auch hundert Millionen aus seinem Feldzug herausgeholt hätte. Das ist durchaus üblich. Aber was tat er? Er machte Bankgeschäfte. Er legte dem König von   einen Tribut auf und lieh ihm das Geld dafür zu einem wahnsinnigen Zinsfuß. Die Sache wird über die Banken der City abgewickelt! Ist das noch ein Feldherr? Von ihrem Herrn Caesar und seinem spanischen Feldzug will ich gar nicht reden. Das ist ein Angestellter des Herrn Pulcher. Es wird Abend über dem römischen Reich, Alexander.

B 7

Alexander hat eine ausgezeichnete Plakette entworfen: Eine Weinrebe, die sich um ein Schwert rankt. Sie wird in Silber ausgeführt und gratis verteilt. In den Schankstätten hängen schon die Bilder der Kleinbesitz-Gesellschaft des Oppius. Ein Veteran, einen Weinstock pflanzend, Kinder an seinen Knieen. Hinter sich eine aufgehende Sonne. Alles in hübschen Farben. Auf dem Forum ist das Modell eines Kleinbesitzes aufgestellt, alles ganz winzig, das Häuschen, das Stückchen Land am sonnigen Abhang, man sieht sogar die Spaten. Ein wahres Kunstwerk!

B 8

Alexander wirft C. vor, er habe das Ackergesetz nur eingebracht, um sich persönlich zu bereichern. Zum ersten Mal wurde ich wirklich wütend. Nichts verdienen und dann noch korrupt genannt werden, das ist zuviel. Kann er sich tatsächlich keine Tat eines Staatsmanns vorstellen, für die politische Motive maßgebend sind?

B 9

Der Gastgeber bestand darauf, daß Alexander sich Bewegung machen sollte. Wir bestiegen ein paar Sänften und ließen uns in den Park tragen. Es war eine warme Nacht und, einige Lampenträger vor und hinter uns, gingen wir unter den hohen, schwarzen Sykomoren auf und ab, der kleine dürre Feldherr am Stock, der fette Bibliothekar des Crassus watschelte zu seiner Linken und zu seiner Rechten der magere, lange Lukrez, hustend.

Der erste Schreiber Pulchers sagte mir, daß der halbe Senat in asiatischen Papieren spekuliert. Die Herren wissen, daß sie sinken müssen, solang sie die Abmachungen des Pompejus mit den Cityfirmen nicht gutheißen. Jetzt, wo sie ganz unten sind, kaufen die Herren übrigens.

Cato tobt, daß aus Senatorenkreisen nichts mehr gegen die Kandidatur C.s gemacht wird. Er beschuldigt namentlich Senatoren, sie hätten asiatische Papiere gekauft und wünschten jetzt dem C. das Konsulat, damit er ihnen die Papiere hochtreibe.

Die Geldsammlung für C.s Konsulatskandidatur begegnet noch starken Widerständen. Auf dem Forum sagt man: C., das ist wieder der Straßenpöbel. Wir haben 92 erfahren, was daraus wird. Nie wieder die Straße!

Man will vor allem abwarten, ob nicht Pompejus mit seinen Anträgen auf Siedlungsland für seine Veteranen durchkommt, das würde für die Demokratie einen enormen Machtzuwachs bedeuten und womöglich bei den Wahlen ausschlaggebend sein.

B 10

Als ich heute in Gegenwart des alten Hysios meine Aufzeichnungen vom vergangenen Jahr nach irgendeiner Einzelheit durchsuchte, sagte er lächelnd: Wenn irgend jemand, so könntest du die Biographie des gefeierten Julius schreiben. Wenn man von jedem Konsul einer Übergangszeit die Biographie schreiben wollte, antwortete ich ihm, hätten die Historiker viel zu tun. Außerdem ergeben Geschäftsberichte keine Biographie. »Doch«, sagte er, »die Biographie von Geschäftsleuten und die ihrer Beauftragten.« »Aber wie sollte jemals eine Gestalt draus werden?« fragte ich. »Oh«, sagte er nachdenklich, »aus diesem deinem Julius würde auch kein anderer Bericht eine Gestalt machen können. Er ist kein x-beliebiger Konsul. Er hat ebensoviel Charakter und Eigenart wie eine Gesellschaft zur Ausbeutung der sardinischen Silberminen. Könnte man von solch einer Gesellschaft sagen, sie sei klug oder mutig oder sie habe schlechte Manieren?« »Aber er macht doch überall Eindruck!« »Macht sie keinen?«

Ich blieb dabei, daß in allen meinen Aufzeichnungen der vergangenen Jahre nur eine einzige wirkliche Gestalt auftaucht, und das ist mein unvergeßlicher Caebio.

B 11

Gespräch mit dem alten Hysios über die Frage, ob C. an der Ermordung des Metellus beteiligt war. »Für mich«, sagte er, »ist dein Herr keine Einzelperson, sondern nur der sichtbarste Teil eines kräftigen, bösartigen, sein Aussehen übrigens immerfort wechselnden Wesens. Er lebt von den Lastern und Krankheiten dieses Staates und hat einen Fuß in jeder morastischen Lücke, hat also tausend Füße. So hat es auch ein Auge in jeder Kasse oder Tasche, hat also tausend Augen. Dein Herr muß keineswegs jede Schandtat ausdenken, die für dieses Wesen günstig ist, selbst wenn er selbst nie eine ausdächte, würden sie doch ständig vorkommen, denn alle einzelnen Glieder dieses Wesens haben keine Existenz außerhalb und stürben schnell weg mit ihm. Du mußt bemerkt haben, wie er sich mit lauter Leuten umgibt – oder besser gesagt, wie lauter Leute sich ihm gesellen, welche ›die Schiffe hinter sich verbrannt haben‹, wofür man wieder besser sagen könnte, daß sie niemals Schiffe hatten, wohl aber auf dem Lande bedroht waren.«

Tatsächlich beklagte sich C. laut über den Mord an Metellus, der ihm Ungelegenheiten bereitet, aber zuvor hat er sich bei seinen Leuten genug über die Ungelegenheiten beklagt, die ihm Metellus bereitete.

[Zum fünften Buch]

A 29
V.
BETR. GALLISCHER KRIEG

Hatten die gallischen Fürsten stehende Heere? Ausbildungszeit?

Gab es eine römische Überlegenheit im Waffenhandwerk (bessere Waffen)?

Römische und gallische Eisenproduktion, Lederproduktion, Furagewesen?

Römischer Bauer und Handwerker und gallischer Bauer und Handwerker?

Ingenieurkunst (Lager, Befestigung, Ponton, Straßenbau)

Löhnung und Dienstverhältnis?

Sklaven? Woher bezogen? Sklavenwirtschaft völlig ausgebildet?

Offizierskader?

Strategie?

Finanzierung?

Zentralisierung des Befehls? Politische Faktoren dazu?

Lafargue behauptet, Caesar sei der Geist der Gleichheit unter den Germanen aufgefallen. Sie hatten Güterteilung. Was mit den Galliern?

A 30
CAESAR, GALLISCHER KRIEG

In Gallien haben die Rechten den Ariovist zu Hilfe gerufen, die Linken die Helvetier. C. greift die Helvetier an, nachdem er zuerst ihren Marsch freundlich aufgenommen hat. Er treibt sie zurück und rettet nunmehr Gallien vor Ariovist.

Roms Bündnisse mit den Äduern und den Germanen widersprechen sich keineswegs. Die Äduer, das heißt die äduanischen Grundbesitzer und Reeder riefen beide Staaten gegen ihre Untertanen und die demokratischen Nachbarstaaten zu Hilfe. (Flandinus).

A 31
C. in Gallien

Sklaven und Beute hauptsächlich im Norden.
Autonomie für die Stämme.
Keine Landkonfiskation (außer individuelle).
Viele Eingeborene. Römische Bürgerschaft.

A 32

Faber, der sich mit dem Kutscher Pistus, seinem Freund, des Rarus wegen entzweit, ist Bäcker, wird aber brotlos nach dem asiatischen Krieg infolge der Sklavenimporte des Pompejus. Er wird Legionär des Caesar. Er strebt nach einem kleinen Landgut (als Belohnung des Kriegsdienstes). Im V. Buch wird die Beschreibung der Eroberung Galliens unterbrochen durch die Beschreibung des Schicksals des Veteranen Casalla, der diese Belohnung erhalten hat. So stellt die Eroberung Galliens das »Tantae molis erat« für die Sorgen des Landwirts Casalla dar.

A 33

Krieg ist unpopulär, da er Sklaven bringt und dem Pächter und kleinen Bauern, der sich eben auf Wein und Öl umstellt, Zeit nimmt.

Die Oppius-Gruppe gegen den Krieg: sie finanziert die Lex Julia.

Die Pulcher-Gruppe für den Krieg: sie finanziert ihn.

A 34
Sinn der imperialistischen Vorstösse

Ausbeutung fremder Proletariate durch Unterstützung der Bourgeoisien. Der Vorstoß des Pompejus hat das italische Proletariat enteignet und erschöpft durch Abwanderung und Verteuerung des römischen Kapitals, das sich im Osten besser verzinst, und durch den gigantischen Sklavenimport, außerdem direkt, da die Werbe- und Aushebungsbeamten die italische Provinz der Hauptstadt vorziehen. Die städtische Bevölkerung ist unterernährt und übergebildet. Der Vorstoß des C. nach dem Westen vollendet diese Niederwerfung des italischen Proletariats, das durch nationale Zusammenfassung völlig geknechtet wird, und sichert dem römischen Kapital neue Anteile an den Gewinnen der westlichen Bourgeoisie.

A 35

Keine Regierung kann es mit ihrer Ehre vereinbaren, wenn Nachbarvölker mit reichen Bodenschätzen einen anmaßenden Ton anschlagen.

B 12
V Der gallische Krieg

Ich habe mir sagen lassen, sie hätten keinerlei Städte, nicht einmal Dörfer, sondern wohnten in Einzelgehöften. Als Einsiedler kämpften sie auch. Jeder kämpfte im Grund für sich und brauchte unglaublich viel Platz dazu. Außerdem formten sie ihre Haufen nach Bekanntschaften und Verwandtschaften und kamen ihren Onkeln oder Schwägern in der Schlacht zu Hilfe. Jeder war gewohnt, alle Arbeiten allein zu machen, trug eine Axt zum Holzschlagen bei sich, die er dann auch zum Schädelspalten verwendete, warf einen Wurfspieß, schlug damit zu, solange er ihn noch nicht geworfen hatte usw. Unsere Handwerker und Bauern, die Sklavenarbeit kannten, formten ihre praktischen Rotten und bewegten sich im Gefecht wie im Weinberg oder wie beim Schiffeausladen am Hafen.

B 13

Als ich am Nachmittag wiederkam, fand ich den Alten im Gespräch mit seinem Gärtner, einen jungen Birnbaum in seiner großen faltigen Hand. Er übergab ihn mit einigen Anweisungen dem Sklaven und bat mich, in die Pergola vorauszugehen. Ein Junge brachte die Karaffe mit Wein und Spicer hatte eine verwaschene Pergamentrolle unterm Arm, als er aus der Tür der Bibliothek trat. »Das ist sein ›Gallischer Krieg‹«, sagte er, sie zwischen die Gläser legend. »Ich habe es heute Nacht wieder überflogen. Nicht schlecht. Sehr militärisch. Ich habe das Manuskript damals sehr genau durchgegangen, bevor es ausgeschrieben wurde. Ich glaube nicht, daß irgend etwas Interessantes darin stehen geblieben ist.

Wir gaben es 703 heraus, als in Rom der Stunk losbrach, weil wir das Heer ständig vergrößerten. Man behauptete, wir führten nur Angriffskriege. Wir bewiesen natürlich das Gegenteil, aber wir überzeugten niemand von etwas anderem als davon, daß wir einen guten Stil schrieben. Mit unserer Bauerei hatten wir selbstverständlich ganz anderen Erfolg gehabt, da hatten wir so und so vielen Leuten die Taschen gefüllt. Wir schrieben das Buch nur, weil uns die Mittel zu ausreichenden Bestechungen ausgingen. Ein Buch wirkt immer viel schwächer als ein Kuvert.«

B 14

Die ungeheuren Kämpfe um die asiatische Beute sind noch nicht ausgekämpft und schon gehen Gerüchte um, die Beute sei gar nicht so groß, Asien sei durch die dauernden Kriege erschöpft, Pompejus habe in seinem Triumph die Milchkuh selber nach Rom geführt, es werde nicht viel weiter nachfolgen. Sollte man wieder nur geraubt haben? Wird jetzt Asien veröden wie einst Afrika, nach den punischen Kriegen? Die City jedenfalls lenkte die Blicke schon nach dem Westen.

[Zum sechsten Buch]

A 36

Acht Jahre liegen zwischen den Ereignissen von Buch IV und Buch VI. Wir finden also Pistus und Faber um acht Jahre gealtert vor.

Empfängt Rarus Briefe von Faber? Er könnte sie seinen Tagebüchern anheften.

Untergang und Entartung des Alexander. Freßsucht. Lukrez.

A 37

Kämpfe um das Konsulat
Flucht nach Gallien
Gallien wird zivilisiert
Sieg über Pompejus
Die Krone

Caesar macht seine Karriere mit Hilfe des Volkes. Den Rubikon überschreitend verrät er das Volk und macht seinen Frieden mit dem Senat (der Adeligen). Der Bürgerkrieg wird geführt, während sie die Bedingungen aushandeln. Als Diktator greift er auf das Volk zurück, aber es ist nicht mehr das Volk. Seine Drohungen, nach unten zu fliehen, werden von den Adeligen jetzt schon verlacht. Immerhin wird noch immer bezahlt.

A 38
Gründe für den raschen Einfall in Italien

Die Wirtschaft ist umgestellt auf Wein- und Olivenbau. Der Bauer fürchtet den Bürgerkrieg und wird, um seine Bäume und Rebstöcke zu retten, den Kandidaten unterstützen, der Italien besitzt und den Krieg in die Provinzen trägt.

Die Veteranen des Pompejus sind enttäuscht, da sie Boden

bekommen haben und Schulden abzahlen. Er verlegt den Krieg lieber nach Asien. Den Caesar kennen sie noch nicht.

Die Wahlmaschinerie und der organisatorische Apparat der City wird für C. besser arbeiten als für Pompejus.

A 39
Caesars Politik

Er kommt zwischen den Klassen der Plebejer und der Patrizier empor, zu Beginn erleidet er eine Niederlage, als er sich an dem Versuch des Catilina beteiligt, mit andern verschuldeten Patriziern den Staat umzuwälzen und dabei gegen die reichen Plebejer (die Ritter) steht (welche diese Patrizier in finanzielle Abhängigkeit gebracht haben). Dieser Aufstand hatte keine Basis. Die plebejischen Handwerker, Kleinhändler und Bauern konnten das Imperium nicht führen. Das spätere Beamtenkaisertum verschmolz den Ritterstand mit dem Patrizierstand und hielt sich zwischen den Reichen und den Armen, dem Senat und der Armee. Der Aufstieg der Ritter erfolgte aus dem großartigen Ausbau der Sklavenwirtschaft und der ökonomischen Durchdringung der außeritalischen Provinzen. Sie benötigten das Beamtentum.

Die »Milde« des caesarischen Regimes ist das Übergehen von politischer zu ökonomischer Herrschaft. (Siehe des Gracchus Umwandlung hispanischer Getreidetribute in bezahlte Lieferungen und überhaupt die Verwandlung der Provinzen aus tributpflichtigem Land in Eigentum, der Bundesgenossen in Schuldner mit der juristischen Form, daß das Bürgerrecht allgemein wird.)

B 15

C. sagte einmal melancholisch: Crassus und ich sind tragische Gestalten. Crassus hat immer vom Geschäft in die Politik gewollt, ich wollte immer von der Politik ins Geschäft. Wir scheiterten beide.

Beginn von VI wie II. Statt Osten Westen.

B 16

Die das Leben lieben, müssen die Todesfurcht ganz ausrotten; denn befreit von Todesfurcht werden sie mehr wagen und also ein besseres Leben erreichen.

Gespräch des Alexander mit dem Lukrez

B 17

Abends langes philosophisches Gespräch zwischen Alexander und Lukrez angehört. Über den Untergang der Kultur und der Sklaverei. Nach Lukrez, der übrigens jetzt sehr schlecht aussieht, steht er unmittelbar bevor. »Ihr erlebt ihn wahrscheinlich noch«, sagte er düster. »Es wird alles zusammenbrechen, denn wir können nichts als das Herrschen und ihr alles, außer dem Herrschen. Aristoteles wird nie mehr über den Staat schreiben, nicht nur, weil er sich sein Essen kochen und seinen Fußboden aufwaschen muß. Höhere Gebäude als solche, deren Dach man mit hochgestrecktem Arm berühren kann, werden kaum noch aufgeführt werden. Zunächst würde jeder Baumeister werden wollen und keiner Maurer. Später wird keiner mehr irgend etwas werden wollen, denn wie soll es gut geben, wenn es nicht schlecht gibt? Gute Verse sind Verse, die besser sind als schlechte. Ein guter Mensch ist ein Mensch, der besser ist als ein schlechter. Ein großer Mann könnte überhaupt nicht mehr entstehen. Wer sollte seine Pläne ausführen? Die großen Opfer bringt doch nicht das Opfertier, sondern der Opferer? Die Bewohner der Stadt werden lauter Konsule sein und dann wird bald keine Stadt mehr sein. Das Reich wird als erstes verfallen.« Alexander stimmte ihm bei. »Der Bauer, ohne Sklaven gelassen, wird wieder barfuß, denn er kann schon heute nicht mehr Leder herstellen noch beschneiden, ein winziges Stück Acker umgraben und grade genug haben, seine Familie zu ernähren. Die Städte werden aussterben, denn sie tun ja nichts, um sich zu ernähren. Wer wird Straßen bauen, wer Schiffe? Kein Römer wird mehr den Fuß über die Stadtgrenze setzen, soll er zu Fuß nach Griechenland gehen, um etwas zu lernen? Kein Buch kann geschrieben werden in mehr als einem Exemplar. Es wird nichts mehr gelehrt werden, denn alles Wissen wird von den Sklaven gewußt und die werden wieder auf die Jagd gehen müssen oder sich Rüben aus dem Feld graben müssen, um ihren Hunger zu stillen. Jetzt kann ich über dem Bodengesetz sitzen, da mir das Essen hingesetzt wird. Rollo kocht es.« Alexander kommt in letzter Zeit, von was er auch ausgehen mag, immer am Schluß auf das Essen. Er sagt selber von sich: »Früher war ich Sklave des Crassus, jetzt bin ich der Sklave des Rollo.«

B 18

Ich habe nach langer Zeit den Bibliothekar des Crassus wiedergesehen. Mit ihm ist eine merkwürdige Veränderung vorgegangen. Er leidet unter einem ständigen Drang nach Speisen und ist infolgedessen sehr dick geworden. Er hat sich eine Art Philosophie dazu zugelegt, wie es bei ihm ja nicht zu verwundern ist, und der Schwamm hat ihn mit Lukullus zusamengebracht. Sie haben sich angefreundet und sitzen jetzt fressend und darüber philosophierend zusammen. Alexander spricht nur noch sehr ungern über Politik.

Alexander ist jetzt sehr fett und kommt aus seinem Zimmerchen kaum noch heraus. Zum erstem Mal seit langem sprach er wieder über Politik, das heißt er machte einige Bemerkungen über die demokratische Politik des Jahres 92, während der catilinarischen Unruhen. Sie waren merkwürdig genug und zeigen den zunehmenden Verfall dieses einmal so glänzenden Geistes. Er mißt sich nämlich jetzt selber die Schuld an dem zu, was er »das Scheitern der einzigen wirklichen Volkserhebung, die Aussicht auf Erfolg hatte«, nennt. Und zwar wegen seiner Stellung zur Sklavenfrage! Er sagt ungefähr: »Wie konnte ich das nicht sehen, daß die einzige Aussicht der Bauern und Handwerker, oder wollen wir sagen, der Arbeitslosen, denn sie sind arbeitslos, oder werden es sein, in ihrer Vereinigung mit den Sklaven bestand? Ich bin selbst Sklave und habe es nicht gesehen. Einmal bin ich sogar gegangen und habe C. gewarnt vor der Sklavengefahr! Sie war die große Aussicht. Alles wird zusammenbrechen, wenn an die Sklaverei gerührt wird, sagten sie. Niemand wird mehr arbeiten ohne diese Peitsche. Welch ein Unsinn! Lesen Sie hier, was   über den Sklavenaufstand in Sizilien schreibt. Die Sklaven, dort zur Macht gekommen, erwiesen der Arbeit die allergrößte Achtung. Sie schonten und förderten jeden Freien, der arbeitete. Der römische Handwerker säße heute frei in seiner Werkstatt, der Bauer frei auf seinem Acker, wenn sie mit den Sklaven gegangen wären. Ohne die Sklaven hatte ihre Politik keine Basis und keine Stoßkraft. Catilina war gewiß korrupt, aber er war aus Korruptheit bereit, diese große Lösung zu versuchen: ich war aus Korruptheit bereit, sie zu vereiteln, wer ist da besser? Bei der Aufrechterhaltung der Sklaverei werden alle Schichten in Sklaverei versinken. Alle. Selbst die Besitzenden. Es fängt schon an.« Spekulationen eines kranken Gehirns!

B 19
VI

Und Lucceius sagte: Wir wissen doch, was wir mit dem Burschen auf uns nehmen. Er wird uns kujonieren noch und noch. Es wird kein Mann mit gradem Rückgrat mehr das Forum hinaufgehen, bevor es zerfällt, Spicer. Haben Sie seine Leute gesehen? Da drinnen? Das werden seine Beamten sein. Abschaum ist kein Ausdruck für so was.

Lucceius: Ich weiß nicht, was über diese Stadt gekommen ist, seit sie diese Sklavenherden hereingetrieben haben aus allen Himmelsrichtungen. Solche Menschen wie dieser Catilina und dieser Caesar sind früher nicht geboren worden. Und jetzt werden bald keine andern mehr geboren.

Wenn er unten durch ist, komme ich unter den Hammer. (Rarus)

Gewiß, er ist eine riesige Intelligenz. Aber was ist das in einer solchen Stadt? Ich sage Ihnen, während der letzten zehn Jahre hat niemand sich ausgekannt hier. Er schon überhaupt nicht. Er weiß nicht, was heute abend passieren wird. Wenn einer von seinen Ministern eine kleine, aber sichere Stellung irgendwo in der Provinz bekommen könnte, wo man ihn nicht kennt, er hinge in diesem Augenblick die Toga an den Nagel. C. weiß das genau, er nimmt keine andern. Aber sonst weiß er nichts, nichts,

nichts. Scaurus, der mit den Fischsaucen, sagt ihm vielleicht morgen, ob er nach Rom marschieren soll oder woanders hin. Mit seiner ganzen gerühmten Klugheit kann er nicht herausbringen, ob sie ihn in Rom, wenn er bis dorthin kommt, verhaften oder zum König ausrufen werden, was beinahe auf dasselbe hinausläuft. Natürlich, man wird die Verwaltung reformieren, die Pläne liegen ja schon vor, alles ist ausgehandelt bis zum letzten Tüpfchen. Das wird mit ihm geschehen oder ohne ihn. Er wird, falls es mit ihm geschieht, einiges beisteuern können, korrupt wie er ist. Für Geschäftliches hat er keinen schlechten Griff. Ein juristisches Gehirn, wie viele Kriminelle.

B 20
VI

Mit der Eroberung des Ostens fing es an, das Unglück und der Bankrott. Die halbe Welt erobert, die halbe Stadt, oder Insel, wenn Sie wollen, arbeitslos. Die andere Hälfte kommt jetzt unter die Brückenbögen, wo, was von der Welt noch geblieben war, erobert ist. Eine Million Sklaven wird er aus Gallien schikken, oder hat er geschickt. Der einzige Beruf, der dem römischen Bürger noch offen blieb, ist der des Schlächters. Er kann in eine Legion eintreten. Ein Vermögen haben, ist gleichermaßen gefährlich. Wenigstens in der Übergangszeit. Nun, die Fischteiche werden in festen Händen bleiben, nur nicht in den gleichen natürlich. Wir fingen an damit, Sklaven zu holen, und wir hören auf damit, Sklaven zu sein.

Ich sagte: Wollen Sie Ihre Fischteiche lieber aufgeben?

Nein, schrie er, ich will nicht. Keiner will. Das ist es ja!

B 21

Da ist der Krieg im Osten, der nie gegangen ist und nie gehen wird, er weiß es. Auch der gallische ging nicht, es ist jetzt wieder Krieg dort. Die *neue Ordnung* funktioniert nicht. Die griechischen Kaufleute haben Griechenland verraten, die gallischen Gallien, die syrischen Syrien, aber jetzt herrscht doch überall

Anarchie, die römische. Der Krieg im Osten wird auch nur die Anarchie verstärken, aber Rom ist arbeitslos und verdient werden kann nur an den Kriegsrüstungen (nicht etwa am Krieg). Also Krieg, der größte aller Kriege! Der *Krieg im Osten.*

Die große Stadt ist unbewohnbar geworden. Terror, Konspiration, Hunger und Unsicherheit, die Früchte des Regimes der Ordnung, treiben alle aus ihr: der Krieg ist eine Emigration.

In dieser Stadt ist niemand mehr frei, nicht ein Plebejer, nicht ein Senator. Der niedrigste Sklave ist der Diktator.

Er ist nicht mehr zu schützen. Ein Gardebataillon nach dem andern hat er aufgelöst, weil Anschläge entdeckt wurden. Jetzt geht er ohne Wache aus, da er so wenigstens die Wache nicht zu fürchten braucht.

Seinen Tod sagen nicht nur die Wahrsager bevor; jeder Barbier prophezeit ihn. Aber C. scheint ihn nicht mehr zu fürchten, wenn er etwas will, was fraglich ist, will er ihn beschleunigen.

Dann kann die nächste Phase anbrechen, von der niemand glaubt, daß sie besser sein wird, die aber immerhin die nächste sein wird und nicht schlechter sein kann.

Das gesellschaftliche Leben steht in fieberhafter Blüte. Die Huren kämpfen um die militärischen Posten für ihre Liebhaber, die Bankiers tätigen die Kriegslieferungskontrakte, der kleine Mann wettet auf den Hunderennen.

B 22
Die Sklavenwirtschaft veraltet?

Jetzt schleppen sie diese Sklavenhorden herein, jetzt! Wo die Sklavenwirtschaft völlig veraltet ist, überholt, blödsinnig! Was man noch brauchen kann, sind gut gedrillte Köche, Kammerdiener, Ärzte und Schauspieler. Aber die großen Güter haben sich überlebt, das weiß jedes Kind. Der Ölbaum und der Weinstock verdorren unter ihren Händen. Sie zertrampeln die Schößlinge, wenn sie in Trupps über die Schonungen getrieben werden. Die Zeit des kleinen Bauern kommt wieder, der sein Stück Erde hat und etwas daraus macht. Der die Götter bittet in der Nacht um Gnade, wenn er den schweren Regen hört. Der zehn Jahre warten kann und seinen Kindern die Schalen nur halb voll gießt, damit er Stöcke für die Reben kaufen kann.

Aber soll der Arbeitslose in den Mietskasernen des Crassus einen Koch kaufen oder einen Arzt? Soll das alte Weib am Tor einen syrischen Kammerdiener ausschicken, damit er ihr Speisereste aus irgendeiner Tonne fischt? Brauchen die unter den Brückenbögen einen Architekten aus Delos?

B 23

Denken Sie nicht, sagte der Alte einmal plötzlich, daß ich ihn nicht für einen großen Mann halte. Etwa weil ich so freimütig von ihm spreche und mir kein Blatt vor das Maul nehme. Ich trinke gern meinen Wein und bleibe dabei nüchtern. Ich bin ein einfacher, ungebildeter alter Mann und mag ein gutes Buch nicht von einem schlechten unterscheiden können. Aber ich habe doch viel gesehen, besonders von der großen Welt, und bei meinem Metier lernt man ja die meisten bedeutenden Männer kennen. Ich halte ihn für einen großen Mann, für einen der größten. So wie er sind große Männer. Aus diesem Stoff sind sie gemacht. Wir von der City wußten Bescheid, was wir in ihm hatten. Wir konnten keinen besseren finden. Wenn man ihn auf die richtige Spur setzte, machte er alles sehr tüchtig. Nehmen Sie das Kriegführen. Alle Militärfachleute sind sich einig, daß er Einzigartiges leistete. Und er scheute keine Strapaze. Er war physisch sehr leistungsfähig. Zäh. Wissen Sie, daß er einmal den Tiber bei Hochwasser durchschwamm? Ich sah es, Sie können sich auf mich berufen, was das betrifft. Er tat es, weil ich hinter ihm her war. Sie sagten, er habe keinen Charakter, aber wer hat Charakter in der Politik? Hatte Cicero Charakter? Pompejus? Sulla? Nur Cato, der Dummkopf. Mir ist immer als das großartigste an Caesar erschienen, daß er absolut keine Meinungen hatte. Jeder Eseltreiber hat so viele Meinungen, wie er Läuse hat. Und wie feinfühlig er sein konnte! Als Labienus, nach 15 Jahren Zusammenarbeit, davon zehn im Kriege, zu Pompejus überging, von heut auf morgen, wollte er durchaus nichts davon hören, daß er es aus politischen Motiven getan hätte, oder aus einem Mangel an

Zuneigung zu ihm. Er bestand darauf, und wurde zornig, wenn man ihm widersprach, daß es nur war, weil er ein Kuvert von Pompejus bekommen hatte. Er ist bestochen worden, rief er zornig aus, mit einem Ton, als hätte er sagen wollen: er ist gemeuchelt worden. Wirklich ein großer Mann! Altes Geschlecht. Wir Geschäftsleute wissen auch alten Wein von jungem zu unterscheiden. Ich meine immer: Alexander von Makedämon wird nicht halbwegs nach Gebühr eingeschätzt, einfach weil die Geschäftsleute noch nicht zu Wort gekommen sind. Nur sie wissen wirklich, was er für das Geschäftsleben bedeutet hat.

B 24

Natürlich, man braucht einen fähigen Mann. Meistens muß man mehrere ausprobieren, bis man den richtigen hat. In unserm Fall war es weder Marius, noch Sertorius, von den Gracchen nicht zu reden, die zu früh kamen. Es war auch nicht Catilina. Immerhin, mit Catilina war man dem idealen Typ ziemlich nahe gekommen. Ein heruntergekommener Aristokrat, praktisch in der Hand derer, die Geld hatten, ihm zu leihen. Fähig, die Wahlmaschinerie zu handhaben. Auch fähig, ein Heer zu führen. Skrupellos. Redegewandt. Mit Kinderstube. Zugleich unten im Ruf eines tollen Burschen. Der Mann reichte nicht ganz aus, aber bei dem Typ konnte man bleiben. Also wurde es Caesar.

Sie können mir glauben, er brauchte eine ganze Menge Schliff. Und ganz so wie gewünscht wurde er nie. Irgend etwas Inferiores blieb da immer noch. Er arbeitete nicht schlecht in Gallien, aber er wurde nicht annähernd fertig damit. Die Verwaltung, die er einsetzte, war jammervoll. Und auch mit dem Bürgerkrieg wurde er nicht fertig. Man brauchte keinen Krieg, um ihn zu erledigen, es genügte ein Mord. Er war so unmenschlich unpopulär. Wenn er, als Diktator, ein Theater betrat, herrschte eisige Stille. Obwohl alle an ihm verdienten. Jeden Witz eines Schauspielers über ihn beklatschten sie Minuten lang. Er saß und konnte seine Aufregung nicht verbergen. Den Literaten stopfte er Geld hinein, wo er konnte, aber sie schrieben nur Schmähungen auf ihn. Sie wagten nichts anderes. Er war der erste, der in solchem Umfang bestach, und er war auch der erste, der die Zensur einführen mußte.

Dabei ging er so vorsichtig zu Werk, wie er nur konnte. Seine Gegner, den Pompejus, den Cato und den Cicero, schaffte er aus dem Weg, ohne ausdrückliches Urteil. Es war so gemacht, daß es scheinen mußte, er wisse von nichts. Er verfolgte sogar die Mörder. Aber er täuschte niemanden.

Natürlich, da war nicht viel zu verstecken. Die zensorischen Volkszählungslisten zeigten einen Rückgang der römischen Bürger um ein volles Drittel. Er ließ sie nicht mehr veröffentlichen, nur, was sollte das helfen, wenn eben von je drei Menschen einer fehlte? Daß der römische Bauer so gut wie verschwand, schob man ihm in die Schuhe. Dabei war es vollständig richtig und fortschrittlich, das Korn von den großen, mit Sklaven betriebenen Kornfabriken der Provinzen zu beziehen, aber die blutige Arbeit, die zu diesem Zweck gemacht werden mußte, besorgte eben er.

Seine Ermordung war tasächlich kein heroischer Akt. Es genügte, ihn bei irgendeiner Gelegenheit abzustechen. Niemand im Senat rührte eine Hand, ihm zu helfen. Die er in den Senat hineingebracht hatte, hatten ihre Hände alle in ihren eigenen oder in anderer Leute Taschen. Er wurde erschlagen wie ein Hund ohne Herr. In der Tat, die Kaufmannschaft war kaum ärgerlich. Die Börse schloß zuversichtlich.

Er wußte genau, daß es so enden würde. Am Schluß war er mit den Nerven so herunten, daß ihm alles gleichgültig war. Am Tag der Ermordung war er gewarnt. Man sagte nachher, er hätte zu Hause bleiben können. Aber er fühlte sich nicht sicher zu Hause. Man sagte dann, er hätte eine Schutzwache nehmen sollen. Aber er mißtraute jeder Schutzwache. Der Senat schien ihm noch der sicherste Ort.

B 25
Fatalismus der Deterministen

Die Geschichtsforscher müssen mit Vorsicht genossen werden. Sie sind verpflichtet, nachzuweisen, warum alles so kam, wie es kam. Je vollzähliger sie ihre Gründe zusammenhaben, desto wohler muß ihnen zumute sein. Aber desto entsetzlicher wird der Fatalismus, der ihren Werken entströmt wie ein fauliger Aasgeruch. Natürlich gibt es genügend Gründe dafür, daß die Sklaverei aufrecht erhalten wird, sonst würde sie nicht aufrecht erhalten werden, nicht wahr? Aber muß sie aufrecht erhalten werden? Mußte sie es? Das kann ich nicht einsehen, aber die notwendige Arbeit kann ohne sie nicht geschafft werden? Nun, wo die Sklaven siegen, in Sizilien, im vorigen Jahrhundert, wurde die Arbeit auch geschafft. Und in massenhafter Weise, wie vorher. Diodoros, der Geschichtsschreiber, berichtet doch ausdrücklich und erstaunt genug, daß die siegreichen Sklaven jeder Arbeit die größte Achtung erwiesen, natürlich, gerade sie taten das. Und da sagt man, sie würden, gerade sie, auseinanderlaufen und die Ackergeräte hinwerfen, wenn die Peitsche fehlte! Sie würden nur den Nichtarbeitenden nicht das Essen hinstellen! Die Arbeit würde also allgemeiner statt seltener, geachteter, statt verachteter! Die Römer haben dann von außen her den Aufstand unterdrückt, mit einem Heer oder vielmehr vielen Heeren bestehend aus römischen Bauern und Handwerkern. Sie wurden unterstützt von den sizilischen Bauern und Handwerkern, von innen her. Ihre Kinder und Kindeskinder, die der herbeigeeilten und die der ansässigen, sind heute hungerndes Gesindel, völlig unterworfen, ein ungeheurer Haufe hungernder Schmarotzer. Aristoteles sagt: Wenn die Webstühle von selber liefen und die Pflüge aus eigener Kraft über die Äcker rollten, dann dächte niemand daran, Sklaverei aufrecht zu erhalten. Ich weiß nicht recht.

B 26

Die Diktatoren setzen auch den Reichen ihren Fuß auf den Nakken. Sie befehlen ihnen, das Volk rücksichtslos auszubeuten.

B 27

Wenn man davon ausging, was der Mann so an einem Tag leistete, hätte man annehmen müssen, er sei zu schwächlich, einen Schreibstift zu halten. Aber er nahm jeden Morgen eine Fechtstunde und hatte einen Körper, drahtig wie ein Athlet. Und so war sein Gedächtnis. Ich war mir von Anfang an klar darüber, daß man aus solch einem Mann etwas machen konnte, wenn man sich die Mühe nahm.

Ein gefährlicher Bursche! Er bekam etwas Grünliches in die Augen, wenn er gereizt wurde. Nur seine Willensstärke bewahrte ihn davor, daß er über einen Gegner sogleich herfiel. Er wußte natürlich, daß er dem Pompejus nicht die Zähne in die Wade schlagen durfte. Aber ich habe mit ihm in Gallien mehr als einmal die größten Schwierigkeiten gehabt, ihn davon abzuhalten, daß er Städte glatt ausrottete. Er lernte gut, lernen war seine große Fähigkeit. Er lernte, was ihm gar nicht lag, sogar Ehrlichkeit, sogar Milde. Aber seine Milde, von der man heute noch lesen kann, verwüstete ganze Landstriche. Er wandte sie erst an, als er ausfindig machte, daß Drauflosgehen nur einige Ortschaften verwüstet hätte.

B 28

Der Fortschritt war gewaltig. Das Elend schritt fort und der Reichtum schritt fort. Der Luxus wurde größer, ebenso die Entbehrung. Die Bildung verbreitete sich und die Verkommenheit nahm zu. Die Zivilisation breitete sich aus mit dem Imperium wie eine Seuche sich ausbreitet. Mehr und mehr Völker kamen miteinander ins Gespräch und sie sprachen über die Unterdrükkung.

Der Adel wird besiegt als Adel, aber er herrscht weiter als Großbürgertum, das heißt er besitzt weiter und herrscht durch den Besitz.

Man kann dem C. die Vernunft nicht absprechen. Er war ein geschickter Organisator, praktisch in seinen Maßnahmen, hurtig in seinen Entscheidungen. Aber die Vernunft spielte keine allzu große Rolle. Er vertrat kein produktives Prinzip. Das Imperium breitete sich aus, vor ihm und nach ihm, durch ihn und gegen ihn. Der Begriff der Vernunft, von Leuten seines Schlages abgezogen, ist ein primitiver, zurückgebliebener Begriff. Burschen wie ihn groß zu nennen, ist unseres Jahrhunderts nicht würdig. Das käme den zurückgebliebensten, rohesten, korruptesten Leuten zugute. Innerhalb der römischen Geschichte kann man ihn gut groß nennen; man muß dann den Begriff der Größe an die Elendigkeit und Barbarei des Systems Römisches Imperium binden. So kann man von großen Kurpfuschern reden, von großen Alchimisten, von großen Großinquisitoren.

C. bezeichnet den Höhepunkt der Sklaverei. Die Sklaverei, um ihre größte Entfaltung zu gewinnen, bemächtigt sich der Herren. Nunmehr sind alle Sklaven. Der Senat, die Kaufmannschaft, das Volk, alles versklavt sich. Und der Alleinherrscher zeigt neben den Zügen des Befehlenden alle Züge des Sklaven. Am Ende steigt eine Sklavenreligion, das Christentum auf und beseelt alle, den Caesar eingeschlossen.

Wichtig: das Hinüberwechseln der Gutsbesitzer zum Handel während der ciceronischen Epoche zeigen! Die gallische Handelsgesellschaft mit Grundbesitzer- (senatorialem) Kapital! Nicht die Bankleute siegen mit C., sondern das Bankgeschäft siegt. (Ciceros Verschmelzung der Ordines war eine Goldverschmelzung)

B 29

Er besaß ohne Zweifel persönlichen Mut. Außer den Banken fürchtete er wenig. Den Tod hielt er gelegentlich gegenüber dem Bankrott für das kleinere Übel. Allerdings darf man sein persönliches Eingreifen in einigen Schlachten nicht allzu hoch anschlagen. Man darf nicht vergessen, daß er diese Schlachten nicht verlieren durfte. Lukullus konnte eine Schlacht verlieren und ruhig nach Rom heimreisen. Niemand erhob eine Hand gegen ihn. Wenn C. die Schlacht verlor, konnte er nirgends hin. Man hätte ihn überall wie einen Hund erschlagen. So war es auch mit Catilina, mit dem er überhaupt die meiste Ähnlichkeit aufweist.

Man preist seine Milde. Man betont, daß er den   die Hände nicht im Zorn, sondern lediglich aus Berechnung abhauen ließ. Dabei vergißt man, daß er durch lächerliche Fehler, durch völlig falsche Berechnung, in eine Lage gekommen war, wo solche

Maßnahme die einzige Rettung zu sein schien. Nach der Schlacht bei Pharsalos ließ er die gesamte Post, die er beim geschlagenen Feind erbeutete, ungelesen ins Feuer werfen. Eine große Geste, nicht wahr? Er wußte, daß sein ganzes Heer im Briefwechsel mit dem Feind stand. Die meisten Briefe hatte er gelesen, bevor sie abgeschickt wurden, seine Polizei war ausgezeichnet. Und wie hätte er es anstellen sollen, es sich selber zu verheimlichen, daß seine Anhänger größtenteils aus Lumpen bestanden? Mit anständigen Leuten hätte er gar nichts anfangen können. Er verwickelte sie alle in Verbrechen.

Romanentwürfe

Das Buch Gasgarott

A 1

Zum Roman *»Der abgegriffene Himmel«* / oder *»Ein Leben«* / oder *»Ein Mann«* / oder *»Das Buch Krobe«*. Das Buch Gasgarott / *Erster Abschnitt:* Der absolute Engel. Die Hafenkneipen in bunten Farben. Die Engelsmutter – frömmelnd und bösartig. Die Mission der Jesuiten. (Sie standen auf den Kanzeln und verlangten völlige Keuschheit ...) Das ersparte Bett. Das Kind.

A 2

Kapitel aus »Das Buch Gasgarott«
(Gegen Schluß zu) Technische Untersuchungen über die Führung der Fabel und die Sympathieverteilung des Autors.

B 1
Aus dem Buch Gasgarott/II. Kapitel: Die Bar

I

Als das Keifen der Frau Munk immer lästerlicher wurde und sie in ihrem schmutzigen Spinnenwinkel herumfuhrwerkend in glühendem Gelb und Rot seine leibhaftigen Gemeinheiten zu Bildern ausmalte, die vor Unzucht und Menschenkenntnis strotzten, sah er sich traurig gezwungen, in eine Schenke zu fliehen, um nicht trübsinnig zu werden. Er geriet, da er nun schon einmal Unglück hatte, in eine Schnapsbrennerei, in der Literatur betrieben wurde. Auf zwei schwarzen Ledersofas hockten bleiche Jünglinge, die von ihren Müttern geboren waren, die Welt der Ideen zu beherrschen, und zwar vermittels bedruckten Papiers. Sie pflegten Spießer aus dem Nebenzimmer hinauszuekeln durch genialische Späße, oder aber, wenn der Mann dauerhaft war, durch ihre gewöhnlichen Unterhaltungen.

Am Anfang war Gasgarott im Gastzimmer gesessen und hatte vor einem winzigen Kirschgläschen, von einer braunen Ecke aus, in dem kindischen Tumult, durch Rauchschwaden hindurch besoffene Fuhrleute und Kleinbürger gezeichnet, die um Pfennige auf lebensgefährliche, ernste Art Karten spielten, aber es schien nur ein Vorwand für ihre Gewohnheitszänkereien. Da sie einander, um in Stimmung zu kommen, wahnwitzig verleumdeten, hatten sie dicke Häute bekommen und mußten nun gewaltige Anstrengungen loslassen, um durch immer scheußlichere Verdächte und Drohungen einander verletzen zu können. Dies machte ihnen Spaß. Wenn sie betrunken waren, sahen sie aus wie Vorstadthäuser, die gewohnt sind, in Rudeln auf viel zu kleinen Plätzen beisammenzukleben, und nun, von schwarzem Regen zerfressen, nach dem Niederbruch vieler umstehender Häuser, fast ohne Mauern dastanden, denn je zwei Häuser hatten nur eine Wand und jetzt sah man schaudernd ins Innere. Als Gasgarott einige Minuten gezeichnet hatte, zwickte einer die Wirtin in den Steiß und sagte, den Grünen dahinten werde er jetzt dann sofort rausschmeißen, er müsse nur noch nachsehen, ob er heut noch bis dort hinten gehen wolle. Die Wirtin sagte »au« und watschelte zu Gasgarott, den sie anlächelte (ihr Gesicht war wie ein nackter Hennensteiß) und bat, ihr in das Nebenzimmer zu folgen, wo die Herrn Künstler säßen. Gasgarott ging mit Kirschglas und Zeichnung ihr nach, in das Zimmerchen mit den zwei Sofas.

Es saß nur ein einziger Jüngling drinnen, der eine Gitarre neben sich und ein Glas Heidelbeerwein vor sich hatte. Er stand sogleich auf.

»Der Herr ist Maler«, sagte die Wirtin, »vielleicht kann er hier sitzen.«

Der bleiche Jüngling sah ihn mit unruhigen Augen an, und zwar Schultern und Krawatte von ihm, setzte sich müde und sagte gequetscht: »Setzen Sie sich *ruhig* hierher. Es kommt heut so niemand.«

Hierauf griff er mit langen, gelenklosen Fingern nach Gasgarotts Papier und beäugte die Zeichnung. Er gab, den Zwicker balancierend, einige Sätze darüber von sich, die er mit drei oder vier französischen Malernamen spickte, und verwickelte sich in einen längeren Monolog, in dem er mit Akribie den Nachweis führte, daß Gasgarott nicht originell sei, da andere Leute schon vor ihm die gleiche Ausdrucksform für die gleichen Dinge gebraucht hätten. Er sei ein Epigone der Mode. Gasgarott belustigte sich zunächst an der billigen Kritik, die sich auf einem Minimum von tatsächlicher Kenntnis aufbaute und furchtbar persönlich wurde, dann aber ließ er sich, spaßeshalber, in eine Hetzerei ein, indem er sagte: Niemand mache es ihm möglich, zu einer andern Zeit zu leben als jetzt, Nichtatmen sei origineller als Atmen, aber nicht so zweckmäßig, man könne seine Gedanken deutsch oder chinesisch ausdrücken, und wenn sowohl ein jüdischer Getreidehändler als auch ein katholischer Lehrer, sowie ein buddhistischer Bettelmönch Unter den Linden je einen grünen Hut trügen, würde man sofort glauben, sie seien einander ähnlicher als sonst jemand in Berlin. Aber nun merkte er, daß es sich bei dem Jüngling vis-à-vis um etwas beträchtlich anderes handelte als um die Schlichtung einer Meinungsverschiedenheit. Jener hatte ein ganz bestimmtes Repertoire von Ideen und es war ihm wichtiger, sie anzubringen, als sie zu verbessern.

Der Jüngling, der übrigens Gorner hieß, Hanns Gorner, mit zwei n, schluckte hastig sein Glas Heidelbeerwein und sagte schnell, um die Chance auszunutzen:

»Die Geschichte mit den grünen Hüten ist gut, aber oberflächlich, denn Form und Inhalt sind wie Haut und Fleisch, nicht wie Kleidungsstücke und Körper.« Die Phrase von chinesisch oder deutsch ist abgeschmackt, denn gerade die Gedanken sind es, auf die es zuletzt ankommt (da sie allesamt falsch seien, die Wissenschaft sei nur die Buchführung für die Irrtümer der Menschheit), wohl aber auf den Ausdruck. Aber was ihm auffalle, sei die Ansicht, Nichtatmen oder Sterben sei schlechter als Leben, welche Seichtheit der Philosophie geradezu einen traurigen Eindruck bei ihm hervorrufe. Und nun begann er in Eile, einen Überblick über die Bedeutung Schopenhauers zu geben, der Gasgarott unendlich langweilte, weil er es noch nicht verstand, aus einer Philosophie die Schicksale ihres Philosophen herauszuholen, denn erst später schien ihm Philosophie als etwas ganz Hohes und Wunderbares: als die Ahnung eines Menschen von seinen Eigenschaften, auch den fehlerhaften.

An diesem Abend lernte Gasgarott nicht nur einen Narren kennen.

2

Er kam öfter hin, da eine ungewisse Poesie über den Köpfen der jungen Menschen leuchtete, sobald man nur die Augen halb und die Ohren ganz schloß. (Usw.)

3

Eines Abends, allein im Cab, hing George Beil einen gelben Lampion um die elektrische Birne und erzählte ihm gegen das Versprechen, daß ihm der Schnaps gezahlt würde (denn er mußte einen Vorwand für den andern haben, um ihm die Geschichte zu erzählen ...), die Geschichte von seiner Geliebten und dem Dogma von der ewigen Verdammnis.

George Beil hatte seine Mutter durch Krebs verloren und war dadurch mißtrauisch geworden. Er hatte mit einigen seiner Freunde aus lächerlichen Gründen Streit angefangen und sich ganz zu seiner Geliebten, einer jüdischen Medizinerin, zurückgezogen, bei der er fast jeden Nachmittag gegen fünf Uhr den Tee trank. Sie war breithüftig und leibhaftig, die Tochter eines vierschrötigen amerikanischen Geschäftsmanns, der zeitweise an Cowboys Brandy verkauft hatte, und einer hochkultivierten Mutter, sie hatte spießige Ansichten und geistige Ambitionen und sie war mit 22 Jahren Jungfrau. Beil lebte keineswegs in Frieden mit ihr, sondern im Kriegszustand, er lebte *vom* Krieg, weil er eine Abneigung gegen ihre Haut zu haben glaubte, die mit der Zeit kleiner wurde. Sie diente ihm aufopfernd, sie ertrug seine Launen und hielt stand seinen Gemeinheiten, sie duldete es traurig, wenn er sie seelisch nackt auszog und Vergleiche zog, sie gewann ihn immer lieber, sie wäre eine gute Frau geworden. Er aber wußte, daß ihr Instinkt nicht in Ordnung war. Es mag sein, daß sie zuwenig auf Männer gewirkt hatte und darauf zu sehr angewiesen war, aber das hatte sie erst recht eitel gemacht: Sie tat nun zuviel, um zu gefallen. Sie begann alle Sätze mit ich, und da sie von Natur täppisch war, klang auch das Wahre wie Prahlerei. Auch verallgemeinerte sie unsinnig und war geistreich. Sie hatte die Maßlosigkeit eines jungen Füllens und in ihren Gefühlsaufwallungen wirkte sie furchtbar geschmacklos unter Nüchternen, dabei benahm sie sich so, daß Männer alle ihre Äußerungen auf Sexuelles zurückführten.

Das alles wußte Beil und er nahm den Kampf dagegen wie ein Mann auf. Wenn er über sie sprach, gewann man sie langsam lieb und auch jetzt noch, als er ihre Leidensgeschichte erzählte, die die Geschichte ihrer Geschmacklosigkeiten war, merkte man, wieviel positiven Wert sie haben mußte, um diesen Menschen so zum Kampf gegen ihre Fehler aufhetzen zu können. »Bei jeder andern«, sagte er, »hätte es mich mißtrauisch gemacht, zu hören, daß sich verschiedene Männer schlecht gegen sie benahmen.«

Als er sie endlich so weit hatte, daß er damit beginnen konnte, sie liebzugewinnen, das heißt, als er meinte, ihre guten Eigenschaften seien jetzt in ihr zum Durchbruch gekommen und sie sei jetzt nicht wie er, sondern wie sie sich wünschte – obgleich er nie herausbrachte, ob er ihr ihre Geschmacklosigkeiten damals abgewöhnt oder ob er sich an ihre Geschmacklosigkeit gewöhnt hatte –, kam etwas dazwischen, was ihm zeigte, daß er ein Meer in eine Tonne ohne Grund geschöpft hatte: sie war nicht voll geworden.

Sie sagte ihm eines Tages, sie wolle mit einem Freund ihrer Schwester eine mehrtägige Tour machen, zu einer Zeit, wo er für sie keine Zeit hatte. Sie fragte ihn auch, ob er etwas dagegen habe, da sie wußte, daß er den Menschen nicht leiden konnte. Er sah sie zerstreut an und sagte nein. Er erinnerte sich, daß der

Mensch einmal in ihr Zimmer getreten war, als er drinnen war. Sie hatte mit jenem den Vormittag zugebracht, zu Mittag gegessen und für den Nachmittag ihn bestellt. Nun kam er herein und hängte ohne Aufforderung seinen Mantel an den Kleiderständer. Das hatte ihm Beil nie vergessen. Aber er sprach gut von ihm, weil er ihn komisch fand, seines semitischen Aussehens wegen, und weil er die Hacken beir Verbeugung zusammenschlug.

Er hatte damals gedacht, daß eine Frau, in deren Zimmer überkonventionelle Leute ihre Mäntel ohne weiteres abhingen, nicht besonders viel wert sein könnte, und dachte jetzt, daß eine Frau, die mit solchen Männern reiste und die Nächte zubringen wollte, von diesen Männern gebührend gewürdigt werde.

Aber er sagte: »Wenn das Wetter gut ist, die Gegend am See ist schön und den Mann kenne ich nicht.«

In den nächsten Tagen fing die Frau mitunter wieder von ihrer Tour an und frug ihn wiederholt, ob nicht *er* mitkönne. Sonst sollte noch ein Freund des Freundes ihrer Schwester mit auf die Tour.

»Nein«, sagte er. Er könne nicht mit.

Da sprach sie andere Möglichkeiten, die Tage zu verbringen, durch. Am letzten Tag gab es noch eine Möglichkeit für sie, sie konnte die Tage mit befreundeten Eheleuten verleben. Sie ging mittags hin und er wartete bebend auf den Bescheid. Denn nun schien es ihm, wenn sie ihn liebte (und das tat sie), müsse sie das Richtige finden; der Ausflug sei eine kleine Sache, aber sie mußte fühlen, daß er seinetwillen nicht gemacht werden dürfte, sonst war sie keine Frau. Er wußte natürlich, es nutzte nichts, es ihr zu verbieten, denn wenn es gilt, zu sehen, was in einem drinnen ist, darf man nichts hineintun.

Sie kam zurück und sagte, nun fahre sie. Nur der Freund ihres Freundes habe abgesagt. Es gab ihm einen Schlag, aber er ermannte sich und wünschte ihr gutes Wetter.

Da sagte sie aus irgendeinem Grund, während sie auf dem Sofa lag, wohin sie ihn gebeten hatte, der widerwillig gekommen war, der Freund habe innerhalb dreier Tage eine Studentin, die bei ihm eingezogen war, zu seiner Geliebten gemacht und jetzt halte er sie aus. Und als er schwieg, sagte sie: Seit sie das wisse, verachte sie ihn. Das merkte er sich gut.

Nun kam es, daß sie an diesem Nachmittag sehr hübsch war,

und er hatte sie lieber denn sonst, denn nun war es der letzte Abend, und was sie tranken, war zu ihrem Begräbnis, und was er sagte, galt ihr, wenn auch er lauter ferne Dinge sagte. Darum ließ er sich hinreißen und erzählte ihr das System in Form einer Geschichte, das Dogma von der ewigen Verdammnis. Er sagte ihr:

»Ich hatte einen Freund, der mir lieb war, obgleich er Fehler hatte, und manchmal dachte ich: gerade darum habe ich ihn lieb. Aber einmal kam er zu mir mit einem Plan, der sehr schlau war, aber so gemein, daß ich erbleichte. Er fragte, ob er mir dazu rate! Nun wurde durch den Plan niemand geschädigt als er allein, das gehört zur Geschichte. Ich dachte: Er kann es nicht tun, wenn er es tut, ist er nicht mehr mein Freund, ich muß wissen, ob er es tut. Und ich sagte ihm jaja, neinnein, wenn du es tun kannst, kannst du es tun. Und da wollte er es tun. Und nun kommt der Schluß: Ich geleitete ihn hinaus und gab ihm die Hand und redete vom Wetter und sagte das Wort Auf Wiedersehen!, als er durchs Tor ging, und dann machte ich das Tor hinter ihm zu und kannte ihn nicht mehr.«

Als er die Geschichte zu Ende hatte, sah sie ihn unruhig an und sagte: »Das ist grausam und du bist falsch.« Aber sonst begriff sie nichts von der Geschichte.

Und nun kommt der Schluß:

Sie kam abends mit dem Billett und einem Rucksack von ihrem Freund, sie holte ihn um neun Uhr nachts von seinem Zimmer und blieb dann bei George Beil, bis er sie heimbrachte. Er sagte ihr auf dem Heimweg, daß er sie nie lieber gehabt habe als heut und daß sie nie hübscher gewesen sei, und das war die volle Wahrheit.

Und als Beil so weit mit seiner Geschichte gekommen war, war er ganz blaß und seine Hand zitterte, als er den Lampion herunterriß und sagte:

»Ich kann es doch nie lassen«, und damit meinte er den Lampion.

B 2
»Beils Originaltragödientheater«

Nachdem Beil mit seiner Truppe, seinen elf Burschen und fünf Frauenzimmern, drei Monate lang das Kleist-Theater am Rande des Ruins hingeführt hatte, kaufte er mitten in einem ungeheuren geschäftlichen Wirrwarr einen uralten Brauereikeller mitten im Altteil der Stadt und ließ ihn aus den Erträgnissen seiner Filme in eine Art Theater umbauen. Er kroch tagtäglich in dem großen und dunklen, aber eckigen Keller herum, das Strohhütchen im Genick, die Hände in den Hosentaschen, und pfiff dem Palier. Die Bühne wurde sehr groß, in den Raum kamen Holzbänke, alle von gleicher Qualität. Hier wollte er im Winter spielen und im Sommer filmen.

Man mußte sich durch einen schmalen Gang, der durch zwei winklige Höfe kroch, in das Theater drängen. Außen war nur eine kleine, rotgestrichene Tafel mit gelben Buchstaben: Beils Originaltragödientheater. In dem Raum aber war es gut sitzen und an der Decke hing statt des Kronleuchters ein Ventilator. Da die Wände nicht geweißnet werden konnten, brachte Gasgarott die letzten Tage vor der Eröffnung damit zu, große, bunte Plakate mit Weisheitssprüchen zu malen, die man an die Wände hing, kunterbunt durcheinander. Außerdem klebten an den Wänden in Riesenformat, nach Art Michelangeloscher Apostel, einzeln die Bildnisse Beils (in pathetischer Haltung, mit dem Strohhütchen, Typ Stromer), Gasgarotts (in unanständiger Geste, das Bild mußte entfernt werden, es stellte ihn dar, wie er mit seinem Urin malte ...) und der Eminenz (mit einer Strickschlinge) dar.

Für die Winterspielzeit engagierte Beil zwei Clowns von einem verkrachten Zirkus weg. Sie traten in den Pausen, zwischen Shakespeare und auch sonst, auf, jeweils im Kostüm und Stil des Stückes, mitunter auch als Zuschauer.

Die Spielzeit begann mit einer Aufführung der »Penthesilea« auf dunkler Bühne unter schweren Holzbalken bei flachen, bösartigen Windstößen. Sie war ganz auf Wort und Geste gestellt, ein schauerlicher, häßlicher Krampf unter einem roten Mond, lawinenhaft, aufstachelnd. Das Publikum fiel durch. Die Presse trommelte Alarm. Ein Klassiker sei guillotiniert worden. Völker

Europas! Bei der vierten Aufführung traten mittendrin Clowns auf und brachten das Haus zum Bersten vor Lachen.

Die Regiesitzungen waren Orgien. Beil brachte Schnaps mit und einzig die Tippmamsell war nicht besoffen.

Die Rothaut

A 1
Die Rothaut

1
Samuel Wasserschleiche, der unter der Abneigung seiner Mitschüler gegen rote Haare zu leiden gehabt hatte, bezog in seinem 26. Lebensjahre eine Tapetenmansarde in einem alten Holzbau. Er wählte sich dieses Milieu hauptsächlich, weil es seiner *abschreckenden* Häßlichkeit stand. Knorplige und abstehende Ohren seiner Art verstaute man füglichst zwischen Tapetenholzwänden. Usw.

2
Kapitelüberschriften

3
Gesperrt gedruckt die stehenden Redensarten. (Teiche).
Der wahnsinnige Reporter –

4
Das Chaos wird alle ...

Die Tragödie seiner Häßlichkeit abgespielt. »Ein *Mißgeschick*«. Die Fehler der andern Geschöpfe.

Die Erfolge.

5
Und er erinnert sich an Peter Miller, der als Regisseur nach Amerika verpflichtet worden war, zu einer ungeheuren Gage. Als er die Bauten sah, die sie dort aufgeführt hatten für ihn, schien es ihm, als stimme etwas an den Proportionen nicht, er bekam Angst und erschoß sich in dem Auto.

Die Erwägungen Peter Millers, die dieser in den Nächten vor den Aufnahmen angestellt haben mußte, überkamen ihn mitunter. Freilich lag alldem eine Überschätzung des Begriffs Masse zugrund, die Folgerungen blieben konsequent. Hier arbeiteten viele für einen und dieser für viele. Aber es schien, als könne ein Mann diese Verantwortung nicht mehr ertragen.

Es hatte sich für Peter Miller darum gehandelt, Einnahme und Ausgabe zu balancieren. Nicht, weil er daran finanziell interessiert gewesen wäre – das war andrer Interesse. Aber der Wert seiner Arbeit dünkte ihm schon davon abzuhängen. Es gab einen Punkt, wo die gesteigerte Ausgabe jede mögliche Einnahme überstieg. Die Kinos konnten gefüllt werden bis zum Platzen, aber dann nicht weiter. Einmal waren sie voll, und in der Kasse war, was hineinging. Aber dies war dann weniger, als der Film kosten würde. Trotzdem lief der durch den Start, der weiter steigerte: es gab immer mehr Kinos als alle Kinos. Wozu gab es Maurer? Und man konnte die Platzpreise ins Unabsehbare steigern. Es gab keine äußerste Möglichkeit, außer für einen Menschen. Dieser konnte eines Tages ahnen, daß zwischen dem Leistbaren und dem Erforderlichen gewisse Zwischenräume liegen, auf die es ankam. Und der ihm drohenden Aufklärung des Schwindels zuvorzukommen, indem er sich einen Revolver kaufte. Es war nichts als Platzfurcht, aber sie war tödlich.

Flucht Karls des Kühnen
nach der Schlacht bei Murten

A 1
FLUCHT KARLS DES KÜHNEN NACH DER SCHLACHT BEI MURTEN. ROMAN

Ein geschlagener Heereszug auf der Flucht, beobachtet von abends neun bis nachts drei Uhr von einem ununterrichteten Mann

Von Karl selber nur so viel, als ein neben ihm Laufender sehen und hören kann

Da er mehrere »ihn verändernde« Erlebnisse hat und gerecht, das heißt ohne Vorstellung geschildert wird, kann die Aneinanderreihung aller Einzelzüge kein vorstellbares Charakterbild ergeben

Seine Begleiter ohne Namen

Nichts darüber, in welchem Verhältnis sie zu ihm stehen

Seine Ermordung physikalisch

Der Stil: Tacitus »Annalen«, Zug des Germanicus (?), die Episode im Flußtal, das eine Meeresbucht ist

Karl: am Anfang tut er mehr, am Schluß weniger. Er wird weise, jedoch lernt er sehr schwer

Anfängliche Hoffnung scheint er aufzugeben, aber zuletzt scheint es wieder, als habe er doch gehofft

Täuschungen: ein Mann im Gefolge, anfänglich willens, ihm zu helfen, dann nicht mehr. Zufälle. Eintreffen vorhergesehener Schrecknisse

Ausbleiben der vom Leser ersehnten (!) Harmonie

Nicht das gehobene Plateau historischer Katastrophen, sondern der Geruch eines Eisenbahnunglücks

35 Seiten weit geschrieben

A 2

4
Er diktiert Geschichte.

Wird Gemeiner. Aber man kennt ihn raus, weil er nicht wie die andern sein Brot ißt.

Zwei Frauen Hand in Hand oder: eine Frau, die im zweiten Kapitel verschwindet.

Weiß genau, was er sich noch leisten darf, kein Befehl, wo er unsicher ist, daß er nicht befolgt wird. Duldet Vergewaltigung.

Er geht zu Fuß, hinkt, damit man ihn nicht erkennt. Aber es ist unnötig, sein Gang hat sich schon verändert wie sein Gesicht.

Besieht seine Hände. Wird geschlagen. Er lacht.

A 3

Er hält sich für gerettet, wenn er zwölf Uhr gesund die Loire erreicht
Um zwölf Uhr:
Er erblickt die Loire
(Unübersehbar – es ist schlimmer als je)

Seine Hoffnung sagte ihm, die Dinge müßten, wenn das Unglück sich genügend gehäuft hätte, für ihn wieder anfangen, glücklicher zu laufen, Unglück habe sein Maß wie Glück, ist doch auch der Mensch nur für eine bestimmte (nicht allzu beträchtliche, keinesfalls unübersehbare) Stärke von Schmerz gebaut; alsdann verläßt ihn sein Bewußtsein: er vergißt sich und fällt in tiefen Schlaf gleich einem Schmerzlosen.

A 4

An einer Biegung der Chaussee erblickte er in dem shellen Licht des aufkommenden Mondes fünf Bauernhütten an einem Hügel. Und einen Wald. Er erinnerte sich an die Landkarte und an einen Befehl, den er der Reiterei gegeben hatte. Zwischen dem Wald und dem Hügel lagen die Sümpfe. Er wurde in den Sumpf getrieben.

Besser der Sumpf als die Menschheit.
Das Zerschlagen der Kühnheit
Rasch entschwanden aus seinem Kopf die Gedanken der Kühnheit –
Der Mann, der in der Untergrundbahn nicht aufsteht, weil Leute im Gang sind.

Um drei Uhr: erkennt man, daß er die Hoffnung aufgegeben hat, trotzdem er
Um zwölf hat er die Loire erreicht

Physisch müde. Albinohaft. Unbeschäftigt. Die Zeit für ihn. Begreift nicht.

Nancy erstklassig – doch verloren, ganz in Form
Grandson – leichtfertig
Murten – schwach
Nancy – erstklassig?
Das Beste reicht nicht aus.

1. Weiß nicht, daß er geschlagen
2. Alles aufgeboten – es hat nicht ausgereicht
3. Gewalt hilft nicht.
4. Er bemüht sich, dies ein für allemal zu vergessen.

Drei bis vier Stunden der Heiterkeit. Frost, Mond. Schluß: Er wurde in die Sümpfe getrieben.

B 1
Das Porträt des Beschauers

Zu dieser Zeit fing er an, Historie zu betreiben. Er las zuerst ganze Bände Geschichte durch, dickleibige Schmöker, in denen zuviel und zuwenig drinnen stand, unglaublich viel Material, und nur die falsche Anordnung war vom Verfasser besorgt, der eine niederträchtige Freude am Aufschreiben hatte, das war die Historie der Schule. Das war das, was auf den Jahrmärkten und in Theatern das Volk entzückte: dicke und bis zum Platzen aufgetriebene Worte, die die Wassersucht im Kopf hatten, gewaltige, mißzuverstehende Gebärden, der Triumph des Guten (im Hintergrund). Es war die lehrreiche Geschichte, die Geschichte für die reifere Jugend, über die kein Mensch hinauskam, denn nach ihr hatte jeder Mensch ein Bedürfnis.

Dann fielen ihm einige dünnere Bändchen in die Hände, direkt für die reifere Jugend geschrieben, in denen er den geistigen Extrakt der gelehrten Wälzer fand. Hier fand sich immerhin etwas Lebendes, Bilder für die Phantasie, flammende Schreie, Kraft für 5001 Leser. Hannibal war darin beschrieben, wie er nie aus seiner Uniform herauskam und Elefanten kaufte für Rom und in den Apenninen sein Auge verlor für Rom und Ansichten hatte, die jeder reifere Jüngling durchaus billigte. Dann das Gottvertrauen Bismarcks auf den Ruin des blühenden Frankreich und die erhabene Szene auf irgendeiner Landstraße bei Sedan, wo Napoleon zu Fuß, einen unsympathischen Eindruck hervorrufend, bettelnd vor Bismarck im Staub steht, Bismarck, der auf einem Schimmel reitet. Alle diese Bilder sorgten nachdrücklich für die geistige Erziehung des zukünftigen Bürgers.

Sie gefielen Gorge, eben dieses Zweckes wegen, ausgezeichnet. Er versuchte, sie auf die Leinwand zu bringen. Es schien ihm, die Malerei müsse vom Genuß an der eigenen Eitelkeit zum Genuß an der des Beschauers übergehen: Es sei an der Zeit, die mühsam erarbeitete Psychologie statt immer wieder auf das dargestellte Sujet endlich einmal auf den Beschauer anzuwenden. Seine Bedürfnisse sollten befriedigt werden. Der Beschauer war es, der gemalt werden mußte.

Er malte eine Art Plakat für die Schaubuden, die auf Jahrmärkten ausstellen. Dazu benutzte er ein Gemälde auf einem

Wanderpanoptikum: Flucht Karls des Kühnen nach der Schlacht bei Murten. Er tat dies, weil er Rilkes Phantasie über diesen Karl gelesen hatte, die ihm sichtlich von dem bekannten Jahrmarktsgemälde beeinflußt schien. Er fertigte von dem Gemälde nach dem Gedächtnis eine einfache, möglichst getreue Kopie an.

Es war klar, daß das fragliche Gemälde selbst eine Kopie war. Gorge erinnerte sich undeutlich, diese Komposition schon einmal als Kupferdruck gesehen zu haben, sie enthielt gute Ideen, die auch noch auf dem Jahrmarktsbild Wirkung taten, aber alles in allem, was die Wirkung betrifft, war das letztere vorzuziehen, es enthielt mehr Pathos und Schicksal, es war eine Weltkatastrophe abgebildet. Es war sozusagen kein gewöhnlicher Tag, sondern der Tag eines ganz großen Unglücksfalls, die Erde erbebte und fürchtete sich, es gab zu viel Kugeln in der Luft, jeder Baum konnte getroffen werden. Der Herzog hatte einen käsigen Teint und saß kerzensteil auf seinem Roß, das in panischem Schrecken geradezu auf die Beschauer einraste. Er hatte auch einen steifen Hals und große Hände.

Gorge malte das alles möglichst sorgfältig. Es handelte sich für ihn um die genaue Fixierung aller Momente, die der Beschauer einer Weltkatastrophe erwarten kann, er sollte zu allen seinen Erschütterungen kommen, nichts vermissen und befriedigt sich dem geliebten Schauer hingeben dürfen.

Als der Karton fertig war (der Eindruck einer Kopie, einer möglichst getreuen natürlich, war darin eifrig festgehalten), begann Gorge mit dem Entwurf des zweiten, der eine mehr originalere Arbeit werden sollte. Der aufgeklärte Beschauer des Bildes, Bürger des 19. und gar 20. Jahrhunderts, würde bei der Betrachtung dieses geschichtlichen Gegenstandes nach kurzer Zeit längstens, noch gewissen anderen Bedürfnissen in sich Raum gewähren. Es mußte ihm die Möglichkeit verschafft werden, zu dem Inhalt des Kartons kritisch Stellung zu nehmen. (Nur indem man diese Bedürfnisse lebhaft nachempfand und nach Wissen und Gewissen befriedigte, konnte man ihn von einer Kritik des Malers, des Stils der Darstellung, also einem unheilvollen Zerwürfnis mit diesem, abhalten und ihn auf den Gegenstand festlegen, zu seinem eigenen Nutzen ...)

Natürlich war der fragliche Tag ein Tag wie andere, deren es 365 oder 366 im Jahr gab, gewissen meteorologischen Gesetzen unterworfen, unabhängig von den Geschicken der Menschen darinnen. Es würde den Bäumen nicht einfallen, zu erschrecken, oder dem Gras, sich zu ängstigen, weswegen wohl auch? Da ritt ein Herzog, der eine Schlacht verloren hatte, also eine zumindest ethisch sehr verschieden bewertbare Spekulation, vielleicht durch eigene Schuld, meinetwegen aber auch dadurch, daß seine Soldaten den Staub im Gesicht gehabt hatten: dann hätte es auch anders gehen können. Aber was weiter dann? Übrigens sind Gefühle mehr noch denn Gedanken zollfrei in einem aufgeklärten Zeitalter. Dem Beschauer war durchaus Befriedigung erlaubt darüber, daß die Welt sich auch einem gestürzten Herzog zuliebe nicht verändert, daß weder die Bäume noch er selbst dadurch im Gleichgewicht gestört wurden. Freilich stand ihm auch frei, falls er ein Bedürfnis nach Poesie hatte, die große Unbekümmertheit der Natur um ihre Kinder, ausgedrückt in der gleichgültigen Sonne, die auf dem fliehenden Gaul mitritt, nach Gebühr tragisch zu finden. Das war alles Sache des Beschauers, was kümmerte es den Maler, der einen historischen Vorgang darzustellen hatte, mittels Pappe und Farben, auf Grund historischer Detailstudien!

[Randnotiz: »Leichen der Hingemordeten«]

Auf diesem Karton malte Gorge dem Herzog ein mehr unsympathisches, etwas verquollenes Gesicht, das Gesicht eines heimlichen Schlemmers, und im Ausdruck hatte es lediglich Unbehagen, gepaart mit etwas Furcht. Auch war die Haltung gedrückter, da anzunehmen war, daß der Verlust einer Schlacht ungünstig auf die Physis wirkt und der Herzog sicheren Berichten nach an Dyspepsie laborierte. Auch lag auf diesem Bild Schnee, denn die Schlacht hatte im Januar stattgefunden.

Nachdem er die beiden Kartons fertig hatte, stellte er sie nebeneinander und malte den dritten.

Aus einem dunklen, schmutzigen Schlund heraus kommt auf einem sterbenden Tier ein Mann. Die Landschaft besteht aus ein paar Bäumen, die ein immerwährender Wind aus dem Hintergrund heraus auf den Beschauer zustößt. Die Bäume scheinen erfroren in ihrer letzten Haltung, die sie angenommen hatten, um sich dem Wind anzupassen. Der Herzog ist ohne Gefolge. Er reitet ganz allein. Bei näherem Zusehen wird es erschreckend klar, daß ihn sein Pferd trägt wie einen Leichnam, vor dem es Angst hat. Er selbst macht einen unvorteilhaften Eindruck. Er ist grünlich und durchsichtig. Durch seinen vorgebeugten Körper hindurch sieht man die hintere Landschaft, starre zerbrochene Bäume, die sich ebenfalls vorbeugen, und einen entzündlich veränderten Himmel. Seine Hände sind merkwürdig angeschwollen, die eines Mörders, sie erwürgen die Zügel noch, sie, die Hände, sind das Hervorstechendste an ihm, außer dem Herzen, da er kein Gesicht mehr hat. Das Herz, in schönem hellem Zinnober, sitzt etwas einsam mitten in der gehöhlten Brust. Der Unterleib ist mit Würmern gefüllt, dazu aufgetrieben und schlecht vom Sattel zu unterscheiden.

An diesem Bild arbeitete Gorge drei Nächte durch, unter Aufbietung aller Kräfte. In einer Dämmerung warf er den Pinsel weg, zu müd, um grinsen zu können, und legte sich zu Bett. Später, gegen Abend, stellte er die drei Kartons in eine Ecke und zog einen braunen Rupfen über sie. Er hätte erbrochen, wenn er sie länger hätte anschauen müssen.

(Später in den Roman einzufügen:)

Im Oktober las Gorge in den Zeitungen, daß ein dreiteiliger Karton »Flucht Karls des Kühnen nach der Schlacht bei Murten« von ihm bei Perls ausgestellt sei. Eine Kritik füllte das Feuilleton.

Der Karton stellte die Entwicklung der Malerei dar, und zwar der historischen Malerei. Zweifellos habe der Maler zeigen wollen, aus wie primitiven Versuchen seine Kunst anstieg. Das Werk des großen Künstlers habe also mehr experimentellen Wert, um so mehr als das wahre Kunstwerk durch seine Einmaligkeit bedingt sei. Die Entwicklung, die der Liebling der Mode nehme, scheine nicht unbedenklich. Technik und Virtuosentum seien das Ende der Kunst.

B 2
Roman

I

Abends sieben Uhr etwa war die Schlacht zu Ende. Die achte Stunde traf Karl von Anjou schon inmitten flüchtiger Heeresteile auf der Chaussee nach Amiens. Er ritt auf einem frischen Pferd. Verrottete Trupps zu Fuß flankierten rechts und links die Straße.

Gegen sieben Uhr morgens sahen ihn Berittene den Steinbruch von Amiens heruntereilend und lachen.

Bei dieser Gelegenheit war es, daß er sagte: er wundere sich über den Ausgang der Schlacht immer noch. Er sagte dies aber im Ton des Erstaunens.

Mit ihm ritten Rahel Lareuve, seine Geliebte seit vier Jahren, Jean xx und xx.

B 3
VORWORT

Als ich in einem Konversationslexikon den Geschichtsabriß über Karl den Kühnen von Anjou gelesen hatte, konnte ich, besonders seines Endes wegen, nur sehr schlecht einschlafen. Gegen Morgen zu träumte ich, ich sei selber Karl der Kühne und ritte nach meiner Niederlage bei Nancy über die verschlammten Plans hinunter, gegen die Loire zu.

I

Dies brachte vielen die Überzeugung bei, daß Karl seine Niederlage im Grund noch nicht bemerkt hatte. Ähnlich begreift ein Mann, dem sein Bein abgeschlagen wurde, erst erstaunlich spät seinen Verlust.

Karl bemerkt seine eigene Kühnheit (Bodenseereiter).

Kanonendonner leiser, atmet auf, er steigt aus, geht vier Schritte, hebt Finger auf, angefeuchtet: es geht kein Wind. Er befiehlt rascher zu fahren. Bald darauf Kanonendonner wieder gleich stark.

Diktiert Geschichte in einer Bauernhütte.

Er geht im Trupp mit fünf bis sechs Leuten, die ihn aufgenommen haben. (Er hat ein Stück Brot bekommen. Triumph?) Und gibt es Bekannten. Hat Angst, daß ihn der erkennt.

Er läßt vier Pfähle einrammen, aber dann geht er weiter
Er zählt sein Geld
Raucht

Ich entlasse Montgelas. Der ist tot.

Er stiehlt Branntweinflasche.

Er wird als Typ hoffnungsvoller, bekommt Brot mit fünfen zusammen.

Gehe über Glacis, verfolgt, umschauend.

Einer will sein Pferd halten, er muß Wasser lassen. Dann verstellt er seinen Gang – unnötigerweise.

Er kann kein Brot vom Laib essen.

B 4
FLUCHT KARLS DES KÜHNEN NACH DER SCHLACHT VON NANCY

1

Abends um sieben Uhr war die Schlacht von Nancy für Karl verloren wie die von x und die von Murten. Gegen ein halb acht Uhr verließ der dreimal Geschlagene, Karl von Anjou, der Kühne genannt, seinen Beobachtungspunkt in der Meierei von xx, umgeben von Motorradfahrern mit Stahlhelmen, sitzend in einem geräumigen grauen Auto, in der Richtung nach Soissons. Der blutige Tumult der Rückzugsschlacht verschlang ihn.

Der geschlagene Heereszug bewegte sich in großer Unordnung auf der Straße nach Soissons fort. Die Straße war abschnittweis noch von Geschützen bestrichen. Sie war außerdem, da hier vier Stunden lang einige Kadres, die zum Schutz der Bagage aufgestellt waren, unter Feuer gestanden hatten, übersät und nahezu verstopft durch eisernen Heeresrat, zerschossenes Gerümpel und Haufen menschlicher und tierischer Leichname. Karls Auto, sich schwerfällig in Schlangenlinie fortschlingernd, passierte massenhaft zerschossene Autos. Die Fußgänger sprangen, auch verwundete, fluchend zur Seite. Der Geschützdonner von Nancy her machte die Fliehenden taub gegen das Motorgeräusch. Stark hereinbrechende Dämmerung erschwerte die Steuerung des Wagens.

Es war Januar, gegen Ende zu, bei kaltem, aber matschigem Wetter.

Das Renommee

Ein Boxerroman

A 1
Einige Punkte aus dem Boxerroman

1

Bei diesem Boxerroman ist das Boxen nicht die Hauptsache, obwohl auch daraus, alle verstreuten Stellen zusammengenommen, einige spannende Druckseiten herausgeholt werden. Aber interessanter ist es schon zu sehen, wie ein Mann durch Boxen Geld und Ruhm verdient und wie er es anfängt, daß er dann den Ruhm noch einmal zu Geld macht, kurz: wie ein Mann »sich macht«. Interessant, wie alle möglichen Leute bestrebt sind, einen Helden zu bekommen, das heißt, einen guten Mann immer noch besser haben zu wollen, als er ist, und ihn mit sanftem Zwang kleiner Zeitungsnotizen und wohlgemeinten beiläufigen Erkundigungen bei Zigarren und Cocktails nach dem Stand seines Muts und, wenn es sein muß, mit einem höllischen Privatleben-, Gesellschaft- und Presseklamauk in einen Weltrekord hineinhetzen, kurz: wie ein Mann »gemacht wird«. Ganz im allgemeinen: der ganze dornenreiche und verlockende Weg eines Mannes, der außer allen Gesellschaftsklassen steht, aus einer Marseiller Hafenkneipe heraus, durch die Pariser Salons, in eine internationale tobende Kampfarena auf Kuba, der Weg von dieses Mannes Begabung für primitive Keilerei zu raffinierter Boxkunst, von natürlichem Instinkt für Sichdurchsetzen zu mit allen Wassern gewaschener Praxis in Geschäfts- und Reklametricks.

2

Der Roman folgt in einigen Zügen dem Weltmeisterschaftskampf Dempsey/Carpentier. Der Held ist George Carrare (ein Typ wie Carpentier), der im zweiten Kapitel des Romans in einer Hafenkneipe von Marseille bei einer Keilerei als Boxer entdeckt wird. Der Untersuchungsrichter, der ihn zu der Höchststrafe von drei Wochen Haft wegen eines übrigens erstklassigen Kinnhakens verurteilen muß, ist zufällig ein enragierter Freund des Boxsports und läßt George, den er, weil er ein Feind von Keilerei ist, ins Kittchen gesteckt hat, aus seiner Tasche zum Boxer ausbilden. Nach Verlauf eines Jahres voll sensationeller Erfolge wissen die Zeitungsleser eines ganzen Erdteils, daß der »schöne George« ein Gentleman erster Klasse ist, aber nur

George weiß, daß er kein Boxer erster Klasse ist. Dies ist sein Geschäftsgeheimnis, und Georges Existenz hängt davon ab, daß niemand erfährt, daß ihn, als er schon die Europameisterschaft in der Tasche hat, ein New Yorker Amateur von nur halb so großem Gewicht, Billie Mike, im übrigen sein Freund, im Hinterzimmer einer Pariser Bar nach einem kleinen Zank durch überlegene Technik ausgeknockt hat. Von diesem Moment an ist Georges anfänglicher Glaube, er sei erste Weltklasse, für immer erschüttert, und mit seinem ganzen gesunden Menschenverstand nützt er seine Fähigkeit, Leute zu behandeln, und seinen natürlichen Charme, durch den er nicht nur die Frauen von Paris, die wie eine blutgierige Meute hinter dem eleganten Burschen her sind, für sich hat, aus, sich ein gesundes gutbürgerliches Bankkonto anzulegen. Er wird darin nie unangenehm. Es macht ihm wirklich Spaß, vor allem ein Gentleman zu sein, aber er weiß, was er tut, wenn er für eine Modefirma die Kreierung eines Frühjahrsstrohhuts gegen die Verpflichtung der Firma übernimmt, unter sämtliche Fotos den Satz: »Auch der Tiger kann elegant sein!« zu setzen. Als er kurz nach seinen ersten Ringtriumphen Gloria Lagrange (Vater Franzose, Mutter Engländerin) in einer Gesellschaft kennengelernt hat, in die ihn sein Freund Billie Mike eingeführt hat, ein blutjunger New Yorker Zeitungsbesitzer, der in allen Boxschulen zu Hause ist und ab und zu zu einem Hauptspaß einen »gewöhnlichen« Boxer in elegante Gesellschaften einschmuggelt, mußte er noch, um Gloria Billie auszuspannen und dieses zigarrenrauchende und freigeistige, aber im Grund konservative Mädchen zu heiraten, diese Heirat auf Wunsch Glorias einfach der Gesellschaft gegenüber verheimlichen. Jetzt, wo seine Fotografie die Damenwelt Madrids zerstört, ist ihm nichts wichtiger, daß das niemand in Europa erfährt, daß er gutbürgerlich verheiratet ist. Und jetzt ist es Gloria, die nicht damit zufrieden ist, daß sie auf seiner späteren Fahrt nach Amerika als seine Schwester fungieren muß.

Und nun beginnt das Kesseltreiben zweier Kontinente, die mit Zeitungsartikeln, Privatwetten, gesellschaftlichen Repressalien den schönen George in einen Kampf um die Weltmeisterschaft hineintreiben. Er tut alles dagegen, mit dem gefürchteten Jack antreten zu müssen, aber sein eigener Manager, der große Solve selber, dem er natürlich noch weniger als sonst jemandem reinen Wein einschenken darf, sucht seine Ehre darin, den Kampfvertrag zustande zu bringen. Und als er schon, er weiß gar nicht, wie es gekommen ist, auf dem Schiff ist, das ihn nach New York bringt, und während seiner Trainingswochen dort, gibt es für ihn dort außer dem Kampf, den er nicht machen will, und dem Renommee, das er halten muß, noch eine Privatsache, die im Grund das wichtigste von allem ist: der unerschütterliche Entschluß Glorias, aus einem Mann dreier Erdteile einen Mann Gloria Carrares zu machen. Gloria schwärmt nicht gerade für Billie, der ein Windbeutel ist, sie weiß, noch würde es ihr etwas ausmachen, wenn sie es wüßte, daß Billie außerdem noch ein Boxer allerersten Klasse ist, ein wirkliches natürliches Boxgenie, ohne Schulung und Training, das sich zu George verhält wie Edison zu dem zu Geld kommenden Erfinder des Ago-Patents, aber Billie scheint ihr durchaus geeignet, George eifersüchtig zu machen. Und Billie nützt außerordentlich raffiniert den kleinen Umstand aus, daß Gloria vor aller Welt lediglich Georges Schwester ist. Natürlich ist zwischen Billie und Gloria absolut nichts los, denn Gloria ist ebenso in George verschossen wie alle anderen Frauen in Georges Nähe, aber George findet, daß die beiden es vor seinen Augen schamlos treiben, und er ist weit weniger gleichgültig, als Gloria meint, wenn er in der Wohnung, die er in New York während seines angestrengten Trainings eingerichtet hat, den fröhlich pfeifenden Billie Mike einziehen sieht und abends gegen den großen Solve flehentliche Beschwörungen noch nach New York fahrend Billie Glorias Dienstmädchen entlassen hört. Dabei wartet Gloria doch einfach darauf, daß er Billie hinauswirft und dadurch zeigt, daß ihm etwas an ihr liegt. Aber George hat allen Grund, gegen Billie so sanft wie möglich zu sein, denn Billie ist ein viel besserer Boxer als er, aber ein viel schlechterer Gentleman, und Diskretion zum Beispiel hält Billie für eine Erfindung des Höhlenmenschen. Und wenn Billie zum Beispiel über einen gewissen Kampf in einem gewissen Pariser Hinterzimmer sprechen würde, dann würde das Gelächter New Yorks George begraben. Kurz vor der Abreise nach Kuba kommt es zu einer Kulmination. Gloria weigert sich, nach Kuba mitzukommen, und Billie sagt »Gloria zuliebe« seinen Kampf in Kuba, den er am gleichen Tag wie George den seinen machen soll, ab. Daraufhin schmeißt George Billie denn doch hinaus.

Und zwar angeblich wegen eines ruinierten Möbelstückes, in Wirklichkeit aber, weil er langsam toll vor Eifersucht geworden ist. Natürlich hinterbringt nun der nicht eben gentlemanlike Billie Gloria prompt Georges Geschäftsgeheimnis: die Wahrheit über Georges Boxkunst. Zu seinem Erstaunen ist es Gloria gleichgültig, ob George als Boxer Klasse ist oder nicht, obwohl Gloria im allgemeinen Männer, die in ihrem eigenen Beruf nicht erstklassig sind, nicht ausstehen kann, aber was Gloria im Innersten empört, ist Georges Feigheit, ihr so etwas einfach zu sagen, und seine schimpfliche Bereitwilligkeit, sie lieber den Attacken Billies auszusetzen, als die Welt die Wahrheit wissen zu lassen. Drei Tage vor Abgang des Dampfers nach Kuba läuft Gloria weg.

George ist in Verzweiflung. Er erwägt sogar, nicht nach Kuba zu fahren, aber er kann dem großen Solve in einer ziemlich stürmischen Auseinandersetzung doch nicht standhalten. Solve schwört, ihn tot oder lebendig in Kuba abzuliefern. Vom Kai aus sieht Gloria zornerfüllt, wie George nach Kuba abfährt, und erst nach einer schlaflosen Nacht in einem Hotel auf Manhattan erkennt sie, daß er in einen Kampf hineinfährt, von dem er wissen muß, daß er in ihm unterliegen wird. Langsam gehen ihr die Augen auf über diese besondere Sorte Mut. Vier Stunden nach dieser Erkenntnis befindet sie sich auf der Fahrt nach Kuba.

In dem irrsinnigen Trubel auf Kuba, wo zwei Nächte lang eine brüllende Menschenmenge vor der Kampfarena kampiert, kommt sie mit George, einem benommenen, von Zeitungsleuten zerrissenen, allem Privatleben meilenfernen George, nur für Minuten in Berührung. Fünf Minuten vor dem größten Kampf seines Lebens ruft ihm Gloria lachend zu, er könne sich ihretwegen alles kaputtschlagen lassen, nur nicht seine hübsche Nase, denn sonst sei es mit dem Filmen aus, und da stecke mehr Geld drin als im Boxen. Und so unwahrscheinlich es klingt, George geht erleichtert in seine Niederlage.

Eine Stunde später liegt George Carrare, drei Pfund Mullbinden um den Kopf, aber eine Zigarre in dem zerschlagenen Gebiß, und fröhlich wie ein Kind, daß alles vorüber ist, in einer kleinen Box unter der 30000-Menschen-Arena: der Krampf fällt von ihm ab, er kann nicht mehr gezwungen werden, der größte Boxer der Welt zu sein.

3

Die Technik des Romans ist so gedacht: Verflechtung sehr vieler, möglichst scharfer Detailszenen, ähnlich wie im Film. So beginnt der Roman in einem Managerbüro in New York, wo Aron B. Mazzles, Manager des großen Jack, des Weltmeisters im Schwergewicht, über einer Flasche Whisky brütet. Mazzles hat Sorgen mit seinem Mann. Für den Manager ist der Mann sein Kapital, und wenn der Boxer schlecht boxt, dann werden für den Manager die Rumpsteaks rar. Und dasselbe geschieht sogar, wenn sein Mann heiratet, denn dann wird er schlecht boxen. Also verhindert zum Beispiel der Manager, daß sein Mann heiratet. Wenn aber Jack zum Beispiel seltsamerweise trotzdem geheiratet hat und vorauszusehenderweise also jetzt schlecht in Form ist, die Zeitungen aber von ihm einen Kampf sehen wollen, dann muß Aron B. Mazzles für Jack einen Gegner suchen, den sein Mann kaputtschlagen kann, der aber gut genug ist, daß man mit diesem Sieg den Zeitungen das Maul stopfen kann. Zweites Kapitel: Ein Matrose, namens George Carrare, schlägt in Marseille einen Kohlentrimmer zu Boden und kommt vor Gericht.

Oder: Geraume Zeit, bevor der Kontrakt zwischen Jack und George geschlossen ist, wird auf Kuba von weitblickenden Spekulanten eine 30000-Mann-Arena ausschließlich für diesen Kampf errichtet. Der Roman steuert in jeder Szene, vom Anfang bis zum Ende, auf den Weltmeisterschaftskampf auf Kuba zu, an dem die Interessen aller Romanfiguren mehr oder weniger hängen.

4

Milieu: Marseille. Paris. New York. Kuba. Bars. Salons. Trainingsquartiere. Schiff. Managerbüros. Zeitungsredaktionen.

Einen großen Teil der Handlung machen aus Zeitungsaktionen und Schiebungen in bezug auf die Kampfbörse.

Beispiele für Zeitungsaktionen: Bei Georges Aufstieg (in Frankreich) sind zunächst die Zeitungen für ihn. Dann merkt er, wie die wichtigste Zeitung anfängt, gegen ihn zu sein (wie er erkennt, hauptsächlich, weil alle anderen für ihn sind). Er hilft sich damit, daß er in die Sportredaktion irgendeiner anderen Zeitung, die in Boxerkreisen nicht besonders geschätzt wird, einige Leute schickt, die dem Redakteur nahelegen, es nicht zu riskieren, über George schlecht zu schreiben, worauf der Redakteur natürlich sehr schlecht über George schreibt. Darauf schwenkt die große Zeitung für George ein. Nicht wahr?

Als er um den französischen Titel kämpft, schreiben seine Feinde wochenlang, sein Gegner sei zu alt. Daraufhin setzt Georges Manager alles daran, den französischen Champion zuerst mit einem internationalen guten Mann zusammenzubringen, und bezahlt diesen internationalen Mann dafür, daß er den französischen Champion über die Runden gehen läßt. Der Champion kämpft mit dem internationalen Mann unentschieden, wodurch er beweist, daß er nicht zu alt ist. Dann schlägt ihn George in der dritten Runde k.o. Ähnliches wiederholt sich in ganz großem Maßstabe beim Weltmeisterschaftskampf. So schickt Aron B. Mazzles, weil die öffentliche Meinung Amerikas nichts von der Qualität des europäischen Boxsports hält, zuerst einen guten Amerikaner nach Europa gegen George vor, bezahlt den Amerikaner aber dafür, daß er unentschieden boxt. Es ist in diesem Fall hinausgeworfenes Geld, da George den Amerikaner in der zweiten Runde kaputtschlägt.

Diese Schiebungen sind dann natürlich immer noch reichlich mit Privatangelegenheiten durchsetzt. Die Verflechtung von Zeitung, Gesellschaft und Sport zu zeigen, ist ein Hauptmotiv des Romans,

5

dessen Moral etwa die ist, daß es für einen Mann nichts Gefährlicheres gibt als ein allzu hartnäckiges Kleben an seinem Renommee. Solch ein Mann ist immer umgeben von einer Sorte von Leuten, die ihrerseits alles tun, um ihr eigenes Renommee durch ihn hochzupumpen oder, was noch viel schädlicher ist, das seine zu benutzen, das ihre nicht zu verlieren, und kommt dadurch in einen ganz unnatürlichen Rekord hinein, dem er gar nicht gewachsen ist und der ihn nur ruiniert. Dies soll aber an einem Mann gezeigt werden, der gesund genug ist, daß er all diese Treibereien, die auf jeden Erfolg ebenso sicher folgen wie Bauchweh auf zuviel Eskimoeis, ohne Schaden zu nehmen, übersteht.

A 2
Boxerroman

Bei diesem Boxerroman ist das Boxen nicht die Hauptsache, obwohl auch daraus ein paar spannende Druckseiten herauszuholen sind. Aber interessanter ist schon zu sehen, wie ein Mann durch Boxen Geld und Ruhm verdient, und wie er es macht, daß er dann den Ruhm noch einmal zu Geld macht. Und was die Zeitungen oder einzelne Leute darin treiben, wenn sie aus einem Mann einen Helden machen müssen. Mich interessiert zum Beispiel, wie der Manager aus seinem Mann einen anständigen Kampf herausholt, denn sein Mann ist sein Kapital, und wenn der Boxer schlecht boxt, dann werden für den Manager die Rumpsteaks rar. Und dasselbe geschieht sogar, wenn sein Mann heiratet, denn dann wird er schlecht boxen. Also verhindert zum Beispiel der Manager (aber wie?), daß sein Mann heiratet. Damit fängt übrigens der Roman an. Er fängt in New York an zu einer Zeit, wo der Hauptheld noch als Matrose zwischen Marseille und Aden herumpendelt. Der Manager des Weltchampions (gedacht ist an Dempsey) sucht für seinen Mann einen passenden Gegner, den sein Mann kaputtschlagen kann, der aber gut genug ist, daß man mit diesem Sieg den Zeitungen das Maul stopfen kann. Der Champion ist in schlechter Form, da er eine hübsche Frau geheiratet und seine Boxhandschuhe an den Nagel gehängt hat. Es ist nicht ganz leicht, diesen passenden Gegner aufzutreiben (und dabei wird schon, vor man ihn hat, von einigen weitblickenden Leuten hastig eine 30000-Mann-Arena auf Kuba, wo der Weltmeisterschaftskampf stattfinden soll, aufgebaut), aber der Manager treibt ihn auf: es ist der Franzose George Carras (gedacht ist an den schönen Carpentier). So kommt »der schöne George« zunächst wie der Pontius ins Credo in einen Weltmeisterschaftskampf mit dem gefürchteten Jack. George Carras wird (im zweiten Kapitel des Romans) bei einer Keilerei in einer Hafenkneipe von Marseille als Boxer entdeckt. Der Untersuchungsrichter, der ihn zu der Höchststrafe von drei Wochen Haft wegen eines erstklassigen Schlages verurteilen muß, ist selbst ein enragierter Freund des Boxsports und läßt George nach Abbüßung der Haft auf seine Kosten ausbilden. Nach Verlauf eines Jahres voll sensationeller Erfolge weiß ein ganzer Erdteil, daß »der schöne George« ein Gentleman erster Klasse ist, aber nur George weiß, daß er kein Boxer erster Klasse ist. Dies ist sein Geschäftsgeheimnis, und Georges Existenz hängt davon ab, daß niemand erfährt, daß ihn, als er schon längst die Europameisterschaft in der Tasche hat, ein Pariser Amateur von nur halb so großem Gewicht, Jean Lacque, im übrigen sein Freund, im Hinterzimmer einer Bar in einem kleinen Zank durch überlegene Technik ausgeknockt hatte. Denn von nun an beginnt das Kesseltreiben zweier Kontinente, die mit Zeitungsartikeln, Privatwetten und gesellschaftlichen Repressalien den »schönen George« in einen Kampf um die Weltmeisterschaft hineintreiben. Der Roman steuert in jeder Szene von Anfang bis zum Ende auf diesen Weltmeisterschaftskampf in Kuba zu, an dem die Interessen aller Romanfiguren mehr oder weniger hängen.

A 3

Das Renommee. Ein Boxerroman

1. Der Roman »Das Renommee« behandelt das merkwürdige Bestreben aller Leute, Helden zu erkennen, das heißt, einen guten Mann immer noch besser haben zu wollen, als er ist, und ihn mit allen Mitteln in einen Rekord hineinzuhetzen, bei dem er am Ende versagen muß. Ein solcher Mann ist immer umgeben von einer Sorte von Leuten, die ihrerseits alles tun, um ihr eigenes Renommee hochzupumpen oder, was noch viel schlimmer und schädlicher ist, ihr Renommee nicht zu verlieren.

2. Der Roman folgt nun in seinen Tatsachen dem Weltmeisterschaftskampf Dempsey/Carpentier.

George Carras, der Held des Romans, ist ein Mann wie Carpentier: ein großer Boxer, aber nicht erste Klasse. Er hat eine natürliche Eleganz, einen Haufen gesunden Menschenverstand und alle Eigenschaften, die einen Mann populär machen können. Alle Welt setzt auf ihn, ausgenommen er selber. Seine Stärke ist, daß er seine Grenzen genau kennt und als kluger Geschäftsmann so viel als möglich aus sich herausholt, als er kann. Typischerweise rettet ihn das aber nicht davor, durch den öffentlichen Klamauk und die oben erwähnten Bestrebungen seiner Anhänger, sich in einen Kampf um die Weltmeisterschaft hineintreiben zu lassen. Eines schönen Tages steht er ganz gegen seinen Willen unter dem Jubel von 30000 Menschen in einer Arena auf Kuba und muß sich k.o. schlagen lassen. Immerhin ist George gesund genug, um den Tag nach seiner Niederlage als einen der besten seines Lebens zu empfinden. Er hat es wenigstens hinter sich. Von Anfang an hat er gewußt, daß er nicht siegen könnte: außer ihm wußte es noch sein Freund Billy Mike, der Amateurleichtgewichtsmeister der Welt, der ihn, ziemlich zu Anfang des Romans, im Hinterzimmer eines Restaurants in einer privaten Angelegenheit niederschlägt. Der Grund dieser privaten Angelegenheit ist Gloria Carras, Georges Frau, die George aus Renommiergründen der Öffentlichkeit unterschlägt und, da er sie nicht entbehren kann, als Schwester mitnimmt. Zu allen Handlungen in seinem Kampf kommen die beständigen Kämpfe mit seiner Frau, der ihre prekäre Rolle nicht sehr behagt und die Georges Eifersucht mit dem um sie unverschämt werbenden Mike spielerisch zu reizen versucht. Als Georges Renommee als Boxer erster Klasse erledigt ist, kann er auch das als Don Juan zweier Erdteile aufstecken: die beiden fahren einig nach Europa zurück.

A 4

Der Mann, der Ruhm sammelt.

Der gute Boxer muß mit seinem Gegner spielen, was für ihn gefährlich sein kann.

Der Mann, der in die Gesellschaft eindringt. Er spielt Klavier   glatt geschliffen wird. Verliert Naivität, aber da man von einem Boxer eine gewisse Naivität verlangt, spielt er sie – er wird Schauspieler.

Wenn einer siegt, wird er intelligenter. Der Umbau. Von Natur Gentleman.

Ihre Weine gießen sie in ihn hinein. Bewunderung seiner Tätowierungen. Billie Mike, Zeitungsbesitzer, exklusives Blatt mit akademischem Einschlag, das Billie scheißlangweilig findet.

Mann, der seine Angelegenheiten dirigiert, einen natürlichen Sinn dafür besitzt, berühmt zu werden. Alles Nützliche bringt er in die Zeitung. Zeigt wenig, spielt den Unberechenbaren und Unüberblickbaren.

Regelt Sache mit seiner Frau. Kriegt sie nur zur Heirat, daß er sagt, er boxe so nebenbei, dann er habe große Lust dazu. Genau und präzis. Er hat es schwierig mit seiner Frau dann:

Sie sagt: »Ich will ganz gern Zigarren rauchen und mal einer älteren Dame den Rauch ins Gesicht blasen, auch mal für Lenin eine Lanze brechen, aber ich will mir nicht nachsagen lassen, daß ich aus lauter Modernität einige starke Muskeln geheiratet hätte. Es ist mir zu sinnlich, George.« – George: »Ja, dann mußt du mich nicht heiraten.« – Sie: »Dazu bist du auch zu spießig. Du würdest instinktiv abends zehn Uhr deinen Hut nehmen, wie ich dich kenne. Und was schlimmer ist, ich selber bin spießig dazu. Ich will auch ganz gern mal einer dieser greulichen muskeltollen Weiber das Recht haben die Augen auszukratzen, wenn sie dir zu nahe treten.« – Er findet aber als Hauptgegenargument, daß sie zu unabhängig ist. Als sie sich einmal nicht mit ihm treffen will, weil er mit der Frau eines Zeitungsmannes soupiert hat, nimmt er sich vor, ihr Geld zu spekulieren, damit sie weiß, daß er ihr Mann ist. Dabei spürt er doch aber schwere Hemmungen bei sich, als er sich freiwillig in ein faules Geschäft hineinbegeben will, wie er merkt, daß ein anderer ihn wirklich betrügen will, zieht er mit Hilfe seiner Muskelkraft das Geld schnell wieder heraus. Am nächsten Tag liest er in der Zeitung, daß ein ganz sicherer Boxer schwer geschlagen worden ist, da ist er froh, daß er das Geld noch hat.

Was sonst Frauengeschichten angeht, so ist er letzten Endes zufrieden, wenn er mal mit einer fotografiert wird.

Zeitungsgeschichten. – Alle Zeitungen für ihn. Da merkt er, wie die wichtigste anfängt, gegen ihn zu sein (weil alle anderen für ihn sind). Darauf schickt er in die Sportredaktion einer Zeitung, die in Boxkreisen nicht besonders geschätzt wird, durch seinen Manager einige Leute, die dem Redakteur nahelegen, und zwar auf ungemein plumpe Weise, daß er es nicht riskieren solle, schlecht über ihn zu schreiben, worauf er natürlich sehr schlecht über ihn schreibt. Darauf schwenkt die große Zeitung für ihn ein.

Als er nach mehreren Kämpfen in Paris und schon französischer Titelhalter als Gegner für den amerikanischen Meister genannt wird, erhebt sich in den Zeitungen die Frage, ob er wirklich der Held ist. Dabei werden die Privatfeindschaften der

Redakteure ausgetragen (der Fall der Firma Kehring/Jerr). Der sanfte Druck, den die demokratische Zeitung auf Gegner von Georges Verteidiger ausübt, als es gilt, den nationalen Vertreter der Boxkunst gegen Amerika vorzustoßen.

Als er um den französischen Titel kämpft, schreiben seine Feinde wochenlang, sein Gegner sei zu alt. Da strengt sich Georges Manager an, den französischen Champion zuerst mit einem internationalen guten Mann zusammenzubringen, wobei er eine große Schiebung zugunsten seines Gegners aus eigener Tasche bezahlt. Der Champion kämpft mit dem internationalen Mann unentschieden, wodurch er beweist, daß er nicht zu alt ist. Dann schlägt ihn George nach drei Runden k.o. Ähnliches wiederholt sich in ganz großem Maßstabe beim Weltmeisterschaftskampf. Franzosen stolz, daß der französische Titelhalter und ein vollendeter Gentleman rübergeht. In den Tagen z.B., wo die demokratischen Zeitungen wegen kolonialer Verwicklungen sehr für gute Beziehungen der europäischen Staaten untereinander sind, was George liest, fährt er nach Berlin und assistiert einem jungen Engländer. Er schickt der demokratischen Zeitung ein Foto aus einer deutschen Zeitung, auf dem er mit dem in Deutschland beliebten deutschen Boxer Arm in Arm Unter den Linden bummelt.

Zusammen mit einer Pariser Modefirma übernimmt er die Kreierung einer Strohhutmode gegen die Verpflichtung, unter alle Fotos den Satz zu stellen: Auch der Tiger kann elegant sein!

Reklame usw., das ist Georges bestes Talent. Er sagt auch: drei Spalten Angriff ist dreimal soviel wert, wie jedes Kind ausrechnen kann, wie eine Spalte Lob. – Die Freude der Menschen daran, einen großen Mann herunterzureißen, ist die einzige Gewähr für einen großen Mann, daß man ihn nicht vergißt.

Gegen ihn, das Boxertalent, ist Billie Mike gesetzt, das Boxergenie, der aber überhaupt ein Genie ist, aber überhaupt kein landläufiger Gentleman. Er besitzt auch eine andere Eitelkeit: jene unscheinbare graue Eitelkeit des Sperlings des Genies. Er wäre zum Beispiel bereit, der großen boxerischen Null den Koffer zu tragen, er hält Georges Boxkunst und seine übrige Kunst für einen absoluten Dreck und geht sogar soweit, was Georges Siege angeht, an Schiebungen zu glauben. Das Genie verachtet alle Talente. Billie kann auch nicht verstehen, wie Gloria dieser

Null eine gute Seite abgewinnen kann. Ganz geschmacklos unterstreicht Billie, daß er nur durch sein Zeitungsgeld in der Lage ist, bei einem großen Sportbankett mit dabei zu sein, aber jeder Toast, den Billie auf den großen George, dessen Freund zu sein er die Ehre hat, wirkt wie glühendes Eisen auf George wegen der Hinterzimmeraffäre.

Zeitungskampagne zweier Kontinente: Amerika hat ein Interesse, einen Mann aus Europa herüberzubekommen, da sich herausgestellt hat, daß die amerikanischen Weltmeister in Europa einfach keinen Kampf bekommen, und nur darum nicht, weil sie nicht eher in Eur'opa anerkannt werden, als bis sie nicht einige europäische Männer kaputtgeschlagen haben.

Georges Angst, die Leute könnten herauskriegen, er sei verheiratet, frißt an Gloria, daß er einen solchen Gentleman aus sich macht, paßt ihr nicht. Georges Auseinandersetzungen mit Gloria sind große Handikaps für seinen Kampf. Aber er kann ohne sie nichts machen, weil sie alles für ihn macht. Sie weigert sich schließlich, überhaupt mitzukommen, sie ahnt den Ausgang des Kampfes und fürchtet sich.

Gloria hält viel davon, daß einer in seinem Beruf wirklich was ist, Kellner, die nicht richtig servieren können, sind ihr ein Greuel. Gloria ist auch empört, daß er den zudringlichen Billie nicht einfach hinausschmeißt, wo er doch gegen Billie nichts machen kann, denn Billie ist kein Gentleman, und Diskretion hält Billie für eine Erfindung für Höhlenmenschen. Es kommt zu einem Kulminationspunkt vor der Amerikareise. Am Schluß wirft George Billie doch hinaus, und zwar, wie er angibt, wegen eines ruinierten Möbelstückes, aber es ist nicht der Krach deswegen, sondern Eifersucht. Billie hinterbringt darauf Gloria prompt Georges Geschäftsgeheimnis, nämlich seine Klasselosigkeit. Gloria, aufs tiefste getroffen dadurch, daß er sie aus Berufsgründen und Feigheit gegenüber dem Aufkommen der Wahrheit Billie einfach ausgeliefert hatte, gerät in einen wirklichen Konflikt zwischen ihrer Enttäuschung über George und der Notwendigkeit, ihn vor seinem größten Kampf in Ruhe zu lassen. Wider Willen wird sie aber jetzt, wo George, obwohl er von seiner Chancenlosigkeit zutiefst überzeugt sein muß, durch sein mutiges In-den-Kampf-Gehen, wo er doch wie Carthy und manch anderer doch einfach totgeschlagen werden kann, und durch seine wunderbare Taktik, die ganze Welt zu täuschen, zur Bewunderung fortgerissen. Fast durch einen Zufall wird durch eine Bemerkung beim Frühstück in Kuba vor dem Kampf alles ins reine gebracht. Gloria erkennt aus der Bemerkung, daß sie selber durch ihre offene Abneigung gegen Leute, die in ihrem Beruf nicht 1a sind, George zu seiner Schauspielerei getrieben hat. Gloria hatte, als George in New York Wert darauf legte, daß sie als seine Sekretärin anerkannt wurde, dort mit Filmleuten verhandelt und war sogar, durch Billies Zeitungen begünstigt, zweimal in einem Kabarett aufgetreten. Jetzt erzählt sie George. Jetzt benützt sie ihre Beziehungen, um George für den Film engagieren zu lassen, und erzählt George fünf Minuten vor dem größten Kampf seines Lebens, er solle sich alles kaputtschlagen lassen, nur seine Nase nicht, da sie für ihn einen Filmvertrag abgeschlossen habe. George ist erleichtert, als er hört, daß Gloria Bescheid weiß.

A 5
Die Boxer auf Kuba

1

Nach dem Gewinn der Europameisterschaft versucht George Capaqua einen Kampf mit einem mittleren Mann zu managen, und plötzlich ist es ein Kampf um die Weltmeisterschaft. Der schöne George weiß genau, daß er nur ein Gehirnboxer ist, ein Talent, das den Endkampf nur fürchten lassen darf. Seine Chance ist Kaltblütigkeit, seine Gefahr ist Sportsgeist.

2

Er geht immer zurück. Die anderen hetzen ihn. Dann hat er einen Moment des Sportes und von jetzt ab bringt er seinen Kopf nicht mehr heraus. Seine Sekretärin Kid: frisch, frech, kameradschaftlich. Will heiraten, da sie, in George verliebt, alles umsonst macht. Sie verlangt für das Dableiben ein Riesenhonorar.

Die Frau des Veranstalters.

3
Plötzlich steckt er seinen Kopf in Kuba zum Fenster heraus. Die Nacht vor dem Kampf: Lichtreklame, Angstanfälle. Er trinkt scheinbar.

4
Der Kampf. Er inszeniert. Inmitten von Presse. Der Kampf der Weiber. Er nimmt die Gelder seiner Freunde, die auf ihn setzen, zurück. Er ist ganz groß und kühn. Wird am Schluß unter Riesentrubel in Bandagen über die Bühne getragen.

5
Nächster Tag: Er muß allen Tragödie vormimen, ist aber unter seinen Bandagen glücklich. Raucht, trinkt, heiratet Kid, tröstet Freunde, diktiert Berichte.

A 6
Boxkampf auf Kuba

1
Vier Herrn im Smoke. Der junge Mann, der seine Schuhe heimlich ausgezogen hat und bei Kriegsausbruch gehandikapt ist.

»Alles in allem ist es eine furchtbare moralische Niederlage für Sie, Charles. Ich meine das, daß Sie in Gegenwart einer Dame Ihre Schuhe auszuziehen gewohnt sind.« *Ab.*

2
Die alte Mutter des Boxers, die den Kampf schildert. Die Reporter. Die Fotografie.

Als er von seinem schrecklichen Kampf mit O'Hara, den er in der dritten Runde durch Uppercut k.o. machte, ohne Nase heimkam, sagte ich zu ihm: »Larry, nicht die Nase ist es, sondern der Mann (was darunter schlägt) (wie man darauf schlägt und *ihn* mit in eine Konditorei

Als er vor seinem Weltmeisterschaftskampf zu mir sagte: »Was immer geschieht, Mami, wirst du zu mir halten«, sagte ich ihm, während ich ihm ins Auge blickte: »Larry, deine Mama erwartet, daß jedermann seine Schuldigkeit tut.« Und mit diesen

Worten streifte ich die Ärmel hoch und zeigte ihm die Stelle, wo sein Vater mir den Oberarm durch einen einzigen Schlag entzweigeschlagen hat. Dazu äußerte ich noch, Larry sei der Sohn deines Vaters.«

A 7
Boxer

George, Jimmy, Gloria

George kommt nach drei Wochen wieder nach New York, kann nicht in sein Zimmer, weil Jimmy drin wohnt. George hört Jimmy das Dienstmädchen entlassen. Gloria strahlt. Gloria zu Jimmy: »George hält es einfach für selbstverständlich, daß ich mit keinem anderen Mann etwas habe.« Jimmy: »Wie kann man etwas so Unnatürliches für selbstverständlich halten.« –

Gloria geht zum Film. George ist empört, wie intim Gloria mit den Männern dort ist.

Frau des Zeitungsmannes.

A 8

Kuba / 5. April
George
Ivette Sire
Ihr Vater
Der Manager
Jonnie Fletcher Leichtgewichtsmeister der Welt
Juanita Golez
Eve

1. Akt	Montreal	George wird kanadischer Meister
2. Akt		Er wird in den Weltmeisterschaftskampf gehetzt
3. Akt	Kuba	
4. Akt	k.o.	

B 1
Der Boxer

GEORGE Kid, ich habe Ihnen etwas zu sagen vor Ihrer Abreise. Setzen Sie sich, aber anständig und nicht so undiszipliniert wie gewöhnlich, ich kann das heute nicht ertragen, ich bin ein geschlagener Mann. Prägen Sie sich das überhaupt ein für allemal ein: ich bin ein geschlagener und erledigter Mann. Man muß mich anständig behandeln. Zum Teufel, sitzen Sie doch nicht so steif. Das ist doch alles Gift für meine Nerven. Also, was ich sagen wollte: Übrigens, Sie können einen Whisky haben. Es ist überhaupt gar nicht irgendwie unangenehm für Sie. Im Gegenteil. So weit wollen wir denn doch nicht gehen in unserer Selbstverachtung. Warum reden Sie denn eigentlich kein Wort? Das ist doch ganz unfair.

KID Herr George:

GEORGE Widersprechen Sie nicht. Also: ich bin bereit, Ihnen eine Offerte zu machen. Ich möchte vorausschicken, daß Sie in Ihrem eigenen Interesse nicht zu weit gehen dürfen in der Annahme, ich könne ohne Sie nicht existieren. Das ist natürlich Unsinn. *Er lacht.* Die Wirklichkeit ist natürlich: ich liebe es nicht, allein zu sein. Und Sie persönlich passen mir für das, was ich brauche. Aber übrigens, ich will sogar ehrlich sein: ich gestehe offen ganz, daß ich sogar ziemlich weit gehen würde, um Ihnen entgegenzukommen. Vorausgesetzt, Sie stellen keine übertriebenen Forderungen. Meine Offerte ist: Sie, Kid, beschäftigen sich weiter mit mir, und ich, aber wir wollen dann auch mit keinem weiteren Satz mehr die ganze Sache berühren, ich verdoppele Ihr Honorar.

KID Das ist eine ungeheure Frechheit.

GEORGE Wieso??

KID Du bist furchtbar frech, George.

GEORGE Wieso? Meinst du? Aber das ist doch ... ich meine, ich verstehe überhaupt nicht. Aber wie sprichst du denn mit mir, ich bin wirklich nicht in der Lage, noch irgend etwas Peinliches auszuhalten nach diesem Kampf.

KID Das scheint mir auch. Guten Tag, George.

GEORGE Was heißt das? Halt! Was fällt Ihnen ein? Lassen Sie sich gesagt sein, mit Erpressungen ist bei mir gar nichts auszurichten. Halt! sage ich. Ich ändere meine Offerte ab. Sie beschäftigen sich weiter mit mir, und ich heirate Sie. Das ist ein sehr schlechtes Geschäft für Sie, aber Sie haben es so gewollt. Gehen Sie sofort auf Ihr Zimmer, Sie gehen mir furchtbar auf die Nerven.

Tatsachenreihe

A 1

Die durchgehende Figur der Romanfolge ist der Richter Lexer. Ein älterer Mann, der sich hat pensionieren lassen. Seine langjährigen Erfahrungen in der Rechtspflege haben ihn dahin geführt, die Folgen eines Urteils in vielen Fällen als schädlicher zu erkennen als die Tat, zu deren Sühne das Urteil ergangen ist.

Die Jahre seiner Richterpraxis haben ihn weiter dahin geführt, sich Rechenschaft von der Vielzahl von Kenntnissen und von Erfahrungen abzulegen, die einer vernünftigen Urteilsfindung zugrunde liegen müßten und über die kein Richter (seines Wissens) in ausreichendem Maße verfügt.

Weiterhin ist er auf die Unzulänglichkeit jener Motive gestoßen, die gemeinhin von der Justiz verbrecherischen Aktionen untergeschoben werden. Verhängnisvoller als die Bösartigkeit oder die Impulsivität der schuldigen Subjekte ist ihm in vielen Fällen das Milieu erschienen, das entweder diese Verhaltungsweisen erst in ihnen entwickelt oder auch unmittelbar durch den Druck, unter dem es sie hielt, ihre schuldhaften Handlungen veranlaßte.

Dies alles hat dahin geführt, daß sein Interesse in vielen Fällen mehr der Aufdeckung der wahren gesellschaftlichen Gründe eines Verbrechens zugewandt ist, als den Funktionen des Justizapparats, der die Schuldigen »zur Verantwortung« zieht. Im übrigen besitzt er Humanität genug, um in vielen Fällen die soziale Indikation als hinreichende Entschuldigung für den Täter gelten zu lassen. Auch weiß er, daß das gesellschaftliche Los der von ihm »Entlarvten«, das er nicht ändern kann, Sühne genug bedeutet, auch ohne daß er sie der Staatsgewalt preisgäbe. Er tut das also nicht, und daher ist der Leser der einzige, der das Ergebnis seiner Detektivarbeit zu wissen bekommt.

Der Richter Lexer ist durch seine Erfahrung zu einem skeptischen Mann geworden, der allen Konstruktionen rechtlicher oder weltanschaulicher Art ohne Interesse gegenübersteht und die gesammelte Kraft seines Scharfsinns der Beobachtung der Wirklichkeit zuwendet. Dem verdankt er, daß die im Publikum wie in Romanen gleicherweise verbreiteten schablonenhaften Vorstellungen vom Handeln und von den Reaktionen der Leute ihn kaltlassen. Er bemüht sich, in jedem Falle dem wirklichen

Sachverhalt auf den Grund zu gehen, und bevorzugt zu diesem Zwecke Experiment und Dokumentation.

Die Hauptquelle seiner Dokumentation ist die Kamera. Der Richter Lexer ist ein fotografischer Amateur. Sein Ehrgeiz besteht darin, zu jedem der ihn beschäftigenden Fälle sich ein fotografisches Archiv anzulegen. Und es wäre das Glück seiner alten Tage, wenn es ihm einmal gelingen würde, eins seiner Bildchen – in deren kriminalistischen Wert nur der Leser eingeweiht ist – in einer illustrierten Zeitung zu plazieren. Aber sei es nun infolge der dilettantischen Ausführung dieser Bilder, sei es infolge anderer Umstände, geht dieser Wunsch ihm niemals in Erfüllung. Um so ergiebigere Aufschlüsse gewinnt er gelegentlich aus Bildern, die ihm selbst aus illustrierten Zeitungen vor Augen kommen.

Der Richter Lexer steht am vorgeschobensten Punkt der heute einem bürgerlichen Typ erreichbaren Erkenntnis. Diese Erkenntnis, die nirgends zu Grundsätzlichem vordringt, hat ihren Grundsatz ebendarin, von bürgerlichen Klassenvorurteilen in hinreichendem Maße frei zu sein, um der Realität Rechnung tragen und Kriminalfälle, welche sich der Polizei entziehen, klarstellen zu können.

A 2

Mädchen schon mal gekündigt gewesen. Damals hat sie nichts Besonderes unternommen. (Umzug der Eltern)
Alte Solinger Firma längst pleite.
Pleite dieser Firma seit einem Jahr. Terminus a quo.
X telefoniert nach Hause, wegen Zimmer zu nehmen.

A 3

Frau belastet durch Zettel.
Freundin belastet durch Schirm.
Freundin Kokottentyp. Seifert kein Zuhälter. Dann Geldsache.
Testament.

A 4

1. Die beiden Frauen beschuldigen einander:
Die Frau zeigt auf den Regenschirm der Freundin in der Hand des Toten. Das ist belastend, weil die Freundin bestreitet, am Fahrstuhl gewesen zu sein. Sie zeigt den Zettel vor, der die Frau belastet. Der Boy sagt über den Schirm aus. Die Freundin sagt aus, Seifert habe vor seiner Frau Angst gehabt.

A 5

Das Blumengeschäft gibt darüber Auskunft, daß eine Dame sich erkundigte, wo Frau Seifert wohnt.

Im Zimmer sind Blumen gefunden worden. Und: Die Frau hat ihren Mann belauscht.

Die Aktien in Verwertung der Freundin.

Die anonymen Briefe. Drohung, der Frau werde Mitteilung gemacht werden.

Frau gedachte nicht, in den »Drei Raben« zu übernachten.

A 6

Wendungen:
1. Ein Verbrechen der Leidenschaft?
2. Materielle Gründe zum Mord?
3. Er wollte nicht reklamieren. Keine Verwertungsmöglichkeit des Berichtes. Vorhandensein des Berichtes für ihn nicht erwünscht, sondern unerwünscht. Er hat sich erkundigt, ob er nicht da ist. Dann, als zunächst gesagt wurde, er sei da, versucht, die Fertigstellung zu verzögern.

Mit der Feststellung seiner Methode ist seine Wohlhabenheit festgestellt.

A 7

A bis K – L bis Z. Die Behörden scheinen nicht zu wissen, daß nicht mit allen Buchstaben gleich viel Namen beginnen, wenn sie den Andrang an zwei Schaltern bewältigen.

Motivloser Mord, begangen, um einen solchen mit zu leicht erkennbarem zu tarnen. X kann Y nicht ermordet haben trotz Motiv, da er sonst auch Z ermordet hätte und dazu kein Motiv vorliegt.

B 1
Tatsachenreihe

Herr Karl Seifert lebt als verheirateter Mann in einer Mittelstadt. Von Beruf ist er ursprünglich Reisender gewesen. Diese Tätigkeit bildet nach allgemeiner Überzeugung und auch nach Überzeugung seiner Frau auch jetzt noch die Grundlage seiner Existenz, die daher als bescheiden gilt. In Wirklichkeit betreibt Herr Seifert seinen alten Beruf nur noch gelegentlich und zum Schein. Seine wirkliche Einnahmequelle stellen Erpressungen an Aktiengesellschaften dar.

Diese Erpressungen sind alle nach ein und demselben Schema angelegt. Sie stützen sich auf einen Paragraphen des Handelsgesetzbuchs, der vorschreibt, daß die Bilanzen für die Generalversammlung 14 Tage vor deren Beginn öffentlich aufliegen müssen. Die meisten Gesellschaften nehmen es mit dieser Vorschrift nicht allzu genau. Herr Seifert hat sich das zu Nutzen gemacht. Er pflegt als Aktionär – selten besitzt er mehr als eine einzige Aktie von einem Unternehmen – zur gegebenen Zeit nach dem Geschäftsbericht zu sehen und erhebt, wenn er ihn nicht ausliegen findet, Schwierigkeiten, die gemeinhin in die Drohung mit einer Anfechtungsklage münden. Um diese Drohung abzuwenden, ist dann die Direktion bereit, Herrn Seifert Schweigegeld zu zahlen. Herr Seifert hat übrigens eine Freundin, die ihn an den Bestimmungsorten seiner zahlreichen Geschäftsreisen zu treffen pflegt.

Auf diesen Umständen baut sich Herrn Seiferts Anwesenheit in der Stadt M ... auf. Er hat im »Reichshof« ein Zimmer genommen; ein weiteres hat er für seine Freundin bestellt, die am Nachmittag seines zweiten Aufenthaltstages von ihrem Wohnort herkommend eintreffen soll und die er im Hotel als »Frau Seifert« ankündigt. Den ersten Tag seines Aufenthalts hat Herr Seifert benutzt, um bei der »Montana-Gesellschaft« in der üblichen Weise vorzusprechen. Wie gewöhnlich liegt der Geschäftsbericht noch nicht aus. Herr Seifert stellt der Verwaltung Schwierigkeiten in Aussicht, kehrt aber, nachdem er die Tür hinter sich geschlossen hat, noch einmal zurück, um seine Adresse zu hinterlassen. Die »Montana-Gesellschaft« setzt sich mit der Druckerei in Verbindung, der sie ihren Geschäftsbericht in Auftrag gegeben hat, und sucht auf diese die Schuld abzuwälzen. Daraufhin wird im internen Betrieb der Druckerei ein Sündenbock gesucht. Die Sache bleibt an der Sekretärin Herta Müller sitzen, die das maßgebende Telefongespräch mit der »Montana-Gesellschaft« geführt hat. Herta Müller droht die Entlassung. Diese ist für sie schrecklich, da sie nicht, wie in einem früheren Falle von Arbeitslosigkeit, zu ihren Eltern zurückkann. Diese sind nämlich inzwischen in eine feuchte Kellerwohnung gezogen, die für die Gesundheit des Mädchens eine schwere Gefahr bedeuten würde.

Am Mittag des ersten Tages entdeckt Herr Seifert im Lokalblatt die Einladung zur Generalversammlung der »Hartmannschen Kakes- und Biskuitwerke«, die ihren Sitz in der gleichen Stadt haben. Seifert sagt sich, daß er diesen Fall im Vorbeigehen mitbearbeiten kann, und zieht bei seiner Bank Erkundigungen, den Erwerb von Hartmann-Aktien betreffend, ein. Man teilt ihm mit, daß die Aktien längst nicht mehr im Handel aufgetaucht sind, die Gesellschaft im übrigen vor dem Zusammenbruch stehen müsse. Für Näheres verweist man ihn an Herrn Gottfried Weitbrecht, Prokuristen des Unternehmens. Herr Weitbrecht ist Herta Müllers Verlobter. Er erteilt Herrn Seifert die gewünschte Auskunft, ist auch auf dessen beharrliche Bitten hin bereit, ihm zu einem sehr billigen Preis eine von seinen Aktien des Hartmannschen Unternehmens zu überlassen. Über den Wert dieser Aktie macht er Herrn Seifert keine Illusionen. Dieses Gespräch findet am Nachmittag in der Privatwohnung von Herrn Weitbrecht statt. Gegen Ende der Unterhaltung und nachdem Herr Seifert die paar Mark für die Aktie bereits entrichtet hat, veranlaßt eine Gesprächswendung Herrn Weitbrecht, auf den Geschäftsbericht zur bevorstehenden Generalversammlung zu verweisen, der, wie man bei dieser Gelegenheit sieht, bereits in den Fahnen vorliegt. Herr Seifert sieht sein übliches Erpressungsmanöver dadurch bedroht. Er beschließt einzugreifen.

Am nächsten Morgen wünscht Herr Seifert zunächst, sich vor unangenehmen Überraschungen zu schützen. Er ruft bei seiner Frau an. Dabei bestätigt sich seine schlimmste Befürchtung: seine Frau hat in aller Frühe das Haus verlassen. Er muß damit rechnen, daß sie ihm nachgereist ist. Das erfordert Maßnahmen in doppelter Hinsicht. Erstens ist Herr Seifert genötigt, seine Freundin, deren Ankunft er für den Nachmittag erwartet, loszuwerden. Zu diesem Zweck legt er auf ihr Zimmer, das sie – vermutlich – in seiner Abwesenheit betreten wird, einen Zettel mit der Notiz: »Gefahr, reise ab!« Zweitens sieht Seifert sich genötigt, seinen Aufenthalt in der Stadt zu tarnen. Er verläßt also morgens das Hotel mit einem Musterkoffer, in dem sich Rasierklingen befinden. Er ist früher für einen Klingenproduzenten gereist. Daß das Unternehmen inzwischen bankrott gemacht hat, weiß er nicht. Sein erster Gang gilt der Druckerei Helbing, in der, wie er gestern feststellen konnte, der Geschäftsbericht der Hartmannschen Kakesfabrik eben rechtzeitig fertiggestellt wird. Er macht dort die Bekanntschaft der Sekretärin Herta Müller, die ihm für seine Zwecke geeignet scheint. Es handelt sich ja nur darum, die Fertigstellung des Geschäftsberichts um 24 Stunden zu verzögern. Daß in der gleichen Druckerei auch der Geschäftsbericht der »Montana-Gesellschaft« hergestellt wird und der Sekretärin die Verantwortung für dessen verspätetes Erscheinen aufgebürdet und die Entlassung angekündigt ist, weiß er nicht. Herr Seifert bittet Fräulein Müller zu einem Rendezvous. Ohne zu seiner Einladung Stellung zu nehmen, verläßt Fräulein Müller das Zimmer. Herr Seifert gewahrt beim Fortgehen an einer Straßenecke seine Frau und hält es für angebracht, sich, von ihr – die sich unentdeckt glaubt – beobachtet, auf Tour zu begeben. Er legt seine Muster in einem Eisenwarengeschäft vor, wo der Richter Lexer ihn zum ersten Mal sieht.

Während Herr Seifert in sein Hotel zurückkehrt, um daselbst seine Freundin zu erwarten, begibt seine Frau, die mit der bevorstehenden Ankunft dieser Freundin rechnet und, um ihren Verdacht zu verifizieren, gekommen ist, sich an die Bahn, um die mit dem Mittagsschnellzug eintreffenden Reisenden durchzumustern. Als sie unter diesen in der Tat ihre Nebenbuhlerin herausfindet, geht ein plötzlicher Wandel in ihren Entschlüssen vor sich. Denn während sie ursprünglich erschienen war, um ihrem Mann eine furchtbare Szene zu machen, treten ihr nun, da es ernst wird, die Konsequenzen einer solchen vor Augen. Sie sagt sich, daß sie eine Scheidung befürchten muß und von ihrem Mann – der in ihren Augen als kleiner Geschäftsreisender mittellos ist – keine Unterstützung erhoffen kann. Ihre anfangs so energische Initiative bricht mit dieser Überlegung zusammen. Sie kehrt ins Hotel »Drei Raben« zurück, wo sie am Morgen nicht ohne Absicht in einem der seitigen schäbigen Zimmer sich einquartiert hatte; im stillen hatte sie damit gerechnet, nach siegreich bestandener Szene von ihrem Mann in den »Reichshof« geholt zu werden. Nun gibt sie ihr ungenutztes Zimmer auf und fährt mit dem nächsten fahrplanmäßigen Zuge nach Hause.

Inzwischen hat sich Herta Müller entschlossen, Herrn Seifert aufzusuchen. Dieser hat nach ihrem Verhalten am Vormittag kaum mehr mit ihrem Besuch gerechnet. Er sitzt in seinem Zimmer bei einer Tasse Tee. Während Herta Müller bei ihm ist, hat die Freundin als Frau Seifert das Hotel betreten. Sie wird in ihr Zimmer geführt, das ein Stockwerk über dem Seiferts liegt. Da es zur Zeit ihrer Ankunft stark regnete, war ihr Schirm durchnäßt. Sie hat ihn im Vestibül stehenlassen. Durch ein Versehen des Groom wird dieser Schirm anstatt in ihrem Zimmer im Vorraum des Seifertschen abgegeben, während dieser seine Aussprache mit Herta Müller hat. Letztere wird weder von dem Groom, noch von dem Zimmermädchen, welches den neuen Tee bringt, gesehen. Seifert nimmt den Tee im Vorraum ab.

Gegenstand der Aussprache zwischen Seifert und Fräulein Müller bildet zunächst Seiferts Vorschlag, Fräulein Müller möchte die Fertigstellung des Geschäftsberichts für die Kakesfabrik um einen halben Tag hinauszögern. Dieser Vorschlag läßt seine Partnerin erst erkennen, daß sie es mit einem Erpresser zu tun hat. Während ein Gespräch, das sie in der Mittagspause mit einer Angestellten der »Montana-Gesellschaft« gehabt hat, sie bereits darüber aufgeklärt hat, daß der Herr, der ihr das Rendezvous gegeben hat, identisch ist mit dem opponierenden Aktionär der »Montana-Gesellschaft« – diese Feststellung hat ihren Entschluß, Seifert aufzusuchen, herbeigeführt –, erkennt sie nun, daß die Opposition dieses Mannes eine *gewerbsmäßige* ist. Damit sinkt ihre Hoffnung, den Mann zu einem Verzicht auf seine Opposition, die sie ja ihre Stelle kosten würde, zu bestimmen, auf ein Minimum herab. Eine erst schüchterne, dann beschwörende Bitte, die sie in diesem Sinne äußert, wird denn auch kaltlächelnd zurückgewiesen. Dagegen deutet Herr Seifert an, daß er sich für den Fall, daß sie ihm als Frau entgegenkäme, in der von ihr erbetenen Weise – nämlich durch Zurückziehung seiner

Opposition – erkenntlich erweisen würde. Bei dieser Wendung der Unterhaltung bricht Fräulein Müller ab und verläßt das Zimmer und das Hotel. Auf der Straße macht sie sich über das Vorgefallene Gedanken. Während sie noch bemüht ist, sich zu sammeln, fällt ihr Blick auf das Etablissement des Hotelfriseurs, vor dessen Straßeneingang sie sich befindet. Sie tritt dort ein und läßt sich, um nur erst zu sich zu kommen, dort frisieren. Sie kommt zu dem Ergebnis, daß ihr nichts übrigbleibt, als den Vorschlag von Seifert anzunehmen. Daher verläßt sie nach Fertigstellung ihrer Frisur den Frisiersalon durch den Hoteleingang und fährt von der Halle aus zu Herrn Seifert herauf. Herr Seifert hat inzwischen dem Rum, den er zum zweiten Tee hatte kommen lassen, zugesprochen, und Fräulein Müller leert den Rest der Flasche. Herr Seifert hält sein Zimmer für ungeeignet zum bevorstehenden Zweck und veranlaßt Fräulein Müller, mit ihm ein anderes Hotel aufzusuchen. Beim Verlassen des Zimmers stößt er im Vorraum auf den dort abgestellten Regenschirm seiner Freundin. Da es immer noch regnet, nimmt er ihn mit. Der Fahrstuhl läßt trotz mehrfacher Signale, die Herr Seifert nach unten gibt, auf sich warten. Herr Seifert öffnet die Tür zum Schacht. Er bemerkt, daß der Fahrstuhl auf einer oberen Etage unbeweglich steht. Man hat dort, wie sich später ergibt, vergessen, die Türe zu schließen. Während Herr Seifert, etwas benebelt und daher von langsamer Auffassungsfähigkeit, noch steht und starrt, erhält er einen Stoß von Fräulein Müller und stürzt, den Regenschirm umklammernd, in die Tiefe. Auf dem Boden des Schachts stellt ein herbeigerufener Arzt den Tod fest.

B 2

Ein hoher Richter wurde nach nahezu vierzigjähriger Tätigkeit, als er die Altersgrenze erreicht hatte, in den Ruhestand versetzt und bezog ein kleines Haus in einer mitteldeutschen Stadt, um sich seinen Liebhabereien zu widmen, er beschäftigte sich mit gewissen Studien und in der freibleibenden Zeit mit Fotografieren. Er war ein berühmter Fachmann für Strafrechtssachen gewesen und beschäftigte sich immer noch mit allerhand Theorien über Kriminalistik. Dabei und auch bei seinem Fotografieren ging er eigene Wege.

Er hatte ein angenehmes Wesen und gewann sich rasch einige Freunde. Da er es liebte, mit allen Leuten, die er traf, ins Gespräch zu kommen, war er ziemlich bekannt. Er hieß allgemein der »alte Lexer«.

Als der Schnellzug aus Osnabrück, auf den wir später zurückkommen, einfuhr, saß Oberlandesgerichtspräsident a.D. Lexer bereits beim Frühstück. Die Anrede »Herr Oberlandesgerichtspräsident« zu benutzen, war eine besondere Vergünstigung der Haushälterin, in der Stadt hieß er bei den wenigen Freunden und den vielen Bekannten der »alte Lexer«. Er liebte es, bei geschlossenen Fenstervorhängen und elektrischem Licht zu frühstücken. Der Wetterbericht, den ihm die Haushälterin beim Überreichen der Zeitung abstattete, hatte dadurch den Wert einer mit Spannung erwarteten Information. Der alte Herr hatte vor dem Frühstück bereits einen Blick in die Dunkelkammer geworfen, in der über Nacht einige Fotos im Fixierbad gelegen hatten, auf deren Aufnahme im Lokalblatt er die größten Hoffnungen gesetzt hatte. Ausnahmsweise gedachte er, sich nach dem Frühstück einen Schluck weißen Portweins zu gestatten, den er am Vorabend in seinem Stammlokal preiswert erstanden hatte. Lange bemühte sich die Haushälterin vor seinen Augen vergeblich mit dem neuen Patentkorkenzieher, und nachdem er eine Weile diesen Bemühungen mißmutig zugeschaut hatte, faßte Herr Lexer an diesem Dienstag seinen ersten Entschluß: nämlich einen altmodischen, soliden Korkenzieher zu besorgen.

Eines Morgens machte er auf der Rückkehr von seinem Spaziergang, den er gewöhnlich vor das Mittagessen legte, einen kleinen Umweg, um einen Korkenzieher zu besorgen. Er hätte das auch seiner Haushälterin auftragen können, aber er war sehr genau in kleinen Dingen. Er ging in eine Eisenwarenhandlung, deren Besitzer er kannte, und ließ sich dessen Muster vorlegen. Während er noch auswählte, trat ein kleiner, dicker Herr in den ziemlich finsteren Laden. Er stellte einen nicht sehr umfangreichen Musterkoffer auf den Ladentisch und stellte sich als Reisender einer Rasierklingenfirma vor. Der Koffer war alt und verschlissen und in den Nähten schon etwas geplatzt.

Der Besitzer des Ladens entschuldigte sich bei dem Richter

und prüfte die Rasierklingen. Als der alte Lexer mit einem der Korkenzieher an die Glastüre trat, sah er vor dem Laden auf dem Bürgersteig eine Frauensperson, die sich offenbar für das, was im Laden vor sich ging, interessierte. Sie hatte hereingesehen und wandte sich, als der alte Herr an der Tür erschien, ab, um die Nägel und Handwerkszeuge des verstaubten Schaufensters zu betrachten. Sie gehörte den besseren Ständen an.

Auch der Reisende schien sie, wie der Richter, als er sich umblickte, bemerkte, wahrgenommen zu haben. Das hinderte ihn aber nicht, seine Empfehlung der Rasierklingen fortzusetzen.

»Mit diesen Klingen können Sie sich keinesfalls schneiden«, sagte er, »wenn Sie da nicht hinterher eine Axt nehmen und sich eigenhändig in den Kiefer hauen, werden sie niemals Blut zu sehen bekommen. Das wird einfach dadurch erzielt, daß hier dieses Loch ist. Dadurch werden diese Dinger in die eine Wandung gepreßt. Die Fabrik hat mit diesem Trick einen Riesenerfolg gehabt. Es ist einfach konkurrenzlos. In den ersten vier Monaten haben wir rund 30000 Stück verkauft. Ein Mensch, der sich einmal mit dieser Klinge rasiert hat, hat sich damit ein für allemal entschieden. Er blutet sozusagen von da ab mit jeder anderen Klinge wie eine abgestochene Sau. Mit so einem Ding kann er nämlich so leichtfertig umgehen, wie er will. Das ist ein kolossaler Komfort. Sich schon vor dem Frühstück mit einer anderen Klinge abzuquälen, ist gerade möglich für den, der ein gelernter Chirurg ist. Und sehen Sie, der Erfolg meiner Firma besteht darin, daß sich jeder sechsjährige Junge rasieren könnte.«

Der Gedanke daran, daß sich ein sechsjähriger Junge rasieren sollte, schien ihn so zu belustigen, daß er in ein quäkendes Gelächter ausbrach. Dabei warf er aber wieder einen Blick über die Schulter zurück nach der Ladentür. Die Frau stand aber schon nicht mehr da, sie war auf die andere Straßenseite gegangen. Als er sah, daß sein Lachen die beiden Herren nicht ansteckte, griff er in die Brusttasche.

»Das besondere Vertrauen«, fuhr er ölig fort, »dessen ich mich bei meiner Firma erfreue, versetzt mich in die angenehme Lage, Ihnen die notariellen Beglaubigungen für die zahlreichen Aufträge, deren wir uns aus einem internationalen Kundenkreis rühmen können, vorzulegen. Die Handelskammer Remscheid hat noch kürzlich auf einer Enquete des Verbands für Metallindustrie auf die Geltung unserer Erzeugnisse hingewiesen. Ich bin 14 Jahre bei der Firma. Gerade die Marktstatistik beweist, daß ...«

Der Ladeninhaber unterbrach ihn.

»Ich habe keinen Bedarf«, sagte er trocken und schob den Koffer zurück. Der Richter wunderte sich ein wenig. Er hatte seinen Freund noch nie so unhöflich gesehen. Der Reisende allerdings schien nichts davon zu bemerken. Er trat mit seiner Rasierklinge in der Hand neben den Richter an die Glastüre, gab sich aber den Anschein, als ob er nicht hinaussah.

»Die Bartpflege, vom kosmetischen Standpunkt aus«, sagte er zu dem Richter, »ist heute längst nicht mehr unerforscht. Wir kennen heute bis ins einzelste den Haarkanal und seine Bedeutung. Das ist ein Kulturfaktor ersten Ranges. Man säbelt sich heute nicht mehr im Gesicht herum wie anno dazumal. Die Schädigung minderwertiger Stahlsorten sind heute wissenschaftliche Tatsachen. Professor Crusius/Altona hat in der kleinen Schrift, na, wie heißt sie doch gleich? – das unumstößlich bewiesen. Was eine Kulturnation ist, das zeigt sich auch in der Bartpflege. Wie der Dichter schon so schön sagt: Klinge, kleines Frühlingslied ...«

»Jetzt ist aber Schluß«, sagte der Ladenbesitzer entschlossen, »ich habe einen Kunden hier.«

Der Reisende sah ihn verblüfft an. Dann nahm er aber ohne Umstände seinen Koffer, warf die Klinge gleichgültig hinein und klappte ihn zu. Er schien nicht zu den Leuten zu gehören, die überempfindlich sind. Als er den Koffer vom Ladentisch nahm, pfiff er nachdenklich vor sich hin.

»Bis zum nächsten Mal«, sagte er und schob den Richter von der Türe.

Die Frau, die draußen auf und ab gegangen war, schien fortgegangen zu sein. Der Richter sah ihn allein die Straße entlanggehen.

»Kriegen Sie oft solchen Besuch?« fragte der Richter.

»Solchen nicht«, antwortete der Ladeninhaber, »haben Sie gewählt?«

»Ja«, sagte der Richter, »ich bleibe bei diesem. Es ist ein altes Modell, und man braucht die Knie dazu, aber dafür klemmt man sich auch die Finger nicht ein.«

Der Ladeninhaber öffnete dem Richter die Tür.

»Wissen Sie«, sagte er, »das allermerkwürdigste an dem Burschen ist es, daß die Firma, für die er reist, schon seit zwei Jahren überhaupt nicht mehr existiert. Sie ist pleite gegangen.«

»Das spricht nicht unbedingt für die Klingen«, sagte der Richter und verließ freundlich grüßend den Laden, seinen Korkenzieher in der Tasche.

Abends saß er in seinem Stammlokal.

Kommentar

DER TUIROMAN

Textgrundlage

Der Tuiroman, Typoskripte und Manuskripte aus dem Nachlaß.
Titel: Titelblatt einer der Mappen mit Texten zu diesem Fragment.

Übersicht

Um 1930: Mündliche Berichte von Hermann Borchardt über die wirtschaftliche Situation seines Vaters.
Um 1930: Erste Pläne und Entwürfe zu einem *Turandot*-Stück.
Um 1931: Es entstehen die satirischen Texte zu *Denke und der Denkismus* auf Grund von Zeitungsberichten aus dem Jahre 1924.
1933: Zu Beginn der Exilzeit ist in der Korrespondenz mehrfach von einem »chinesischen Roman« die Rede, den Brecht Verlagen anbietet.
1933-1935: Es entsteht die Mehrzahl der Texte zum Tuiprojekt, in denen die deutsche Geschichte vom Kaiserreich über die Weimarer Republik bis zum etablierten Faschismus verarbeitet wird. Integration der zuvor eigenständigen Pläne zu *Turandot*, *Denke* usw. in Pläne für ein neues Ganzes. Nur vereinzelt kommt es zur literarischen Ausarbeitung der zahlreichen, stichwortartigen Aufzeichnungen.
1935-1937: Parallel zu den Texten, die die Entwicklung in Deutschland ab 1933 verarbeiten, sollen Texte über das Verhalten der europäischen Emigration einbezogen werden (Beobachtung der Intellektuellen, insbesondere auf den Schriftstellerkongressen in Paris und London).
1936: Vereinzelte Überlegungen zur Einbeziehung des Themas: Zusammenarbeit deutscher und spanischer Faschisten.
1941/42: Beobachtung der Emigranten in Kalifornien. Hanns Eislers Vorschlag, die Problematik anhand der Geschichte des Frankfurter Instituts für Sozialforschung literarisch zu behandeln.
1953/54: Wiederaufnahme der *Turandot*-Pläne und Fertigstellung des Stücks *Turandot oder Der Kongreß der Weißwäscher*.
1967: Elisabeth Hauptmann ediert postum das Stück *Turandot oder Der Kongreß der Weißwäscher* gemeinsam mit einer Textauswahl zum *Tuiroman*-Fragment unter dem Titel *Der Tui-Roman (Notizen, Stichwörter, Pläne, Entwürfe, fragmentarische und abgeschlossene Textteile)* in *Stücke*, Band 14 (Suhrkamp Verlag, Frankfurt a.M.; 1968: Aufbau-Verlag, Berlin und Weimar).

Entstehung

Das, was unter dem Titel *Der Tuiroman* vorliegt, gehört in mehrfacher Hinsicht zu den umfangreichsten und vielschichtigsten Gebilden innerhalb des Brechtschen Werks. Zum einen ist das Projekt Fragment geblieben, obwohl sich Brecht immer wieder damit beschäftigt hat, und zwar rund 25 Jahre lang. Zum anderen lassen sich die Texte nicht eindeutig nur einer Gattung zuweisen; Brecht schreibt in den fünfziger Jahren nach Abschluß des Stücks *Turandot oder Der Krongreß der Weißwäscher*: »Das Stück ›Turandot oder Der Kongreß der Weißwäscher‹ gehört zu einem umfangreichen literarischen Komplex, der zum größten Teil noch in Plänen und Skizzen besteht, zu ihm gehören der Roman ›Der Untergang der Tuis‹, ein Band ›Tuigeschichten‹, eine Folge kleiner Stücke ›Tuischwänke‹ und ein Bändchen von Traktaten ›Die Kunst der Speichelleckerei und andere Künste‹. – Alle diese Arbeiten, die den Verfasser seit Jahrzehnten beschäftigen, behandeln den Mißbrauch des Intellekts.« (*Turandot und die Intellektuellen*; vgl. Band 24 der vorliegenden Ausgabe.)

Der Beginn der Arbeiten an diesem Projekt liegt in der Mitte der dreißiger Jahre, genauer, in der Entstehungszeit des *Dreigroschenromans* und in der Zeit unmittelbar danach, also den Jahren zwischen 1933 und 1935. Brecht plant eine Parabel über die deutsche Geschichte vom Kaiserreich über die Weimarer Republik bis zu den Anfängen des Faschismus. (Die direkten Hinweise und die Anspielungen auf die historischen Quellen und zeitgeschichtlichen Sachverhalte werden im Zeilenkommentar erläutert; sie sind sehr zahlreich und zum Teil durch die Kürze der Notierungen nicht erkennbar oder nicht eindeutig festlegbar, so daß trotz vorliegender Untersuchungen an dieser Stelle nicht alles vollständig entschlüsselt werden kann.)

Bei diesen und bei späteren Plänen werden jedoch immer wieder andere Überlegungen und ursprünglich eigenständige Projekte aus früheren Zeiten aufgegriffen und integriert, so daß im nachhinein der Arbeitsbeginn am *Tuiroman*, der zunächst noch nicht so heißt, schon mit 1930 oder zumindest um 1930 angegeben werden kann. In die Jahre um 1930 fallen Notizen Brechts über Hermann Borchardt (vgl. zu 84,17; S. 493) und dessen Vater, die gleich oder auch erst später mit einer zweiten, ebenfalls 1930 bzw. um 1930 begonnenen Arbeit in Bezug gesetzt werden, die dann ebenfalls in den Tuikomplex aufgenommen werden wird, nämlich mit einem *Turandot*-Stück. Mitte der dreißiger Jahre erscheint der Name Borchardt im gleichen Zusammenhang wie um 1930 in einem Text zum *Tuiroman* (vgl. B 21 und zu 84,17). Der Name des Gogher Gogh im *Turandot*-Stück, der auch im Roman vorgesehen wird, taucht im August 1920 erstmals, aber in anderer Bedeutung auf, als Brecht berichtet, daß er für »die Jungens« (seine Augsburger Freunde) neue Balladen schreiben müsse, und u.a. den Titel *Goger Gog, der Zinnsoldat* erwähnt (*Journale*, 26. August 1920).

1931 bzw. um 1931 schreibt Brecht – noch vor Beginn der Arbeiten am Tuikomplex – die meisten der satirischen Texte zu *Denke und der Denkismus*, die auf realen Vorgängen des Jahres 1924 um den Massenmörder Karl Denke basieren (zu Denke, vgl. zu 11,4; S. 472); er stützt sich dabei auf die Artikelserie des *8-Uhr-Abendblattes. National-Zeitung*, Berlin, aus den letzten Dezembertagen des Jahres 1924 (es gibt im Nachlaß Abschriften – teilweise auch nur in Auszügen – der Zeitungsberichte vom 24., 27., 29., 30. und 31. Dezember 1924). Die Einbeziehung des Themas Denke in den *Tuiroman* ergibt sich u.a. durch eine Notiz unter den Texten von Mitte der dreißiger Jahre, die »Denke und der Denkismus« als »Doktorarbeit des Lehrers der beiden Sekretärschüler« vorsieht (vgl. 33,1 f.).

Der größte Teil der Texte – nun auch mit dem Titel *Der Tuiroman* – entsteht mit Unterbrechungen in den Jahren 1933-1935. Schon als Brecht im Sommer 1933 mit dem Verlag Allert de Lange über den *Dreigroschenroman* verhandelt und im Juli vertragseinig wird, ist von einem zweiten Projekt die Rede, einem »chinesischen Roman« bzw. »China-Roman«. In einem Brief des Verlags vom Juni heißt es: »Ich hörte auch, daß Sie an einem Chinesischen Roman arbeiten. Es wäre uns angenehm, von Ihren literarischen Plänen Näheres zu erfahren.« (Verlag Allert de Lange an Brecht, 26. Juni 1933; Akten des Verlags Allert de Lange, Zentrales Staatsarchiv der DDR, Potsdam; auf diese Unterlagen wird auch im folgenden Bezug genommen.) Rund einen Monat später fragt der Verlag nochmals nach: »Natürlich interessiert uns auch Ihr chinesischer Roman, und es würde uns freuen, einige Kapitel zu lesen.« (Verlag Allert de Lange an Brecht, 23. Juli 1933.) Auch Lion Feuchtwanger weiß zu dem Zeitpunkt schon von dieser Arbeit: »Er soll den chinesischen Roman nicht liegen lassen. Was ich las, hat mir starken Eindruck gemacht. (Vielleicht wird es auch durch die Erinnerung verschönt.)« (Lion Feuchtwanger an Helene Weigel, 11. Juli 1933.) Es gibt zwei Notizbücher aus dem Jahre 1933 mit Eintragungen zum *Tuiroman*, die wahrscheinlich im Sommer bzw. im Herbst geschrieben worden sind und als einzige zeitlich relativ genau eingeordnet werden können. Die Notierungen sind in der Mehrzahl mit »T« überschrieben (offenbar Abkürzung für *Tuiroman*), enthalten Stichworte zu den historischen Quellen oder zeigen als Entwürfe das chinesische bzw. chimesische Kolorit. Notizen zum *Turandot*-Stück in einem weiteren Notizbuch von 1933 zeigen, daß Brecht auch dieses Projekt gleichzeitig voranbringen will.

Am 14. Dezember 1933 treffen sich Brecht und Hermann Kesten, Lektor der deutschen Abteilung beim Verlag Allert de Lange, in Brechts Pariser Hotel, um über dieses Vorhaben zu sprechen. Der Verlag scheint nach dem *Dreigroschenroman* an der Option auf ein zweites Buch interessiert und Brecht auch bereit gewesen zu sein, die Rechte an Allert de Lange zu geben, aber nur zu vergleichbaren Bedingungen, wie sie von Willi Münzenbergs Verlag Editions du Carrefour zu diesem Zeitpunkt möglicherweise schon angeboten sind. Anscheinend hat Brecht gegenüber Editions du Carrefour – dort wird gerade die Gedichtsammlung *Lieder Gedichte Chöre* für den Druck vorbereitet – von seinem neuen Romanprojekt gesprochen, was zu einem Vorschußangebot auf das Honorar geführt haben kann. Bei dem Treffen werden Meinungsverschiedenheiten deutlich, und Kesten sieht sich veranlaßt, am Folgetag, dem 15. Dezember, in einem Brief an Brecht die Positionen nochmals zusammenzufassen; er schreibt u.a.:

»Sie haben von der Edition Carrefour (Münzenberg) ein Angebot in Vorschußhöhe von Mk. 4000.- für Ihren Roman nach dem Dreigroschenoper-Roman erhalten, der einen Roman unserer Zeit in einem Phantasie-China darstellen soll. Da Sie einen ungewöhnlich günstigen Vertrag über den Dreigroschenoper-Roman vom Verlag Allert de Lange erhalten haben, wollen Sie aus Loyalitätsgründen dem Verlag de Lange Kenntnis von dem Ihnen gemachten Angebot und die Möglichkeit geben: entweder zu den gleichen Bedingungen (Mk. 4000.- Vorschuß) schon jetzt über Ihren China-Roman abzuschließen oder jetzt über Ihren China-Roman in der Art abzuschließen, daß Sie einen Vorschuß von Mk. 2500.- mindestens zugesichert erhalten, aber bei vorliegenden höheren Verlagsangeboten von anderer Seite dem Verlag de Lange die Möglichkeit geben, zur gleichen Summe wie die höchste Summe anderer Angebote, Ihren China-Roman zu erwerben. Zahlungen für den China-Roman hätte der de Lange Verlag erst etwa zwei Monate nach Ablieferung und Erscheinen des Dreigroschenoper-Romanes an Sie zu leisten.« Streitpunkt ist jedoch nicht nur die finanzielle Seite, sondern vielmehr ein Wunsch Brechts, über den Kesten berichtet: »Sie schlugen mir ferner vor, ich möchte mit Ihnen, trotz der Verschiedenheit unserer Weltanschauungen, eine Art ›literarischen Freundschafts-Paktes‹ schließen, der folgende Bedingungen enthielte: Obwohl ich, wie Sie sich äußerten, ›ein objektives Feindschaftsgefühl für Ihr Werk‹ hätte, sollten wir, Sie, Bert Brecht, und ich, die nächsten fünf Jahre etwa uns gegenseitig durch mündliche Vereinbarung verpflichten, von unserer beider Werken mit Respekt zu sprechen, wenn auch mit weltanschaulichen Vorbehalten. Dieser Pakt sollte so erfüllt werden, auch wenn ich etwa eines Ihrer künftigen Werke oder Ihre ganze literarische Persönlichkeit ohne dieses Bündnis eventuell aufs schärfste hätte ablehnen müssen. Sie erklärten, Sie hätten derlei Pakte mit Feuchtwanger oder Döblin zum Beispiel abgeschlossen. / Dieses Bündnis hätte auch meine Stellung als Lektor des Verlages Allert de Lange, Amsterdam, zu beeinflussen, ich hätte also als Lektor des Verlages Allert de Lange Ihre literarischen Vorschläge mit ganzer Kraft und mit allem Einfluß zu unterstützen, selbst wenn ich etwa der Meinung wäre, ein abwegiges oder nach meinen Begriffen verfehltes Werk von Ihnen läge vor. Ich hätte Sie, diesem Ihrem vorgeschlagenen Pakte zufolge, in diesem Sinne auch schon bei Ihrem jetzigen 4000-Mk.-Vorschuß-Vorschlag Ihren China-Roman betreffend zu unterstützen.« (Hermann Kesten an Brecht, 15. Dezember 1933; Klaus-Mann-Archiv, München.) Darauf kann und will Kesten sich nicht einlassen, wie er im folgenden darlegt. Das Schreiben veranlaßt auch Brecht, nochmals einen Brief zu schreiben, der aber möglicherweise nicht abgeschickt worden ist (Brief an Hermann Kesten, Dezember 1933). Die Auffassungen Brechts und Kestens über die Möglichkeiten eines Verlags (als Wirtschaftsunternehmen in einer besonderen Situation: die ungewissen Erfolgschancen bei der Veröffentlichung fremdsprachiger Texte) gehen weit auseinander; außerdem sind ihre Auffassungen über Literatur im allgemeinen bzw. die Einschätzung der Werke des jeweils anderen im besonderen sehr unterschiedlich; der Lektor Kesten, der gleichzeitig Autor ist und als solcher von Brecht nicht überzeugt, mag in beiden Punkten keine Zusage machen oder gar einen Vertragsabschluß vorbereiten, zumal zu einem noch nicht existierenden Roman. Am 18. Dezember treffen sich Brecht und Kesten erneut. Im Beisein von Walter Landauer, dem Leiter der deutschen Abteilung bei de Lange, wird von Mißverständnissen gesprochen und um Entschuldigung gebeten; man trennt sich ohne Groll, aber auch ohne Abmachung zu Brechts Romanprojekt (vgl. Hermann Kesten an Fritz Landshoff, 18. Dezember 1933; Klaus-Mann-Archiv, München).

Auch von den im folgenden Jahr entstehenden Texten sind nur die im Notizbuch von 1934 festgehaltenen datierbar. Walter Benjamin, der im Sommer dieses Jahres bei Brecht in Dänemark zu Besuch ist, dokumentiert durch seine Tagebuchaufzeichnungen vom 27. September 1934 die Arbeit am Romanprojekt: »Seine Planungen greifen weiter aus. Er steht dabei vor einer Alternative. Auf der einen Seite warten Prosavorwürfe. Der kleinere des Ui – eine Satire auf Hitler im Stile der Historiographen der Renaissance – und der große des Tui-Romans. Der Tui-Roman ist bestimmt, einen enzyklopädischen Überblick über die Torheiten der Tellektuall-Ins zu geben (der Intellektuellen); er wird wie es scheint zumindest zum Teil in China spielen. Ein kleines Modell für dies Werk ist fertig.« (Walter Benjamin, *Gesammelte Schriften*, Band VI, hg. v. Rolf Tiedemann und Hermann Schweppenhäuser, Frankfurt a.M. 1985, S. 530.) Es läßt sich nicht klären, ob sich dieses »Modell« unter den Texten im Nachlaß befindet bzw. welcher von den überlieferten Texten Benjamin vorgelegen hat und ihm als Übersicht für das gesamte Projekt erschienen ist. Zehn Monate nach den Pariser Gesprächen mit Kesten und Landauer bietet Brecht dem Verlag gerade das »kleinere« Projekt an: »Ich bin, vor einem Jahr in Paris, nach unseren Gesprächen ein wenig zweiflerisch geworden, ob der Verlag de Lange sich für weitere Bücher von mir interessieren würde. Dennoch möchte ich die Prosaarbeit, an der ich jetzt schreibe, schon aus Loyalität dem Verlag anbieten. Es ist eine satirische Arbeit *Leben und Taten des Giacomo Ui aus*

Padua, eine im Stil altitalienischer Chroniken abgefaßte Geschichte des Hitleraufstiegs.« (Brief an Walter Landauer, Oktober 1934.) Landauer antwortet: »Ich komme nochmals auf Ihren letzten Brief zurück, in dem sie so liebenswürdig waren, uns einen zweiten Roman anzubieten. Sie haben mich seinerzeit mißverstanden. Ich konnte keinen Abschluß mit Ihnen machen, bevor Ihr Roman abgeliefert war. Wir haben das mit keinem Autor gemacht. Sie werden das bei einem Verlag, der gerade erst angefangen hatte, deutsche Bücher herauszugeben, und noch keinerlei Eindruck über die Erfolgsmöglichkeiten gewinnen konnte, verstehen.« (Verlag Allert de Lange, Walter Landauer an Brecht, 26. Oktober 1934.) Auch die Geschichte des Giacomo Ui ist nicht fertiggestellt worden, so daß es weder dazu noch zum *Tuiroman* zu einer vertraglichen Vereinbarung mit Allert de Lange gekommen ist. Durch diese Geschichte des Giacomo Ui als Vorläufer des späteren Stücks ergeben sich Verbindungen zu *Der Aufstieg des Arturo Ui* (auch hinsichtlich der Namensgebung Tui – Hu-i – Ui).

Lion Feuchtwanger mahnt zum Jahresende: »Ich wünsche Ihnen, daß Sie sich in Ruhe an den chinesischen Roman machen.« (Feuchtwanger an Brecht, 29. Dezember 1934.) In dieser Zeit, den Jahren 1933/34, müssen fast alle Texte entstanden sein, die sich auf das Kaiserreich und Anfang bzw. Ende der Weimarer Republik beziehen.

Möglicherweise reicht diese Arbeitsphase auch noch ins Jahr 1935. Im Februar 1935 zumindest meldet Brecht: »Ein wenig murkse ich am Tuiroman herum. Immerhin kann ich Dir eine Menge Sachen vorlesen, Muck.« (Brief an Margarete Steffin nach Moskau, Eingangsdatierung Steffin: 21. Februar 1935.) Bei seinem Moskau-Besuch im April und Mai gibt Brecht der dort erscheinenden *Deutschen Zentral-Zeitung* ein Interview, in dem er u.a. von seinen Projekten berichtet: »Überdies arbeite ich an einer Komödie, in der ich darstelle, wie die bürgerlichen Ideologen auf ihrem Markt der Ansichten die jeweils von der Bourgeoisie gewünschte Ideologie verkaufen. *Hanns Eisler* schreibt die Musik dazu. Dieses Thema werde ich auch in einem satirischen Roman behandeln.« (*Deutsche Zentral-Zeitung*, Moskau, 23. Mai 1935.) Gemeint sind das *Turandot*-Stück und der *Tuiroman*.

Im Juni 1935 nimmt Brecht in Paris am ersten Internationalen Schriftstellerkongreß zur Verteidigung der Kultur teil und beobachtet die Haltungen der verschiedenen Teilnehmer. Er findet dabei viel neues Anschauungsmaterial für sein Thema, so viel sogar, daß er in der Folgezeit die Gesamtkonzeption des Projekts ändert: nicht mehr nur die Geschichte der Weimarer Republik und die Anfänge des Nazi-Reiches sollen im Mittelpunkt stehen, sondern auch die parallele Entwicklung der Emigration, zunächst der Emigration in Europa. Über seine Pariser Eindrücke schreibt er: »Ich selbst war auf dem Schriftstellerkongreß und konnte viel für meinen *Tui-Roman* buchen. Heinrich Mann z.B. reichte seinen Vortrag über die menschliche Würde vorher der Sureté-

[französische Geheimpolizei] ein. Immer wieder stellt man niedergeschlagen fest, wie wenig einem einfällt.« (Brief an Karl Korsch, Ende Juni/Anfang Juli 1935.) Etwa gleichzeitig berichtet Walter Benjamin über den für ihn unerfreulichen Ablauf dieser Veranstaltung und betont: »Brecht selber ist weit besser auf seine Kosten gekommen; kein Wunder, da er seit Jahren mit dem Plan eines großen satirischen Romans über die Intellektuellen umgeht.« (Walter Benjamin an Alfred Cohn, 18. Juli 1935, in: Walter Benjamin, *Briefe*, hg. u. mit Anmerkungen versehen v. Theodor W. Adorno und Gershom Scholem, Frankfurt a. M. 1966, Band 2, S. 670.) Die neu hinzugekommene Thematik macht es jedoch noch schwieriger, über die Phase der Materialsammlung hinauszugelangen.

Auf die Ereignisse im Spanien des Jahres 1936, auf die Zusammenarbeit der spanischen und deutschen Wirtschaft nehmen einige Notizen unter den Materialien Bezug (vgl. z. B. A 84), ohne daß zu klären wäre, ob sie auch wirklich 1936 entstanden sind. Im Juni des Jahres nimmt Brecht an der Plenartagung der Schriftstellervereinigung teil, nun in London, und auch diese Veranstaltung bietet viel Stoff, der das Vorhandene aber nur ergänzen kann, nicht nochmals zu einer konzeptionellen Veränderung führt; es entsteht bei der Gelegenheit das Gedicht *Inselbriefe I*, zu dem jedoch keine Fortsetzung erhalten ist, wie aus der Numerierung geschlossen werden könnte.

Erst ein Jahr später gibt es wieder vereinzelte Hinweise zum *Tuiroman*. Margarete Steffin berichtet: »Brecht arbeitet langsam an einem großen Roman (das schreibe ich Ihnen nur, weil ich weiß, daß Sie sich dafür interessieren, es ist aber überhaupt nicht abzusehen, wann die Arbeit fertig wird, da er noch nicht ganz ›drinnen‹ ist).« (Margarete Steffin an Arnold Zweig, 17. Februar 1937.) Und: »Der *Tui-Roman* sieht jetzt noch in Brechts Vorstellung gedruckt nach 3 dünnen Bändchen aus [vgl. z. B. A 79], Material hat er für 4 dicke, aber keine Fabel, die ihm einfach genug ist. Brieflich darüber zu diskutieren, ist bei der Fülle des Stoffes fast unmöglich.« (Steffin an Arnold Zweig, 23. März 1937.) Außerdem: »Brecht arbeitet an dem neuen Roman, im allgemeinen aber an einer Oper mit Eisler: Goliath.« (Steffin an Walter Benjamin, 9. April 1937.) Brecht selbst schreibt an Wieland Herzfelde, der gerade die ersten beiden Bände der *Gesammelten Werke* in seinem Malik-Verlag vorbereitet: »Ich selber sitze in meinem *Tui-Roman*« (Brief an Herzfelde, 24. August 1937). Daraufhin fragt der Verleger interessiert zurück: »Bist Du wegen des Tui-Romans festgelegt? Es wäre natürlich schön, wenn wir auch mit den neuen Büchern was machen könnten, aber Du brauchst natürlich Geld, und damit hapert es bei mir noch immer.« (Wieland Herzfelde an Brecht, 11. September 1937.) Tatsächlich hat aber der Roman schon zu diesem Zeitpunkt längst nicht mehr vorrangige Bedeutung unter Brechts Arbeiten insgesamt. Entsprechend dauert es auch beinahe ein Jahr, bis man das Vorhaben bei ihm wieder einmal erwähnt findet, bei Überlegungen zu einem »Gesamtplan für die Produktion«, seine literarische nämlich; u.a. heißt es da über die Prosa: »Zu *Die Geschäfte des Herrn Julius Caesar* muß der *Tuiroman* treten.« (*Journale*, 16. August 1938.) Etwa um die gleiche Zeit und im Rahmen seiner Aufzeichnungen zu den Realismus- und Formalismusdiskussionen der Jahre 1938/39 nennt Brecht die Schwierigkeiten, die er beim Tuiprojekt hat: »Über den zweiten Roman, an dem ich schon lange arbeite, wage ich kaum zu sprechen, so kompliziert sind da die Probleme und so primitiv ist da das Vokabular, das mir die Ästhetik des Realismus, wie sie jetzt ist, liefert. Die formalen Schwierigkeiten sind außerordentlich, ich habe ständig Modelle zu bauen; wer mich bei dieser Arbeit sähe, würde mich für nur an Formfragen interessiert halten. Ich mache diese Modelle, weil ich die Wirklichkeit darstellen möchte.« (*Über den formalistischen Charakter der Realismustheorie.*) Diese Modelle – auch Benjamin spricht 1934 von einem solchen Modell – sind jedoch offenbar alle nicht geeignet, um Beispielhaftes aus der Materialfülle darin unterzubringen oder durchgehende Motive (Lenkung der vermeintlich Lenkenden, Stützung gegebener oder Rechtfertigung neu geschaffener Ordnungen mit anderen als den tatsächlichen Begründungen usw.) zu gestalten.

Dennoch läßt ihn die Thematik nicht los, gerade bei der Beobachtung der Emigranten und ihres Verhaltens; so schreibt er im Anschluß an Überlegungen zum *Caesar*-Roman: »Die Proletenknappheit der Emigration nimmt zu, die Kämpfe der Tuis um die paar Exemplare verschärfen sich zusehends.« (Brief an Karl Korsch, April 1938.) Oder Anfang des folgenden Jahres: »*Kein* Krieg bedeutet Arbeitslosigkeit, wird das Regime sagen (mit Recht). Was dem Regime, das sehe ich immer mehr als alter Erforscher des *Tuismus*, diesen Anschein der Intelligenz verleiht, ist der Umstand, daß es konsequenter Spätkapitalismus ist [...]. Die Kritik Hitlers an der Sozialdemokratie und dem Frankfurtismus (in seiner letzten Rede) ist ausgezeichnet. Ohne die Produktion zu verändern, wollten die Dummköpfe die Konsumtion verändern! [...] Und Hitler ist nun konsequent: die Grenzen, welche von den Waren nicht überschritten werden können, werden von den Tanks überschritten. Welches auch Waren sind (sowie die sie bedienenden Arbeitskräfte). Die Tuis sind verstört.« (*Journale*, 19. Februar 1939.) Gleichzeitig meint er zu einer Erklärung des Begriffs Dialektik, die der ungarische Publizist Gyula Alpári in der *Einleitung zum Studium des »Kapital« von Karl Marx* gibt (in: *Rundschau über Politik, Wirtschaft und Arbeiterbewegung*, Basel, 5. Januar 1939, S. 27-31): »Die Tuis sind wahrhaft unerschöpflich.« (Brief an Karl Korsch, Februar 1939.)

Zwischen einer Vielzahl von theatertheoretischen Überlegungen im Dezember 1940 findet sich dann unvermittelt auch wieder eine Notierung über die Tuis: »Die goldene Zeit der *Tuis* ist die liberale Republik, aber den Gipfel erklimmt der Tuismus im Dritten Reich [...].«

Und Brecht hält einen »Teilaspekt« fest: »Streit der demokratischen Tuis mit den autoritären Tuis [...].« (*Journale*, 15. Dezember 1940.)

Am 21. Juli 1941 trifft Brecht in seinem neuen Exilland USA ein; er wohnt im kalifornischen Santa Monica, einem Stadtteil von Los Angeles. Die Anwesenheit zahlreicher deutscher Emigranten, die schon länger am Ort sind, hat dazu geführt, daß man von »New Weimar« spricht. Brecht trifft viele von ihnen, u.a. auch die Vertreter des Frankfurter Instituts für Sozialforschung, Max Horkheimer, Herbert Marcuse und Friedrich Pollock, die er schon nach der ersten Begegnung als Tuis bezeichnet: »Auf einer Gartenparty den Doppelclown Horkheimer und Pollock getroffen, die zwei Tuis vom Frankfurter Soziologischen Institut. Horkheimer ist Millionär, Pollock nur aus gutem Hause [...]. Mit ihrem Geld halten sie etwa ein Dutzend Intellektuelle über Wasser, die dafür alle ihre Arbeiten abliefern müssen ohne die Gewähr, daß die Zeitschrift sie jemals druckt [...].« (*Journale*, August 1941.) Die *Zeitschrift für Sozialforschung*, ab 1939 *Studies in Philosophy and Social Science*, stellt mit Heft 3 des 9. Jahrgangs 1941 ihr Erscheinen ein. Wenig später schreibt Brecht an Korsch: »Außerdem sehe ich – mit sehr viel weniger Gewinn, außer für den *Tui-Roman* – Herbert Marcuse, Horkheimer und Pollock, die letzteren beiden nur auf Gesellschaften. Es wird in nächster Zeit ein Lourdes-Film gedreht, ich nehme an, sie spekulieren auf die Pfaffenrollen.« (Brief an Karl Korsch, Ende September 1941.)

Mit dem Frankfurter Institut, mit dem Verhalten anderer emigrierter Intellektueller in den USA kommt also kurz nach der Ankunft Brechts in diesem Land nochmals eine neue Dimension zu seinem ohnehin schon fast unübersichtlich gewordenen Tuiprojekt hinzu, sehr bald aber auch die Erkenntnis: »Dieses Land zerschlägt mir meinen *Tuiroman*. Hier kann man den Verkauf der Meinungen nicht enthüllen. Er geht nackt herum. Die große Komik, daß sie zu führen meinen und geführt werden, die Donquichoterie des Bewußtseins, das vermeint, das gesellschaftliche Sein zu bestimmen – das galt wohl nur für Europa.« (*Journale*, 18. April 1942.) Und zwei Tage danach die nicht weiter erläuterte, aber wieder etwas optimistischer klingende Notiz: »Vielleicht ist mein *Tuiroman* doch nicht...« (*Journale*, 20. April 1942). In diesen Tagen siedelt Hanns Eisler von New York an die amerikanische Westküste; es entstehen die *Hollywoodelegien*. Wenig später hat gerade Hanns Eisler die Idee, für die Handlung des *Tuiromans* die Geschichte des Frankfurter Instituts zu benutzen, und Brecht notiert sich: »Ein reicher alter Mann (der Weizenspekulant Weil) stirbt, beunruhigt über das Elend auf der Welt. Er stiftet in seinem Testament eine große Summe für die Errichtung eines Instituts, das die Quelle des Elends erforschen soll. Das ist natürlich er selber. Die Tätigkeit des Instituts fällt in eine Zeit, wo auch der Kaiser eine Quelle der Übel genannt haben will, da die Empörung des Volkes steigt. Das Institut nimmt am Konzil teil.« (*Journale*, 12. Mai 1942.) Auch in den folgenden Monaten macht sich Brecht Notizen über die verschiedenen Aktivitäten des Instituts, wie die Eintragungen im *Journal* vom 16. Juni und vom 22. August 1942 (erste Notiz) zeigen oder die vom 28. Juli und 10. Oktober des folgenden Jahres 1943. Doch zu einer Ausarbeitung dieser Geschichte kommt es nicht. Das hat nicht zuletzt mit seiner persönlichen Situation zu tun, die er gerade in dieser Zeit mit dem Thema in Verbindung bringt: »Dieses Journal zeigt allein durch die vielen Eintragungen die bedrängte Lage, in der ich bin, geworfen in das Zentrum des Weltrauschgifthandels unter die allerletzten Tuis dieses Gewerbes.« (*Journale*, 27. Juli 1942.) Gleichzeitig wendet er in einem Brief an Korsch den Begriff auch wieder auf zeitgenössische Politik an: »Ihre frühe Analyse der englischen Grundhaltung hat sich sehr bewährt, die Nichtinterventionspolitik ist ein Tuimeisterwerk erster Ordnung.« (Brief an Karl Korsch, Oktober 1942.) 1942 entsteht außerdem das Gedicht *Hollywood*: »Jeden Morgen, mein Brot zu verdienen / Gehe ich auf den Markt, wo Lügen gekauft werden. / Hoffnungsvoll / Reihe ich mich ein zwischen die Verkäufer.« Angesprochen ist damit vor allem das »Storyentwerfen für die pictures«, das Schreiben von Filmgeschichten, die die Traumfabrik Hollywood akzeptiert; dies wiederum hält ab von den großen Projekten: »Ich habe den Caesarroman nicht beenden können, den Tuiroman nicht einmal beginnen. Der Messingkauf liegt in Unordnung.« (*Journale*, 5. September 1943.) Im Dezember 1944 gibt es nochmals zwei Notierungen über das Verhalten der emigrierten europäischen Intellektuellen in Amerika (*Journale*, 12. und 18. Dezember 1944), doch ist das ebensowenig ein Indiz dafür, daß Brecht an eine Wiederaufnahme der Arbeiten zu diesem Projekt denkt, wie der Zeitungsausschnitt über Niels Bohr, den er sich Jahre später mit dem Hinweis »Eine hübsche Tuigeschichte« ins *Journal* klebt (*Journale*, 17. November 1952). Erst im Sommer 1953 (vgl. auch *Journale* vom 20. August, vom 12. und 13. September 1953) beginnt Brecht auf der Grundlage der Texte von Anfang der dreißiger Jahre mit der Ausarbeitung und Fertigstellung des Stücks *Turandot oder Der Kongreß der Weißwäscher*.

1967, nachdem der größte Teil des Brechtschen Werks innerhalb der ersten großen Ausgabe (40 bzw. 39 Bände) erschienen ist, ediert Elisabeth Hauptmann im Band 14 der Abteilung *Stücke* aus dem Nachlaß *Turandot oder Der Kongreß der Weißwäscher* und eine Auswahl der Texte zum *Tuiroman*-Fragment unter dem Titel *Der Tui-Roman (Notizen, Stichwörter, Pläne, Entwürfe, fragmentarische und abgeschlossene Textteile)* (Suhrkamp Verlag, Frankfurt a.M.; 1968: Aufbau-Verlag, Berlin und Weimar). Die Texte werden in gleicher Zusammenstellung in die parallel erscheinenden *Gesammelten Werke* (8 bzw. 20 Bände, Suhrkamp Verlag 1967) aufgenommen. Hauptmann berücksichtigt insbesondere in sich geschlossene Texteinheiten und stützt sich bei ihrer Anordnung auf vorliegende Pläne, wodurch aber teilweise die Chronologie der Textentstehung durchbrochen wird.

Text/Fassungen

Der größte Teil der Texte zu diesem Projekt ist in vier Konvoluten gesammelt; auf einen der Mappendeckel ist ein großes »T« gemalt, das erste Blatt dieser Mappe zeigt den Titel *Der Tuiroman* in Großbuchstaben, einzeln mit Maschine untereinandergeschrieben.

Obwohl sich innerhalb der rund 25 Jahre, in denen sich Brecht mit dem Projekt beschäftigt hat, die Inhalte und die Pläne für den Roman immer wieder geändert haben, lassen sich – wie gezeigt – einzelne Zeiträume festlegen, die als mehr oder weniger ausgedehnte und bedeutsame Arbeitsphasen angesehen werden können und die gleichzeitig durch jeweils neue thematische Schwerpunkte gekennzeichnet sind. Diese Arbeitsphasen sind in der vorliegenden Ausgabe das erste Ordnungskriterium für die Texte; die Schwierigkeit besteht darin, daß nur die wenigsten Texte exakt datiert sind oder auch nur einem bestimmten Entstehungsjahr sicher zugeordnet werden können. Für die Einordnung in die Chronologie der Entstehung sind deshalb die Inhalte mit berücksichtigt worden.

Entsprechend den vier größeren Arbeitsphasen werden folgende vier Textgruppen unterschieden:

1. Um 1931: Satiren über Karl Denke.
2. 1933-1935: Deutsche Geschichte vom Kaiserreich über den ersten Weltkrieg und die Weimarer Republik bis zu den Anfängen des Faschismus; hinzu kommen hier die Ausarbeitungen der Geschichten, Traktate, Gedichte usw.
3. 1935-1937: Zusätzlich wird das Verhalten der Emigranten in Europa (Schriftstellerkongresse) als Thema reflektiert.
4. 1941/42: In den USA: das Frankfurter Institut für Sozialforschung.

Innerhalb dieser Phasen wird dann getrennt zwischen Plänen bzw. Übersichtsdarstellungen oder sonstigen Notierungen (A-Numerierung) einerseits und ausgeführten Texten, teilweise noch in Bruchstücken mit Modellcharakter oder als Bruchstücke überliefert (B-Numerierung), andererseits. Bei der intensivsten Arbeitsphase (1933-1935) werden in nachgestellten Untergruppierungen Texte über klassische Beispiele des Tuismus, die *Tuigeschichten*, die *Tuitraktate* und die Teile des *Tui-Epos* wiedergegeben. Es ist generell auf Vereinheitlichungen bei der Schreibung von Namen und Begriffen verzichtet worden, da diese Uneinheitlichkeiten als Indizien für unterschiedliche Entstehungszeiten herangezogen werden können und so auch die Anordnung in der vorliegenden Ausgabe mitbestimmt haben: es gibt z.B. viele Texte, in denen von »China« oder vom »Dalai Lama« die Rede ist; diese sind vor den Texten entstanden, in denen der »Taschi Lama« bzw. »Chima« Hinweise auf eine fortgeschrittene Literarisierung geben. Das Silbenspiel mit dem Wort »intellektuell« hat nicht von Anfang an zu tellekt-uell-in bzw. Tui geführt, sondern zunächst zu tellek-tuell-in oder T-t-i (A 53); außerdem kommen die Abkürzungen IUI für intellekt-uell-in (A 32) und ITI für intellek-tuell-in (A 52) vor.

Es gibt fast alle Texte zu diesem Fragment in zweifacher (teils auch mehrfacher) Ausführung: teilweise als Original (erste Niederschrift mit Durchschlag), das dann zumeist handschriftlich weiter überarbeitet ist; teilweise gibt es zum Original neue Abschriften, bei denen die handschriftlichen Änderungen (Ergänzungen, Streichungen) aus der ersten Niederschrift gleich in die maschinenschriftliche Textschicht eingegangen sind; für diese Abschriften sind zum Teil weitere Änderungen vorgenommen worden, zu denen es keine handschriftlichen Belege gibt, und auch die Abschriften sind in einigen Fällen nochmals handschriftlich redigiert. Verschiedentlich sind mehrere kurze Texte, die zunächst einzeln notiert sind, in einer Abschrift zusammengefaßt (z.B. A 21 und A 44). Textgrundlage sind, nach dem Prinzip der vorliegenden Ausgabe, jeweils die letzten Überarbeitungen der einzelnen Texte.

Neben dem genannten Haupttitel *Der Tuiroman* gibt es auf zwei weiteren Aktendeckeln in einer der anderen Mappen die Beschriftungen *Geschichte Chimas unter den Tuis* und *Chimesische Moralia. Sittengeschichtliches aus der Tuizeit*; die unter diesen Titeln abgelegten Texte stammen aus ganz unterschiedlichen Arbeitsphasen, ein Anordnungsprinzip ist nicht zu erkennen. Es sei hier dennoch aufgezählt, welche Texte und in welcher Reihenfolge darunter vorgefunden werden.

Geschichte Chimas unter den Tuis: A 12, A 18, B 11, B 28, A 27, B 12, A 14, A 46, B 10, B 54, A 92 (sowie drei weitere Textsplitter).

Chimesische Moralia. Sittengeschichtliches aus der Tuizeit: B 48, B 30, B 42, A 30, B 41, B 7, B 43, A 68, B 40, A 23, A 83, B 22, B 44, A 67, B 39, A 39, A 59, B 49, B 47, A 57, A 19, A 75, A 76, B 46, B 26 (sowie zwei weitere Textsplitter).

Zur Textgestaltung in der vorliegenden Ausgabe:

13,22f. *deren ... weckt]* So in der Textgrundlage.

16,9 *von unseren Zeitungen]* So in der Textgrundlage; vermutlich entstanden aus zwei Formulierungsvorhaben.

19,34 *ökonomischer]* So in der Textgrundlage.

21,5 *Die Befreiung...]* Das Blatt der Textgrundlage ist beschädigt; dort nur: »Die Befreiung der K«.

23,25 *Wette]* In der Textgrundlage: »Wetter«.

29,17 *A 29]* Der Text trägt die Überschrift *Der Tuiroman*; solche

Überschriften, die mit dem Titel des Fragments übereinstimmen, sowie abgekürzte Überschriften wie *T* (z.B. A 27) sind ausgelassen worden; nur davon abweichende Titel sind übernommen worden.

33,10 *folgenlos]* Nicht eindeutig entzifferte Handschrift; möglich auch: »folgendes«.

39,14-16 *Proletariat ... Proletariat]* In der Textgrundlage jeweils nur: »P«.

41,1f. *für deren]* In der Textgrundlage: »die für deren«; vermutlich entstanden aus zwei Formulierungsvorhaben.

58,40 *unverletzlich.]* In der Textgrundlage folgt ein Einfügungszeichen, es ist aber kein Text überliefert, der hier einzufügen wäre.

63,36 *Gebet.]* In der Textgrundlage folgt ein Einfügungszeichen, es ist aber kein Text überliefert, der hier einzufügen wäre.

64,13 *B 11]* Nach dem Text folgt eine Zahlenkolonne: »1 / 21 / 102 / 109 / 111 / 115 / 118 / 119 / 123 / 126 / 130 / 140 / 142 / 148 / 150 / 152 / 153 / 154 / 158«. Es handelt sich um Paragraphen der Verfassung des Deutschen Reiches vom 11. August 1919 (Weimarer Verfassung). Die meisten Ziffern sind wieder gestrichen, ausgenommen 1, 109, 119, 140, 148 und 150; mit einem Kreis versehen sind davon 109, 119 und 150.

69,38 *waren]* So in der Textgrundlage.

97,39-98,1 *durch Bemühungen ... seinen]* In einer Abschrift heißt es auch: »durch eine Arbeit wie die seine«, ohne daß die erste Formulierung gestrichen wäre.

99,2 *warm]* So in der Textgrundlage.

104,5f. *»Das Sein ... Bewußtsein«]* So in der Textgrundlage. Vgl. dagegen 103,28f. (und 27,38).

106,26 *Eines Tages stieg]* In der Textgrundlage: »eines Tages bestieg«; vermutlich entstanden aus zwei Formulierungsvorhaben.

110,26 *A 74]* Das Blatt der Textgrundlage enthält zusätzlich eine Notiz zum *Dreigroschenroman*.

116,9 *nichts.]* Das letzte Wort dieser Einfügung (115,23-116,9) ist nachträglich unterstrichen worden; es folgt der handschriftliche Zusatz: »Weiterer Erfolg der Ausstellung«.

141,9 *Speichellecker]* In der Textgrundlage nur: »Sl«.

141,18 *Speichel]* In der Textgrundlage nur: »sp«.

149,6 *Ka-uki]* In der Textgrundlage: »A-uki«. An die sonstige Schreibung angeglichen, vgl. 150,30.

155,14-16 *Berufstod ... Goethe?)]* Diese drei Stichworte stehen in der Textgrundlage in zwei Spalten: »Berufstod des Hang Tse« in der linken, die beiden anderen in der rechten.

156,20 *Tui Kongreß]* In der Textgrundlage nur: »Tui Kong«.

156,22 *Schweine-Händler]* Die Handschrift »Schweine« ist nicht eindeutig zu entziffern.

157,34 *Provenienz]* Die Handschrift ist nicht eindeutig zu entziffern.

159,20 *Strawinski]* So in der Textgrundlage.
159,29 *Lautons Garten]* So in der Textgrundlage.

Zeilenkommentar

Am Ende des Zeilenkommentars und zu dessen Entlastung folgt ein Verzeichnis der Figuren-, Gruppierungs- und Ortsbezeichnungen mit ihren möglichen realen Entsprechungen (S. 506-508).

9,1 *Der Tuiroman]* Auf dem Titelblatt in einer zu diesem Projekt gehörenden Nachlaßmappe ist dieser Titel in Großbuchstaben untereinander geschrieben, vergleichbar chinesischen Schriftzeichen.

11,4 *Denke]* Karl Denke, kleiner Landwirt in Münsterberg (Schlesien), hat im Laufe mehrerer Jahre insgesamt 26 Männer ermordet und ihre Leichen »verarbeitet«. Ein Handwerksbursche, den Denke als 27. Opfer glaubt gefunden zu haben, kann ihm entkommen und die Polizei alarmieren; bei der Durchsuchung der Wohnung im Dezember 1924 werden zahlreiche Leichenteile entdeckt, die zur Aufklärung vieler, bis dahin ungeklärter Vermißten- und Mordfälle führen. Karl Denke begeht in der Untersuchungshaft Selbstmord. Brecht entnimmt die Informationen über diesen Fall den Berichten aus dem *8-Uhr-Abendblatt. National-Zeitung*, Berlin; unter den Materialien zum Romanprojekt gibt es Abschriften dieser Zeitungsartikel – teilweise nur in Auszügen – vom 24., 27., 29., 30. und 31. Dezember 1924.

11,23 *Einheiten v_1, v_2, ..., v_n]* Die Begrifflichkeit dieses Textes stammt aus der Ende des 19. Jahrhunderts von Georg Cantor begründeten Mengenlehre, die bei der formalen Logik und bei der Aussagenlogik als »Sprache« benutzt wird. v_1 bis v_n bezeichnen die einzelnen numerierten Teile im Gegensatz zur Gesamtmenge V (V steht hier für Verbraucher); für »n« kann jede beliebige Zahl eingesetzt werden. – Vgl. auch Rudolf Carnaps Aufsatz *Die alte und die neue Logik* (in: *Erkenntnis*, Leipzig, 1930/31, S. 12-26), auf den Brecht in der Schrift *Über ein nichtaristotelisches Romanschreiben* hinweist.

11,29f. *Hosenträger]* In den Zeitungsberichten über Karl Denke werden »*gelblich-braune Hosenträger*« erwähnt, »die nach genauester Untersuchung *aus reiner Menschenhaut* gefertigt waren«; auch an der Leiche Denkes entdeckt man solche Hosenträger (*8-Uhr-Abendblatt*, Berlin, 27. Dezember 1924).

11,33 *Elemente der Menge V]* Vgl. zu 11,23. V steht hier für Verbraucher.

11,35f. *Grundfunktionen R und A]* Vgl. zu 11,23; R steht hier für Ruhe bzw. Reproduktion und A für Arbeit.

12,14 *Macauley]* Gemeint ist der viktorianische Historiker Thomas B. Macaulay. Brecht erwähnt ihn auch im Zusammenhang mit seinem

Galilei-Stück; es geht dabei um Macaulays Unterscheidung zwischen dem Politiker und dem Wissenschaftler Francis Bacon (*Entwürfe für ein Vorwort*). Schon 1915 ist Lion Feuchtwanger durch Macaulays Essay über die Memoiren des englischen Generalgouverneurs in Indien zu seinem Stück *Warren Hastings* angeregt worden, das er 1925 unter Beteiligung Brechts umarbeitet zu *Kalkutta, 4. Mai*. Es wird hier wahrscheinlich nicht auf einen bestimmten Text Macaulays angespielt, sondern auf seine Darstellungsweise.

12,16 *Ich denke, ergo bin ich.]* René Descartes stellt sein Grundprinzip »Cogito, ergo sum« (Ich denke, also bin ich) in seinen *Principia Philosophiae* (1644) auf. (Zusätzlich ergibt sich ein Wortspiel mit »denke« und Denke.)

12,17 *Wer nicht arbeitet ... werden.]* Anspielung auf 2 Thessalonicher 3,10: »Wenn jemand nicht will arbeiten, der soll auch nicht essen.« – Anspielungen, Wortspiele usw. dieser Art finden sich im Material zu diesem Fragment mehrfach, ohne daß eine Zuordnung zu einem bestimmten Teil oder Text möglich wäre. Beispiele: »Keinen Mumm haben (Mumm = Sektfirma)« oder: »›Willst du nicht mit fischen gehen?‹ sagte der Fischer zum Wurm./Wer mit dem Teufel essen will, muß einen langen Löffel haben.« Oder: »Sie können ganz besorgt in die Zukunft sehen. Habe ich Ihnen nicht laut und undeutlich gesagt, ...« (Nachlaß.)

12,21 *Jünger (Materialschlacht)]* Der Begriff der Materialschlacht, geprägt im ersten Weltkrieg, wird z.B. von Ernst Jünger im Vorwort zu *In Stahlgewittern* (1920) benutzt.

12,23 *»Dem Volk ... gewidmet«]* Wortspiel mit dem Begriff Denker und dem Namen Denke; die Bezeichnung der Deutschen als »Volk der Dichter und Denker« (ursprünglich: Denker und Dichter) hat sich aus Wendungen von Karl August Musäus im Vorbericht zu seinen *Volksmärchen* (1782) bzw. in seinen *Physiognomischen Reisen* (1779) entwickelt. Auch Anne Germaine de Staël-Holstein spricht in der Vorrede zu *De l'Allemagne* (1813, dt.: *Über Deutschland*) vom »Vaterland des Denkens«.

12,24 *Wagnerianer »Nie sollst du mich befragen«]* Sprichwörtlich gewordenes Zitat aus Richard Wagners Oper *Lohengrin* (1847; I,3).

12,25 *218]* Gemeint ist der Abtreibungsparagraph 218 des Strafgesetzbuchs. Seine Erhaltung oder Abschaffung ist Mitte der zwanziger und Anfang der dreißiger Jahre in der Öffentlichkeit heftig umstritten; 1926 z.B. wird das Strafmaß geändert (Gefängnis zwischen 5 und 10 Jahren statt Zuchthaus).

12,25 *218]* Im Text folgt: »175«. Diese wieder gestrichene Zahl bezieht sich auf den Paragraphen 175 des Strafgesetzbuches über die »widernatürliche Unzucht, welche zwischen Personen männlichen Geschlechts oder von Menschen und Tieren begangen« und mit Gefängnis bestraft wird.

13,2 *Johann Gottlieb Denke]* Die reale Person Denke hat den Vornamen Karl. Johann und Gottlieb sind die Vornamen des Philosophen Fichte; angespielt sein kann damit auf dessen idealistische Philosophie bzw. auf den Idealismus insgesamt (Primat des Bewußtseins; bei Fichte: das »Ich«).

13,5 *Volk der Dichter und Denkes]* Vgl. zu 12,23.

13,16f. *Man hat gesagt, ... versteht.]* In Hegels Einleitung zu den *Vorlesungen über die Philosophie der Geschichte* heißt es: »[...] so haben wir, wenn wir die Vergangenheit, wie groß sie auch immer sei, durchlaufen, es nur mit *Gegenwärtigem* zu tun; denn die Philosophie, als sich mit dem Wahren beschäftigend, hat es mit ewig Gegenwärtigem zu tun. Alles ist ihr in der Vergangenheit unverloren, denn die Idee ist präsent, der Geist unsterblich, d.h. er ist nicht vorbei und ist nicht noch nicht, sondern ist wesentlich jetzt.« (Georg Wilhelm Friedrich Hegel, *Werke in zwanzig Bänden*, Frankfurt a.M. 1970, Band 12, S. 105.) – Der Gedanke findet sich auch in der Interpretationslehre Wilhelm Diltheys (Hermeneutik).

14,1 *Krupp]* Welches Mitglied der Konzerndynastie gemeint ist, läßt sich nicht festlegen (ab 1906 leitet Gustav Krupp von Bohlen und Halbach die Firma). Der Name Krupp gilt allgemein als Symbol für wirtschaftliche (kapitalistische) Macht (der Rüstungsindustrie) in Deutschland, auch für die Allianz von wirtschaftlicher und politischer Macht sowie für die Verbindung von Geldadel und Geburtsadel.

14,1 *Richard Wagner]* Vgl. Brechts kritisches Verhältnis zu Wagner und seinem Werk (u.a. *Journale*, 28. Oktober 1921). Vgl. die weitere Anspielung (12,24).

14,1f. *Graf Zeppelin]* Ferdinand Graf von Zeppelin, Offizier bis 1890, dann Konstrukteur der nach ihm benannten Luftschiffe (das erste entsteht 1900); sie werden im ersten Weltkrieg z.B. zur Bombardierung Londons eingesetzt, im zivilen Bereich erhalten sie kurzfristig Bedeutung auf der Transatlantik-Route. Der Name steht möglicherweise für die nationalistische These vom »deutschen Erfindergeist«.

15,7f. *Ei des Kolumbus]* Die Wendung geht wahrscheinlich zurück auf eine Erzählung von Girolamo Benzoni: *Historia del mondo nuovo* (Geschichte der neuen Welt), 1565, der zufolge Kolumbus, als seine Entdeckungsleistung angezweifelt wird, der Tafelrunde die unlösbare Aufgabe stellt, ein Ei stabil aufrecht zu stellen und zum Stehen zu bringen, dies dann selbst durch Eindrücken der Spitze erreicht.

16,3 *Faust]* Die beiden Teile von Goethes Tragödie (1808, 1833) bilden z.B. die Nr. 1 bzw. die Nr. 2 in Reclams Universal-Bibliothek, die 1867 erstmals erscheinen.

16,3 *Zarathustra]* Gemeint ist Friedrich Nietzsches *Also sprach Zarathustra* (1883-1885).

16,3f. *jeder ... Soldat im Tornister]* Schlagwort, mit dem die »klassische« Bildung und »intellektuelle Reife« der Soldaten hervorgehoben werden soll; vgl. auch 58,31f.

16,9f. *Zeitungen ... Leichenhemden für unsere Soldaten]* Im ersten Weltkrieg werden Papiersäcke als Särge benutzt; vgl. 86,34f. Vgl. auch zu 24,20.

16,36 *Hosenträger ... aus Menschenhaut]* Vgl. zu 11,29f.

19,4 *A 4]* Neben diesen Text klebt Brecht einen Auszug aus dem mit »Dr. F. K.« gezeichneten Leitartikel *Mitarbeiter* aus *Deutsche Allgemeine Zeitung*, Reichsausgabe, Berlin, 25. April 1933.

19,8f. *die Demokratie vorüber]* Spätestens mit dem 30. Januar 1933, der sogenannten »Machtergreifung« durch die Nationalsozialisten.

19,9 *Goger Gogh]* Zur Geschichte des Namens vgl. S. 460; er taucht auch in frühen Entwürfen zu *Turandot oder Der Kongreß der Weißwäscher* auf, in denen Gogher Gogh u.a. fragt: »Was heißt das: Das Volk kann sich sein Regime wählen? Kann sich etwa das Regime sein Volk wählen? Es kann nicht.« (*Das Tuistück*, Nachlaß.)

19,9f. *ein depravierter]* depraviert: verschlechtert, heruntergekommen.

19,11f. *Faschisierung ... Grundlinien der kapitalistischen Herrschaft]* Eine andere Formulierung für die zeitgenössische marxistische These (Dimitroff u.a.) vom Faschismus als der aggressivsten Form des Kapitalismus.

19,13f. *des »großen« goldenen Zeitalters]* Der Begriff geht zurück auf Hesiod (*Werke und Tage*, Vers 109ff.): das Zeitalter des Kronos, in dem die Menschen ohne Leid und Arbeit glücklich und gesund lebten, ohne zu altern. Im gesamten *Tuiroman* steht er für die Weimarer Republik.

19,26 *für die Legalität]* Anspielung auf die »Machtergreifung« Hitlers (30. Januar 1933) im Rahmen der palamentarischen Demokratie (vgl. 22,16f.).

19,29 *»Zusammenfassung« in Ständen]* Vgl. z.B. den »Reichsnährstand«, die nationalsozialistische Organisation für alle in der Landwirtschaft Tätigen, gegliedert in Landes-, Kreis- und Ortsbauernschaften. Seine drei Hauptabteilungen sind Produktion, Marktordnung und Ideologie; er setzt Preise fest, führt Lenkungsmechanismen ein (Vorratshaltung, Rationierung, Produktionskontrolle).

19,32 *Selbständigkeit der Provinzen fällt]* Gemeint ist die »Gleichschaltung der Länder mit dem Reich«, d.h. die Unterordnung der Länderregierungen unter die Reichsregierung bzw. die Auflösung der Länderregierungen (Gauleiter übernehmen die Aufgaben der Länderregierungschefs, Ende des Föderalismus).

19,36f. *erstmalige Anwendung ... Aufhebung]* Gemeint sind die demokratischen Errungenschaften der aus der Monarchie hervorgegangenen Weimarer Republik und deren legale Aufhebung durch die Nationalsozialisten.

20,4 *des nicht eingreifenden Denkens]* Vgl. Brechts Schriften zu diesem Thema: *Eingreifendes Denken*, *Nicht eingreifendes Denken* u.a.

20,13 *Passepartout]* (Franz.) Passierschein, Dietrich, Dauerkarte; im Deutschen veraltet (heute in der Bedeutung: Wechselrahmen ohne Glas).

20,21 f. *Taschi Lama]* Der Name ist offensichtlich vom Dalai-Lama (tibetisch), dem geistlichen und weltlichen Oberhaupt des Lamaismus, und vom tibetischen Kloster Taschi-Lumpo abgeleitet (dem Sitz des Pantschen-Lamas, des zweithöchsten Geistlichen). Vgl. 77,37.

20,22 f. *Die Unordnung der Wörter!]* Gedacht ist offenbar zunächst an die Eindeutschung sogar ganz gebräuchlicher Fremdwörter durch die Nazis; vgl. Brechts Gedicht *Wörter, die der Führer nicht hören kann*. Vgl. aber auch 31,2 f. und 39,6-8 und die zugehörigen Zeilenkommentare.

20,30 *Das goldene Zeitalter]* Vgl. zu 19,13 f.

20,33 *der großen Umbenennung]* Vgl. auch die Bezeichnungen »Verwirrung der Begriffe« (31,2 f.), »Unordnung der Wörter« (20,22 f.) etc. Auch das Schlagwort der Nazis von der »Umwertung aller Werte« nach Nietzsches Untertitel zu *Der Wille zur Macht* (1901, erweitert 1906) klingt an.

20,34 *Geschichte der beiden Knaben]* Die Geschichte Hungs und Kwans; vgl. auch 28,4 f.

20,35 *Kampf gegen das Buch]* Möglicherweise Anspielung auf Hitlers *Mein Kampf* (1925); vgl. zu 26,9 und zu 26,9 f. Vgl. aber auch »*Der Kampf um ein Buch* (Braunbuch I)« in Brechts Plan zum *Entwurf für ein Braunbuch* (Band 22).

21,15 *Marschall]* Gedacht ist an Paul von Hindenburg; er wird 1914 Generalfeldmarschall, 1916 Chef des Generalstabes, übernimmt die Oberste Heeresleitung; er tritt am 3. Juli 1919 zurück.

21,16 *Tod des Hafners]* Hafner: oberdt. für Töpfer bzw. (Kachel-)Ofensetzer. Hier ist an Friedrich Ebert gedacht, Sattlergeselle, Redakteur, 1913-1918 Vorsitzender der SPD, während der Revolution 1918 Vorsitzender der Volksbeauftragten, ab 11. Februar 1919 deutscher Reichspräsident; er stirbt am 28. Februar 1925.

21,17 *Eintreffen des Papstes]* Der historische Papst Pius XI. (1922 bis 1939) hat Deutschland in dieser Zeit nicht besucht.

21,18 *Der Marschall wird Präsident]* Paul von Hindenburg wird am 26. April 1925 zum neuen Reichspräsidenten gewählt; Wiederwahl 1932.

21,21 *Geschenk]* Anspielung auf Hindenburgs Landsitz Neudeck, den er von benachbarten Junkern, von rheinischen Industriellen und Munitionsfabrikanten zum 80. Geburtstag (1927) geschenkt erhält. Vgl. auch *Der Aufstieg des Arturo Ui* (die »Stadtanleih«; Szene 1).

21,22 *Der große Kongreß]* Gedacht ist an die Verfassungsgebende Nationalversammlung (ab Februar 1919 in Weimar), die gegen die Räterepublik und für die parlamentarische Demokratie stimmt; vgl. auch zu 24,12.

21,23 *Das große Beispiel]* Vermutlich die Demokratie; vgl. 24,12f.

21,24 *Rettung des kaiserlichen Eigentums]* Im Rahmen der Fürstenabfindung (vgl. zu 21,25) erhalten die Hohenzollern vom Land Preußen ca. 100000 Hektar Land, 15 Millionen Reichsmark und mehrere Schlösser.

21,25 *Fürstenabfindung]* Da das Vermögen der 1918 durch die Novemberrevolution entthronten Fürstenhäuser nicht enteignet, sondern nur beschlagnahmt gewesen ist, versuchen sie in verschiedenen Vergleichsverfahren Abfindungen zu erhalten (ca. 2,5 Milliarden Reichsmark). Am 2. Februar 1926 wird ein Regierungsentwurf zur Fürstenabfindung vorgelegt, ein Volksentscheid vom 20. Juni 1926 ergibt nur 15,5 Millionen Stimmen für eine Enteignung (statt der nötigen 20 Millionen). In 26 Verträgen zwischen den Ländern und Fürstenhäusern werden zum größten Teil die Liegenschaften zwischen Staat und Fürsten geteilt, die kulturellen Einrichtungen (Bibliotheken, Theater, Museen, Schlösser) werden vom Staat übernommen.

21,32 *von der Abdankung des Kaisers]* Reichskanzler Prinz Max von Baden verkündet am 9. November 1918 die Abdankung Wilhelms II., dieser flieht nach Holland und verzichtet am 28. November 1918 offiziell auf den Thron.

21,33 *von der Präsidentenschaft des Hafners]* Vgl. zu 21,18.

22,4 *chimesische Revolution]* Gedacht ist an die revolutionären Ereignisse in Deutschland in den Monaten November 1918 bis Januar 1919.

22,5 *Tuiverfassung]* Die Verfassung des Deutschen Reiches, die sogenannte Weimarer Verfassung, tritt am 11. August 1919 in Kraft.

22,7 *Inflation]* Ab August 1922 beginnt die deutsche Reichswährung rapide zu verfallen; im Januar 1923 kostet 1 Dollar 18000 Mark, im Oktober 4 Milliarden Mark. Das Ende der Inflation wird im November 1923 mit der Einführung der Rentenmark erreicht (1 Billion Papiermark = 1 Rentenmark). Die Rentenmark ist eine Zwischenwährung, die 1924 von der Reichsmark abgelöst wird.

22,7 *Tod des Hafners]* Vgl. zu 21,16.

22,9 *Wahl des Marschalls]* Vgl. zu 21,18.

22,11 *Schulden]* Im April 1921 setzen die Alliierten die Reparationssumme auf 132 Milliarden Goldmark fest; mit dem Dawesplan vom 9. April 1924 wird ein Zahlungsplan vorgelegt, den Deutschland mit Hilfe amerikanischer Anleihen erfüllen soll; vgl. auch zu 36,34.

22,12 *Aufbau der Industrie]* Mitte der zwanziger Jahre kommt es in Deutschland zu zahlreichen neuen Konzernbildungen, etwa der IG Farben (1925) oder der Vereinigten Stahlwerke (1926).

22,23 *chimesische Revolution]* Vgl. zu 22,4.

22,24 *Tuiverfassung]* Vgl. zu 22,5.

22,25 *Inflation]* Vgl. erste Anmerkung zu 22,7.

22,25 *Tod des Hafners]* Vgl. zu 21,16.

22,29 *Der Marschall rettet die Republik]* Gemeint ist die Reichspräsidentenwahl von 1932; von den drei Hauptkandidaten Hindenburg, Hitler und Thälmann (daneben kandidieren Theodor Duesterberg und Adolf Gustav Winter) wird Hindenburg im zweiten Wahlgang vom 10. April 1932 wiedergewählt.

22,30 *Sieg des Hu-ih]* Gemeint ist der 30. Januar 1933, als Hindenburg Hitler zum Reichskanzler beruft.

22,36f. *Die Sozialdemokratie macht ... mit.]* Entgegen ihrer Haltung vor dem ersten Weltkrieg (Beginn: 1. August 1914) stimmt die Reichstagsfraktion der SPD am 4. August 1914 geschlossen für die Kriegskredite, auch eine Minderheit um Karl Liebknecht, die sich zwei Tage zuvor dagegen ausgesprochen hat.

22,37 *Revolution ... als Meuterei]* Am 28. Oktober 1918 beginnt die Meuterei auf der deutschen Hochseeflotte, d. h. Offiziere verweigern der neuen Regierung den Gehorsam, um ein nochmaliges Auslaufen der Flotte zu verhindern; am 3. und 4. November kommt es zum Matrosenaufstand in Kiel.

22,39-23,1 *liquidiert die SPD den Krieg zuungunsten der Revolution]* Nach dem Aufruf zum Generalstreik für den 11. November 1918 durch Revolutionäre Obleute in Berlin verläßt die SPD die Reichsregierung, da sie fürchtet, den Einfluß auf die Arbeiterschaft zu verlieren. Ohne die Ergebnisse der Beratungen Wilhelms II. mit der Obersten Heeresleitung in Spa abzuwarten (US-Präsident Wilson verlangt den Rücktritt des Kaisers als Vorbedingung eines Waffenstillstands), hatte Reichskanzler Prinz Max von Baden am 9. November den Thronverzicht Wilhelms II. erklärt, war selbst zurückgetreten und hatte dem SPD-Vorsitzenden Friedrich Ebert die Regierungsgeschäfte übergeben (Scheidemann kommt an diesem Tag mit seiner Ausrufung der Republik den Gruppen um Karl Liebknecht zuvor). Am 10. November kommt Ebert zu einer Übereinkunft mit der Obersten Heeresleitung und verpflichtet sich zur Durchführung allgemeiner Wahlen; am 11. November wird in Compiègne der Waffenstillstand mit den Alliierten geschlossen.

23,5 *Protektionismus]* Eigentlich: schutzzöllnerische Wirtschaftspolitik; hier Begünstigung des Kapitals (für Rationalisierungen – vgl. 23,9 –, Entlassungen, um mit gesenkten Lohnkosten konkurrenzfähig zu bleiben).

23,6 *Pazifismus]* Hier im Sinne der Äußerung in Brechts Schrift *Die Weimarer Republik*: »Die Friedenspolitik, erwungen durch den militärischen Sieg der andern kapitalistischen Staaten, war genau betrachtet nur *keine* Politik.«

23,7f. *Die Industrie ... angewiesene.]* Umschreibung der kapitalistischen/imperialistischen Wirtschaft bzw. Industrie und deren Waffenproduktion, die den Krieg als Wachstumsfaktor mit einkalkuliert.

23,27 *des Kwan]* Vgl. zu 20,34.

23,30-34 *Faust ... des großen Tui.]* Gemeint ist die Titelfigur von Goethes Tragödie; vgl. zu 16,3.

23,31 *taedium vitae]* (Lat.) Lebensüberdruß.

23,33 *Heinrich, mir graust vor dir]* Vgl. den Schluß von Goethes *Faust I* (1808): »Heinrich! Mir graut's vor dir.« (Vers 4610.)

23,36 *Erfindungen]* Ein genauer Bezug konnte nicht ermittelt werden.

23,39 *Abdankung des Kaisers]* Vgl. zu 21,32.

24,3 *Begrüßung des geschlagenen Feldherrn]* Kann sich sowohl auf Paul von Hindenburg als auch auf Erich Ludendorff beziehen, die Reichspräsidentschaftskandidaten des Jahres 1925.

24,10f. *Revolution ... Ordnung]* Vgl. A 14. Der Vollzugsausschuß der Berliner Arbeiter- und Soldatenräte beruft für den 16. Dezember 1918 den ersten Reichsrätekongreß ein, bei dem sich die SPD gegen die USPD (einschließlich Spartakusbund) durchsetzt und Wahlen zur Verfassungsgebenden Nationalversammlung am 19. Januar 1919 beschlossen werden. – Vgl. Eberts Aufruf *Mitbürger* vom 9. November 1918, der endet mit: »Ich bitte Euch alle dringend: *Verlaßt die Straßen! Sorgt für Ruhe und Ordnung!*«

24,12 *dem großen Konzil]* Die Weimarer (Verfassungsgebende) Nationalversammlung, am 19. Januar 1919 gewählt, verabschiedet am 31. Juli 1919 die neue Verfassung des Deutschen Reiches.

24,20 *in Papierkleidern]* Anspielung auf die Zellulosekleidung (Zellwolle), die in den letzten Jahren des ersten Weltkriegs eingeführt worden ist; später wirbt die Nazipropaganda damit, daß die Frau im Zellwollkleid größere Chancen bei Männern habe als die, die Kammgarn trägt.

24,29 *Die Abgeordneten]* Angespielt ist auf die Konferenz vom 14. August 1918 im deutschen Hauptquartier in Spa (Belgien), bei der die Oberste Heeresleitung die Fortführung des Krieges für aussichtslos erklärt; am 29. September fordern Hindenburg und Ludendorff ein sofortiges Waffenstillstandsangebot. Vgl. 45,14-28 und den zweiten Gesang zum *Tui-Epos*: *Reise der Volksvertreter an die Front* (B 49).

25,8 *Buch des Van-Eh-Weh]* Gemeint ist Theodor Henrik van de Velde und sein Buch *Die vollkommene Ehe. Eine Studie über ihre Physiologie und Technik* (München 1928).

25,10 *Glaswassertheorie]* Anspielung auf die These, Liebe sei zu genießen wie ein Glas Wasser, nach Alexandra Michailowna Kollontai und ihrer Erzählung *Die Liebe der drei Generationen* (in: Kollontay, *Wege der Liebe. Drei Erzählungen*, Berlin 1925); vgl. Brechts Schrift *Über die Liebe*.

25,11 *Natürlichkeitspädagogen]* Möglicherweise Anspielung auf die Lebensreformer (Rudolf Steiner) und auf die Freikörperkultur der zwanziger Jahre, die dann teilweise von der Kraft-durch-Freude-Ideologie der Nazis vereinnahmt wird.

25,17-21 *Der Krieg war notwendig ... war.]* Vgl. 23,7f.

26,9 *53 000 Sprachschnitzer]* Eine von Lion Feuchtwanger übernommene Form der Satire, etwa in seinem Roman *Erfolg* (1930) im Kapitel *Bayrische Lebensläufe* oder bei verschiedenen autobiographischen Texten. Angesprochen sind hier die Kritiker, die sich u.a. bei Hitlers *Mein Kampf* (1925) über den »schlechten Stil« erregen und den Inhalt außer acht lassen.

26,9f. *»Wie ich es schaftete«]* Gemeint ist Adolf Hitlers *Mein Kampf* (1925).

26,13 *Morche]* Dazu konnte nichts ermittelt werden.

26,14 *Die Kunst des Speichelleckens]* Vgl. besonders B 46.

26,18f. *Ker-fi-er (Friedrich Kraus)]* Der Berliner Internist Friedrich Kraus, seit 1902 Direktor der II. medizinischen Klinik der Charité, hat u.a. Arbeiten über die Syzygiologie (personelle Zusammenhangslehre) und über die »Tiefenperson« veröffentlicht.

26,33 *Kwan]* Vgl. zu 20,34.

27,4 *Die Urlauber...]* Vgl. zu 24,29 und B 49.

27,8 *Die Volksvertreter...]* Vgl. zu 24,29 und B 49.

27,17 *Wasserfiskusleute]* Dazu konnte nichts ermittelt werden.

27,31f. *alte Theorie über den Kriegsausbruch]* Der sogenannte Kriegsschuld-Artikel 231 des Versailler Friedensvertrages besagt: »Die alliierten und assoziierten Regierungen erklären und Deutschland erkennt an, daß Deutschland und seine Verbündeten als Urheber aller Verluste und aller Schäden verantwortlich sind, welche die alliierten und assoziierten Regierungen und ihre Angehörigen infolge des ihnen durch den Angriff Deutschlands und seiner Verbündeten aufgezwungenen Krieges erlitten haben.« – Die Kriegsschuldfrage wird während der Weimarer Republik ausgiebig diskutiert; Ziel ist eine Revision des »Diktats von Versailles«. Die Regierung Hitler zieht die deutsche Unterschrift unter den Versailler Vertrag am 30. Januar 1937 zurück.

27,33-35 *neue Theorie ... kurze Arm des Kaisers]* Bezieht sich auf Emil Ludwigs Biographie *Wilhelm der Zweite* (Berlin 1925); vgl. auch *Die 10 Prüfungen* (B 26). Ludwig berichtet über den von Geburt an gelähmten linken Arm Wilhelms und von dessen Bemühungen, das physische Gebrechen »moralisch« zu besiegen, was schließlich im kleinen gelingt (der Prinz kann als Soldat imponieren) und im großen zu zahllosen Übersteigerungen führt, auch zum Krieg, »den er nicht als Raubzug vom Zaune gebrochen, nie gewünscht, mehrmals verhindert und nur durch das jahrzehntelange Wirken seiner Natur den kriegerischen Führern in allen Ländern Europas erleichtert hatte« (Ludwig, *Wilhelm der Zweite*, S. 461).

27,38 *Das Bewußtsein bestimmt das Sein.]* Umkehrung der Formulierung von Karl Marx in der *Deutschen Ideologie* (in: Marx/Engels, *Werke*, Band 3, Berlin/DDR 1958, S. 27) als Kennzeichnung des philosophischen Idealismus.

28,1 *Geschichte Chimas]* Bei Chima ist an die Weimarer Republik gedacht.

28,1f. *Fortlaufend eingestreut ... In Versalien gedruckt.]* Die Montage von ›Daten‹ oder Zitaten in eine literarische Geschichte hat Brecht etwa gleichzeitig beim *Dreigroschenroman* mit dem Einsatz der Kursiv-Passagen eingesetzt.

28,24 *Turandot]* Zur Verbindung von *Turandot* und *Tuiroman* vgl. auch A 80. Der orientalische Turandot-Stoff, überliefert in *Les mille et un jours* (1710-1712, dt.: *Erzählungen aus Tausendundein Tag*) von Pétis de la Croix als *Die Geschichte des Prinzen Kalaf und der Prinzessin von China*, ist u.a. von Carlo Gozzi (*Turandot*, 1764) bearbeitet worden; Friedrich Schiller hat Gozzis Stück übersetzt (*Turandot*, 1802). Für Brecht als Anregung und Quelle von Bedeutung ist die »Schaurette« *Prinzessin Turandot* (1925) von Waldfried Burggraf.

28,37 *Drei große Erfindungen]* Vgl. auch die anderen Hinweise auf Erfindungen (z.B. 23,35 f., 86,21).

29,2 *Konfutse]* Vgl. Brechts Hinweise zu Konfutse am Beginn des fünften Abschnitts von *Fünf Schwierigkeiten beim Schreiben der Wahrheit* (1935): »*Konfutse* fälschte einen alten, patriotischen Geschichtskalender. Er veränderte nur gewisse Wörter. [...] Dadurch brach Konfutse einer neuen Beurteilung der Geschichte Bahn.«

29,12-14 *Die Ehe ... (Kant).]* Angespielt ist auf Immanuel Kants *Die Metaphysik der Sitten* (1797); Kant unterscheidet: »*Geschlechtsgemeinschaft* (commercium sexuale) ist der wechselseitige Gebrauch, den ein Mensch von eines anderen Geschlechtsorganen und Vermögen macht [...]. Die natürliche Geschlechtsgemeinschaft ist nun entweder die nach der bloßen tierischen *Natur* [...] oder nach dem *Gesetz*. Die letztere ist die *Ehe* (matrimonium), d.i. die Verbindung zweier Personen verschiedenen Geschlechts zum lebenswierigen wechselseitigen Besitz ihrer Geschlechtseigenschaften« (*Die Rechtslehre, Erster Teil, Das Privatrecht*, § 24); vgl. 64,26-29 und 146,22-24. Vgl. Brechts Gedicht *Über Kants Definition der Ehe in der »Metaphysik der Sitten«* und seine Stückbearbeitung *Der Hofmeister* (5. Akt, Szene 15).

30,9 *Das goldene Zeitalter]* Vgl. zu 19,13 f.

30,10 *Die drei Tage des Mong Ko]* Bezieht sich möglicherweise auf die Kanzlerschaft Franz von Papens (1. Juni bis 2. Dezember 1932), der am 3. Juni aus der Zentrumspartei ausscheidet und am 4. Juni den Reichstag auflöst.

30,11 *Das große Konzil]* Vgl. zu 24,12.

30,11 *Jojo]* Amerikanisches Geschicklichkeitsspiel: Scheibe an einer Schnur, die sich durch entsprechende Handbewegungen an der Scheibe auf- und abwickelt.

30,12 *IUI]* Abkürzung für Intellekt-Uell-In, eine andere Variante des Wortspiels für Tui; vgl. auch zu 40,18 und S. 470.

30,30 f. *Ich habe ... in der »Neuen Zeit«]* Gemeint ist die SPD-Zeitschrift *Die Neue Zeit* (1883-1923), deren Jahrgänge sich vollständig in Brechts Nachlaß befinden. Worauf sich Brecht hier bezieht, konnte nicht ermittelt werden.

30,31 *in A]* Möglicherweise ist mit A Augsburg gemeint. Brecht hat die *Neue Zeit* wahrscheinlich dort zurückgelassen.

30,37 *Trifolium]* Dreiblatt, Kleeblatt.

30,38 *Gogher Gogh]* Gemeint ist hier: Joseph Goebbels; vgl. dagegen 19,9 u.ö.

31,2f. *Verwirrung der Begriffe]* Gedacht ist an die Eindeutschung von Fremdwörtern (vgl. zu 20,22f.), aber auch an die lautstark vorgetragenen Nazi-Ideologien. Vgl. 31,28f. und 39,6-8.

31,3f. *Tuis im Inland]* Hinweis auf die »aufbauenden« Nazi-Intellektuellen.

31,4 *Tuis im Ausland]* Hinweis auf die außer Landes Getriebenen.

31,28f. *die Wörter ... in Unordnung]* Vgl. zu 20,22f. und zu 31,2f.

32,2 *Hung]* Vgl. zu 20,34.

32,6f. *Der Sandboden der Barone.]* Vgl. den Text über die Großgrundbesitzer im Osten des Deutschen Reiches (B 28).

32,7 *Man unterstützt sie]* Anspielung auf die Ostpreußenhilfe, dann allgemein Osthilfe genannt; vgl. zu 39,31.

32,14 *durch die Nase geboren.]* Anspielung auf die Jungfrauengeburt Jesu in Anlehnung an antike Mythen (Pallas Athene z.B. entspringt dem Haupt des Zeus).

32,14-20 *Vier unsichtbare Götter ... überzeugt worden.]* Anspielung auf die Dreifaltigkeit oder Dreieinigkeit Gottes in der christlichen Religion (Gott Vater, Gott Sohn und Gott Heiliger Geist) und auf die Ausbreitung des Christentums durch »Feuer und Schwert«.

32,22 *Tod des Hafners]* Vgl. zu 21,16.

32,27 *Kaisers Geburtstag]* Wilhelm II. ist am 27. Januar 1859 geboren.

32,27f. *Tag seiner Abdankung]* Vgl. zu 21,32.

32,35 *Kaiser-Jen-Forschungsinstitut]* Möglicherweise Anspielung auf die Kaiser-Wilhelm-Institute der Kaiser-Wilhelm-Gesellschaft zur Förderung der Wissenschaften (in Müncheberg ist in diesem Rahmen 1928 das Institut für Züchtungsforschung gegründet worden).

33,2 *Sekretärschüler]* Gemeint sind Kwan und Hung; vgl. *Drei Berichte* (B 16) und 28,34f.

33,20 *Liga der Kriegsverächter]* Möglicherweise bezieht sich Brecht dabei auf die »Deutsche Friedensgesellschaft« (1892 von Berta von Suttner und Alfred Heinrich Fried gegründet); möglich ist auch ein Bezug auf die 1919 gegründete »Deutsche Liga für Menschenrechte«, den nationalen Ableger der »Liga für Menschenrechte« (Ligue pour la Défense des Droits de l'Homme et du Citoyen), 1898 zur Revision des Dreyfus-Prozesses (vgl. zu 35,7 und zu 35,13) in Paris gegründet, die sich allgemein für die persönliche Freiheit gegenüber dem Staat und die friedliche Regelung internationaler Konflikte einsetzt (vgl. auch Brechts Schrift *Man muß das Unrecht auch mit schwachen Mitteln bekämpfen*).

33,34f. *das Gefühlsmäßige. Der Antitellektualismus]* In Hitlers

Mein Kampf (1925) heißt es: »Die breite Masse des Volkes besteht weder aus Professoren noch aus Diplomaten. Das geringe abstrakte Wissen, das sie besitzt, weist ihre Empfindungen mehr in die Welt des Gefühls. [...] die Triebkraft zu den gewaltigsten Umwälzungen auf dieser Erde lag zu allen Zeiten weniger in einer die Masse beherrschenden wissenschaftlichen Erkenntnis als in einem sie beseelenden Fanatismus [...].« (Band 1, Kapitel 12.)

34,1 *Revtuis]* »Rev« steht für Revolution; gemeint ist die Kommunistische Partei Deutschlands (KPD), hier auch »Bund der Eigentumslosen« genannt (vgl. 96,36).

34,5 f. *Jetzt triumphieren ... für Zusammengehen waren.]* Offenbar Anspielung auf die Fraktionskämpfe in der KPD-Führung, die Ende 1928 im Gefolge der Orientierung auf die Diktatur des Proletariats als nahes strategisches Ziel den Ausschluß der sogenannten »Versöhnler« aus dem Politbüro zur Folge haben.

34,25 *Propagandaminister]* Hinweis auf Joseph Goebbels.

34,36-35,1 *Die sieben Wissenden ... siebter Mann...]* Möglicherweise Anspielung auf die »Deutsche Arbeiterpartei«, Vorgänger der NSDAP; Hitler wird nach eigener Aussage als siebtes Mitglied aufgenommen (*Mein Kampf*, Band 1, Kapitel 9).

35,7 *Vierhandaffäre]* Gemeint ist die Affäre Dreyfus (1898/99); der jüdische Hauptmann Alfred Dreyfus wird mit gefälschten Dokumenten auf Betreiben antisemitischer Kräfte in der französischen Armee wegen Landesverrats zu lebenslanger Deportation verurteilt. Die Opposition von vielen Intellektuellen, u.a. Emile Zola, führt 1899 zur Begnadigung, schließlich zur Wiederaufnahme des Verfahrens und zur Rehabilitierung von Dreyfus (1906).

35,13 *Der Verein...]* Gedacht ist an die 1919 entstandene »Deutsche Liga für Menschenrechte« (1898 war in Paris zur Revision des Dreyfus-Prozesses die »Liga für die Verteidigung der Menschen- und Bürgerrechte« gegründet worden); vgl. zu 33,20.

35,17 *Lan-win]* Möglicherweise Langevin, ein Sekretär der Kommunistischen Partei bei der Liga für Menschenrechte (vgl. zu 35,13).

35,32 *Ja-oh-da]* Gemeint ist vermutlich Genrich Georgijewitsch Jagoda, seit 1907 bei den Bolschewiki, 1920-1922 Präsidiumsmitglied der Tscheka (Außerordentliche Kommission zum Kampf gegen Konterrevolution und Sabotage), der Vorläuferorganisation der GPU (russ.: staatliche politische Verwaltung; politische Polizei), deren stellvertretender Vorsitzender Jagoda wird (1924-1934); 1934-1936 Volkskommissar des Innern; in dieser Funktion leitet er die erste Phase der Großen Tschistka (russ.: Säuberung) ein.

36,1-11 *Pin Sche-r...]* Eine weitere Niederschrift dieses Teils von A 44 trägt die zusätzliche Überschrift: »Der Preis des Ruhms.«

36,15 *Die Wirtschaft des Reiches]* Weitere Umschreibung von Brechts These, daß die Weimarer Republik scheitert, weil die kapitalistischen Eigentumsverhältnisse beibehalten werden.

36,17 *Maispflanzungen der Barone]* Hinweis auf die Ländereien der (preußischen) Großgrundbesitzer (Junker); vgl. B 28.

36,22 *Schleiftalent]* Schleifen: hier im Sinne von Menschen schinden, drillen.

36,34 *niemals bezahlt]* Das deutsche Angebot von 1919, 100 Milliarden Reichsmark (in Sachleistungen) an Reparationen zu zahlen, wird von den Alliierten abgelehnt. Für die Jahre 1919-1921 werden zunächst Leistungen im Wert von 20 Milliarden Goldmark festgesetzt, danach wird weiter verhandelt (Londoner Konferenz, 1921; Dawesplan, 1924; Youngplan, 1930). Nach deutscher Bewertung werden bis Mitte 1931 insgesamt 53 Milliarden Goldmark an Reparationen gezahlt. Durch das Hoover-Moratorium des amerikanischen Präsidenten werden die Zahlungen am 1. Juli 1931 für ein Jahr ausgesetzt, die Beschlüsse der Konferenz von Lausanne (1932) bedeuten praktisch das Ende der Reparationen.

37,15 *Arbeitsbeschaffung]* Anspielung auf die Arbeitsbeschaffungsgesetze der Nationalsozialisten in der zweiten Jahreshälfte 1933 (Arbeitsdienst, Autobahnbau).

37,16 *Getreide ins Meer]* Unter den zahlreichen Zeitungsausschnitten, die Brecht nicht nur für dieses Projekt gesammelt hat, befindet sich auch ein Artikel *Kann der Weizenpreis gehalten werden?* (*Neues Wiener Journal*, 20. Dezember 1928) mit dem Hinweis, daß in Amerika Getreide und Baumwolle im Meer versenkt worden sind, um den Bestand zu verringern und damit den Preis zu halten.

37,25 *r = n (Esse$\underline{r}$ = Esse$\underline{n}$)]* Anspielung auf die formale Logik und ihre Schlußfolgerungen auf Grund von Prämissen (Axiomen), die sie nicht überprüft.

37,27 *Reservearmee]* Die »industrielle Reservearmee« der Arbeitslosen zum Niedrighalten der Lohnkosten und zur Flexibilität der Wirtschaft.

37,30 *Schmiedeherren]* Wahrscheinlich ist die Groß- und Rüstungsindustrie gemeint. Vgl. aber auch die »Schmiedeherren« im *Buch der Wendungen (Me-ti)*, z.B. in den Texten *Über den Fluß der Dinge* (»To-tsi beobachtete...«) oder *Über die Unfreiheit unter Mi-en-leh und Ni-en*.

38,4 *Fesselung]* Auf einem Durchschlag ist zusätzlich handschriftlich ergänzt: »und Zerstörung«.

38,21f. *Gefreite ... Feldwebel]* Anspielung auf Hitler und Hindenburg.

38,22 *Kreuz]* Anspielung auf das Hakenkreuz.

38,23 *Zeitungsgründung]* Wahrscheinlich Anspielung auf *Der Stürmer*, 1923-1933 ein antisemitisches Nürnberger Lokalorgan, ab 1933 im gesamten Reich und den sogenannten volksdeutschen Gebieten im Ausland verbreitet.

38,31 *Blubopriestern]* Blubo ist die Abkürzung für die »Blut-und-

Boden«-Ideologie der Nazis (»nordische Wiedergeburt aus Blut und Boden«); mit der Bezeichnung »Blubopriester« verweist Brecht auf Autoren wie Friedrich Blunck, Erwin Guido Kolbenheyer, Will Vesper u.a. Vgl. Brechts *Lion Feuchtwanger zum 50. Geburtstag*.

39,6-8 *Verwirrung der Begriffe...]* Vgl. zu 20,22f. und zu 31,2f.

39,6f. *Bo-en-reich]* Gemeint ist der Physiker Hans Reichenbach. In Notierungen *Über ein nichtaristotelisches Romanschreiben* erwähnt Brecht Reichenbachs Artikel *Die alte und die neue Logik* (in: *Erkenntnis*, Leipzig, 1930/31, S.12-26).

39,12 *Internationalität]* Hinweis auf den »proletarischen Internationalismus«, wie er der Dritten oder Kommunistischen Internationale (Komintern) zugrunde gelegen hat, die 1919 auf Lenins Initiative in Moskau als Zusammenschluß der kommunistischen Parteien unter Führung der Bolschewiki gegründet worden ist.

39,31 *Osthilfe]* Sammelbezeichnung für staatliche Maßnahmen zur Besserstellung der Landwirtschaft im Osten des Deutschen Reiches (1928-1937; ursprünglich Ostpreußenhilfe, 1926-1928); sie steht insbesondere landwirtschaftlichen Großbetrieben (über 100 Hektar) zur Verfügung. 1932/33 kommt es zum »Osthilfe-Skandal«, als mehrere alte Junkerfamilien die Anleihen der Regierung nicht zurückzahlen. – Auf einem anderen Blatt notiert Brecht neben dem Stichwort Osthilfe den Namen »Stivisky«: gemeint ist Serge Alexandre Stavisky. Er tätigt während des ersten Weltkriegs verschiedene Waffengeschäfte (20000 französische Bomben für Italien; seine Provision: 416000 Franc), verkauft 1926 an der Londoner Börse gestohlene Wertpapiere für 5 Millionen Franc. Als Serge Alexandre gründet er in Bayonne eine Leih- und Pfandanstalt, läßt auf Kassenbons, die dann die Banken einlösen, Edelsteine stark überbewerten, kauft zudem in Ungarn Schuldverschreibungen, die nach dem ersten Weltkrieg aus ihrer Heimat vertriebene Ungarn erhalten haben und die nach Einstellung der deutschen Reparationen nicht mehr eingelöst werden können, gründet die »Autonome Kasse für internationale Zahlungsbeziehungen«, geht mit den Schuldverschreibungen an die Börse. Als die Betrügereien bekannt werden, begeht Stavisky Anfang Januar 1934 Selbstmord; seine zahlreichen und engen Kontakte mit Personen des öffentlichen Lebens in Frankreich führen zu vielen Korruptionsverdächtigungen; die Stavisky-Affäre führt schließlich zum Rücktritt der erst am 27. Januar 1934 neu gebildeten französischen Regierung Daladier (7. Februar 1934). Stavisky hat insgesamt 218 Millionen Franc ergaunert, von denen 41 Millionen spurlos verschwunden sind.

39,32 *Ruhrhilfe ... Ruhrbesetzung]* Nach nicht geleisteten Reparationen werden im März 1921 Düsseldorf und Duisburg sowie Mülheim und Oberhausen von französischen Truppen besetzt, im Januar 1923 das gesamte Ruhrgebiet.

39,34 *Aufstand ... Setzuan]* Gedacht ist an einen der revolutionären

Aufstände während der Nachkriegskrise im Deutschen Reich, z.B. die Kämpfe an der Ruhr im Gefolge des Kapp-Putsches (März/April 1920) oder die Kämpfe in Mitteldeutschland (März 1921).

39,35 *Inflation]* Vgl. zu 22,7.

40,16f. *Liebesgeschichte (Ottwaltseefilm)]* Anspielung auf Ernst Ottwalt, Brechts Mitautor am Drehbuch zum Film *Kuhle Wampe oder Wem gehört die Welt?* (1931), der auch eine Liebesgeschichte enthält.

40,18 *ITI]* Kürzel-Variante zu Tui (Intellek-Tuell-In); vgl. auch zu 30,12 und S. 470.

40,23 *Der bennoide Mensch]* Möglicherweise Anspielung auf Gottfried Benn. Vgl. Brechts Schriften zu Benn vom Mai 1933: *Notizen zu Gottfried Benn* und *Benn*.

40,24 *Kipling (Ki pling)]* Rudyard Kipling, Literaturnobelpreisträger des Jahres 1907, gehört mit Verlaine, Villon u.a. zu den Autoren, die den jungen Brecht beeinflußt haben, und zwar als Erzähler (z.B. mit dem Roman *The Light that Failed*, 1890, dt.: *Das Licht erlosch*, 1894) und als Lyriker (z.B. mit den *Barrack Room Ballads*, 1892, dt.: *Balladen aus dem Biwak*, 1911).

40,25 *Die Konzentrationslager der T-t-is]* Anspielung auf die Tuis unter den Nationalsozialisten.

40,25 *T-t-is]* Kürzel-Variante zu Tui, entstanden aus Tellek-tuell-in; vgl. z.B. 41,11f. oder 124,4f. und S. 470.

40,30 *Tuis von Aka]* Gedacht ist möglicherweise an die Mitglieder der Preußischen Akademie der Künste.

40,30f. *Tuis von Mu-sin]* Angesprochen ist die Bauhaus-Künstlergruppe, 1919 von Walter Gropius in Weimar gegründet, 1925 nach Dessau übergesiedelt, 1933 von den Nazis aufgelöst. Der Text ist eine Glosse auf die Idee des »Einheitskunstwerks« (Architektur und dekorative Künste, Neue Sachlichkeit). Vgl. Brechts Geschichte *Nordseekrabben*.

40,32 *Lear]* Shakespeares Tragödie *True Chronicle Historie of the Life and Death of King Lear and his Three Daughters* (entstanden 1604/05). Lear verstößt nach einem Intrigenspiel der beiden älteren Töchter die jüngste und wird schließlich von ihr gerettet.

41,19f. *Behandlung des Alma-Komplexes]* Möglicherweise Anspielung auf Alma Mahler-Werfel.

41,25f. *Ko ... Minister]* Karl Korsch ist 1923 kurzzeitig Justizminister einer sozialdemokratisch-kommunistischen Regierung in Thüringen gewesen.

42,4 *Pfaffen von Chi]* Die Kirchen in Deutschland sind infolge enger finanzieller Verbindung mit dem Staat (auch unter den Nazis) indirekt abhängig von ihm gewesen.

42,39 *dem Fotografen Hi-ko]* Gedacht ist an Kurt Hielscher und seinen Bildband *Deutschland. Baukunst und Landschaft* (Berlin 1924).

43,24 *Die chimesische Revolution]* Der folgende Text ist eine verschlüsselte Darstellung der Ereignisse im Deutschland des November 1918 bis Januar 1919; vgl. zu 22,4.

43,27 *vier Jahre lang ... Krieg]* Deutschland im ersten Weltkrieg (1914-1918).

43,27 *mit 37 Völkern]* Der Versailler Friedensvertrag wird von 27 Staaten mit dem Deutschen Reich geschlossen (neben den Hauptmächten USA, England – auch als Vertreter Kanadas, Australiens, Südafrikas, Neuseelands und Indiens –, Frankreich, Italien, Japan sind dies Belgien, Bolivien, Brasilien, China, Kuba, Ekuador, Griechenland, Guatemala, Haiti, Hedschas, Honduras, Liberia, Nikaragua, Panama, Peru, Polen, Portugal, Rumänien, der serbisch-kroatisch-slowenische Staat, Siam, die Tschechoslowakei und Uruguay). Vgl. 53,2; dort ist von »38 Ländern« die Rede.

43,30 *Aufruhr]* Die deutsche »Revolution« vom November 1918 bzw. Januar 1919; vgl. zu 22,4.

43,34 *Ordnungsliebe]* Vgl. zu 24,10f.

44,10-12 *im Hinterland ... die Beamten]* Angespielt ist hier auf die Beamten, die während der Revolution den Dienst versagen.

45,10f. *seit langem bestand]* Der 1863 gegründete »Allgemeine Deutsche Arbeiterverein« Ferdinand Lassalles und die 1869 gegründete »Sozialdemokratische Arbeiterpartei« August Bebels schließen sich 1875 zur »Sozialistischen Arbeiterpartei Deutschlands« zusammen (Gotha); 1890 wird sie umbenannt in »Sozialdemokratische Partei Deutschlands« (SPD).

45,14 *Als die Front...]* Vgl. das *Tui-Epos* (B 49).

45,16 *in das Quartier der Generäle]* Vgl. zu 24,29.

45,36 *einen Prinzen]* Gemeint ist Prinz Max von Baden; er unterzeichnet das Ersuchen der Obersten Heeresleitung um sofortigen Waffenstillstand, wird am 3. Oktober 1918 zum Reichskanzler und preußischen Ministerpräsidenten ernannt.

45,36f. *nahen Verwandten des Kaisers]* Max von Baden ist ein Vetter Wilhelms II.

45,39-46,1 *forderte, der Kaiser müsse abdanken]* Vgl. zu 21,32.

46,7f. *zu fürstlichen Verwandten]* Nach seiner Flucht aus Spa über die holländische Grenze wird Wilhelm II. von Graf Godard Bentinck auf Schloß Amerongen aufgenommen. Im Mai 1920 zieht er auf das Gut Doorn um, nachdem die Königin der Niederlande, Wilhelmina aus dem Hause Oranien, mit dem Wilhelm II. väterlicher- und mütterlicherseits verwandt ist, den Schutz der holländischen Regierung zugesichert hat. (Artikel 227 des Versailler Vertrages hatte seine Auslieferung und Anklage vor einem besonderen Gerichtshof wegen »schwerster Verletzung der internationalen Moral und der Heiligkeit der Verträge« verlangt.)

46,9 *Holzhacken]* Auch Fotos belegen, daß Wilhelm II. die während des Krieges angenommene Gewohnheit, zur Körperertüchtigung

Holz zu sägen oder zu hacken, in Holland beibehalten hat; es wird sogar zu einem wesentlichen Bestandteil seines Tagesablaufs.

46,21 *Kopflanger]* Wortbildung Brechts nach dem Begriff »Handlanger«.

46,33-39 *Generäle ... Frieden schließen...]* Da die Generalität nicht dazu bereit ist, unterzeichnet am 11. November 1918 der Staatssekretär Matthias Erzberger im Auftrag Hindenburgs in Compiègne den Waffenstillstand für das Deutsche Reich.

47,21 *die Friedensbedingungen]* Der Vertrag von Versailles vom 28. Juni 1919.

47,29 *von drei Greisen]* Die Entscheidung bei der Friedenskonferenz in Versailles liegt bei den Großmächten USA (Präsident Woodrow Wilson), England (Premier David Lloyd George) und Frankreich (Georges Clemenceau).

47,32 *den weißen, blutlosen Fäusten]* Vgl. die Darstellung des Kauki (150,30-34).

48,17 *Die Führer der revolutionären Partei]* Insbesondere der Parteivorsitzende Friedrich Ebert und der Ministerpräsident Gustav Scheidemann.

48,20f. *Der Prinz war ... zurückgetreten]* Max von Baden, seit 3. Oktober 1918 im Amt, tritt am 9. November zurück, nachdem er eigenmächtig die Abdankung Wilhelms II. verkündet hat. Der SPD-Vorsitzende Friedrich Ebert übernimmt zunächst die Regierungsgeschäfte.

48,38f. *»Auch ohne Kaiser...«]* In der SPD-Führung wird zu diesem Zeitpunkt auch erwogen, die Monarchie zu erhalten.

49,11f. *Ausrufung der Republik]* Gustav Scheidemann ruft am 9. November 1918 gegen 14 Uhr von einem Fenster des Reichstagsgebäudes die »deutsche Republik« aus. Zwei Stunden später proklamiert Karl Liebknecht vom Balkon des Berliner Schlosses aus die »freie sozialistische Republik«.

49,36 *Präsenzapparate]* Wahrscheinlich ist an Stechuhren o.ä. gedacht, mit denen die Anwesenheit der Arbeiter kontrolliert wird.

50,3 *Kriegsgeräte]* Der 5. Teil des Versailler Vertrages (Artikel 159-213) enthält die »Bestimmungen über die Land-, See- und Luftstreitkräfte« und detaillierte Zahlen über die zugelassene Stärke dieser Streitkräfte und die Anzahl der Waffen.

50,5 *Schlachtschiffe]* Die Artikel 184-188 des Versailler Vertrages bestimmen über den Verbleib der deutschen Überwasser-Kriegsschiffe und Unterseeboote; soweit sie sich bei Abschluß des Waffenstillstandsvertrages nicht bereits in außerdeutschen Häfen befunden haben, müssen sie ausgeliefert oder können zu Handelsschiffen umgebaut werden.

50,10 *am Krieg schuld]* Vgl. zu 27,31f.

50,18 *14 Jahre]* Gemeint ist die Zeit von 1919 bis 1933.

50,23 *Die Tuiverfassung]* Der folgende Text ist eine verschlüsselte Darstellung der Anfänge der Weimarer Republik und der Entstehung ihrer Verfassung (Verfassung des Deutschen Reiches vom 11. August 1919; im folgenden Weimarer Verfassung genannt).

50,27f. *eines dicken Schmökers ... Paragraphen]* Gemeint ist der Vertrag von Versailles vom 28. Juni 1919, gegliedert in 15 Teile und insgesamt 440 Artikel.

50,34-37 *Li-keh ... geschrieen hatte.]* Karl Liebknecht lehnt als erster Sozialdemokrat im Reichstag am 2. Dezember 1914 die Bewilligung weiterer Kriegskredite ab.

50,39-51,1 *ins Gefängnis gesteckt]* Bei einer Antikriegsdemonstration am 1. Mai 1916 auf dem Potsdamer Platz in Berlin wird Liebknecht verhaftet und schließlich wegen Hochverrats zu vier Jahren und einem Monat Zuchthaus verurteilt.

51,7 *Doktorgrad]* Liebknecht erhält 1897 von der Universität Würzburg den Dr. jur. für seine Arbeit *Compensationsvollzug und Compensationsvorbringen nach gemeinem Recht* (Paderborn: R. Heydeck 1897).

51,11f. *Ausländerin]* Rosa Luxemburg ist gebürtige Polin (Geburtsort: Zamość).

51,13 *Bücher über Wirtschaft und Politik]* Luxemburg schreibt u.a.: *Die Akkumulation des Kapitals* (Berlin 1913), *Die Krise der Sozialdemokratie* (Bern 1916), *Massenstreik, Partei und Gewerkschaften* (Leipzig 1919), *Die russische Revolution* (Berlin 1922), *Gegen den Reformismus* (Berlin 1925), *Einführung in die Nationalökonomie* (Berlin 1925).

51,25 *zu blutigen Kämpfen]* Während der Januarkämpfe 1919 vor allem im Berliner Zeitungsviertel werden u.a. die Zeitungshäuser Ullstein, Mosse, Scherl und das Gebäude des *Vorwärts* besetzt. Regierungstruppen unter dem sozialdemokratischen Reichswehrminister Gustav Noske schlagen den revolutionären Aufstand nieder.

51,26 *»Volksblatt«]* Gemeint ist der *Vorwärts*, das 1876 gegründete »Central-Organ der Social-Demokratie Deutschlands«, das ab 1. Oktober 1876 dreimal wöchentlich erscheint (ab 1891 als Tageszeitung).

52,5-10 *Einige Offiziere ... Kanal.]* Karl Liebknecht und Rosa Luxemburg werden am 15. Januar 1919 in Berlin durch Freikorpsoffiziere ermordet; die Leiche Rosa Luxemburgs wird in den Landwehrkanal geworfen.

52,13f. *Nauk als Kriegsminister]* Vgl. zu 51,25.

52,19 *Schlächter]* Die blutige Niederschlagung der Unruhen in deutschen Städten durch die Reichswehr unter Gustav Noske (1200 Tote im März 1919 in Berlin) und seine Äußerung »Einer muß der Bluthund sein« führen zu Noskes Beinamen »Bluthund«.

52,36f. *Tuis der religiösen Parteien]* Gemeint sind z.B. Zentrum und Bayerische Volkspartei.

53,2 *in 38 Ländern]* Vgl. zu 43,27.

53,23f. *Rechtsgelehrter ... Sa-u-pröh]* Der Staatsrechtslehrer Hugo

Preuß ist seit November 1918 Staatssekretär im Innenministerium; sein Vorentwurf zur Verfassung wird am 20. Januar 1919 vorgelegt.

54,12-16 *das chimesische Volk ... eine Verfassung]* Entspricht fast wörtlich dem Einleitungssatz der Weimarer Verfassung von 1919.

54,24f. *mindestens 200 Artikel]* Der Preuß-Vorentwurf vom 20. Januar 1919 ist in vier Abschnitte und 70 Ziffern untergliedert; der endgültige Text der Weimarer Verfassung hat 181 Artikel.

56,8-10 *Die geistige Arbeit ... des Reichs.]* Artikel 158 der Weimarer Verfassung.

56,21 *dieser Fehler]* Im Verfassungstext heißt es fälschlich: »genießt«.

56,35-38 *jeder Chimese ... erfordert]* Artikel 163 der Weimarer Verfassung.

57,24f. *Das chimesische Reich ... Republik.]* Artikel 1 der Weimarer Verfassung.

57,25 *Die Staatsgewalt geht vom Volke aus]* Artikel 1 der Weimarer Verfassung.

57,28 *Schütz den Besitz!]* Vgl. Artikel 153 der Weimarer Verfassung: »Das Eigentum wird von der Verfassung gewährleistet [...].«

57,33 *Kriegsanleihe]* Vom Staat ausgegebene Schuldverschreibungen zur Finanzierung von Rüstung und Kriegführung.

57,39 *einen geheimen Gang]* Zwischen Reichstagsgebäude und einem Nachbargebäude.

58,31f. *Lieblingsstück der Chimesen]* Gemeint ist Goethes *Faust* (1808, 1833).

58,39f. *Die Wohnung ... unverletzlich.]* Artikel 115 der Weimarer Verfassung.

59,4 *Die Freiheit der Person ist unverletzlich.]* Artikel 114 der Weimarer Verfassung.

59,12-22 *Jeder Chimese ... nicht statt.]* Artikel 118 der Weimarer Verfassung.

59,26 *Jeder hat das Recht ... erwerben.]* Artikel 111 der Weimarer Verfassung.

60,1f. *Allen Beamten ... gewährleistet]* Artikel 130 der Weimarer Verfassung.

60,4 *Die Kunst ... frei.]* Artikel 142 der Weimarer Verfassung.

60,9 *Wandgemälde]* Anspielung auf die Kaiserproklamation Wilhelms I. vom 18. Januar 1871 im Spiegelsaal des Schlosses von Versailles; möglicherweise ist an das Bild *Kaiserproklamation* (1877) von Anton von Werner gedacht.

60,33 *Die oberste Macht ... haben.]* Vgl. die Artikel 1 und 5 der Weimarer Verfassung.

60,37-39 *Die Abgeordneten ... gebunden.]* Artikel 21 der Weimarer Verfassung.

61,7f. *Die Richter ... unterworfen.]* Artikel 102 der Weimarer Verfassung.

61,34 *»Verachtet nur die Wissenschaft«]* Vgl. Goethes *Faust I*, (1808): »Verachte nur Vernunft und Wissenschaft!« (Studierzimmer, Vers 1851).

61,39-62,2 *Alle Chimesen haben ... versammeln.]* Artikel 123 der Weimarer Verfassung.

62,7f. *Jeder Chimese ... zu wenden.]* Artikel 126 der Weimarer Verfassung.

62,13 *Nickel]* Zehnpfennigstücke.

62,28 *Erbrecht]* Vgl. Artikel 154 der Weimarer Verfassung.

62,29 *Eigentum verpflichtet]* Vgl. Artikel 153 der Weimarer Verfassung.

63,1 *Nationalversammlung]* Die Weimarer »Verfassungsgebende Deutsche Nationalversammlung« wird am 19. Januar 1919 gewählt; SPD, Zentrum und Deutsche Demokratische Partei (DDP) bilden die sogenannte Weimarer Koalition und haben damit eine breite Mehrheit; am 31. Juli nimmt die Nationalversammlung die Weimarer Verfassung an.

63,19-21 *Schulen ... zu vertiefen]* Vgl. Artikel 148 der Weimarer Verfassung.

63,26-28 *Beim Unterricht ... verletzt werden]* Artikel 148 der Weimarer Verfassung.

63,32-34 *Den Angehörigen der Wehrmacht ... gewähren.]* Vgl. Artikel 140 der Weimarer Verfassung.

64,9 *des 21. Artikels]* Vgl. zu 60,37-39.

64,15 *Die persönliche Freiheit...]* Vgl. zu 56,35-38 und zu 59,4.

64,17 *§ 163]* Vgl. die Weimarer Verfassung.

64,26 *§ 119]* Vgl. die Weimarer Verfassung.

64,26f. *Definition ... Philosophen Ka-an]* Vgl. zu 29,12-14.

64,31 *Das Hotel]* Es folgt danach eine Zahlenkolonne, die verschiedene Paragraphen der Weimarer Verfassung benennt: »1 / 21 / 102 / 109 / 111 / 115 / 118 / 119 / 123 / 126 / 130 / 140 / 142 / 148 / 150 / 152 / 153 / 154 / 158«; außer 1, 109, 119, 140, 148 und 150 sind die Zahlen wieder gestrichen worden.

65,1-3 *ein Hundertstel ... ein Zehntausendstel]* Angespielt ist auf das Dreiklassenwahlrecht in Preußen (1849-1918), das die Wahlberechtigten nach ihrem Steueraufkommen in drei Klassen einteilt, die jeweils die gleiche Zahl von Wahlmännern stellen können, von denen dann die Abgeordneten bestimmt werden. Artikel 22 der Weimarer Verfassung legt dagegen fest: »Die Abgeordneten [des Reichstags] werden in allgemeiner, gleicher, unmittelbarer und geheimer Wahl von den über zwanzig Jahre alten Männern und Frauen nach den Grundsätzen der Verhältniswahl gewählt.« (Bei der Verhältniswahl richtet sich die Zahl der aus den einzelnen Parteien gewählten Abgeordneten danach, in welchem Verhältnis die für jede Partei abgegebenen Stimmen zur Gesamtstimmenzahl stehen; Gefahr der Stimmen- und Parteienzersplitterung.)

65,11f. *Die Zeiten ... glücklich.]* Gemeint ist wahrscheinlich das »goldene Zeitalter«; vgl. zu 19,13f.

65,24 *In einem ganz gesunden Körper]* Vgl. das antike »mens sana in corpore sano« (gesunder Geist in gesundem Körper) nach Juvenals *Satiren* (X, 356).

67,37f. *Len ... literarischer Name Li Tse]* Gedacht ist an Lenin (Wladimir Iljitsch Uljanow); er publiziert 1907 einen ersten Band seiner Schriften unter dem Pseudonym Wl. Iljin. Für die *Prawda* schreibt er ab April 1912 unter den Pseudonymen W. Iljin, W. Frey, K.T., W.I., M.N., Ein Leser, Ein Statistiker, Ein Prawdist u.a.

68,9 *Zug des Taschi Lama]* Die gesamte Darstellung des Zuges ist vermutlich angeregt durch Alfred Döblins »Chinesischen Roman« *Die drei Sprünge des Wang-lun* (1915) und die Beschreibung, wie der Dalai Lama zum Kloster Taschi-Lunpo zieht (Anfang des 3. Buchs).

69,19 *Käsch]* Viereckige, durchlöcherte chinesische Kupfer- oder Messingmünze (als phonetische Schreibung klingt cash an, der englische Begriff für Kasse bzw. Barzahlung).

70,28-38 *Seine Exzellenz ... dienen.]* Von dieser Passage gibt es eine zusätzliche Abschrift; anstelle von »Furchtbare Kriege ... drohten,« (70,30f.) heißt es dort: »Durch drei große Erfindungen auf dem Gebiet der«; der Satz bricht ab, es folgen mehrere Leerzeilen.

75,20 *Brevier]* Gebetbuch mit Psalmen, Bibelzitaten, Heiligenlegenden, Hymnen und Gebeten für das tägliche Pflichtgebet der katholischen Geistlichen.

77,19 *Abfassung seiner Erinnerungen]* Gedacht ist an: Generalfeldmarschall von Hindenburg, *Aus meinem Leben*, Leipzig 1920.

77,21 *Stabschef Hiu Fu]* Gedacht ist an Erich Ludendorff, Hindenburgs Generalstabschef im ersten Weltkrieg.

77,21 *Erinnerungen]* Vgl. Erich Ludendorff, *Meine Kriegserinnerungen 1914-1918*, Berlin 1919.

78,9 *Wissen ist Macht]* Geht zurück auf Francis Bacon, der in mehreren Variationen in seinen *Essays* (verschiedene Ausgaben, 1597-1625) und im *Novum Organum* (1620) scientia und potestas bzw. knowledge und power (Wissen und Macht) gleichsetzt.

79,13-21 *Er denkt darüber nach ... der Schulpforte.]* Diese Angaben gehen zurück auf die Biographie von Francis Bacon, der als Kronanwalt gegen seinen Freund und Gönner, den Grafen Essex, eine Anklagerede hält und für dessen Hinrichtung plädiert. Als Lordkanzler mit den Adelstiteln eines Baron von Verulam und Viscount of St. Albans wird Bacon selbst 1621 vom Parlament wegen Bestechlichkeit angeklagt, verurteilt und seiner Ämter enthoben. Der König erläßt ihm allerdings die hohe Gefängnisstrafe.

79,24 *B 17]* Vgl. *Die Geschäfte des Herrn Julius Caesar* (206,26-37).

79,34f. *»Wissen ist Macht«]* Vgl. zu 78,9.

83,31 *Riesenwebstuhl]* Ein genauer Bezug konnte nicht ermittelt werden.

84,10 *Weimarer Verfassung]* Vgl. B 10 und zu 50,23.

84,17 *Borchardts Geschichte]* Der Professor (für Philosophie und Geschichte) und Schriftsteller Hermann Borchardt hat u.a. an *Die heilige Johanna der Schlachthöfe* mitgearbeitet. Mit der »Geschichte« ist keine literarische Erzählung o.ä., sondern anscheinend ein mündlicher Bericht Borchardts aus seiner Familiengeschichte gemeint; genauere Informationen darüber konnten nicht ermittelt werden. – Zu dieser Thematik gibt es zusätzlich folgende Notizen: »Borchardts Vater./Die von den Bankerotten leben/Die sich bankerott halten, um ge(miß)-braucht zu werden.« Und: »Borchardts Vater. III. Roman« (Nachlaß).

84,19 *Yen]* Yen bzw. Jen ist die japanische Währungseinheit.

84,21f. *Silberhaar des Marschalls]* Hinweis auf das hohe Alter Hindenburgs (geboren 1847) und die ihm öffentlich zugesprochene Integrität.

84,35-38 *Im fünften Jahre der Krise ... Eid.]* Möglicherweise Anspielung auf die erste große Notverordnung Hindenburgs (Artikel 48 der Weimarer Verfassung ermöglicht dem Reichspräsidenten, mit Hilfe der Reichswehr einzuschreiten, wenn die verfassungsmäßigen und gesetzlichen Pflichten nicht erfüllt werden) vom 16. Juli 1930 zur »Sicherung von Wirtschaft und Finanzen«. Nachdem der Reichstag zwei Tage später einen SPD-Antrag zur Aufhebung der Notverordnung angenommen hat, wird er aufgelöst.

86,21 *drei größere Erfindungen]* Vgl. zu 28,37.

86,30 *Der Krieg ... verloren]* Bereits Anfang November 1914 sind die Fronten im Westen festgefahren, es beginnt der sogenannte Stellungskrieg (Verdun, Schlacht an der Somme usw.).

86,34f. *in Papierhemden beerdigt]* Vgl. zu 16,9f.

86,39-87,2 *Generäle ... Hauptgrund des Zusammenbruchs.]* Hinweis u.a. auf die Memoiren Hindenburgs und Ludendorffs; vgl. zu 77,19 und zweite Anmerkung zu 77,21 sowie B 32. Angespielt ist auch auf die Dolchstoßlegende, derzufolge das »im Feld unbesiegte Heer« durch den von sozialistischer Agitation geschürten Defätismus in Etappe und Heimat geschwächt und in der Novemberrevolution 1918 »von hinten erdolcht« worden sei; vertreten und verbreitet wird diese Darstellung von Hindenburg, Ludendorff und Wilhelm II.

87,13 *Grundplan]* Gemeint ist der sogenannte Schlieffen-Plan (1905), benannt nach dem preußischen Generalfeldmarschall Alfred Graf von Schlieffen; er geht für den Fall eines Zweifrontenkrieges mit Rußland und Frankreich davon aus, daß im Osten vorübergehend ein Minimum an Sicherungskräften genügt und somit alle Truppen für eine Vernichtungsstrategie im Westen zur Verfügung stehen; die »Westoffensive« soll über die Niederlande und Belgien nach Frankreich führen. Der Plan wird, leicht variiert, im ersten Weltkrieg angewendet.

87,15f. *im Osten ... Invasion]* Mitte August 1914 marschieren russische Truppen in Ostpreußen ein; Ende des Monats kommt es zur Umfassungsschlacht bei Tannenberg; bis Oktober 1914 bildet sich eine Stellungsfront in Polen.

88,11f. *Buch eines linken Historikers]* Gedacht ist an Emil Ludwig und seine Biographie *Wilhelm der Zweite* (1925); vgl. zu 27,33-35.

88,17f. *Regierung ... des Kaisers Jü]* Bezieht sich auf Wilhelm II.

89,34 *B 27]* Bezieht sich auf Gogher Gogh (gedacht ist an Adolf Hitler).

90,27 *Jun-ki]* Gedacht ist an die (ostelbischen) Junker.

90,30 *des ... Kriegsplanes]* Vgl. zu 87,13.

91,11 *Pflugschmiede]* Die Pflugschmiede stehen im *Buch der Wendungen (Me-ti)* für die revolutionären Arbeiter in der Sowjetunion. Vgl. z.B. *Mi-en-lehs Gleichnis vom Besteigen hoher Berge* oder den thematisch verwandten Text *Das Seine tun und die Natur das Ihre tun lassen*.

92,1 *B 30]* Wahrscheinlich der Versuch zu einer Parabel über die faschistische Demagogie.

92,4 *Bech-es-ga]* Gedacht ist an Berchtesgaden, Hitlers Privatwohnsitz.

92,4 *Pe-link]* Gedacht ist an Berlin.

92,23 *Patriot]* Vaterlandsfreund, vaterländisch Gesinnter.

92,26 *Timor Dei]* (Lat.) Gottesfurcht.

93,18 *Wei-li]* Gedacht sein könnte an den Weizenhändler Felix Weil, der das Frankfurter Institut für Sozialforschung finanziert (vgl. zweite Anmerkung zu 159,7).

94,3 *Memoirenliteratur]* Vgl. die Erinnerungen von Hindenburg (vgl. zu 77,19), Ludendorff (vgl. zweite Anmerkung zu 77,21) u.a. Brecht kennt z.B. die lange Literaturliste am Beginn von Emil Ludwigs Biographie *Wilhelm der Zweite* (Berlin 1925).

94,17 *Kaiserinmutter]* Gedacht ist möglicherweise an die Mutter Wilhelms II., Viktoria Adelheid Marie Luise, die sich als Witwe Friedrichs III. Kaiserin Friedrich nennt.

95,26 *System des Le-geh]* Die Texte B 34 und B 35 spielen auf Hegels *Phänomenologie des Geistes* (1807) an und darüber hinaus auf die idealistische Erkenntnislehre.

96,30 *B 36]* Der Text gibt insgesamt ein Grundmodell der Marxschen Revolutionstheorie.

96,31 *Geschichte der Tuis]* Diese erste Überschrift hat auch A 64 (105,25); möglich ist, daß der Text den *Tuigeschichten* zugeordnet werden sollte; vgl. »13) Gibt es einen Klassenkampf?« (105,20).

96,35f. *eines großen Philosophen]* Gemeint ist Karl Marx.

98,12-18 *Mann in ... Mo Ku ... Nien-leh ... gestalten]* Gemeint ist Lenin und die Fortführung der Marxschen Revolutionstheorie. Ob hier an eine bestimmte Periode aus Lenins illegalem Kampf gedacht ist, konnte nicht festgestellt werden.

98,24 *Generalbenefiziat]* Der Benefiziat ist der Inhaber eines mit einer Pfründe (einem festen Einkommen) verbundenen Kirchenamtes (Benefiziums).

100,1 *Klassische Beispiele]* Dieser Zwischentitel stammt nicht von Brecht.

100,7 *»Wolken«]* Die Komödie *Nephelai* (dt.: *Die Wolken*) des Aristophanes, aufgeführt an den Städtischen Dionysien des Jahres 423 v. d. Z.

100,9f. *verprügelt den Tui]* Hier: Sokrates.

100,12 *In den »Verliesen des Vatikans«]* Der Roman *Les Caves du Vatican* (1914, dt.: *Die Verliese des Vatikan*, 1922) von André Gide.

100,21 *»Michael Kohlhaas«]* Die Erzählung *Michael Kohlhaas* (1810) von Heinrich von Kleist.

100,25 *»Odyssee«]* Das Epos *Odysseia* (dt.: *Odyssee*) des Homer, entstanden spätestens um 700 v. d. Z.

100,28 *Kolumbus]* Gemeint ist hier der historische Christoph Kolumbus, der insgesamt vier große Reisen unternimmt (1492, 1493, 1498 und 1501), und als er Amerika entdeckt, glaubt, in Indien gelandet zu sein.

100,31 *»Inferno«]* So heißt der erste Teil des epischen Gedichts *La Comedia*, auch *La Divina Commedia* (dt.: *Die göttliche Komödie*) von Dante Alighieri, entstanden 1307-1321, zuerst erschienen 1472.

100,34 *»Joseph in Ägypten«]* Die alttestamentarische Geschichte, vgl. 1 Mose 37-50. Vgl. auch die Tetralogie Thomas Manns *Joseph und seine Brüder*, deren erste Teile, *Die Geschichten Jakobs* und *Der junge Joseph*, 1933 bzw. 1934 erscheinen.

101,1 *»Don Quichotte«]* Der Roman *El Ingenioso Hidalgo Don Quixote de la Mancha* (2 Teile: 1605 und 1615, dt.: *Der scharfsinnige Edle Herr Don Quijote de la Mancha*) von Miguel de Cervantes Saavedra.

101,6 *»Candide«]* Der philosophische Roman *Candide ou L'Optimisme* (1759, dt.: *Candide oder Der Optimismus*) von Voltaire.

101,9 *Schildbürger]* Das Volksbuch *Die Schildbürger* stammt von 1598, die ursprüngliche Fassung *Das Lalebuch* ist 1597 in Straßburg erschienen; sie wird von einem oberhessischen Bearbeiter im Volksbuch in die kleinbürgerliche Welt der sächsischen Stadt Schilda verlegt. In Ludwig Tiecks *Volksmärchen*-Sammlung (1797) bildet die *Denkwürdige Chronik der Schildbürger* den dritten Teil.

101,14-17 *Kolumbus ... Widerlegung.]* Vgl. zu 100,28. Die Angaben sind historisch nicht belegt.

101,19 *»Der brave Soldat Schwejk«]* Der Roman *Osudy Dobrého Vojáka Švejka Za Světové Války* (1921-1923, dt.: *Die Abenteuer des braven Soldaten Schwejk während des Weltkrieges*, 1926/27) von Jaroslav Hašek. Vgl. Brechts Stück *Schweyk*, das von Hašeks Roman ausgeht.

101,24-28 *Die österreichischen Eisenbahner...]* Angespielt ist auf den »Dienst nach Vorschrift« als Mittel des Arbeitskampfes.

101,30 *»Ulysses«]* Den Roman *Ulysses* (1914-1921, dt.: 1927) von James Joyce empfiehlt Brecht 1928 als eines der besten Bücher des Jahres, und auch später, während der Realismusdebatten, führt er ihn immer wieder als bedeutendes Beispiel für den modernen realistischen Roman an.

101,35 *Tartarin von Tarascon]* Der Roman *Les Aventures Prodigieuses de Tartarin de Tarascon* (1872, dt.: *Die wundersamen Abenteuer des Tartarin von Tarascon*, 1882) von Alphonse Daudet.

101,39 *Revisor]* Die Komödie *Rewisor* (1836, dt.: *Der Revisor*, 1854) von Nikolai Wassiljewitsch Gogol.

102,1 *Hauptmann von Köpenick]* Das Schauspiel *Der Hauptmann von Köpenick. Ein deutsches Märchen* (1930) von Carl Zuckmayer.

102,6 *Eulenspiegel]* Das Volksbuch *Till Ulenspiegel* (1515) ist die älteste Überlieferung des Stoffs, gefolgt z.B. von Johann Fischarts *Eulenspiegel Reimensweiss* (1572). Tills Streiche gründen u.a. in bäuerlichem Witz, der wörtlichen Ausführung von Aufträgen.

102,8 *Pucelle]* (Franz.) Jungfrau. Hier ist das heroisch-komische Epos *La Pucelle d'Orléans* (1762, dt.: *Die Jungfrau von Orleans*) von Voltaire gemeint, in dem die Jungfräulichkeit Jeannes das Hauptthema ist.

102,11 *Im »Zerbrochenen Krug«]* Das Lustspiel *Der zerbrochene Krug* (1803-1806) von Heinrich von Kleist.

102,14 *Faust]* Der erste Teil von Goethes *Faust* (1808) mit der Gretchen-Handlung.

102,17 *Swift]* Die Satire *A modest proposal for preventing the children of poor people from being a burthen to their parents or the country and for making them beneficial to the publick* (1729, dt.: Ein bescheidener Vorschlag, wie man verhindern kann, daß die Kinder der Armen ihren Eltern oder dem Lande zur Last fallen) von Jonathan Swift, die Brecht 1935 auch in *Fünf Schwierigkeiten beim Schreiben der Wahrheit* anführt als Beispiel von »Propaganda für das Denken«.

102,21 *»Leiden der Brauchbarkeit«]* Gemeint ist Tschuang-tsi (auch: Dschuang Dsi), *Das wahre Buch vom südlichen Blütenland* (4. Jh. v.d.Z.), das 1912 in der deutschen Übersetzung von Richard Wilhelm erscheint; Buch 6, Kapitel 6, trägt den Titel *Das Leiden der Brauchbarkeit*; Brecht nutzt es als Quelle bei seinem Stück *Der Gute Mensch von Sezuan*.

102,24 *»Bleak House«]* Roman (1852, dt.: *Bleakhaus*) von Charles Dickens.

102,27 *»Hofmeister«]* Die Komödie *Der Hofmeister oder Vortheile der Privaterziehung* (1774) von Jakob Michael Reinhold Lenz; vgl. auch Brechts Bearbeitung dieses Stücks.

102,30 *Lysistrata]* Die Kömodie *Lysistrate* von Aristophanes wird 411 v.d.Z. erstmals aufgeführt.

102,34 *Der Fischer und seine Frau]* Das Märchen *Von dem Fischer un syner Fru* gehört zu den *Kinder- und Hausmärchen* (1812 bzw. 1857), die die Brüder Grimm gesammelt haben.

102,37 *»Little Giants«]* Gemeint ist der Film *The Little Giant* (Der kleine Riese, 1933) von Warner Brothers mit Edward G. Robinson, dem Darsteller zahlreicher Gangsterrollen, etwa in *Little Caesar* (dt.: *Der kleine Caesar*), einer Quelle für Brechts Stück *Der Aufstieg des Arturo Ui.* – Schon 1926 hat es von Universal Pictures einen gleichnamigen Film mit anderer Thematik gegeben.

103,1 *»Turandot«]* Brechts *Turandot oder Der Kongreß der Weißwäscher* (1953/54) gehört zu dem »umfangreichen literarischen Komplex« (*Turandot und die Intellektuellen*; vgl. S. 460) des *Tuiromans*; Brecht beschäftigt sich mit dem Thema Turandot erstmals um 1930.

103,7 *Die Witwe von Ephesus]* Eine Episode aus dem Abenteuer- und Schelmenroman *Satyricon* (60 v.d.Z., dt.: *Satyrikon*) von Gajus Petronius Arbiter und ein Stoff, der viele Autoren beschäftigt hat: La Fontaine, Chamisso, de la Motte, Lessing, Voltaire, d'Annunzio u.a.

103,13 *der Heilige Antonius]* Bezieht sich auf die Heiligenlegende *Von Sankt Antonius, dem heiligen Einsiedel* aus *Das Passional* (u.a. 1471/72 bzw. 1513 in Augsburg gedruckt).

103,16 *»Goldrausch«]* Der zweite abendfüllende Film *The Gold Rush* (1925, dt.: *Goldrausch*) von Charles Chaplin.

103,20 *»Simplizissimus«]* Der Roman *Der abenteurliche Simplicissimus Teutsch...* (1668) von Hans Jacob Christoffel von Grimmelshausen. Herzbruder ist der Freund der Titelfigur.

103,25 *A 61]* Die Ziffern in diesem Text beziehen sich auf die Nummern in der vorangehenden Aufstellung *Komisches* (A 60).

103,28f. *das Bewußtsein das Sein bestimmt]* Vgl. zu 27,38.

103,31 *Der hegelsche Weltgeist]* Vom »Weltgeist« spricht Georg Wilhelm Friedrich Hegel insbesondere in der Einleitung zu seinen *Vorlesungen über die Philosophie der Geschichte* (1822-1831).

104,2 *TRK]* Abkürzung für: Tuiroman Komisches.

104,4 *Vereinigung von 1, 3, 7, 8, 10]* Die Ziffern in diesem Text beziehen sich auf die Nummern in der vorangehenden Aufstellung *Komisches* (A 60).

104,5f. *Das Sein ... Bewußtsein]* Vgl. sonst die Umkehrung der Aussage; vgl. zu 27,38 und 103,28f.

105,1 *Tuigeschichten]* Die Texte entstehen vermutlich zunächst einzeln als Bausteine des geplanten Romans; erst zu einem späteren Zeitpunkt wird geplant, sie zu einer eigenständigen Sammlung innerhalb des Komplexes zusammenzustellen. Vgl. auch S. 460.

105,4 *A 63]* Die Ziffern am rechten Rand beziehen sich wahrscheinlich auf die genannten drei Kapitel des *Tuiromans* (vgl. z.B. A 9 sowie A 15 – A 23) oder auf die drei Bände (vgl. z.B. A 79).

105,8 *Wie der Tui Hang Wen Schu...]* Bezieht sich auf B 38.

105,25 *Geschichte der Tuis]* Diese erste Überschrift des Textes scheint darauf hinzudeuten, daß er nicht von vornherein den Tuigeschichten zugeordnet werden sollte. Vgl. auch B 36.

107,1 *A 67]* Zumindest der erste Abschnitt dieser Notierungen gehört zu dem Projekt mit dem Titel »4) Der Kampf gegen die Menschenfresserei«, das in der Übersicht zu den Geschichten (A 63) aufgeführt ist.

107,4 *Quäker]* Die 1650 gegründete Religionsgemeinschaft der Quäker findet vor allem Anhänger in den USA; während des ersten und des zweiten Weltkriegs übernehmen sie zahlreiche Hilfstätigkeiten im humanitären Bereich. Sie treten für Gewaltlosigkeit in jeder Situation ein und praktizieren sie.

107,25 *Vom Bauch und den Gliedern.]* Vgl. die Fabel vom Bauch und den Gliedern in Shakespeares *Coriolan* (1608; 1. Akt, Szene 1), die zurückgeht auf Livius und seine *Römische Geschichte* (Buch 2, Kapitel 33-40); vgl. Brechts Bearbeitung *Coriolanus* von 1951/52 (1. Akt, Szene 1). Vgl. aber auch das Gleichnis vom Leib und den Gliedern (1 Korinther 12, 12-30).

107,25 f. *nolite tangere circulos meos]* (Lat.) Berühre meine Kreise nicht; Variation des Ausspruchs »Noli turbare circulos meos«: (lat.) »Zerstöre meine Kreise nicht«, mit dem Archimedes bei geometrischen Betrachtungen (Figurenzeichnungen im Sand), als seine Heimatstadt Syrakus 202 v. d. Z. von den Römern eingenommen wird, einen Soldaten zurechtgewiesen haben soll, bevor ihn dieser getötet hat.

107,26 *Gold gab ich für Eisen]* Die Losung, die sich bis in die Zeit der Befreiungskriege gegen Napoleon I. zurückverfolgen läßt, wird wieder aktuell bei den Edelmetallsammlungen (auch Eheringe im Tausch mit eisernen Imitationen) während des ersten Weltkriegs, deren Erlös in die Rüstungsproduktion fließt.

108,12 *Benn]* Gemeint ist der Lyriker Gottfried Benn; hier wahrscheinlich Anspielung auf seine Auseinandersetzung mit Nietzsche und dem Nihilismus (vgl. 108,4 und 108,9).

108,13 *Kopernikus]* Nikolaus Kopernikus entdeckt als erster, daß sich die Erde um die eigene Achse dreht und als Planet um die Sonne kreist; mit der »Kopernikanischen Wende« ist die Erde (und damit der Mensch) nicht mehr Zentrum des Universums.

108,35 *trensen]* Hier im Sinne von: speicheln, sich mit abrinnender Flüssigkeit beschmutzen, kleckern.

109,11-13 *Tuberkulose ... Sauerstoffinhalierapparat]* Durch die Krankheit seiner Mitarbeiterin Margarete Steffin ist Brecht mit den Behandlungsmöglichkeiten von Tuberkulose vertraut. Ein genauer Bezug konnte nicht ermittelt werden.

109,21 *Rayons]* (Franz.) Bezirke, Bereiche.

109,32 *Zola]* Emile Zola engagiert sich in der Affäre Dreyfus mit seiner Schrift *J'accuse...: Lettre ouvert au Président de la République*

(1898, dt.: *[Ich klage an. . .:] Offener Brief an den Präsidenten der französischen Republik*). Vgl. zu 35,7.

109,37 *Böss]* Gustav Böß, Oberbürgermeister von Berlin, muß 1929 im Zusammenhang mit dem sogenannten Sklarek-Skandal zurücktreten. Vom Konfektionshaus der Brüder Max, Leo und Willy Sklarek werden u. a. zahlreiche Stadträte bestochen (teure Anzüge zu Spottpreisen); die Frau des Bürgermeisters nimmt eine Pelzjacke 1000 Mark unter Wert an.

110,1 *Der Sozialismus als Ware]* Gedacht ist vermutlich auch an die Feindschaft und Konkurrenzsituation zwischen sozialdemokratischen und kommunistischen Tuis.

110,9 *Macdonald]* Steht für Labourpolitik: James Ramsey Macdonald, Führer der englischen Labourpartei, ab dem 22. Januar 1924 Premierminister mit einem Minderheitskabinett; 1929 wird Labour erstmals stärkste Partei, Macdonald bleibt Premier bis 1935.

110,23 *Versicherungsgeschäft des Kaufmanns Pi Tschem]* Möglicherweise ist der Name ein Wortspiel mit »Peachum«, einer der Hauptfiguren im *Dreigroschenroman*, der sich Gedanken über Versicherungen macht (vgl. die Kursivpassage im Abschnitt *Unruhige Tage* des 14. Kapitels).

110,28f. *Verleihung ... (Wittvogel)]* Der Sinologe Karl August Wittfogel ist in den zwanziger Jahren aktiv in Berlin in der kommunistischen Kulturbewegung tätig (u.a. Redakteur bei der *Roten Fahne* und der *Linkskurve*), er schreibt Theaterstücke und Aufsätze zur Ästhetik, emigriert 1934 in die USA und steht dort dem Kreis um Max Horkheimer (Frankfurter Schule) nahe.

111,1 *B 38]* Nach der Übersicht zu den Tuigeschichten (A 63) sollte dieser Text überschrieben sein mit: »Wie der Tui Hang Wen Schu im Leben stand«.

111,8-16 *Frau Lo ... Literaten Hang]* Möglicherweise ist an Lou Andreas-Salomé und Rainer Maria Rilke gedacht.

112,5f. *die Handelnden kein Gewissen]* Variation von Goethes Satz aus den *Maximen und Reflexionen über Literatur und Ethik*: »Der Handelnde ist immer gewissenlos, es hat niemand Gewissen als der Betrachtende.«

112,16 *B 39]* Angespielt wird wahrscheinlich auf Ereignisse in München während der Münchener Räterepublik (April/Mai 1919).

114,2 *Die Tuis von Wak]* Hier wahrscheinlich Sammelbezeichnung für die modernen Astronomen. Die Pessimismustheorie geht auf den Physiker Jeans zurück; vgl. zu 116,27. Angesprochen ist damit indirekt auch die Relativitätstheorie Albert Einsteins, zu dem es im Tui-Material noch folgende Notiz gibt: »Die Erbauer von X fürchten den schwarzen Mann. Einstein glaubt an weißen Käse.« (Nachlaß.)

114,4 *Ihre Fernrohre]* 1930/31 entwickelt der Optiker V. B. Schmidt das nach ihm benannte Schmidt-Spiegelteleskop, mit dem sehr große Himmelsausschnitte fotografiert werden können.

114,6f. *Machtübernahme durch Gogher Gogh]* Gemeint ist der 30. Januar 1933, die sogenannte Machtergreifung Adolf Hitlers.

114,11f. *Sternhaufen ... von unserer Erde entfernten]* Der Astronom Edwin Hubble entdeckt 1929, daß die Spektrallinien bei weit entfernten Galaxien nach dem roten Ende des Spektrums verschoben sind (Rotverschiebung), und zwar um einen Betrag, der sich proportional zur Entfernung dieser Galaxie verhält; dieser Hubble-Effekt (eine Form des Doppler-Effekts) ist ein Indiz für eine radiale »Fluchtbewegung« der Sternsysteme.

114,31 *Flammenspritzen]* Flammenwerfer, die mit sogenanntem Flammöl 30-40 Meter lange Flammen erzeugen können.

115,28 *schwarzen sternlosen Löchern]* Anspielung auf die sogenannten schwarzen Löcher (black holes). Das sind Sterne, die in einem späteren Entwicklungsstadium auf Grund ihrer großen Masse in sich zusammenstürzen und eine extrem hohe Materiedichte erreichen. Schwarze Löcher, erkennbar nur durch die starke Gravitationswirkung (Anziehung) auf die benachbarte Materie, werden z.B. in den Zentren von Galaxien angenommen.

116,27 *Je-an]* Gemeint ist der englische Physiker und Astronom James Hopwood Jeans; 1931 erscheint die deutsche Übersetzung seines Buches *Sterne, Welten, Atome* (zuerst 1929).

118,2 *Idee Faden]* Angespielt wird auf die idealistische Philosophie insbesondere Platons und Kants.

118,26f. *Philosoph Ka-meh]* Gemeint ist Karl Marx; seine Umkehrung der idealistischen zur materialistischen Erkenntnislehre, der Übergang von Erkenntnistheorie zu politischer Ökonomie.

121,14 *Dult]* Im bayrischen Raum Bezeichnung für Jahrmarkt, Messe.

122,10 *Weißwäscher]* Jemand, der andere (wortgewaltig) von Verdächtigungen, Vorwürfen zu befreien sucht. Vgl. *Turandot oder Der Kongreß der Weißwäscher*.

122,18 *in gelegen]* Lücke im Text für ein Wort.

122,23 *Wort auszusprechen]* Lücke im Text für ein Wort.

123,32 *Glassturz]* Glasglocke.

124,4 *Bei den Kämpfen...]* Es kann sich hierbei um eine Anspielung auf General Schlieffen und den Schlieffen-Plan handeln (Angriff auf Frankreich von Norden, nachdem Holland und Belgien besetzt worden sind; vgl. zu 87,13); es kann aber auch an Ostpreußen gedacht sein, wo die deutschen Truppen unter Hindenburg und Ludendorff im August 1914 die russischen zurückdrängen.

124,6 *des Generals Hiu Fu]* Der Name wird sonst mit Beziehung auf Ludendorff gebraucht (vgl. beide Anmerkungen zu 77,21).

132,8 *Franktireure]* (Franz.) Freischärler.

132,35f. *Applanierung]* Einebnung.

137,6f. *Devastationsgürtel]* Devastation: Verwüstung.

141,1 *Tuitraktate]* Den Sammlungstitel für diese Texte nennt Brecht in *Turandot und die Intellektuellen*, vgl. S. 460.

141,9 *Speichelkolchose]* Kolchose: landwirtschaftliche Kollektivwirtschaft in der Sowjetunion.

141,11 *Inter arma silent musae]* (Lat.) Im Krieg schweigen die Musen.

141,17 *ubi bene, ibi patria]* (Lat.) Wo es mir gut geht, da ist mein Vaterland. Auf Aristophanes (*Plutos*) zurückgehend, von Cicero in seine Schrift *Tusculanae Disputationes* (Tusculanische Untersuchungen; Buch 5, Kapitel 37,108) aufgenommen.

141,31 *l'art pour l'art]* (Franz.) Die Kunst für die Kunst. Auf Victor Cousin zurückgehende Wendung zur Beschreibung einer Kunstrichtung, die jeden außerkünstlerischen Maßstab ablehnt, sich Selbstzweck ist.

142,2 *Die Kunst des Speichelleckens]* Vgl. auch Brechts *Lied des Speichelleckers* und die Schrift *Das Werk der kleinen Genien*.

142,29f. *Go-teh ... den O-leh]* Gemeint ist Johann Wolfgang Goethe, der am 2. Oktober 1808 mit Napoleon I. in Erfurt zusammentrifft und darüber mit zurückhaltender Verehrung (Skizze zu *Unterredung mit Napoleon*, 1808) berichtet; in seinem Festspiel *Des Epimedes Erwachen* (1814) stellt er ihn (nach dessen Niederlage) als Dämon der Unterdrückung dar; in seinen Gesprächen mit Eckermann kommt Goethe an vielen Stellen auf Napoleon zu sprechen (vgl. Johann Peter Eckermann, *Gespräche mit Goethe in den letzten Jahren seines Lebens*, z.B. die Aufzeichnungen vom 11. März 1828 oder vom 6. und 7. April 1829).

142,35 *Ruhm als Friedenskaiser]* Wilhelm II. reklamiert es häufig als sein Verdienst, daß in Deutschland seit 1871 Frieden herrscht.

143,9 *keine Kränze flechte]* Sprichwörtlich nach Friedrich Schillers Prolog zu *Wallensteins Lager* (1798): »Dem Mimen flicht die Nachwelt keine Kränze« (Vers 41).

144,6 *Ple-ker]* Gemeint ist Johannes Kepler; er findet die Gesetze der Planetenbewegung (Keplersche Gesetze).

144,19f. *Lehre des Kon-fu-tse ... Schriften gegen die Familie]* Konfutses (konservative) Ethik betont den Wert der Familie.

144,39-145,1 *Dichter Wi-ho ... O-leh]* Victor Hugo, zunächst ein Anhänger von Präsident Louis Napoleon, wird nach dem Staatsstreich von 1851 zum erbitterten Gegner des Kaisers Napoleon III. Er geht ins Exil auf die Inseln Jersey bzw. Guernsey (1851-1870), kehrt nach dem Sturz Napoleons III. 1870 nach Paris zurück und wird als Nationalheld gefeiert.

145,1 *Usurpator]* (Lat.) ein widerrechtlich nach Besitz oder Macht Strebender bzw. zu Besitz oder Macht Gekommener.

145,12f. *Inter arma silent musae]* Vgl. zu 141,11.

145,24 *Über die Kunst des Beischlafs]* Eine Notiz zu diesem Traktat besagt: »I/Der Apfel Andraes/Über die Orgasmusunfähigkeit der Frau/

Elkan/Hodann« (Nachlaß). Letzteres verweist auf Max Hodann, Berliner Arzt und Autor zahlreicher Bücher zu seinen Spezialgebieten Hygiene und Sexualität, aber auch eines Bandes *Sowjetunion. Gestern, heute, morgen* (Berlin 1931). Hodann wird im Februar 1933 von den Nazis verhaftet, Ende Juni entlassen; er flüchtet aus Deutschland im November 1933 und arbeitet als Journalist u.a. in der Schweiz, in England und in Skandinavien.

145,33 *Roman des Lo-reh]* Gemeint ist David Herbert Lawrence und sein Roman *Lady Chatterley's Lover* (zensierte Fassung 1928, dt.: *Lady Chatterley*, zensierte Fassung 1930).

146,1 *Van-eh-weh]* Vgl. zu 25,8.

146,10 *Genie ist Fleiß]* Gebildet nach Fontanes Versen: »Gaben, wer hätte sie nicht? / Talente – Spielzeug für Kinder, / Erst der Ernst macht den Mann, / Erst der Fleiß das Genie.« (*Balladen und Gedichte*, hg. v. E. Gross u. K. Schreinert, München 1962, S. 276.)

146,22f. *Definition der Ehe durch ... Ka-ah]* Vgl. zu 29,12-14.

148,1 *Tui-Epos]* Zum Titel vgl. S. 148,5; vgl. auch 151,2. In der Auflistung der Teile des Komplexes nennt Brecht das Epos nicht (vgl. S. 460).

148,5 *Tui-Epos]* Brecht knüpft an die klassische Form des Epos und seine Tradition an. Vgl. Brechts vielfältige Versuche, das antike Versmaß des Hexameter mit neuen Themen zu verbinden: z.B. bei den *Übungsstücken für Schauspieler* im *Messingkauf* oder in dem großen Gedichtfragment *Das Manifest* (nach dem *Kommunistischen Manifest* von Marx und Engels); er zieht dazu die Homer-Übersetzungen von Voß heran.

148,7 *das Erbe]* Vgl. die späteren Diskussionen zum Thema Erbe innerhalb der sogenannten Expressionismusdebatte und Brechts Beiträge dazu (1938/39, damals nicht publiziert).

149,4 *Reise der Volksvertreter an die Front]* Vgl. zu 24,29.

149,6 *Ka-uki]* Gemeint ist Karl Kautsky, der sozialdemokratische Theoretiker und Publizist aus Österreich, der 1883 die Zeitschrift *Die Neue Zeit* gründet (vgl. zu 30,30f.), das erste wissenschaftliche Organ der Sozialdemokraten; er kommt 1890 nach Deutschland, ist Mitverfasser des Erfurter Programms der Sozialdemokratie (1891), stimmt 1914 für die Kriegskredite.

149,8 *Beide Klassiker]* Gemeint sind Karl Marx und Friedrich Engels. Kautsky hält sich 1880 kurz in England auf und trifft dort beide.

150,7 *Oberst]* In der Textgrundlage zunächst: »Offizier« (nicht gestrichen).

151,30f. *gerührt/ jedoch]* Lücke am Zeilenanfang.

153,7f. *Die Tuis verteidigen die Kultur]* Anspielung auf die Schriftstellerkongresse in den Jahren 1935 und 1937; vgl. Brechts Reden anläßlich dieser Kongresse (Band 22).

153,25 *Potsdamer Republik]* Gemeint ist hier das deutsche Kaiserreich, das den »Geist von Potsdam« als Symbol des Preußentums zum Prinzip erhebt.

153,26 *Weimarer Republik]* Das Deutsche Reich 1919-1933.

153,31f. *Die ... gleichgeschalteten]* Gleichschaltung: Offizieller Begriff der Nazis für die zwangsweise Umstellung des öffentlichen Lebens. Dazu gehören das Gesetz gegen die Neubildung von Parteien (14. Juli 1933), das Gesetz, das die NSDAP zur Staatspartei erklärt und ihr damit die Qualität einer Körperschaft des öffentlichen Rechts verleiht (1. Dezember 1933), das Gesetz über das Staatsoberhaupt (2. August 1934), d.h. die Aufhebung der Trennung von Staatsoberhaupt und Regierungschef – »Führer und Reichskanzler« –, die Gleichschaltung der Polizei als Sicherungs- und Ordnungsmacht des neuen Systems, die Zentralisierung der Gesetzgebung und der Verwaltung (Ermächtigungsgesetz). Die »Gleichschaltung« betrifft alle politisch relevanten Bereiche in Staat, Gesellschaft und Wirtschaft (Reichskirchenministerium, Ministerium für Volksaufklärung und Propaganda, Reichspressekammer, Reichskulturkammer usw.).

153,38 *dem Eugen]* Eugen ist Brechts zweiter Vorname; bei seinen ersten Veröffentlichungen zeichnet er mit »Berthold Eugen«.

154,4 *Das goldene Zeitalter]* Vgl. zu 19,13f.

154,9 *Gleichschaltung]* Vgl. zu 153,31f.

154,18 *Turandot]* Der Name der Stückfigur steht hier in einer Übersicht zum Romanprojekt, gibt aber keinen Aufschluß darüber, wie im einzelnen die Überlegungen zum Stück von 1930 in den geplanten Roman eingehen sollten.

154,19 *Verjagung der Tuis]* Hier: das Exil allgemein.

154,37 *Eigentum und Kultur]* Die Devise widerspricht Brechts Sicht, der den Verfall der Kultur als eine Folge der Eigentumsverhältnisse betrachtet, die Bekämpfung der gegebenen Eigentumsverhältnisse als einzige Möglichkeit sieht, gegen die Ausbeutungsgesellschaft wirkungsvoll vorzugehen; vgl. seine Rede auf dem Schriftstellerkongreß von 1935.

155,2 *Pakt mit dem Hu-ih]* Gemeint ist das Bündnis der Herrschenden; bei Gogher Gogh (155,1f.) und Hu-ih könnte z.B. an Franz von Papen und Hitler gedacht sein.

155,2 *Osthilfe]* Vgl. zu 39,31.

155,8 *Kongreß zur Rettung der Kultur]* Das Thema des I. Internationalen Schriftstellerkongresses, der vom 21. bis 25. Juni 1935 in Paris stattfindet, lautet »Verteidigung der Kultur«.

155,14 *Berufstod des Hang Tse]* Vgl. die Tuigeschichte *Tod des Hang Tse in seinem Beruf* (B 45).

155,15-19 *Interventionskrieg ... Erzlager von Hi-Li]* Gemeint sind Spanien und der Krieg in Spanien 1936-1939; die Westmächte bleiben offiziell neutral, als Hitler-Deutschland mit italienischer und portugiesischer Hilfe in Spanien eingreift (Legion Condor). Die Nazis sind an der Gründung deutscher Bergbaugesellschaften in Spanien interessiert, um kriegswichtige Rohstoffe von dort und aus Spanisch-Marokko zu erhalten (Kupfer, Wolfram, Eisenerz). Im Verlauf des Jahres 1937 z.B.

werden 2 584 000 Tonnen Erze von Spanien nach Deutschland verschifft. (Im Material zum *Caesar*-Roman befindet sich eine Karte zu den Bodenschätzen in Spanien.)

155,23 *Tuis retten die Kultur]* Vermutlich auch Bezug zum Pariser Schriftstellerkongreß 1935; vgl. zu 155,8.

156,3 *Der Kongreß]* Vgl. zu 155,8.

156,5 *Redekampf Barbusse – Gide]* Gemeint sind Henri Barbusse, der sich bei diesem Schriftstellerkongreß am 23. Juni und am 25. Juni 1935 jeweils in den Abendstunden zu Wort meldet, und André Gide, der am 21. (Begrüßung) und 22. Juni 1935 jeweils abends gesprochen hat (vgl. *Paris 1935. Erster Internationaler Schriftstellerkongreß zur Verteidigung der Kultur. Reden und Dokumente*, Berlin/DDR 1982). Ein öffentlicher Schlagabtausch der beiden hat auf dem Kongreß nicht stattgefunden; Brechts Hinweise beziehen sich auf die Zeit vor dem Kongreß, als es um die Gründung einer »Universalen Union der sozialistischen Schriftsteller« (Barbusse) bzw. die Einberufung eines Kongresses geht, den auch Gide anfänglich ablehnt.

156,11 *Sechs Tage reden]* Vergleich des Kongresses mit den Sechstagerennen im Radsport.

156,16 *Resolution ... Weltresolution]* Parallelisierung zu Revolution und Weltrevolution.

156,38f. *Kultur ... Eigentum]* Umschreibung von Brechts These, daß der Verfall der Kultur eine Folge der Eigentumsverhältnisse ist; daß der Kampf gegen den Faschismus der Kampf gegen die kapitalistische Eigentumsordnung sein muß, wie er dies z.B. in seiner *Rede auf dem I. Internationalen Kongreß zur Verteidigung der Kultur* 1935 in Paris vertreten hat. Vgl. auch zu 155,8.

157,17-19 *Zeitungsnaches ... bleck Pete]* Dazu konnte nichts ermittelt werden.

157,20 *guten Rossevelt]* Gedacht ist an Franklin Delano Roosevelt, 1932 erstmals zum Präsidenten der USA gewählt (Wiederwahlen: 1936, 1940, 1944).

157,20 *Heiligen Vater]* Papst in den Jahren 1922-1939 ist Pius XI.

157,23 *Cartoon in natura]* Cartoon: (engl.) Karikatur; im amerikanischen Sprachgebrauch: Karikaturenserie. Hier in dem Sinne, daß die (scheinbaren) Überzeichnungen der Karikaturen Wirklichkeit sind oder werden.

157,25 *Fridericus Rex]* Friedrich II. von Preußen, genannt Friedrich der Große, hat dem Königreich in zwei Eroberungskriegen (Schlesische Kriege, 1740-1742, 1744/45) fast ganz Schlesien und die Grafschaft Glatz einverleibt.

157,25 *einen siebenjährigen Krieg]* Auch dritter Schlesischer Krieg genannt (1756-1763); er beginnt mit dem »Präventivschlag« Preußens auf Sachsen, dem Verbündeten Österreichs. Nach anfänglichen Erfolgen gerät Preußen immer mehr in die Defensive, nur der

Ausstieg Rußlands aus den Kämpfen rettet Preußen vor dem Niedergang.

159,4 *A 91]* Vgl. die mit diesem Text vergleichbaren Eintragungen in den *Journalen* (z.B. vom 12. Mai 1942 oder vom 10. Oktober 1943).

159,7 *Pollock]* Der Soziologe Friedrich Pollock, Mitbegründer des Instituts für Sozialforschung in Frankfurt a.M., das nach Kalifornien emigriert ist.

159,7 *Felix]* Der Politologe Felix J. Weil hat 1922 die Idee zur Bildung des Instituts für Sozialforschung; es wird offiziell am 3. Februar 1923 in Frankfurt a.M. gegründet. Als Anfangsfinanzierung stellt sein Vater, Hermann Weil, in Argentinien durch Weizenhandel (Exporte nach Europa) reich geworden, jährlich 120000 Mark zur Verfügung.

159,9 *Institut]* Das Institut für Sozialforschung in Frankfurt a.M.; Brecht lernt einige Mitglieder in Kalifornien kennen.

159,10 *Verachtung Hos]* Mit Ho ist der Philosoph und Soziologe Max Horkheimer, Mitbegründer des Instituts für Sozialforschung in Frankfurt a.M., gemeint.

159,17 *Stechpalmenwald]* Wörtliche Übersetzung des Ortsnamens Hollywood in der Nähe von Brechts kalifornischem Wohnsitz Santa Monica.

159,20 *Strawinski und Schönberg]* Die Komponisten Igor Strawinsky und Arnold Schönberg. Strawinsky kommt 1939 in die USA; Schönberg, seit 1925 Professor in Berlin, lebt ab 1933 in Los Angeles im Exil.

159,20 *der lateinischen Oper]* Bezieht sich auf Strawinskys Oper *Oedipus Rex* (1926/27) nach Sophokles von Jean Cocteau.

159,21f. *zwischen musikalische Belehrungen politische]* Möglicherweise Anspielung auf Hanns Eisler.

159,25 *Die große Untersuchung]* Gemeint ist der Untersuchungsausschuß für unamerikanische Betätigungen (House Committee on Un-American Activities, kurz: HUAC).

159,29 *Lautons Garten]* Brecht bewundert den Garten um Charles Laughtons Villa in Pacific Palisades, direkt an der Steilküste gelegen; während der Zusammenarbeit an *Galileo* verursachen unterirdische Auswaschungen das Abrutschen eines rund drei Meter breiten Streifens. Vgl. Brechts Gedicht *Garden in Progress.*

159,30 *Die Haysoffice]* Um staatlicher Zensur durch eine eigene Organisation zuvorzukommen, gründet die amerikanische Filmindustrie 1922 die »Motion Pictures Producers and Distributors of America« (MPPDA; Gesellschaft der Filmproduzenten und Filmverleiher in Amerika); die Leitung übernimmt der damalige Postminister Will H. Hays, was zu dem kürzeren Namen »Hays Office« führt. Aus dem Hays Office als Bewahrer von Meinungs- und Ausdrucksfreiheit wird mit den Jahren ein Kontrollapparat (»Production Code« von 1932).

160,32 *Verbannung]* Bezieht sich auf den Beginn des Exils allgemein.

Verzeichnis der Figuren-, Gruppierungs- und Ortsbezeichnungen

(Die Verweise geben die jeweils erste Nennung an; in der rechten Spalte finden sich mögliche Entschlüsselungen.)

Angerlan (30,39)	Hermann Göring
Bech-es-ga (92,4)	Berchtesgaden
Bo-en-reich (39,6f.)	Hans Reichenbach
Böss (109,37)	Gustav Böß
Buddha (25,36)	Dalai Lama bzw. Papst (Pius XI., XII.)
Bund der Eigentumslosen (96,36)	Kommunistische Partei
Chi (42,4)	Deutsches Reich
Chima (28,1)	Weimarer Republik
Denke (11,4)	Karl Denke
E-weh (27,23)	Friedrich Ebert
Fank Wi Heng (77,16)	Paul von Hindenburg
Fe-esch (34,11)	Faschisten, Nationalsozialisten
Feh (38,22)	Adolf Hitler
Gobbelo (38,27)	Joseph Goebbels
Gogher Gogh; auch: Goger Gog, Goger Gogh (19,9)	Adolf Hitler
Gogher Gogh (30,38)	Joseph Goebbels
Go-teh (73,25)	Johann Wolfgang Goethe
Hafner (21,16)	Friedrich Ebert
Hang Wen Schu (105,8)	Rainer Maria Rilke
Hi-jeh (34,25)	Adolf Hitler
Hi-ko (42,39)	Kurt Hielscher
Hiu Fu (77,21)	Erich Ludendorff
Ho (159,10)	Max Horkheimer
Hu-ih (22,13)	Adolf Hitler
Hu-jeh (104,5)	Adolf Hitler
Hui (35,2)	Adolf Hitler
Hui-ih (22,16)	Adolf Hitler
Hung und Kwan (28,4)	Hinz und Kunz
Ja-oh-da (35,32)	Genrich Georgijewitsch Jagoda
Je-an (116,27)	James Hopwood Jeans
Jü (88,18)	Wilhelm II.
Jun-ki (90,27)	Junker, Großgrundbesitzer
Ka-ah (146,23)	Immanuel Kant
Ka-an (64,27)	Immanuel Kant
Ka-meh (118,27)	Karl Marx
Ka-uki (149,6)	Karl Kautsky
Ker-fi-er (26,18)	Friedrich Kraus
Kin-jeh (147,19)	Bertolt Brecht

Ki pling (40,24)	Rudyard Kipling
Ko (41,25)	Karl Korsch
Lan-win (35,17)	Langevin
Le-geh (95,26)	Georg Wilhelm Friedrich Hegel
Len (26,20)	Wladimir Iljitsch Lenin
Li-keh (50,34)	Karl Liebknecht
Li Tse (66,24)	Wladimir Iljitsch Lenin
Lo (111,8)	Lou Andreas-Salomé
Lo-reh (145,33)	David Herbert Lawrence
Lü Tsiang (89,31)	Nachfolger der Kaiser allgemein
Marschall (21,15)	Paul von Hindenburg
Mu-sin (40,31)	Weimar
Nauk (48,24)	Gustav Noske
Ni-en (35,37)	Wladimir Iljitsch Lenin
Ni-en-leh (95,30)	Wladimir Iljitsch Lenin
Nien-leh (98,13)	Wladimir Iljitsch Lenin
O-leh (142,30)	Napoleon I.
O-leh (145,1)	Napoleon III.
Pander Lobsam Rhei (69,15)	Dalai Lama bzw. Papst (Pius XI., XII.)
Partei des gleichberechtigten Volkes (45,6f.)	Sozialdemokratische Partei Deutschlands (SPD)
Pa-sir (145,2)	Paris
Pe-link (92,4)	Berlin
Philosoph (96,35f.)	Karl Marx
Pin Sche-r (36,1)	Nationalsozialisten
Pi Tschem (110,23)	Peachum
Ple-ker (144,6)	Johannes Kepler
Prinz (45,36)	Max von Baden
Revtuis (34,1)	Revolutionäre Intellektuelle (der KPD)
Ro (50,34)	Rosa Luxemburg
Sa-u-pröh (53,23f.)	Hugo Preuß
Schi-meh (48,24)	Philipp Scheidemann
Se-pe-deh (110,1)	Sozialdemokratische Partei Deutschlands (SPD)
Si-jen (73,24)	Friedrich Schiller
Ta Tse, Abt von Frud (37,33f.)	Vgl. Tuis von Frud
Taschi Lama; auch: Taschi-lama (20,21 f.)	Dalai Lama bzw. Papst (Pius XI., XII.)
Taschi Lhunpo (77,37)	Kloster Taschi Lumpo (Tibet)
Tat-jang-ho (114,5)	Deutschland
Ti-feh (34,16f.)	Adolf Hitler
To-schau (112,17)	München
Tui von Jü-nan (88,12)	Emil Ludwig

Tuis von Frud (37,31)	Freudianer
Tuis von Mu-sin (40,30f.)	Bauhaus-Intellektuelle
Tuis von Na-meh (115,24)	Katholische Intellektuelle
Tuis von Wak (114,2)	Moderne Astronomen (Hubble, Einstein)
Van-eh-weh, auch: Van-Eh-Weh (25,8; 146,1)	Theodor Hendrik van de Velde
Wei-li (93,18)	Felix Weil
Wei-wei; auch: Wei-Wei (25,3; 48,23)	Friedrich Ebert
Wei-wi (42,12)	Friedrich Ebert
Wi (60,10)	Wilhelm I.
Wi-hö (144,39)	Victor Hugo

DIE GESCHÄFTE DES HERRN JULIUS CAESAR

Textgrundlage

Die Geschäfte des Herrn Julius Caesar, Typoskripte aus dem Nachlaß. – Anhang: Typoskripte und Manuskripte aus dem Nachlaß.

Übersicht

Oktober 1937: Brecht beginnt mit den Vorarbeiten zu einem Stück *Die Geschäfte des Herrn Julius Caesar.*

November/Dezember 1937: Erster Gesamtplan für ein Stück in fünf Akten sowie vereinzelte Dialoge; Quellen-Studien.

Januar 1938: Beginn der Arbeiten am Roman; Brecht schreibt die erste Fassung des ersten Buchs (17.-23. Januar).

Mai 1938: Die letzte Überarbeitung der ersten drei Bücher ist abgeschlossen; die Arbeit kommt ins Stocken.

Oktober 1938: Versuch, sich am Literarischen Wettbewerb der American Guild for German Cultural Freedom mit den fertigen drei Büchern und einem Exposé über den Fortgang zu beteiligen; das Fragment wird nicht zugelassen.

November 1939 bis Januar 1940: Brecht schreibt am vierten Buch.

1942: Das Filmexposé *Caesars letzte Tage* entsteht; darauf basieren die Geschichten *Die Iden des März* und *Caesars Soldat.*

1949: Erstdruck des zweiten Buches in der Zeitschrift *Sinn und Form*, Berlin, *Sonderheft Bertolt Brecht.*

1957: Postumer Erstdruck des dritten Buches (*Sinn und Form. Zweites Sonderheft Bertolt Brecht*) und des gesamten Fragments (Buch 1-4) im Gebrüder Weiss Verlag, Berlin/West, und im Aufbau-Verlag, Berlin/DDR.

Entstehung

Zum Latein-Lehrstoff des Schülers Brecht gehören schon ab 1912 Caesars *De bello Gallico* (*Der gallische Krieg*, darin die Bücher 1, 3, 4) und *De bello civile* (*Der Bürgerkrieg*, Buch 1,34 bis Ende); hinzu kommen die Bücher 21 und 22 aus *Ab urbe condita* (*Römische Geschichte*) von Livius – das ist der erste Teil seiner Beschreibung des zweiten punischen Kriegs (Hannibal, Cannae) –, Sallusts *De coniuratione Catilinae* (*Die Verschwörung des Catilina*) und in der Oberprima die ersten drei Reden Ciceros gegen Catilina. Auf dem Lehrplan für Geschichte stehen für Brecht 1913/14 die griechische und die römische Antike; in der Unterprima wird im Englischunterricht Shakespeares *Julius Caesar* (1599/1600) gelesen.

Im Juni 1920 wird Brecht durch die Plutarch-Lektüre Caspar Nehers – »›weil man da Sinn für Eleganz bekommt‹«, wie Brecht seinen Freund zitiert (*Journale*, 17. Juni 1920) – auf die *Vergleichenden Lebensbeschreibungen* (großer Griechen und Römer) aufmerksam; er selbst liest die *Sulla*-Biographie (*Journale*, 21.-26. Juni 1920). Anfang der zwanziger Jahre beschäftigt ihn Caesar bereits als Stoff für eine eigene Arbeit; er denkt an ein »Lustspiel: Caesar unter den Seeräubern« (Notizbuch 1922, Nachlaß). Plutarch schreibt zu diesem Thema im zweiten Kapitel seiner *Caesar*-Biographie. 1928/29 plant Brecht, mit Erwin Piscator gemeinsam den Shakespeareschen *Julius Caesar* zu inszenieren.

Jahre später, im September 1937, sprechen Brecht und Piscator über ein »Caesarenstück«, an dem Brecht spätestens im Oktober dieses Jahres zu arbeiten beginnt. Beleg dafür ist ein Brief Margarete Steffins an Walter Benjamin vom 27. Oktober 1937, in dem es heißt: »Brecht denkt viel nach über den Julius Caesar. Leider fehlt ihm der Mommsen, ich versuche, ihn aus der Bibliothek zu beschaffen.« (Die – auch im folgenden zitierten – Briefe Steffins befinden sich im Teilnachlaß Walter Benjamin, Literaturarchive der Akademie der Künste der DDR.) Schon wenige Tage später meldet Brecht, daß er »Plutarch, Sueton und Mommsen« studiere (Brief an Martin Domke, 9. November 1937). Zu Theodor Mommsens Standardwerk *Römische Geschichte* (Band 1-3, 5; 1854-1885) kommen also zu diesem Zeitpunkt schon die antiken Quellen, Plutarchs *Bioi paralleloi* (2. Jh., dt.: *Vergleichende Lebensbeschreibungen*, 1783-1800) und Suetons *De vita Caesarum* (121, dt.: *Die zwölf Caesaren*, 1907), hinzu. Bereits zehn Tage später hat Brecht »eine provisorische erste Stückskizze der Szenenfolge« fertig, die er aus Dänemark dem nach Paris emigrierten Rechtsanwalt Domke schickt (Brief an Martin Domke, 19. November 1937); er nennt dort die fünf Akte mit jeweils drei Szenen, insgesamt also 15 Szenen, aus denen das Stück bestehen soll. Die Zeit, in der das Stück spielt, die Jahre 691-705 seit Gründung Roms bzw. 63-49 v.d.Z., umfaßt den gleichen Zeitraum, von dem der Roman handeln wird. Brecht möchte von Domke eine erste kritische Reaktion hören und bittet auch ihn um »eventuelle Funde in der französischen Literatur« (Brief an Martin Domke, 19. November 1937). Etwa um die gleiche Zeit dürfte ein Brief Steffins einzuordnen sein: »Brecht sitzt mitten im *Caesar* und hat für nichts anderes Interesse. Leider fehlen ihm noch Bücher über Wirtschafts- und Finanzwesen usw. der damaligen Zeit. Können Sie irgendwie in Erfahrung bringen, ob es so was gibt?« (Margarete Steffin an Walter Benjamin, undatierter Brief.) Die Arbeiten am *Caesar*-Stück und die Suche nach Quellen werden durch weitere Briefe aus diesen Tagen dokumentiert. Den in Südfrankreich lebenden Lion Feuchtwanger fragt Brecht nach »Details aus dem täglichen Leben, über das Finanzielle usw.«, die dieser möglicherweise für seine *Josephus*-Romane gesammelt hat (*Der jüdische Krieg*, 1932; *Die Söhne*, 1935; mit dem dritten Teil *Der Tag wird kommen* beginnt Feuchtwanger erst 1939). »Wissen Sie gute Bücher über ihn [Caesar] und seine Zeit? (Mommsen habe ich, er ist solch ein Spießer!) Den Dio Cassius kann ich nirgends auftreiben in deutsch, und mein Latein ist sehr rissig geworden.« (Brief an Lion Feuchtwanger, Ende November 1937.) Brecht berichtet auch Karl Korsch von seinem »Caesarenstück« und von einer »Aufführungschance« in Paris, wo im Oktober gerade *Die Gewehre der Frau Carrar* uraufgeführt worden sind. »Ich will nicht ein Anspielungsstück machen, die Verhältnisse liegen so sehr anders in der Antike. Immerhin ist Caesar das große Vorbild, und zumindest zwei Dinge kann ich beleuchten: 1) wie der Diktator zwischen den Klassen pendelt und damit die Geschäfte einer Klasse führt (hier der Equites) und 2) daß Kriege (hier der Gallische) zur Ausbeutung des eigenen Volkes unternommen werden, nicht mehr des bekriegten. [...] Die Schwierigkeit: Caesar bedeutet immerhin einen Fortschritt, und die Anführungszeichen zu Fortschritt sind riesig schwer zu dramatisieren. Man kann so schwer deutlich machen, daß dieses Fortschreiten für die neuen Diktatoren wegfällt!« (Brief an Karl Korsch, November 1937.) Auch Korsch fragt er nach Literatur, speziell zu den Klassenkämpfen und zur Ökonomie, und er zählt auf, welche er bereits kennt: neben Plutarch, Sueton, Mommsen sind dies Sallust (*Die Verschwörung des Catilina*) und »Dio« aus der Antike, was sich sowohl auf den schon Feuchtwanger gegenüber genannten Dio Cassius bzw. *Cassius Dio's Römische Geschichte* beziehen kann als auch auf Diodoros Siculus und dessen *Geschichts-Bibliothek*. Als weitere Autoren nennt er Max Weber und Fowler; dabei handelt es sich um William Warde Fowler und dessen Band *Julius Caesar and the Foundation of the Roman Imperial System* (New York 1892), den er Korsch gegenüber als »Oxfordprofessor, sehr schwach«, bezeichnet; von Max Weber können hier gemeint sein der Beitrag *Agrarverhältnisse im Altertum* aus dem *Handwörterbuch der Staatswissenschaften* (Hg. v. J. Conrad, Band 1, Jena 1909) oder *Die römische Agrargeschichte in ihrer Bedeutung für das Staats- und Privatrecht* (Stuttgart 1891). Neben der Literatursuche und der Auswertung der greifbaren Titel entstehen im letzten Quartal des Jahres 1937 eine ganze Reihe von Plänen, aber auch ausformulierte Dialogpassagen zu einem Stück *Die Geschäfte des Herrn Julius Caesar* (vgl. Band 10).

Etwa um den Jahreswechsel 1937/38 kommt es zu ersten Überlegungen, das Thema in Romanform zu behandeln, wobei ungeklärt bleibt, ob die Aufführungsmöglichkeit, von der Brecht gesprochen hat, sich zerschlagen und so eine Weiterarbeit gelähmt oder ob die inhaltliche Ausdehnung eine andere Form nahegelegt hat. Fest steht dagegen, daß Brecht Anfang Januar mit dem Schreiben eines Romans *Die Geschäfte des Herrn Julius Caesar* beginnt, das Stückprojekt liegenläßt, aber die

Vorarbeiten (Quellenstudium) dazu auswertet und erweitert. Beleg dafür ist ein Typoskript des späteren ersten Buches, das in den Tagen vom 17. bis zum 23. Januar 1938 entsteht, wie die Datumsangaben in jeweils drei- bis vierseitigem Abstand dokumentieren. Margarete Steffin bestätigt diesen Arbeitsbeginn am Roman im nachhinein: »Übrigens (unoffiziell noch übrigens): Wie gefiele Ihnen, wenn Brecht aus dem *Caesaren*-Stoff einen kleinen Roman machte? Im Vertrauen: Er hat damit bereits angefangen.« (Margarete Steffin an Walter Benjamin, 1. Februar 1938.) In dieser Anfangsphase und wegen der weiterverwendbaren Vorarbeiten zum *Caesar*-Stück rechnet Brecht mit zügigem Vorankommen; er intensiviert die Arbeit und verhandelt bereits mit dem Malik-Verlag. Am 13. März 1938 erscheint in der *Deutschen Volkszeitung. La Voix du Peuple Allemand* (Paris/Prag/Kopenhagen) die kurze Notiz, daß Brecht »gegenwärtig an einem satirischen Roman *Die Geschäfte des Herrn Julius Caesar*« arbeite und daß er im Malik-Verlag erscheinen werde, der in diesem Monat gerade die ersten beiden Bände von Brechts *Gesammelten Werken* ausliefert. Ende März sagt Brecht Martin Andersen Nexö zunächst ab, die Übersetzung von dessen *Erindringer* (*Erinnerungen*) zu redigieren, da er sich eine solch zeitraubende Arbeit zu diesem Zeitpunkt »nicht leisten« könne, und begründet dies: »Ich selber bin an einem satirischen Roman über Julius Caesar, das Vorbild aller Diktatoren, der viel wissenschaftliche Vorarbeit verlangt und den ich, um den Vorschuß zu kriegen, möglichst bald fertig haben muß.« (Brief an Martin Andersen-Nexö, 25. März 1938.) Bis April 1938 entstehen viele Teile zum umfangreichen zweiten Buch, den Tagebüchern des Rarus. Brecht selbst kündigt in diesem Monat Martin Domke für in »etwa zwei Wochen [...] die beiden ersten Kapitel des kleinen Romans« an; außerdem bedankt er sich für Jérôme Carcopinos *César* (Paris 1936), den Domke ihm geschickt hat (Brief an Martin Domke, April 1938). Ein Schwierigkeiten andeutender Zusatz (»hoffe ich«) in diesem Brief an Domke ist in einem etwa gleichzeitig entstandenen Schreiben an Karl Korsch deutlicher artikuliert: »*Die Geschäfte des Herrn Julius Caesar* wachsen langsam, langsamer als Hitlers Aufrüstung. Die gewisse ›positive‹ Seite Caesars, die ich zunächst als Vorurteil einfach übersehen wollte, ist bei fortgesetztem Studium bald in Rauch aufgegangen. Die Frage ›für wen positiv?‹ hat alles geklärt. Seine angeblich dauernde Schöpfung dauerte ein paar Tage länger als er selber, und was vom Caesarismus weiterging, war: was die Sklavenwirtschaft erlaubte.« (Brief an Karl Korsch, April 1938.) Da eine schnelle Fertigstellung nicht möglich ist und damit der erhoffte Vorschuß vom Verlag ausbleibt, wendet sich Brecht im Mai an die American Guild for German Cultural Freedom, die ihm seit diesem Monat ein Stipendium zahlt, um sich dafür zu bedanken und gleichzeitig um Verlängerung der vierteljährigen Laufzeit zu bitten, da sein gegenwärtiges Projekt, der satirische *Caesar*-Roman, sehr viel Quellenstudium erfordere und »das Schreiben des Romans allein kaum weniger Zeit erfordern dürfte als ein Jahr« (Brief an die American Guild, 28. Mai 1938). Am 22. April hatte die American Guild Brecht mitgeteilt, daß sie ihm auf Grund der besonderen »Fürsprache von Herrn Dr. Thomas Mann« ein Arbeitsstipendium in Höhe von 30 $ zahlen könne (American Guild an Brecht, 22. April 1938; Deutsches Exilarchiv 1933-1945 der Deutschen Bibliothek, Frankfurt a. M.). Während im Mai 1938 *Internazionalnaja literatura* (Moskau) unter dem Titel *Nowaja kniga Brechta* (Ein neues Buch von Brecht) die Meldung der *Deutschen Volkszeitung* vom März wiederholt, nennt Brecht selbst einen Monat später, im Juni, in einer *Autobibliographie* für die deutschsprachige Ausgabe dieser Zeitschrift, *Internationale Literatur* (Moskau, 1938, Heft 6, S. 153), den Roman wiederum als laufendes Projekt: »Caesar, das Vorbild vieler Diktatoren und der Gründer des ersten europäischen Imperiums, tritt in diesem Roman als Geschäftsmann vor das Publikum.« Doch Ende Mai verrät Margarete Steffin, die wesentlichen Anteil an diesem Projekt hat, daß erst die Hälfte des Romans fertig sei, die ersten drei Bücher also (Margarete Steffin an Walter Benjamin, 30. Mai 1938).

Die *Journal*-Aufzeichnungen, insbesondere im Juli 1938 (20. Juli, 23. Juli, Juli, 25. Juli 1938) dokumentieren die Verarbeitung der Quellen und die »Schwierigkeiten im *Caesar*« (*Journale*, Juli 1938); sie stellen außerdem die Verbindung her zu den Diskussionen um Realismus und Formalismus im Anschluß an Bernhard Zieglers (d.i. Alfred Kurellas) Aufsatz *Nun ist dies Erbe zuende...* (*Das Wort*, Moskau, 1937, Heft 9, S. 42-49). In einem der damals nicht publizierten Aufsätze zu diesen Diskussionen verwendet Brecht den *Caesar*-Roman als Beispiel aus der eigenen Praxis: »Ich benütze die Tagebuchform für große Teile. Es hat sich als nötig herausgestellt, daß ich für andere Teile den point of view wechseln muß. Meinen eigenen Standpunkt nehme ich ein in der Montage der beiden fiktiven Schreiberstandpunkte. Ich vermute, daß sich so etwas nicht als nötig hätte herausstellen dürfen? Irgendwie fällt es aus dem Schema, das vorgesehen ist. Als nötig hat sich jedoch diese Technik herausgestellt für eine gute Erfassung der Wirklichkeit, ich hatte rein realistische Motive.« In diesem Zusammenhang erscheint dort ein weiterer Hinweis auf das Quellenstudium (einen »Haufen historischer Wälzer«, den er heranziehe, um jeweils »einen bestimmten Sachverhalt zu ergründen«), gefolgt von der abschließenden Feststellung: »Ich bin in einem frühen Stadium meiner Arbeit.« (*Über den formalistischen Charakter der Realismustheorie*; vgl. Band 22.)

Ebenfalls von Juli 1938 stammt ein weiterer Beleg über den Stand der Arbeit: Walter Benjamin, seit Mai bei Brecht in Dänemark zu Gast, hat den *Caesar*-Roman, »der zur Hälfte vollendet ist, noch nicht gelesen« (Walter Benjamin an Gretel Adorno, 20. Juli 1938, in: Walter Benjamin, *Briefe*, hg. u. mit Anmerkungen versehen v. Theodor W. Adorno und Gershom Scholem, Frankfurt a. M. 1966, Band 2, S. 770). Als gesichert kann also gelten, daß die ersten drei Bücher des Romans (von insgesamt sechs geplanten) bis Ende Mai vorliegen; Dokument für den Stand zu diesem Zeitpunkt ist ein zusammenhängendes, in Leder gebundenes Typoskript dieser drei Bücher.

Danach kommt die Arbeit am *Caesar*-Roman ins Stocken, bedingt durch die Schwierigkeiten sowohl bei der Materialbeschaffung als auch bei deren Umsetzung; dabei spielen die gleichzeitigen allgemeinen Diskussionen um realistische Literatur eine Rolle. Außerdem gibt es andere Projekte: Brecht schreibt verschiedene Szenen zu *Furcht und Elend des III. Reiches* und fährt im Mai zu Proben nach Paris, wo acht dieser Szenen am 21. Mai unter dem Titel *99 %* uraufgeführt werden. Daneben hilft Brecht dann doch Margarete Steffin bei der Übersetzung von Martin Andersen Nexös *Erindringer* (vgl. *Journale*, 25. Juli 1938; die Arbeit wird im Februar 1939 abgeschlossen, vgl. *Journale*, 12. Februar 1939; die *Erinnerungen* erscheinen 1945 in Basel und 1946 in Berlin), er beginnt um diese Zeit die Arbeit am *Galilei*-Stück und bringt die Gedicht-Sammlung *Svendborger Gedichte* im Sommer 1938 zu einem vorläufigen Abschluß. Somit bleibt wenig Zeit für den Roman, wenngleich Brecht etwa im September 1938 durch die Ereignisse im Vorfeld des Münchener Abkommens vom 29. des Monats daran erinnert wird (*Journale*, 25. September 1938), im gleichen Monat den Roman gegenüber der American Guild for German Cultural Freedom als seine »Hauptarbeit« bezeichnet und dabei betont, daß das Ganze »auf streng historischer Grundlage« entstehe und keine »verkleidete Hitler- oder Mussolini-Biographie« werden solle (Brief an die American Guild, September 1938). Ende des Monats schickt er sogar die drei vorhandenen Bücher des Romans und ein Exposé (vgl. Anhang, A 1) über den Inhalt der fehlenden drei an die American Guild, um damit an dem von ihr veranstalteten Literarischen Wettbewerb teilzunehmen; auf dem von ihm unterschriebenen und mit »30.IX.38« datierten Teilnehmerformular gibt Brecht als Pseudonym »Larsen« an (Formular, Deutsches Exilarchiv 1933-1945 der Deutschen Bibliothek, Frankfurt a.M.). Im November 1938 weist er den Gründer der American Guild, Hubertus Prinz zu Löwenstein, auf diese Tatsache hin und bittet ihn um Verlängerung des Stipendiums (Brief an die American Guild, Prinz Hubertus zu Löwenstein, November 1938). Dies wird ihm noch mehrfach gewährt, der *Caesar*-Roman jedoch als »Unfinished novel« zum Wettbewerb gar nicht erst zugelassen (Notiz auf dem Teilnehmerformular), da die »Vorschriften, die uns die Verleger gestellt haben, [...] sehr strikt« sind (Hubertus Prinz zu Löwenstein an Brecht, 3. November 1938; Deutsches Exilarchiv 1933-1945 der Deutschen Bibliothek, Frankfurt a.M.). Während Brecht einen ersten Teil des *Caesar*-Romans Knud Rasmussen zum Lesen im Hinblick auf eine mögliche dänische Übersetzung anbietet (Brief an Knud Rasmussen, 14. November 1938), weist Steffin drei Tage später auf die Hauptbeschäftigung dieser Zeit hin: *Le-*

ben des Galilei, den Brecht begonnen hat »herunterzudramatisieren« (Margarete Steffin an Walter Benjamin, 17. November 1938; Teilnachlaß Walter Benjamin, Literaturarchive der Akademie der Künste der DDR). Zum Thema Caesar entsteht in diesem Jahr 1938 allerdings noch das Filmexposé *Der gallische Krieg oder Die Geschäfte des Herrn Julius Caesar*; es geht dabei um den Stoff, der im fünften Buch des Romans behandelt werden soll.

Fast das gesamte Jahr 1939 läßt Brecht den *Caesar*-Roman liegen. Im Januar verlangt er zwar das an die American Guild für den Wettbewerb eingeschickte Exemplar zurück, da er es »so sehr« benötige (Brief an Hubertus Prinz zu Löwenstein, Januar 1939), doch führt dies in der Folgezeit nicht zur Wiederaufnahme der Arbeit.

Die Caesar-Studien veranlassen ihn aber immer wieder zu Beobachtungen der Zeitgeschichte und zu Vergleichen (vgl. z.B. *Journale*, 19. Februar 1939). Wenn Brecht auch mehrfach darauf hinweist, daß er im *Caesar*-Roman nicht die Gegenwart in historischer Verkleidung darstellen möchte, so kommt er aber doch gerade durch die zeitgeschichtlichen Ereignisse auf dieses Thema (bzw. darauf zurück), und es gibt Anspielungen auf die Zeitgeschichte, teils bewußt eingesetzt, teils ergeben sie sich aus den Fakten der antiken Geschichte: das reicht von Begriffen wie »junkerlich« (vgl. 175,35), von Namensgebungen (»Cruppulus«; 209,13) oder Bezeichnungen wie »Bürgergarde« (231,20f.), »Rottenführer« (236,31f.), »Sturmrotten« (281,11) über Anspielungen auf die Uninformiertheit führender Personen (245,32), den Reichstagsbrand (276,5f.) und den »Marsch auf Rom« (352,22f.) bis hin zur »Diana auf dem blauen Pferd« (218,5). Die Cicero-Figur hat Züge von Ebert, und die Wählercenturien (232,8) erinnern an das Dreiklassenwahlrecht; in den Plänen zum vierten Buch gibt es u.a. den direkten Hinweis auf das Frankreich des Jahres 1939 (356,35). Dennoch gilt: »die Verhältnisse liegen so sehr anders in der Antike« (Brief an Karl Korsch, November 1937).

Anfang 1939 liest Brecht in Hegels *Vorlesungen über die Philosophie der Geschichte* (1822-1831) – »ein unheimliches Werk« – dessen Ausführungen u.a. über die »Geschäftsführer des Weltgeistes«. Er gibt Teile des *Caesar*-Romans z.B. Herta Hanisch, der Schwester Margarete Steffins, zu lesen und seinem Sohn Stefan; deren Reaktionen ermuntern Brecht zur Weiterarbeit und Fertigstellung, während – wie Brecht notiert – »Benjamin und Sternberg, sehr hochqualifizierte Intellektuelle«, nicht damit zurechtkommen und sich mehr vom gewohnten, »mehr von altem Roman«, wünschen (*Journale*, 26. Februar 1939). Brecht sucht aber auch die Bestätigung durch »hochqualifizierte Intellektuelle« und verschickt deshalb den ersten Romanteil (die ersten drei Bücher). Auf diese Weise erhalten zumindest der Arzt Herbert Levi, Karl Korsch und Hanns Eisler Kenntnis von diesem Teil. Bezeugt ist das durch Karl Korsch, dem das Manuskript »ganz ausgezeichnet« gefällt (Karl Korsch an Paul Parthos, 17. April 1939) und der ein Vierteljahr später nochmals den »guten Anfang zu einem Roman über *Die Geschäfte des Herrn Julius Caesar*« erwähnt (Karl Korsch an Paul Parthos, 12. Juni 1939). Erst Ende Juli schreibt Korsch an Brecht selbst: »Herr Julius Zäsar [!] [...] hat mir auch viel Freude gemacht und ich warte mit Spannung auf die ›Fortsetzung‹« (Karl Korsch an Brecht, 31. Juli 1939; die drei Korsch-Briefe sind zitiert nach: *Jahrbuch Arbeiterbewegung*, Band 2: *Marxistische Revolutionstheorien*, hg. v. Claudio Pozzoli, Frankfurt a.M. 1974, S. 212, 219, 233). Im August 1939 – Brecht lebt jetzt in Schweden – ist es *Der gute Mensch von Sezuan*, der Brecht weiterhin vom *Caesar*-Roman abhält (Brief an Martin Domke, 27. August 1939). Doch Ende November beginnt er mit der Ausarbeitung des vierten Buches (undatierter Brief an Margarete Steffin, Eingangsdatierung Steffin: 25. November 1939), nachdem Steffin die vorliegenden Teile »einigen deutschen Arbeitern« geliehen hat und die Resonanz »recht ermutigend« gewesen ist, da sie »alles, auch die Details«, verstanden haben (*Journale*, 7. Dezember 1939). Andererseits spricht Brecht etwa zu dieser Zeit auch schon wieder davon, daß er »für den *Caesar* [...] zu unruhig« sei (undatierter Brief an Margarete Steffin). Zumindest im Januar 1940 schreibt er noch am vierten Buch weiter, ohne es abzuschließen (vgl. Brief an Fredrik Martner, d.i. Knud Rasmussen, Anfang Januar 1940), danach bleibt der Roman wieder liegen.

Im August 1940 beantragt Brecht nochmals eine Verlängerung des Stipendiums (Scholarship) bei der American Guild for German Cultural Freedom und begründet die Unterbrechungen am *Caesar*-Roman mit der »Bibliotheksarbeit«, die er – mittlerweile in Finnland auf Hella Wuolijokis Gut Marlebäck – »hier nicht machen« könne (Brief an die American Guild, 1. August 1940). Im gleichen Monat notiert er für sich: »Den *Caesar* nehme ich nicht auf, weil der *Gute Mensch* nicht beendet ist.« (*Journale*, 19. August 1940.)

Wenn er sich – inzwischen im kalifornischen Exil – im Oktober 1941 mit Lion Feuchtwanger über die »Omnipotenz der Geschichtsschreiber« streitet, und zwar am Beispiel von Caesars Nachruhm bei Machiavelli und Mommsen (*Journale*, 8. Oktober 1941), zwei wichtigen Quellen für sein Projekt, ist dies kein Indiz für eine neuerliche Beschäftigung mit dem Roman. Auch die Entstehung des Filmexposés *Caesars letzte Tage* – bestehend aus einem Einleitungsabschnitt (»Der Film zeigt ...«) und den Teilen *Wie Caesar starb* und *Caesars Soldat* –, das er für William Dieterle schreibt (*Journale*, 8. April 1942), wirkt sich auf das Romanprojekt nicht aus, zumal dieser Teil von Caesars Biographie nie Gegenstand des Romans sein sollte. Nachdem sich herausgestellt hat – wie von Brecht von vorneherein vermutet –, daß keine Chance für eine filmische Realisierung des Stoffs besteht, wertet er das Filmexposé anderweitig aus: er löst die beiden Teile heraus und gibt ihnen als eigenständigen Geschichten die Titel *Die Iden des März* (im Exposé: *Wie Caesar starb*) und *Caesars Soldat*. In den *Kalendergeschichten* (1948) erhalten *Die Iden des März* die Überschrift *1/Cäsar*, und *Caesars Soldat* wird zu *2/Cäsars Legionär*; das Ganze erhält den Haupttitel *Cäsar und sein Legionär*.

Nach der Rückkehr nach Europa gehört das Romanfragment zu den ersten Arbeiten, die erscheinen sollen bzw. in Auszügen tatsächlich erscheinen. Ein Vertrag über den Roman mit dem Gebrüder Weiss Verlag in Berlin-Schöneberg trägt das Datum 5. Februar 1949, allerdings keine Unterschriften. Schon am 8. Dezember 1948 unterzeichnen Brecht und Peter Huchel den Vertrag über das erste *Sonderheft Bertolt Brecht* der Zeitschrift *Sinn und Form*; Brecht trifft die Auswahl seiner Texte wohl selbst und bespricht sich mit Huchel bei seinen Berlin-Aufenthalten im Hotel Adlon. Das wahrscheinlich im Juni 1949 erscheinende Sonderheft (vgl. Brechts Dankbrief an Huchel, 1. Juli 1949) enthält als Vorabdruck das zweite Buch, *Unser Herr C.* (Berlin 1949, S. 181-258). Am Ende des Sonderhefts wird in einer *Anmerkung* (S. 265) bereits die Buchausgabe des vollständigen Romans angekündigt; ob Brecht eine Fertigstellung des Fragments erwogen hat, ist aber anderweitig nicht nachgewiesen. – 1957, im *Zweiten Sonderheft Bertolt Brecht* von *Sinn und Form* (Berlin/DDR), erscheint postum erstmals das dritte Buch (S. 391-418) mit dem Hinweis, daß der Roman »unvollendet« geblieben ist (*Anmerkungen*, S. 628), und der Ankündigung der Buchausgabe, die der Aufbau-Verlag und der Gebrüder Weiss Verlag vorbereiten. Im gleichen Jahr – wie angekündigt – erscheint diese Buchausgabe mit den ersten drei fertigen Büchern und den ausgeführten Teilen des vierten Buchs im Gebrüder Weiss Verlag in Berlin/West (Erstauflage: 20000 Exemplare) und parallel (mit gleichem Satz) im Aufbau-Verlag, Berlin/DDR.

Kurz vorgestellt sei im folgenden die Vielzahl der für den *Caesar*-Roman herangezogenen antiken und geschichtswissenschaftlichen Quellen, jeweils – soweit sich die Details auf eine einzige Quelle zurückführen lassen – unter Angabe der wichtigsten Fakten, die Brecht ihnen entnommen hat. (Der Nachweis von wörtlichen Zitaten und anderen Einzelheiten erfolgt an entsprechender Stelle im Zeilenkommentar.) Zwar hat sich Brecht sehr intensiv um historisch genaue Fakten gekümmert, die Figuren des Romans und die darin beschriebenen Vorgänge und Verhaltensweisen haben jedoch keinen Dokumentar-Charakter: »C.« ist nicht der historische Caesar, auch die anderen Figuren mit bekannten Namen (Cicero, Crassus, Cato usw.) sind aus den bekannten Daten der historischen Personen entwickelte Kunstfiguren, zu denen weitere, rein fiktive Figuren wie Rarus usw. treten. Gleichzeitig lassen diese Kunstfiguren bewußt Bezüge zur Entstehungszeit des Fragments zu.

Zu den antiken Quellen:

Appianos von Alexandrien: Brecht notiert sich die Schuldenhöhe Caesars, die »nach Appian: 25 Millionen« betragen haben soll; in Brechts Nachlaßbibliothek befindet sich die Ausgabe: *Appian's römische Geschichte*, hg. v. F. W. J. Dillenius, Frankfurt a. M. 1793.

Gajus Julius Caesar: Seine Schriften *De bello Gallico* (52/51 v. d. Z., dt.: *Der gallische Krieg*) und *De bello civile* (nach 48 v. d. Z., dt.: *Der Bürgerkrieg*) werden im ausgeführten Teil des Romanfragments erwähnt als Teile von Caesars Biographie. Insbesondere die vorliegenden Texte zum fünften Buch (vgl. z. B. Anhang, A 29 und A 30) zeigen, daß Brecht sie auch als Quelle heranzieht. In Brechts Nachlaßbibliothek befindet sich die Ausgabe: *C. Iulii Caesaris Commentarii*, Venedig 1622.

Marcus Portius Cato: Seine Ausführungen *De agricultura* (dt.: *Über den Ackerbau*) gehen indirekt in die Quellenarbeit ein; Brecht liest die *Römische Agrargeschichte* (1891) von Max Weber, dem Cato als Quelle dient.

Marcus Tullius Cicero: Von seinen Reden berücksichtigt Brecht vor allem die vier Reden gegen Catilina, er nutzt sie für die Rarus-Aufzeichnungen im November 691; eine bestimmte, als Quelle herangezogene Ausgabe ist nicht erhalten (vgl. M. T. Cicero, *Sämtliche Reden*, eingel., übers. u. erl. v. Manfred Fuhrmann, 7 Bände, Zürich/Stuttgart 1970-1982). – In Brechts Nachlaßbibliothek befindet sich die Ausgabe: *Briefe*, übers. v. C. E. Wieland, München/Leipzig 1912 (3 Bände, Klassiker des Altertums, Band 17-19).

Lucius Iunius Moderatus Columella: Brecht benutzt aus *De re rustica* (um 60, dt.: *Über die Landwirtschaft*), was Max Weber in seiner *Römischen Agrargeschichte* von Columella übernimmt.

Dio Cassius Cocceianus: Seine *Historiae Romanae* (3. Jh., dt.: *Römische Geschichte*) wird bereits bei den Vorarbeiten zum *Caesar*-Stück mehrmals erwähnt. Es geht dabei hauptsächlich um die Bücher 37 und 38; Buch 37 handelt von der Proprätur in Lusitanien, von Catilina und von Caesars Prätur; Buch 38 beschreibt das Konsulat von Caesar und Bibulus, den Krieg gegen die Helvetier und gegen die Sueben (Ariovist). In Buch 61 finden sich Angaben über Hunderennen zur Zeit Neros.

Diodorus Siculus: Brecht erwähnt den Namen des Autors der *Bibliotheca Historica* (60-30 v. d. Z., dt.: *Geschichts-Bibliothek*) in einem Text zum *Caesar*-Roman, der den Titel *Fatalismus der Deterministen* (B 25) trägt und über die Einstellung der Sklaven zur Arbeit handelt.

Titus Livius: Auf sein Geschichtswerk *Ab urbe condita* (1. Jh., dt.: *Römische Geschichte*) gehen verschiedene Einzelheiten zurück (z. B. über Gesetze, Ritterring), die Brecht jedoch auch anderen Abhandlungen entnommen haben kann.

Plutarch: Die *Lebensbeschreibungen* (2. Jh.) sind eine der wichtigsten antiken Quellen; nicht nur die *Caesar*-Biographie wertet Brecht für sein

Projekt aus. Er benutzt dazu verschiedene Ausgaben: die zwölfbändige Reclam-Ausgabe (*Plutarchs vergleichende Lebensdarstellungen*, nach der Übersetzung von [Johann Friedrich Salomon] Kaltwasser hg. v. Otto Güthling, Leipzig o.J. [um 1890]), eine sechsbändige Ausgabe (*Lebensbeschreibungen*, mit Anmerkungen nach der Übers. v. [J.F.S.] Kaltwasser bearb. v. Hanns Floerke, München/Leipzig 1913 – Klassiker des Altertums, 2. Reihe, Band 1-6) sowie eine zehnbändige Ausgabe (*Ausgewählte Biographien*, dt. v. Ed. Eyth, Stuttgart 1854-1869). Diese zehnbändige Ausgabe sowie die Bände 1, 3 und 5 der sechsbändigen Ausgabe befinden sich in Brechts Nachlaßbibliothek (mit Anstreichungen).

Sallust (Gajus Sallustius Crispus): In Brechts Nachlaßbibliothek gibt es zwei Übersetzungen von Sallusts *De coniuratione Catilinae* (zwischen 44 und 35 v.d.Z.): *Die Verschwörung des Catilina* (Übers. u. eingel. v. Ludwig Rumpel, Leipzig o.J.) und *Von der Zusammenrottung des Catilina* (Übers. v. Thomas Abbt, Frankfurt a.M. 1767). Sallusts Darstellung geht indirekt in die Rarus-Tagebücher vom November 691 ein. Die kritische Einstellung Brechts zu diesem Autor zeigt sich in der Art, in der Sallust selbst im Roman vorkommt (vgl. 305,19-22).

Sueton (Gajus Suetonius Tranquillus): In der Nachlaßbibliothek befindet sich von *De vita Caesarum* (121) die Ausgabe *Die zwölf Cäsaren*, nach der Übers. v. Adolf Stahr, 2. Aufl., Berlin 1922 (Klassiker des Altertums, 1. Reihe, Band 12). Die *Caesar*-Biographie Suetons gehört zu den wichtigen Quellen für Brecht; er wertet aber auch viele Details der übrigen elf Kaiserbiographien aus.

Publius Cornelius Tacitus: Aus den *Annalen* (2. Jh.; Buch 1, Kapitel 70) stammt die Episode von den Soldaten im ausgetrockneten Flußbett, das sich bei Flut als Meeresbucht entpuppt. Ansonsten ist dieser antike Autor nicht nur beim *Caesar*-Projekt Vorbild für den Stil Brechts allgemein.

Zu den geschichtswissenschaftlichen Quellen:

Carl Bardt (Hg.), *Ausgewählte Briefe aus ciceronischer Zeit*, Leipzig 1930: Wichtig an diesem Band ist der Anhang des Herausgebers, den Brecht aus dem Buchblock herausgelöst und zu seinen Arbeitsunterlagen für den Roman gelegt hat. Dieser Anhang besteht aus einer *Zeittafel* (Bardt, S. 137) für die Jahre 106 (Geburt des Pompejus) bis 44 v.d.Z. (Tod Caesars), es folgt eine *Chronologische Übersicht 63-43* (Bardt, S. 197-212), ein Namensverzeichnis (Bardt, S. 212-238) für Personen und Orte und ein *Verzeichnis der Cognomina [Familiennamen]* (Bardt, S. 239). Bardts Anhang ist keine direkte Quelle, aber eine wichtige Möglichkeit zum Nachschlagen während der Arbeit am *Caesar*-Roman.

Georg Brandes, *Cajus Julius Caesar* [dän.], 2 Bände, København og Kristiania 1921 (dt.: G. B., *Cajus Julius Caesar*, 2 Bände, Autor. Übers.

von Erwin Magnus, Berlin 1924): Brecht hat während der Arbeit am *Caesar*-Roman nur die dänische Originalausgabe zur Verfügung; im ersten Band gibt es einige Anstreichungen, wahrscheinlich in erster Linie von Margarete Steffin, die Dänisch gelernt hatte, im zweiten Band sind nur die Registerseiten aufgeschnitten; die Bände befinden sich in der Nachlaßbibliothek. Interessant sein konnten die Kapitel über *Die Großfinanz* (Brandes, deutsche Ausgabe, Band 1, S. 231-271), über *Caesar als Politiker* (Band 1, S. 130-230) für die Zeit in Spanien und *Zeitverhältnisse in Caesars Jugend* (Band 1, S. 57-73). Es ist jedoch nicht möglich, Einzelheiten des Romans ausschließlich auf Brandes zurückzuführen.

Jérôme Carcopino, *César*, Paris 1936 (*Histoire Ancienne*, Troisiéme Partie: *Histoire Romaine*, Tome II: *La République Romaine de 133 a 44 avant J.-C.*): Brecht erwähnt den Autor (Brief an Martin Domke, April 1938), der Band befindet sich in der Nachlaßbibliothek, bleibt aber als Quelle weitgehend ohne Bedeutung.

Guglielmo Ferrero, *Größe und Niedergang Roms*, 6 Bände, Stuttgart 1908-1910: Brecht hat nur die ersten drei Bände zur Verfügung (in der Nachlaßbibliothek vorhanden): 1. *Wie Rom Weltreich wurde* (1908), 2. *Julius Caesar* (1908), 3. *Das Ende des alten Freistaats* (1909). Besonders ergiebig ist der erste Band, und zwar zu den Themen: Sklaven, Pompejus und die Seeräuber, Pompejus' Triumphzug u. a. Der zweite Band mit den Schwerpunkten Gallien und Bürgerkrieg hätte für den nicht mehr ausgeführten Teil des Fragments wichtig werden können. Außer im ersten Band gibt es Anstreichungen auch im dritten, der sich u. a. mit der postumen Wirkung Caesars auseinandersetzt.

William Warde Fowler, *Julius Caesar and the Foundation of the Roman Imperial System*, New York 1892: Ähnlich Carcopino nennt Brecht diesen Autor zwar auch in einem Brief, notiert sich zudem in den Materialien zum *Caesar*-Stück eine Seitenzahl, ohne daß ein genauer Bezug deutlich würde, doch bleibt dieser Band, der sich in der Nachlaßbibliothek befindet, insgesamt unberücksichtigt auf Grund von Brechts Einschätzung: »Oxfordprofessor, sehr schwach« (Brief an Karl Korsch, November 1937). Somit dürfte auch kein anderes der zahlreichen Bücher Fowlers zum Thema Rom eine Rolle gespielt haben.

Tenney Frank, *An Economic History of Rome*, London 1927: Diese Untersuchung bietet Informationen über das Alltagsleben der Arbeiter und Sklaven, über Grundbesitz, Landverteilung usw. und ist eine wesentliche Quelle für Brecht. Es gibt seitenlange Exzerpte aus dem Band, da er ihn nicht besitzt und auf Bibliotheksexemplare angewiesen ist.

Wilhelm Kroll, *Die Kultur der ciceronischen Zeit*, 2 Bände, Leipzig 1933: Brecht notiert sich unter dem Stichwort »Quellen« ein Cicero-Zitat aus dem ersten Kroll-Band (*In toga candida*; Kroll, Band 1, S. 53). Nicht im Detail auf bestimmte Romanteile festlegbare Informationen erhält Brecht im Kapitel *Die private Geldwirtschaft* zu Grundstücks-

und Sklavenpreisen. Daneben beschreibt Kroll z.B. das Wahlmanöver der »coitio«, das Bündnis zweier Bewerber, um einen dritten auszubooten.

Paul Lafargue, *Die Entwicklung des Eigentums*, Berlin 1893: Die Namensnennung Lafargues in Notizen zum nicht ausgeführten fünften Buch des *Caesar*-Romans im Zusammenhang mit dem »Geist der Gleichheit unter den Germanen« (373,23-25) bezieht sich wahrscheinlich auf diese Schrift Lafargues (vgl. dort S. 7, 14, 16).

Niccolo Machiavelli, *Sämmtliche Werke [in 8 Bänden]*, aus dem Ital. übers. v. Joh[hann] Ziegler, Karlsruhe 1832-1841: In Brechts Nachlaßbibliotek befinden sich die ersten beiden Bände (1. *Vom Staate oder Betrachtungen über die ersten zehn Bände des Tit. Livius*, 1832; 2. *Der Fürst, [und] die kleinern politischen Schriften und Gesandtschaft bei dem Herzog von Valentinois*, 1833). Machiavellis Arbeiten gehen nicht direkt in den Text des Fragments ein, sie sind vielmehr von Bedeutung für die Sicht und die Sichtung der historischen Ereignisse. Daß Machiavelli hier eine Rolle spielt, zeigt eine Art Zitatensammlung in den Materialien zum Projekt (vgl. auch *Journale*, 8. Oktober 1941).

Eduard Meyer, *Caesars Monarchie und das Principat des Pompejus. Innere Geschichte Roms von 66 bis 44 v. Chr.*, Stuttgart/Berlin 1919 (2. Aufl.): Meyer ist eine der ausgiebig benutzten Quellen des *Caesar*-Romans, wie zahlreiche Notizen und Zitate bzw. Exzerpte belegen. Brecht findet dort Details zu den Währungseinheiten (einschließlich entsprechender Umrechnungsverhältnisse), zur Gesetzgebung, zum Proletariat, zur Catilina-Verschwörung sowie zum Verhältnis Oppius–Balbus und Caesar.

Theodor Mommsen, *Römische Geschichte*, Band 1-3, 5, Berlin 1854-1885 (1. *Bis zur Schlacht von Pydna*, 1854; 2. *Von der Schlacht bei Pydna bis auf Sullas Tod*, 1855; 3. *Von Sullas Tod bis zur Schlacht von Thapsus*, 1856; [4. Nicht erschienen]; 5. *Die Provinzen von Caesar bis Diocletian*, 1885): Brecht wertet – trotz seiner negativen Einschätzung des Historikers – vor allem Mommsens dritten Band aus, darin wiederum besonders das elfte Kapitel *Die alte Republik und die neue Monarchie*; die zahlreichen Exzerpte aus Mommsen sind Beleg dafür, daß Brecht auf Bibliotheksexemplare angewiesen ist. Trotz seiner Vorbehalte gegenüber dem Historiker kann er aus diesem Standardwerk eine Vielzahl an Details verwerten: zur Besoldung und Armenversorgung, zu den Verdiensten der Tagelöhner und der gemeinen Soldaten, zu Preisen, Mieten und Zinsen, zu Caesars Schulden, zu »Pferde- und Hundeliebhabern«. Es ist neben Frank und Meyer eine der wichtigen Quellen unter den geschichtswissenschaftlichen Arbeiten.

Michael Rostovtzeff, *Gesellschaft und Wirtschaft im römischen Kaiserreich*, Übers. v. Lothar Wickert, 2 Bände, Leipzig o. J. [um 1930]:

Unter den Notizen zum *Caesar*-Roman befinden sich nur die bibliographische Angabe zu diesem Band und Margarete Steffins Hinweis: »Caesars Tod«. Rostovtzeff hat wahrscheinlich keine Rolle gespielt.

J.-P. Waltzing, *Étude Historique sur les Corporations Professionnelles chez les Romains depuis les origines jusqu'à la chute de l'Empire d'Occident* (Geschichte der Berufsverbände von den Anfängen bis zum Zusammenbruch des weströmischen Reiches), Tome I-IV, Bruxelles/Louvain 1885-1900: Auch zu diesen vier Bänden gibt es unter den Notizen zum *Caesar*-Roman nur die bibliographischen Angaben; eine umfangreiche Auswertung des wohl von Martin Domke vorgeschlagenen Werkes hat wahrscheinlich nicht stattgefunden.

Max Weber, *Die römische Agrargeschichte in ihrer Bedeutung für das Staats- und Privatrecht*, Stuttgart 1891: Informationen über die Sklaven in der Landwirtschaft zieht Brecht aus diesem Band und notiert sich verschiedene Quellenangaben, die Weber berücksichtigt, insbesondere von Cato und Columella.

Max Weber, *Agrarverhältnisse im Altertum*, in: *Handwörterbuch der Staatswissenschaften*, hg. v. J. Conrad [u.a.], Jena 1909 (3. Aufl.), Band 1, S. 52-187: Zu Webers Artikel notiert Margarete Steffin die bibliographischen Angaben und das Stichwort »Kapitel Rom« (der sechste Abschnitt bei Weber). Es ist zweifelhaft, ob Brecht den Artikel tatsächlich zur Kenntnis genommen hat.

Neben diesen Quellen gehört zum Anschauungsmaterial während der Entstehungszeit des Romans eine Vielzahl von Plänen und Karten: so hat Brecht eine Grundrißzeichnung des römischen Atrium-Hauses angefertigt mit Buchstabenmarkierungen zu den einzelnen Räumen und entsprechender Legende; es gibt einen Stadtplan zum antiken Rom, eine Karte über Bodenschätze in Spanien, eine englische Karte von Gallien zur Zeit Caesars, eine französische Straßenkarte Norditaliens aus den dreißiger Jahren und mehrere Karten zum Imperium Romanum bzw. zu einzelnen Gebieten des Mittelmeerraumes.

Außerdem sind verschiedene Fotos antiker Büsten erhalten, zum großen Teil aus der Ny Carlsberg Glyptothek in Kopenhagen (vermutlich aus einem Ausstellungskatalog oder Museumsführer). – Zum Thema Hunderennen (vgl. Dio Cassius und Mommsen) schneidet Brecht aus amerikanischen Zeitungen Berichte über »Greyhoundracing« aus, Veranstaltungshinweise und Wettergebnisse. Ergänzt wird dies durch eine kleine Zeitungsnotiz über Fußballwetten im England der dreißiger Jahre.

Text/Fassungen

Die erste Niederschrift des ersten Buches vom Januar 1938 umfaßt 18 von Brecht selbst geschriebene Typoskriptseiten, die er handschriftlich korrigiert hat. Der Anfang entspricht bereits weitgehend dem Text der letzten Überarbeitung. Der zweite Teil hingegen ist wesentlich kürzer. Die Niederschrift endet mit der Übergabe der Rarus-Tagebücher an den Historiker. – Vorausgegangen sind diesem ersten zusammenhängenden Text des Romanbeginns eine Fülle von einzelnen kurzen Notierungen zu diesem Teil.

Zum zweiten Buch sind aus der Anfangsphase seiner Entstehung insgesamt drei Arbeitsstufen überliefert: an erster Stelle ein in Groß- und Kleinschreibung gehaltenes Typoskript, das im Vergleich zur letzten Überarbeitung insgesamt um vieles kürzer ist, andere Daten für die Tagebuch-Eintragungen vorsieht und – besonders zu Beginn – eine ganz andere Reihenfolge dieser Eintragungen aufweist. Zu diesem Typoskript gibt es ein Konvolut von Bruchstücken bzw. einzelnen Tagebuch-Notierungen, die erst nachträglich eingefügt werden sollten; teilweise handelt es sich dabei aber auch nur um Durchschläge von einzelnen Seiten oder um zusätzliche Abschriften. – Große Ähnlichkeit mit dem Typoskript des zweiten Buches in Groß- und Kleinschreibung weist eine weitere Niederschrift dieses Romanteils auf, an die später ein Durchschlag der ersten schriftlichen Fixierung des dritten Buches angehängt worden ist. Auch hier liegen beim zweiten Buch noch zahlreiche Abweichungen im Vergleich mit der letzten Überarbeitung vor; für das Tagebuch sind andere Daten vorgesehen, und die Ausführlichkeit der letzten Überarbeitung ist nicht erreicht. – Schließlich liegt ein drittes Typoskript des zweiten Buches vor, das der letzten Überarbeitung schon sehr nahekommt. Es handelt sich im wesentlichen um eine Abschrift der in den vorangegangenen Stadien entstandenen Texte, die auf den ersten Seiten intensiv von Margarete Steffin handschriftlich korrigiert worden ist; auf den folgenden Seiten stammen die handschriftlichen Änderungen weitgehend von Brecht selbst. Einzelne Tagebuch-Aufzeichnungen sind in diesem Stadium ausführlicher als in der letzten Überarbeitung, was hier jeweils durch die sichtbaren Streichungen dokumentiert ist. Die zahlreichen Klebestellen bzw. die vielen angeklebten Einschübe zeigen andererseits Erweiterungen an oder Veränderungen in der Reihenfolge, aber auch die Montage von vorgefertigten Einzelteilen.

Am Ende der Textgeschichte der ersten drei Bücher steht das Typoskript der letzten Überarbeitung, das diese Bücher zusammenhängend umfaßt. Hier erstmals enthalten ist das dritte Buch, zu dem es nur eine Niederschrift gibt; das ist u.a. möglich geworden durch umfangreiche Vorstudien, die dann gleich zu einem vollständigen Text dieses Romanteils montiert werden konnten. Von diesem Typoskript hat es (mindestens) einen Durchschlag gegeben; der Durchschlag des Typoskripts zum ersten und zweiten Buch liegt als eine Einheit (mit dem handschriftlichen Vermerk »Grete« für Margarete Steffin) vor, der Durchschlag des dritten Buches ist an die eine oben genannte Niederschrift des zweiten Buches angehängt worden.

Das erste Buch ist in dieser letzten Überarbeitung im Vergleich zur ersten Niederschrift stark erweitert, die inhaltlichen Lücken sind geschlossen. Dies gilt in gleichem Maße für das zweite Buch; die handschriftlichen Ergänzungen und Änderungen aus den davorliegenden Typoskripten, besonders von Margarete Steffin stammend, sind hier in die maschinenschriftliche Textschicht eingegangen; die handschriftlichen Eintragungen in der letzten Überarbeitung stammen ausschließlich von Brecht. Auch in dem als »1. Band« bezeichneten Durchschlag dieses Typoskripts zum ersten und zweiten Buch (Exemplar Steffin) sind die gleichen handschriftlichen Eintragungen fast durchgehend und vollständig enthalten, geschrieben von Margarete Steffin. Die Änderungsvorschläge stammen mit Sicherheit sowohl von Brecht als auch von Steffin und sind vom jeweils anderen weitgehend übernommen worden, ohne daß hier – wie insgesamt – die Autorschaft geklärt werden kann.

Zum vierten Buch gibt es wieder – wie beim zweiten – mehrere Typoskripte: neben den Vorformulierungen von einzelnen Teilen und verschiedenen Bruchstücken gibt es einen frühen zusammenhängenden Text dieses Romanteils, in den bei einer ersten Überarbeitung zahlreiche Einschübe eingefügt worden sind, schließlich eine erweiterte letzte Überarbeitung (die Textgrundlage für die vorliegende Ausgabe).

Eine Besonderheit des Originals der letzten Überarbeitung der ersten drei Bücher, das in der vorliegenden Ausgabe die Textgrundlage bildet, sind handschriftliche Änderungen (hauptsächlich bei den Namen; vgl. A 28) und insbesondere Fragen und Hinweise auf Quellen usw. von Stefan Brecht. Diese Eintragungen sind hier im Text nicht berücksichtigt worden.

Darüber hinaus liegen – wie auch zu den ausgeführten Teilen – zum Schlußteil des vierten Buchs und zum geplanten fünften und sechsten Buch sowohl Notierungen über den inhaltlichen Gesamtverlauf als auch Vorstudien, Stoffsammlungen, Selbstverständigungen und nicht zuletzt Entwürfe und Bruchstücke für weitere Handlungsteile vor; sie werden in der vorliegenden Ausgabe im Anschluß an die ausgearbeiteten Teile als Anhang wiedergegeben (S. 349-390). Am Anfang stehen die vorhandenen Übersichtsdarstellungen, die das vierte bis sechste Buch des Romans vorstellen oder in eine Gesamtbetrachtung einbeziehen (A 1-2); der Hauptteil des Anhangs besteht aus Texten, die sich dem vierten (A 3-28, B 1-11), fünften (A 29-35, B 12-14) oder sechsten Buch (A 36-39, B 15-29) zuordnen lassen (teilweise von Brecht durch Bezifferung usw. schon zugeordnet sind).

Das zweite Buch des Romans ist auf der Grundlage der letzten Überarbeitung der ersten drei Bücher publiziert worden. Für diesen Vorabdruck 1949 im ersten *Sonderheft Bertolt Brecht* der Zeitschrift *Sinn und Form* ist die letzte Überarbeitung nochmals redigiert worden, wie die Abweichungen des Drucks im Vergleich zur letzten Überarbeitung dokumentieren; die unmittelbare Textgrundlage für den *Sinn und Form*-Druck ist nicht erhalten. Dieser Vorabdruck ist in der vorliegenden Ausgabe nicht berücksichtigt worden, da nicht feststeht, wer die redaktionelle Überarbeitung vorgenommen hat und inwieweit sie von Brecht autorisiert ist (es gibt hierzu keine Unterlagen). Auffällig sind insbesondere kleine Kürzungen, aber auch Ergänzungen. Eine Berücksichtigung des Drucks hätte zur Konsequenz gehabt, daß der zusammenhängend vorliegende Text der vier Bücher hätte auseinandergerissen werden müssen: das zweite Buch vorangestellt, danach das erste, dritte und vierte auf der Grundlage der letzten Überarbeitung (Typoskript). Bei Beibehaltung der Reihenfolge der vier Bücher und Einbeziehung des Drucks des zweiten Buchs würde eine Mischfassung entstehen, die nicht auf Brecht zurückgeführt werden kann.

Die gewichtigsten Abweichungen des auszugsweisen Vorabdrucks (*Zweites Buch. Unser Herr C.*) im *Sonderheft Bertolt Brecht* von *Sinn und Form* (1949) sollen jedoch an dieser Stelle verzeichnet werden:

201,4 *91]* Fehlt im Vorabdruck.

203,36 *nie ganz]* »lange nicht«.

205,34 *Landgüter, Villen, Pferde, Statuen]* »Landgütern, Villen, Pferden, Statuen.«

206,30 *ab.]* Danach folgt: »Sie engagieren dazu Arbeitslose, die der Not der Zeit gehorchend das Lesen gelernt haben.« (In keinem der überlieferten Textzeugen enthalten.)

206,36 *Campania]* Durchgehend vereinheitlicht in: »Campagna«.

208,8 *vollständig]* »endgültig«.

210,31 *Sizilien]* Danach folgt: », der ›Kornkammer der Hauptstadt‹,«.

210,34 *auszuholen]* »auszuhorchen«.

216,17f. *überlaufen]* »laufen«.

216,20f. *Bevor die Bodenfrage]* »Bevor nicht die Bodenfrage«.

219,26 *Sklaven]* »ein paar Sklaven«.

221,24 *die letzte Parole]* »die Parole«.

221,39 *zu mir halblaut]* »halblaut zu mir«.

222,4 *der bewaffneten]* »der ehemaligen bewaffneten«.

225,34 *ins Kontor]* »zum Kontor«.

226,30 *verhandelten]* »verhandeln«.

227,15 *obgleich]* »wiewohl«.

228,17 *völlig]* »absolut«.

228,38f. *Er ließ sich heute]* »Heute ließ er sich«.

230,15 *niemandem]* »niemand«.

230,20-24 *Denn ... Beschreibung.]* Fehlt.

232,39 *für verloren]* »verloren«.
235,23f. *liege./Hier wurde]* Kein Absatz.
235,27 *sich]* »einander«.
241,9 *von ihm bisher nur]* »bisher nur von ihm«.
242,18 *stark]* Fehlt.
243,25 *sehr]* Fehlt.
244,9 *Fuhrwerksunternehmers]* »Fuhrunternehmers«.
248,12 *Treppenaufsatz]* »Treppenabsatz«.
249,38 *überhand nehmenden]* Fehlt.
250,39 *C.]* »er, C.,«.
255,23 *C.]* »Er«.
255,24 *instinktiv]* »ganz instinktiv«.
255,25 *nur sein]* »ein«.
255,34 *haben sie]* »hat man«.
255,38 *Es gab]* »Es gab da«.
258,30f. *Als ihn die Sklaven]* »Als die Sklaven ihn«.
259,13 *ein paar Wechslerbuden]* »eine Wechslerbude«.
260,35 *Wieso muß ich dir das überhaupt sagen]* »Wieso muß das überhaupt ich dir sagen«.
261,4 *deshalb und]* »und deshalb«.
262,9-11 *Die Untersuchung ... bekommen.]* Fehlt.
262,27 *ungeheuren]* »riesigen«.
267,13 *den Klubs]* »die Klubs«.
269,11f. *hier ... lieber]* »lieber pfände ich hier«.
269,18 *wären]* »seien«
271,39 *diesalpinische]* »cisalpinische«.
274,13f. *spricht ... Morgenstunden]* »spricht bis in die Morgenstunden über ein Leben nach dem Tod«.
275,1 *an der milvischen Brücke]* »an der Aemilischen Brücke«.
279,21f. *dem Maertischen Gefängnis]* »dem Mamertinischen Gefängnis«.
286,17 *allen]* »all«.
287,14 *691]* Fehlt.

Zur Textgestaltung in der vorliegenden Ausgabe:
170,13 *dem Knöchel]* In der Textgrundlage: »dem Knöcheln«; korrigiert nach dem Wortlaut der ersten Niederschrift.
173,4 *Campagna]* Die in der Textgrundlage wechselnde Schreibung »Campagna« und »Campania« (phonetische Schreibweise) ist beibehalten worden.
174,32-175,6 *Ich habe ... wird.]* Diese Passage der Textgrundlage auf einem angeklebten Papierstreifen ist nicht durch ein Einfügungszeichen exakt zugeordnet.
196,10 *eingeborener Stämme]* In der Textgrundlage: »Eingeborenerstämme«.

209,11 *»Schwamm«]* In der Textgrundlage meist ohne Anführungszeichen.

211,25 *des Philosophen Epikur, und C., der]* In der Textgrundlage: »der Philosophen Epikur und C., der«; korrigiert nach dem Wortlaut der ersten Niederschrift und auf Grund der Satzkonstruktion.

213,33 *Prozent]* In der Textgrundlage »%«, so auch an anderen Stellen (vgl. z. B. 232,25).

220,17 *die »Wade«]* In der Textgrundlage meist ohne Anführungszeichen.

221,32 *Kollosseum]* So in der Textgrundlage.

271,39 *diesalpinische]* So in der Textgrundlage und allen übrigen Typoskripten.

281,16 *verauktioniert]* In der Textgrundlage: »veraktioniert«; korrigiert nach dem Wortlaut der ersten Niederschrift.

283,14 *Cittus]* In der Textgrundlage sind »C« und »S« aufeinandergetippt; der Name »Sittus« aus der ersten Niederschrift ist hier offenbar korrigiert worden.

283,16 *Cucca]* In der Textgrundlage sind »C« und »S« aufeinandergetippt; der Name »Succa« aus der ersten Niederschrift ist hier offenbar korrigiert worden.

286,30 *Makedonien]* In der Textgrundlage: »Makedämonien«; vermutlich entstanden durch die Zusammenziehung der Bezeichnungen »Makedonien« und »Makedämon«. Hier an die sonstige Schreibung angeglichen.

299,30f. *angestrengte, bleiche Gesichter]* In der Textgrundlage: »angestrengten, bleichen Gesichter«. Vermutlich entstanden aus zwei verschiedenen Formulierungsvorhaben.

318,29 *Schuldenmoratorium]* In der Textgrundlage: »Schuldenmemoratorium«.

326,26f. *die ... gespannt werden]* In der Textgrundlage: »da ... gespannt wird«; in der ersten Niederschrift: »die ... gespannt wird«. Vermutlich entstanden aus zwei verschiedenen Formulierungsvorhaben.

327,23f. *bithynischen]* In der Textgrundlage: »bythinischen«; an die sonstige Schreibung angeglichen.

334,13 *Felsgrund]* In der Textgrundlage: »Feldgrund«.

350,24 *Faebula]* In der Textgrundlage zu dieser Übersicht durchgehend diese Schreibung (statt: Faevula).

355,1 *A 6]* Um diese Übersicht zu notieren, hat Brecht vier Blätter nebeneinandergeklebt und durch waagrechte Linien über alle vier Seiten hinweg in sechs Teile gegliedert, um die Stichworte zu den parallelen Vorgängen (in der vorliegenden Ausgabe untereinander) nebeneinander notieren zu können (Leerstellen in der Textgrundlage sind in der vorliegenden Ausgabe durch »–« gekennzeichnet).

355,12 *Pompejus]* Textgrundlage: »P.«; hier – wie bei allen Texten des Anhangs – sind eindeutige Abkürzungen von Namen (außer »C.«) aufgelöst worden.

Wirkung

Gemeinsam mit dem Vorabdruck des zweiten Buches erscheint im ersten *Sonderheft Bertolt Brecht* der Zeitschrift *Sinn und Form* bereits die erste Reaktion zu diesem Romanteil, Ernst Niekischs Aufsatz *Heldendämmerung. Bemerkungen zu Bertolt Brechts Roman »Die Geschäfte des Herrn Julius Cäsar«* (S. 170-180). Niekisch befaßt sich mit der »Kammerdienerperspektive« im allgemeinen (ausgehend von Hegels Aussagen zum Thema Herrschaft – Knechtschaft) und mit der Frage, wer eigentlich ein Held sei, um damit zu Brechts Rarus-Partien und zu Caesar, der vielen als »Held aller Helden« gelte, zu gelangen; er reiht den *Caesar*-Roman ein in die »Entlarvungsliteratur, die sich antike Helden auserkoren hat«, etwa Jacques Offenbachs Operetten oder Jean-Paul Sartres *Die Fliegen* (S. 179).

Ebenfalls nur in Kenntnis des zweiten Buches zieht Max von Brück (*Zweimal Cäsar*, in: *Die Gegenwart*, Freiburg i.Br., 1950, Nr. 5, S. 15-17) einen Vergleich mit Thornton Wilders Roman *The Ides of March* (1948, dt.: *Die Iden des März*, 1948), weist auf Parodie und Witz hin, auf Kammerdienerperspektive und Entlarvungstendenz, um abschließend jedoch festzustellen: »Die Geschichte kennt nur den *einen* Gaius Julius Cäsar, das größte Genie des römischen Volkes, und die Perspektive ›von unten‹ des erfundenen Figaro kann nicht hindern, daß Cäsars entscheidende Bedeutung weit jenseits des Geschäftlichen liegt.«

Innerhalb seiner Besprechung des gesamten Sonderhefts von *Sinn und Form* nennt Wolfgang Grözinger (*Bert Brecht zwischen Ost und West*, in: *Hochland*, München, 1950, Heft 1, Oktober, S. 80-86) den *Caesar*-Roman »eine marxistische Fleißaufgabe«, um sich dann mehr mit den »Bemerkungen« Ernst Niekischs auseinanderzusetzen als mit dem Roman.

Obwohl der zu diesem Zeitpunkt hauptsächlich als Autor der *Dreigroschenoper* bekannte Brecht 1949 im Sonderheft von *Sinn und Form* als Dramatiker (und Theatertheoretiker), als Lyriker und als Romancier gleichermaßen vorgestellt wird, bleibt die Veröffentlichung des zweiten Buchs von *Die Geschäfte des Herrn Julius Caesar* ohne registrierbare größere Wirkung.

Zeilenkommentar

Der Übersichtlichkeit und Vereinfachung wegen folgen am Ende des Zeilenkommentars Erläuterungen zu den historischen Begriffen (S. 560-563). – Angeschlossen sind eine Zeittafel zu den historischen Ereignissen für die Jahre des Romangeschehens (S. 564f.) und eine weitere Zeittafel zu den Ereignissen, die im Fragment beschrieben sind (S. 566f.).

Die genauen bibliographischen Angaben zu den Quellen, auf die im folgenden verwiesen wird, sind am Ende des Abschnitts *Entstehung* zu finden (S. 518-522; ein lückenloser Nachweis sämtlicher Übernahmen aus antiken und wissenschaftlichen Quellen kann jedoch in diesem Rahmen nicht geführt werden).

167,3 *See]* Auf Grund der späteren Anspielungen auf Gabriele d' Annunzio im Zusammenhang mit der Figur des Vastius Alder (vgl. zu 303,7 und zu 303,8) läßt sich der Charakter des Schauplatzes für die Rahmenhandlung als Gardasee-Landschaft vorstellen.

167,16 *Biographie]* Zum Thema Biographie vgl. auch die übrigen Hinweise im Roman: 169,7f.; 171,26-30; B 10. Es gibt bereits Biographien von Caesar: vgl. 178,37f.

167,19 *Legende]* Legenden um Caesar sind schon sehr früh entstanden, Glorifizierungen seiner Leistungen, die er angeblich als einziger bzw. einzelner initiiert und durchgeführt hat. Nach seinem Tod wird er als Divus Julius unter die Götter aufgenommen (vgl. Sueton, *Caesar*, Kapitel 88).

167,20 *Bücher geschrieben]* Gemeint sind die Darstellungen *De bello Gallico* (52/51 v.d.Z., dt.: *Der gallische Krieg*) und *De bello civile* (nach 48 v.d.Z., dt.: *Der Bürgerkrieg*), in denen Caesar selbst seine Taten ins rechte (subjektive) Licht rückt.

167,31 *Mummlius Spicer]* (Lat.) wörtlich: »Mumifizierter Würger«.

168,4 *Tullius Varro]* Nach dem *Corpus Inscriptionum Latinarum* (Leipzig/Berlin 1862-1943) gibt es zwei Quästoren mit diesem Namen (Vater und Sohn) in der Kaiserzeit (2. Jahrhundert).

168,18 *meinen »Solon«]* Dem griechischen Politiker Solon, der sich auch als Lyriker betätigt hat, gilt eine von Plutarchs *Lebensbeschreibungen*, in der auch Grundstücksspekulationen beschrieben werden; diese sind wahrscheinlich eine Vorlage für die Spekulationen Caesars im Roman.

168,19 *Parteizugehörigkeit]* Parteien im modernen Sinn, denen man beitreten kann oder nicht, hat es in Rom nicht gegeben. Es gibt jedoch die clientelae (Klienteln), die sich um gesellschaftlich einflußreiche Männer gruppieren.

168,32-35 *Mein Unternehmen ... finanzieller Nutzen...]* Anspielung auf die Tui-Thematik (vgl. *Der Tuiroman*).

169,1 *Rarus]* (Lat.) wörtlich: »Der Seltene«.

169,4 *Pergamentrollen]* Die damals übliche »Buchform« im Gegensatz zum Codex (dem Vorläufer des Buchs), den es zu dieser Zeit vereinzelt gibt, der aber noch nicht durchgesetzt ist.

169,14 *Bewässerungsanlage]* Neben der Entnahme aus natürlichen Gewässern sind zur Bewässerung auch Aquädukte angezapft worden; Inschriften belegen, wer dies zu welchen Zeiten tun durfte.

169,27 *Kurzverkaufen]* Sonderform der Börsenspekulation; Brecht kennt den Begriff durch Bouck White (*Das Buch des Daniel Drew. Leben und Meinungen eines amerikanischen Börsenmannes*, München 1922, S. 192f.): zur Ausschaltung des Konkurrenten Vanderbilt auf dem Weg zum Hauptaktionär der Erie-Bahn in den USA nutzt Drew den (den anderen unbekannten) Besitz von Aktien, um sie an der Börse anzubieten, einen Preissturz zu erreichen, während ihm von den übrigen Beteiligten der Nennwert ausbezahlt werden muß.

169,28f. *Kornpreise]* Gerade sie sind großen Schwankungen ausgesetzt (Überproduktion in den Provinzen, Kornsendungen nach Rom und Verteilung dort, umsonst oder zu Preisen, die unter den Erzeugerpreisen in der Umgebung Roms liegen); vgl. zu 191,15.

171,13-15 *Caesar ... 20 Jahre tot.]* Auf Grund der Lebensdaten Caesars, 100-44 v.d.Z., ist die Zeit der Niederschrift durch den Historiker an dieser Stelle des Romans auf das Jahr 24 v.d.Z. festgelegt. Vgl. zu 291,13 und die Zeittafel zu den Ereignissen des Romans (S. 566f.).

171,18 *Gesetze kodifiziert]* Kodifizieren: das systematische Ordnen und Sammeln vorhandener Rechtsvorschriften sowie ihre schriftliche Fixierung in Gesetzbüchern. Caesars Plan, das Recht der römischen Bürger in einem Gesetzbuch zusammenzufassen, ist nicht ausgeführt worden (vgl. Mommsen, *Römische Geschichte*, Band 3, S. 519f.).

171,18f. *Münzwesen reformiert]* Gemeint ist die Vereinheitlichung der verschiedenen Münzsysteme, die es auf dem Territorium des Römischen Reiches gegeben hat; das Gold, das zuvor nach Gewicht als Zahlungsmittel benutzt worden ist, wird unter Caesar durch Prägung zur Reichsmünze.

171,19 *Kalender]* Der nach Gajus Julius Caesar benannte Julianische Kalender ist am 1. Januar 45 v.d.Z. in Kraft getreten, basiert auf dem ägyptischen Sonnenjahr von 365 1/4 Tagen Dauer und hat der Vereinheitlichung der Zeitrechnung innerhalb des Römischen Reichs gedient. Nach dem alten Kalender war Neujahr am 1. März; jedoch ist auch der 1. Januar schon als Termin für den Amtswechsel der höchsten Magistrate (vgl. S. 561) als wichtiges Datum geläufig gewesen.

171,20 *Feldzüge in Gallien]* Der Gallische Krieg dauert von 58 bis 51 v.d.Z.

171,21 *Feldzeichen]* Standarte (signum) bzw. Zeugfahne (vexillum) mit dem Namen der militärischen Einheit und z.B. Tierabbildungen (Adler, Wolf usw.).

171,21 *bis ins ferne Britannien]* Während des gallischen Krieges setzen die Römer zweimal über den Kanal nach Britannien über (55 und 54 v.d.Z.).

171,24 *nannten sich Städte]* Caesarea heißen im Altertum mehrere Orte im Mittelmeerraum: z.B. Caesarea am Argaeus in Kleinasien (vorher: Mazaca), Caesarea in der Provinz Mauretania an der nordafrikanischen Mittelmeerküste (vorher: Iol), Caesarea in Palaestina (vorher: Stratonis Turris).

171,24 *Jahresmonat]* Der Juli (nach Julius, dem Familiennamen – die Julier – von Caesar).

171,24f. *die Monarchen fügten ... zu]* Nachdem Oktavian als Adoptivsohn Caesars dessen Namen angenommen hat, wird »Caesar« in der Folgezeit zum festen Bestandteil der Kaisertitulatur; vom Wort »Caesar« leiten sich die Bezeichnungen »Kaiser« und »Zar« ab.

171,26 *Alexander]* Gemeint ist das Vorbild Alexander der Große. Vgl. Plutarchs vergleichende Doppelbiographie von Alexander und Caesar in den *Lebensbeschreibungen*.

172,12 *Reden des Hortensius]* Der bedeutende Redner Quintus Hortalus Hortensius hat insbesondere Angehörige der Nobilität vor Gericht verteidigt. Von seinen Reden ist nichts erhalten, nur einige Titel sind bekannt, u.a. durch die Beschreibungen Ciceros.

172,38 *in den neunziger Jahren]* Hier erstmals – wie dann bei den Tagebüchern des Rarus durchgehend eingesetzt – die römische Zeitrechnung, die Berechnung der Jahre ab urbe condita (a.u.c.; nach Gründung der Stadt, d.h. 753 v.d.Z.); gemeint sind die Jahre 690-699 a.u.c. bzw. 64-55 v.d.Z.

173,4 *Campagna]* Die Campagna di Roma ist das Gebiet im Südwesten der Stadt bis hin zu den Albaner Bergen.

173,12 *Tunica]* Ein ärmelloses oder kurzärmliges Untergewand, aus zwei Teilen geschnitten und vernäht; es reicht bis zu den Knien und ist je nach Stand der Person verschieden verziert (bestickt).

173,18 *C.s Mutter]* Caesars Mutter heißt Aurelia.

173,31 *Häuser des Crassus]* Ein Grundstock für den Reichtum des Marcus Licinius Crassus waren die Proskriptionen Sullas (die Namen der Geächteten werden öffentlich angeschlagen) in den Jahren 82/81, bei denen sich Crassus bereichert hat. (Durch das Proskriptionsgesetz waren die Sullanischen Gegner für vogelfrei erklärt worden, auf ihren Kopf waren Belohnungen ausgesetzt; ihre Vermögen wurden eingezogen.) Zu einem der mächtigsten Patrone (zur Klientel vgl. S. 560f.) wurde Crassus u.a. durch den Besitz einer Vielzahl von Mietshäusern. Als Prokonsul schlägt er im Jahre 72 v.d.Z. den Spartakus-Aufstand nieder, schließt sich 71 Pompejus an, richtet als Konsul zusammen mit Pompejus im Jahre 70 v.d.Z. das Volkstribunat wieder ein.

173,38-40 *Spicer sprach ... von C.]* Ein Vorbild für Fußnoten in einem Roman (es gibt sie schon im empfindsamen Roman, etwa bei Lawrence Sterne) liegt auch mit Robert Louis Stevensons *The Master of Ballantrae* (1889) vor, dessen Neuübersetzung *Der Junker von Ballantrae* (1924) Brecht 1925 sehr positiv rezensiert, u.a. deshalb, weil diese »Lebensbeschreibung« aus der Sicht eines »Feinds«, eines ungerechten Biographen, gegeben wird (vgl. *Glossen zu Stevenson*; Band 21).

174,28f. *Anwalt in zwei Prozessen]* Insbesondere Plutarch (*Caesar*, Kapitel 4) berichtet von der Klage gegen Gnaeus Cornelius Dolabella »wegen Mißhandlung seiner Provinz« Makedonien und vom Bestechungsprozeß gegen Publius Antonius, in dem Caesar mehrere griechische Städte vertritt.

174,29 *der demokratischen Klubs]* Mit diesem modernen Begriff bezeichnet Brecht Gruppierungen des römischen Volks, auf die Senat und City (vgl. zu 175,8) in ihren Auseinandersetzungen Einfluß zu nehmen suchen.

175,8 *City]* Übertragung einer modernen Bezeichnung (vgl. die »City of London«, den großen Geldmarkt) auf die während der punischen Kriege aufgestiegenen und reich gewordenen Kaufleute, die vor allem dem Stand der Ritter (equites) angehörten; sie bilden den Gegenpol zum alten grundbesitzenden Adel des Senats. Auf diese Weise, und in erster Linie auf diese Schicht bezogen, wird die Einführung der modernen Begrifflichkeit für den Geld- und Wirtschaftsbereich möglich: Bank (171,35), Börse (175,11), Konkurse (176,31), Kapitalflucht (210,10) usw.

175,9 *300 Familien]* Die im Senat vertretenen Adelsfamilien, die obere Schicht.

175,17 *der alte Cato]* Marcus Portius Cato (Censorius), eine der bekanntesten Persönlichkeiten des 2. Jahrhunderts v. d. Z.; nach Abschluß der Ämterlaufbahn nimmt er als Senator in vielen Reden zu wichtigen politischen Fragen Stellung. Vgl. sein oft wiederholtes »Ceterum censeo Carthaginem esse delendam« (Im übrigen meine ich, daß Carthago zerstört werden muß).

175,17f. *Urgroßvater unseres Cato]* Der Urenkel des Censoriers, Marcus Portius Cato (Uticensis), ist Vertreter der Senatsaristokratie, überzeugter Republikaner und Gegner Caesars.

175,19 *Gesetzgebung des II. Jahrhunderts]* Die Gesetze des alten republikanischen Rom.

175,22f. *Gesetz, nach dem ein Senator nicht Handel treiben durfte]* Die lex Claudia de nave senatorum (Gesetz über die Betätigung der Senatoren) aus dem Jahre 218 v. d. Z.; vgl. Livius, *Ab urbe condita* (*Römische Geschichte*), Buch 21, Kapitel 63.

175,36f. *junkerliche Unfähigkeit]* Anspielung auf die Rückständigkeit bzw. das Festhalten an angestammten Vorrechten der Junker, wie insbesondere die Großgrundbesitzer in den östlichen Teilen des Deutschen Reiches genannt worden sind; hier übertragen auf die Angehörigen des Senats.

176,1 *Zeit, die Geld war]* Das sprichwörtliche »Zeit ist Geld« geht zurück auf Benjamin Franklins »Remember that time is money« (Denk daran, Zeit ist Geld) in *Advice to a young trademan written anno 1748* (1793, dt.: Ratschläge für einen jungen Kaufmann, geschrieben 1748).

176,5 *den punischen Krieg]* Von den drei punischen Kriegen, in denen Rom schließlich das konkurrierende Karthago vernichtet, ist hier offensichtlich der zweite gemeint (vgl. zu 176,34). Vgl. auch Brechts *Offenen Brief an die deutschen Künstler und Schriftsteller* (1951) mit dem Hinweis auf die drei punischen Kriege am Schluß.

176,26 f. *Dolabella ... Antonius ... Makedonien...]* Vgl. zu 174,28 f.

176,34 *Schlacht von Zama]* Mit der Umfassungsschlacht von Zama in Nordafrika (202 v.d.Z.) wird der zweite punische Krieg für Rom entschieden; sie zeigt das Ende der Großmacht Karthago an.

177,3 *Cato, der Jüngere]* Marcus Porcius Cato (Uticensis), vgl. zu 175,17 f.

177,4 *300 Familien]* Vgl. zu 175,9.

177,5 f. *Statthalter von Sardinien]* Marcus Porcius Cato (Censorius) ist 198 v.d.Z. Praetor auf Sardinien und geht gegen Wucherer vor. (Brecht überträgt dies auf den jüngeren Cato.)

177,27 f. *Cicero ... sizilianischer Firmen.]* Dazu gehört Ciceros Prozeß gegen Verres, Praetor von Sizilien, im Jahre 70 v.d.Z. (vgl. Plutarch, *Cicero*, Kapitel 7 f.).

177,36 *demokratische Klubs]* Vgl. zu 174,29.

177,37 *Prozesse]* Vgl. zu 174,28 f.

178,16 *Rhodos]* Insel in der Ägäis.

178,17 *Redekunst]* Nach dem Freispruch Dolabellas (vgl. zu 174,28 f.) zieht sich Caesar auf die Insel Rhodos zurück zu Apollonius Molon, einem berühmten Lehrer der Beredsamkeit (vgl. Sueton, *Caesar*, Kapitel 4).

178,36 f. *Die beiden Prozesse]* Vgl. zu 174,28 f.

179,4 f. *Die Witwe ... seine Tante]* Die Schwester von Caesars Vater ist die Frau des Gajus Marius gewesen.

179,5 *die Tochter des Aufrührers Cinna]* Cornelia, die Tochter Cinnas, ist Caesars erste Frau gewesen (ab etwa 85 v.d.Z.); sie ist die Mutter der gemeinsamen Tochter Julia und 68 v.d.Z. gestorben. Vgl. Sueton, *Caesar*, Kapitel 1; vgl. Plutarch, *Caesar*, Kapitel 1. – 88 v.d.Z. zum Konsul gewählt, versucht Cinna die sullanische Ordnung außer Kraft zu setzen, anfänglich gemeinsam mit Marius, nach dessen Tod Anfang 86 alleine: insbesondere die Regelung der wirtschaftlichen Situation, soweit dies gegen die reichen (mächtigen) Ostprovinzen unter Sulla machbar gewesen ist.

179,18 *Zumutung des Sulla]* Als Konsul stärkt Sulla die Senatsmacht durch neue Gesetze. Nachdem er Ende 88 das Kommando gegen Mithridates VI. antritt (erster mithridatischer Krieg, 89-85 v.d.Z.), können sich in Rom seine Gegner um Cinna durchsetzen.

179,23 *Cinna]* Vgl. zu 179,5.

179,27 *nach Asien]* Caesar ist in den Jahren 81-79 v.d.Z. als Offizier im Osten.

179,35 *Einen syrischen Freigelassenen.]* Vgl. Sueton, *Caesar*, Kapitel 76: Sein Name ist Rufio.

179,39 *Wie Sulla.]* Vgl. zu 179,18.

180,15 *das Begräbnis]* Vgl. 182,32 f.

180,38 *über 40]* Auch Caesar ist 40 Jahre alt (vgl. 198,23); vgl. auch

Der Aufstieg des Arturo Ui (Szene 4). Brechts 40. Geburtstag ist der 10. Februar 1938.

181,8-12 *»Er mag ... freigelassen.«]* Vgl. Weber, *Römische Agrargeschichte*, S. 238 f.

181,15 *Salzfisch]* Vgl. auch 244,25-36. Fisch als billiges Nahrungsmittel ist schon bei Aristophanes erwähnt in *Vespae*, 491. Vgl. den Hering als Motiv bei Brecht z. B. in *Herr Puntila und sein Knecht Matti.*

181,21 *Geschichte mit den Seeräubern]* Vgl. Sueton, *Caesar*, Kapitel 4, und Plutarch, *Caesar*, Kapitel 1-2.

181,30-182,25 *»Der junge Caesar ... hatte.«]* Die Geschichte entspricht teilweise wörtlich Plutarchs Beschreibung (*Caesar*, Kapitel 1-2).

181,30 *Pharmakusa]* Bei Sueton (*Caesar*, Kapitel 4) bzw. Plutarch (*Caesar*, Kapitel 1): Pharmacussa bzw. Pharmakussa; Insel nahe der kleinasiatischen Küste auf der Höhe von Milet (vgl. 182,10).

182,5 f. *Gedichte und Reden ... Barbaren]* Plutarch, *Caesar*, Kapitel 2, berichtet: »Er verfaßte Gedichte und Reden und las sie ihnen vor, und wenn sie ihm keine Bewunderung zollten, schalt er sie unverblümt Barbaren ohne Bildung und Kultur.«

182,16 *Pergamos]* Auch Pergamon, Stadt in Kleinasien.

182,16 *Junius]* M. Iunius Silanus ist 83/82 v.d.Z. Proquästor in Asia, 77 Praetor und 76 Prokonsul in Asia.

182,24 *ans Kreuz schlagen]* Die Kreuzigung ist zunächst nur bei verurteilten Sklaven, dann allgemein bei Angehörigen der unteren Schichten angewandt worden.

183,8 *Delos]* Insel in der Ägäis. Zur Handelsstadt und zum Sklavenmarkt Delos vgl. Ferrero, *Größe und Niedergang Roms*, Band 1, S. 30, 32, 72, 88.

183,9 *10000 Stück]* Diese Zahl nennt Frank (*An Economic History of Rome*, S. 210) nach dem griechischen Geographen Strabo.

183,13 *Exporttrust]* Trust: (engl.) Zusammenfassung (des Kapitals) mehrerer Unternehmen des gleichen Wirtschaftszweiges unter einer einheitlichen Leitung mit dem Ziel, das Monopol zu erreichen und zu sichern.

183,13 *Zollpächter]* Die sogenannten publicani sind in Gesellschaften organisierte private Unternehmer, die vom Staat die Steuer- und Zolleintreibung pachten. Sie zahlen dafür im voraus eine feste Summe und machen ihre Gewinne durch Betrügereien und Ausbeutung in den Provinzen. Die Gesellschaften der publicani haben ab dem 3. Jahrhundert v.d.Z. »alle wirtschaftlichen und finanziellen Großaufträge« an sich gezogen, »die der römische Stadtstaat wegen seiner rudimentären Verwaltung gar nicht in eigener Regie übernehmen konnte« (Karl Christ, *Krise und Untergang der römischen Republik*, Darmstadt 1984, S. 79).

183,14 *der römischen Adler]* Das Hoheitssymbol des Römischen Reiches; Wappentier.

183,16 *Die kilikischen und syrischen Firmen]* Kilikien oder Cilicia bzw. Syria sind zwei römische Provinzen am östlichen Mittelmeer (Kleinasien bzw. »Naher Osten«).

183,27f. *Arzt und seine Kammerdiener]* Vgl. Sueton, *Caesar*, Kapitel 4.

183,32 *20 Talente]* Laut Plutarch, *Caesar*, Kapitel 2.

183,38-41 *Ich zitiere: »... Sklaverei.«]* Eine mögliche Quelle konnte nicht ermittelt werden.

184,1 *Prokonsul Junius]* Vgl. zu 182,16.

185,19 *Forum]* (Lat.) Marktplatz, Gerichtshof; hier das Forum Romanum im Unterschied zu den erst später angelegten römischen Kaiserforen (Forum Augusti, Forum Traiani usw.).

185,27-36 *Als der Volkstribun ... Monopolpreise.]* Vgl. Plutarch, *Pompejus*, Kapitel 25-26. Daran orientieren sich die Darstellungen von Mommsen und Ferrero.

185,28 *Pompejus]* Durch den Vater mit einer großen Klientel ausgestattet und um eine Sonderstellung bemüht, hebt er Anfang 83 v.d.Z. eigenmächtig drei Legionen aus, wird ihm vom Senat mehrfach das Oberkommando (Gegner in Sizilien, Afrika usw.) übertragen. Seine Soldaten bekämpfen die Seeräuber, besiegen die Heere des Mithridates und Tigranes. Die dadurch gewonnene Macht und sein Streben nach Unabhängigkeit führen zwischenzeitlich zum offenen Gegensatz zwischen Senat und Pompejus.

185,37 *Die demokratischen Klubs]* Vgl. zu 174,29.

186,9 *Etrurien]* Landschaft nördlich von Rom.

186,19-27 *Catulus ... ein Rabe ... herabfiel]* Die Episode erzählt Plutarch in seiner *Pompejus*-Biographie (Kapitel 25).

187,4f. *Cicero ... Jungfernrede.]* Als Prätor hält Cicero im Jahre 66 v.d.Z. seine erste politische Rede vor dem Volk und empfiehlt, Pompejus im dritten mithridatischen Krieg eine außerordentliche Befehlsgewalt zu erteilen (*Pro lege Manilia de imperio Cn. Pompei*; *Über den Oberbefehl des Cn. Pompejus*).

187,21-37 *Wir kamen ... Sklaven.«]* Vgl. Weber, *Römische Agrargeschichte*, S. 236-242, bes. 240, 238.

187,30 *Kirschbäume, eine neue Obstsorte]* Der Naturkunde des Plinius zufolge (*Naturalis Historia*, 15. Buch) hat Lucullus 74 v.d.Z. eine veredelte Süßkirsche aus Pontos nach Italien gebracht; Brecht übernimmt diese Angabe wahrscheinlich von Ferrero (*Größe und Niedergang Roms*, Band 1, S. 262). Vgl. auch Brechts *Das Verhör des Lukullus*. Nach anderen antiken Quellen hat es Edelkirschen in Italien auch schon vorher gegeben.

187,35 *Columella]* Gemeint ist Lucius Junius Moderatus Columella (1. Jahrhundert d.Z.), von dem es eine zwölf Bücher umfassende Abhandlung über die Landwirtschaft (*De re rustica*) gibt. Vgl. Weber, *Die römische Agrargeschichte*, S. 226f., Anmerkung 20.

188,13 *Hufe]* Im Mittelalter das auf eine Familie berechnete Durchschnittsmaß kleinbäuerlichen Grundbesitzes.

188,14 *ein früherer Legionär Caesars]* Vgl. die Filmgeschichte *Caesars Soldat* und die Kalendergeschichte *Cäsar und sein Legionär*.

188,20f. *gallischen Feldzuges]* Der gallische Krieg (58-51 v.d.Z.). Vgl. die Zeittafel, S. 564f.

189,2f. *Krammetsvögel]* (Mundartl.) die Wacholderdrossel; sie gilt als Delikatesse.

189,28 *Lucus]* Einen Ort dieses Namens gibt es östlich von Rom (Lucus Antitiae am Fucinus-See), andere an der ligurischen Küste und in Galicien.

189,29 *Britannien]* Vgl. zweite Anmerkung zu 171,21.

189,35 *Verpflegung]* Im zunächst von Brecht geplanten Stück will Caesar an den Verpflegungsgeldern während des Gallienkrieges verdienen.

189,37 *Bürgerkrieg]* Der Krieg (49-46 v.d.Z.) zwischen den Anhängern des Pompejus (Senat) und denen Caesars, beginnend mit der Überschreitung des Rubikon (des Grenzflusses zwischen Caesars Provinz Gallien und Italien) durch Caesars gallische Truppen, deren Auflösung die Gegenseite gefordert hatte.

190,5 *Abfindung]* Jeder Soldat unter Caesar hat für seine Teilnahme am Bürgerkrieg 20000 Sesterzen erhalten (Mommsen, *Römische Geschichte*, Band 3, S. 472).

190,17 *Setia]* Garnisonsstadt südlich von Rom.

190,18 *Latiner]* Bewohner von Latium, des Gebietes südlich und südöstlich von Rom.

190,23 *Hufen]* Vgl. zu 188,13.

190,34f. *Landfrage]* Vgl. die Reformen der Gracchen; vgl. zu 196,14. Nicht nur die Soldaten sollen als Veteranen mit einem Stück Land abgefunden werden (vgl. zu 301,34).

191,4 *Rätier]* Bewohner von Raetia, einem Gebiet in den Alpen, heute teils Schweiz, teils Österreich; Vorfahren der Rätoromanen, die sich eine lateinähnliche Sprache erhalten haben.

191,7 *von den demokratischen Klubs]* Vgl. zu 174,29.

191,15 *Kornspenden]* Große Kornsendungen, die von Provinz-Statthaltern oder von den Provinzen selbst nach Rom geschickt werden, um sich die Gunst der römischen Magistraten zu sichern, und entsprechende Verteilungen zu Schleuderpreisen in der Hauptstadt gibt es in unregelmäßigen Abständen seit dem 6. Jahrhundert. Gajus Gracchus institutionalisiert diese Getreideverteilungen, Sulla schafft sie vorübergehend ganz ab, seit 73 v.d.Z. werden sie teilweise, ab 63 wieder vollständig eingeführt.

191,36 *Afranius Carbo]* Eine historische Figur mit diesem Namen ist nicht bekannt; er ist möglicherweise zusammengesetzt aus dem Namen des Pompejus-Anhängers Lucius Afranius und dem zweier Konsuln: Gnaeus Papirius Carbo.

191,38 *Trusts]* Vgl. erste Anmerkung zu 183,13.

191,39 *nervischer Tuchmäntel]* Die Nervier bzw. Nervii sind eine Bevölkerungsgruppe in der Provinz Belgica; Tuche sind ein wichtiges Wirtschafts- und Handelsgut für sie.

191,39 *menapischer Schinken]* Die Menapier bzw. Menapii sind wie die Nervier eine Bevölkerungsgruppe in der Provinz Belgica an der Nordseeküste.

192,34f. *syrischen Salben]* Salben werden in der Antike verwendet als Kosmetik-Artikel (Duftöle), in der Medizin, im Totenkult.

192,35 *samnitischen Weine]* Die Samniten bzw. Samnites sind eine Bevölkerungsgruppe Mittelitaliens (östlich und südöstlich von Rom).

193,11 *Scipio Africanus]* Publius Cornelius Scipio ist Prokonsul und Oberbefehlshaber in Spanien (211-206 v.d.Z.), vertreibt dort die Karthager; erhält 205 den Oberbefehl in Sizilien, setzt nach Afrika über und siegt 202 mit seinen Truppen über Hannibal bei Zama (Ende des zweiten punischen Kriegs; vgl. zu 176,5 und zu 176,34), was ihm 201 zu Triumph und dem Beinamen Africanus verhilft.

193,24 *ist Handel kein Krieg?]* Erweiterung des Vergleichs von Carl von Clausewitz, nach dem der Krieg die Fortsetzung der Politik mit anderen Mitteln sei (Clausewitz, *Vom Kriege*, 1832-1834, 1. Teil, 1. Buch, Kapitel 1, 24), ein Vergleich, den Brecht mehrfach übernommen hat.

193,27f. *Grenzen ... überschritten.]* Einer Notiz Brechts in den Materialien zum *Caesar*-Roman zufolge handelt es sich dabei um die Aussage von US-Außenminister Cordell Hull, der sich gegen die Schutzzollpolitik gegenüber Lateinamerika ausgesprochen hat. Brecht bezieht sie auch auf Hitler (vgl. *Journale*, 19. Februar 1939).

194,16 *leben und leben lassen]* Tillys Losung in Friedrich Schillers *Wallensteins Lager* (6. Auftritt).

194,22 *Tiberius Gracchus]* Tiberius Sempronius Graccus, 133 v.d.Z. Volkstribun und Verfechter eines neuen Ackergesetzes (Neuverteilung von Gemeindeland), wird bei der nochmaligen Bewerbung um das Tribunat ermordet; die Details – Stuhlbein, 300 Tote (vgl. 194,23f.) – findet Brecht in Plutarchs Lebensbeschreibung (*Tiberius Gracchus*, Kapitel 19).

194,26f. *Manius Aquillius]* Um 104 v.d.Z. Prätor, 101 mit Gajus Marius Konsul. 90/89 v.d.Z. hat er als Gesandter den Auftrag, den König von Bithynien wieder einzusetzen; der daher rührende Bruch mit Mithridates (König von Pontos) führt dazu, daß dieser ihn nach Niederlage und Auslieferung 88 v.d.Z. töten läßt.

194,27 *Pontos und Bithynien]* Bithynia bzw. Bithynien und Pontus sind ursprünglich eigenständige Königreiche in Kleinasien an den Dardanellen und der südlichen Schwarzmeerküste.

194,29 *drei Richtungen im Senat]* In den antiken Quellen ist dieser Ausspruch überliefert durch Aulus Gellius in seinen *Noctes Atticae* (*Die Attischen Nächte*; Buch 11, Kapitel 10).

194,34f. *13 Jahre später]* D.h.: 121 v.d.Z.; vgl. auch die Zeittafel, S. 564f.

194,35 *Gajus Gracchus]* Gajus Sempronius Gracchus ist der jüngere Bruder des Tiberius (vgl. zu 194,22); die genannten biographischen Einzelheiten gehen wahrscheinlich auf Plutarchs *Lebensbeschreibung* zurück, einschließlich des Todes (*Gajus Gracchus*, u.a. Kapitel 17).

195,6 *21 Jahre vergingen]* Das ist das Jahr 100 v.d.Z.

195,6f. *der italische Bauer ... römische Handwerker]* Es wird generell unterschieden zwischen den Bewohnern Roms und denen des Umlands; vgl. den Bundesgenossenkrieg (90-88 v.d.Z.), danach erhalten auch die Italiker das römische Bürgerrecht.

195,7 *die Sklavenbanden Siziliens]* Es hat zwei große Sklavenaufstände in Sizilien gegeben, 136-132 und 104-101 v.d.Z.

195,7f. *die numidischen Heere des Jugurtha]* Gemeint ist der Jugurthinische Krieg (111-105 v.d.Z.); das numidische Königreich in Nordafrika wird am Ende zweigeteilt.

195,8 *Cimbern und Teutonen]* Nach mehreren Niederlagen gegen die Kimbern, Teutonen und Ambronen (z.B. 113 und 105 v.d.Z.) schlagen die Römer die germanischen Völker der Teutonen (102 v.d.Z.) und der Kimbern (101 v.d.Z.).

195,9 *Dezembertag 654]* D.h.: im Jahre 100 v.d.Z.

195,10 *Kapitol]* Das Capitolium ist einer der Hügel Roms auf der rechten Tiberseite.

195,16 *Sulla]* Vgl. zu 179,18.

195,19-25 *Ich spreche ... vernehmen konnte.]* Die Schlacht am Collinischen Tor hat im November 82 v.d.Z. stattgefunden; die Beschreibung mit den Stichworten Meierhaus, Marsfeld, Tempel der Bellona entspricht teilweise wörtlich der bei Mommsen (*Römische Geschichte*, Band 2, S. 329f.).

195,21 *Marsfeld]* Campus Martius, am linken Tiberufer in Rom.

195,23 *Tempel der Bellona]* Der Tempel der Kriegsgöttin Bellona wird in der Nähe des Circus Flaminius (nordwestlich des Kapitols) vermutet.

195,27 *Zeit des Catilina-Aufstands]* Im Jahre 63 v.d.Z. nach der Niederlage Catilinas bei den Konsulwahlen. Vgl. dazu generell Sallust und Plutarchs *Cicero*-Biographie (Kapitel 14-22). Vgl. zu 198,2.

195,28 *Sertorius]* Quintus Sertorius, Prätor in der Provinz Spanien, von dort vertrieben, von den Lusitaniern (vgl. 317,17-318,34) wieder zurückgeholt, Sieger über Pompejus, wird 72 v.d.Z. ermordet. Die Beschreibung dürfte auf Mommsen zurückgehen (*Römische Geschichte*, Band 3, 5. Buch).

195,39 *Ritterring]* Goldringe als Ehrenzeichen oder Abzeichen ursprünglich der Nobiles, dann auch der Ritter. Vgl. Livius, *Ab urbe condita* (*Römische Geschichte*), Buch 23, Kapitel 12,2.

196,13 *der beiden Asien]* Gemeint sind die asiatischen Territorien des römischen Reiches, vermutlich zu beziehen auf die Königreiche Pontus und Armenien.

196,14 *Die Ideen der Gracchen]* Die Reformen von Tiberius und Gajus Sempronius Gracchus haben der Erneuerung des Ackergesetzes gegolten (Vergabe von Gemeindeland an neue Bauern), einem Getreidegesetz (billiges Getreide für die Proletarier, die Nachfahren der besitzlosen, nach Rom abgewanderten Bauern) und der Gründung neuer Bürgerkolonien.

196,33 *Beginn des Jahres 91]* D.h. 691 seit Gründung der Stadt Rom bzw. 63 v.d.Z.

196,33 *Catilina-Affäre]* Vgl. zu 195,27 und zu 198,2.

198,1f. *die beiden Asien]* Vgl. zu 196,13.

198,2 *Catilina]* Lucius Sergius Catilina ist 68 v.d.Z. Praetor und 67/66 Propraetor in der Provinz Afrika gewesen, wird 66 wegen eines bevorstehenden Repetundenverfahrens (repetundarum crimen, Erpressung im Amt) als Bewerber um das Konsulat nicht zugelassen. Konsul zu werden, bleibt sein Hauptziel: im Jahre 64 im Bund mit Gajus Antonius Hybrida, Crassus und Caesar, im Jahre 63 mit Hilfe verschuldeter Adliger, verarmter Veteranen, Teilen der römischen Plebs.

198,15-17 *25 Millionen ... drei Sesterzien]* Diese Zahlen nennt Mommsen (*Römische Geschichte*, Band 3, S. 486 bzw. 471); die Zahl 25 Millionen stammt von Appian (*Römische Geschichte*); Brecht hat sie sich mit anderen Zahlen aus Eduard Meyers Untersuchung (*Caesars Monarchie*, S. 56, Anm. 1) herausgeschrieben.

198,23 *Der Mann war 40 Jahre alt!]* Caesar ist 100 v.d.Z. geboren; die Aussage bezieht sich auf das Jahr 60 v.d.Z. Vgl. auch zu 180,38.

201,4 *11.8.91]* Das ist der 11. August 691 a.u.c. bzw. 63 v.d.Z.

201,5-10 *Der Krieg im Osten ... Kontinent.]* Die hier genannten Zahlen gehen auf Pompejus' Triumphalinschriften zurück; Brecht hat sie bei Mommsen nachlesen können (*Römische Geschichte*, Band 3, S. 156).

201,6 *die drei mächtigsten Asiens]* Dazu gehören Mithridates IV. von Pontos und Tigranes I. von Armenien.

201,8f. *am Mäotischen ... Meer]* Das Mäotische Meer bildet den nördlichen Teil des Schwarzen Meers, teilweise abgeschnitten durch die Insel Krim (heute: Asowsches Meer).

201,11 *Pläne für die neue Reitbahn]* Von Pferde- und Hundeliebhabern allgemein und deren diesbezüglicher Großzügigkeit beim Geldausgeben berichtet Mommsen (*Römische Geschichte*, Band 3, S. 484).

201,18 *Subura]* Stadtviertel im Zentrum von Rom, dicht bevölkert, hauptsächlich von kleinen Gewerbetreibenden, und übel beleumundet; Caesar wohnt dort in »einem bescheidenen Haus« (Sueton, *Caesar*, Kapitel 46).

201,19 *Heiligenstraße]* In der Via Sacra auf dem Forum Romanum liegt die Amtswohnung des Oberpriesters, die Caesar als Amtsinhaber bezieht (Sueton, *Caesar*, Kapitel 46).

201,39-202,1 *Albanerbergen]* Vulkanisches Ringgebirge südöstlich von Rom; es gehört zum ›guten Ton‹, dort ein Landhaus zu besitzen (vgl. Mommsen, *Römische Geschichte*, Band 3, S. 484).

202,6 *Fechtmeister]* Zum Fecht-»Handwerk« vgl. Mommsen (*Römische Geschichte*, Band 3, S. 484).

202,6 *Pompeja]* Sie ist Caesars dritte Frau, Tochter des Quintus Pompejus Rufus und Enkelin des Lucius Cornelius Sulla (vgl. Plutarch und Sueton).

202,7 *Capua]* Zentrale Stadt im nördlichen Kampanien, nördlich von Neapel (Neapolis).

202,8 *Unze]* Kleines Gewicht; Gewichtseinheit (1/12 des Ganzen).

202,28 *Appische Straße ... Schlachthäuser]* Die Via Appia (Verkehrsverbindung mit Brundisium im Absatz des italienischen Stiefels) führt von Süden ins Stadtzentrum Roms; sie endet am Forum Boarium (Rindermarkt).

202,32 *Darlehen]* Im modernen Sinne das Ausleihen von Geld (verzinslicher oder zinsloser Kredit) oder auch von Sachmitteln mit der Vereinbarung, daß der Empfänger dies in gleicher Art, Menge und Qualität zurückgibt.

202,32f. *Viele gehen neben den Schuhen]* Vgl. die gleiche Wendung im zweiten Teil des Gedichts *Verhöhnung des Soldaten der Revolution. Seine Antwort* vom Januar 1938.

203,2 *Klientelstunde]* Die Zeit am Morgen, in der der Schutzherr für seine Klienten zur Verfügung steht. Vgl. S. 560f.

203,29 *Celer]* Ein Cognomen, der dritte Name nach dem Vor- und dem Familiennamen, anfänglich nur der altadligen Römer. Pomponius Celer ist eine erfundene Figur.

203,29 *Baja]* Baiae heißt der Hafen von Cumae, nördlich von Neapel.

203,30f. *Ledertrust]* Vgl. erste Anmerkung zu 183,13.

204,18 *verzinsliche Anleihen]* Im modernen Sinne eine meist börsengängige festverzinsliche Schuldverschreibung (auch Obligation oder Wertpapier) des Staates, von Banken oder Industrieunternehmen.

204,35 *silizischen Steuerpachten]* Gemeint ist wahrscheinlich »cilicischen«; die Provinz Cilicia liegt an der Südküste von Kleinasien. Zu den Steuerpachten vgl. zweite Anmerkung zu 183,13.

205,5 *Subura]* Vgl. zu 201,18.

205,16 *Lucullus]* Lucius Licinius Lucullus, zur Handlungszeit längst von Pompejus als Oberbefehlshaber abgelöst und entmachtet, führt als nach Crassus reichster Römer einen aufwendigen Lebensstil: prachtvolle Villen, Kunstmäzen usw. Vgl. auch Brechts Stück *Das Verhör des Lukullus*.

205,19 *Atrium]* Innenhof des römischen Hauses.

205,23f. *als Pompejus ... ablöste]* Die Übergabe des Kommandos durch Pompejus erfolgt drei Jahre zuvor, 66 v.d.Z.

205,27 *Stadtprätor]* Der praetor urbanus ist für die Rechtsprechung zuständig und in Abwesenheit des Konsuls in Rom dessen Stellvertreter.

205,31 *Viergespann]* Ein von vier Pferden gezogener Wagen, bei den Römern zweirädrig (Quadriga).

206,26-30 *Die Totenlisten ... ab.]* Vgl. im *Tuiroman* den Text B 17 (S. 79f.).

207,3 *Cremona]* Stadt am Mittellauf des Po.

207,8 *Handelskammern]* Moderner Begriff für die Interessenvertretungen des Handels und der gewerblichen Wirtschaft im Unterschied zu Handwerk und Landwirtschaft.

207,9 *Crassus]* Marcus Licinius Crassus Dives, bei den Sullaschen Proskriptionen zu Reichtum gekommen, wirtschaftlich und politisch sehr aktiv, ist der reichste Mann Roms (Mietshäuser usw.) und Rivale des Pompejus beim Kampf um die politische Führungsposition.

207,10 *happig]* (Norddt.) gierig, ungewöhnlich stark.

207,10 *römische Bürger zu werden]* Das römische Bürgerrecht, ursprünglich nur durch Geburt zu erwerben, wird im Laufe der Zeit auch für Nicht-Römer erreichbar, z.B. für die Italiker im Bundesgenossenkrieg (90-88 v.d.Z.), durch Caesar für Oberitalien.

208,3 *den Catilinarischen Kampfrotten]* Zu Catilina allgemein vgl. Plutarch, *Cicero* (Kapitel 14-22), und Sallusts *Verschwörung des Catilina*; vgl. zu 198,2 und die Zeittafel zum Jahr 63 v.d.Z., S. 565.

208,36 *den Albanerbergen]* Vgl. zu 201,39-202,1.

209,8 *Senatorenliste]* Das album senatorium ist die seit Augustus öffentlich aufgestellte Liste der Senatoren. Die Aberkennung des senatorischen Rangs hat eine Streichung aus dieser Liste zur Folge.

209,13 *Wollhändler Cruppulus]* Der Name ist erfunden; Anspielung auf Krupp und das Zusammenwirken von Politik und Wirtschaft auch zur Entstehungszeit des Romanfragments.

209,28 *Alexander]* In seiner *Crassus*-Biographie (Kapitel 3) erwähnt Plutarch einen Lehrer des Crassus für Geschichte und Philosophie mit dem Namen Alexandros.

210,4 *ziemlich aufgemachte Dame]* Vgl. zu 213,14.

210,10 *Kapitalflucht]* Moderner Begriff für den Kapitalexport in großem Umfang, der nicht in erster Linie aus Rentabilitätsgründen erfolgt, sondern z.B. aus politischen u.a. nicht ökonomischen Gründen (Mißtrauen in politische Stabilität einer Regierung usw.). Kapitalflucht hat in dem Land, aus dem das Kapital abgezogen wird, geringere Investitionen und höhere Arbeitslosigkeit zur Folge; in den Ländern, in die es fließt, führt es zu Inflation. – Auch als Mittel der Wirtschaft zur Beeinflussung der Politik angewendet.

212,10 *Scheffel]* Altes Hohlmaß für Getreide mit unterschiedlich festgelegter Größe; um die Zeitenwende ca. 12 Liter.

210,30f. *Angestellter der Getreidefirmen]* Anspielung auf die Interessenvertretung der Sizilier im Jahre 70 v.d.Z. im Prozeß gegen den erpresserischen Statthalter Verres; vgl. Ciceros Reden *In Verrem* (*Reden gegen Verres*).

210,31f. *Proquästor]* Marcus Tullius Cicero ist 75 v.d.Z. Quaestor in Sizilien.

210,39-211,1 *dem Palatinischen Hügel]* Einer der sieben Hügel, auf denen Rom gegründet worden sein soll (753 v.d.Z.).

211,11f. *Feuerwehrkorps]* Dieser Abschnitt geht auf Ferrero (*Größe und Niedergang Roms*, Band 1, S. 221f.) zurück.

211,25 *Epikur]* Der griechische Philosoph, Verfechter einer Naturlehre, wonach sich die Welten aus sich selbst entwickeln und auch wieder vergehen durch die Zusammenfügung oder Lösung der Atome, aus denen alles besteht, ist einer der frühen Materialisten und Atheisten.

211,33 *Tiberius Gracchus]* Vgl. zu 194,22.

211,36-212,8 *»Die wilden Tiere … zu können.«]* Die Passage überliefert Plutarch in seiner Biographie *Tiberius Gracchus* (Kapitel 9).

212,11 *Punier]* Von lat. poeni: die phönizischen Bewohner Nordafrikas; im allgemeinen: andere Bezeichnung für die Karthager.

212,17 *der servinischen Stadtmauer]* Auch Servianische Mauer genannt, aus der Zeit nach dem Galliereinfall (387 v.d.Z.); sie beginnt am Tiber bei der Porta Trigemina, umschließt Teile von Aventin, Caelius, Esquilin, Quirinal und Capitol; sie ist im Westen offen, wird aber durch den Tiber als natürlichem Schutz vervollständigt.

212,20f. *Bestechungssporteln]* Sporteln: Gebühren für eine Amtshandlung; Nebeneinkünfte.

212,32 *Wahlsporteln]* Vgl. zu 212,20f.

212,39 *Fachvereinen]* Gemeint sind die von Waltzing (*Etudes Historiques*, 1895-1900) »corporations professionnelles« genannten Zusammenschlüsse der verschiedenen Berufsgruppen.

213,2f. *Knöchelspiel]* Für verschiedene Brett- oder Geschicklichkeitsspiele werden neben Nüssen und Kastanien auch Knöchelchen verwendet.

213,3 *Porta Trigemina]* Tor in der Servinischen Stadtmauer Roms in Tibernähe.

213,14 *Mucia]* Die Frau des Pompejus ist während dessen Abwesenheit aus Rom Caesars Geliebte gewesen. Vgl. Sueton (*Caesar*, Kapitel 50), Plutarch (*Pompejus*, Kapitel 42).

215,12 *Quästorenspielen]* Die Ausrichtung von Spielen gehört zu den Aufgaben der Quästoren; es wird zeitweise ihre wichtigste. (Caesar wird 68 v.d.Z. Quästor.)

216,30f. *Vortrag über … Damen wie sie]* Vgl. *Fulvia über die Politiker und die Huren* unter den Texten zum Stückfragment *Die Geschäfte des Herrn Julius Caesar*.

217,8 *Präneste]* Stadt rund 30 km südöstlich von Rom (heute: Palästrina).

217,23 *Catilina]* Vgl. zu 198,2.

217,26 *Kandidatur um das Konsulat]* Es geht um Catilinas zweiten Versuch im Jahre 63 v.d.Z.

217,32 *Marius]* Der Konsul des Jahres 107 v.d.Z. Gajus Marius beendete 105 erfolgreich den Krieg gegen Jugurtha (vgl. zu 195,7f.), seine Soldaten siegten über Kimbern und Teutonen; 88 erhält er (zusätzlich zu Sulla) das Kommando gegen Mithridates VI.

218,5 *die »Diana auf dem blauen Pferd«]* Die italische Göttin Diana ist die Beschützerin der Frau, wird für die Geburt und die Gesundheit der Säuglinge angerufen, ist andererseits auch die Beschützerin der Sklaven, außerdem die der Wälder und der Wildnis. – Der Titel des Bildes ist eine Anspielung auf das expressionistische Gemälde *Der Turm der blauen Pferde* (1913) von Franz Marc; es ist 1937 als »entartet« beschlagnahmt worden und während des zweiten Weltkriegs verschollen. Es spielt auch in den Realismusdiskussionen der späten dreißiger Jahre eine Rolle. Vgl. dazu Brechts Schrift *Die blauen Pferde*.

218,16 *Rückkehr der asiatischen Armee]* Mit dem Ende des dritten mithridatischen Krieges (74-64 v.d.Z.).

219,7 *die beiden Asien]* Vgl. zu 196,13.

219,9 *300 Familien]* Vgl. zu 175,9.

219,9 *Bronzefabriken]* Die Metallegierung Bronze (90% Kupfer, 10% Zinn), zur Herstellung von Ackergeräten, Werkzeugen und Gefäßen benutzt, daneben als Werkstoff für Plastiken und Statuen beliebt, hat in Italien vor allem bei den Etruskern besondere Bedeutung gehabt, bei den Römern nicht in gleichem Maße.

219,22 *Sterbekasse]* Die collegia funeraticia (Sterbekassen); Brecht entnimmt die Informationen wahrscheinlich Frank, der von den »burial societies« berichtet (*An Economic History of Rome*, S. 342, 344), die für kleine monatliche Beiträge die Bestattungen organisieren.

220,2 *Wahlsporteln]* Vgl. zu 212,20f.

220,16f. *Cornelius Lentulus Sura (die »Wade«)]* Er ist 81 v.d.Z. Quästor, 75 Prätor, 74 Proprätor in Sizilien und 71 Konsul gewesen; 70 wegen unsittlichen Lebenswandels verstoßen, wird er 63 v.d.Z. nochmals Prätor und dann Catilinas vornehmster Anhänger. Vgl. zu 239,27.

220,20 *Grundstückspreise]* Für die Grundstücksspekulationen im Roman dürften die Angaben über Solon in Plutarchs *Solon*-Biographie Anregungen gegeben haben.

220,21 *Campania]* Vgl. S. 526.

221,4 *Stadthaus des Crassus]* Über den Preis von Ciceros Haus im Nobelviertel Roms konnte Brecht bei Frank zwei Angaben finden: 3,5 Millionen Sesterzien bzw. rund 150000 Dollar (Frank, *An Economic History of Rome*, S. 87) und rund 200 000 Dollar (S. 338).

221,9 *Beryllschmuck]* Beryll: ein Mineral, das das chemische Element Beryllium enthält, als Edelstein z.B. Aquamarin und Smaragd.

221,9 *Pulcher]* Cognomen (vgl. erste Anmerkung zu 203,29). Manius Pulcher (vgl. 258,8) ist eine erfundene Figur.

221,15 *Schuldenstreichung]* Das Angebot, Schulden zu erlassen, ist eines der Mittel, mit denen Catilina versucht, die Konsulatswahlen zu gewinnen.

221,32 *Von't Kollosseum]* Das Flavium amphitheatrum in der Senke zwischen den Hügeln Palatium und Esquilin ist unter Vespasian begonnen und unter Titus im Jahre 80 d.Z. eingeweiht worden. Die Arena erhält den Namen Colosseum erst im Mittelalter.

221,34 *Hottwolleh]* Phonetische Schreibung von (franz.) Hautevolee: die vornehme Gesellschaft.

221,39 *»Die Demokratie marschiert.«]* Möglicherweise Anspielung auf das *Horst-Wessel-Lied* der Nazis (»SA marschiert mit ruhig festem Schritt«) oder auf die Reformer in der SPD.

222,21 *Koofmichs]* Abfällig für: Kaufleute.

223,31 *Diktatur des Pompejus]* 70-62 v.d.Z.; vgl. die Zeittafel, S. 564f.

224,24 *Hundewettrennen]* Über solche Veranstaltungen zur Zeit Neros berichtet Dio Cassius (*Römische Geschichte*, Buch 61, 6.2); ihre Zahl nimmt zu, als die Lenker der Gespanne bei den Pferderennen extreme Forderungen stellen. Auch bei Mommsen ist für die Antike von Pferde- und Hundeliebhabern die Rede (Mommsen, *Römische Geschichte*, Band 3, S. 484). In den Materialien zum Roman gibt es eine Reihe von Zeitungsartikeln aus der Entstehungszeit des Romans über die Greyhound-Hunderennen in den USA.

224,33f. *Getreidespeichern am Tiber]* Der Handelsplatz (Emporium) und die Speicher (Horrea) liegen im Süden der Stadt am Tiberufer.

225,11 *Opfergebühren]* Caesar ist 63 v.d.Z. Pontifex Maximus.

225,14 *Heminas »Chronik«]* Autor und Titel sind fiktiv.

226,3f. *Cicero ... Mordpläne Catilinas]* Gemeint ist die Senatsrede des Konsuls Cicero vom 21. Oktober 63 v.d.Z. Vgl. Plutarch, *Cicero*, Kapitel 15-16. Catilina hat u.a. Gajus Cornelius Cethegus beauftragt, Cicero zu ermorden.

226,11f. *von ... Sullaschen Soldaten]* Bereits im Jahre 83 hat Sulla, unterstützt von Pompejus und Crassus, 40000 Soldaten aus Asia bzw. Griechenland nach Unteritalien gebracht.

227,10f. *Zehnmännerkollegium]* Durch die Wahl von Decemviri (Zehnmänner) als außerordentlicher Magistratur können die ordentlichen Magistrate und das Volkstribunat zeitweilig suspendiert werden.

227,36 *achtstöckiges Haus]* Mehrstöckige Wohn- und Geschäftshäuser (Läden im Erdgeschoß) sind durch Ausgrabungen in Rom und vor allem in Ostia, dem Hafen von Rom, bekannt; drei- bis sechsstökkige Gebäude werden mit Sicherheit angenommen (vgl. Hans Schaal, *Ostia. Der Welthafen Roms*, Bremen 1957). Vgl. 267,39.

228,10 *Perlenarmband]* Sueton berichtet von einer Perle im Wert von sechs Millionen Sesterzen, die Caesar seiner Geliebten Servilia, Catos Schwester, gekauft hat (Sueton, *Caesar*, Kapitel 50).

228,31 *Papiere der asiatischen Steuergesellschaften]* Vgl. zweite Anmerkung zu 183,13.

229,7 *Pomadekopf]* Gemeint ist Clodius. Vgl. 311,22.

230,18 *Handelskammer]* Vgl. zu 207,8.

230,21 *von zwei riesigen Nubiern]* Nubier: dunkelhäutiger nordostafrikanischer Volksstamm (Libyen, Nilgebiet). Auch Anspielung auf die farbigen Hilfstruppen, die General Franco 1936 beim Putsch in Spanien eingesetzt hat.

230,34 *»Hercules«]* Eine dem jungen Caesar zugeschriebene Dichtung, die nicht erhalten ist, heißt *Das Lob des Herkules* (vgl. Sueton, *Caesar*, Kapitel 56).

231,20f. *Bürgergarde des Herrn Cicero]* Auch Anspielung auf die republikanischen Schutzgarden (Reichsbanner Schwarz-Rot-Gold) in Deutschland vor 1933.

232,1 *Marsfeld]* Vgl. zu 195,21.

232,3 *Küraß]* Brustharnisch.

232,8 *Wählercenturien]* Centurien (ursprünglich militärische Einheiten von 100 Mann) heißen die nach Vermögensklassen eingeteilten Wahleinheiten, die sich zu den Magistratswahlen auf dem Marsfeld versammeln. Die wahlfähige Bevölkerung in republikanischer Zeit ist in viele solcher Centurien eingeteilt (bei der Einführung der Centurienordnung hat es 193 gegeben), wobei auf die Gesamtheit der Besitzlosen (proletarii) eine einzige Centurie entfällt.

232,31 *Gegenkandidaten Catilinas]* Marcus Tullius Cicero und Gajus Antonius.

233,6 *Steuerpachtgesellschaften]* Vgl. zweite Anmerkung zu 183,13.

234,22 *Bankier Oppius]* Gajus Oppius wird in den folgenden Jahren einer der wichtigsten Gefolgsleute Caesars, zusammen mit Cornelius Balbus; er geht mit Caesar nach Spanien und Gallien.

235,38f. *nutzlose Verordnungen ... Kapitalflucht]* Vgl. erste Anmerkung zu 210,10.

236,9 *Gestüt in Präneste]* Vgl. zu 217,8.

236,26 *nach Capua]* Vgl. Sallust, *Die Verschwörung des Catilina*, Kapitel 30,2.

236,31f. *Rottenführer]* Rotte: Untergruppe eines Zuges (der kleinsten Truppenabteilung). Auch Anspielung auf die Rottenführer bei der Hitlerjugend (HJ).

236,38 *Sporteln]* Vgl. zu 212,20f.

237,10f. *Die »Diana...«]* Vgl. zu 218,5.

237,33 *300 Familien]* Vgl. zu 175,9.

238,32f. *Curius]* Quintus Curius, um 71 v.d.Z. Quästor, aus dem Senat ausgestoßen, dann Anhänger Catilinas (vgl. auch Sallust, *Die Verschwörung des Catilina*, Kapitel 23, 26, 28).

239,7 *etwas Land]* Sueton (*Caesar*, Kapitel 50) spricht davon, daß Caesar der Servilia »riesige Güter zu billigstem Preis bei Auktionen zuschlagen ließ«.

239,24 *Lentulus]* Vgl. zu 220,16f. und zu 239,27.

239,24 *Statilius]* Lucius Statilius, bleibt 63 als Catilina-Anhänger in Rom, soll bei Brandstiftungen mitgewirkt haben, ist beteiligt bei Verhandlungen mit den Abgesandten der Allobroger (vgl. Sallust, *Die Verschwörung des Catilina*, Kapitel 17, 52, 43, 44).

239,26 *einer der ... fallitesten]* Fallit: (lat.-ital.) zahlungsunfähig.

239,27 *Spitznamen, die »Wade«]* Diese Erklärung des Beinamens gibt Plutarch (*Cicero*, Kapitel 17).

239,36 *Libertinismus]* Zügellosigkeit.

240,4f. *Geld ... Geruch]* Die Formulierung »Non olet« findet sich in Ciceros *Orator* (Der Redner; Kapitel 45,154); daß Geld nicht stinke, ist aber erst sprichwörtlich geworden durch die Anekdote um Vespasian, derzufolge dieser, wegen der Einführung einer Steuer auf Bedürfnisanstalten gerügt, das eingenommene Geld unter die Nasen der Kritiker hielt.

240,7f. *die »Klubs der Freunde des bewaffneten Aufstands«]* Vgl. den »Verein der Freunde des bewaffneten Aufstands« in der Tuigeschichte *Bewaffnung der Stadt To-schau durch Tuis* (S. 112f.).

240,19f. *Cicero ... Mordkomplott der Catilinarier]* Gemeint ist Ciceros erste Rede gegen Catilina, die er am 7. November 63 v.d.Z. im Senat hält (vgl. Sallust, *Die Verschwörung des Catilina*, Kapitel 31).

240,22f. *Tempel des Jupiters Stator]* Templum Jovis Statoris auf dem Forum Romanum.

240,23 *Heiligenstraße]* Die Via Sacra. Vgl. zu 201,19.

240,37 *Makedonien]* Vgl. auch 176,27 und zu 174,28f.

241,12 *Unruhe unter den Sklaven]* Vgl. Sallust, *Die Verschwörung des Catilina*, Kapitel 30,2; er berichtet von Gerüchten, denen zufolge »in Capua und in Apulien ein Sklavenkrieg beabsichtigt sei«.

241,25 *Pompejus]* Vgl. zu 185,28.

241,25f. *Schwager Quintus Metellus Nepos]* Pompejus' Frau Mucia ist die Schwester von Nepos; über ihn berichten Plutarch (*Cato*, Kapitel 20, 21; 26-29) und Meyer (*Caesars Monarchie*, S. 37 ff.).

241,31 *Brundisium]* Küstenstadt am Adriatischen Meer im Absatz des italienischen Stiefels; Ende der Via Appia (heute: Brindisi).

242,22 *Cethegus]* Gajus Cornelius Cethegus, Senator und Catilinarier, bleibt nach Catilinas Abreise aus Rom als fähigster und gefährlichster Führer in der Stadt zurück, plant Ciceros Ermordung (vgl. Sallust, *Die Verschwörung des Catilina*, Kapitel 43).

243,30 *Nepos und Cato]* Vgl. zu 241,25f. und Plutarch, *Cato*, Kapitel 20.

244,2 *Subura]* Vgl. zu 201,18.

244,7 *zum esquilinischen Hügel]* Einer der sieben Hügel Roms (Esquilinus).

244,26 *Salzfischverkäuferin]* Vgl. zu 181,15; vgl. z.B. auch *Leben des Galilei* (Szene 1), *Das Verhör des Lukullus* (Szene 11).

245,25 *Haus- und Straßensammlungen]* Auch Anspielung auf die Sammelaktionen der Nazis (Winterhilfswerk usw.).

245,32 *Er weiß das ja alles nicht.]* Die angebliche Uninformiertheit führender Personen (zur Entlastung von Verantwortung) und ihre hier indirekt angesprochene Bescheidenheit gehören zum Bild, das viele dieser Personen von sich zu entwerfen und durchzusetzen versuchen. Brecht kennt es u.a. aus den Biographien über amerikanische Wirtschaftsbosse, aber auch aus der deutschen Gegenwart zur Zeit der Romanentstehung. Er hat es z.B. im *Dreigroschenroman* thematisiert. Es ist auch ein Hitler-Topos: vgl. etwa das Gedicht *Was der Führer nicht weiß* oder die Schrift *Über die Frage, ob es Hitler ehrlich meint.*

246,16 *Villa in Präneste]* Vgl. zu 217,8.

246,21 *Einen schönen Hermes]* Eine Statue des griechischen Gottes, der neben zahlreichen anderen Funktionen auch der Götterbote ist. Kaufleute haben ihm für glückliche Fahrt gedankt und für den Gewinn, unabhängig davon, wie sie ihn erzielt haben; daher auch die Bezeichnung Hermaion für einen unerwarteten Gewinn oder einen glücklichen Fund.

246,35f. *Konsul Antonius]* Der Catilinarier Gajus Antonius Hybrida ist 63 v.d.Z. zusammen mit Cicero Konsul; nach seinem Wechsel ins andere Lager werden unter seiner Leitung die Catilinarier besiegt und er wird von seinen Soldaten zum Imperator ausgerufen.

246,38 *Punkte]* Die Einheit, mit der an der modernen Börse Änderungen im Kurswert angegeben werden.

247,1 *Baissetendenz]* Baisse: (franz.) Sinken; in der Börsensprache der anhaltend starke Kursrückgang bzw. Preisverfall.

247,10 *Auch Senatoren.]* Catilinarier ist neben Antonius (vgl. 247,12f.) beispielsweise Cethegus (vgl. zu 242,22).

247,20 *Prozesse wegen Amtsmißbrauch]* Vgl. zu 174,28f.

247,34 *Café Forum]* Darstellung Caesars als (machtlosen) Caféhauspolitiker.

248,7 *Prometheus-Statue]* Prometheus, Sohn des Uranos, bringt in der antiken Mythologie den Menschen das Feuer, aber auch die Schrift, die Heilkunst u.a.

248,26 *Amphora]* Vorratsgefäß (für Wein, Öl usw.) aus Ton oder Metall mit zwei Henkeln, teilweise unten spitz, so daß es in einem Gestell aufgehängt werden muß.

249,15 *Atrium]* Vgl. zu 205,19.

249,27 *Ingwer]* Aus Arabien importierte Pflanze, verwendet als Gewürz und als Heilmittel (verdauungsfördernd, Wiederbelebung von Lähmungen).

251,11f. *Pomadekopf]* Vgl. zu 229,7.

252,34 *Pontificalessen]* Belege für ein solches Essen gibt es z.B. zum

Amtsantritt des Lucius Lentulus Niger als Pontifex Maximus im Jahre 63 v. d. Z. In Anwesenheit von Priestern und den Vestalinnen werden den Geladenen zunächst Seeigel, Austern, Muscheln, Krammetsvögel mit Spargel (vgl. 254,8), Poularden, Pasteten, Rehbraten u. a. gereicht; die eigentliche Mahlzeit besteht aus Schweinsbrust und -kopf, Enten, Hasen, gebratenen Vögeln und mehr (vgl. Brandes, Band 1, S. 60).

253,7 *»22 Diktaturen gestürzt!«]* Vgl. zu 257,38f.

253,16f. *Ephesus]* Kleinasiatische Küstenstadt am Ägäischen Meer, eine der wichtigsten Städte der Provinz Asia.

253,31f. *Anekdote vom alten Catulus]* Vgl. Plutarch, *Pompejus*, Kapitel 25. Vgl. auch zu 293,21-26.

254,8 *Krammetsvogel]* Vgl. zu 189,2f.

254,15f. *Cicero ... Rede vom 8.]* Gemeint ist Ciceros zweite Rede gegen Catilina vom 8. November 63 v. d. Z.

254,17 *grammatikalische Kühnheiten]* Caesar verfaßte ein Buch über Grammatik, *De analogia*; vgl. zu 280,20f.

255,2 *etrurischer]* Vgl. zu 186,9.

256,3 *Buchöffner]* Zum Aufschneiden eines Buches.

257,5 *Air]* (Franz.) Aussehen, Haltung, Miene.

257,31f. *ihres senatorischen Purpursaums]* Die Purpurfarbe ist im gesamten Altertum Zeichen für Luxus und die Abstufungen der Macht; z. B. auch bei der Amtstracht der curulischen Magistrate: die nach ihrem Purpursaum benannte toga praetexta.

257,38f. *22 asiatische Könige und das römische Volk]* Vgl. 253,7; vgl. auch die Schrift *Das letzte Wort*: »Das erste Land, das Hitler eroberte, war Deutschland; das erste Volk, das er unterdrückte, das deutsche.«

260,17 *Cato]* Vgl. zu 175,17f.

260,33 *Kornpreis ... von 20 auf zwei]* Mommsen nennt diese Zahlen für Sizilien in einer Anmerkung (*Römische Geschichte*, Band 3, S. 474).

261,3f. *auf Baisse spekuliert]* Er ist die Verpflichtung eingegangen, zu einem späteren Zeitpunkt eine bestimmte Ware (hier: Korn) zu einem festgelegten Preis zur Verfügung zu stellen, darauf hoffend, daß bis zum Liefertermin die Preise gefallen sind, die Ware billiger beschafft, aber zum verabredeten (höheren) Preis abgegeben werden kann.

262,3 *Styx]* Bei Homer der Fluß der Unterwelt, den die Gestorbenen auf dem Weg ins Totenreich überqueren müssen. Hier: Redensart.

263,18f. *unter den Sklaven ... Gärung]* Vgl. zu 241,12.

265,21f. *Schuldverschreibungen]* Auch Obligation: die Sammelbezeichnung für festverzinsliche Wertpapiere bzw. im engeren Sinn Bezeichnung für die Urkunde, in der sich der Aussteller gegenüber dem Gläubiger verpflichtet, für das erhaltene Darlehen Zins und Tilgung zu zahlen.

266,21 *Kader]* Von franz. cadre: Kerntruppe eines Heeres (Offiziere), die besonders ausgebildet und geschult ist.

267,34 *griechische Romane]* Gemeint ist die verachtete Literatur von niedrigem Niveau bzw. Liebesgeschichten, in denen C. schmökert und wie sie aus späteren Jahren z.B. im *Satiricon* (1. Jh.) von Petronius Arbiter oder in *Daphnis und Chloë* (3. Jh.) von Longos vorliegen.

270,3f. *Berichte ... Brief bekommen hat]* Vgl. die dritte Rede Ciceros gegen Catilina (Kapitel 12) bzw. Sallust (*Die Verschwörung des Catilina*, Kapitel 44, 3-6).

270,33f. *Palais des Lucullus ... am Pinciushügel]* Vgl. zu 205,16.

271,14 *Aristoteles]* Der griechische Philosoph ist u.a. 343 v.d.Z. der Lehrer Alexanders des Großen gewesen.

271,31f. *Faesulae]* Stadt am Arno in Mittelitalien.

271,37 *Cremona]* Vgl. zu 207,3.

271,39 *das ganze diesalpinische Gallien]* Gallia cisalpina umfaßt den Norden Italiens (von Rom aus gesehen: diesseits der Alpen), d.h. die Po-Ebene, die nördlichen Teile der Apenninen und die ligurische Küste.

272,31 *Konsul Antonius]* Vgl. zu 246,35f.

273,7-10 *Ich bin ... unter mir.]* Anspielung auf Hegels Dialektik von Herrschaft und Knechtschaft (vgl. die *Phänomenologie des Geistes*, 1807).

273,18-21 *Belohnungen ... 100000 ... 200000 Sesterzien]* Diese Zahlen nennt Sallust (*Die Verschwörung des Catilina*, Kapitel 30).

274,22 *Capua]* Vgl. zu 202,7.

275,7 *Konkordiatempel]* Einer der ältesten Teile des Forum Romanum am Ostabhang des Kapitol.

275,27 *Picenum]* Mittelitalienische Landschaft am adriatischen Meer nordöstlich von Rom.

276,2 *Werg]* Beim Hecheln von Flachs und Hanf entstehendes Abfallfadengewirr, leicht entzündbar.

276,5f. *Die Polizei ... deponiert.]* Anspielung auf den Reichstagsbrand vom 27. Februar 1933, der von einem Nachbargebäude aus inszeniert worden ist.

277,31 *Koofmichs]* Vgl. zu 222,21.

278,10 *Hannibal stand vor den Stadttoren]* Die eine große unmittelbare Gefahr bezeichnende Wendung »Hannibal ad portas« bzw. »Hannibal ante portas« stammt aus Ciceros *Philippica* (*Philippische Reden*, 1. Buch, Kapitel 5,11). Unter dem Feldherrn Hannibal erobern die Karthager Teile von Spanien; mit der vertragswidrigen Überschreitung des Ebro beginnt 218 v.d.Z. der zweite punische Krieg. Hannibal und die karthagischen Truppen überschreiten die Alpen, dringen in Italien ein; Capua u.a. Städte schließen sich ihm an.

278,30 *Brief der Servilia]* Davon berichtet Plutarch an zwei Stellen: in der *Brutus*-Biographie (Kapitel 5) und in der Biographie zu Cato dem Jüngeren (Kapitel 24); vgl. auch Brandes, *Caesar*, Band 1, S. 183f.

279,27 *Vater des Vaterlandes]* Von lat. pater patriae; Ehrentitel, der von der Bezeichnung Ciceros und Caesars als parens patriae (Vater des Vaterlands) abgeleitet ist, den später zuerst Augustus benutzt und der von weiteren Kaisern übernommen wird.

280,20f. *Buch über die Grammatik]* Caesars zweibändiges Werk über die grammatische Sprachrichtigkeit als Grundlage der Redekunst mit dem Titel *De analogia* entsteht erst in den fünfziger Jahren; vgl. zu 254,17.

281,11 *Sturmrotten]* Vgl. zu 208,3. Auch Anspielung auf die Sturmabteilungen (SA).

282,29-33 *Pompejus ... Rückberufung]* Über die Rückberufung des Pompejus berichtet Plutarch in der *Pompejus*-Biographie (Kapitel 49) und in der Biographie von Cato dem Jüngeren (Kapitel 26-29); vgl. z.B. auch Brandes, *Caesar*, Band 1, S. 189f. und 192.

283,2 *Schwarzer Tag an der Börse]* Seit dem Börsenkrach vom 25. Oktober 1929 in New York, dem Beginn einer ganzen Kette von Kurseinbrüchen und dem Ausgang für die verheerende Weltwirtschaftskrise, ist der »Schwarze Freitag« zum festen Begriff geworden.

283,8 *Präneste]* Vgl. zu 217,8.

284,35 *Kapitalflucht]* Vgl. zu 210,10.

284,36 *rätselhaften Ausspruch]* Vgl. 213,35-37.

286,20 *Cimbern und Teutonen]* Vgl. zu 195,8.

287,19 *Augurenüberwürfe]* Spezielle Kleidungsstücke der Auguren (Deuter göttlicher Zeichen). Vgl. zu 287,25.

287,19 *Remuneration]* Vergütung, Entschädigung.

287,20 *Ceresfestlichkeiten]* Das große Fest der Agrargöttin Ceres (Ludi Ceriales) findet am 19. April statt.

287,25 *Augurenspruch]* Die Auguren, die Deuter göttlicher Zeichen, sagen nicht allgemein die Zukunft voraus, sondern lesen aus bestimmten Zeichen die Zustimmung oder Ablehnung der Götter zu einzelnen beabsichtigten Handlungen ab; dies geschieht u.a. durch Beobachtung des Vogelflugs oder des Blitzes.

287,26 *Pontifikalessen]* Vgl. zu 252,34.

287,29 *Wechsel]* Urkunde, die ein Zahlungsversprechen dokumentiert.

291,13 *drei Jahrzehnte seit diesen Geschehnissen]* Der Historiker geht demnach im Jahre 33 v.d.Z. zu Spicer. Vgl. zu 171,13-15 und die Zeittafel zu den Ereignissen des Romans (S. 566f.).

291,21 *Kelten]* Die Bewohner der größten Teile Galliens, Belgiens und Britanniens.

291,22 *Dalmatier]* Bewohner der Ostküste des Adriatischen Meeres; zur Zeit Caesars hieß die Provinz Illyricum, später Dalmatia (heute: Jugoslawien).

291,33 *Rolle]* Die überwiegende Buchform der Antike; vgl. zu 169,4.

291,37 *Jahr 92]* Gemeint ist das Jahr 692 a.u.c. (seit Gründung Roms); das entspricht dem Jahr 62 v.d.Z.

292,17 *Ende des Jahres 93]* Das Jahr 693 a.u.c. entspricht dem Jahre 61 v.d.Z.

292,28 *Amtsantritt]* Als Praetor, 62 v.d.Z.; vgl. die Zeittafel, S. 565.

293,11 *Kapitol]* Hier: das Tempelgebäude auf dem gleichnamigen Hügel (vgl. zu 195,10).

293,21-26 *Der Kurator ... aussage.]* Sueton berichtet von der »Rechenschaftsablegung über den Wiederaufbau des Kapitols«, zu der Caesar als Prätor den Quintus Catulus vor das Volk ruft (*Caesar*, Kapitel 15). Vgl. z.B. auch Brandes, *Caesar*, Band 1, S. 51 und S. 188.

293,22 *Kurie]* Die Curia ist das Sitzungsgebäude des Senats auf dem Forum.

294,14 *C. lag beim Frühstück]* Die Sitte, Mahlzeiten liegend einzunehmen, übernehmen die Römer von den Griechen; die Landbevölkerung ißt in der Regel im Sitzen.

295,11 *Kopfgeld von 200000 Sesterzien]* Diese Zahl nennt Sallust (*Die Verschwörung des Catilina*, Kapitel 30); vgl. zu 273,18-21.

295,15f. *Vettius ... Brief an Catilina]* Sueton (*Caesar*, Kapitel 17) berichtet von »Unannehmlichkeiten, da sein [Caesars] Name mit der Catilinarischen Verschwörung genannt und der Angeber Lucius Vettius beim Quästor Novius Niger und gleichzeitig Quintus Curius im Senat Anzeige gegen ihn erstatteten. [...] Vettius versprach sogar, einen eigenhändig geschriebenen, an Catilina adressierten Brief beizubringen.«

296,20f. *von seinem kurulischen Stuhl]* Sella curulis, ein Klappstuhl ohne Rücken- und Armlehne für die kurulischen Magistraten (Konsul, Prätor, Censor, kurulischer Ädil); steht auch für das Amt.

297,30 *Kastortempel]* Tempel des Castor und Pollux auf dem Forum Romanum. Castor und Pollux, die Dioskuren (»Zeussöhne«), sind die Söhne der Leda und Brüder Helenas und gelten als Helfer in Seenot und Krieg.

297,35 *Persenningschirm]* Schirm aus widerstandsfähigem wasserundurchlässigem Gewebe (Persenning) für Segel.

299,7 *Arretium]* Stadt in Etrurien (Arezzo), nördlich von Rom.

299,7f. *Florentia]* Stadt am Arno (Florenz), nördlich von Arretium.

299,10 *Pistoria]* Ort nordwestlich von Florentia; zu den Vorgängen vgl. Sallust (*Die Verschwörung des Catilina*, Kapitel 56-61).

299,14 *Blachen]* Auch Blahe: Plane, Wagendecke.

300,26f. *Feldzeichen ... Adler des Marius]* Vgl. erste Anmerkung zu 171,21 und zu 217,32.

300,27 *Faesulae]* Stadt bei Florentia.

301,11 *im Picenischen]* Vgl. zu 275,27.

301,21 *Einteilung des Marsfeldes bei den Wahlen]* Vgl. zu 195,21 und zu 232,8.

301,34 *Militärkolonisten des Sulla]* Veteranen des Sulla, die nach abgeleisteten Militärdiensten mit einem Stück Land abgefunden werden; oft werden ganze Gruppen ehemaliger Soldaten in Kolonien angesiedelt.

302,20 *Dienstwohnung des Oberpriesters]* Vgl. zu 201,19.

302,30 *Pomadekopf]* Gemeint ist Clodius; vgl. zu 229,7; vgl. 311,22.

302,33 *Hunderennen]* Vgl. zu 224,24.

302,36 *Spanien]* Nach der Prätur wird Caesar 61/60 v. d. Z. Statthalter der Provinz Hispania ulterior.

303,7 *Teil eines kleinen Kriegsschiffes]* Anspielung auf das Kanonenboot im Garten des Palazzos von Gabriele d'Annunzio. Vgl. auch zu 167,3 und zu 303,8.

303,8 *Dichter Vastius Alder]* Vorbild für diese Romanfigur ist Gabriele d'Annunzio; der Name erscheint in Notizen Stefan Brechts zu sämtlichen Romanfiguren. Im Park von d'Annunzios Villa am Gardasee läßt sein Freund Benito Mussolini das Kanonenboot aufstellen, dessen Kommandeur d'Annunzio während des ersten Weltkriegs gewesen ist.

303,10 *Acme]* Fiume (heute: Jugoslawien).

303,31-36 *»Ein großer Mann ... ein paar Wasserfarben.]* Zur »Omnipotenz der Geschichtsschreiber« und der unterschiedlichen Standpunkte dazu vgl. Brechts Äußerungen nach einem Streit mit Lion Feuchtwanger (*Journale*, 8. Oktober 1941).

303,36f. *ob ein Dichter ... mehr als zwei Zeilen]* Möglicherweise Anspielung auf Karl Kraus und seine *Dritte Walpurgisnacht* (1934): »Mir fällt zu Hitler nichts ein. [...]« (Karl Kraus, *Die Dritte Walpurgisnacht*, München 1967, S. 9.) Vgl. Brechts Schrift *Über Karl Kraus*.

304,5 *Usance]* Gewohnheit, Herkommen (das Handelsübliche), Brauch, Gepflogenheit. In der Börsensprache wird der Begriff benutzt für den Wechselkurs zwischen ausländischen Währungen; ein Usance-Geschäft ist ein Devisenhandel, der in einer anderen als der eigenen Landeswährung abgeschlossen wird.

304,29f. *Proskriptionslisten]* Proskription: (lat.) Ächtung. Vgl. z. B. die Proskriptionen Sullas, öffentliche Aushänge mit den Namen seiner Gegner, durch deren Verfolgung und Enteignung in den Jahren 82/81 sich Sullas Anhänger, darunter Crassus, große Reichtümer verschaffen.

305,4 *Sibyllen]* Sibylle: Bereits im antiken Griechenland Seherin, die (in Ekstase) weissagt (meist Unheil); später werden bis zu zehn Sibyllen bekannt; in Rom konnte auf Befehl des Senats die religiös verehrte Spruchweisheit der Seherinnen (Sibyllinische Bücher) befragt werden.

305,13 *Zama]* Vgl. zu 176,34.

305,13 *in den beiden Asien]* Vgl. zu 196,13.

305,20f. *Sallust hat es bewiesen]* Dem von Brecht kritisch beurteilten Sallust zufolge (*Die Verschwörung des Catilina*, Kapitel 49,1) konnten nicht einmal Caesars schlimmste Feinde dazu gebracht werden, ihn »fälschlicherweise« wegen Beteiligung an der Catilina-Verschwörung anzuklagen.

305,36f. *den Vestalischen Jungfrauen]* Die sechs Vestalinnen sind hochverehrte Priesterinnen der lateinischen Göttin (des heimischen Herdfeuers, Schutzgöttin des Staates) Vesta und dürfen ihre Jungfräulichkeit nicht verlieren; sie werden vom Pontifex Maximus unter den sechs- bis zehnjährigen Töchtern adliger Familien ausgewählt, sind zehn Jahre lang Novizen, zehn weitere Jahre für den Kult – den Unterhalt des heiligen Stadtfeuers – verantwortlich und bilden schließlich wiederum zehn Jahre lang neue Novizen aus.

306,10 *der Ausgepowerten]* Auspowern (von engl. power: Kraft, Macht): bis zur Verelendung ausbeuten, entkräften.

306,11 f. *Der Senat ... mußte vergrößert werden.]* Die Zahl der Mitglieder des Senats, unter Sulla auf 600 erhöht, wird später unter Caesar bis auf 900 ausgedehnt, dann wieder auf 600 begrenzt; die Zahl der Quästoren, die jährlich neu hinzukommen, wird auf 40 verdoppelt mit dem Ziel, den Senat wieder in seine beratende Stellung zurückzudrängen (Mommsen, *Römische Geschichte*, Band 3, S. 451 f.).

307,7-11 *Palazzo ... Schiffsvorderteil]* Vgl. zu 167,3, zu 303,7 und zu 303,8.

307,27 *des Jahres 91]* Gemeint ist das Jahr 691 nach Gründung der Stadt Rom bzw. 63 v. d. Z.

307,33 *Politik ... wie im ... Geschäftsleben]* Weiterführung der von Brecht häufig zitierten Clausewitz-Definition des Krieges als Fortsetzung der Politik mit anderen Mitteln. Vgl. zu 193,24, vgl. 341,9.

309,20 *Mithridates]* Mithridates VI., König von Pontos; seine Expansionspolitik führt u. a. zu den Kriegen gegen Rom; nach Niederlagen gegen Sulla bzw. Lucullus erfolgt die endgültige Unterwerfung von Pontos und Armenien durch Pompejus. Mithridates stirbt bei einem von seinem Sohn, Pharmakos II., angeführten Aufstand; seine Leiche wird an Pompejus ausgeliefert.

310,23 *Brundisium]* Vgl. zu 241,31.

310,28 *Minerva]* Schutzgöttin Roms, Schutzherrin der artifices, d. h. der Handwerker und Künstler, der Dichter und Lehrer.

311,15 *Skandal mit Clodius]* Darüber berichten Plutarch (*Caesar*, Kapitel 9-10; *Cicero*, Kapitel 28-29) und Sueton (*Caesar*, Kapitel 74).

311,16 *Ceresfestlichkeiten]* Vgl. zu 287,20.

311,17 *Vestalinnen]* Vgl. zu 305,36f.

311,21 *Religionsschändung]* Ein Volkstribun reicht gegen Clodius Klage ein wegen »Schändung der Religion« (Plutarch, *Caesar*, Kapitel 10).

314,23 *einen griechischen Roman]* Vgl. zu 267,34.

314,25 f. *weil er ... seinen Geist geschätzt habe]* Plutarch (*Caesar*, Kapitel 11) schreibt: »Crassus brauchte Caesars Jugendkraft und Feuereifer für seinen Kampf gegen Pompejus.«

315,11 f. *Jahr seines spanischen Prokonsulats]* Gemeint ist die Proprätur in Spanien 61/60 v. d. Z.

316,21 f. *Verwaltungstätigkeit ... als klassisch]* Vgl. dazu Plutarch, *Caesar* (Kapitel 11-12) und Mommsen, *Römische Geschichte* (Band 3, S. 207 f., 221-223).

317,17 *Ansiedelung der lusitanischen Bergbevölkerung]* Darüber berichtet Dio Cassius (*Römische Geschichte*, Buch 37, Kapitel 52-53).

317,19f. *Silber-, Kupfer- und Eisenbergwerken]* Vgl. dazu z.B. Frank, *An Economic History of Rome*, S. 199-201. In den Materialien zum Roman befindet sich eine thematische Karte über Bodenschätze auf der iberischen Halbinsel.

317,39 *Kohorten]* Kohorte: Truppeneinheit, der zehnte Teil einer Legion.

318,1-4 *ausgetrockneter Flußlauf ... verloren]* Von Brecht offensichtlich geschätzte und mehrfach eingesetzte Episode aus Tacitus' *Annalen* (Buch 1, Kapitel 70); vgl. den Einbau dieser Passage in die Erzählung *Bargan läßt es sein* bzw. in den Romanentwurf *Flucht Karls des Kühnen nach der Schlacht bei Murten* sowie Brechts Schrift *Wie Tacitus den Untergang einer Legion in einem Meeresarm beschreibt.*

318,29 *Schuldenmoratorium]* Moratorium: befristete Stundung von Schulden, kurzfristiger Aufschub bei der Rückzahlung.

319,6f. *45 Millionen]* Frank spricht von zwei Millionen Dollar, was – seinen sonstigen Umrechnungen folgend – etwa 45 Millionen Sesterzien entspricht (Frank, *An Economic History of Rome*, S. 198, 199).

319,10 *Brandus]* Latinisierung des Namens von Georg Brandes und indirekter Hinweis auf die Monographie *Cajus Julius Caesar* (1921) des dänischen Historikers.

319,14 *Nepos]* Hinweis auf den antiken Historiker Cornelius Nepos und dessen Kurzbiographien *De viris illustribus* (*Kurzbiographien und Fragmente*, hg. v. Hans Färber, München 1952).

319,25f. *historischer Ausspruch ... der Zweite]* Er ist überliefert durch Plutarchs Biographie (*Caesar*, Kapitel 11).

320,11f. *Latifundien]* Große Land- und Forstbesitzungen bzw. von Sklaven bewirtschaftete Landgüter.

320,24 *Tunika]* Vgl. zu 173,12.

320,25 *die Jahre 94 und 95]* Gemeint sind die Jahre 694 und 695 seit Gründung Roms bzw. 60 und 59 v.d.Z.

321,2 *Das dreiköpfige Ungeheuer]* Titel einer Satire von Marcus Terentius Varro über das Triumvirat. Er wird in den Arbeiten der Historiker (z.B. bei Mommsen, Meyer, Ferrero) zitiert und ist Brecht vermutlich nur durch deren Lektüre bekannt.

323,10 *Triumph und Konsulat]* Vgl. Plutarch, *Caesar* (Kapitel 13), und Plutarch, *Cato* (Kapitel 31).

325,13 *Bundesgenossen]* Seit Ende des Bundesgenossenkrieges (91 bis 89 v.d.Z.) haben alle Italiker südlich des Po römisches Bürgerrecht. Ein Krieg gegen sie bedeutet also Bürgerkrieg (vgl. zu 189,37).

326,7 *Triumph des Pompejus]* Zum betriebenen Aufwand bei diesem Zug vgl. z.B. Ferrero, *Größe und Niedergang Roms*, Band 1, S. 331-333.

326,37 *Mithridates]* Vgl. zu 309,20.

327,2 *Musentempel]* Den neun Göttinnen der Künste (Musen) geweihter Tempel.

327,18 *Tigranes]* Tigranes I., König von Armenien, in Abhängigkeit vom Partherkönig Mithridates II., verbündet mit Mithridates VI. von Pontos. Er ergibt sich beim Einmarsch des Pompejus-Heeres, tritt alle von ihm eroberten Gebiete ab und muß Kriegsentschädigungen zahlen.

327,18f. *Mithridates]* Vgl. zu 309,20.

327,19f. *szythische Weiber]* Gemeint sind wahrscheinlich die Skythen von der Nordküste des Schwarzen Meeres und dem Land östlich der vorderasiatischen Reiche.

327,21f. *Des Tigranes Flucht]* Im Jahre 71 v.d.Z. flieht Mithridates vor den Truppen des Lucullus, 69 sind die Römer unter Lucullus auch gegen Tigranes erfolgreich, ohne ihn und Mithridates selbst fassen zu können. Erst Pompejus zwingt den König der Armenier im Jahre 66 zur Kapitulation.

327,22 *Mithridates Tod]* Vgl. zu 309,20.

327,23f. *eines ... bithynischen Pfaffen]* Gemeint ist offenbar Bithynien im Nordwesten Kleinasiens, seit 74 v.d.Z. römische Provinz.

327,35 *des Friedenstempels]* Ein Friedenstempel wird erst unter Augustus gebaut.

329,3 *Hunderennen]* Vgl. zu 224,24.

330,20 *Ackergesetz]* Auf Grund der beiden caesarischen Ackergesetze werden einerseits die Veteranen des Pompejus versorgt, andererseits Familien mit drei und mehr Kindern auf dem Land angesiedelt (Lex Julia).

330,21 *Konsul Metellus]* Wahrscheinlich Quintus Caecilius Metellus Cretius, der Konsul des Jahres 69 v.d.Z.

332,37 *Dispens]* Hier: Ausnahmebewilligung.

333,36 *Palais in den Albanerbergen]* Sueton nennt eine »Villa in der Nähe des Nemisees« (Sueton, *Caesar*, Kapitel 46).

334,7 *schon wieder niedergerissen]* Sueton faßt die Äußerungen anderer zusammen; Caesar soll die neu erbaute Villa, »da sie nicht ganz nach seinem Geschmack ausgefallen war, gänzlich haben einreißen lassen, obschon er [...] sehr verschuldet war« (Sueton, *Caesar*, Kapitel 46).

335,5 *Cornelius Balbus]* Vgl. Plutarch, *Caesar*, Kapitel 60; Sueton, *Caesar*, Kapitel 81. Der Spanier und Vertraute Caesars ist auch mit Pompejus und Cicero befreundet gewesen.

335,27 *Lucceius]* Der Freund Ciceros bewirbt sich im Jahre 60 v.d.Z. um das Konsulat, unterliegt aber trotz Wahlbündnis mit Caesar und hoher Geldaufwendungen (Sueton, *Caesar*, Kapitel 19).

336,6 *Mucia]* Vgl. zu 213,14.

336,20f. *Geldmann ... Staatsmann Pompejus]* Vgl. z.B. Brandes, *Caesar*, Band 1, S. 233.

339,2 *Hunderennen]* Vgl. zu 224,24.

339,37 *Falerner]* Süditalienischer Wein.

340,8f. *Geschichte der Wasserleitung seit Gründung der Stadt]* Vgl. auch zu 169,14.

340,10 *Gracchen]* Vgl. zu 194,22, zu 194,35 und zu 196,14.

341,9 *Politik ist kein Geschäft mehr.]* Vgl. zu 193,24 und zu 307,33.

342,31 *Schwerter ... Pflüge]* Anspielung auf Jesaia 2,4: »Da werden sie ihre Schwerter zu Pflugscharen und ihre Spieße zu Sicheln machen.«

343,28 *Parther]* Das Parther-Reich erstreckt sich vom Zweistromland (Euphrat und Tigris) nach Osten (heute etwa das Gebiet des Irak und des Iran).

344,2 *200 Römer]* Vgl. die 200 (345,10) bzw. 300 Familien (175,9; 177,4 usw.); vgl. zu 175,9.

344,21 *Bibulus]* Das Verhältnis Bibulus – Caesar beschreibt Dio Cassius (*Römische Geschichte*, Buch 38, Kapitel 1-8).

345,7f. *die Kuh ... schlachten]* Finnisches Sprichwort.

345,34f. *nicht beide Kandidaten]* Das Wahlmanöver der sogenannten coitio, ein Bündnis zwischen zwei Mitbewerbern, um einen Dritten auszuschließen, beschreibt Kroll (*Die Kultur der ciceronischen Zeit*, Band 1, S. 52f.), nennt u.a. das Beispiel Caesar und Lucceius. Ein solches Bündnis zwecks Kauf von Wählerstimmen in großem Maßstab ist strafbar gewesen. (Mit dem Begriff coitio sind auch Verbrecherbanden bezeichnet worden.)

346,31-33 *Bibulus und Lucceius ... Caesar.]* Diese Aussage geht zurück auf Sueton, *Caesar* (Kapitel 20), und auf Dio Cassius (*Römische Geschichte*, Buch 38, Kapitel 8).

346,36 *Mutius Ger]* Der Name ist möglicherweise eine Anspielung auf den Diplomaten und Reiseschriftsteller Gerhard von Mutius.

349,7 *A 1]* Vgl. S. 514.

349,12 *Usance]* Vgl. zu 304,5.

349,16 *Lex Julia]* Vgl. zu 330,20.

349,28f. *Pompejus seine Tochter Julia ... geben]* Caesars Tochter Julia und Pompejus heiraten im Jahre 59 v.d.Z.

350,12 *Giftmord]* Dazu konnte in den Quellen nichts ermittelt werden.

350,12f. *Statthalterschaft der beiden Gallien]* Im Jahre 59 wird Caesar für fünf Jahre die Statthalterschaft über Gallia Cisalpina (Po-Ebene) und Gallia Narbonensis (Südfrankreich) übertragen.

350,34 *Lucullus]* Vgl. zu 205,16.

350,35 *Lukrez]* Titus Lucretius Carus ist Anhänger des Epikur und hat mit *De rerum natura* die ausführlichste Darstellung der epikureischen Philosophie verfaßt. Vgl. auch Brechts *Lehrgedicht von der Natur der Menschen* nach Lukrez.

350,35f. *Nekrolog]* Nachruf.

351,12 *Verzingetorix]* Dem gallischen Fürsten Vercingetorix gelingt es 52 v.d.Z., die gallischen Stämme zu einen und die Römer zu schlagen.

351,19 *Anleihen]* Vgl. zu 204,18.

351,35 *Schlacht bei Aduatuca]* Die Unterwerfung der Aduatucer ist Teil der Kämpfe im Belgien des Jahres 57 v.d.Z. (vgl. Caesar, *De bello Gallico*, Buch 2, Kapitel 29-33).

351,37 *Furagierung]* Furage: (franz.) Lebensmittel, Mundvorrat; hier die Versorgung der Truppen.

352,16f. *Feldlager am Rubikon]* Vgl. zu 189,37.

352,22f. *Marsch auf Rom]* Dieses auf Caesar und seine Truppen bezogene Stichwort ist gleichzeitig Anspielung auf den »Marsch auf Rom« der italienischen Faschisten im Jahre 1922.

352,25f. *über den Rubikon]* Nachdem der Senat am 1. Januar 49 von Caesar die Auflösung des Heeres verlangt hat, bricht dieser mit seinen Truppen von Gallia Cisalpina Richtung Italien auf, überquert den Grenzfluß Rubico und eröffnet damit den Bürgerkrieg gegen Senat und Pompejus.

354,8 *Triumvirat]* Das sogenannte erste Triumvirat von Caesar, Crassus und Pompejus im Jahre 60 v.d.Z.

354,10 *Lex Julia]* Vgl. zu 330,20.

354,12 *Das goldene Zeitalter]* Der Begriff vom Goldenen Zeitalter geht zurück auf Hesiod und seine *Werke und Tage* (109ff.): es ist das Zeitalter des Kronos, in dem die Menschen ohne Leid und Arbeit glücklich und gesund leben, ohne zu altern. Vgl. die Verwendung dieses Begriffs im *Tuiroman* (vgl. zu 19,13f.).

354,13 *Heiraten ... Rackets]* Heiraten: hier im Sinne von Heiratspolitik. Racket: (engl.) Form des organisierten Verbrechens in Amerika; in bestimmten Wirtschaftszweigen werden die Abnahme von Waren und Schutzgelder (vor Überfällen) erpreßt; vgl. das Gemüseracket in *Der Aufstieg des Arturo Ui* (Szene 3).

354,15 *Schweizer]* Gemeint sind die Helvetier, die nach Gallien eindringen, von Caesars Truppen gezwungen werden, wieder in ihre Stammgebiete zurückzukehren (vgl. auch Caesars *De bello Gallico*, Buch 1, Kapitel 2-29).

355,4 *Pakete]* Hier im Sinne von Aktienpakete.

355,10 *Das dreiköpfige Ungeheuer]* Vgl. zu 321,2.

355,28 *Die kann]* Nicht entziffertes Wort.

356,35 *Siehe Frankreich 1939!]* Angespielt ist hier auf die Ereignisse des »Drole de Guerre« (»Seltsamer Krieg«) in Frankreich (3. September 1939 bis 10. Mai 1940). Die Regierung Daladier erklärt Deutschland offiziell den Krieg, aber es kommt zu keinen Kampfhandlungen der Armee; gleichzeitig wird die Kommunistische Partei verboten, Tausende von KP-Funktionären werden verfolgt und verhaftet.

356,35 *G.F. I,27]* Hinweis auf den ersten Band von Guglielmo Ferreros *Größe und Niedergang Roms.*

357,17 *Sterbekassen]* Vgl. zu 219,22.

357,34 *Camp]* (Engl.) Lager.

358,9 *Transpadanien]* Landschaft der oberen Po-Ebene und der südlichen Alpen.

358,26 *Commution]* Gemeint sein kann sowohl commotion: (engl.) Aufruhr, als auch commutation: (engl.) Veränderung.

358,34 *Grundstücksracket]* Vgl. zu 354,13.

359,26 *Circenses]* (Lat.) Spiele. Vgl. das Schlagwort »Panem et circenses« (Brot und Spiele), mit denen das römische Volk versorgt und von der Wahrnehmung seiner anderen Interessen abgelenkt wird (Juvenal, *Satiren*, X, 81).

360,3 *Zehntenweizen]* Weizen, der als Tribut – als Zehnter – von den Provinzen zu liefern ist.

361,29 *Ratifizierung]* Auch Ratifikation: die Genehmigung, Bestätigung eines von den Regierenden abgeschlossenen Vertrages durch die gesetzgebende Körperschaft.

362,23 *Zurück zur Natur.]* Hier weniger auf Rousseaus Losung »Retour de la nature!« (in: *Contrat social*, 1762; dt.: *Der Gesellschaftsvertrag*) bezogen als auf das Werk *De rerum natura* von Lukrez (vgl. zu 350,35).

363,9 *plutokratische Rackets]* Plutokratisch: auf Geldherrschaft, Herrschaft der Reichen beruhend; Rackets: vgl. zu 354,13.

363,10 *Nepotismus]* Vetternwirtschaft.

364,25 *Savoir-vivre]* (Franz.) wörtlich: zu leben verstehen.

364,26 *Favorits]* Plural von favorit: (engl.) Liebling, erwarteter Sieger; vgl. die Zeitungsausschnitte über »Greyhoundracing« (vgl. S. 522).

364,33 *Steff]* Brechts Sohn Stefan; er gehört zu den ersten kritischen Lesern des Fragments.

365,22 *Faulheit! »Jetzt]* Lücke in der Zeile.

365,22 *Julia]* Caesars Tochter.

366,3 *Rente]* Hier: Einkommen aus Vermögen.

367,32f. *am Mäotischen ... Meer]* Vgl. zu 201,8f.

368,11 *Bäja]* Vgl. zweite Anmerkung zu 203,29.

369,36f. *König von einen Tribut]* Lücke in der Zeile für ein Wort.

370,35 *Sykomoren]* Maulbeerfeigenbäume (eine Feigenart Ägyptens und des Orients).

373,12 *Furagewesen]* Vgl. zu 351,37.

373,23f. *Lafargue behauptet ... Güterteilung.]* Bezieht sich wahrscheinlich auf Paul Lafargues *Die Entwicklung des Eigentums* (Berlin 1893); vgl. dort S. 7, 14, 16.

373,31 *Ariovist]* Unter seiner Führung organisieren sich die Germanen in den linksrheinischen Gebieten. Der zunächst als Freund des römischen Volks anerkannte Ariovist wird – auf Bitten der Häduer, die sich von seiner Sammelbewegung bedroht fühlen – von Caesars Truppen angegriffen und im Elsaß geschlagen (58 v.d.Z.); vgl. auch Caesars *De bello Gallico*, Buch 1, Kapitel 30-54.

373,32 *Helvetier]* Vgl. zu 354,15.

373,35 *den Äduern]* Anderer Name für die Häduer, keltischer Stamm (vgl. zu 373,31).

374,5 *Autonomie]* Das Recht eines Gemeinwesens, sich eigene Gesetze zu geben und sich selbst zu verwalten.

374,6 *Landkonfiskation]* Konfiskation: Enteignung, gerichtliche Beschlagnahmung, Einziehung privaten Besitzes.

374,20 *Tantae molis erat]* »Tantae molis erat Romanam condere gentem«: (lat.) »Soviel Mühe bedurft's, das Volk der Römer zu gründen«, heißt es in Vergils *Aeneis* (1. Gesang, Vers 33).

376,5 *›Gallischer Krieg‹]* Caesars Beschreibung der Ereignisse in den Jahren 58-51 v.d.Z. in *De bello Gallico*.

378,25-27 *Gracchus Umwandlung ... Lieferungen]* Vgl. zu 194,22, zu 194,35 und zu 196,14.

379,17 *Aristoteles ... über den Staat]* Gemeint ist Aristoteles und seine *Politeia* (dt.: *Politik*), die politischen Schriften, die seine Ethik auf den Staat anwenden.

381,2 *was über]* Lücke in der Zeile für ein Wort.

381,20 *kujonieren]* Umgangssprachlich für: jemanden bedrängen, hetzen, schlecht behandeln, schikanieren.

383,5f. *Konspiration]* Vgl. die Geschichte *Caesar und sein Legionär*.

384,5 *am Tor]* Lücke in der Zeile für ein Wort.

384,13 *der Alte]* Gemeint ist Mummlius Spicer.

384,36 *Labienus]* Caesars Legat Titus Labienus geht Anfang 49 v.d.Z. im Bürgerkrieg zu Pompejus über.

385,30 *Bürgerkrieg]* Hier der Bürgerkrieg der Jahre 49-45 v.d.Z. zwischen den Anhängern des Pompejus und denen Caesars.

386,25-29 *Man sagte ... Ort.]* Vgl. die Geschichte *Caesar und sein Legionär*.

386,33 *Fatalismus]* Schicksalsglaube; der Glaube, daß am vorbestimmten Schicksal nichts geändert werden kann durch eigenen Willen usw.

386,33 *Deterministen]* Vertreter des Determinismus, der Lehre von der kausalen Vorbestimmtheit allen Geschehens.

387,8 *Diodoros]* Vgl. S. 518.

387,22-24 *Aristoteles sagt ... erhalten.]* Frei nach Aristoteles, *Politeia* (dt.: *Politik*), 12, 53b, 37ff.

389,5 *Großinquisitoren]* Oberster Leiter der Inquisition, der Ketzergerichte, mit denen die katholische Kirche ab dem 12. Jahrhundert Verfolgung, Verhör und (in vielen Fällen) Hinrichtung von Ketzern (durch weltliche Gerichte) betreibt.

389,19 *Ordines]* (Lat.) Stände, Klassen.

389,36 *den die Hände]* Lücke in der Zeile für ein Wort.

390,2 *Schlacht bei Pharsalos]* Caesars Truppen besiegen am 9. August 48 v.d.Z. bei Pharsalos (heute: Farsala, Thessalien/Griechenland) die des Pompejus, der nach Ägypten flieht.

Erläuterung historischer Begriffe:

Ädil (bzw. *Ädilat*): Zwei Ädile (Tempelhüter), genauer die aediles plebei, sind Beamte der Plebejer bzw. plebs (s.d.) und Helfer der Volkstribunen, Verwalter des Cerestempels auf dem Aventin. Ab 367 v.d.Z. gibt es daneben zwei kurulische Ädilen (aediles curules). Die Ädilen haben die Polizeiaufsicht über Tempel, Straßen, öffentliche Gebäude und den Markt in Rom, kümmern sich um die Kornversorgung, können Geldbußen verhängen bzw. Strafanträge beim Volksgericht stellen. Sie richten verschiedene Spiele aus und können sich dabei mit entsprechendem Aufwand für die Wahl zu höheren Ämtern empfehlen.

Aß: Auch As; ursprünglich »Eins« oder »Einheit«; älteste römische Kupfermünze. 4 Asse = 1 Sesterz oder 1 Sestertius (s.d.).

Denar: Der (Silber-) Denar wird während des zweiten punischen Krieges geschaffen. 1 Denar = 16 Asse (s.d.).

Diktator (bzw. *Diktatur*): In Rom ist der Diktator ursprünglich nur im Ausnahmezustand für kurze Zeit (6 Monate) auf Vorschlag des Senats von einem Konsul ernannt und den Magistraten (s.d.) übergeordnet worden. Sulla nutzt das Amt (82-79 v.d.Z.), um die verfallende Staatsmacht neu zu ordnen. Bei Caesar soll es in den vierziger Jahren Grundlage für eine dauerhafte monarchistische Ordnung werden.

Drachme: Griechische Silbermünze.

Forum: Wörtlich: (lat.) Markt. Das Forum ist der zentrale Ort jeder Stadt des römischen Reiches. In Rom ist das Forum Romanum mit Tempeln, Kurie (Senatsgebäude), Geldwechslern (»Banken«), Rednertribüne, Triumphbögen und Siegessäulen das Zentrum des politischen, wirtschaftlichen und religiösen Lebens.

Freigelassene: Ehemalige Sklaven, die sich durch besondere Leistungen und Fähigkeiten die Gunst ihres Herrn erworben haben und danach freigelassen worden sind; der Freigelassene wird damit römischer Bürger und hat Stimmrecht in der Volksversammlung; da er (als Grieche, Orientale, Afrikaner) nicht unbedingt auch an den zur Abstimmung kommenden Fragen interessiert ist, entsteht die Möglichkeit des Stimmenkaufs für die eine oder andere Partei.

Imperium: Die Amtsgewalt der höchsten römischen Magistrate; sie beinhaltet insbesondere das Heereskommando und die Rechtsprechung.

Klientel (bzw. *Klienten*): Die Klientel ist am Ende der republikanischen Zeit ein wesentliches Strukturelement des politischen und sozialen Lebens in Rom. Sie bezeichnet das Verpflichtungsverhältnis zwischen dem patronus, einem gesellschaftlich einflußreichen Mann, und den clientes, die ihm fides (Treue) schulden. Sie stärken sein soziales Prestige und verleihen seinen politischen Ambitionen Nachdruck, manchmal sogar mit Waffengewalt. Dem cliens kommen dafür seinerseits wirtschaftliche Vorteile und Rechtsschutz zu.

Konsul (bzw. *Konsulat*): Die beiden Konsuln sind die höchsten und (bis Sulla) mächtigsten ordentlichen Magistrate Roms; sie sind zugleich die Vorsitzenden des Senats gewesen und nur in äußerster Not in der Staatsführung von einem Diktator abgelöst worden. Ihre Amtsgewalt umfaßt potestas (Befehls- und Verbotsrecht) und imperium (Heeresbefehl). Sie haben eine Art Aufsicht über die nachgeordneten Beamten. Durch das imperium kommt den Konsuln im Kriegsfalle der Oberbefehl zu; außerdem ist mit dem imperium das auspicium (Vogelschau) und das Recht des Triumphes verbunden.

Kurator: Bezeichnung eines außerordentlichen Amtes, von dem ganz unterschiedliche Verwaltungsaufgaben in verschiedenen Bereichen übernommen werden (Hilfsmagistratur).

Kurulische Ämter: Vgl. Magistrate.

Legat: Als Gesandter im völkerrechtlichen Sinn ist der Legat vom Senat eingesetzt und mit Vollmachten ausgestattet. Eine Sonderform der Legaten sind die Vertreter der Oberbeamten in den Provinzverwaltungen.

Liktor: Die Amtsdiener der hohen Beamten, die als Repräsentanten magistratischer Macht mit Rutenbündeln (fasces) den Magistraten in der Öffentlichkeit vorangehen; ihre Zahl schwankt je nach Rang des Magistraten (Diktator: 24, Konsul: 12 usw.).

Magistrate: Die durch Volkswahl jährlich verliehenen Ämter und ihre Inhaber; nach dem Recht der sella curulis (kurulischer Stuhl) eingeteilt in kurulische (Konsul, Prätor, Zensor, kurulischer Ädil) und nicht kurulische Ämter (Quästor, Volkstribun, plebejischer Ädil). Die Rangfolge der Magistrate (cursus honorum) ist: Quästur, Tribunat oder Ädilat, Prätur, Konsulat.

Oberpriester (bzw. *Pontifex Maximus*): Anfänglich wird der Pontifex Maximus ernannt, seit dem 3. Jahrhundert v.d.Z. vom Volk gewählt. Er hat sein Amt auf Lebenszeit inne. Die enge Verbindung von Staat und Religion zeigt sich darin, daß alle Kaiser immer auch die höchste Priesterwürde des Pontifex Maximus übernehmen.

Plebejer (bzw. *Plebs*): Die große Masse der römischen Bürger im Unterschied zu den Patriziern ist von den öffentlichen Ämtern und vom Senat ausgeschlossen, ihre Sprecher sind die gewählten Volkstribunen. Später ist Plebs die Bezeichnung für das niedere Volk.

Prätor (bzw. *Prätur*): Ursprünglich gab es nur einen Prätor, der zur Entlastung der Konsuln für die Rechtsprechung in Rom zuständig gewesen ist; zur Zeit Caesars gibt es sechs Prätoren: während der praetor urbanus (auch Vertreter des abwesenden Konsuls) und der praetor peregrinus in der Gerichtsbarkeit tätig sind, werden die übrigen als Statthalter oder im militärischen Bereich eingesetzt. Auch die Prätur ist ein magistratisches Amt im cursus honorum.

Proprätor (bzw. *Proprätur*): Der nach der Verwaltung der Prätur in die Provinz geschickte Statthalter (ohne militärisches Kommando).

Proquästor (bzw. *Proquästur*): Stellvertreter des Quästors bzw. Provinzquästor.

Provinz: Mit Provincia wird ursprünglich der Geschäftskreis bzw. die Kompetenz der römischen Magistrate benannt. Seit außeritalische Gebiete zu Rom gehören (Sizilien, Sardinien usw.), wird der Begriff Provinz auf diese Gebiete angewendet, die von einem römischen Statthalter mit imperium regiert werden.

Quästor (bzw. *Quästur*): Die Quästoren als Jahresbeamte werden seit 447 v.d.Z. vom Volk gewählt; ursprünglich hat es nur zwei solche Helfer für die Konsuln gegeben, die von diesen ernannt worden sind; später gibt es vier, dann acht, unter Sulla 20 und unter Caesar vorübergehend 40 Quästoren. Sie sind die obersten Gehilfen der Statthalter (Proprätoren), haben die Obhut über die Kasse, richterliche und teilweise auch militärische Aufgaben. Die Quästur ist das niedrigste Amt im cursus honorum (Rangfolge der Magistrate; s.d.).

Senator (bzw. *Senat*): Der Senat (Rat der Alten: senes) ist neben und über den Magistraten das maßgebende Verfassungsorgan; die auf Lebenszeit aufgenommenen Mitglieder werden von den Adelsfamilien (Patriziern) gestellt und wahren die Kontinuität der Staatsführung (vgl. dagegen den jährlichen Wechsel der Magistrate). Der Senat beansprucht ein allgemeines Aufsichtsrecht über das gesamte staatliche Leben. Seine bedeutendsten Rechte: Bestätigung von Gesetzen und Wahlen, Kontrolle der Magistrate, Entscheidung über außenpolitische Fragen, Empfang und Entsendung von Gesandtschaften, Aufsicht über die Provinzialverwaltung, Nominierung der Statthalter (bis 123 v.d.Z.), danach Benennung der von den Magistraten zu erlosenden Provinzen, Ausstattung der Statthalter, evtl. Verlängerung ihres Imperiums, Mitwirkung bei der Einrichtung der Provinzen; Aufsicht über das Finanz- und Sakralwesen, Entscheidung über den Notstand.

Sesterz: Auch Sestertius, abgekürzt HS (im Fragment: S), kleinste römische Silbermünze republikanischer Zeit; löst in der Zeit des Gajus Gracchus (123/122 v.d.Z.) den As oder Aß (s.d.) ab. 1 Sesterz = 4 Asse.

Talent: Bedeutet eigentlich Waage oder Waagschale; übertragen: die größte Gewichtseinheit und dann auch den obersten Rechenwert mit im Laufe der Zeit unterschiedlichen Untereinheiten (Drachmen, Minen usw.).

Toga: Das römische Kleidungsstück schlechthin, das nur Römer tragen dürfen und diesen für offizielle Anlässe vorgeschrieben ist; die Toga besteht aus einem halbkreisförmigen wollenen Tuch, das auf festgelegte Weise um den Körper gewickelt wird.

Tribun: Vgl. Volkstribun.

Triumph (bzw. *Triumphzug*): Siegesfeier (teils auch Reinigungsfeier) nach dem Feldzug mit religiösen und politischen Aspekten; Ehrung für siegreiche Feldherren.

Volkstribun (bzw. *Volkstribunat*): Die für ein Jahr gewählten Volkstribunen sind Beamte der römischen Plebs; ihre Macht beruht auf der garantierten Unverletzlichkeit ihrer Person (sacrosanctitas) und auf ihrem Vetorecht bei jedem Akt eines Magistrats und allen Beschlüssen des Senats. Auf Grund ihrer Befugnis, mit dem Volk zu verhandeln, berufen sie Volksversammlungen ein und regen Abstimmungen an (plebiscita). Sie setzen sich ein für die politische und wirtschaftliche Gleichberechtigung, sorgen für Schutz vor Magistraten-Willkür oder Übergriffen von Patriziern. In der Zeit, von der der Roman handelt, können sie den Senat einberufen, dort Anträge stellen; nach dem Ende ihrer Amtszeit gehören sie dem Senat an.

Zensor (bzw. *Zensur*): Die beiden Zensoren haben ursprünglich alle fünf Jahre für die Durchführung der Vermögensschätzung (census) zu sorgen sowie für die Einteilung der Bürger in die Abteilungen (tribus) und in die fünf Steuerklassen bzw. Wahlklassen, die centuriae. Später gehört auch die Führung der Senatorenliste zu ihren Aufgaben, weiterhin die Verpachtung der Steuern und Zölle, der Einkünfte aus Bergwerken und des staatlichen Grundbesitzes, schließlich die Vergabe größerer öffentlicher Arbeiten an private Firmen. Unter Caesar, der die Zensur als Jahresamt abschafft, verfällt das Amt.

Zeittafel zu den historischen Ereignissen (264-44 v.d.Z.):

264-241	Erster punischer Krieg.
218-201	Zweiter punischer Krieg.
149-146	Dritter punischer Krieg.
133	Tiberius Sempronius Gracchus wird Volkstribun; Agrarreform.
123	Gajus Sempronius Graccus wird Volkstribun.
106	Geburt des Gnaeus Pompejus (Magnus). Geburt von Marcus Tullius Cicero.
104-101	Zweiter sizilianischer Sklavenaufstand.
102	Sieg der Römer über die Teutonen.
101	Sieg der Römer über die Kimbern.
100	Geburt von Gajus Julius Caesar.
90-88	Bundesgenossenkrieg der Italiker und Römer; Verleihung des Bürgerrechts an die Italiker; Rom und Italien bilden den italischen Staat.
89-84	Erster mithridatischer Krieg.
88	Lucius Cornelius Sulla und Lucius Cornelius Cinna werden Konsuln.
83-82	Zweiter mithridatischer Krieg, von Murena, dem Statthalter Asiens, ausgelöst.
83	Im Frühjahr kommt Sulla mit 40000 Soldaten (aus Asia bzw. Griechenland) nach Unteritalien, unterstützt von Pompejus und Marcus Licinius Crassus.
82-79	Sulla Diktator (gestorben 78).
78-75	Expedition gegen die Seeräuber Kilikiens.
76	Pompejus erhält den Oberbefehl in Spanien.
74-64	Dritter mithridatischer Krieg; Lukullus erhält den Oberbefehl.
74-71	Sklavenaufstand unter Spartacus.
70	Pompejus und Crassus werden Konsuln; Wiederherstellung aller Rechte des Volkstribunats. Die Zensoren Gnaeus Cornelius Clodianus Lentulus und Lucius Poplicola Gellius schließen 64 Senatoren wegen Korruption als Richter aus dem Senat aus.
68	Caesar wird Quästor.
67	Pompejus erhält auf Antrag des Tribunen Aulus Gabinius ein Sonderkommando gegen die Seeräuber (mit zahlreichen Vollmachten).
66	Pompejus erhält den Oberbefehl im dritten mithridatischen Krieg.

65 Caesar wird Ädil; er veranstaltet große Fechterspiele.

63 Konsulat des Marcus Tullius Cicero.
Caesar wird zum Pontifex Maximus gewählt (auf Grund riesiger Bestechungsgelder).
Niederlage Lucius Sergius Catilinas bei der Konsulwahl für das Jahr 62;
Catilinarische Verschwörung;
am 5. Dezember spricht sich Caesar im Senat gegen die Hinrichtung Catilinas aus, unterliegt aber gegen Marcus Portius Cato (Uticensis).

62 Caesar wird Prätor.
Die Catilinarier werden bei Pistoria geschlagen.
Im Dezember landet Pompejus in Brundisium und entläßt sein Heer (Ende des dritten mithridatischen Kriegs).

61 Caesar als Proprätor in seiner Provinz Spanien.
Triumph des Pompejus.
Pompejus kann die Veteranenversorgung und die Anerkennung der von ihm geschaffenen Ordnung im Osten nicht durchsetzen.

60 Bündnis von Caesar mit Crassus und Pompejus (erstes Triumvirat).

59 Caesar wird Konsul.
Pompejus heiratet Julia, Caesars Tochter.

58-51 Gallischer Krieg.

56 Erneuerung des Triumvirats.

49 Rubikonüberquerung und Beginn des Bürgerkriegs.

49-46 Bürgerkrieg: Caesar gegen Pompejus und den Senat.

46 Im Dezember wird Caesar zum Diktator ernannt;
er erläßt ein Gesetz zur Schuldenregulierung.

46-44 Diktatur Caesars.

44 Ermordung Caesars.

Zeittafel zu den Ereignissen des Romans:

Bücher des Romans	1. Buch (S. 165-198)	2. Buch (S. 199-287)	3. Buch (S. 289-320)	4. Buch (S. 321-347)
Erzählte Zeit (erste Zeitebene):	Vor 679-691 a.u.c. (75-63 v.d.Z.)	11.8.691 – Jahresende a.u.c. (63 v.d.Z.)	1.1.692-19.6.692 und 691-694 a.u.c. (62 und 63-60 v.d.Z.)	12.2.-27.7.694 a.u.c. (60 v.d.Z.)
Erzählte Geschichte (Caesar):	Vorgeschichte Roms: Punische Kriege (176); Pompejus (185f.). Gracchen (194; 196); Sulla (195); Vorgeschichte Caesars: Anwalt (174,28f.); Seeräuber (181,30-182,25); Ämter (197f.).	»Affäre« Catilina. Caesar als Verbindungsmann zwischen City und Catilina. Oberpriesteramt (201,20; 237,16 u.ö.).	Catilinas Ende (299f.). Spanien (316-319). Caesar untersucht als Prätor die »Affäre« Catilina (295-297); er geht nach Spanien als Proprätor (316-319).	Triumph und Konsulat. Vorbereitungen zum Triumph (323-341); Wahlkampf (335-347).
Erzählte Geschichte (Rarus):		Beziehung zu Caebio (201,26-35 u.ö.); Caebio ist wiederholt arbeitslos (201,27 u.ö.); er geht zu Catilina (227,32-34; 260,5-7).	Suche nach Caebio; Rarus fährt nach Pistoria zum Schlachtfeld der geschlagenen Catilinarier (299-302).	Erlebt den Triumph des Pompejus (326-328). Neue Beziehung zu Faevula (328; 329 u.ö.).
1. Übermittlungsebene (Aufzeichnungen des Rarus):		Dokumentation: Aufzeichnungen 1 (201-287).	Dokumentation: Aufzeichnungen 2 (292-302).	Dokumentation: Aufzeichnungen 3 (323-347).
2. Übermittlungsebene (Spicer als Augenzeuge und Kommentator; mündlich):	Spicer erläutert Aufzeichnungen des Rarus; gibt Überblick zur Vorgeschichte (172-187).		Bericht Spicers (291f.).	

3. Übermittlungsebene (Augenzeugenberichte; mündlich):	Legionär über Gallien (188-191). Carbo über C. (191-196).		Alder über C. (303-306).	
4. Übermittlungsebene (Historiker):	Historiker trifft Spicer (167-172); er besucht Caesars Legionär (188-191); er trifft Carbo bei Spicer (191-196).	Liest die Aufzeichnungen 1.	Trifft Spicer (291 f.); liest Aufzeichnungen 2; trifft Alder bei Spicer (303-306); hört Spicers Bericht (307-320).	Liest die Aufzeichnungen 3.
Erzählte Zeit (zweite Zeitebene; Erlebnisse des Historikers):	33 v.d.Z. 1. und 2. Tag: Ankunft bei Spicer (167-172); Spicers landwirtschaftlicher Betrieb (187 f.).	33 v.d.Z. Nacht.	33 v.d.Z. 3. Tag: Haltung von Sklaven; Flucht eines Sklaven (314-316).	33 v.d.Z. Nacht.
5. Übermittlungsebene (dritte Zeitebene; Niederschrift der *Geschäfte*):	24 v.d.Z. Anmerkung (173,38-40); Biographie ist noch nicht geschrieben (196,17 f.); C. ist 20 Jahre tot (171,15).	24 v.d.Z.	24 v.d.Z. »Ich war noch keineswegs so weit« (310,9).	24 v.d.Z.
Erzählzeit (Rezeption)				

DAS BUCH GASGAROTT

Textgrundlage

Das Buch Gasgarott, Manuskripte aus dem Nachlaß.
Titel: Ist in allen Texten genannt.

Entstehung

Mit *Das Buch Gasgarott* beginnt Brecht Mitte 1920. Die ausgeführten Teile des zweiten und dritten Kapitels (B 1, B 2) finden sich in Reinschrift in einem linierten Schulheft mit der Aufschrift: »Sommer 1920 Kimratshofen«. In diesem Dorf im Allgäu ist Brechts und Paula Banholzers Sohn Frank am 30. Juli 1919 geboren und bei dem Wegmacher Stark in Pflege gegeben. Die übrigen Aufzeichnungen zu diesem frühen Romanentwurf befinden sich alle im ersten Notizbuch (von insgesamt vier) aus dem Jahre 1920. Ende August notiert Brecht: »Um einen Roman zu schreiben, bin ich noch zu unreif. Dazu gehört vor allem Reife des Steißes, ein Sitzleder« (*Journale*, 30. August 1920). Diese Bemerkung dürfte auf die praktischen Erfahrungen am *Gasgarott*-Projekt zurückzuführen sein und den Abbruch der Arbeiten daran kennzeichnen.

Die Texte werden in der vorliegenden Ausgabe erstmals publiziert. Der Titel *Das Buch Gasgarott* ist der am häufigsten genannte (vgl. A 1: 395,4f.; A 2: 395,13).

Zur Textgestaltung in der vorliegenden Ausgabe:

398,26 *Lampion]* In der Textgrundlage durchgehend: »Lampiong«; vgl. 401,30 und 401,32f.

402,20f. *Gasgarott]* In der Textgrundlage heißt es nur »G.«.

Zeilenkommentar

395,7 *Jesuiten]* Die Mitglieder des Ordens »Gesellschaft Jesu«, 1534 von Ignatius von Loyola gegründet, legen neben dem Gelübde der Armut und Keuschheit ein Gelübde des Gehorsams, insbesondere gegenüber dem Papst, in allen Fragen des Seelenheils und der Glaubensausbreitung, ab. Ihre langdauernde und vielseitige, nicht auf theologisches und religiöses Gebiet begrenzte Ausbildung macht sie zu einflußreichen Lehrern und Beratern auch in Politik und Wirtschaft.

397,29 *Unter den Linden]* Prachtstraße in der Metropole Berlin, die Brecht erstmals in den Monaten Februar/März 1920 kennenlernt.

398,10 *Bedeutung Schopenhauers]* Brecht liest Arthur Schopenhauer schon im Herbst 1917 während seiner Hauslehrerzeit am Tegernsee (Brief an Caspar Neher, September 1917).

398,30 *Dogma von der ewigen Verdammnis]* Nach christlicher Überzeugung sind verdammt die Ungläubigen (Ungetauften) und die Sündhaften, denen nicht vergeben worden ist. »Wer glaubt und sich taufen läßt, wird gerettet werden. Wer aber nicht glaubt, wird verdammt werden« (Markus 16,16).

398,31 *Krebs]* Wahrscheinlich hat die Figur Beil hier autobiographische Züge Brechts erhalten: seine Mutter ist am 1. Mai 1920 gestorben; der behandelnde Arzt nennt als Todesursache Brustkrebs. Die Figuren Beil und Gasgarott sind möglicherweise insgesamt von Brechts und Caspar Nehers Biographien beeinflußt. Die Figur der »jüdischen Medizinerin« (398,34) könnte auf Wilhelm Brüstle, Redakteur des *Erzähler* (Beilage der *Augsburger Neuesten Nachrichten*), zurückgehen, »der über Jüdinnen spricht, da er in eine verliebt ist« (*Journale*, 29. August 1920).

402,11 *Palier]* (Bairisch-österr.) Polier; der bei Maurern und Zimmerleuten anordnende und Aufsicht führende Vorarbeiter.

402,24f. *Art Michelangeloscher Apostel]* Gedacht ist an die Monumentalität Michelangeloscher Gestalten. Es gibt die Gemälde *Die Bekehrung des Paulus* (1542-1545) und *Die Kreuzigung des Heiligen Petrus* (1546-1550) mit jeweils einem großen Figurenensemble; daneben die Skulptur des *Petrus* (um 1501) und die unvollendete des *Matthäus* (um 1505).

402,26 *Stromer]* Umgangssprachlich für: Landstreicher; aber auch im Sinne von Schlitzohr.

402,34 *Penthesilea]* Tragödie (1808) von Heinrich von Kleist.

402,37 *einem roten Mond]* Vgl. *Trommeln in der Nacht*; im 5. Akt z.B. steht ein »großer roter Mond« über der Szene.

Textgrundlage

Die Rothaut, Manuskript aus dem Nachlaß.
Titel: Überschrift von A 1.

Entstehung

Alle Aufzeichnungen zu diesem Entwurf befinden sich in zwei Notizbüchern aus dem Jahre 1921. Zuvor hat Brecht ein Stück mit dem Titel *Manuel Wasserschleiche* geplant, zu dem es einen frühen Entwurf gibt, der um 1919 entstanden ist; im Februar 1922 erwähnt er es nochmals (*Journale*, 10. Februar 1922). Außer dem Namen lassen sich jedoch in den vorliegenden Texten keine inhaltlichen Bezüge zwischen den beiden Projekten ausmachen. – Brecht setzt sich schon längere Zeit intensiv mit dem Film auseinander (z. B. in den *Augsburger Theaterkritiken*; vgl. auch die *Journale* dieser Zeit).

Die Einordnung von *Die Rothaut* unter den Romanentwürfen ist auf Grund einer Notiz Brechts vorgenommen worden: »Romane: / Der Katholik / Rothäute« (Nachlaß). Der isolierte Hinweis in einer weiteren Notiz – »Wasserschleiche (Reimann)« (Nachlaß) – hat sich im Hinblick auf eine mögliche Quelle nicht auswerten lassen. Neben dem Entwurf (A 1) gibt es (einschließlich der beiden oben genannten) insgesamt drei kurze Notizen, die jeweils nur den Namen der Hauptfigur bzw. den Titel des Projekts beinhalten.

Zur Textgestaltung in der vorliegenden Ausgabe:

407,27 *Peter Miller]* In der Textgrundlage ist der Name nach der ersten Nennung jeweils abgekürzt: »P. M.« (vgl. 407,32 und 408,1).

Zeilenkommentar

407,17 *die stehenden Redensarten]* Die Hervorhebung von Redensarten im Druck setzt Brecht 1934 im *Dreigroschenroman* in erheblichem Umfang ein.

407,17 *Teiche]* Möglicherweise Wortspiel: die Teiche als stehende Gewässer im Vergleich mit den zuvor genannten stehenden Redensarten.

FLUCHT KARLS DES KÜHNEN NACH DER SCHLACHT BEI MURTEN

Textgrundlage

Flucht Karls des Kühnen nach der Schlacht bei Murten. Roman, Manuskripte und Typoskripte aus dem Nachlaß.
Titel: Überschrift von A 1.

Übersicht

Etwa April 1920: Plan zu einem Stück über den Herzog von Burgund. Caspar Nehers Projekt eines Triptychons zu Karl dem Kühnen. Brecht schreibt für ein Romanprojekt *Das Porträt des Beschauers*.
Um 1922: Pläne für ein Marionettentheater; Thema für den Spielplan u.a.: Karl der Kühne.
Sommer 1924: Der Text *Roman* (B 2) entsteht.
1925: Entwurf für einen Roman, von Elisabeth Hauptmann aufgezeichnet.
Jahreswechsel 1925/26: Erneute Beschäftigung Brechts mit dem Romanentwurf.

Entstehung

Brecht erinnert sich im Jahre 1953, als er für die Neuausgabe seiner Stücke *Bei Durchsicht meiner ersten Stücke* schreibt, an Augsburg und den alljährlich im Frühjahr und im Herbst stattfindenden Jahrmarkt, Plärrer genannt; in diesem Zusammenhang nennt er verschiedene Panoramen, u.a. das der *Flucht Karls des Kühnen nach der Schlacht bei Murten*. Brecht muß dieses Bild schon vor 1920 gesehen haben, denn in diesem Jahr bedauert er, daß das »Etablissement«, das u.a. »jene unvergleichliche Tafel ›Flucht Karls des Kühnen nach der Schlacht bei Murten‹« an seiner Vorderfront getragen habe, nicht da sei (Notizbuch im Nachlaß). Diese Feststellung dürfte sich auf den Ostermarkt beziehen, den Brecht zusammen mit Caspar Neher besucht hat. Am Ostermontag, dem 5. April 1920, hält Neher in seinem Tagebuch den Rat Brechts fest, er solle einen »Karl den Kühnen« malen, und er notiert sich Stichworte für »3 Tafeln in einem Rahmen«. Auch in den folgenden Tagen (9. April, 10. April) bezeugt Nehers Tagebuch die Beschäftigung beider mit diesem Thema; am 29. Mai 1920 stellt Neher fest, daß Karl der Kühne als Gemälde etwas für einen älteren Künstler sei. (Caspar Neher, Tagebuch mit Eintragungen von Februar bis Juli 1920;

Staats- und Stadtbibliothek, Augsburg.) – Brecht beabsichtigt zu diesem Zeitpunkt, ein Stück über den Herzog von Burgund zu schreiben; alle Notierungen dazu – u. a. ist von drei Akten die Rede – sind in zwei Notizbüchern des Jahres 1920 überliefert. Daneben dürfte, auf Grund der Übereinstimmung mit Nehers Stichworten für seine drei geplanten Bilder, auch *Das Porträt des Beschauers* (B 1) in diesem Jahr entstanden sein; dort ist aber bereits ein Roman genannt, in den dieser Text über den Beschauer später »einzufügen« (417,17) sei. Gleichzeitig ist darin mit dem Hinweis auf Rainer Maria Rilkes »Phantasie« über Karl den Kühnen aus *Die Aufzeichnungen des Malte Laurids Brigge* ein anderes literarisches Beispiel genannt, in dem dieser Stoff aufgenommen ist.

Zwar notiert sich Brecht den Stoff nochmals um das Jahr 1922 als Stück für ein *Marionettentheater* (wiederum ist von drei Bildern, jetzt im Sinne von Szenen oder Akten, die Rede und von drei Pferden, einem grauen, einem schwarzen und einem grünen, die Karl besteige), doch beschäftigt ihn das Thema dann erst wieder im Sommer 1924 (*Journale*, Juli 1924). Es entsteht um diese Zeit der Text im Notizbuch mit dem Titel *Roman* (B 2). Nachdem Elisabeth Hauptmann im Laufe des Jahres 1925 einen dreiseitigen Entwurf zusammengestellt hat (A 4), beschäftigt sich Brecht um den Jahreswechsel 1925/26 nochmals intensiver mit dem Romanprojekt. »Über Weihnachten hat B. etwas weiter an *Karl dem Kühnen* gearbeitet. Das jammervolle Ende in dem überfrorenen Drecktümpel, Gesicht nach unten. Keiner, der mit ihm gesiegt hat, erkennt ihn mehr. Sie erkennen ihn wirklich nicht, so unkenntlich ist er.« (Elisabeth Hauptmann, *Notizen über Brechts Arbeit 1926*, in: *Sinn und Form, Zweites Sonderheft Bertolt Brecht*, Berlin/DDR, 1957, S. 241: Eintragung vom 3. Januar 1926.) Die Arbeit wird aber noch im Januar 1926 abgebrochen.

Flucht Karls des Kühnen nach der Schlacht bei Murten ist das erste Prosaprojekt, das, insbesondere durch Elisabeth Hauptmanns Einsatz, in Teamarbeit entsteht.

Zum historischen Hintergrund: Karl der Kühne, 1433 in Dijon geboren, regiert Burgund schon zu Lebzeiten seines Vaters, Philipps des Guten, und wird nach dessen Tod 1467 auch offiziell Herzog von Burgund. Er ist nur nominell Vasall des französischen und des deutschen Königs. Zahlreiche Reichslehen Burgunds sollen unter seiner Leitung durch weitere territoriale Eroberungen zu einem geschlossenen Gebiet zusammengeführt werden, das in der Nachfolge des lotharingischen Zwischenreiches aus dem 9. Jahrhundert große Gebiete zwischen dem Königreich Frankreich und dem Heiligen Römischen Reich deutscher Nation umfassen sollte. Burgund erstreckt sich zur Zeit seiner größten Ausdehnung (unter Karl dem Kühnen) vom Herzogtum Burgund und der Freigrafschaft Burgund im Süden über das Herzogtum Luxemburg und andere Gebiete bis zur Grafschaft Holland im Norden. Die Eroberungsversuche Burgunds in Richtung der Schweizerischen Eidgenossenschaft führen zu den Schlachten bei Grandson (2. März 1476), Murten (22. Juni 1476) und Nancy (5. Januar 1477), bei denen sich die Schweizer behaupten. Die Flucht Karls des Kühnen nach der Schlacht bei Murten ist historisch verbürgt u.a. durch die Berichte des Mailändischen Gesandten Giovanni Pietro Panigarola, dessen Berichte und Briefe an seinen Herzog überliefert sind (*Die Urkunden der Belagerung und Schlacht von Murten*, im Auftrage des Festcomites auf die vierte Säkularfeier am 22. Juni 1876 gesammelt von Gottlieb Friedrich Ochsenbein, Freiburg/Schweiz 1876).

Die vorliegenden, überwiegend handschriftlichen Texte zeigen, daß der Romanentwurf über das erste Stadium der Arbeit, d.h., die Materialsammlung (Stichworte), die Fabelsuche usw., nicht sehr weit hinausgelangt ist. Der für die vorliegende Ausgabe gewählte Titel dieses Projektes ist der in den Textgrundlagen am häufigsten genannte; teilweise heißt es abkürzend nur »Karl« oder »Karl der Kühne«.

Zur Textgestaltung in der vorliegenden Ausgabe:

411,2 *Flucht Karls...]* In der Textgrundlage abgekürzt: »Flucht K. d. K. n. d. Sch. b. M.«.

411,37 *Gemeiner]* In der Textgrundlage sind ein großes und ein kleines »g« aufeinandergetippt.

412,27f. *in dem shellen Licht]* Die Vorsilbe von »hell« ist in der Handschrift nicht zu entziffern.

416,20 *»Leichen der Hingemordeten«]* Die Randnotiz bezieht sich auf den Text 416,10-19.

Zeilenkommentar

411,2 *Murten]* Stadt am Ostufer des Murtensees im Kanton Freiburg bzw. Fribourg; die Schweizer wehren dort einen Angriff der Burgunder unter Karl dem Kühnen ab (22. Juni 1476).

411,17 *Tacitus »Annalen«]* Publius Cornelius Tacitus, *Die Annalen*, Buch 1, Kapitel 70. Vgl. auch die Einarbeitung der angesprochenen Episode in die Geschichte *Bargan läßt es sein* (1921) und in *Die Geschäfte des Herrn Julius Caesar*, am Ende des dritten Buches (1938/39; vgl. im vorliegenden Band, 317,38-318,4), sowie Brechts Schrift *Wie Tacitus den Untergang einer Legion in einem Meeresarm beschreibt.*

411,29 *35 Seiten]* Ein Manuskript oder Typoskript dieses Umfangs ist nicht erhalten.

412,13 *Loire]* Die Loire bildet mit ihrem Mittellauf teilweise die Westgrenze Burgunds zum Königreich Frankreich.

412,25 *A 4]* Vgl. S. 572.

413,8 *Nancy]* Der historische Karl der Kühne wird in der Schlacht bei Nancy (5. Januar 1477) getötet.

413,9 *Grandson]* Stadt am Südwestufer des Neuenburger Sees im Kanton Waadt; die Schweizer wehren dort am 2. März 1476 einen Angriff der Burgunder unter Karl dem Kühnen ab.

414,16-23 *dünnere Bändchen ... reifere Jugend ... Hannibal ... billigte.]* In Brechts Nachlaßbibliothek befindet sich folgender Titel: *Hannibals Schwert. Schicksale und Thaten des größten Kriegshelden, der je gelebt hat. Romantische Erzählung für die reifere Jugend* von Dr. Karl Oppel. Mit 5 prachtvollen Farbdruckbildern nach Aquarellen von Eduard Kämpffer, Berlin o.J.

414,24-28 *Gottvertrauen Bismarcks ... Sedan ... Napoleon ... reitet.]* Anspielung auf eine mit *Hannibals Schwert* (vgl. zu 414,16-23) vergleichbare Darstellung des deutsch-französischen Krieges von 1870/71; Napoleon III. wird am 2. September nach der Kapitulation der Armee unter Marschall Mac-Mahon in Sedan gefangengenommen. Auf welches Buch oder Bild (z.B. aus einem Schulbuch) genau sich Brecht bezieht, konnte nicht ermittelt werden.

415,2 *Rilkes Phantasie]* Episode aus dem zweiten Teil von Rainer Maria Rilkes *Die Aufzeichnungen des Malte Laurids Brigge* (1910); in Brechts Nachlaßbibliothek befindet sich das zweite Bändchen der Ausgabe Leipzig: Insel 1918.

415,22 *Erschütterungen]* Umschreibung der aristotelischen Katharsis (Erregung von Furcht und Mitleid durch Kunst, damit Reinigung solcher Gefühle bzw. von solchen Gefühlen).

416,9 *Gedanken zollfrei]* Auf Ulpian zurückgehend, durch Luther sprichwörtlich geworden (vgl. *Von weltlicher Obrigkeit, wie man ihr Gehorsam schuldig sei*, 1523).

416,26f. *Dyspepsie]* Verdauungsstörung, Durchfall.

416,28 *Januar]* Demzufolge ginge es bei diesem zweiten Bild um die Schlacht bei Nancy (5. Januar 1477); vgl. auch B 4.

417,15 *Rupfen]* Ein grobes Jutegewebe, Sackleinen.

417,37 *Karl von Anjou]* Das ist der eigentliche Name von Karl dem Kühnen (vgl. 418,14 und 419,16f.).

417,38 *Amiens]* Nordfranzösische Stadt an der Somme, gehört zu Burgund. – Vgl. auch die Schlacht bei Amiens (8.-11. August 1918), der »schwarze Tag des deutschen Heeres« (Ludendorff) mit dem Einbruch von 450 britischen Tanks. (Vgl. B 4.)

418,18 *Plans]* Veraltet für: Ebenen, Kampfplätze.

418,26 *Bodenseereiter]* Schwäbische Sage, derzufolge ein Reiter über die schneebedeckte Eisfläche des Bodensees reitet und am Ufer tot zusammenbricht, als er von dieser Tatsache erfährt und ihm damit klar wird, in welcher Gefahr er sich befunden hat.

418,39 *Montgelas]* Name eines bayerischen Adelsgeschlechts. Gedacht ist möglicherweise an Graf Maximilian Joseph von Montgelas, seit 1777 als Hofrat im bayerischen Staatsdienst, wird 1787 wegen seiner Mitgliedschaft im Illuminatenorden entlassen. Ab 1796 ist er der politische Berater des späteren Königs von Bayern, Maximilian I. Joseph, er wird bayerischer Finanz-, Innen- und Kultusminister; er stürzt 1817, als eine neue Verfassung vorbereitet wird und er andere Positionen vertritt als Kronprinz und Ministerialbürokratie. – Ein anderes Mitglied der Familie, Generalleutnant Graf von Montgelas, ist im ersten Weltkrieg Kommandeur der 4. bayerischen Infanteriedivision, die im August 1914 in Lothringen zum Einsatz kommt; ein General Montgelas zeichnet für eine *Professorendenkschrift* zur Kriegsschuldfrage vom 28. Mai 1919.

419,4 *Glacis]* Das Vorfeld von Befestigungsanlagen zum freien Beschuß des Feindes.

419,19 *Soissons]* Nordfranzösische Stadt an der Aisne; gehört zur Zeit Karls des Kühnen zum Herzogtum Valois im Königreich Frankreich. Im ersten Weltkrieg verläuft die über längere Zeiträume festgefahrene Front durch Soissons, und die Stadt ist mehrfach Ausgangspunkt deutscher und alliierter Angriffe, u.a. bei der Schlacht von Soissons und Reims im Mai 1918.

419,24 *Kadres]* (Franz.) (Kern-) Truppen.

419,24 *Bagage]* Gepäck; hier: Troß.

Textgrundlage

Das Renommee. Ein Boxerroman, Manuskripte und Typoskripte aus dem Nachlaß.
Titel (einschließlich Untertitel): Überschrift von A 3.

Entstehung

Dieser Romanentwurf mit umfangreicher Textüberlieferung ist zum größten Teil in der ersten Hälfte des Jahres 1926 entstanden. Er gehört in den Zusammenhang der weit gefächerten literarischen Beschäftigung Brechts mit dem Thema Boxen, die von der fragmentarischen Biographie *Der Lebenslauf des Boxers Samson-Körner* (1925/26) über Geschichten wie *Der Kinnhaken* (1926; vgl. Band 19) bis zu Gedichten wie *Gedenktafel für 12 Weltmeister* (1927; vgl. Band 13) reicht. Die Arbeit am *Lebenslauf* geht der an *Das Renommee* unmittelbar voraus; die Informationen zu Sport und Geschäft, die Brecht bei seinem Romanentwurf nutzt, gehen nicht nur auf sein generelles Interesse zurück, sondern basieren auch auf direkten Erfahrungen, die der Halbschwergewichtler Paul Samson-Körner oder der ihm assistierende Emil Burri (Hesse-Burri) einbringen. Hinzu kommt, daß Brecht Boxveranstaltungen im Berliner Sportpalast besucht. So gibt es für dieses Projekt auch nicht vorrangig eine literarische Vorlage. Quelle ist vielmehr – wie in den Texten mehrfach angegeben – der Weltmeisterschaftskampf im Schwergewicht zwischen Jack Dempsey und Georges Carpentier, der am 2. Juli 1921 in Jersey City (bei New York) ausgetragen worden ist; er endet in der vierten Runde mit dem K.o.-Sieg Dempseys über Carpentier.

Hinweise in verschiedenen Notierungen, insbesondere die auf eine Akteinteilung (A 8), oder eine ausformulierte Dialog-Passage (B 1), deuten darauf hin, daß Brecht ursprünglich diesen Stoff auch dramatisch umsetzen wollte.

Wichtigste Mitarbeiterin, nicht nur als Schreibhilfe (die meisten Texte sind gleichwohl von ihr mit Maschine geschrieben und handschriftlich ergänzt), ist Elisabeth Hauptmann.

Text/Fassungen

Die frühesten Texte zu diesem Thema dürften diejenigen sein, in denen Hinweise auf eine dramatische Behandlung des Stoffs zu finden sind (A 5 – A 8, B 1); die konzeptionellen Übersichten dazu (A 5, A 6, A 8) sind alle von Brecht selbst geschrieben worden. (Auch sie sind in den vorliegenden Band aufgenommen, wegen der generellen Gattungstrennung jedoch den Texten zum Romanentwurf nachgestellt.) Die spätere Textschicht zum Romanentwurf wird repräsentiert durch *Einige Punkte aus dem Boxer-Roman* (A 1), zumal dieser Fabelentwurf als eine Art Zusammenfassung aller überlieferten Texte gelten kann.

Obwohl darin alle entscheidenden Punkte aus den übrigen Notierungen enthalten sind, werden in der vorliegenden Ausgabe (bis auf eine Ausnahme, die eine fast wörtliche Wiederholung von B 3 bedeuten würde) sämtliche Texte zum Boxerroman abgedruckt, um zu zeigen, welche Entwicklung ein solches Romanprojekt (einschließlich dramatischer Vorstufen) durchläuft.

Darüber hinaus gibt es unter den Notizen von Elisabeth Hauptmann mit der Überschrift *Short Stories* folgende Notierung (Nachlaß):

»Selbsthilfe

Die erstklassige Wohnung, in der alles stimmt, von der die Gäste entzückt sind und dann zertrümmern. (Kapitel im Boxerroman. Der Mann mit dem Respekt vor Geld und der Verbraucher.)«

Den für die vorliegende Ausgabe gewählten Titel *Das Renommee* mit dem Untertitel *Ein Boxerroman* trägt A 3 als Überschrift.

Zur Textgestaltung in der vorliegenden Ausgabe:

425,25 *Solve]* In der Textgrundlage: »Solves«; hier an die sonstige Schreibung angeglichen.

429,5-8 *Druckseiten ... Geld macht]* Elisabeth Hauptmann notiert zwischen diesen Zeilen folgende Stichworte: »alle verstreuten Stellen zusammengenommen«, »Interessanter ›der schöne George‹«, »gewisse Fähigkeiten und sorgfältige Pflege«; ein redigierter, zusammenhängender Text entsteht dabei nicht.

435,10 *zweimal]* Das Wort ist nicht eindeutig zu entziffern (aufeinandergetippt).

438,4-10 *Kid ... Nerven.]* Die jeweils letzten Anschläge der ersten fünf Zeilen fehlen in der Textgrundlage, da die obere rechte Ecke des Blattes abgerissen ist: 438,5 *aber anständig]* Textgrundlage: »a anständig«. 438,6 *heute nicht]* Textgrundlage: »heu nicht«. 438,8 *Mann. Man]* Textgrundlage: »Man Man«. 438,10 *steif. Das]* Textgrundlage: »ste Das«.

438,34 *sprichst]* Das Wort ist nicht eindeutig zu entziffern (aufeinandergetippt).

Zeilenkommentar

423,28f. *Weltmeisterschaftskampf]* Vom Weltmeisterschaftskampf Dempsey/Carpentier am 2. Juli 1921 in Jersey City gibt es einen Film.

423,29 *Dempsey]* Jack Dempsey, eigentlich William Harrison Dempsey, ursprünglich Kohlen- und Hafenarbeiter, beginnt 1914 seine Boxerlaufbahn als Kid Blackie, wird 1919 erstmals Weltmeister im Schwergewicht (gegen Jess Willard), bleibt es bis 1926 (Sieg von Gene Tunney). Dempsey heiratet die Filmschauspielerin Estelle Taylor, wird erfolgreicher Restaurant-Besitzer in New York.

423,29 *Carpentier]* Georges Carpentier, französischer Schwergewichtsboxer, 1913 erstmals Europameister im Schwergewicht, erneut im Jahre 1919.

423,34 *enragierter Freund]* Von enragé: (franz.) leidenschaftlich.

424,7 *ausgeknockt]* Durch k.o. besiegt; im Gegensatz zum Sieg nach Punkten.

424,39 *Solve]* Carpentiers Manager ist François Descamp gewesen.

425,14 *Edison]* Thomas Alva Edison, amerikanischer Erfinder, Inhaber von rund 2000 Patenten in den Bereichen Energie, Kommunikation und Rohstoffe; er hat es verstanden, seine Erfindungen und technischen Verbesserungen vorhandener Geräte auch selbst industriell auszuwerten.

425,14 *Erfinder des Ago-Patents]* Bei geklebten Schuhen wird mit dem Ago-Verfahren die Sohle mit einem besonderen, gegen Feuchtigkeit unempfindlichen Klebstoff, dem Ago-Zement (Lösung von Zelluloid in Azeton), unter Druck aufgeklebt.

426,37 *30 000-Menschen-Arena]* Für die Weltmeisterschaft Dempsey/Carpentier ist in Jersey City eine 120 000 Zuschauer fassende Arena gebaut worden.

427,5 *Aron B. Mazzles]* Dempseys Manager sind Frank Price und Jack Kearns gewesen.

427,19 *Kohlentrimmer]* Arbeiter, der auf Dampfschiffen die Kohlen aus den Lagerräumen vor die Kessel schafft.

427,22 *30 000-Mann-Arena]* Vgl. zu 426,37.

429,20 *Dempsey]* Vgl. erste Anmerkung zu 423,29.

429,27 *30 000-Mann-Arena]* Vgl. zu 426,37.

429,30 *Carpentier]* Vgl. zweite Anmerkung zu 423,29.

429,31 *wie der Pontius ins Credo]* Redensart, hergeleitet aus der Passionsgeschichte der Evangelien; zur Amtszeit des römischen Prokurators von Judäa, Pontius Pilatus, haben Prozeß und Hinrichtung Jesu stattgefunden; durch die Erwähnung dieser Vorgänge ist auch der Name des Pilatus ins christliche Glaubensbekenntnis (Credo) eingegangen, mit dessen Inhalt er nichts zu tun hat.

431,28f. *Klavier   glatt geschliffen]* Kleine Lücke am Zeilenende.

433,1 *Kehring/Jerr]* Austausch der Anfangsbuchstaben bei den Namen von Herbert Jhering und Alfred Kerr, wichtigen Kritikern während der Weimarer Republik, die ihre gegensätzlichen Ansichten und ihre »Privatfeindschaft« auch bei der Beurteilung von Brecht und seinen Stücken (z.B. *Trommeln in der Nacht*, *Im Dickicht der Städte*) ausgetragen haben. Jhering propagiert Brecht, Kerr bekämpft ihn; ob hier auf einen ganz bestimmten Vorfall angespielt werden sollte, hat sich nicht ermitteln lassen.

433,21 f. *Unter den Linden]* Prachtstraße in Berlin.

436,22 *Smoke]* (Engl.) Gemeint ist der Smoking.

436,32 *Uppercut]* (Engl.) Aufwärtshaken.

436,35 *Konditorei]* Satz bricht ab; Lücke am Zeilenende.

TATSACHENREIHE

Textgrundlage

Tatsachenreihe, Typoskripte aus dem Nachlaß.
Titel: Überschrift von B 1.

Entstehung

Es gibt keine direkten Anhaltspunkte für die Bestimmung der Entstehungszeit; sie kann im Zeitraum von Ende der zwanziger und Anfang der dreißiger Jahre nur angenommen werden. Die Texte selbst sind nicht datiert, aus dem Inhalt lassen sich kaum Schlüsse ziehen, und in anderen Aufzeichnungen Brechts (z.B. in *Journale*-Eintragungen, die aber aus der angenommenen Entstehungszeit nur sehr spärlich überliefert sind) wird das Projekt nicht erwähnt. Zum Thema Kriminalroman im allgemeinen hat sich Brecht allerdings erstmals im Jahre 1926 ausführlich geäußert, etwa mit *Kehren wir zu den Kriminalromanen zurück!* (*Die Literarische Welt*, Berlin, 2. April 1926), und auch in den dreißiger Jahren. Seine Vorliebe für dieses Genre hat ihn zeitlebens nicht verlassen.

Während Brecht die Notizen und Entwürfe zu diesem Projekt (A 2 bis A 7) selbst mit Maschine geschrieben hat, sind die Fabelerzählung (A 1) und die beiden ausgeführten Episoden (B 1 und B 2) von anderer Hand fixiert, danach aber von Brecht handschriftlich korrigiert worden; insbesondere hat er Streichungen vorgenommen.

Der für die vorliegende Ausgabe gewählte Titel ist Überschrift des Textes B 1.

Zeilenkommentar

443,3 *Romanfolge]* Wahrscheinlich Hinweis darauf, daß hierbei nicht an eine durchgehende Handlung, sondern an eine Folge von Episoden gedacht gewesen ist; in Fortsetzungen hat Brecht z.B. die Anfangsteile von *Lebenslauf des Boxers Samson-Körner* (1925/26) erscheinen lassen.

443,25 f. *soziale Indikation]* Indikation: Merkmal, Kennzeichen. Im juristischen Sprachgebrauch der Zeit werden unter sozialer Indikation alle Gründe aus dem sozialen Bereich zusammengefaßt, die sich bei einer prinzipiell strafbaren Handlung strafmildernd auswirken oder Straffreiheit zur Folge haben können (am häufigsten verwendet im Zusammenhang mit dem nach § 218 des Strafgesetzbuchs verbotenen Schwangerschaftsabbruch).

444,29 *Terminus a quo]* (Lat.) Zeitpunkt, von dem an etwas beginnt bzw. ausgeführt wird. Begriff der Rechtswissenschaft.

447,13 f. *einen Paragraphen des Handelsgesetzbuchs]* Vgl. Paragraph 118-120 des deutschen Handelsgesetzbuchs (DHGB) von 1897.

448,12 f. *Hartmannsche Kakes- und Biskuitwerke]* Kakes, Plural von cake: (engl.) Kuchen, (Dauer-) Gebäck. In der Entstehungszeit des Entwurfs übliche Schreibweise für den aus dem Englischen kommenden deutschen Begriff »Keks«. Vgl. die Kakesfabrik (449,12 und 450,23 f.).

450,16 *Groom]* (Engl.) Junger Diener, (Hotel-) Page.

453,39 *Enquete]* (Franz.) Untersuchung, Erhebung.

454,20 f. *Klinge, kleines Frühlingslied...]* Zitat aus Heinrich Heines *Neuer Frühling* (Nr. 6), dem ersten Teil der *Neuen Gedichte* (1844): »Leise zieht durch mein Gemüt/Liebliches Geläute./Klinge, kleines Frühlingslied,/Kling hinaus ins Weite.«

Die Unterscheidung und Trennung von Fragmenten und Entwürfen ergibt sich aus der Überlieferung der Texte.

Der Übersichtlichkeit wegen wird bei diesen nicht zu Ende geführten Projekten (vgl. auch Band 10) jeweils unterschieden zwischen zwei Textsorten: Plänen bzw. Übersichtsdarstellungen oder sonstigen Notizen (A) und ausgeführten, poetischen Texten (B), die teilweise auch nur bruchstückhaft aufgezeichnet oder überliefert sind. Diese Unterscheidung wird vorgenommen innerhalb der Chronologie (vgl. *Tuiroman*) oder innerhalb einer durch Brecht vorgegebenen Werkgliederung (vgl. Anhang zu *Die Geschäfte des Herrn Julius Caesar*).

Wie beim *Tuiroman* ist auch zu den *Geschäften des Herrn Julius Caesar* eine Vielzahl von Notizen, Vorstufen, Niederschriften überliefert; da von mehr als der Hälfte des geplanten Gesamtumfangs eine ausgearbeitete und redigierte Niederschrift vorliegt, die hier an erster Stelle wiedergegeben wird, sind solche Texte nicht berücksichtigt worden.

Unter Brechts Entwürfen sind für diesen Band diejenigen ausgewählt worden, die Brecht ausdrücklich der Gattung Roman zugeordnet hat und deren Textbestand in größeren Zusammenhängen steht (Behandlung des gleichen Themas in anderen Gattungen) bzw. zu denen mehr als nur wenige Kurztexte überliefert sind.

Darüber hinaus liegt eine Reihe weiterer Entwürfe vor, die ebenfalls die Gattungsbezeichnung Roman aufweisen, zu denen es aber nur einzelne Notizen und/oder kleine Textsplitter gibt. Sie sollen an dieser Stelle vorgestellt werden:

1. *Professor Sil Maria. Skizze eines Romans*. Eintragung im Notizbuch am 10. Dezember 1913:
   »Ein Professor, der immer in die Sterne sieht und sich selbst verliert. Der aus aller Harmonie gerät. Seine Kinder verwahrlosen, sein Haus verlottert, sein Weib versteint.
   Es kommt zum Kampf. Das Weib fällt einem andern zu in einer wilden, jähen Lebensnacht. Da es Frühling draußen ist. Und am andern Abend gesteht sie es ihm.
   Da verbrennt er selbst sein Buch. Das Weib flieht in die Nacht. Er bleibt tot zurück. – Die Tragödie des Pessimisten.«

2. *Das Kloster. Skizze eines Romans.* Eintragung im Notizbuch am 10. Dezember 1913:
»In einem Kloster am Mittelmeer geschieht Furchtbares. Ein Mönch rettet eine im Wasser treibende Frau. In der folgenden Nacht feiern die beiden inmitten der alten, gespensterhaften Mauern ihre Lebenshochzeit. Sturm. – Die Sache kommt auf. Der Mönch wird lebendig eingemauert. Aber drei Tage darauf tobt ein Sturm auf dem Meer. Die Natur befreit ihren Bekenner. Sturm. Der Kerker wird gesprengt. Als die Morgenröte im Osten, vom Sturm mit Wolken überzogen, auffliegt, singt der Mönch sein wildes Lebenslied hinaus in den Sturm. – Das Mysterium des Lebens.«

3. *Roman.* Vier Zeilen eher autobiographischen Charakters im Notizbuch von 1920:
»Das ist das Erste: In ein Bett liegen, in dem Platz ist und wo der Leib warm wird, in eine Stille hinein, in der man ruhen kann, mit einem Dach oben, daß der Regen einem nicht auf den Kopf fällt. Das ist das Erste.«

4. *Der junge Amerikaner.* Eine Seite im Notizbuch von 1920:
»Er ist geboren in einem Lacken, steif vom Schweiß seiner Mutter und ihrem Blut. Sie lachte, als sie ihn sah und dann wurde sie steif und schaute bockbeinig die Decke an.
Püffe regneten auf ihn und er hatte nichts, ihren Speichel abzuwischen, aber vom Lachen wurden seine Schultern breit und er hatte eine laute Stimme.
Er weiß die Geschichte seiner Vaterstadt, des Ortes, wo er Püffe aushalten lernte und wann O. Melbourns Milchgeschäft das Auslagefenster bekam.
Er hatte nichts in den Hosentaschen als die Hände, aber auch während er Ohrfeigen kriegte oder hinter einer Chance hertrabbt.
Wenn er älter wird, weiß er die Fehler von 500 Leuten und ihre Tricks und ihre geheimsten Laster und was die Frauen wert sind.
Er kennt den Wind, wie das Gras ihn kennt, und weiß wie die Füße nicht naß werden in zerrissenen Schuhen und wie man Branntwein stiehlt und wie man unangefochten in den Himmel kommt.

Er sagt Jaja zu den Kopfnickern und Neinnein zu den Schüttlern und zwischen seinen Wänden oder im Gras lacht er, damit der Himmel seine weißen Zähne sieht!
Er gräbt seine zerrissene Hose in der Erde, weil er sie liebt, und George Smith wurde auch begraben, den er nicht liebte.
Mit fünfzehn gründet er seine eigene Religion, raucht er wie ein guter Kamin, flucht in vier Sprachen, arbeitet wie zwei Männer und spuckt auf alles, was ihm nicht paßt.
Mit 17 tritt er aus seiner eigenen Kirche aus, raucht er alles, was es gibt, es ist ihm ganz gleich, flucht in sechs Sprachen, arbeitet wie eine Frau und spuckt auf nichts mehr, weil seine Spucke zu viel wert ist.
2
Er kann arbeiten wie ein Pferd.
Aber plötzlich hören alle Hunde auf zu bellen: durch das Laub geharpft kommt Berti von den Schiffschaukeln.«

5. *Roman*. Um 1922. Vgl. den Filmentwurf *Robinsonade auf Assuncion*:
»Robinsonade in der Stadt. Der Mann aus Stuttgart, der in die große Stadt fährt mit dem Geld, das eigentlich für die Leichenfeier seines Vaters bestimmt war. ›Es ist in seinem Sinne.‹
– Fotograf. –
Sieht zu, wie's die andern treiben. ›Man muß ihm dies drekkige Lachen abgewöhnen.‹
Läßt alles bald liegen. Holt das Auto, als es in der Reparatur ist, nicht mehr ab.«

6. *Lebenslauf der Anna Schreiber*. Um 1922. Textsplitter über zwei Jahre im Leben einer Provinzschauspielerin. Weitergeführt von Elisabeth Hauptmann in einem vierseitigen Entwurf.

»*Lebenslauf der Anne Schreiber*
(Das schwarze Jammertal. Die Gehetzte, *Alleinige*. Ihre Schuld: Sie bekommt ein Kind. Wie sie häßlich wird. Affenliebe.
Um diese Zeit w. s. schon.
›Ihr Abstieg war rapid. Sie wusch ihre seidenen Hemden.‹

Aufzeichnungen über zwei Lebensjahre der Anna Schreiber
Zweifellos ist alles, was über zwei Lebensjahre (das 26. und 27.) der Anna Schreiber hier berichtet werden soll, nichts irgend Sicheres, sondern nur das, was etwas auffiel.
Die Anna Schreiber, die von gutsituierten, katholischen Eltern abstammte, besaß in ihrem 26. Lebensjahr eine Stelle als erste Liebhaberin an einem Stadttheater.
Schluß:
Dies ist, was von den zwei Lebensjahren sichtbar scheint. Ich bitte euch aber, nicht allzu rasch zu verzweifeln, weil es so wenig ist, denn es ist vielleicht nicht alles. Einige hätten gewiß mehr darin gefunden.«

7. *Ludwig. Von ihm selbst erzählt*. Um 1922. Zwei Textsplitter zu einer Biographie. Vgl. *Lebenslauf des Boxers Samson-Körner. Von ihm selbst erzählt, aufgeschrieben von Bert Brecht*:

»Wenn ich hier die Geschichte eines Lebensabschnittes aufschreibe, so geschieht das lediglich, weil ich jetzt Zeit habe. Es macht mir auch Spaß, eine Geschichte nacheinander zu erzählen, aus der man mir auf keinen Fall einen Strick drehen kann, obwohl ich darin eine durchaus anständige Rolle gespielt habe.

Ludwig
Von ihm selbst erzählt
Schluß:
Ich möchte Nachdruck auf die Tatsache legen, daß ich, als ich in den Zug stieg, volle vier Mark und dreißig Pfennige in der Tasche hatte. Geld spielt in der glücklichen Zeit der Jugend keine Rolle bei mir.«

8. *Romananfang*. Ein Textsplitter im Notizbuch von 1924:
»Ich kann sagen, daß ich zu meiner Zeit auf Erden nicht schäbiger gelebt habe als die meisten andern. Ich habe anständige Zigarren geraucht, Geld verdient und war nicht allzu vorsichtig in allen Dingen, die angenehm sind.«

9. *Angebot und Nachfrage. Roman.* Um 1924. Stichwortsammlung in zehn Punkten:
»1. Das bittere Wissen, alles fressen zu müssen, wenn man nichts besseres hat (George – Marie)
2. Wer Zeit hat, kann warten, wer nicht, nicht.
3. Zeiten billigen Einkaufs
4. Das vorbestimmte Endziel und die bewußt vergeblichen Anstrengungen, auszukommen
5. Genie und Talent (2. Teil)
6. Die Ingenieure
7. Wege, die abbiegen (der enttäuschende 5. Akt, das Tempe!!!
8. Die Unberechenbaren
9. Die Berechenbaren
10. (Schlußkapitel) Die Schrecken der Harmonie
Das Oberwasser / Roman
Die Oberflächlichen«

10. *Das Oberwasser. Roman.* Um 1928/29. Vgl. *Angebot und Nachfrage*:
»Die Zeit des stellungslosen Romans vorbei. Möglich nur mehr der komische. Am besten in Streichen und Abenteuern.
Entwürfe:
1. Das Oberwasser. Darstellung des bürgerlichen Sumpfes. Belanglosigkeit der Pläne und Tugenden. Die Klugen fallen herein, die Dummen – auch. Und umgekehrt. Das Ganze: unausrottbar.
2. Verulkung des bürgerlichen Erziehungsromanes vom Typ ›Dichtung und Wahrheit‹. Etwa ›Wilhelm Schüler‹. Der ewige Lerner, Streber, Individualist, Faust. Der sich behauptet, wo er nicht angegriffen wird, nichts tut, was ihn nicht ›weiterbringt‹ und ›wie ein Baum wächst‹.
Kapitel: Die Folgen des unnatürlichen Sprechens.«

11. *Wilhelm Schüler.* Um 1928/29.
Vgl. Abschnitt 2 von *Das Oberwasser.*

Inhalt

Romanfragmente

Zu dieser Ausgabe

Die Große kommentierte Berliner und Frankfurter Ausgabe der Werke Bertolt Brechts ist eine Gemeinschaftsausgabe des Aufbau-Verlags Berlin und Weimar und des Suhrkamp Verlags Frankfurt am Main; sie erscheint gleichzeitig in beiden Verlagen. Die Edition basiert auf den zu Lebzeiten Brechts publizierten Texten und auf dem Nachlaß im Bertolt-Brecht-Archiv der Akademie der Künste der DDR.

Innerhalb der Gruppierungen nach Gattungen sind die Werke in der Chronologie ihrer Entstehung angeordnet. Bei Stücken und Romanen werden aber die Fragmente gesondert behandelt; innerhalb der Gedichte und der Prosa wird zwischen Sammlungen und Einzeltexten unterschieden; bei den Schriften sind die Texte zu Stücken und die Theatermodelle jeweils in einem gesonderten Band versammelt.

Die Ausgabe enthält grundsätzlich die autorisierten und wirksam gewordenen Erstdrucke oder geht bei postum erschienenen Werken auf die Texte aus dem Nachlaß zurück. Ohne die Normen einer historisch-kritischen Ausgabe anzustreben, dokumentiert sie gegebenenfalls durch Varianten und Druck mehrerer Fassungen Hauptstufen der weiteren Umformung eines Werkes. Diese erscheinen jeweils im Anschluß an die frühe Fassung.

Sämtliche Texte sind anhand der Drucke und des Materials im Nachlaß überprüft worden. Die Orthographie ist unter Erhaltung des Lautstandes modernisiert. Auch die Interpunktion ist, bei Bewahrung einiger charakteristischer Eigentümlichkeiten Brechts, den heute gültigen Regeln angeglichen. Alle Zusätze der Herausgeber, z. B. bei Titeln, stehen in eckigen Klammern.

Der Kommentar beschreibt jeweils knapp Quellen, Entstehungs- und Textgeschichte sowie die Wirkung bis zu Brechts Tod. Der Zeilenkommentar beschränkt sich auf Sacherläuterungen. Allgemeine Angaben zu den erwähnten Personen bietet das kommentierte Gesamtregister.

Ein ausführlicher Editionsbericht erscheint in Band 30.

Der vorliegende Band wurde von Wolfgang Jeske (Frankfurt) bearbeitet.

Bertolt Brecht Werke

Band 1
Stücke 1: Die Bibel · Baal (1919) · Baal (1922) · Lebenslauf des Mannes Baal · Trommeln in der Nacht · Die Hochzeit · Der Bettler oder Der tote Hund · Er treibt einen Teufel aus · Lux in tenebris · Der Fischzug · Prärie · Im Dickicht · Im Dickicht der Städte

Band 2
Stücke 2: Leben Eduards des Zweiten von England · Mann ist Mann (1926) · Mann ist Mann (1938) · Die Dreigroschenoper · Mahagonny · Aufstieg und Fall der Stadt Mahagonny

Band 3
Stücke 3: Der Flug der Lindberghs · Das Badener Lehrstück vom Einverständnis · Der Jasager · Der Jasager. Der Neinsager · Die Maßnahme (1930) · Die Maßnahme (1931) · Die heilige Johanna der Schlachthöfe · Die Ausnahme und die Regel · Die Mutter (1933) · Die Mutter (1938)

Band 4
Stücke 4: Die Spitzköpfe und die Rundköpfe · Die Rundköpfe und die Spitzköpfe · Die sieben Todsünden der Kleinbürger · Die Horatier und die Kuriatier · Die Gewehre der Frau Carrar · Furcht und Elend des III. Reiches

Band 5
Stücke 5: Leben des Galilei (1938/39) · Galileo · Leben des Galilei (1955/56) · Dansen · Was kostet das Eisen?

Band 6
Stücke 6: Mutter Courage und ihre Kinder · Das Verhör des Lukullus (1940) · Das Verhör des Lukullus (1951) · Die Verurteilung des Lukullus · Der gute Mensch von Sezuan · Herr Puntila und sein Knecht Matti

Band 7
Stücke 7: Der Aufstieg des Arturo Ui · Die Gesichte der Simone Machard · Schweyk · The Duchess of Malfi

Band 8
Stücke 8: Der kaukasische Kreidekreis · Die Antigone des Sophokles · Die Tage der Kommune · Der Hofmeister des J. M. R. Lenz · Biberpelz und Roter Hahn von Gerhart Hauptmann

Band 9
Stücke 9: Coriolanus · Anna Seghers. Der Prozeß der Jeanne d'Arc zu Rouen 1431 · Turandot oder Der Kongreß der Weißwäscher · Don Juan von Molière · Pauken und Trompeten

Band 10
Stücke 10: Stückfragmente. Darunter: Hans im Glück · Galgei · Hannibal · Dan Drew · Joe Fleischhacker · Untergang des Egoisten Johann Fatzer · Der Brotladen · Der böse Baal der asoziale · Das wirkliche Leben des Jakob Gehherda · Leben des Konfutse · Der Wagen des Ares · Büsching

Band 11
Gedichte 1: Sammlungen 1918-1938: Lieder zur Klampfe von Bert Brecht und seinen Freunden. 1918 · Psalmen · Bertolt Brechts Hauspostille · Die Augsburger Sonette · Die Songs der Dreigroschenoper · Aus dem Lesebuch für Städtebewohner · Geschichten aus der Revolution · Sonette (1933/34) · Englische Sonette · Lieder Gedichte Chöre · Chinesische Gedichte · Studien

Band 12
Gedichte 2: Sammlungen 1938-1956: Svendborger Gedichte · Steffinsche Sammlung · Hollywoodelegien · Gedichte im Exil · Kriegsfibel · Deutsche Satiren (Zweiter Teil) · Kinderlieder. Neue Kinderlieder · Buckower Elegien · Gedichte aus dem Messingkauf. – Gedichtverzeichnis zu den Sammlungen (Band 11-12)

Band 13
Gedichte 3: Gedichte, Gedichtfragmente, Gedichte aus Stücken. 1912-1926

Band 14
Gedichte 4: Gedichte, Gedichtfragmente, Gedichte aus Stücken. 1926-1945

Band 15
Gedichte 5: Gedichte, Gedichtfragmente, Gedichte aus Stükken. 1945-1956. – Gesamtverzeichnis zu den Gedichten (Band 11-15)

Band 16
Prosa 1: Dreigroschenroman

Band 17
Prosa 2: Romanfragmente und Romanentwürfe: Der Tuiroman · Die Geschäfte des Herrn Julius Caesar · Das Buch Gasgarott · Die Rothaut · Flucht Karls des Kühnen nach der Schlacht bei Murten · Das Renommee · Tatsachenreihe

Band 18
Prosa 3: Geschichten (Sammlungen) und Dialoge: Geschichten vom Herrn Keuner · Buch der Wendungen (Me-ti) · Kalendergeschichten · Flüchtlingsgespräche · Mies und Meck

Band 19
Prosa 4: Geschichten, Filmgeschichten. 1918-1941

Band 20
Prosa 5: Geschichten, Filmgeschichten. 1941-1956

Band 21
Schriften 1: 1914-1933

Band 22
Schriften 2: 1933-1941

Band 23
Schriften 3: 1941-1956

Band 24
Schriften 4: Texte zu Stücken

Band 25
Schriften 5: Theatermodelle (Aufbau einer Rolle. Laughtons Galilei · Antigonemodell 1948 · Couragemodell 1949) · »Katzgraben«-Notate. – Register zu den Schriften (Band 21-25)

Band 26
Journale 1: 1913-1941: Tagebuch 1913 · Tagebuch 1916 · Tagebücher 1920-1922 · Autobiographische Schriften 1920-1941 · Journale 1938-1941

Band 27
Journale 2: 1941-1956: Journale 1941-1956 · Autobiographische Schriften 1941-1956. – Register zu den Journalen (Band 26-27)

Band 28
Briefe 1: 1919-1941

Band 29
Briefe 2: 1941-1956. – Register zu den Briefen (Band 28-29)

Band 30
Registerband: Editionsbericht · Gesamtinhalt der Bände 1-29 · Brecht-Titelregister · Personenregister (kommentiert)

Bertolt Brecht, Werke, Band 17
Suhrkamp Verlag Frankfurt am Main
Satz: In Garamond von MZ-Verlagsdruckerei GmbH, Memmingen
Druck: Offizin Andersen Nexö, Leipzig
Bindung: Buchbinderei Lachenmaier, Reutlingen
Holzfrei Daunendruckpapier von Scheufelen, Lenningen
Feincanvas-Gewebe der Vereinigten Kaliko, Bamberg
Naturnarbiges Lammleder der Kripper Lederfabrik, Remagen
Printed in the German Democratic Republic
ISBN 3-518-40017-7 (Leinen)
ISBN 3-518-40077-0 (Leder)